ハヤカワ文庫JA

〈JA1317〉

日本ＳＦ傑作選４　平井和正

虎は目覚める／サイボーグ・ブルース

日下三蔵編

早川書房

8138

目次

第一部

第二部

日本ＳＦ傑作選４　平井和正

虎は目覚める／サイボーグ・ブルース

第一部

レオノーラ

包囲した人影は立ちふさがる数知れぬ杭の群れ。強烈な照明に焼きつけられたすべての様相は写真の陰画。沈黙の林はくろぐろと、足許に横たわる影は、夜の水面に燃えあがりゆらめく白い炎。ひしめく杭の顔に穿たれた白い兇意の星々。

泣きさけぶ子ども、ちいさな子どもの怯えきったすすり泣き、群れの背後にまわりこみ、けしかけるヒステリックなサイレン。

寄せる夜の潮のように杭の林は音もなくかたむき、おしよせる。ぱっくりとひらいた口は夜の裂け目、歯は立ちならぶ黒い墓石。不吉に曲げられた指先が摑みかかり、摑みかかる……

彼は悲鳴をあげた。魂も凍る怖ろしさに、すさまじい悲鳴がとどめようもなく、噴きあげてくる苦悩の火花のように喉を突き、口からあふれだした。

自分の絶叫がケンを醒めさせた。口はいまだに悲鳴のかたちを大きくつくり、顎の筋肉がこわばって汗に濡れていた。

　ケンは弾かれたように、ベッドから身をおこし、恐怖にみちた夢の残滓を追いはらおうと努めた。全身が冷えきって、動悸が胸郭に閉じこめられ、くるったようなはげしい音を立てている。

　ケンの顔は濡れた蠟細工だ。仮面のようににぶい顔をぎくしゃくと両掌でおおい、彼はすすり泣いた。怯えきった幼児のように、よわよわしく救いをもとめた。

「ジュリ！　来てくれ、おねがいだ、ぼくは……ジュリ、いないのか……」

　妹のジュリはいないのだ。立体雑誌記者の彼女はいま、ヨーロッパへ行っている。一カ月たたなければもどってこない。

　ケンはそう自分にいいきかせ、はげしい恐怖の発作のおさまるのを待った。自分を抱きしめて護るように、かたく両腕を躰にまわし、ベッドにうずくまって、怯えた眼で部屋中を見まわす。

　ひどくせまい部屋なのである。窓はひとつもなく、さながら二世紀もむかしの、ふるい小型潜水艦のハッチを思わせる。しかし、それでもケンにはひろすぎた。シーズンオフのスケート場のように、とほうもなくひろすぎた。できることなら、身動きもならぬ暗闇の穴蔵に、冬眠する虫のように身を閉じこめていたかった。すべての人間を地上の世界に遠ざけて、邪魔されぬ平穏をむさぼっていたかった。

　妹のジュリが地下室にこの空洞をつくったのは、ケンを人間から隔離するためであった。

彼の人間恐怖はなまやさしいものではなかったのである。人間の声、足音をきさつけるだけでも、見るも無残な恐怖の発作をおこすのだった。不可能なまでに、身体を折りたたもうとし、凄惨な全身痙攣をおこす。その苦悶は、正視にたえられるものではなかった。医師もしまいに治療を断念した。脳の深層部に異常な強迫観念は逃げこみ、深くくいいって、手術に大きな危険がともなったからだ。精神病院に収容するわけにもいかなかった。医師の顔でさえ、ケンの発作をひきおこしてしまうのだった。

ひとりきりの妹のジュリだけがべつであった。医師はそれを、ジュリがケンにとってもっとも近しいもの、いわば彼の分身だからだろうと説明をつけた。それでジュリが兄をひきとることになった。ジュリは独身だったし、兄を愛していたので、よろこんで面倒をみた。もちろん、それは容易なことではなかった。ジュリは、地下深く埋葬した柩のような部屋に兄を住まわせ、歩くにつれて金の鈴のような澄んだ響きをたてるスリッパをはき、兄に自分と知らせることにした。足音を耳にしただけでてきめんに、ケンは発作をおこすのだ。

こんなひどいことがあるものだろうか？　ジュリは憤りに息づまる思いになるのだ。

信じがたいことだが、二十一世紀のアメリカ中部で、ケンは群衆からリンチを受けたのだった。白人女を犯したニグロを、十九世紀の白人たちがタールづけにしてひきずりまわし、燃やしたように、ケンはくるいたった群衆のために、血のつまったずだ袋にされてしまったのである。

ことの起こりはばかげた誤解であった。しかしそのために、ケンは顔を失くし、三カ月の入院生活と、治るみこみのないパラノイアという後遺症を背負いこむはめになった。

　そのとき、移動道路のはしに、親の手をはなれた八つぐらいの白人少女がまきこまれ、脚にケガをした。たまたまその場にケンがいあわせたのが災難の始まりであった。彼の顔の皮膚がほんのりと象牙いろの艶をおびていず、眼も髪も黒くなかったら、駈けつけた母親が礼をいうだけで、べつになにごともおこらなかったろう。いや、いつもの通り彼が最新型のエアカーを時速三百キロで高速ハイウェイをぶっとばしていればよかったのだ。乗りあいのベルトの人ごみにまぎれこむ必要などさらになかったのだから。彼も気まぐれだった。しかし、タイプを一たたきするごとに五十セントずつ流れこむ売れっ子の作家といえども、この程度の気まぐれをしてはならぬという法はない。現に彼はいくたびも、同じ気まぐれをくりかえして、なにごとにも出会さなかったからである。不運の要因はいたるところにひそんでいた。前日、黄色い顔のボクサーが一ラウンド十五秒で金髪の相手を殴り倒さなかったら……。残忍なまでにするどい一撃が、金髪のボクサーの顎をくだき、端正な鼻をつぶした。あわれなボロのかたまりとなった相手を、冷やかに見おろす黄色い皮膚のボクサーは、まぎれもないチャンピオンであった。十二回も、続けざまに、白い相手を、黒い相手を、残忍な右腕でたたきのめした。彼は殺しのイエローと呼ばれていた。そしていま、彼の足許に潰えたのは、白人たちの期待を一身にになった新進選手だった。黄色い猛獣のように、傲慢に立ちはだかるチャンピオンに、敵意と怖れにみちた異様なうなり声が浴びせられた……白人たちの無数の、憎悪の視線を槍ぶすまのように受けとめ、黄色い顔、黒い顔がさけびたてる賞讃の言葉をきき流して、チャンピオンは傲然と不動の姿勢をくずさなかった……

　もちろん、リングのすさまじい勝ちっぷりと、みじめな敗残は立体テレビで全世界に中継放送された。喜悦の笑い声と、耐えがたい屈辱の歯ぎしりをそこかしこでひきおこした。そこらのバーでもちょっとした見世場をつくりだしただろう。カウンターのうしろのスクリーンから眼をはなした黒人がすてきな白い歯を見せ、すみっこにかたまった白人たちに流し目をくれ、バーテンにビールのおかわりを注文する。白人たちは、無念やるかたなく膝をこぶしで殴りつけ、火のかたまりのような憎しみの怒号を、無理にのみくだしただろう。

　黄色い皮膚の人間がその場にいあわせれば、つつしみぶかく感情をかくして、しずかにバーを立ち去ったかもしれない。彼らは白人たちに対して、いくらか心やましく、すまなく思っているからである。優越を誇ることは好むところではない。いつからか、すべての面に生じた白人の凋落（ちょうらく）、芸術、科学、政治、経済、すべてにわたっての無残な後退をいちばんよく知っているのが、白人自身だったのだ。

　それに、なんといっても、アメリカ区域を占めているのは大半が白人であった。あとからやってきて、少数の黄色い顔はそこでも主導権を握り、彼らを精神的な貧乏白人にしてしまった負い目があった……

　とまれ、いっさいの要因が凝集（ぎょうしゅう）し、ケンのとりかえしのつかぬ災いとなった。

　泣きわめく少女の膝の傷を診（み）ようとかがみこんだケンが気がついたとき、すでに彼の周囲は殺気だった白人の人垣でかこまれていた。人間が集まるところ、かならずまぎれこんでいるお調子のりのばかものが——警察が煽動者として捕えたのは、肥った中年男で、南部気質に凝りかたまった頑迷な人種差別論者であった——まだとしはもゆかぬ白人少女に、黄色い猿めが、きたならしいマネをするのはだんじて許せん、とたわけた演説をぶっていた。ケンを不潔な少女姦の変態性欲者と中年肥りの煽動者はだんじ、嫌悪に耐えきれぬとばかりに唾まで吐いてみせた。

血相変えた母親が駈けつけ、泣きさけぶ子どもをケンの手からうばいかえして行き、ケンは気の立った群衆のなかに取り残された。

ぎらぎらする沈黙の集団の憎悪が彼を押しつつんだ。ケンの最高級のスポーツ服、みがきあげたツメがことさらに群衆の熱気をあおった。ケンの黄色い皮膚に、群衆は歯をむきだした。

こぎたない黄色い猿野郎、とわめき声が湧きだした。ケンの当惑した抗議は、ニグロの必死の弁解をきき流した白人どもの表情のない眼差しのまえに無力であった。群衆の残忍な興奮に酔ったキラキラ光る冷やかな眼がケンにつめよった。ケンの当惑は、恐怖にかわった。彼らの憎悪の正体をようやくさとったのだ。

黄色猿め、さんざんおれたちを白痴にしやがって！　パール・ハーバーのことを思い知らせてやるからな！

パール・ハーバーが二世紀もむかしのことであるにしろ、それは冗談ではなかった。おれたちはきさまらのちょっかいをこらえぬいてきたんだぞ、黄色猿のくそったれめ！

ひとりが好戦的にわめいた。殺（や）っつけてやる！　ぶっころせ！　肉屋の看板にしろ！　くたばれ、と罵声を合図に群衆は襲いかかり、白昼の路上にケンを踏みにじった。警官が到着したとき、ケンは狂気のように蹴りまくる靴の先であとかたもなく顔をつぶされ、血みどろになって死にかけていた……

　ジュリはにがにがしい屈辱と驚きの思いなしに、その無残な光景を考えないわけにいかなかった。伝統的な民族の性格は容易に変るものではない。白人のうちにひそむ人種偏見は、その例のひとつだ。どんなに高度の文明も、何百代も経て形成された人間の血なまぐささをぬぐいさることはできないのか。ケンは黄色人種だということだけで、殺されようとしたのだ。むろん、理由はほかにもあるかもしれない。二十世紀以後、世界のリーダーとなった有色人種への、白人のあせりとねたみが、たわけた無意味な人種偏見へ、彼らを追いこんだということもあろう。だが、それだけで罪もない男をむごたらしい目にあわせ、その血まみれの兇行を心からたのしんだ理由になるだろうか。警察の調べで、もっとおどろくべきことがわかった。兇行者たちははじめから、ケンがなにもしなかったということを承知していたのである。必要としたのは口実だけであった。ただ、殺したかったから殺そうとしたのだ。それは怖ろしいことであった。ジュリは兄の不幸を悲しむよりさきに、人間の本性の怖ろしさにふるえた。

　ケンにとっては、それだけにとどまらなかった。破壊と殺戮（さつりく）を本性とする人間の集団がはなった瘴気（しょうき）が、彼をしんそこまで変えてしまったのだ。

それ以来、ケンは極度の人間恐怖のパラノイアと広場恐怖症を背負いこんだ。ジュリはあの日おこったことを、兄に思いださせぬよう、一言半句にも気をつかった。人間の集団、暴力、子どもに関するいっさいが禁句になった。とりわけ、子どもが禁物であった。ケンは赤ん坊まで怖がるのだった。

しかし、そうまでしても、ケンにすべてを忘れさせるなんてとてもできない相談だとジュリにはわかっていた。

忘れられるはずがない。魂に刻印されているのだ。夜ごとの悪夢はきざみこまれた強迫観念の投影であった。悪夢とはいえ、それは実際に起きたことの、歪められ濾過されて、いっそう濃くなった恐怖のグロテスクなくりかえし、さいげんもなくつづけられる残酷な刑罰にもひとしかった。彼はいくたびも何千回も、眠るたびに暴徒に殺された。顔をうばわれ、職をとりあげられ、未来を失うのであった。たまたま、ころんだ少女のそばにいたばっかりに、腕のいいライターは死んだ。人好きのする青年、友人に好かれ、あまたのロマンスの機会を持っていた男は、永久にいなくなってしまったのだ。

残されたのは外科医がつくりあげた顔、もとの顔と非常によく似ているが、似ても似つかぬ決して笑わない仮面。もはやすべてを失ったあわれな廃人であった。

いまでは、怯えやすい心の小動物のようにろくに口もきけぬ兄の将棋の相手をするほか、ジュリは兄になにもしてやれなかった。立体雑誌の取材のために、ヨーロッパにでかけたジュリの気がかりも、留守のあいだ、兄の将棋の相手がいないということだけであった。ジュリは相手をさがし、ケンにあてがおうと考えた……

ケンは盤の上に駒をならべていた。ひとりでできる詰将棋である。

「ジュリがいればいいんだが」と、彼は声にだして、自分に話しかけた。「そうだったな、ジュリはいない。ヨーロッパに行っているんだから」

ひとりごとをいうくせがついているのである。

ふいに、彼の駒をならべる手がとまり、眼がかがやいた。金の鈴を鳴らす音をききつけたのだ。ジュリのスリッパの音。ジュリ！

「ジュリが帰ってきた！」と彼は子どもっぽくさけんだ。「ジュリだ！」

鈴の音がやみ、期待にみちた視線をあびて敏感な自動ドアがひらいた。

なまりいろの影がケンの顔を這いおり、顎がガクッと落ちた。恐怖と狼狽の大波がおしよせた。ベッドのふちにそって、身体がずるずるずり落ちた。ジュリじゃない！　ジュリじゃない！　鼓動が乱打される警鐘と化した。人間！　人間！　人間！

戸口に見知らぬ女が立っていた。彼を押しつぶし、血だらけの肉塊にし、挽肉機にかけようとする邪悪な意図を秘めて、悪夢からぬけだした現実の人間が立っていた。高熱の閃光が、ケンの視界を灼いた。おそろしい熱波が襲いかかり、すべてを燃えあがらせ、溶かした。

ケンの脂肉のような顔に汗がながれた。すさまじくふるえる腕をうしろにのばし、狂気のように枕の下をさがした。顎の落ちた口からとめどもなくよだれをながし、彼は拳銃をつきだした。

「でていけ……」彼はくるしみもだえて喘いだ。「でていけ、ぶっぱなすぞ……」

女は身動きもしなかった。

「いっちまえ、これがみえないのか……」

彼のわめき声は、シューシュー鳴る蒸気ポンプの音に昂まった。眼はとほうもなくうつろになり、発作の徴候をあらわした。

「わたしの名は、レオノーラと申します。わたしはアンドロイドです」

女はなだめるようなやわらかい声でいった。ケンは喉をゴロゴロ鳴らし、うつろな眼を女に据えた。

黒い髪は腰までとどき、白い顔にひらいた双の瞳は信じがたいほどの黒さ。かがやく皮膚の白さと髪の、瞳の黒さが、神秘的な配合を見せている。朝露のように新鮮な眼がゆるやかにケンをみつめた。ケンの腕は下にひかれて落ち、拳銃が床にころがった。

「アンドロイドだって……」

「ロボット・アソシエーションが、わたしに、ここへ来るよう指示いたしました。わたしはあなたのお世話をいたします。それがミス・ジュリのご希望でございます」

「ちかよるな！」ケンは息をきらせてさけんだ。レオノーラはやさしい眼をむけ、従順に命令を待った。

「アンドロイド……ロボットか、そうか、ロボットなのか……」

　ケンは安堵に膝がくだけてすわりこんでしまった。はげしい緊張の反動がきたのである。

　やがて、ケンはそろそろとレオノーラにちかづいた。めずらしい香料のように、香りたかいレオノーラの呼吸が、顔にふれるまで……

「人間そっくりのロボットなんだ」彼はおずおずと手をのばし、肩からむきだしになっている、なめらかな白い腕にさわった。

「やわらかい。だけど人間じゃないんだ。呼吸もするし、女の匂いもする。汗だって分泌する……だけど人間じゃない。プラスティックの機械なんだ。ぜったいに危害は加えられない。ロボットなんだから……」

　彼はヒステリックに笑いはじめ、しまいには息をきらしてむせび泣いていた。

　しかし、レオノーラは、自分を柩のなかに塗りこめてしまったケンには刺激の強すぎる夾(きょう)雑物(ざつぶつ)であった。彼は何度もくりかえし、レオノーラが人間ではなく、高性能のロボット、巧(こう)緻(ち)なアンドロイドなのだと、自分に納得させなければならなかった。レオノーラがどんなに人間らしくふるまい、人間そのままに見えようとも、ただの機械にすぎず、決して自分に危害を加えられないのだと、たえず考えていなければ、とてもケンには耐えられなかったのである。

　ロボットはぜったいに暴力をふるったり、生きものを傷つけたりできない。だが、アンドロイドのレオノーラはあまりにも人間に似すぎていた。それがケンのもろい心を傷つけた。それにもまして、彼の墓場の平穏をみだすものは、すべて闖入者(ちんにゅうしゃ)であり敵であった。ケンは不信にみちた眼で、レオノーラの一挙一動を監視しつづけ、かたくなに心を閉ざしつづけた。

ロボットの静かなものごしで立ち、命令を待っているレオノーラに、彼は敵意をこめた横眼をくれ、荒々しくいった。

「なにが欲しいんだ。なぜ行っちまって、おれをほっといてくれないんだ？」

「わたしは、あなたにおつかえするよう、指示されました。どうぞ……」レオノーラは、やさしいふるえをおびた声でいう。「どうぞ、なんでもご命令くださいませ」

「そんな指示、豚にでもくれちまえ！」

ケンは絶望的にののしった。ロボットなんかもうたくさんだ。

「眼をさませばかならず、きさまがいやがる！　そんな眼でおれを見るな。さっさと出てって、ロボット会社へ帰っちまえ」

「お許しください。わたし、指示を受けていますので……お望みのことを命令してくだされば、どんなことでもいたします」

ケンは怒りに歯をむきだした。

「命令だって？　命令してやるとも、会社で受けた指示なんか忘れて、どこへでも失せろ。そんなところでうろうろしているな。きさまなんかにしてもらいたいことなどなにもない。わからないのか？　きさまはもう二日もおれを苦しめているんだぞ。ロボットふぜいにそんな権利があるのか。奴隷野郎！　でていかないんなら、ほうりだしてやるぞ！」

彼はやみくもに突きあげてきた猛烈な自己憐愍と憤怒の衝動に駆られ、いきなり枕をレオノーラに投げつけた。

「でてけ、でてけ！」

枕はレオノーラの頬をとらえ、髪をみだした。すきとおるような腕に、いくすじか髪がからみつき、おののいた。彼女はだまって、身じろぎもしなかった。

ケンは枕の下から現われた拳銃に気づいた。にわかに興奮がしらじらしく醒めた。おとなしいロボットに乱暴してなんになる？　自分が兇暴な人間のひとりだと証明するだけじゃないか。

「たのむからでてってくれ、おねがいだ」

彼は声をやわらげ、屈辱に顔をあからめた。自分はロボットにまで懇願しなくちゃならないのか。これではあんまりみじめすぎる。

レオノーラはうなだれ、うちしおれて、ドアに歩いていった。かなしく心を傷つけられて……

ケンはばかげたことを考えている自分に気づいた。が、レオノーラはどう感じているのだろうか。とてもみじめなのではないだろうか？　ロボットが、たとえ人間そっくりのアンドロイドとはいえ、感情を持つはずはないと思っていたが、あれほど人間らしく見え、人間らしくふるまうのならば、もしや……

それをたしかめようとする強力な欲望が、ついに閉ざされた枢を破った。

「待ってくれ」と呼びかけ、レオノーラがふりむくと、彼はどぎまぎした。「きみは……気をわるくしたのか？」

「いいえ」レオノーラはしずかにいった。「わたしはロボットです。たとえ、どのような目にあわされても、腹を立てたりはできません。そのような機能がないのですから」

「しかし、きみは悲しんでる。そうじゃないのか？」

「わたしにはわかりません。お許しください。わたしにはわからないのです。自分の気持がどういうものか……」

「ぼくにはわかる。きみは悲しんでるんだ」

ケンは驚きをこめて、レオノーラのうつくしい顔をしげしげみつめた。

「きみはいったいなにものなんだ？　たしかにきみは血も肉も持たない。人間そっくりにつくられた機械だ。きみはいったいなんのためにつくられたんだろう？　デタラメな遊びに飽きた連中が、いやらしい目的のために、きみのようなアンドロイドを使うという話は知ってる。だが、そういうロボットがいつか人形以上のものになって、自分自身の心を持つということが、ほんとうにあるのではないだろうか？　もしそうとすれば、人を傷つけることができず、ただ奉仕することしか知らないきみたちロボットのほうが、すれっからしの邪悪な根性の人間どもより、はるかにすぐれた存在じゃないだろうか？」

レオノーラは、皓い(しろい)ちいさな歯を唇のあいだにのぞかせて、うっとりと聴きいっていた。眼がかがやき、未経験のあたらしい感情に酔っているようだった。

「それでは、あなたはわたしに腹をたてていらっしゃらないのですね？」

レオノーラのよろこびようがあまりにもいじらしいので、ケンはうしろめたい気がするほどであった。どんな侮辱を加えられても、彼女には怒ることができないのだ。ほんものの女がどんなに残酷で気ちがいじみているかを考え、彼はふしぎな思いを味わった。

あのとき、襲いかかった暴徒のなかに、血ばしった眼玉をむきだし、泡をふく口にとがった歯をぎらつかせて、わめいていた女どもを思いだし、身ぶるいして記憶の断片をおしのけた。理性などたやすく切れてしまうもろい靭帯(じんたい)にすぎない。いつ気がちがうかわからないのだ。

いかなる宗教といえども、人間の本能的な破壊欲を矯(た)めることはできなかった。まして宗教が泥だらけの木偶(でく)になりさがったいま、人間たちのあいだに暮らすことは、安全装置のない爆薬と同居するようなものだ。虫も殺さぬ人間でも、身を護るためには形相を変え、敵の喉に食らいつく。しかし、ロボットは、自己保存の本能すら持っていないのだ。根元的な生きものの残酷さに欠けているのである。

ケンは、血塗られた恐怖のほか、なにひとつ憶えていないこの一年間、はじめてなごやかな気分がもどってくるのを感じた。自分とレオノーラのほか、だれもここにいない。ふいに気がちがって、自分の喉をかき切ったりしないロボットのレオノーラがいるだけだ。

「なんでもお望みのことをお申しつけください。命令をお待ちします」と、レオノーラがいう。無邪気なレオノーラ。彼は妙に胸がつまる思いになった。一所懸命、なにかいいつけられるのを待ち望んでいる。当然予期される命令のない状態は、彼女の電子頭脳にとって苦痛となるのだろうか。

ケンはいま、思いやりのやさしい気持を取りもどしていた。治療不能とサジを投げた医師が見たら、ただくるしみもがく盲目の虫のような状態から、奇跡的に脱したケンに驚かされたであろう。

「もし、きみが将棋を知っているといいんだが……」ケンは手許にあった駒をとり、つぶやいた。「もちろん、知りやしないね？」

「はい。でもおぼえます！」レオノーラはこの思いつきにとびついた。「あなたのお相手をさせていただけるなら」

うまくいくとはもちろん思えなかった。おそまつなロボットでさえ、将棋となればとうてい人間はその敵ではない。しかし、ケンは駒の並べかたから教えにかかった。顔を上気させているレオノーラのよろこびをうちこわしたくなかった。

それはまったく、ほんとうのことであった。

「きみに将棋を教えるのが、こんなに、うまくいくとは思わなかった」と、ケンがいった。

「ほんとにきみは、人間そのままにつくられているんだな。ロボットにしてはものおぼえが悪いし、ヘマもする。ロボットがヘマをするなんて知らなかった」

「あたしがヘマをすると、楽しいとおっしゃるんですの？」

レオノーラはしんけんに考えこんでいた。皓い歯でちいさな唇をかみ、額にうすいシワをよせて。彼女はものごとに熱中するたちであった。倦(う)みもせず盤上を睨(にら)んでいて、ケンがいいかげんにあしらうと、怒る——怒ったようなふりさえするのだった。はじめはケンをよろこばせようとつとめ、いまでは自分のほうがすっかり面白くなってしまったというありさまなのである。

ケンはまごうかたなく幸福であった。そしてそれが彼に罠(わな)をかけた。

地下深く、ちいさい安全な洞窟に、レオノーラとふたりきりですごす幸福な日々。それがいつか終りを迎えることがあろうとは、一度も考えなかった。彼は、あまりにも申しぶんない幸福にだまされた。それとは知らず、自分自身をだましていたのである。勉強熱心のレオノーラに、そろそろ足許を見すかされだしたころのこと。

「ずるいわ、ケン」と、レオノーラが非難をこめていった。ケンにはめ手を使わせるほど、彼女は上達していた。

「卑怯なものか、まっとうな手さ」

「にくらしいかた」レオノーラはすねた。「あたし、あなたがすこし嫌いになったみたい」

彼女はぷりぷりしながら、ひまをもらってロボット会社へ帰ってしまうとおどかし、ケンを笑わせた。

彼はふと自分の顔に手をふれた。

「ぼくはいま笑っている、そうだね？」レオノーラが保証すると、彼はふしぎそうに自分の笑顔を撫(な)でまわし、たしかめた。「ジュリでさえ、あれ以来、ぼくの笑いを見たことがない。

あんなにつくしてくれたジュリなのに。そのぼくを、きみはやってきてわずかのあいだに、すっかり変えてしまった」

その発見が彼を有頂天にした。彼は興奮しきって、再生した笑いをいじりまわした。

「ジュリが見たら、どんなによろこぶだろう！」

妹への感謝が朗らかな泉のように湧きいだし、彼は夢中になってしゃべりはじめた。

ジュリがヨーロッパから帰ってくるまで、この笑いを大切にとっておく。ほら、ごらん。ぼくは笑えるんだ！　とっても、調子がいい。おどろいたろう。ジュリが帰るまであと二日だ、待ち遠しい。

笑顔を保存しようとする努力で、顔がだるくこわばりはじめ、彼をすこしのあいだ心配させた。原因がわかると、いっそう機嫌よく顔の筋肉をいろいろ動かし、上手に笑う練習をはじめた。意識して笑おうとつとめると、ぎごちなくなってしまう。なかなかむずかしい。唇がひきつれた。鼻孔がぴくぴくした。歯をあまりむきだしてはいけない。たのしそうに、幸せそうに、ゆたかな笑顔、それが最上だ。失敗した、無理な不自然な笑いになった。もう一度やりなおし。今度はうまくいった！　ほら、見てごらん、レオノーラ！

彼は出来栄えにいたく満足し、誇らしげにそれを見せようとした。

「どうしたんだ、レオノーラ？」彼はあっけにとられた。レオノーラはだまって壁にむかって立っていた。

「ミス・ジュリが帰っておいでになります」

「うん、あさってだ。ジュリをびっくりさせてやるんだ」

ケンは上機嫌だった。レオノーラの声はしずんでいた。

「あたし、ロボット会社に帰らなければなりません」

「どうして？」

「ミス・ジュリがおもどりになれば、会社との契約は切れます。会社から帰れと指示があれば、あたしは帰って行くのです、ケン。あたしはロボットなのですから。あなたとお別れしなければなりません」

「だめだ！」ケンは叫び声をあげた。「そんなことはできない！」

「しかたがないのです。あたしにはどうすることもできません」レオノーラはかなしげにいった。

「だめだよ、きみが行ってしまったら、ぼくはどうすればいいんだ」

ケンは必死に抗議した。恐怖に顔がゆがんだ。つぎつぎにおそろしい想像が胸をかすめた。レオノーラを会社が呼びもどす。技師が彼女の記憶を消去する。レオノーラは自分の顔を見てもなにも思いださない。たのしい日々の想い出は一瞬に古フィルムの燃えかす。そしてある日、どこかのくだらない放蕩者が、レオノーラを借りだし、いやらしい目的のために、彼女の身体を使うかもしれない……もし、そんなことになったらどうしよう。

冷汗がながれ、ぶるぶるふるえだした手は握っていた駒をこぼした。「きみを行かせるわけにはいかない。そんなことはできないよ」彼は苦しみもだえる声でさけんだ。

「きみが必要なんだ。きみを買いとろう！　きみの値段はどのくらいするんだ？」

「はっきりとはわかりません。ロボット会社はアンドロイドを貸しだすだけで、売らないのです」レオノーラは心もとなげにいった。

「どうしても、ぼくはきみを手に入れる。いってくれ、いくらなんだ？」ケンは一すじの希望にすがった。

「たぶん、三十万ドルぐらいでしょう」レオノーラはためらいがちにいった。

「三十万ドル！」ケンは絶望した。「とても買えない。手術にみんな使いはたしてしまった。家も車もあらいざらい売りはらってしまったんだ。金をつくるあてもないし、ジュリだって、そんな大金を持っているはずがない」

世界がガラスのように砕け散り、足許から沈んでいった。ケンはベッドに倒れこみ、両掌で顔をかくした。絶望のにがい泪が頰を流れた。やつらはなにもかも、ぼくからうばっていった。ぼくの顔、ぼくの金、ぼくの未来、いっさいがっさいを。そして今度は、レオノーラまでとりあげようというのか。やつら、きたない貪欲な人間ども。やつらはすきさえあれば襲いかかり、他人の持物をあらいざらいむしりとろうとする。

狂気のように口ばしりはじめたケンを、レオノーラは睡眠剤で鎮めなければならなかった。

彼は苦悩にみちた眠りの底にしずみ、そこには血まみれの悪夢がとぐろを巻く毒念の蛇のように待ちうけていた。

黒い杭のような影の群れ、兇意にみちた星々が夜空に穿つ白く光る眼。子どものひきつる泣き声。摑みかかる不吉なかぎがたの指先。

彼はすさまじい悲鳴をあげつづけた。悪寒にふるえわななき、冷汗にまみれて醒めた。

「やつらは殺すのが好きなんだ。手を血のなかにつっこむのが好きなんだ」

彼は息もつけない喉をかきむしって泣いた。

「やつらは殺すのが好きなんだ。人殺しをたのしむんだよ……」

レオノーラの手を握りしめ、彼はうめき泣いていた。うちひしがれたみじめな顔を泪が流れた。

「ぼくを護ってくれ、見すてないでくれ！」

彼の絶叫はすさまじかった。

「やつらがやってくる。ぼくを殺す気なんだ！　よせ、近よるな、おい、なにをする気なんだ、きみらはみんな気ちがいだ！」

彼はレオノーラの手をふり切った。壁にぴったり背をつけ、くっきりと描かれた恐怖の顔をむけた。あらゆるものが彼を迫害していた。

「あの子に訊いてみろ。あの子はウソをいってる。みんなデタラメだ！　おい、わからないのか、正気の人間はだれもいないのか……」

彼はずるずるくずれ落ち、よわよわしくかばうように手を突きだして号泣した。暴徒がおしよせた。腕の骨が枯枝のようにポキッと折れ、頭骨の砕けるぶきみな音をきいた。顔がぐしゃぐしゃにつぶれ、流れでた眼球がたちまちちぎれていくのを感じた。血だまりのなかで彼は死にかけていた……

レオノーラは、両掌にはさんだ彼のこめかみをいっしんに撫でさすった。同情にみちたやさしいいたわりが、しなやかな指先から流れこんだ。くもったレオノーラの顔を、空虚なまなざしでみつめ、ケンは突然さとった。レオノーラを失うことは死であった。まごうかたないもう一つの死、精神の死であった。それは巨大な重量を持った雪崩のように彼を圧倒した。

彼は死にものぐるいであがいた。レオノーラを摑まえてどこにも行かせないこと。それは彼にとって、どんな犠牲もあまんじてはらうべき至上命令となった。彼のまさぐる指先を、時間は電流のように流れた。あれほど期待にみちて待ったジュリの帰る瞬間は、いまや残酷な責苦の執行猶予の時となった。

レオノーラだけは、なんとしてもだれにも渡すことはできない。レオノーラを行かせることはできない。彼はあらあらしい絶望にふるえながら、ベッドに横たわり、彼女を見つめつづけた。必死の願いを眼にこめて、その思いの激しさでレオノーラをしばりつけておこうというように。

しかし、レオノーラは立ちあがって去ろうとしていた。抗しがたい力でひきたてられ、恋人からひき裂かれて奴隷に売られて行く少女のように、悲しみの顔を彼にむけ、一歩、また一歩と彼からはなれ、後退っていった。

レオノーラが去ってゆく。なげきにみちてさしのべられた指先を、猶予の時がひきもどし、二度ととりもどせない貴重な空間がひき裂けてゆく。たのしい日々の幻が朝露のようにみるみる消え失せてゆく。彼はそれをとりもどそうと、しっかり手許にひきよせようと死にものぐるいであがいた。

「お別れです！」とレオノーラがさけぶ。「お別れです。会社から指令がきました。あたしは行かなければなりません！」

「行かないでくれ、レオノーラ。きみがいなければ、とても生きていけないよ」

　彼は手をのべ、レオノーラをもとめて、ようやく立ちあがった。レオノーラを磁力が金しばりにし、ひきもどしてゆく。レオノーラは抗うことができない。彼女はロボットなのだから。ケンの名を呼びながら、彼に顔をむけておこうと努力する。

「許してください。あたしは行かなければ。会社が呼んでいます。さよなら、ケン、あなたを愛しています」

　さよなら、さよなら。

「行かないでくれ、おねがいだ」彼はかぼそい叫び声をたてた。「行くな、レオノーラ、もどってくるんだ！」

　彼は自分に邪魔だてするあらゆるものに、怒りと抗議を投げつけた。レオノーラを捉えられぬもどかしさが、彼に耐えきれぬうめき声をあげさせた。憤怒の白い火花が散った。激怒に彼は身ぶるいした。

「だめだ。きみを行かせるわけにはいかない！　それくらいなら、いっそおまえをこわしてしまう」

　ケンは拳銃を握りしめていた。人間なら脅して命令にしたがわせることもできよう。だがレオノーラはロボットであった。彼女をむりやり動かし、命令できるのは、会社、やつら、残忍で兇悪な人間どもだけであった。彼は憎悪にわれを忘れた。やつらにむけて拳銃を射った。真紅の霧のむこうにうごめくやつらに、つづけざまに弾を射ちこんだ。熱い怒りに焦げた弾道が走った。

　レオノーラはよろめいた。ふかい憐愍と悲哀をこめてケンを見つめ、レオノーラは倒れた。

　ケンは拳銃をすて、走りより、見おろし、膝を突いた。レオノーラのみごとな感情をそなえた顔から、すでにあれほどやさしさにみちた愛は失われていた。それはものいわぬ仮面であった。レオノーラはこわれた生命のない人形、機械のかたまりに還元してしまった。

　レオノーラは死んだ。

　彼が殺したのだ。

　レオノーラの白い皮膚に変化が生じた。霧がうすれていくように透明になり、ガラスのように透き徹った。ケンの顔がその面（おもて）に映った。兇暴な人殺しの顔であった。あらあらしい血に餓えたやつらの兇悪な形相を彼は見た。

　いきなり強烈な照明をそそいだように、すべてがその全貌を現わした。巨大な杭のように頭上から降ってきて、眼前に突き刺さった。

　彼は絶叫をあげてとびすさった。やつらのひとり、人殺しがそこにいた。それは彼自身であった。

彼はだらりと顎をたらし、きれぎれの悲鳴をあげながら、よろめき退った。眼もくらむ恐怖の巨波が彼をおしつぶした。それをはらいのけ逃れるための、ただ一すじの途を見つけようと、狂気のように彼はもがいた。ふるえわななく指が拳銃の兇暴な手ごたえを探りあてたとき、彼は鈴の音をきいた。ジュリのスリッパの音であった。それはしだいに、まがまがしい鐘の音のように昂まり、轟きわたった。

死を蒔(ま)く女

精神病医は、その女の去った戸口に眼を据え、しゃちほこばって座っていた。胸中にむかつくような虚ろな空洞が生じ、無力感を感じていた。その空洞の中に氷の結晶が現われ、急速に成長して行くようだ。

やがて、それが彼の五体の内部をそっくり占領すれば、医師のかたちをした氷の像が椅子の上に残ることになるような気がする。

医師は声をあげて看護婦を呼んだ。

「猫の死骸の臭いがする。きみはあれをどうしたんだ？」

ポニーテイルの看護婦は、隣室から仕切戸を押して、けげんそうな顔をのぞかせた。

「もう下へ持って行きましたけど。どうかなさったんですか？」

「臭いんだ。きみはなにも感じないのかね？　胸がむかついてくる」

医師は汗を額に光らせていた。

「そうでしょうか。あたくし、べつに感じませんけど、窓をあけて空気を入れ替えます？」

「そうしてくれ。たのむよ」

声は苛立ち、鋭い調子をおびていた。看護婦は、医師がいくらか神経質になっている、と思った。

可愛がっていた猫が急に死んだせいかもしれない。ほんとに突然、わけのわからない死にかたをした。あんなに元気のいい、お調子ものの猫だったのに……

彼女は窓をあけた。

都心の高層ビルの十五階にある窓。灰色の舗石は、はるか下に遠い。冷えた空気が室内に流れこむ。

「これでよろしいですか、先生？」

「あ、ああ……結構だ」

医師は手の甲で、濡れそぼった額を押し拭った。看護婦はミニの白衣から、すっきりした恰好（かっこう）のいい脚をみせ、ポニーテイルの髪を一振りし、小造りの身体をきびきびと揺って、部屋を横切って行く。気の利くいい娘だ。万事につけて不確かさというものがない。事務用品のように現実的だ。

「ちょっと、きみ……」

医師が衝動的に呼びとめる。

看護婦は振りむき、黒いボタンのように光っている瞳をむけた。医師は汗にまみれた手を振った。

「いや、もういい。用事はない」

看護婦は目礼して隣室へ去った。

医師は、ひどく抑制を欠きはじめた自分を知った。すんでのところで悪夢にうなされた子どもみたいに振舞うところだった。ひとりにされたくなくて、看護婦をひきとめておきたかったのだ。

焦燥が耐えがたい苦痛になりはじめた。居ても立ってもいられない。弾かれたように椅子を立ち、脂汗を身体中に滲ませながら、室内を意味もなく歩きまわる。

胸中の氷塊の重みで、ほとんど呼吸困難だ。

医師は、自分が怯えている事実を認めたくなかった。それは、子どもを死ぬほど脅やかす暗黒の恐怖だ。ただ、むしょうに恐ろしい。理性ではひたすら反抗し、否定しつづけ、しかも完全に否定し去ることができない。魂の芯が虫食い歯のようにむしばまれているのだ。無力感で身体が萎え痺れ、鋼鉄の指が心臓を絞めあげる。

子どもや未開人は、この恐怖だけで死ぬことすらある。

ふいに医師は立ちどまった。自分の唇が自然に動いているのを感じたのだ。

――そんなはずはない。そんなこと、常識ではとても考えられない。あなたは、自分の想像を現実ととり違えてしまうんですな。強迫観念はだれにもあります。心配はいりません。治療すればよくなります。それで、頭がひどく痛んだり、失神したりするようなことはありますか？

——ありません。ありません！

その女の暗く熱っぽい声がまざまざと聞こえた。女がそこで喋っているような、明瞭な声音。

幻聴であった。背筋に氷の指がふれたように、全身が鳥肌立った。医師は顔面をひきつらせて立ちすくんだ。

——そんなこと、全然ないんです。ただ……こわいんです。居ても立ってもいられないんです。我慢できません。とても我慢できません！　先生、たすけていただきたいんです。

暗く思いつめた、女の顔の幻影が、患者用の椅子の上に現像された。想像力がせっせと働きだし、記憶の映画フィルムを映写しはじめたのだ。

折れそうなほど痩せほそった女の身体つき。長い黒髪にかこまれた蒼白な顔。膝の上にかぼそい指が、絶えず、組まれ、ほぐされ、組まれ、ときおり発作的に力がこめられて、手の甲に白く腱が浮きあがる。

——ただの想像ですよ、人間を呪い殺すなんてことは。そんなこと、あるはずがない。

——そうじゃないんです。だからこわいんです……あたし、ほんとに思っただけで、生きものを殺せるんです。

——ブゥードゥー教の妖術師みたいに？　迷信深い無知な黒人は、呪われていると知っただけで神経衰弱になって死ぬこともあるそうですがね。

医師の職業的な冷静な声音に、いくらかうんざりした響きがまざっていた。

――日本にも、丑の刻参りという俗信呪法があります。神木に、憎い敵を象るワラ人形を五寸釘で打ちつけ、呪い殺すというんだが、まさか、あなたは……

――いいえ、そんなことしません！

――ふうむ……で、あなたは、その恐ろしい能力を、実際に応用したことがあるのですか？

医師は辛抱をつづけていた。好き勝手な長話を我慢して聞いてやり、投薬し、適当な食餌療法の指示を与えてやれば、彼らはけろりとして帰って行くものだ。近代人はだれしも強迫観念の妄想にとり憑かれているのだ。都会生活の自己疎外は、おびただしい神経症患者を生む。

――……

女の声が小さいので、医師は聞きかえさねばならなかった。

――あるんです。人が死にました。あたしの憎んだ人が……あたしが殺したんです。

――殺した⁈　まあ、よろしい。では、最初から筋道をたてて話してごらんなさい。

女の烈しい痛みに耐えているような表情に、微かな熱意が浮きあがった。

＊

クリスマスが迫った街路はひどい雑踏。商店街の店頭に明滅する色とりどりの豆ランプ。

金銀のモール飾り。舗道に散乱する造りもののヒイラギの葉。

ショーウィンドーの豪華なデコレーションケーキが子どもたちのもの欲しげな視線を吸い寄せている。ガラスに白くぺしゃんこに押し潰された小さな鼻。曇っては晴れ、晴れては曇るせわしないガラスの吐息。

クリスマス・ツリーの枝々を震わせる途方もない音量のジングルベル。

道行く人々は、コートのえりを立て、凍てつく空気の歯に犯されまいと、白いマスクの後ろに隠れ、押しあいへしあい右往左往、街路を流れて行く。だれもが他人に無関心。通りは白々しい喧騒と混雑と光の洪水。

連れ立った若い娘たち。コートのすそから輝くような若い脚をむきだして、ハイヒールのかかとが舗道を足早に踏んで行く。腕にはハンドバッグも埋もれた大きな買物の包み。顔にはこすっからく光る眼のふちを黒く彩るマスカラ。ピンクの口紅。

ものほしげな若い男。しゃれた服装に有金残らずはたいて、安あがりな女の子をはって歩く。

赤鼻の酔いどれ。けばけばしい水商売の女。笑いさざめく家族連れ。生活に疲れた中年男の眼鏡を曇らす、白マスクの中のいきれ。

――あの男は死んでしまった……死んでしまった……

群衆。繁く交錯する脚の群れ。舗石のへこみに光る水たまり。勢いよくまたぎこして行く。無感動に水たまりに踏みこみ、波紋を生む頑(かたく)な、孤独な歩行のハイヒール。急ぎもせず、浮きたちもせず、活発な人波に逆らう孤独な女の靴。

──裏切者。ろくでなし。やくざな卑劣漢。ちゃちな女たらし。

でも、もう死んでしまった。あたしの預金通帳の残高がゼロに近づいたと同時に、古いハンカチのようにあたしを捨てて、他の女に乗りかえた男。あたしの憎んだ男。でも、もう死んでしまった……あたしの憎しみが毒液になって、男の血管を腐らせたように。腐ったはらわたが現実化して、腐って死んだ。朽ち木のように。

もし、人の怨みで、他人を殺せるものなら、あたしがあの男を殺したのよ。

こんなにも、あたし、痩せてしまって、幽霊のよう。燃え尽した残滓のようなあたし。そうだわ。あたし、あの男を焼き殺してしまったのよ。自分を燃やして、怨恨の炎で。

せめて、あの男にさよならをいおうか。いえない。とてもいえないわ。あたしの憎しみがまだ燃えつづけているから。もう死んでしまったのに、あの男の肝を、緑の火で焼いている。あたし、こんなに痩せて醜くなってしまった。あの憎い男、あたしをこんなにしてしまって……

女は歩く。顔は白く死んで眼も虚ろ。その身体は、細く、耐えかねる高圧を負わされ、もろく灼け溶けそうな電線、いまにも崩折れそうな。乱れた長い髪はえりを這い、外套の尖った薄い肩にもだえている。

眼窠の闇に、冷たい夜の星々のようにネオンの光芒が流れ去る。

女の足がとまる。地下鉄の入口は、地下の暗闇にはりめぐらされた迷路に続く穴だ。

女は浮游物のように流れこむ。見知らぬ夢の無縁の人々が肩をこづき背を押して女を呑みこみ、運んで行く。

女は、構内に満ちあふれる轟音を聞く。さながら身も世もない歯ぎしり、生きながら押し潰される者の凄まじい絶叫を聞く。もはやそれは地下鉄の車輛ではないようだ。滑り来る神の碾臼だ。走り来り、走り去り、走り来り、走り去る。

女の蒼白な顔。その眼は、生あるものはなにひとつ映しださない。右往左往する人間たちは、女の瞳に操り人形として映っている。生命のない人形たち。

人形のひとつが女に近づく。薄汚い中年男。血走ってアルコールの靄に泳ぐ眼。すえた口臭。

――つきあわねえか、ねえちゃん……

女は答えない。中年男は狎れなれしく女の身体に手をかける。浅ましいみだらな笑顔。

――淋しそうだな、ねえちゃん。おれがいいことしてやるからよ……

――むこうへ行って。

女の唇が動く。頼んでいるのではない、ただ、物を一方から他方へ移す動作を思わせる声音だ。

――な、行こうよ。ふたりでいいことしよう。

酔漢の執拗さで、男がくりかえしている。

――むこうへ行って。

女の唇から嫌悪の声が出る。

——手をはなして。だれがあんたなんか……

——そうかい。

中年男は断念し、毒づく。

——お高くとまりやがって。どうせ、こっちが一生けんめいやったって、なんにも感じやしねえんだろうが。不感症の役立たずよ、きまってるさ。

——ほっといてよ。

——図星だろうが。え、不感症のねえちゃん。おツユもろくに出ねえんで、男にすてられやがったんだろう。ざまみやがれ、不感症。

女の顔がゆがんだ。屈辱のにがい涙が顔をよごした。中年男はニタニタ笑いながら、卑猥な手で女の腰を押した。

女は憎悪にわれを忘れた。

死ね。死んでしまうといい！

なにかが女の内部で音もなく変質した。女は凶暴な殺意の奔流に身をゆだねた。轟然とホームに車輛が滑りこんでくる。白熱の光の幕。きしむ車輪。滑り来る巨大な重量。凄まじい金属の咆哮。

中年男がよろめいた。背後から押してくる目に見えぬ手に抗しながら、背をかがめ、身をねじまげ、ぎくしゃくとホームの際へ、ホームのへりまで。中年男は反抗する。みずからの脚の裏切りと争う。信じがたい肉体の裏切り行為だ。男の口がぽっかり開いた。男の顔は恐怖にねじけ、ひきゆがみ、末期の声なき絶叫を放っていた。耳をつんざく警笛の悲鳴が、男の絶叫を、単なる顔にひらいた穴に変えてしまっていたのだ。

男は落ちた。ステッキみたいに硬直してもがきもせず。そこへ途方もない重量が滑りこみ、あっさり挽いてしまう。白い水蒸気が狂気のようにきしみあう車輪の下から舞いあがった。

女は叫んだ。秩序を一瞬にして喪失した凄まじい轟音の中、女の口がいつまでも叫び声をあげていた。すべてが色褪せてしまう、この瞬間に。

女の口はぽっかりあいていた。いまだに声なき叫びをあげているように、虚しい驚愕と不信を形造っていた。膝上の掌の指は力のかぎり拡げられ、必死の拒否をつづけていた。暗黒の未知なるものへの恐怖と懊悩をこめて。

――死にました……

女の声はかぼそく戦(おの)のいた。

――しかし、それは……

医師がなだめる。

――それこそ単なる偶然ですよ。男は酔っていた。たまたまそこへ事故が起きた。それだけのことだ。あなたはその酔っぱらいに指一本ふれはしなかった……

――でも、あたしが殺したんです。あたしが酔いどれの死を望んだから……それが起きたんです。あのひとも――あたしを裏切った男も死にました。あたしが死を望んだから……

女の魂が恐怖に耐えきれず、うめき声をあげているのだった。

――偶然が重なっただけのことです。

医師はゆずらない。

――そうじゃないんです。本当のことなんです。

女は力なく抗議した。

――他にも死んだ人たちがいるんです。あたしがそう望んだために……

死んでしまう。みな死んでしまう。わたしが望むと人が死ぬ。犬も、鳥も、虫たちも、花も、木も。わたしは死を蒔いて行く。すべて生命ある者は、わたしの往く道往く道に、わたしのふりまく死に触れて、首うなだれ、膝をつき、崩折れる。

わたしは死の風、吹きすぎたあとは、瓦礫の廃墟。

わたしは冬。すべてものみな死に行く季節。わたしの眼窠にひそむのは死神。巨大な鎌をふるい、根こそぎ生命を切り倒して行く。

わたしは闇。虚無。虚空。

わたしはいつか、なにも知らないあなたのかたわらを通りすぎる。あなたが恋人と待ちあわせる、あなたの座るベンチのかたわらを。

街はみぞれまじりの氷雨に濡れそぼっている。凍え死んだ灰色の街並。立ち並ぶ裸木の葬列。指揮者を失った交響楽団は、車群の警笛。行き交う人々は、傘に顔を隠す亡命者の群れ。

白くやつれた女の顔に、雨滴が無感動に伝い流れる。絶えざる恐怖に追われ、女はさまよいつづける。女は冬だ。その氷の溶ける未来はない。

女の世界は閉ざされた果てしない灰色の回廊。伴侶は吹き荒れる木枯しと永劫の夜。光あふれる生命の世界へは再び戻れない。

舗道にさまよいでた女を冷淡なクラクションで押しのけ、車が走りすぎる。ハンドルに片手をかけ、残る手を娘の肩にまわした若者。外界の冬を拒んで、彼らの世界は人工の春だ。荒涼たる女の顔は、無力な羨望にゆがむ。女が彼らの傲慢な無関心を憎むのはたやすい。

車の消え去る街角で、女の眼窠から解き放たれた死の矢が追いすがり、追いついた。空しくスリップした車のタイヤが宙にもがき、横あいから現われた丈高いトラックの巨大な重量と速度の下へ、あっけなく巻きこまれた。

金属の押し潰され、へしゆがむ凶暴な大音響の後は、蒔かれた死の静寂。

そのデパートの屋上へと、女は登る。この出口のない息詰る世界から逃れようとして。降りつもった雪は汚れ、見おろす下界は閉ざされた灰色。

女はコンクリの柵にもたれ、震え、うちひしがれた。メリーゴーランドも木馬も飛行塔もただ雪に埋もれ、身じろぎもしない。笑い声もざわめきも死に絶えて、逃れようのない女の荒野だ。

女は、凍てついたコンクリートに頬を押しつけた。痺れた無感動な顔をすじひいて、冷たいきらめきが落ちる。

どうしてこんなことになってしまったのだろう。あたしにはわからない。人が死ぬ。あたしにはなんのかかわりもないはずなのに。なぜそれがあたしのせいなのか。

破壊するもの、虐殺するもの、それがあたしの十字架なのか。せめてものことなら、あたしを見ないで。あたしに声をかけないで。あたしを見捨ててしまってほしい。あたしなぞこの世に存在しないもののように。

女の色褪せた唇がぽっかりとあく。声は出ずに手があがり、それをふさぐ。死は多くを語らない。女の前には果てしない荒野の旅が待っている。

女はエレベーターの前に立っていた。黒い凶兆の鳥のように。手に手に買物包みを抱えた人々が、大烏にも似た黒衣の女を横眼にちらと掠めて行く。おや、あれはなんだろう？　幽霊みたいな気色の悪さ。雪女みたいにからっぽの顔。まるでエレベーターに乗るのがこわいといった様子で。まあどうでもいいさ。

露出過度の鈍い脳裡に、もう大烏に似た女の姿は痕をもとどめず、小さな鋼鉄の檻に身を閉じこめて、明滅するインディケイターの光の点と化す。化粧ののりのいい可愛いエレベーター係の顔にみとれて、昇降する鉄の函(はこ)に身をまかす。

快い照明とBGMとスピーカーにやわらかいアナウンスの女声。

黒衣の女は身じろぎもせず、不吉にたたずんでいる。

あたしがあなたを憎み、その死を望めばあなたは死ぬ。でも、憎まなかったら？　ただ思念しただけでも、あなたは死ぬだろうか？　もしそうだとしたら、あたしは人間ではない。人間の形をした死神だ。

もしそうでないとしたら、あたしはまだしも人間らしくいられる。憎悪や怨恨という人間のきずなで結ばれる。それでもあたしは人間でいたい。

女の虚ろな眼は、必死の祈りにも似て、わずかに生きかえった。

女は祈る。その異様な力の根源へと。

再びエレベーターの扉が開き、待ちかねた人波がどっと押し入り、扉が閉じられる。女の賭けた彼らは、輝く光の点と化した。女の大きくみひらかれた眼がそれを追う。光る数字が走りすぎる。はじめは緩やかに、しだいに加速して。女の身体が烈しくわななく。かたく折りまげられた指は雪のかたまり、ふくれあがった喉の血脈は苦悶する小さな鳥。電光のように閃き移る光点はとどまることを知らない。異様な叫喚がはるか下方から舞いあがってくる。光る痙攣が突如終焉し、ものの潰れる無気味な大音響が、空虚な暗渠を突きぬける。

女の顔が虚ろになる。女の賭けは敗れた。女は殺戮(さつりく)する怪物、死神そのものであった。

医師は心の中で肩をすくめた。女の妄想はあまりにもとてつもなさすぎた。

——悪夢の中の出来事だ。

——悪夢だったらよかったのに。でも本当のことです。

女は椅子に、なおさらいじけ、ちぢこまっていた。

——大勢人が死にました。あたしのために……先生、たすけてください。もう我慢できません。あたしのうしろにいるんです。目には見えないけれど、なにか恐ろしいものが……たしかにこの背中のうしろにいるんです。いるんです！　あたしには感じられるんです！

——おちついて。さあさあ、おちついて。椅子にお座りなさい。わたしがついています。

医師の声音は、信頼を生じさせる確信にみちていた。

——たすけてくださいます？

女は医師にその眼でとりすがった。

——あなたは、恋人の死を望む願望と恋人の死が偶然重なったために、大きなショックを受けたのです。異常に鋭くなった神経が、とんでもない幻覚をつくりだした。つまり、あなたは幻想と現実をとり違えてしまったわけです。

——幻覚ですって？　あたしが夢をみているとおっしゃるのですか？

女の顔が不信に硬(こわ)ばった。医師への信頼に冷たい夕靄が降りた。

──やっぱり、あたしの頭がおかしいとお考えですのね？

──そんなことはありません。ただ、あなたの場合、夢と現実を混同してしまう傾向があるようですね。

医師はなだめすかすような微笑を浮かべた。

──夢ですって？

女は信じがたいというようにくりかえした。

──その通りです。夢なんですよ。もし、それが信じられなかったら、いまここで、あなたの能力を試してごらんなさい。

医師は懐柔の調子を声に響かせた。

──いやいや、なにも恐れる必要はありません。試してごらんなさい。気が晴れればしれしますよ。はじめはちょっとこわいかもしれないが、なにも起きやしません。わたしが保証します。

医師の回転椅子の脚に、居眠りに飽きた猫が身体をすりつけた。思わず医師の顔がほころびる。猫を抱きあげて、滑らかな毛並を愛撫した。

──たとえば、この猫ですが、これを相手に試してみたらいかがです？　しかし、本当にあなたが生物を念力で殺す能力の持主でも、この猫は九回殺さねばならないかもしれませんな。ほら、猫は九つの生命を持つというでしょう？

──できません。あたしにはできません！

女は老婆のようなしゃがれ声でいった。

——心配はいりませんよ。どうということはないのだから。

と、快活に医師。

——あたしに、そんなことさせないでください。どうか、そんなこと……

女はまぎれもない恐怖と嫌悪に身体を震わせた。膝の上の指が小蛇の群れのようにうごめきはじめた。

——ほんとに、お願い……

女が弱々しく抗議する。

——元気を出して。さあ。

医師は身をかがめ、猫を床にはなした。猫は背を伸ばし、あくびした。

——やめて！　猫をどこかへ連れていって！

女の声は悲鳴にちかかった。

——お願い。やめて！　あたしに殺させないで！

女ははじかれたように椅子を立ち、恐れと苦悩にみちた顔を医師にむけた。

——夢ですよ。みんな想像力のつくりごとです。安心して忘れてしまいなさい。

医師が微笑しながらいう。

——ちがいます！　夢じゃないんです！

女の顔には、相反する二つの感情、激烈な恐怖の念と、医師に信じさせたい願望が争っていた。その顔がゆっくり変化した。異常に大きく眼がみひらかれ、口は更に大きく、悲鳴のかたちにひらいた。

――やめて！　あたしにそんなことさせないで！　あたし、先生にたすけてもらいにきたのに。もうおそい！　おそいわ！

絶望的な声だった。

医師は、女がみるみる骸骨のような顔になるのを見て愕然とした。

なにかが床で生じていた。

床に目をやった医師の顔が、耳の下まで色を失った。歯が咬みあって鳴った。

猫が四肢をぐんにゃり伸ばし、床に転がっていた。吐瀉物をまきちらし、だらりと舌をはみださせた猫は笑い顔だった。

――死んだ……

医師は呆然自失した不確かな声でささやいた。

――死んだ？

女は刺すような小さい悲鳴をあげはじめた。眼には虚ろさにかわり、ガラスの破片のような冷たいきらめきがあった。

――あなたがむりにやらせたのよ。

女は告発した。

――あなたのせいだわ。あたし、やりたくなかったのに。ほんとにやりたくなかったのに。

あなたのせい、あなたのせい、あなたのせい！

女は双手をさしあげて絶叫した。

——あたしじゃない！　あたしのせいじゃない！

女の死にもの狂いの糾弾は、震えながら、しだいに音階が高く吊りあがって行くヒステリックなサイレン。部屋中を震えおののかせ、空気を沈痛な罪科の思いでいっぱいにして行く。

女の顔は、未知の夜の闇に脅える幼児の顔。ひらいた生々しい傷口はその眼と唇。死骸の猫はにやにやする笑い顔。

——あなたが殺したんだわ！

女が最後に叫んだ。責任回避とうしろめたさの大波が押し寄せた。女は悲鳴をあげて走りだした。かかとに恐ろしいものが追いすがっているような、あわてふためいた逃げかただった。ドアが大きくあおられて、バタン！　としまり、恐怖の逃走を劇的にした。廊下を連続する銃声のように、夢魔に追われる靴音が逃げ去って行った。背後には白熱の溶岩の流れと大津波が押し迫まり——しかし、医師にはわかっていた。女を追うものも、ほかならぬ女自身なのだということが。

＊

身体がだるく、気力が失せ、寒気がした。

医師はときおり襲う悪寒に慄えて、椅子に座りこんでいた。あけはなたれた窓から、遠慮なく冷たい外気が流れこむからだが、そのためばかりではなかった。

　も・ち・ろ・ん……頭の中で、思惟が異様に悠長な調子で語っていた。

　も・ち・ろ・ん・ネ・コ・は・ぐ・う・ぜ・ん・に・死・ん・だ・の・だ・あ・の・お・ん・な・と・は・な・ん・の・か・ん・け・い・も・な・い・だ・が・そ・う・だ・ろ・う・か・ネ・コ・は・ど・こ・か・で・ひ・ろ・い・ぐ・い・で・も・し・て・ど・く・に・あ・た・っ・た・に・ち・が・い・な・い・だ・が・そ・う・だ・ろ・う・か・

　思考の速度が極度に散漫になり、医師のまさぐる思考は、いたずらに灰色の舌をはみださせたにやにや顔の猫の死骸の周辺を低迷した。

　胸のしこりの重みがあまりにも圧倒的に巨大になりすぎた。医師は疲れきっていた。

　お・も・す・ぎ・る・お・も・い・の・け・て・く・れ・い・き・が・で・き・な・い・

　医師は突然さとった。その重いしこりが、だれかの心の苦悩だということを。

　手がかりのない岩肌をよじ登るような苦心をはらって、開放された窓の際へたどりついた。

　この耐えられぬ重みを捨てるのだ。窓の外へ。医師は十五階下の地上へ眼を落した。

　いきなり医師は難題を解決した。それがあまり簡単なのでひどく気に入った。すばらしい考えだ。じきになにもかも忘れて、さっぱりしてしまうことだろう。このどうにもならぬ重いしこりを造作なく始末できるのだ。

　医師の顔にだらけた頼りない願望が浮かんだ。医師は見降しつづけた。灰色の地表は遠く十五階下にあった。

「い・っ・ち・ま・え・！」

ゆっくり罵って、医師は仕事にとりかかった。

看護婦がドアをあけて入ってきたとき、デスクのうしろに医師の姿はなかった。仕切戸続きの奥の間にも、どこにも。

ポニーテイルの看護婦は、書類を手に、当惑を表情にあらわし、あたりを見まわして、あけっぱなしの窓に眼をとめた。室内は冷えきって身震いが出るほどだった。

看護婦はきびきびと歩み寄り、窓をしめた。

虎は目覚める

ロケット・マンが地球に嫌悪の念を抱くのは、ごく自然のなりゆきだ。降り立った瞬間から、落ち着かぬ不愉快な気分が育ちはじめ、そのうちに、この星のいっさいがっさいすべてが、いやでいやでたまらなくなる。柩のなかに閉じこめられ、生き埋めにされたような気持になるというのだ。ロケット・マンは地球をゴースト・スターと呼んでいる。荒涼とした星はいくらも知っているが、この星のぶきみな雰囲気だけは我慢できないという。数すくない地球生まれのロケット・マンにしても、それはおなじことだ。あるいは、この連中が、いちばん地球を嫌っているのかもしれない。とびだしたが最後、二度と足踏みしないほどである。

年に一度もどってくるぼくは、そのうちで例外といえるだろう。もちろん、気が滅入るのは、ぼくにしろおなじだ。

地球に着くたびに感じるのだが、その都度この星はみすぼらしさを増してゆく。ただむやみに宏大な宇宙港は淋しく砂塵をのせた風が巻き立つばかりだ。砂漠を巨大な機械力で切りひらいた百万エーカーの大宇宙港も、執拗な砂漠の反撃に押しもどされ、当初の二割にまで後退してしまった。やがては原初の姿に還ってしまうだろう。この二世紀、宇宙港はただの一度も修復を受けていないのだった。

ぼくの乗ってきた恒星間宇宙船は、灰のなかに光るまあたらしい銀貨のように見えた。跳躍能力を備えたこの宇宙船は、十パーセク単位でリープする。恒星間航行を可能にしたこの跳躍能力の完成に、地球がまるで関与していない事実は、本末転倒といってもいい。なんといっても、最初のロケット・マンを虚空に送りだしたのは、地球なのだ。感情論は抜きにして、ロケット・マンのだれもが、それだけは認めている。その光景を心にえがくことは、微妙な興奮をよびおこす。壮大な花火のように空を彩った、無数の宇宙開拓船のなかには、絶対真空と放射能と流星雨に闘いを挑む、父祖が乗りこんでいたのだ。そのときのなまなましい感動と闘争心のおすそわけにあずかることは、われわれが相続した遺産である。

しかし、ロケット・マンは、地球の栄光を口が裂けても認めはしない。たとえ事実であっても、感情が容認しないのだ。みじめな老残の星、ゴースト・スターに、かつて自分たちの祖先が、けちな虫けらのように這いまわっていたと考えるだけで、たまらない腹立たしさと恥辱感におそわれる。

われわれロケット・マンは地球を嫌っている。それは四世紀にわたる対立と反目の歴史が血にしみこんだ、ほとんど生理的な厭悪感なのだ。

それにもかかわらず、ぼくは廃園のようなこの星にいままた舞いもどってきた。そこには、サチが住んでいたからだ。

　宇宙港管理局に、人気（ひとけ）が絶えてすでにひさしいが、わずかな数のアンドロイドは、まだ二百年の歳月に耐えていた。宏大な埃だらけのロビーで、ぼくは中風病みみたいなそのひとりに掴まった。猛烈な雑音混りの声で、そいつはぼくの検査を行なうといいはった。かつて地球がロケット・マンに対して行なった、血液反応から精神分析にいたる一日がかりの殺人的なテストのことである。もとより設備が廃棄されて二世紀もたつ。死文化した規定条項をアンドロイドだけが忠実に記憶していた。

　わかった、わかった、とぼくはいった。

「宇宙からおれに妙な病気を持ちこまれるとこまるというんだろう」

　これはやむをえない地球の防衛措置だ、とアンドロイドは説明しようとして、耳障りな音を立てた。

「いまさら手遅れさ。このあいだ、持ちこんだおたふくかぜで、連中は全滅したよ」

　アンドロイドは納得しなかった。頑固にぼくの腕をおさえこんで、規定違反だとわめいた。

　ぼくは、そいつをころばせて、管理局の出口にいそいだ。

　サチは、宇宙港前の閑散とした広場で、ぼくを迎えた。ぼくの腕のなかに身をうずめてささやいた。

「わたし、すこし痩（や）せたでしょう？」

一年のあいだ、渇望しつづけた温みと柔らかさを味わっていると胸がつまってきた。ぼくはもどかしく黒く、ふかい瞳をのぞきこみ、唇に何度も接吻し、繊細な髪をまさぐり、頬のはりつめた皮膚を愛撫して、それらのすべてをいちどきに味わいつくそうと躍起になった。サチの舌にみちびかれ、ぼくはそのあたたかい底知れぬ深みへ沈んだ。身体がふるえ、膝が萎(な)えて、息もつけなかった。サチの身体は耐えがたい熱気を放つ炎のかたまりで、ぼくにはもう抱いていられなくなる。胸ぐるしい興奮のなかで、ぼくはとつぜん横たわって安らぎたいと願う。神経が緊張に耐えられなくなるのだ。

ぼくたちは抱きあったまま歩いて、車のなかに坐る。ほっそりした背中から腰へゆるやかに手をすべらせつづけていると、たとえようもなくするどい欲望が芽生え、すさまじい速さでふくれあがってくる……そのあいだ、ぼくたちはばかげたろくに意味もないようなことを、たがいにつぶやきつづける。唇を押しつけあったままなので、ほとんど声は聞きとれない。

そのあげく、ぼくは乱暴になりはじめるのだった。いつのときも、そうなのだ。ほとんど苦痛にまで昂められた欲望をみたそうとして、ぼくはその場でがむしゃらに彼女を自分のものにするのだ。虚空にすごすあいだ、むなしく失った時を一挙に回復しようと焦るのだ……

一年のうち、ぼくらがともにすごすのはわずか数日間なのだった。絶望の涙をこぼすひまもなかった。虚空にとびあがれば、あっけなく千億マイルもはなればなれになってしまうのだ。だから、ぼくたちは涙をこぼしたりして、時間を浪費することはしなかった。逢瀬(おうせ)がどんなに短いものであっても、与えられた機会は充分に活用するものだ。

だが、この場合は、そうはならなかった。ぼくの動作が熱っぽく、あらあらしさを加えたとき、とつぜん、サチは身をこわばらせて、ぼくからはなれようともがきだしたのだ。わけがわからず、ぼくは、腰をひき、身をシートのはしに遠のけるサチを啞然としてながめた。

「どうしたんだ？」ぼくは荒い呼吸をしながら訊いた。

「いまはいや」声はかたくするどかった。

「なんだって？」

「ここではいやなの！」

こんな拒否は信じられなかった。ぼくは、広場を見まわした。物音もなく、なんの動きもない。夜の平野のように荒涼として、ただ広かった。

「どうして？」

当惑は苛立ちになった。

「だれかが見てる……」

今度のサチの声は、圧し殺したようなささやきだった。

「ばかな……」

ぼくは彼女をとらえようとした。その身体は緊張しきってかすかにふるえていた。ついでぼくは、顔からまるで血の気が失せているのに気づいた。サチは、怯えきっているのだった。

「車を動かして、はやく！」

ぼくがぐずぐずしていると、彼女は身を起こし、自分でホイールにとびついた。エンジンが唸りをあげ、車は急激に跳びだして、ぼくをシートの背にひき倒した。車は狂気のようにスピードを上げ、乱暴なカーブを描いて広場をまたたくまに走破し、シティに向う高架ウェイに突っこんだ。ぼくは肝をつぶした。ぼくでなくても、ロケット・マンなら、この内燃機関の地走車の不安定さには怖気をふるうだろう。ぼくは大声で喚きたくなった。高架障壁は輪郭を失った灰色の流れだった。わずかに接触しても、車は粉微塵に吹きとんでしまう。

「ばか、ばか、やめろ！　やめろったら！」

サチには聞こえなかった。仮面のようにいっさいの表情が失せた蒼白な顔を見て、ぼくはやっとさとった。これは炎に追われる獣の暴走だった。行手にどんな障害があろうと気にかけやしないのだ。高架ウェイには、廃棄された車の残骸が撤去もされず転がっていることがよくある。この高速では視界に障害物を認めた瞬間にすべてが終る。避けようもなく流星のように突っこんで——胸がむかつき、冷汗が流れた。ぼくは懸命に心を鎮め、危機を脱する途を考えようと頭をはたらかした。サチの身体の反対側に自動制御のシステムがある。もし、サチのバランスを崩さずに手を触れることができさえしたら……ぼくはその可能性とタイミングを死にものぐるいで計算した。やりそこなったら破滅だ。腕を突き出して、指をシステムのボタンにのばす。サチの肩を押しのけると同時に、ボタンが指にふれた。

障壁が閃き、眼前にのしかかった。その灰色の死の流れに吸いこまれて——失敗の知覚すらなかった。二度目の閃きは最初のそれとほとんど重なって起こったからだ。自動制御が車をひきもどしたとき、障壁のわずか数インチの傍らをすりぬけたのだった。そして、ぼくが成功を自覚するよりさきに、車は停まった。誘導管制がそこで途絶えていたのだ。

もし、ぼくの決断が一秒おくれていたら……寒けがした。身体が麻痺してしまっていた。首をまげることさえ容易ではなかった。

サチは、ホイールを握ったまま凍りついていた。長い年月に吹き曝された石像のようになっていた。顔はうつろに死んで、眼はみひらかれたままガラスの破片のように動かない。

「なんてことをするんだ」

ぼくはむしろおだやかにいった。だが、それが口火になってすぐどなり声に変ってしまった。反動の余波がいまになっておそってきたのだ。息が切れ、とどめようもなく全身がふるえだし、むしょうに腹が立った。ぼくは歯をガチガチ鳴らしながら、彼女の肩を摑んで力まかせにゆすぶった。肩は冷たくかたく、答えはなかった。

まるで痴呆状態だった。空虚な顔には、なにかぞっとさせるものがあった。なにも反応があらわれないので、ぼくは肩から手をはなし、平手で彼女の顔をひっぱたいた。一度では効かなかった。傷つけないように、だが、左右に揺れ動くほど殴りつづけなければならなかった。そのくりかえしに恐怖をおぼえだしたとき、やっと効果が現われた。眼が最初に生きかえってぼくを凝視し、ついでさっと息づまる恐怖の色が浮きあがった。あまりその変化が急激に起こったので、ぎょっとした。サチは、ぼくの膝に倒れこみ、うわずった声で泣きはじめた。怯えきった泣きかただった。絶望的にぼくの膝にしがみついていた。

「逃げるのよ、リュウ、逃げるのよ！」

「どうして？　わけをいえ」

　サチははじかれたように身を起こし、ホイールに手をのばした。

「逃げなくちゃ！　車が動かない、どうしよう！　リュウ、動かないのよう！」

「だめだ、自動制御にセットしてあるから」

　ぼくの声も耳に入らず、彼女はホイールを発作的に手でたたきはじめた。うろたえた泣き声で、車が動かないとヒステリックに叫びつづけた。ぼくは彼女をひきよせ、しっかりおさえつけた。はげしくもがいていた身体から、突然力がぬけ、ぐんにゃりと柔らかくなった。失神したのだ。

　ぼくはしばらくのあいだ、当惑と驚きにさいなまれてなすところもなく、呆然と坐りこんでいた。それから心を決めて、サチのぐったりした身体をシートに横たえ、ホイールの前に移った。ともかくシティに行ってみることだ。ただ、自分で車を動かさなければならぬという思いは、ぼくをとほうに暮れさせた。このとんでもない気ちがいじみた代物はもううんざりだった。そのとき、ふと、ぼくはサチが、逃げなければ、と何度もくりかえしたのを思いだした。いったいなにに、あれほど怯え、騒ぎたてたのか？　ふいに疑惑に駆られ、ぼくは背後をふりかえった。

　なにも見えない。いまは不動のプラスティックの障壁が視界をさえぎっているだけだ。墓場の沈黙と静止——地球に危険があるわけはないのだ。ぼくにとって危険とは宇宙の未知のなかにしかありえない。

ぼくは、車を走らせた。二、三マイル進むと、危惧した通り、車の残骸が道をふさいでいた。だれかが故障した車を置き去りにしたのだ。それをまただれもかたづけようとしない。こんなばかげたことが、地球では至極ありふれているのだ。

ぼくは注意ぶかく避けて通った。

シティに近づいたころ、ようやく誘導管制が回復して、緊張から開放された。まったくひどいものだ。このぶんでは、高架ウェイの誘導管制が有効に作動する部分はいくらもなさそうだ。壊れたらそれなりで、修復する気配もない。シティの機能がどんなに低下しようと、だれひとり気にしないのだ。地球のやつらは文字通り、しんそこからのぐうたらだ。こんな星に生まれただけでも、とんでもない恥辱になる……口のにがい味は濃さを増し、嫌悪感は昂まる一方だった。

シティに接近するにつれ、路上に放置された廃車は数をまし、誘導管制はやたらに途切れて、ついに自動制御システムをあきらめなければならなかった。シティに入ったときは、もう高架ウェイは車の墓場になっていた。たぶん機械補修用のアンドロイドが先にくたばったのだろう。それで次々に保管車庫から新たにひっぱりだしては潰してしまう。製造年代が三百年も以前ときては、乗り潰すくらい造作もなかろう。こんなたわけた消費がいつまでも続くわけがないのだ。ぐうたら息子が、先祖の貯えを食いつぶすようにして、すべての在庫が底をついたら、どうする気なのか。これは明白だった。シティがゴースト・タウンと化せば、連中は他のシティに去るだけの話だ。やつらには、現状維持の能力さえ残っていない。そして、あげくの果ては……

ぼくは疲労をおぼえ、その考えを追いはらった。ぼくの知ったことじゃなかった。ロケット・マンは地球に関心を持たない。気分が滅いるだけなのだ。

シティは単なる巨大ながらくただった。強化耐久材が五世紀にわたる歳月をささえ、そのたたずまいを保っているにすぎず、物置の古道具とすこしも変らなかった。すでにゴースト・タウンの雰囲気をそなえ、昼光のなかにあって、ひんやりとしめっぽい墓所のむなしさにみちているようだった。一年まえに見たときも、この通りだったのだ——しかし、そこには変化があった。ぼくはそれを読みとった。

高架ウェイにも眼下の街路にも、一台の車も動いていない。人影もなかった。ぼくは車を停めてなにかの動きをとらえようとした。まったき静寂。これは死に絶えた無人の街だった。ぼくは坐りこみ、悪寒が背すじを這うのをおぼえた。なにかとんでもないことが起きかけているらしい。サチをゆするとうすく眼をひらいたので、ぼくはうれしかった。

「おい、どうしたんだ……」

ぼくがいいかけると、サチは弱々しくつぶやいた。

「バーンズの家よ……」

「なんだって?」

「バーンズ」と、彼女はくりかえしていった。

居住区に入っても、事態はいっこうに変らなかった。家々のドアと窓はすべて閉めきられ、樹々の枝葉をそよがせる風のほか、動きはなにひとつなかった。完全に街はからっぽだった。

結局、サチのいう通りにしたわけだが、ぼくは憤懣（ふんまん）をおさえる努力で、これ以上不機嫌になれないほどだった。なにを問いかけてもろくな返答を得られず、サチはバーンズのところへ行くとくりかえすのだ。ぼくはなにもかもいやになりはじめた。ぼくが地球くんだりまでやってきたのは、妻に逢うためで、バーンズという野郎に容喙（ようかい）されるためではないのだ。ぼくは、なにか手にふれるものをぶっこわしてやりたいような気分になった。車をバーンズの家のまえに停めたときには、ぼくは地球上でいちばん敵意にみちた存在になっていた。

しかし、バーンズがドアをあわただしく開け、あわただしくぼくたちを迎え入れると、ぼくはまず、彼が自動錠に重ねて、最近とりつけたらしい大げさな錠前の鍵をせっかちにまわす様子に、思わず奇異の眼をひきつけられた。彼は鍵をひきぬき、念入りにドアを試した。風が吹きこんでも、ドアが開いてしまうんじゃないかと疑っているみたいだった。自信のない神経質な態度で、彼はなにやら挨拶の言葉を口ごもった。

バーンズの背後の連中を見て、ぼくは口をあんぐりあけた。シティの市民の半分が集まっているにちがいなかった。地球の連中の性格を知っているだけに、とても信じられない。

連中は、道で出逢っても、おたがい同士なんの挨拶もしないのだ。相手の姿が眼に見えないように、そのまま行きすぎるか、視線が出逢ったところで、ぼんやりと顔をそむけて行ってしまう。蛙みたいに無感動なのだ。個人主義なのではない。彼らにはまもるべき個人の生活からしてありはしないのだから。さまよう幽霊という形容がもっともふさわしい。

ぼくは、サチの顔をさぐるように見た。彼女は生気のない表情でぼんやり立っていた。どうせ、まともな返事はもらえそうもなかった。

頭が混乱してまたぞろ腹が立ってきた。いったい、ぼくになんの用があるんだ。

ぼくはまるで親しみを欠いた眼を連中に向け、じりじりしながら待った。説明をきかせる者がいないのなら、だれかの耳をひっ摑んでふりまわしてやろうか。

連中はしんとして、ぼくの姿に眼を見張っていた。地球人の、ロケット・マンに対する反応の典型だ。どんなに無感動な地球人でも例外なくきまってこの反応をしめす。ふいに虎でも見たというような、ぎょっとした様子、不愉快な沈黙。ロケット・マンが地球をきらうのはあたりまえだ。ひとを血に餓えた野蛮人あつかいにしやがって……

ぼくがにらみかえすと、にわかにさっと連中の眼はそむけられ、怯えた雰囲気が波のように押し寄せてきた。それは脈搏（みゃくはく）の増加と発汗ときざみの呼吸が一体となった恐怖の放射みたいなものだった。猛獣は相手を追いつめたとき、それに呼応して襲いかかるのだ。ぼくは敵意をこめて、ひとりひとりをにらみつけてやった。

連中はひとしく猫背で、貧弱な筋肉をまとった棒みたいな身体つきをしていた。冷えた灰のような無気力さが同一の色調に彼らを溶かしこみ、個々を他から区分するものを消してしまったのだ。地球人を好きになれないのは、彼らが個性を持っていないからである。形状のわずかな差異はともあれ、石ころは石に過ぎないし、うすよごれた羊の群れから個々を識別してみたってはじまらない。

バーンズはぼくを坐らせようとした。地球人たちがかたまっている場所から、テーブルひとつ隔離された席だった。虎を招いて同席しようというのなら、たぶんこういうことになるのだろう。ぼくの息が生臭いといったふうに連中は息をつめ、顔をそむけた。バーンズがせきばらいして、おずおずといいかけた。

「地球へ来られたのは、一年ぶりですね？」

「その通り」

「その……このシティになにか変ったことを気づかれましたか？」

「それは、こっちで訊こうと思ってた。なにが起きたんです？」

ぼくはとげを声に持たせていった。

「市民たちは怯えています。だからだれも家の外に出ないんです」

「なるほど。乱暴者の航宙士（アストロ）がやってくるというんでね？」ぼくは皮肉たっぷりだった。

「それとも、人食い虎でも暴れてるのか？」

この嘲罵には、めざましい反応があった。連中はヒステリックに動揺した。

「そうです。いまシティには虎が……兇暴な虎がいるんです」

「なに？」

「いや、もちろんほんものの虎じゃない。でもそう呼ぶよりないんですよ。これまで十一人も殺されたんです――きちがいのやることです――むごたらしい殺しかたでした。ナイフで殺して……」バーンズの声は恐怖にうわずった。「そのうえ、めちゃくちゃに引き裂いたんです、猛獣が爪でやるように」

これでやっとのみこめた。サチがなぜあれほど怯えていたかわかった。サチは恐怖とたたかいながら、だれひとり外に出る者のないシティを離れて、ぼくを迎えに来たのだ。ぼくは彼女を抱き締めてやりたいほどいじらしく思った。

「犯人はどうしたんです？」

「わかりません」

「十一人も殺されたのに？」ぼくは驚いていった。「どうして、ほうっといたんです？」

「どうしようもないんですよ」バーンズは訴えるようにいった。「この二世紀、殺人なんて一度だって起きなかったんです。粗暴な素質の人間は、ずっと以前に根絶されたはずなんですから。シティの警察はとっくの昔に解体しちまってるし、もうシティには、今度のようなおそろしい事件に対処する用意がないんです」

「それじゃ、どうするつもりなんです？」

「わかりません」

ぼくはあきれかえった。こんなたわけた話ははじめてだ。地球の連中は、こっちの頭までおかしくさせる。彼らは去勢された羊の群れだ。骨のずいからふやけきっている。恐怖にすくみあがって腰がぬけてしまったのだ。とつぜん、ぼくは苛立ってきた。どうしてこんな連中の泣きごとを聞いていなければならないんだ。

「で、ぼくにどうしろというんです？」

「教えていただきたいんですよ、どうしたらいいのか……」

こうくることはわかっていた。この連中に恩恵をほどこすいわれはないのだが、はやくけりをつけたかった。

「いいでしょう。ことは簡単ですよ、自警組織をつくるんだ」ぼくはぶっきらぼうにいった。

「男たちをみな集めて、武装させる。武器はどのくらいあるんです？」

「武器？」

「拳銃とか麻酔銃（パラライザー）、ガス銃でもいい。熱線銃がいちばんいいんだが……」

もちろん熱線銃があるわけはなかった。車のぼくの荷物のやつが、たぶん地球上唯一の熱線銃だ。この武器の破壊力は、他に類がない。未知の星の開拓には欠かせないものだ。

バーンズはぼくの要求をほとんど充たせなかった。武器についての知識が欠けているようだった。アンドロイドに命じて探させるといった。

「武器になるものならなんでもいい。男たちに持たせて、五人ずつ組んでシティの各区域を分担させる。パトロールするんですよ。虎を見つけたら殺すんだ」

なんの反応もなかった。意味がわからないようだった。

「どうするって……？」

バーンズが訊きかえした。

「相手は兇悪な殺人狂なんだ。つかまえて、殺すほかない」

「殺す？」

連中の顔にはまるきり理解の色が欠けていた。

「そんなことはできませんよ」バーンズがのろのろいった。おろかしい驚きがこもっていた。

「どうして？」

「そんなこと、わたしたちにはできません。殺すなんてとんでもない……」

「なぜ？　殺さなきゃ、あんたがたが殺されるんだ。わからないんですか？」

「無理ですよ。わたしたちには、殺すなんて野蛮なことはできません。人を殺せるのはきちがいだけですよ」

「しかし、やらなきゃならないんだ、殺されたくなかったら」

ぼくはするどくいった。苛立ちが、極限にまで昂まっていた。この腰ぬけの羊どもへの蔑みはぼくをいたたまれなくさせた。

「だめです、できません――そんな血なまぐさいおそろしいことは！」

バーンズの声はふるえた。顔が青くなっていた。連中の動揺もはげしくなっていた。ぼくが与えた暗示に耐えられないようだった。窮地に追いつめられたように、恐怖のうねりが彼らの頭をゆるがせた。

「いやだ。そんなことはいやだ！」

ひとりが弱々しく声をしぼった。わななく掌を顔にあてがい、泣き声を立てた。

「いやだ。アストロのいうことをきいちゃいけないよ、バーンズ。われわれはアストロじゃないんだ！　彼はわれわれにも人殺しをさせようとしているんだよ……」

「なにをいってるんだ！」

ぼくはかっとして立ちあがり、どなった。こんなに激しい怒りをおぼえたことはなかった。

「おれを人殺しあつかいにする気か！」

「決してそういう意味ではないんです」バーンズはおどおどとつぶやいた。「わたしたちは、こんなおそろしいことに慣れていないので……」

「ふざけるな！　それじゃ、おれたちロケット・マンが地球の外で、いつも殺しあってるから、人殺しに慣れてるだろうというんだな！」

おさえようもなく、怒声が喉を突きあげてくるのだ。

「リュウ、リュウったら！」サチがしがみついてきた。「やめて、どならないで、おねがい」

ぼくはふかく息をすいこんで、胸の筋肉をぴくぴく脈うたせる憤激を鎮めようと努めた。

「わかった……おれはここから出て行く」

こいつら虎に食われてしまえ。もう顔を見るのもまっぴらだった。ぼくたちが出て行くあいだ、連中は凍りついて身動きもしなかった。恐怖にうたれ、顔は灰色になり、眼がどんよりと死んで――ぼくが怒っただけで、このありさまなのだ。ロケット・マンのいう通りだ。地球人はみじめな虫ケラ以上のものではなかった。

ロケット・マンと地球人との反目の根は深い。ロケット・マンは相手を、地上を這いまわる虫ケラどもと呼んで嫌っているし、地球人は地球人で、ロケット・マンを環境不適応の野蛮な精神異常者として、なかば怖れ、なかば蔑んでいる。

ことの起こりは四世紀もむかしだ。

二十一世紀から、最盛期を迎えた宇宙開拓ラッシュに並行して、優生保護省の精神矯正医の大群は、機械化された深層催眠技術をメスがわりに、人間精神改革の手術をすすめていた。理性と情緒の両面で完全にバランスを保つ、優良品種に人類を矯めなおすのがその狙いだった。民衆は、手もとに大量に抱えこみ、なお増加する一方の犯罪者に我慢できなくなっていたのである。兇悪な気質をそなえた人間を社会から除去しようという機運は熱狂的に盛りあがった。悪い種子を根絶しにしようと彼らは叫んだ。環境不適応のならずものは、残らずかたづけてしまえ、と。

その熱意にこたえて、精神矯正医たちは立派な成果をあげた。人間社会を掃除し、光り輝くような清潔な場所にしようとしゃにむに働きつづけ、倦むことを知らなかった。彼らはそれを虎狩りと呼んだ。虎を葬ると同時に遺伝形質を統制のふるいの目にかけて完璧を期した。人類がこれまで大がかりな自己改革の能力を発揮したためしはない。みごとな仕事だったのだ。

しかし、精神矯正医たち――二十一世紀の十字軍は行き過ぎを犯した。さらに仕事を完全に仕上げるために、彼らは、わずかな精神状態の不均衡をも容赦しなかった。ふるいの目はさらに狭められた。

そして宇宙開拓者たち――ロケット・マンとの間に衝突が起きたのだ。これは必然的な行きがかりだった。なぜなら、ロケット・マンの心に根ざす宇宙への欲望は、過度の精神の不安定を示すものとして、勝利に酔う医者たちが、矛先を向けるべき絶好の餌食だったからだ。居心地のいい地球の安楽から、危険の遍在する宇宙へ、みずから飛びこんでゆくことを好む人間は、とりもなおさず、環境不適応の典型にほかならなかった。

そして同様に、ロケット・マンにとっては、法律の強制で自分たちを地球にしばりつけるばかりか、強引に羽根をもぎとりにかかった連中は我慢ならない相手であった。当時、太陽系一円に進出していた宇宙開拓者は結束して自治政府を持ち、地球政府に対抗した。地球上の同志に加えられる迫害には一戦も辞さないいきごみだった。これは、地球に対する公然たる反逆だったにもかかわらず、地球はトラブルから顔をそむけ、手をポケットにしまった。数の上では圧倒的に優勢な戦闘要員も、裏をかえせば、人形にひとしかったのだ。地球がつくるのに意をそそいだ、穏和で健全な人間は、攻撃用の兵員とはまるで裏腹のものだったからである。それにひきかえ、荒っぽさの点で、ロケット・マンは、かつてのアメリカ西部開拓者に似ていた。

地球は次善をえらび、ロケット・マンと手を切ることに決めた。どっちみち、この厄介者はみずから退散すると見通したからでもあった。その狙いは正しかったといえるだろう。

ロケット・マンたちは、憤然と次々に虚空へ去っていった。宿なし犬と嘲られれば、故郷はおれたちの血のなかにあるとやりかえし、精神異常の野蛮人という悪口には、地べたにへばりついた、みじめなウジ虫どもと罵りかえした。

その後数世紀を通じて、反目は続いた。以来、宇宙開拓民がノバのように急速に外円宇宙へ拡がり、未曾有の繁栄をつくりだしたのにひきかえ、地球に適応しきった人間は、おそろしい沈滞に襲われていた。当初の人口百億から、半世紀後にはその半数という激減、生産力の著しい低下、文明進展度の急停止。すべてが急角度を描いて下降線をたどった。もはや地球上ではなにひとつ新しい発明発見を歴史に寄与しなかった。いいかえれば、これは創造能力の衰弱であり、文化の全面的後退であった。地球がおびただしく生みだしたのは、あらゆる意味での無能力者の群れにすぎなかったのだ。そして地上は鉱脈を掘りつくした鉱山町のようにさびれていった……。そしていま、ロケット・マンは、この星をゴースト・スターと呼んでいる。地球でなにが起こったかは知るところではない。ただひとつの明白な事実がある。地球人はもはや人間と呼ぶに価いしない。ゴースト・タウンをさまよう幽霊同然、人間のみじめな残骸なのだ。

ぼくは、眼があいたばかりの子犬にひとしい時分から、それを知り、自分が彼らと、異質の存在であることを、わきまえていた。それはたとえ子猫の群れのなかで育っても、虎が自らをさとるようなものだ。

このまま地球人が滅亡したところで、ぼくはいっこうに心配などしない。ぼくの知ったことじゃないのだ。地球はロケット・マンを追いだし、尻を蹴とばした。よろしい、地球は地球人のものだ。どうなりと好きなようにすればいいのだ。かつて、おそろしい困苦に耐えながら、地球外の開拓者は歯をくいしばって、そういった。地球人はその好むところを彼らの星にほどこしたが、いまぼくの吐く言葉も父祖とおなじだ。どうなと勝手にするがいい。

　ぼくは車にもどるとスーツケースから熱線銃をとりだし、ベルトを腰に巻きつけた。ほっそりと、優美な見かけと裏腹の、すさまじい威力を、ロケット・マンを襲った外敵はこれまで遺憾なく味わったものだ。〝虎〟がぼくたちに眼をつけたなら、まちがいなくそのときが、そいつの厄日になるのだった。

　こわがらなくてもいい、とぼくはサチにいってやった。ぼくの腕をかたく握ってはなさないのだ。ぼくのそばほど安全な場所はないというふうに。たしかに、ぼくは地球上のこの地区唯一の『乱暴者のアストロ』だったし、羊の群れにある牧羊犬程度にはタフで抜け目がなかった。たとえ〝虎〟がどんなに兇暴でも、ぼくを相手にしては勝ち目はない。

　しかし、帰途はなにごともなかった。ぼくは車を走らせ続け、ひっそりした居住区を抜けて行った。用心ぶかく構えるのに飽きたころ、家に着いた。

　そして、ぼくは玄関の前のポーチに動く人影を見たのだ。さすがにこればかりはいい気持がしなかった。ひやりとするものを背すじに感じながら、熱線銃を膝の上に置いた。

「気をつけろ、車から出るんじゃない」

　するどく注意をあたえて、人影に目を凝らし、見さだめようとした。いくぶんの好奇心が警戒心に混っていた。〝虎〟なら、ここから狙撃してもよかったが、射角が思わしくなかった。火線をビームに拡げると、家ごと焼いてしまいそうだった。ぼくがためらっているあいだ、サチは身体をかたくしていたが、ふいに緊張を解いた。

「虎じゃないわ。だいじょうぶよ、リュウ」

車を、すばやくすべり降りる彼女をとめそこね、ぼくも熱線銃を片手にして後に続いた。

ポーチに立って、近づくぼくたちを見つめているのは見知らぬ少年だった。ほんの六、七歳に見えたが、サチよりも背が高かった。若い動物のように痩せぎすの少年は、暗い茶色の眼でぼくをいぶかしげに凝視していた。

「なぜ、家の外に出たの。鍵をかけておきなさいといったのに！」

サチは怒った声をだした。彼女が他人を非難する口ぶりなんて、いままで聞いたこともなかった。

少年は気にもとめなかった。一言もいわず、まじまじとぼくを見まわしていた。

「これはなんなの？」

だしぬけに少年はいい、ぼくの手にした熱線銃を指さした。ぼくは虚を突かれ、ぎごちなくそれをベルトのサックにおさめた。

「熱線銃さ」

「熱線銃？」少年はおうむがえしに問いかえし、なおも視線をぼくの腰に注ぎつづけた。それから、いきなりぼくの顔にもどし、しっかりした声でいった。「ぼくはダニー、おじさんはだれ？」

「リュウ。アストロだ」

「アストロ？」

この少年には、なにかぼくを当惑させるものがあった。説明をもとめて、サチをふりかえった。サチはだまって、ふたりのやりとりから身を退けていたのだ。

「これはどういうことなんだ？」

「ダニーはマーナの子どもなの」サチはゆっくりといった。「マーナ、ご存知でしょ、リュウ？」

「知ってる」

「マーナは、去年南半球に行ったわ。もう帰ってこないでしょ」

淡々とした口調だった。

「ぼくの知りたいのは、そんなことじゃない」

「ダニーをあずかったの。ダニーは施設が嫌いだし、ここでくらしたいというので」

「なるほど。そういうことか」

いともあっさりした説明だった。釈然としないまま、少年に眼をむけると、ぼくたちのやりとりに、関心があるのかないのか、おしはかりがたい謎めいた眼つきで、ぼくをながめている眼と逢った。

家に入るには少々手間がかかった。ドアにたいしたしかけがしてあったのだ。家中の動かせる家具がありったけドアの前に積んであって、わずかなすきまをすりぬけるのだった。

それがすむと、サチはまたひとしきり、少年に小言をいった。

「家にいるのは飽きちゃったんだ」ダニーの答えはむとんじゃくだった。「それに、ちっともこわくなんかないさ。ぼくはすごくつよいんだ」

　ぼくを見たダニーの顔は意味ありげだった。

「おじさんもつよそうだね。ぼくとどっちがつよいかな？」

「どうかね、ダニー」

　ぼくは、返事にとまどった。この子供には妙な迫力があった。いうことがことごとく意表を衝いてくる。

「アストロってはじめて見た」

　少年は昆虫の標本でも見るようなぶしつけさで、ひとしきりぼくをながめまわした。

「アストロってよくけんかするそうだね？」

「たまに、さ」

「おじさんもやるの？」

「やったこともある」

「ぼくはよくやるよ。好きだな、けど、みんな弱くて相手になんない。殴るまえに気絶しちゃうんだ。だから施設のやつらがいやんなった。ぼくは大人とやっても勝つぜ」

「野蛮なんだな、ダニー」

　ぼくは興味をひかれた。少年は鼻にしわを寄せて妙な笑顔を見せた。

「そうさ。みんなもそういうよ」

「アストロみたいだ。宇宙へ行きたいと思うかい、ダニー？」

この子どもは地球の連中とちがっていた。ぼくに自分の子ども時分を思いださせるところがあった。ぼく自身、施設のひよわい子どもたちに腹の底からうんざりし、ロケット・マンの父親が引きとりにくるのを必死に願ったものだ。それがかなえられるまで、ぼくも欲求不満のかたまりみたいな乱暴者だった。やはり風変りな子どもだったにちがいない、ちょうど、このダニーのように……

「まあね……」ダニーは言葉をえらびだすように時間をかけていった。「でもだめさ。ぼくはアストロじゃないもん」

「アストロの血はぜんぜん入ってないのかい？」

「知らない。きっと入ってないだろ」

返事はあいまいだった。ぼくの問いには、もう無関心だったのだ。彼は手をだして、遠慮なくぼくの腕や胸に触り、低く口笛を吹いた。

「かたい。筋肉がごりごりしてる。やっぱりアストロだな」

「たいしたことはないさ」ダニーの讃辞は、ロケット・マンとしてのぼくのプライドを快くくすぐった。「身体をきたえるんだ。きみだってすぐこうなるさ、ダニー」

「まあね……」

ぼくは彼の妙なこすっからい笑顔にふと不審を抱いた。次の瞬間、ダニーがいきなり殴ってきた。すばやい一撃で、かわしそこねた。胃の上にぶつかったこぶしを、ぼくは筋肉をふくらませて受けとめた。

「なにをする！」

ぼくはすばやく後退し、身がまえた。ダニーは腕をおろし、声を立てて笑った。

「ダニー、なんてことするの！」サチが仰天してさけんだ。

「試してみたんだ。やっぱりアストロはすごい。手がはずんじゃった。手首を痛めたかもしれないな」

少年は、他意のないことを証明するように、ぼくにも、自分の身体を試してみろとすすめた。ぼくもにやっと笑いかえして、形だけのスイングを肩に入れた。なめらかなひきしまった筋肉が手に触れた。

「よしよし、たいしたもんだ。これで気がすんだろ。もう不意うちはごめんだぜ」

ぼくはロケット・マンのうちとけた口調でいった。これはダニーにとって挨拶のようなものだったらしい。ぼくは心が和んで、ずっと気持よくなった。ダニーはぼくを気に入ったように見えたし、ぼくも彼に対するわだかまりを解いた。一風変った、なかなかおもしろい子どもだったからだ。


「家政ロボットのマッシーがこわれてるので、お料理はわたしがつくるの。我慢してくださる？」と、サチがいった。

「ほう、おまえが？　お手並を拝見しようじゃないか」

ぼくは面白がった。いまは料理をつくる能力のある女など皆無にひとしい。サチにはふしぎと古風なところがあった。ロケット・マンのぼくを夫にえらんだのがその最たるものだ。

しかし、家政ロボット用に調整された調理器をあやつるのは、電子レンジひとつにしろたいへんな仕事である。

サチが料理の仕度にかかるあいだ、ぼくはマッシーの様子を見に行った。おそらく耐久年限超過なのだろうが、いまどき、代りのロボットはたいへんな入手難である。なんとか修理してやりたいと思ったのだ。マッシーのエネルギー容量は充分残っていたが、頭部の青いプリズムはなんの反応も見せなかった。もし電子頭脳をやられていたら、修復の見込みはない。ともかく故障の原因を突きとめにかかった。

元来、超高度の精密機械であるにもかかわらず、ロボットは至極頑丈につくられている。地球上に残存するアンドロイドをふくめて、作動を続けること二百年にもおよぶのだ。マッシーのような非アンドロイド型なら、それ以上である。総体的に丈夫な出来なのだが、電子頭脳の外部損傷はめったにない。特殊のコンテナーで封じられているからだ。苦心のあげく内部の電子頭脳を点検して、ぼくは首をひねった。部品はどれも良好な保存状態で、損壊のあとはなかった。長年のあいだよほど大切に取り扱われてきたものらしい。となれば、中枢部のサーキットだが、ここに故障があるのなら、もはや手のくだしようがなかった。お手あげである――

「そんなもん見てわかるの、リュウ」

と、ダニーがそばに寄って来て声をかけた。見あげると、眼をまるくしていた。

「アストロはいろんな仕事をおぼえるもんさ、ダニー。たとえばこのロボットだが、こういう型のはユニット交換でたいていは直せる。でも、こいつは駄目だ。ロボット法を犯したみたいに、滅茶苦茶に電子頭脳がいかれてる。見込みはないな」

「そいつはぼくがこわしたんだよ。殴ったらぶっ倒れた。ガタが来てたんだね」

少年は眼をロボットに動かして、つまらなそうにいった。

「うそつけ。きみにできっこない」

「ほんとさ。うるさい音を立てるから、ぶっ倒してやったんだ」

ぼくは笑った。ダニーも顔をしかめて笑った。

「なにかロボットが気にさわるようなことでもしたのか、ダニー？」

「ああ。ロボットなんか大きらいさ。あれするな、これするなって、サチよりうるさいもん。それよりむこうへ行ってレスリングやろうよ」

と、ダニーはいった。よしきた、とぼくはこたえた。六、七歳の子どもとは信じられない、なかなかのてごわさだった。幾度投げとばしても、へこたれずとびついてくるのだ。汗の匂いと荒い呼吸を生々しく感じるのは痛快だった。この少年はまったくロケット・マン以上にあらっぽい。眼が異様に輝き、くやしそうに白い歯をむきだすのだ。だんだん熱が入ってきて、耳を嚙みとられそうな危険を感じだしたとき、彼はとつぜん一方的に組打ちを休止して、するりとぼくの腰から熱線銃を抜きとった。

「これ、さっきなんていったっけ、リュウ？」

　ダニーは息を切らせて質問した。この子どもの関心を他に移すやりかたはさながら電光石火だった。移り気なほど活気にみちているのだ。なにをやらかすかわからない。

「熱線銃。アストロの代名詞みたいなものだ。むかしから、アストロはそいつで敵と闘ってきたのさ。未知の星には思いもつかないようなおそろしい兇暴なやつがいるからね」

「これで殺っつけるの？」

「六十万度の熱線を放射するんだ。どんな物質でも突きぬけちまう。このパワーパイルは三十分連続使用に耐える」

「どうやって使うの？」

「パワーパイルのセーフティをはずして、パルスかビームのどっちかに決める、引金を引く、それだけさ」

　講義するのはいい気持だったが、ダニーが熱心にひねくりまわしはじめたので取りあげた。

　ダニーは残念そうだった。

「ねえ、リュウ……」少年はぼくの顔をうかがいながらいいだした。「それ、貸してくれないかな？」

「冗談じゃない。これはおもちゃじゃないんだよ、ダニー。物騒な代物なんだ」

「わかってるよ。でもどうしてもそれで、やっつけてやりたいやつがいるんだ」

　ダニーの言葉の意味はぴんときた。

「虎か……いまシティを荒らしてる殺人狂のことか？」

「そうなの！　ぼくまえから、殺っつけてやりたいと思ってた。でも、サチが外に出してくれなかったの。ぼくはちっともこわくなんかない。きっと闘えばぼくのほうがつよいと思う。だってやつが襲ったのは弱い人ばっかりだし、やつはナイフを持ってたんだ……」

少年は熱心にいった。

「熱線銃を貸してくれたら、きっとやっつけてやるんだけどな」

「そいつは駄目だ、できない相談だよ」ぼくは驚きながらもきっぱりといった。「きみは若すぎる。それに熱線銃の操作はそれほど簡単じゃない。何十通りも使い分けがあって、相当慣れないと使いこなせないんだ」

「それじゃ、こうしない、リュウ？」ダニーは簡単に譲歩すると、にわかに声をひそめた。

「おじさんが熱線銃を使えばいい。ぼくが虎を見つけるから。それならどう？」

「虎がいるところを知ってるのか！」

ぼくは声をあげた。ダニーはぼくを制止して、ゆっくりうなずいた。眼がみょうにうるみ、手をぴくつかせていた。

「声を立てないで……ぼくは知ってるんだ、やつがどこにかくれてるか……」

「なぜ知ってるんだ？」

「サチに気がつかれないように、何回も家を脱けだしたの」

「やつはどこにいる？」

「居住区じゃない。行政区にかくれてるんだ」

「どんなやつだった、見たのか？」

「遠くから見た。あんたぐらいある、すごく大きいやつだった。きちがいみたいに眼がすごく光ってた。でもあんたならきっと勝てるよ、リュウ」

「先祖がえりというやつだな」

　四世紀まえに行なわれた虎狩りは、一匹の虎も逃さなかったはずだった。遺伝因子の検査はそれほど厳重を極めたのだが、やはり完全ではなかったのだ。ひっそりと数世紀を眠り続けて、いま虎の生き残りは目覚めた。狩人さえ死に絶えた時代に、いっそう兇暴に血に餓えて。これは地球人の犯した過誤へのだめ押しだった。彼らはその子孫を、品種改良の目的かられほど遠い、去勢された羊の群れにつくりあげ、そのなかにいままた虎を放ってしまったのだ。

「ねえ、リュウ。ふたりで殺っつけようよ。その熱線銃で……」

「だめだ」

　ぼくはベルトをはずし、スーツケースのなかにしまった。

「どうして？　虎が怖い？」

　ダニーの顔は不信の思いにこわばった。

「ぼくはロケット・マンだ、ダニー。地球にはいっさいかかりあわない。虎がぼくを襲ったら、そいつは殺す。それ以外には、ぼくは手を出さない。これがロケット・マンの掟なんだ。地球は地球人のものさ」

「うそだ、あんたは怖がってるんだ!」

ダニーはおさえた声に蔑みをこめて叫んだ。ぼくはその苛立った顔に笑いかけた。

「その手にはのらんよ、ダニー。きみはただぼくをけしかけてるんだ、お利口さん」

だが、これですっかり少年との親密感は台なしになった。友情は氷となって砕けてしまった。

「あんたはアストロじゃない。腰ぬけだ」少年は悪たれた。

「とんでもない、これがアストロってもんだ」

「あんたなんか嫌いだ。虎に食われちゃえ」

はっきりと敵意をこめてダニーはいった。この性格の激しさに驚かされた。欲求への執着はともかく、果たされずに荒れ狂う様子は異常なほどだった。彼はそれから一言も口をきかなかった。好きでなければ嫌いという極端な主義らしい。しかし、あの移り気ではまた風向きが変るだろう。たいして気にもとめなかったが、彼は遠く席をはなして、嫌悪と敵意を熱風のようにぼくに送ってよこした。

食事の間じゅうそうだったが、食べ終るとぷいと立って、ものもいわず二階へ駈けあがって行った。

「なにかあったの、リュウ?」

サチが気づかわしげに訊いた。ぼくは食べ残しの料理皿をはなして、口をふいた。

「どうってこともないさ」

「ダニーをどう思う、リュウ？」

「なかなか変ってる。変りすぎてるくらいだね。なぜ、ここに置いたんだい？」

「あの子が好きだから」

「機嫌のいいときはともかく、つきあいにくい子じゃないのか？」

「それほどでもないのよ。あなたはどう、リュウ？」

「気性が荒いな。料理はうまかったよ、家政ロボット君」

　ぼくはサチのそばによって、頰に接吻した。彼女は黒いふかい眼でぼくをみつめ、腕をまわして、応えた。ほとんど息だけの声でサチはいった。

「なぜわたしを愛してくださるの？　地球のつまらない淋しい女なのに……」

「きみが、変り者だからさ。きみを宇宙へ連れて行きたい」

　ぼくは心からいった。しかし、それは不可能だった。地球人には虚空の深淵への恐怖がある。それはロケット・マンがそれに抱くあこがれと同様に、魂の奥底に根ざすものだ。常闇と絶対真空と厖大な空間への病的な怖れ——ぼくには理解できないのだが、サチを連れていけば、彼女の脆弱な小鳥のような心臓はあっけなく停まってしまう。これは適応性の問題で、どうにもならないことだった。

「明日、きみを他のシティに連れて行こう」と、ぼくはいった。

「虎がきみを見つけて食べちまわないようなところにかくすのさ」

　ぼくはサチを抱きあげて寝室へ運んだ。彼女はかたくぼくにしがみついていた。やがて、甘美な世界にぼくたちは入っていった。

そのとき、テレビフォンが金切声をあげはじめたのだ。

ぼくはかいんかいんになった。バーンズのちくしょうめにちがいない。

だが、テレビフォンのゆがんだ顔は見覚えがなかった。傷口のようにひらいた眼には、この世のものとも思われない恐怖と苦痛があった。

「たすけてください、だれか家に入ろうとしている……ドアをこわして……」よだれがひきつった唇のはしから糸をひいた。声はごぼごぼと泡立った。「入ってくる、虎が入ってくる……」

「あんたはだれだ?」

「アシュトン……虎が来た」

不気味な唐突さで、よだれの糸がぽつっととぎれるのを、ぼくは凝然とみまもった。いきなりスクリーンが波立ち、混迷のなかに悲惨な顔は消えていった。スクリーンはふたたび無表情な白い輝度にかえった。

死んだ、とぼくは思った。虎はついに家の中にまで侵入して、犠牲者を屠ったのだ。アシュトンという男は、おそらく必死にテレビフォンに這い寄り、救いをもとめたのだろう。そのあいだになぜ逃げようとしなかったのか。それとも逃げる気力すらなかったのか。

これはひどい、とぼくは思った。それは、ぼくの無関心さを強くゆすぶり、思いもかけぬ感情をめざめさせた。ぼくははじめて彼らに同情を感じたのだ。自分があまりにも無力であり、身をまもることはおろか、武器を手にすることもできず、ただ殺されるのを待つというのは、どんな気持だろう。ただひとり、自分たちを救いうる男は冷やかに拒絶し、かえりみようともしない。そのみじめな無力さは、しかも彼らの責任ではないのだ。

これは保護本能だった。ロケット・マンにとって、うちかてぬ義務感なのだ。いま、それは彼らに対する生理的な厭悪感すらもねじ伏せてしまった。ぼくはバーンズを呼びだした。

「よく聞け、バーンズ。このシティから逃げだしたい者がいれば、明日の朝市庁舎の前に集合させろ。ほかのシティに連れて行く」

バーンズの死人じみた顔が生気を帯びた。

「行きますとも、みんな行きます！」

「これは、ぼくがきみらにやる一度だけの機会だ。明後日、ぼくは地球をはなれる。もし市庁舎までも行けず、家から出る勇気のない者にはチャンスをやれない、わかったな」

返事には確信がなかった。

「元気をだせ、バーンズ。使えそうな警察用アンドロイドがあったら、集めてくれ。ぼくだけじゃ、護送に手がまわらない」

ぼくは切れたテレビフォンの前に、落ち着かず立っていた。自分が、よけいな手出しをしかけていると感じていた。しかし、いまさらどうしようもなかった。ふさいだ気分で、ぼくは坐りこみ、明日の計画を立てようとした。おそらく何百人、あるいは数千の市民が脱出に参加するだろう。作動可能の警察用アンドロイドに麻酔銃（パラライザー）を持たせて、警護させるにしてもどの程度役立つか見当もつかない。結局、指導者のぼくにすべての責任がかかるのだ。ひとりのアストロと熱線銃に——ぼくはうんざりしながら、スーツケースのファスナーをあけ、熱線銃をとりだそうとした。電撃のような驚愕につらぬかれ、息がとまった。熱線銃が失くなっていたのだ。

　ぼくのわめき声に、サチはとびおきて来た。

「ダニーだ！　あいつが持ちだしたんだ！」

　ぼくは二階へ駈けあがった。後悔に心を締めつけられていた。あの執着ぶりを見ておきながら、ぼくは少年のやすやすと手のとどくところに、熱線銃をほうりだしておいたのだった。

　思った通り、少年の部屋はからっぽで、窓が人をばかにするように夜の闇にむかって口をあけていた。ぼくは歯ぎしりした。なんというまぬけなことをしたのだろう。ぼくは少年に熱線銃の使用法まで得々と講釈してきかせたのだ。

「ダニーのやつ、どこへ行ったと思う？　虎狩りに出かけたんだ」

「ダ、ダニーが……」サチはあえぐような声をたてた。眼が異様に大きくなり、唇まで色褪（いろあ）せていた。「おねがい、リュウ、すぐダニーをつれもどして！」

　彼女の指が痛いほど力をこめて、ぼくの腕を握りしめた。

「もう遅すぎる。ダニーが脱けだしたのは二時間ぐらいまえだ」

冷えきっているベッドに触って、ぼくはいった。

「おねがい、あの子はたった六つなのよ！」

「ダニーはしっかりしてるさ。それに抜け目がない。あいつはこれまでにも、きみの油断をみすまして、こんな真似をなん十度もやってたんだよ、サチ。自分でそういってた。虎の居場所まで知ってるって……たいしたやつだ」

「あなたが行かないのなら、わたしがつれもどすわ！」

サチは身をひるがえして、階下に駆け降りて行った。ドアの前の障害物をどけようと、力をふりしぼっているサチを、ぼくはとりおさえなければならなかった。

「どうしたっていうんだ？」ぼくの腕のなかで、サチは息をはずませてもがいた。「どうして、ダニーをそんなに気にするんだ？」

彼女の目から涙が流れた。

「おねがい、リュウ、あの子をたすけてやって……」

サチの悲嘆をぼくは理解できなかった。所詮、ダニーはぼくにとって無縁だったからだ。

「わかった。ともかく探してみよう」

どのみち、熱線銃をとりもどさなければならなかった。

シティの夜の暗さは、真の闇に近かった。陰気な墓場の夜だ。人間の住むあかいしの灯火ひとつ見えないのだ。宇宙の凍寒の闇でもこれほど暖かみに欠けてはいない。

こんな暗さで、どだい人探しなど不可能だった。

ぼくはナイフしか身につけていなかった。虎とぶつかったら、対等の条件で渡りあわなければならないのだ。幸い、虎が今夜居住区を襲っているので、ダニーが行政区に出かけたのなら、出会さなくてもすむわけだ。ダニーが、まちがえて、ぼくを射たないように祈るばかりだった。

サチは隣りにひっそりと息の音もさせないで坐っていた。いっしょに行くといいはってきかなかったし、家に残してもおけなかったのだ。車に乗ってから、サチは一言も口をきかなかった。ダニーの身がそんなに心配なのか――ぼくは突然、嫉妬を感じた。

ぼくは、墓石のように黙々と立ち並ぶ家々の間を抜け、行政区に向う高架ウェイに車をのせた。行政区は広い。おそらく、ダニーが翌朝もどってくるのを待たなければならないだろう。

さえぎるもののない高架ウェイの上に、夜空がひろがっていた。満天の星群をちりばめて……おれはなんで、こんなところにいなきゃならないんだ！　それはうずくような思いだった。嫌悪の味がにがく口にひろがった。なんてたわけた騒ぎに巻きこまれて――おれは地球が嫌いだ、嫌いだ……。

そのとき、前方の闇に輝点が生じた。サーチライトの光源のようだった。眼を凝らすまもなく、ぎらぎらする光は、突如まっしろな一すじの奔流のように伸びて、真正面からフロントに突きささってきた。耐えがたい熱気がまきおこり、ぼくは悲鳴をあげた。幾千の針を皮膚に吹きつけられるのに似た劇痛に眼がくらんだ。自衛本能の手がぼくをひっつかみ、はげしく床に押しつけた。だが、そのまえにぼくは光の正体を見とどけた。脈うつ白熱の光のパルスを見たのだ。

　肉と髪のいぶる異様な臭気が鼻をつき、ぼくははね起きた。サチは微動もせずシートに坐っていた。神経をひき裂くようなショックが襲い、ぐうっと吐き気がつきあげてきた。端然と坐りつづけるサチには顔がなかった。ほんの一握りの焦げた肉塊に炭化した髪がまつわっているだけだった。

　ぼくは獣が咆えるようにうめき、サチの名を呼びながら嘔吐した。

　ダニー、きさまがやったんだな……きさまが……

　ぼくはもがいた。なぜ、ダニーが射ったのか？　答えは明白だった。ぼくは熱線銃を、もっともおそろしい兇器を、虎の手にわたしてしまったのだ。

　ダニーが虎だったのだ。


　しばらくして、ぼくは市庁舎の一室にいた。機関部を射ぬかれずにすんだ車を動かして市庁舎に着くと、アンドロイドを探し、サチを運ばせた。テーブルに死体を安置するのもすべてまかせた。アンドロイドのかたい腕に抱かれて、サチの手はだらりとたれ、ぼくはその後を歩きながら、それだけをいっしんにみつめていた。かつてぼくの首に熱くまわされたその手は、まるでぼくに別れを告げるように揺れていた。ぼくは一種客観的な冷静さで、てきぱきとかたづけた。アンドロイドは実に機能的に、ぼくの命令に応え、従った。すべてが無意味に思えたのに、彼らのむだのない動作だけがなにかしら意義を持つように見えたのはみょうなことだった。この星の連中より、アンドロイドのほうがはるかにましだ、とぼくは思った。情緒の麻痺が生じていた。

ぼくは、警察用アンドロイドを集めさせ、作動良好な十数体を選んで、指示をあたえた。居住区をパトロールさせるには数が不足だったがやむを得なかった。それで目的を把握したら、報告させるだけにとどめた。同時に、集めさせた銃器のほとんどが麻酔銃とガス銃を占め、耐用年限の超過のため、それらのすべてが使用不能だったのだ。なんとか使えるのは数挺の拳銃だけだった。

サチの遺体の夜伽にアンドロイドをつけて、ぼくはデスクの前に坐りこんだ。ふるぼけた四五口径のオートマチックが手の中にあった。巨きくて重い頑丈な造りで、たのもしかった。もちろん熱線銃とは比較にならないが、役には立つ。

壁に向けて一発試し射ちしてみた。音だけはすさまじく大きかった。巨大な市庁舎のすみずみまでも響きわたった。こだましあいながら消えて行くのに耳を傾けた。夜伽のアンドロイドは身動きもしなかった。サチとおなじように……サチにはなにも聞こえない。銃声も愛の言葉も、いまとなってはおなじことだ。

ぼくは弾薬をデスクの上にずらりとならべ、ナイフを使って細工をはじめた。はじから取りあげて、親指ほどの弾の頭を平らにけずりとる。そのあいまにテレビフォンをバーンズにまわした。

バーンズはすぐ現われたが、しばらくぼくが無言で仕事を続ける手もとを、もの問いたげに見入っていた。ぼくは答えてやった。

「ダムダム弾さ。むかしながらの細工だ。どういうものか知ってるのは、アストロだけだろう」

　これをぶちこんでやれば、サチが受けた以上のむごたらしい破壊力を発揮する。顔なぞは吹きとんでしまうだろう。

「予定がかわった」

　ぼくはむとんじゃくに弾をけずり続けながらいった。

「もう連中を集めなくてもいい。引越しは取り止めだ、バーンズ」

「どうしてですか？」

「虎を見つけたからさ。これから狩りに出かける」

　ぼくは最後の弾の細工を終えて、拳銃をとりあげ、一発ずつ順に詰めこんでいった。

「きみたちのためじゃない。サチが殺された。アストロはたしかに野蛮だよな、バーンズ。いいしかえしをしようというんだ」

「サチが……」

「六つのがきが殺ったんだ。ほんのあかんぼうが殺人狂だったんだぜ、バーンズ。きみたちを夜も眠れなくさせて――さっきはアシュトンという男を殺し、それからサチを殺した。いまごろ、まただれかを血祭りにあげてるかもしれん」

「ダニーが……」

「そうさ。そのがきだ、サチとくらしてたがきだよ。いままでは、羊のなかの虎みたいに、自由に人殺しを楽しんでた。だが、サチを殺したからには、そうはさせない」

「ダニーがサチを……」

「そうだ。もっと早く気づけばよかったんだ。サチの家政ロボットがなぜこわれたか、よく考えてみればよかったんだ……」

ぼくは自分にむかって話していた。

「どう見ても自然損壊じゃなかった。ロボット法にでも触れなきゃ、あんな徹底的な壊れかたはしない。あのロボットはダニーが人殺しだと知ったんだな。でも、それを止められなかった。それでロボットは死んだんだ」

なんてこすっからいがきだろう。狡猾で残忍な虎の資格を全部備えているじゃないか。

「ダニーはサチを殺した。だが、それでやつも終りだ。ぼくがやつを今度は殺す。安心しろ、バーンズ。ぼくが虎を狩りたててやるよ」ぼくは弾をこめ終った拳銃を握った。「こいつでね」

「信じられない。とても信じられない」

バーンズは首をふっていた。

「まちがいはないんだ。サチは死んだよ」

「でも、ダニーは、サチとあなたの子どもなんですよ」

バーンズの上唇には汗がにじんでいた。唇のはしにも……ぼくは異様な明確さで、それを見とどけた。戦慄が背を走った。

「なんだって！」ぼくはわめいた。

「ダニーはあなたの子ですよ、リュウ」

「ばかな。サチは、マーナの子だといったぞ」

「それはちがいます。サチは、ダニーを六年まえに生んだのです。すぐ施設に入れて、サチがひきとったのは半年まえです」

「しかし、サチはひとことだっていわなかった……」

「ダニーに、父親がアストロだと教えたくなかったんでしょう。ダニーをアストロにしたくなかった。だから秘密にしたんです。サチはアストロのあなたを愛して、ずいぶん苦しんだんですよ。あなたは何年も帰ってこず、帰ってくればあっけなく飛び去ってしまう。サチは息子まで失いたくなかったんでしょう」

「もう、いい、やめてくれ」

震えがとまらなかった。ぼくはわななく手をあげて、バーンズを追いはらった。だが、執拗に彼の声は耳もとで鳴りひびいていた。ダニーはあなたの子ですよ……あなたの子ですよ……あなたの……ダニーはぼくとサチのあいだの子どもだった！

心が激動して、はっきり考えることができなかった。ぼくはこぶしでデスクのスチール板を殴りだした。皮膚は裂け、指の関節から血がにじみだした。息がつまり、とどめようもなく全身がふるえた。

なぜだ、なぜこんなことになったんだ！　憤怒なのか悲しみなのかわからない。歯がぎりぎり鳴った。それは喉をかたく締めつけ、制御できぬくるおしさに、ぼくを駆りたてるのだった。

ぼくはとびあがり、救けをもとめて、サチの遺体へ駈けよった。が、すぐまた強烈な吐き気におそわれて、顔をそむけ、微動もせず立っているアンドロイドの胸につかまって身をささえた。サチは救けてくれなかった。死んでしまったのだ。ダニーが殺したのだ。

ダニーを許すことはできない。ぼくはダニーを殺すのだ。

居住区に放ったアンドロイドから連絡を受けると、ぼくはすぐ行動に移った。身体が熱っぽく、ふるえもおさまっていなかったが、心は冷たくさめていた。自分の冷静さにおどろきを感じた。まるで他人事のようなのだ。怨恨と憎悪は心のなかに据えつけた鋼鉄製のモーターのように冷たい精気にみちた毒液を送りこんでいた。

居住区は燃えていた。白々と明けかかった空を染めて、火煙が高く噴きあげていた。熱気の波が押し寄せてきた。ダニーの仕事にちがいない。新しい兇器の効力に酔っているのだろう。樹木が炎の樹となり、家々は巨きなたき火だった。

アンドロイドは間断なく報告をよこした。ダニーの動きは手に取るようにわかった。車を捨てると、ぼくは迷わず、少年の背後に接近して行った。

少年は声を立てて笑っていた。周囲は光にみちあふれ、その顔をかがやかせていた。火炎の熱気と、破壊のよろこびの熱で上気し、彼はみずからも燃えているようだった。その姿は生気にみちあふれて美しかった。まるで生きている炎のように。

　これはどうしたことか、とぼくは疑った。いったい彼になにが起きたのだろう。さながら少年は破壊の権化だ。地球人の一かけらも持たぬ活力をすさまじく多量に持ち、それをすべて破壊の歓楽に傾けている。その活力はまさしくロケット・マンのものだ。彼はアストロに生まれあわせ、自分がなんであるかを知らされなかった。その盲目的な欲求不満を、他のすべてを破壊することでみたそうとしたのか。アストロの本質とは兇暴な殺人狂のそれと近しいものなのか。結局、地球人は正しかったのだろうか。アストロは潜在性の精神異常者であり、根絶すべき虎だという彼らの言葉は。

　耐えがたい苦渋がこみあげてきて、ちがう、とはげしくぼくは思った。アストロは断じて殺人狂ではない。われわれは破壊は好まない。われわれは常に開拓者であり建設者だった。

　だが、ダニーはぼくの息子だった。あきらかに地球人とは異っていた。老衰した無気力な地球人とは……。この三者の差異とはなんなのか、ぼくは必死に探しもとめた。そして、ぼくは閃き出た答えにしがみついた。ぼくがまともなのだ。ぼくは殺人狂でもなければ廃人でもない。どちらにも傾かずバランスを保っている。ダニーはかつて地球が犯した間違いの反動的な産物だ。彼は呪われた土地に蒔かれた正常な種子の一粒だったのだ。目的をあたえてやれば、アストロとして育ちえたはずだ……チャンスを与えてやりさえすれば。

「ダニー」ぼくはゆっくり少年の背に声をかけた。少年は驚くべき早さでふりむいた。眼が炎となってきらめいた。

「ダニー、聞いてくれ。話したいことがあるんだ。おまえはアストロだ。ぼくの子なんだ。おまえはここにいるべきじゃない。宇宙へ行けばよかったんだ」

少年は黙っていた。

「おまえはアストロなんだ」ぼくはくりかえしていった。

少年は石のようだった。

「おまえはサチを殺した。おまえの母親を。でも、それは許そう。熱線銃を渡しなさい」

「いやだ」少年は歯をみせてずるそうに笑った。「とれるもんならとってみな。お節介はたくさんだ。ぼくはこうするのが好きなんだ。宇宙なんかに行きたかない。ぼくはあんたが嫌いだ、そういったろ？　殺してやるよ」

心で、最後にのこっていたなにかが微塵にくだけ散った。あとには途方もない真空が開いた。それはたとえようもない苦痛と驚愕にみちた闇でもあった。激烈な憎悪が噴きあがってきた。

少年の顔には狂気の微笑があった。ぼくはそれと重ねて、サチの無惨な残骸をまざまざと見た。兇暴な憤怒がにえたぎった。

「人殺しめ」ぼくは憎悪のしたたる己れの声を聞いた。「人殺しめ」

少年が熱線銃の銃口をぼくに向けると同時に、ぼくの手も拳銃にとんだ。一瞬、世界があらゆる色に輝いた。その中で、ぼくは輝く虎となっていた。

背後の虎

間幸太郎は妻の寝室のドアの前に立つと、とたんに気遅れに襲われた。憐愍とはまた異った、もの怖ろしい圧迫感を受けたのだ。みどりいろのカーテンを締めきった深い水底のような部屋に、妻の麻須美は白墨の額をうつむかせ、虚ろな眼をあらぬかたに投げて坐っているであろう。幸太郎が入って行ったところで、格別の反応を見せるわけでもない。ようやく妻が捉えどころのない氷のかけらのような眼を向けるまでのあいだの居心地の悪さを思うと、幸太郎は背すじが硬直するのをおぼえた。

彼は音をさせて息をすいこむと寝室のドアの前をはなれた。廊下で女中のときに出あいがしら、彼はいった。

「スーツケースは玄関だな……あとで麻須美に伝えておいてくれ。これが大阪のホテルの電話番号だ」

「奥さまは……？」

女中はメモを受け取りながら訊ね顔をした。

「かまわん。話すのはあれが部屋から出てきたときでいい」

幸太郎は女中の表情にあらわれた同情を黙殺して、慌しく玄関に歩きながら、航空便のチケットをあらためた。時刻が迫っているし、表の車寄せにはハイヤーが待機している。妻にはすまないが、大阪の四日間を考えるとほっと気がやすまった。海底に横たわる溺死者のような妻を思うと、息が詰まってくるのだ。

麻須美を気の毒には思っている。一か月まえ医師から彼女が流産したと聞いたときは、彼自身、苦い落胆に滅入りこんだ。流産もこれで三回目となれば、失望はうんざりする以上のものとなる。

前の二回の流産は、まだ今度こそという期待をつながせたが、三回目で望みの糸は断たれた。麻須美の身体は母体としての負担に堪えることができないのだった。――もうだめだ、おれたちは子どもを持てない。それならそれでいいじゃないか……

幸太郎は妻への思いやりとは別に、自棄的な思いに捉えられた。ともあれ、人間はいつまでもショックにうちひしがれているわけにはいかないのだ。四日後大阪から帰ってくるまでには、なんとか気をとりなおしていてくれるといいのだが……。幸太郎はハイヤーのシートに身を埋め、夕刊をひろげて、不愉快な気分の転換をはかった。夕闇がわだかまる車寄せをまわるとき、彼はびくっと頭をもたげた。指が新聞を押しつぶした。

「いまの音は？」

「は、なんですか？」

運転手はなにも聞かなかったようであった。屋敷町の路を走るハイヤーのシートに身をねじり、彼は自宅の青白い門燈をふりかえっていた。なにか動物の奥深い呼吸と、やすりをこするような唸りを聞いたように思ったのだ。猫だったのだろうか？　幸太郎の愛犬が半年前死んで以来、庭によく猫が入りこむことがあるのだった。

麻須美は無意識に身をよじり、ベッドをきしらせた。おぼろげに意識がもどってきた。いまのいままで、おもてに立って夫の走り去る車を見送っていたような気がする。時間にせかされて顔をしかめ、大またに車に乗りこむ夫の姿はなまなましいイメージで残っていた。あれは夢だったのか……

急激に身を動かしたので、めまいに襲われ、胃がひきつった。ぐっと喉を鳴らして彼女は嘔吐感をこらえた。身体がすっかり衰弱してしまった感じ。三度目の無惨な失敗を病院で知らされたときの絶望が骨のずいまで冒してしまった。もう二度と起きあがれない、と彼女は知った。すべての明るみと暖かみが無限の遠くに遠のき、冷たい闇に取り残された己れを知った。気づかわしげにのぞきこむ夫の顔はもはや彼女の復帰できぬ世界にあった。最初の、そして再度の失敗までは、夫の眼に責めつける色を読みとり身のすくむ思いを味わったものの、挽回の期待があった。彼女をその世界につなぎとめる可能性があった。しかしいまは苦慮にみちた希望すら失われてしまったのだ。熱烈に乞うた、あかんぼうを腕に抱いて泣き声を快い音楽のように聞き、体温を熱く感じる機会は、遠く冷えた星々のように彼女には無縁のものとなったのだった。

麻須美は起き立つのをあきらめて、石像のように重く感じられる身体をベッドに埋めた。

この取りかえしのつかぬ過失——そう、それは自分以外に責を帰しようのないおそろしい過失であった。この生命力を欠いて形骸のみを残した身体のせいなのだ。女としての機能を失っているからには、それは死灰にひとしい。

麻須美はいまさらのように驚きに駆られて、シーツの下の自分の身体をなでまわした。湿ったなめらかな皮膚、果実の硬度をもった乳房、しまった筋肉をひめるひらたい腹、ゆたかな足のあいだの神秘な柔かい部分——彼女はびくっと手をひっこめた。もはや神秘ではありえないのだった。硬く冷たいマネキン人形と大差ないのだった。

夫は行ってしまった、と彼女は暗く熱のない思いをかみしめた。自分には声もかけずに。大阪にはなじみの女がいるのだろう。仕事の口実にかこつけて繁く東京、大阪間を往来する夫の気持がとうに自分をはなれていることぐらいわかっている。でも、しかたがないではないか……

怨みがましい思いが、底なしの井戸に似た心の暗闇に沈んで行き、見当もつかぬ深いところでわだかまった。彼女はいっさいの苦悩をそこに捨てるすべをいつか学んだのだった。自分を呵責なく迫害する、理不尽ななにものかに対する憎しみ、復讐心、怨恨を……

自分はまだ若いのに、二十五歳にもなっていないのに……

もう二度と子供を持てないと宣告した医師の冷酷さ——医師は自分の昏睡しているまに鋼鉄のメスで生命のみなもとを切りきざみ、無断で彼女を死骸に変えてしまった。人殺し、人殺し……

思いやりを欠いた周囲の人々。高校時代の級友の路子。こともあろうに、これみよがしにあかんぼうを抱いてきて、病床の彼女の心を無慈悲にひき裂いた。幸福そうに鼻にしわをよせて、あまつさえ自分にあかんぼうを抱かせようとした……

幸太郎の両親。眠っているから聞こえまいとたかをくくっただろうが、自分はちゃんと聞いていた。——あんなうまずめじゃこまるよ、おまえ、どうするつもり？

あの残酷な言葉をあたしは忘れない。おためごかしの白々しい微笑にかくれた悪意をあたしは決して忘れやしない……夫はなにひとこといいかえさなかった。妻がうちひしがれ、心も凍る思いをしているのに、弁護さえしてくれなかった。そして大阪の情婦のところへ行ってしまった……

あたしは疲れた。とても疲れている。

毒々しい苦悩を心の古井戸に投げ捨てるのはむしろ快い作業であった。とほうもなくからっぽになり、なにもくるしまずにすむ……

麻須美はふたたび虚しい病的な眠りに墜ちていった。

電話線は深夜の寝しずまる都会をおおう無数の指だ。感覚を凝らして信号の伝達に反応しようと待つ精妙な神経網だ。

いまもその神経繊維の一すじが震え痙攣する知覚があった。カタカタ、カタカタ、カタカタカタカタ……

「はい、百十番です、どうぞ」

百十番にかかる電話の声のほとんどは、興奮にかんだかく割れて聴きとりにくい。

「番地は……目黒区？　向原町……一五〇、目標になるものは……病院……」

事務的ななめらかな声と逆上にかすれた声のやりとりは中途から、交換機の指令で付近を巡回するパトカーにセットされる。

「警視二十五号、現場へ急行せよ、どうぞ」

「警視二十五号より本部へ、了解」

制帽をぐいとかぶり直して警官は車のハンドルをまわす。サイレンで夜気をこなごなにひきさきながら、パトカーは疾走する。

「強盗かな？」

と、相棒の警官が訊く。手は腰の拳銃サックのふたを早手まわしにあけている。

「どうだかな、どれ、一っぱしり行くぞ」

目黒区向原町一五〇番地。ブロック塀で仕切られた中流住宅街である。前照燈を獰猛な野獣の眼のように輝かし、砂利道にザーッと割りこむと、ふたりの警官は車を降り、門に駈け寄る。かたく閉じられたくぐり戸を叩き、呼鈴のボタンを押しつづける。

「この家にまちがいないな、よしっ」

ひとりが待機し、周囲に警戒の眼をくばるうちに、他のひとりがブロック塀をのりこえ、突入する。

「警察です、どうしました！」

雨戸が倒れて、黒々と横たわる人影に警官の眼はすいつけられる。黒い、墨汁のような水たまりに足が滑る。ぬるっとした感触が戦慄を背筋に走らす。墨汁ではない、闇にあざむかれてそう見えただけだ。

「こりゃ、ひどい！」

思わず声が出た。懐中電燈のゆれ動く光の輪のなかに見たのは、信じがたい大量の血にまみれた惨殺死体だ。首がなかばもぎとられ、よじれた四肢は完全な姿をとどめていない。胸がぐぐっと締めつけられ、口いっぱいの苦い胆汁がこみあげた。相棒の警官が駈け寄って見た彼の顔は眼球が突き出し、頬がへこみ、顎がたれさがった恐怖の表情だ。無理もないことだ。いかに警察官とはいえ、鋼鉄の態手で引き裂かれた死骸をいつも見慣れているわけではない。

近隣の灯りが次々に点りはじめ、戸のあけたての音、下駄の音が静寂を破るまでには、目黒署の刑事たちが到着していた。

寝室の床の角にもう一つの惨死体が発見された。被害者はこの家にふたりぐらしの老人夫婦である。間幸吉六十二歳、同美代六十歳。十数分後には本庁詰めの新聞記者の第一陣が門外の警官と押し問答していた。被害者の死因は？　兇器は？　犯人の目星は？　眠りばなを叩き起こされ、車に詰めこまれて運ばれてきた警察医は職業的な冷静さを置き忘れてきたようだった。

「こんなのは見たことがないよ……」

たるんだ耳の後の肉をふるわせ、警察医はうろうろしている。

「こりゃ、人間わざじゃないぞ、どんな兇器を使ったにしろ」

腹部は臓器ごと恐ろしい力でひきちぎられて、胸部はきれいに内容をばらまいている。

「動物園からライオンか虎でも逃げたのとちがうか？」

「ねぼけちゃこまるよ、先生」

刑事はいいかえしたものの、喉をまるい球がぐっと昇ってくる異様な感覚をおぼえた。気なしか、部屋の光のとどかぬ暗がりには、食肉獣のねばっこい刺激的な体臭が立ちこめていた。

「これはなんだ、おい」

ついに鑑識課員が発見した。足跡を思わせるまるい血痕――それはあきらかに人間のものではなかった。

赤ん坊の精力的な欲求の前に、平穏さも真夜中もありえない。疲れきった夫は舌打ちしてふとんを耳許までしっかりひきあげてしまうからいいが、母親ともなればどんなに疲れはてていようとも、ミルクを暖めに起き立たなければならないのだ。はだけた寝巻の前をあわせながら、ガスのヴァルヴをひねるあいだ、赤ん坊はひっきりなしにぐうぐう、ぴいぴいと唸り声をたてている。赤ん坊とくらすのはいつも楽しいことばかりではない。たいそうなエネルギーで泣きわめく、この小さな利己主義者は、朝まで一睡もさせてくれぬことだってあるのだ。

ふと赤ん坊の泣き声の変化を耳にとめて、若い母親は哺乳瓶から手をはなし、ふりかえった。

寝室のスタンドの明るみが、台所との仕切りの障子をぼんやり照らしている。その面にもうろうと淡いしみが現われ、ゆらめきながらしだいに大きく拡がって行く。眠るのを断念した夫がタバコをすいだしたのだろうか？　ただよう煙がスタンドの光を受けて障子に描きだす奇怪な形――

「あなた？」

と、彼女はひくい声をかける。もう一度、

「あなた？」

淡い影はみるまに輪郭を整え、現像液に漬けられたフィルムのように映像を形成していく。とほうもなく大きな動物の影、それはグロテスクに拡大された猫の影を想わせる。猫？

赤ん坊の唸り声の調子が変化した。めずらしいものにしめす関心の響きがこめられていた。赤ん坊のそばに猫がいるのだ。まあ、ほんとにどこから猫が入りこんできたのだろう。

彼女は哺乳瓶を片手に、大いそぎで境の障子に手をかけ、ひきあけた。哺乳瓶がその手をはなれて落下した。

シュウシュウと水が流れ、ゴボゴボ泡立つ響きが外科病棟の長い廊下のはずれから伝わってくる。小用に立った夜勤看護婦の足音が小走りに戻ってくると、ドアの開閉のきしみが続き、物音は絶える。急患がサイレンとともに運びこまれるか、苦痛に眠れぬ患者が看護婦を呼ぶブザーを押さないかぎり、大きな建物独特のかすかな呟き声に似た沈黙がよどむばかりだ。

おそらく今夜はなにごとも起きまい、という保証は大きな病院には無縁である。いつ、いかなるとき、運搬車がガラガラと走りまわり、白衣の人影があわただしく動き、ものものしい医療器具が手渡されても当然のことだ。

看護婦はたまり場であみものをしている。単調な手先の律動が乱されるのは、その指が紙袋からピーナッツチョコをつまみあげ、口に運ぶあいだのわずかな中断である。

看護婦の耳はなんの物音をとらえることもない。そばだてたところで、廊下を踏んでゆくスポンジのようにやわらかい蹠音（あしおと）は聞こえまい。夜の更ける静けさで室の前を横切り、当直の医師の寝所へ近づいてゆく蹠音は。

ふっとかすかな鼻息を残して、瞬間に蹠音は真上の階上に移っている。用務員の飼う猫が夜の探索に乗りだしているのだろうか？　病院の服務規定によれば、用務員は猫を飼うことを禁じられているはずだ。

やがて耳にもとまらぬ蹠音がひたと停まる気配がある。

あみものに精を出す看護婦の身体が化石した。サイレンのようにおそろしい悲鳴、この世のものとも思われぬ人間の苦悶のさけび声がつんざいて、建物中のこだまをすべて呼びさました——


きれぎれの悲鳴に似た電話のベルが呼び出しを続け、宿直員が鼻みずをこぶしでこすりあげながら、とびだしてくるのを待っている。

「なにい、うちの虎が逃げだして、人をくい殺しただだって……」

こいつは悪質ないたずら電話だ。警視庁だなんて冗談をぬかしやがってからに……。顔の皮膚が怒りにあかぐろく染まった宿直員は受話器を架台に投げもどす。しかし数歩と行かぬうちに性こりもなくベルが彼を呼びもどす。事態の重大さを認識したのは、警官の姿を見てからだ。

夜の動物園は、触手のような懐中電燈の光をうごめかして進む人間たちの一団によって静寂の秩序をうしなった。眠りを破られた動物たちの緊張感は警戒と警告と恐怖の唸り声、怒号、悲鳴となって伝播し、園内は無数の不穏なサイレンの響きに充たされたような騒動のるつぼと化した。人間たちの足を思わずすくめさせる不気味な阿鼻叫喚だ。光を向けると、動物の怯えた眼が水滴のようにひかって暗がりへ逃げ走る。いったい人間どもはなにをしに踏ぎこみなめまわす光の舌は人間たちになにを見せたか？

ようやく人間たちはめざす猛獣の檻の前にたどりつく。異常に昂まった興奮にふるえ、注みこんだのか、と訝かしげに凝視する。


遠くを走るサイレンの叫喚が部屋のなかにまで忍び入ってくる。警務部長はいらいらと歩きまわり、顎に伸びかけたひげをこすりまわしている。ばかな、ばかな、ばかな……と脳裏で否定の声がわめきたてている。この一時間足らずのあいだに四人の人間が猛獣に襲われ、殺された。ジャングルではない、東京のどまん中に起こったことなのだ。これまで動物園の猛獣が脱柵しても、市民を殺傷した事故は一件も起きたためしはない。これだけでも異例なのに、地図を見るがいい、四人が襲撃された地点はそれぞれ、遠く数十キロもへだたっていて、血に狂った野獣が手あたりしだいに犠牲者を殺戮したとはどうしても思えない。もっと近接した区域で事故は発生しているべきなのだ。野獣の異質な脳髄のなかで、どんなにねじけた思考がなされたところで、これは異常すぎる。とすれば三匹のべつべつの野獣がいまこの都会の夜を潜行しているということか——


インタフォンのブザーが鳴り、待ちこがれていた報告が入った。動物園に向った班からだ。

（すべての猛獣の檻には異常なし。動物園からの猛獣の脱走はみとめられず）

兇獣の出所は動物園がシロになった以上、巡業中のサーカス、個人所有の猛獣のいずれかである。だが、いずれにしろ、この三か所にわたる事故の発生はあまりにも非常識にすぎる。

不可能な想定はひとまず措いて、他の視点で考えてみよう。

もし、これらが偽装殺人だったら？　猛獣の襲撃に見せかけて、特殊な兇器で死体を損傷したという考えは検討する余地があるか？　あるいはよく調教した猛獣を兇器にした殺人という線は？　奇抜すぎる、あまりにも奇矯すぎる。

鑑識課からの報告が入った。

(咬傷、爪痕等の外傷、唾液検査、付着した動物の体毛、足跡の鑑識を総合すると、大型の猫科の動物のうち、虎が当該猛獣と推定される)

不審にさいなまされて、警務部長は窓際に立ち、暗い夜の闇に眼をやった。この都会の夜に解き放たれた野獣が兇悪に眼を血走らせて徘徊しているというのか？

闇は異様な威嚇にみちて彼の眼前によどんでいた。警務部長はふいに迷信的な怖れにとらえられた。殺された四人はいずれも密閉した室内でおそわれていた。もしや、この兇獣は悪霊の化身のようなもので、壁を浸透して室内の被害者を襲い、また消え去ったのではないか？　なによりも不可解なのは、〝虎〞がいかに夜更けとはいえ、だれの眼にもとまらず兇行現場から煙のように行方をくらましていることだ……。被害者はふいに背後から虎の荒々しい呼吸を聞き、ふりかえって兇意のふたつの星のような眼を見、全身を氷と化して、死がおどりかかるのを避け得ずに……

警務部長はぶるっと神経質に身体を震わせた。こんな想像をたくましくするのは異常であった。しかし、この虎の出没自体がさらに異常な雰囲気をはらんでいるのだった。彼は大声をあげて部下を呼んだ。

〝虎〟が兇行の立役者と判明した以上、三つの現場の周囲には兇獣を狩る機動隊が集結を続けていた。深夜の、しかも人家の密集地帯の虎狩りである。非常呼集をかけられた五千の人員が肩を接しあってしらみつぶしの捜索を行なうのだ。ニュースカメラマン、新聞記者の報道陣は制止する警官ともみあって、命がけでごったがえす人渦のなかへもぐりこもうと努力をくりかえしていた。

情報は思いがけぬところから入ってきた。提供者はトラック輸送便の運転手だった、京浜国道を疾走する車から前方を走る虎を見たのだ。はじめはマスチーフ種のような大型の犬かと思った。犬にしても大きすぎた。車の速度を落すと、虎はふり向いて燐火のように燃える眼で睨みすえ、すさまじい早さで走り去った。大森のあたりまで追ったがついに見失って、警察に届け出たのだった。

おそらく、虎は空港の方面に向ったのではないかと、情報提供者はいった。まるで消え失せたように見えた。巨大な体軀を宙にはねあげると、跳躍の姿勢のまま、しばらく残像のように空にとどまり、次の瞬間幻に似て、ふっと空気のなかに溶けこんでしまった……

はじめて目撃された虎が夜と闇の生んだ眼の詐術でなかったら、四人を殺戮した兇獣はどこに消えたのだろう。宙に飛びあがって天駈ける虎となり、高く高く舞って眠る地上を見おろし、燈火は光の河のように地上を流れ、やがて一団の光る雲塊となって分離し、空と陸の区分もつかぬ暗闇にひとつひとつ置き去られてゆく。凍りついた大気をひき裂いて、こまかい分子の震動に変え、金属製の機体が舞ってゆく。空も地上も眠りこけた巨大なからっぽの劇場だ。頭上には微細な数知れぬ照明がはりついて、黒ビロードにあけた針の穴から銀色の光源をかいま見るようだ。快調なエンジンの唸りを投げて深夜便は飛びつづける。たとえ眠れぬ旅客が窓外に眼を凝らしても、自分の居場所すらさだかならぬ巨大なのっぺらぼうの空間に顔をつきあわせるだけだ。精密な計器の方向感覚にたよって、機体は巨きな昆虫のように目的地をめざす。

旅客の多くはシートにもたれかかり、眠りに落ちている。まもなく二十分足らずで眠りを断ち切る標示があり、機は伊丹空港へ着陸姿勢をとるだろう。操縦室では地上の管制塔とのせわしい話がはじまるはずだ。

間幸太郎は読みさしの週刊誌を膝に伏せて、ぼんやり視線を窓外に投げた。主翼にさえぎられた視界は、ほとんど見えない。幸太郎の思考はゆっくりと妻のもとへかえってゆく。きのどくな麻須美。しかし、自分もいつか、廃人のようになってしまった彼女に我慢できなくなるのではないか……彼女があれほど内攻的な性格でなかったら、救いようがまだしもあるだろうに。自分の傷ついた心にとじこもり、夫の援助の手さえ拒むのではどうしようもない。

幸太郎は、死者のように虚ろな顔の妻からはなれることに解放感をおぼえた自分に対して慚愧と諦めを同時に感じた。東京に帰ったらよくいってきかせよう。子どもを持たぬ夫婦は淋しいにはちがいないが、養子をもらうという手だてもあるのだ。

幸太郎はふっとあたりを見まわした。乗客たちはくつろいだ姿勢で眠りこけていた。間断ない爆音にまじって、彼はなにかを聞いた。それは夕刻家を出がけに、ハイヤーのなかで聞いた音と同じであった。なにか動物の奥深い喉音とやすりで挽くような唸り。猫？ まさか飛行中の機内に猫がいるはずはない。

幸太郎は身を起こし、シートの背に手をついて伸びあがった。そして彼は見た。機内の後部通路にその巨大な獣は立ち、硬玉のように非常な眼をきらめかせていた。黒と黄色に鮮かに彩られた兇獣、虎であった。

虎の眼は無慈悲にぎらぎらと燃え、彼の心を焼きつくそうとするような光を眼に射込んだ。彼はその背後にひそむ、得体の知れぬ深淵にすいこまれた。呆けたように中腰で立つ彼は、虎の上くちびるがまくれあがり奇怪な微笑に似て牙がむきだされるのを見つめた。

けたたましい悲鳴がまき起こった。眠っていない乗客がそれに気づいたのだ。総立ちになり、事態をさとって恐怖にうたれた乗客たちを意に介することなく、虎はゆっくりと確実に、幸太郎だけを目ざして近づいてきた。ひらいた顎からはよだれが流れ、空気をかきみだす肺の音が間近に迫った。肩が揺れ、背が揺れて、尾が残忍にうねった。虎は幸太郎以外にはなんの興味も持っていないのだった。

待て！ 幸太郎はその一瞬にさとった。この虎の眼、恐ろしい悪意をこめた冷たい眼、見おぼえがあるぞ！　あのくらい寝室で氷のかけらのように自分を凝視していた……

おい、麻須美！

そのとき虎が跳躍した。熊手のような爪がバリバリとシートをひき裂き、皮膚をかきむしり、肉に食い入って、虎は首を一ふりして無造作に男の頭を噛み切った――


麻須美はうなされていた。身体の動きがどうしてもとれない。闇の重量がのしかかる壁のようであった。心が恐怖に萎えて、彼女は必死にもがいた。右手をやみくもに動かしてシーツを叩く試みが功を奏し、彼女は眠りの息もとまる重圧から逃れた。もう一つの闇が視野にとってかわった。現実の闇。ほのぐらい闇が。寝汗がべっとり全身を濡らしていた。夢の恐怖の記憶の余波におそわれ、震えがとまらなくなった。どんな夢だったのか、まるでおぼえていない。ただ自分がなにか非常に怖ろしいことをしでかした感じが残っている。わけもない罪悪感に怯えて、麻須美はなんどもやりそこなったあげく、スタンドのくさりを引き、ベッドから降りて紙タオルを探した。きみわるい冷汗があとからあとから噴きだしてくる。

壁の鏡に見た顔は蒼白だった。くちびるまで青ざめていた。胸に鉛を流しこまれたように息もつけない。乱れた髪になかばかくされた眼が、追いつめられた獣のように居据わって鏡に映っている。その横にならんできらめいているものがあった。彼女ははっと眼を凝らし、自分の背後になにかがひそんでいて、そのまたたかぬ眼をいま鏡の中に見ているのだと知った。

長い凝視がかわされた。そして麻須美はけだものの口にくわえられているものの正体をさとった。ごろんとそれが床に転がった。けだものが彼女のもとに持ちかえってきた獲物であった。それこそ、彼女がいつも心の底なし井戸の闇で欲していたものだった。虎は彼女の分身以外のものではなかった。彼女の潜在意識だったのだ。

次元モンタージュ

Dx

もう夜になっていた。闇からデリケートな陰影が失われ、生垣の下にずり落ちて行くのがわかる。ルウはふと足を停め、油断のない身ごなしで、後に頭をめぐらせた。かすかな緊張のさざなみが耳許の柔毛をそよがせ、全身に拡がった。わずかな光を捕えて、瞳が硬玉のようにきらめいた。

なにごともない。生垣の根元にはなんの動きもなかった。風のさやぎですらなかった。ルウは彫像のように静止していたが、やがてひくい不愉快そうな唸り声を立て、動きはじめた。しなやかな鞭のように、うつくしく身体が揺れて走った。

鋭いルウの感覚にとって今夜はなにかしら不快な雰囲気をはらんでいた。不吉な緊迫感が心を締めつけ、不安に毛が逆立ってくる。起こりうる現象の原因や理由は問題ではなかった。ルウの信じるのはみずからの鋭敏な知覚だけであった。いまその知覚がルウを脅かすのだ。これは予感であった。自分に危害を及ぼすかもしれぬ事象が起ころうとしているのだ。ルウは〝敵〟への恫喝の唸り声を喉許にくぐもらせ、すばやく自分の依りどころへ走っていった。ルゥが絶対的に帰依する唯一の保護者をもとめて。主人はもう帰ってきているかもしれない。主人の手の下にいれば安心なのだ。なにごとが起きようとも——ルゥはとつぜん停止した。不快な、自分を脅かす雰囲気は主人の部屋へ近づくほど、濃度を増してくるのだ。呼吸が早まり、鼓動が激しくなった。ルゥは怒りと当惑をこめて唸った。長い尾の先を痙攣的にうねらせ、ぴったり腹這いになった。

縁先からは明るい光が漏れていた。テレビの音と話し声が響いてくる。聴き慣れた、ルゥの生活の一部であるそれらのざわめき。これまでなんの疑いもなくルゥの参加していたその生活が、いまルゥの前に、異常な親しみがたい形相を向けていた。

ルゥは耳をそば立て、彼の所属を拒否している異和感を探った。この親和力をまるで欠いた気配はなにごとなのか……

主人の部屋——ルゥの住みかでもある場所から声が響いた。足音が聞こえた。ルゥは反射的に行動に移りかけた。主人の声、主人の足音！　が、なにかがルゥを思いとどまらせた。喜悦の思いが線香花火のように燃えかけて消えた。ルゥは主人に関して熟知していた。体臭はいわでもがな、声の抑揚ばかりでなく、足音を耳にしただけで、主人の気分を見抜くことができるのだ。しかし、今の主人のそれらは、彼のいままで知らぬ新たなリズムと調子を持っていた。ルウは容易にその微妙な変異を感じとった。なにかがおかしいのだ。どこか親しみを欠いた感じ……

ルウはようやく覚った。それらは主人のものではなかった。主人のものに似て、しかも非なるものなのだ。わがもの顔に部屋を占拠して喋り、足音をひびかせているのは、ルウの主人ではなかった！　それがいまルウを近寄せなかったのである。ルウは追いはらわれ、自分の部屋に入ることができなかった。

深い憤りと悲しみがルウの身体を震わせた。衝動的に真の主人をもとめる切実さにみちた泣き声が口を突いた。主人はいまどこにいるのだ。ルウは啼き続けた。成熟しきった猫は滅多に感情に動かされて、号泣するものではない。

ルウの名を呼ぶ声が家のなかにあがった。何度もくりかえしてその声は呼んだ。まぎれもなくそれは主人の声ではなかった。異質のリズムを響かせて足音が縁先に近づくと、ルウは暗がりに身をひそめて、あわれっぽく主人を呼び続けた。

基本のD

トーキョー市のヴェラトロン研究所は、その最初のテストに事故を起こした。時間量子理論を証明する、初期の実験段階として建造されたヴェラトロンは、直径三十メートルにわたるドーナツ型のディースを、実験者たちの前に、ごくおとなしい無害な姿をさらしていた。内部の回路を加速された光子（フォトン）が循環する際の、フォトンのスピン系数と磁気能率のデータを集めるのが、その主眼であった。加速されたフォトンをターゲットに向けて得られる効果は、数多く予想されていた。ただ、発生する各種の効果のうちには、まったく予期しない異常効果も含まれていたのである。

問題は、光子を加速する際、生みだされる磁場が、空間的に思いがけぬ形をとったことにあった。それはディースの裡（うち）にとどまらなかったのだ。ヴェラトロン室の、至近距離にいあわせた実験技師たちにはなんら影響をおよぼすことなく、直接、時空連続体の一部に作用し、介入し、変型させてしまった。技師たちが他の効果を観測しているうちにも、未知の事故は、滑りだした雪崩のように進行を続けていた。ディースはおだやかに唸りを発し、観測計器を見まもる人々は、そこに異常を読みとることができなかった。いまのところ手ちがいなし。

しかし、実際は、技師たちが未知の領域に対する期待にみちて、ヴェラトロンを作動させた瞬間、すでに手ちがいが生じていたのである。

すべてが起こったその日の午後、西武大学の古典文学研究室研究生、アオエ・マキは大学区のカフェテリアでシラカワを待っていた。ポリマーの透明な壁面を透して、眼下の街路を絶えまなく流れる走路を見張っていた。

シラカワとはこの一か月逢っていない。そのあいだ、彼から一度のヴィジフォーンもかかってこなかった。今朝、マキが衝動に駆られて、自分を屈しなかったら、このさきいつまで放っておかれるか見当もつかなかった。同級生のシラカワを、恋人にして一年半になる。むろん、それぞれ他の恋人たちの存在を認めあってはいたが、マキにとってはいわば別格として重きをおいていたシラカワであった。しかし、愛していると認めるのはいやだった。彼にその気がないのに、こちらから敢えて特別待遇を与えることはないのだ。それが単純なプライドの問題であることは、わかりきっている。百万年も男と女が続けてきた、永遠の闘争のパターンのひとつにすぎない。

シラカワと時をすごすのは、いつも楽しかった。彼に抱かれるのはもっと楽しかった。だが彼女の頑固な女の自尊心は常に抵抗を試みていた。そして一か月前、それがシラカワを怒らせた。マキはその夜、シラカワの胸の下で愉悦に浸りながら、別の恋人の名を呼んだのである。こざかしい女の企みであった。その次の日から、彼の連絡は途絶えた。

マキはしなやかな指をあげて、銀と黒に染めわけた髪を、苛立たしくまさぐった。他愛もない自尊心の問題——この充たされた二十一世紀にあっては、それが他のなににも増して重大なことであった。精神分析医にかかっても、こんな単純な悩みはどうにもならない。

速度別に色彩が区分する走路に、シラカワの姿はいまだに現われなかった。

「ルウ、シラカワを探してきて」

隣りのシートにうずくまっていたルウは、硬玉色の瞳をあげて、主人を見詰めた。

「シラカワ、遅いね。ほんとに来るつもりなのかな？」

猫は大儀そうにいった。居心地よく収まっているのを邪魔されたので面白くなさそうだった。高知能化のサイヴォーグ手術を受けても、猫の横着な本性にちがいはないのだ。

「いいから探してきてったら！」

　癇走った声を投げつけられても、ルゥは動じなかった。口ひげをぴくつかせ、ものうげに身体を起こすと、わざとらしくあくびをした。考えぶかげに主人をながめた。

「そんな必要ないと、ルゥ思うな。来たければシラカワ必ず来るよ」

「すぐ行くのよ！　さもないと……」

　マキの声は脅かすようにぶきみに低まった。ルゥは眼をぱちくりさせた。

「わかった。ルゥ、すぐ探しに行くよ」

　猫は優雅なしぐさでフロアにとびおり、長い尾をうねらせて、ことさらのんびりとカフェテリアを横切っていった。小面憎い猫ほど小面憎いものはまたとないのだ。入口で振りかえると、軽蔑するようににゃあと啼いた。ルゥは主人を自己の一部として認めていたが、すこしも尊敬していなかった。たとえサイヴォーグ手術を受けようと受けまいと、猫はだれも尊敬したりしない。彼はがらんとしたカフェテリアに主人を残して散歩に出かけた。忠実に主人の気ままな命令をまもるのは明らかに猫の領域ではない。しかし、ルゥはあとでさすがに後悔した。それが主人の最後の命令になったからだ。


　ヴェラトロンが作動し、瞬時に未曾有の事故が発生した……

Dx＋1

青江真紀から電話がかかってきたのは、ちょうど昼休みだった。

「ちょうどよかった。いま飯を食いに出るところだった」

と、白川はいった。都合のいいことに、課長は新橋別館の部課長会議に出ている。午後から一二時間、油を売っていられるのだ。真紀の声を電話に聴くのは楽しいものだったが、すらりとした大柄な彼女をじかに見て話すのはもっとすばらしかった。

「逢いたいな。いまどこにいるの？」

白川は心をこめていった。

「あたし……〝クレエ〟にいるの。だけど申しわけないわ、わざわざ来ていただくのは……あたし、そちらへおうかがいしようかしら」

真紀は不安そうにためらっていた。声にはまるで自信がなかった。白川は笑って訊いた。

「どうかなさいましたか？　ちょっと変な風向きだな」

「あたし、とっても変なの！」

彼は、真紀のどこかあどけない口調がとても好きだった。とても頭のいい娘で、英文科の女子学生としての教養も決して人後に落ちはしない。白川は、彼女が他の人間に対して、その稚気を帯びた口ぶりを使うのを見たことがなかった。だからそれは彼にとり、特殊の魅力をもって聞こえるのだった。

「スパゲティの食べすぎじゃないかな？」

「あのね、ルウが逃げちゃったの」

「ルウ？　あの黒猫？」

「きのうから、あたしにぜんぜん寄りつかないの。家のまわりを、この世の最後が来たというような悲しそうな声をだして歩きまわってるの。叔母が捕えてきてくれたんだけど、きちがいみたいに暴れて、あたしの手をひっかいて、また逃げちゃったのよ」

　真紀の声は悲嘆に沈んだ。

「なにか恐ろしい感じなの。ルウ、気がくるっちゃったのかもしれないわ」

　もともと、気ちがいじみた黒猫だったじゃないか、と白川は腹のなかで敵意をこめていった。図体の大きさも気に食わなかった。尻尾を入れれば一メートルにちかい大猫である。それが真紀に対して仔猫のような痴態に及ぶのだ。おまけにスパゲティに対し異様な嗜好を持っていた。真紀の皿から分けてもらって恍惚と酔ったような表情でピチャピチャ舌を鳴らすのを目撃したことがある。それが白川に向ける眼つきは実にわざとらしい軽蔑にみちていた。小姑が見せるような、さも気に入らないといった意地悪げな横眼で……白川はそれを見るたびに、自分も真紀の寵愛（ちょうあい）を得ようと争っている猫になったような気がするのだった。もっとも、とても勝ち目はなさそうだったのだが……

　ふいに心地よい勝利感が湧いてきた。ざまみやがれ、きちがい猫め――しかし、白川はその気分をおくびにも出さず、受話器に吹きこんだ。

「そりゃ、たいへんだね。ぼくになにか出来ることがあったら——」

「すぐ来てくださる？　とてもお逢いしたいわ」

途方にくれた真紀の声も、いまは快い音楽だった。もうひとつ煮えきらない感じの、彼らの恋愛感情に、あの嫌らしい大猫が一役買っていたことは疑いもない事実だったのだが、いま、その障害もとりのぞかれたわけだ。

「すぐ行く。〝ミロ〟にいるんだね？」

彼は中腰になって受話器を摑んでいた。興奮してくるのが自分でもわかった。

「〝ミロ〟って？　いま〝クレエ〟にいるのよ」

「〝クレエ〟だって？」

「ほら、お茶の水駅の——どうなさったの？」

話にみょうな食いちがいがあった。

「知らないな、〝クレエ〟なんて店あったかな？」

電話の向う側で、真紀が当惑をこめてちょっと笑った。彼がふざけていると思ったようであった。しかし、白川はふざけているのではなかった。

〝クレエ〟という名の、お茶の水駅付近の喫茶店を知らなかった。彼ばかりでなく、ほかのだれひとりとして知るはずもなかった。

そうだ。真紀は気づかなかったのだ。二年も通っている喫茶店の看板を、いちいち心にとめるはずもなかった。ほかになにひとつ変っているところはないのだ。カウンターの内側のママの顔も、立ち働くウェイトレスたちも、テーブルやソファの配置も。

彼女は受話器を握ったまま、ぐるりと身体をまわしてそれらを確かめようとした。胸がにわかにどきどきと脈うちはじめた。レコード演奏装置の上の壁にかかっているはずのミロの複製画が消えていた。いまそこにあるのはシャガールの陰うつなフォリオであった。思わずもらした驚きの声を聴きつけたらしく、受話器のなかで白川の声が鳴りひびき、ママが眼を動かして、真紀を見詰めた。

「どうかなさったの、青江さん？」

とママがゆっくりと訊いた。ちがう！　と心が息づまるような叫び声をあげた。これは〝ミロ〟のママではなかった。真紀は驚愕に凍りついて、レジの上に置かれたマッチを凝視した。――シャガール　お茶の水駅西口前。

ここは〝ミロ〟ではなかった。お茶の水駅西口前の喫茶店、〝ミロ〟はどこにも存在しないのだった。

Dx＋3

この現実を、真紀の心はどうしても受け容れることができなかった。ママの顔から眼をはずすのに、非常な努力が必要であった。どうして店の名が〝シャガール〟から〝ルオー〟に変ったのか知りたくなかった。それは知ってはならぬことであった。混迷の霧が心に湧きおこった。やかましく鳴りたてる受話器を架台にかけ、背を向けて外へ出た。焼き鳥屋の煙が流れる路地を脱けて、お茶の水駅の西口前へ出た。空は暮れなずみ、風が冷たい通りには信号機が瞬き、せわしない雑踏があった。家路をたどる勤め人、登校する夜学生の群れのなかにあって、真紀はとつぜんたとえようもなく孤独であった。見慣れた世界が、にわかに異郷に変貌した心許（こころもと）なさであった。

Dy

白川が妻の真紀からの電話を受けたのは、午後四時に近かった。彼は顔が火照るような気分で、にやにやする同僚の手から受話器を取った。一日に五度におよぶ電話はいくらなんでも度がすぎる。上役への気兼ねもあったが、そろそろ真紀にもいってきかせなければならなかった。いつまでも新婚気分に酔っているわけにはいかなかった。

「なんだい、今度は？」

思わずあらい声になった。つい一時間ばかり前に、ながながと夕食のおかずの相談を受けたばかりであった。あまい声にはもう食傷していた。コロッケだろうとメンチボールだろうと知ったことか――もちろん夜ふたりきりになれば、またおのずと、別の気分になることはわかっていた。

しかし、真紀の声は彼の予想を裏切った。あまやかなやさしい調子はまったくなかった。

「あの……ルウが……」

と、彼女はおずおずいった。白川は苛立っていたので、最初それを聴き流してしまった。

「なに？　ルウがどうしたって？」

白川はうんざりしていった。

「ルウが変なの」

ルウ！　あの憎ったらしい大猫なんざ、くそくらえだ！　白川は胸のなかでうめき声をあげた。

「気がちがっちゃったんじゃないかと思うの。どうしても部屋に入らないで、摑まえようとすると、ひっかいて逃げちゃったの」

「それで？」

「さっきから外を、気味の悪い声をだしながら、歩きまわってるのよ。ねえ、どうしたらいいかしら、あたし……」

　わめき声をあげたくなった。課長がデスクを気忙しく指で叩きながら、彼を凝視めているのだった。定刻までに、どうしても仕上げねばならぬ書類の束があるのだ。

「わかったよ。帰ってからゆっくり聞くよ」

「でも、あたし……」

「ひとまず切るよ」

　すがるような心ぼそい声を白川は容赦なく絶ち切った。わきの下に汗をかいていた。課の連中に顔を向けることもできなかった。ルウ！　厄介者のくそったれめが！

　白川は歯のあいだに腹立たしくしゅっと息をもらし、一心不乱に仕事にとりかかった。

Dy＋1

　地下鉄大塚駅を出ると、白川は、夕暮れの街を足早に歩いて、アパートに戻った。さすがに妻の様子が気になっていた。ルウ、あのいまいましい黒猫が、発狂しようが手拭いを頭に載せて踊りだそうが、知ったことじゃないんだが、と彼はぶつぶつつぶやいた。考えてみれば、あの黒猫にはずいぶん不愉快な気分を味わわされた。結婚前は、いつも寵を争う猫になりさがったような、なさけない立場だったし、結婚後は小姑と同居して、絶え間ない監視を受け、あらを探されているような気持だった。真紀の守護天使みたいな彼奴と彼女が不仲になったのなら、こっちは有難き幸せというもんじゃないか。

ごみごみした路地奥の見映えのしない木造アパートだが、駅に近いのと新築なのが取り柄だった。八畳に二坪ほどのキッチンがついていた。

白川は、出入口近くの路地に、うずくまって啼いている黒猫を見つけた。ルウは不吉な暗い啼き声をぴたりとやめ、彼を見上げた。

「どうした、腹黒いだんな」

と白川はいった。

「追んだされの図とはあんまり見られたもんじゃないぜ、ええ?」

勝ち誇った気持が湧いてきた。傲岸な人を蔑む眼つきの、いつも彼をむかつかせた大猫が、みじめに失脚したさまは彼をいい気持にさせた。大人気なく、彼は親指を鼻にあてがい、残りの指をひらひらさせた。

「あばよだ、もう戻ってきてもらいたくないぜ、だんな」

ところが、なにを誤解したのか、黒猫は尻尾をぴんと立てて近づいてくると、彼の脚に身体をすり寄せ、悲しげに啼いた。奇想天外な振舞いだった。お巡りに親切にされたようなものだ。彼は片足をあげてとびのくと、総毛立つような眼つきで猫をながめた。

「よせよ。お門違いだよ、だんな。たしかにおまえは気が変になったたな」

黒猫は訴えるように啼いた。眼がぶきみに緑色にひかった。白川はいそいでアパートに入り、ドアを締めた。

Dy+2

真紀は飛び立つように夫を迎えた。孤独感に堪えていた反動で、わけもなく泪があふれそうだった。しかし、すぐ夫に押しのけられた。乱暴なやりかたであった。

「どうしたっていうんだ？」

彼は不機嫌にいった。

「ルウが……」

「ルウがじゃないよ。一日に七度も電話をかけてよこすってのは、どういう神経なんだい。おかげでおれはみんなの笑いものさ。課長に皮肉をいわれて、赤っ恥をかいた」

彼は怒りっぽくオーバーを脱ぎすて、足許にほうった。

「一時間毎に電話をかけられるおれの身にもなってみろ。いつまでも、みんなにあまえてるわけにはいかないんだ。一日に七回なんて、きちがいじみてるじゃないか」

真紀は唖然と夫の顔を見まもった。

「あたし、七回なんてお電話しなかったわ。四回だけよ」

「なにをいってるんだ！」

彼は憤然とネクタイを足許に投げつけ、食ってかかった。

「ルゥが気が変になっただのなんだの、忙しい最中にくどくどいいやがって、仕事もなにも出来やしないじゃないか！　変になったのはルウじゃなくて、おまえじゃないのか！」

真紀は信じがたい思いで、夫のこめかみに盛りあがった青すじを凝視した。こんな瘋走った夫は見たことがなかった。まるで別人のようであった。夫にはこんな粗暴な一面があったのだろうか。眼がへんにぎらついて、手をあげかねなかった。それぱかりでなかった──

「なぜ、ルウのこと知ってらっしゃるの？」

真紀は訊かずにはいられなかった。

「なにい、おまえが電話してきたんじゃないか、とぼけるな！」

「あたし、ルウのことは電話しなかったわ。それなのになぜ……」

「なにをいってるんだ、ばかやろう！」

夫はあらあらしくどなった。真紀は、顔から血の気が引くのを意識した。

Dy＋3

「あたし、こわい」

と、真紀がいった。白川は暗闇に凝然と眼をみひらき、二階の窓の下を行きつ戻りつする猫の啼き声に耳を澄ませた。

「まったくうるさいな。どうしたっていうんだろう」

それは、母親をもとめる赤ん坊の泣き声のように、妖魔の喚き騒ぐ声のように、闇を震わせていた。

「あたし——なにが起こったのかしら？　ルウはどうしちゃったのかしら？」

「さかりでもついたんだろう。あしたの朝になれば戻ってくるよ」

石油ストーブを消した室内は、しんと冷えていた。さかりのつく時期ではなかった。

「きょうね、あたし、すごくへんな気持になったの」

真紀が隣りで息を押し殺していった。

「とつぜん、自分が見も知らぬ世界にいるのを見つけたような気持なの。つまらないことなのよ、くしが確かに置いたところになかったり、絶対に触った覚えのない爪切りがエプロンのポケットから出てきたり……とてもこわかったの。それにルウが……」

「もういい、忘れろよ」

白川は真紀の身体を抱き寄せた。妻は待ちうけていたようにしがみついてきた。身体の温みとともに、慄えが掌に伝わってきた。なにをそんなに怯えるのだ。愛撫を重ねるにつれて、真紀の身体は熱っぽく興奮してきたが、慄えだけはとめどもなかった。白川は彼女の歯がふれあって、カチカチ鳴るのを聞いた。耳の下のやわらかい皮膚にくちびるを押しつけ、ややこぶりの乳房を探った。真紀の呼吸は音を立てはじめたが、それでも奥深い震えはやまなかった。

彼はふと漠然とした疑惑にとらえられた。真紀がじっと身体をかたくし、感覚をとぎすまして、彼の出ようをうかがっているような気がしたからだ。他人の愛撫を我慢して受容している犬を想わせた。思うように妻の反応をひきだせなかった。なにか勘どころが狂っている感じであった。しっとりとなめらかな皮膚を撫でまわしながら、彼はわずかに苛立ちはじめた。

いったいどうしたというのだ？

そして、彼はしまいに、その疑惑のもとを捜りあてた。ぎくりと指先が妻のひらたい腹部で動きをとめた。暗闇に彼の顔はみるみる異様な表情をとった。身体が凍りついて、叫び声が喉につっかえた。

それは盲腸手術の痕であった。昨夜まではそこにそんなものはなかったのだ。

暗闇を猫の号泣が尾をひいて徘徊（はいかい）していた。

基本のD

トーキョー市の警務部長は、プロジェクターを操作して、市街区の一部を投影した。ミニチュアの俯瞰模型が、エアカーから見降したように、壁面に拡がった。

「現在確認された行方不明者は五百四十八人。赤点が消失当時の地点だ。報告が入ると赤点が記録される。現在増加の一途をたどっている」

発疹のように赤点は人びとの見まもるなかで、点々と浮かびあがった。

「赤点の外辺を結びあわせると、８の字のループを描いているのがわかる。その中心の結び目にあたるのがヴェラトロン研になっている」

列席者たちの視線はおのずとヴェラトロン研究所の高級幹部に集まった。警務部長は続けた。

「現在、電子頭脳(キビイ)はいまだに解答を出していない。これはデータ不足による無解答を意味している。ここでヴェラトロン研の責任者、ヒラタ博士の発言をお願いしたい。同研提出の資料は、キビイが目下分析中である」

「われわれは不確定ではあるが、一応の結論に達しました」

ヒラタ博士は青ざめた顔で立った。

「この事態の発生にヴェラトロンが起因していることはまちがいないようです。問題は、まったくわれわれの誤算にあります。今回の一連の実験には含まれておりませんでしたが、われわれはディース内の磁場が時間量子におよぼす効果の実験も予定しておりました。タイムドライヴの実験です。フォトンを超光速に至るまで加速したとき得られる効果の——つまり、ヴェラトロンはタイムマシンを想定して建造されたものなのです。そしてわれわれは予測もしなかった誤算を犯しました。ヴェラトロンの磁場はディース内に構成されず——ご覧の通り、ヴェラトロンを中心として8の字のループを描いたものと想われます。したがって、消失した8の字内の五百四十八人の人びとは他の時界、過去あるいは未来の点に送られてしまったのではないかと推測されるのです」

人々のあいだを驚愕の波がうねっていった。

トーキョー市の巨大な電子頭脳は総力をあげて分析を試みたが、結論に到達することができなかった。キビイといえども未知の部分が多すぎる問題に解答を与えるのは不可能であった。したがってヴェラトロン研の見解はあくまで想像の域を出なかったわけである。それはある点は正しく、他の点では間違っていた。

事実は――ヴェラトロンが惹起した事故は、次元スリップであった。ヴェラトロンを、時間機として開発した研究家たちは、単一の時間上のタイムドライヴを想定したのだが、時空連続体の実体は、無限のサブ・ディメンションを持つ存在であった。それぞれの時間の流れに拡がる空間の同時存在――多元宇宙に、ヴェラトロンの磁場は歪みを持ちこんだ。ヴェラトロンの作動した基本の次元の歪みは、隣接する次元世界へつぎつぎと連鎖し、ヴェラトロンの磁場内にあった五百四十八人の人びとはいっせいに異次元の世界へ押し流されたのだ。

ヴェラトロンの作動の続く四時間、この次元間の混乱は果てしもなく、波及していった。

失踪した五百四十八人のひとり、アオエ・マキは、他次元にある無数の自己存在とともに、盲目に速度を加える次元スリップに押し流されて行った。もはや収拾は不可能であった。

Dz

子ども時代――たぶん五つだったと思います。二階のバルコニーで遊んでいたわたしは重心をとりそこねて、下へ転げ落ちました。固いアスファルトの歩道へ落ちて、気絶だけですんだのは、今にして思うと奇跡的な幸運でした。

もし、あのとき自分が死んでいたら、とときどき考えます。まるでもやのかかった夢を追う少女のように……

そうすれば、いま、東京の空が青く澄んでいて、風が強くて、ごみ屋さんの鈴がチリンチリンと鳴っていて……そのくせわたしは生きていない……なんとなく楽しいような、悲しいような、みょうな気持になります。なァんて、ばかげてますけど。

空が青く、風の冷たい冬の午後である。青江麻紀は、黒いモヘアのオーバーのえりに顎をうずめて街を歩きながら、ふと一年もまえに書いた自分の手紙の一節を思いだした。なにかしら心楽しくなって、微笑がこみあげた。いまも、あの手紙は白川の手許にあるのだろうか？　もう一度読みかえしてみたいような感じ……

Dz＋1

交換手がいった。

「営業部に、白川という人間はおりませんけれど。企画課にならおります」

「あら！　白川さん、企画課にお移りになったんですか？」

知らなかった、と麻紀は思った。でもおかしい、おととい電話したときは営業部だったのに。交換手が念を押した。

「企画の白川正夫でございますね？」

「いいえ、あの、白川浩さんですけど」

「そういう人間は、当社にはおりませんが……」

交換手は切口上でいった。

Dz＋2

「青江さんからお電話です。おつなぎします」

交換手がいった。

「青江？　知らねえな。まあいいや、つないでくれ」

女の声が喋った。彼は煙草を口からはなした。

「白川ですが。失礼ですが、どちらさんですか？　青江さんって……どこかでお目にかかりましたね、すいません、ちょっとおぼえてないもんで――いや、とぼけてやしませんよ、さあてね」

白川は心許なげに煙草をいじった。アオエ・マキ……どこかのバーの女の子だったかな？　声にはまったく覚えがなかった。

「申しわけないんですが、いますこし取り込んでますんで。またあらためてひとつ……」

白川はあわただしく電話を切った。報告書の説明を待っている課長が上眼使いにじろりと彼を見た。白川は弁解がましく笑顔をつくって、説明の続きにとりかかった。課長がいなければ、妙ないたずらはよせと、どなりつけてやるところだった。どうせ喫茶店の女の子を使ってだれかの仕組んだいたずらなのだ。おおよそのところは見当がついていた。

Dz＋3

その娘の顔は蒼白だった。眼は途方もなく大きく虚ろになり、くちびるの紅だけが、とってつけたようになまなましく赤かった。黒いモヘアのオーバーをつけた典雅な姿も、いまは水に落ちた猫のように惨めに見えた。娘はしずかな夜の住宅街を、放心したように、たよりなく歩いていた。

もし、ある日とつぜんに、親しい身近な人びとがあなたを一面識もない他人として扱いはじめたら、どんな気持がするだろう。それが血をわけた叔母であり、しかもあなたを一度も見たことがないと断言するのだったら、どうだろう。警戒と驚きの表情が、しだいに気のふれた哀れな娘に対する憐愍に変るのを目前に見たら？　あなたは北海道の家族をはなれて大学受験当時から四年間、叔父と叔母の家に同居していたのだ。子どものない彼ら夫婦に愛されて、結婚後もいっしょに住んで欲しいとさえ頼まれていた。その彼らがあなたを知らぬという、見たこともないという。兄の娘に麻紀という子はたしかにいたが、その子は四つか五つのころ、北海道の家で二階から落ちて死んだという。叔母は正直な女でたちの悪い冗談をいいだす人ではない。嘘をついている表情ではなかった。そんな理由はなにひとつないのである。叔母が兄の娘の麻紀という子は五つのとき不慮の死にあったといえば、事実はその通りなのだ。したがって、あなたは青江麻紀という二十二歳の娘ではありえない。あなたは五つのとき、二階のベランダからアスファルトの道路に落ちて死んだのだ。戸籍原簿からあなたの名が朱線で抹消されて以来、あなたなしで、この世界は歴史を重ねてきた。新聞を見ても、なにひとつ変っているわけではない。狭い道路にあふれた車の大群は、絶え間なく交通事故を起こしているし、スモッグは都会の空を汚している。ソ連とアメリカは睨みあいを続け、ほかの国家はうろうろし、一触即発の事態に立ちいたったのは再三のことだ。そのあいだにも人々は生まれ、悲しみ、悩み、死んでゆく。ただあなたにはなんの関係もない。あなたという人間は存在していないのだから。

あなたはこの世界になんの痕跡もとどめていない。叔母の家の、今朝まであなたの起き伏ししていた部屋には、下宿の女子大生が住んでいる。その部屋にはあなたの大事にしていた本棚、写真、手紙の束、装身具、ステレオ、レコードコレクション、それらのすべてが欠けている。とりもなおさず、あなた自身の歴史が。

おそらく、知るかぎりの友人に電話をかけても無駄であろう。あなたを認めてくれる人間はだれもいない。北海道の父に電報をうっても――あなたの一番愛している父ですら、あなたを救うことはできない。

その娘の顔は死人のようだった。彼女には家族も友人もなく、帰るべき家もなかった。名前すらないのだった。

一匹の黒猫が、茫然と立ちすくむ娘の前をよこぎった。娘はわずかな希望に生きかえり、愛していた彼女の猫の名を呼んだ。黒猫はいぶかしげな硬玉の眼を向けたが、すぐ立ち去ってしまった。彼女の知っていたルウという名の猫はこの世のどこにもいないのだった。

Dz＋4

見慣れた世界が次の瞬間、こっぱみじんに砕け散った瓦礫(がれき)の堆積に化しているのを見つけたら、夢を見ているのだと信ずるほかはあるまい。人間の精神構造が、刺激に対する反応をおこすのには、想像よりも時間を要するものだ。一定のプロセスを踏んで、人間は外界を認識するに至る。習慣化したプロセスと遠くへだたった異質の刺激には、人間は反応をしめすこともできず、ただ混乱するのみである。

空はイヤな黄色を呈していた。すくなくとも現実の空の色ではなかった。夢のなかでなければ、こんな空の色は見られないだろう。その幻想的な空の下に街の姿はなかった。建築物のあらゆる雑多な砕片がうずたかく積もる焦土だった。見渡すかぎり、立体的な姿をとどめるものはなにひとつ見られないのだ。東京の地平線を眺めることができるなんて、だれが思いつくだろう。人間の潜在意識は、とほうもない想像力を発揮して夢を見せるものだ、と麻紀は思った。

青江麻紀は丸の内に勤める、一流ブランド・メーカーの専務秘書である。その日の午後、麻紀は専務から小切手をあずかって、日本橋の銀行へ行こうとしていた。専務は車を使っていいといったが、運転手をわずらわせるのは気がひけた。どのみち、車より地下鉄のほうが早いのだ。気楽に買物に寄って秘書たちのおみやげを仕込む余裕もある。麻紀は大手町を東京駅に向けて歩いて行った……

そしてこのありさまであった。スライドを切りかえたように世界が揺れ、とつぜん世界は空虚になった。丸の内のビル街は一瞬にかき消され、れんが色のふるめかしい東京駅は影もなかった。虚しい曠野だけが果てしもなく横たわっていた。

麻紀はくるぶしを埋める、微細なコンクリートや金属片を漠然と見降した。ハイヒールをはいて歩くわけにいかないと考えていた。孤独な自分の影が荒廃した地上に落ちていた。こんな場合、地上にただひとり残された人間はどう行動すればいいのだろうか？　まず最初に坐る場所を探してからでも遅くはないだろう。どうせ夢なのだから。麻紀は奇妙な安心感にささえられて、ものごとを客観的に考えようとしはじめた。

戦争が起きたにちがいない。よもやとたかをくくっていた原子戦争が。東京にも水爆が降りそそいだのだ。あれほどの巨大な都会が消滅してしまったのだもの。すさまじい爆圧と高熱が、東京をきれいさっぱり地上から拭い去ってしまったらしい。まえに週刊誌で読んだ通りになっている。

彼女は自分の潜在意識がつくりあげた幻想の廃墟を、感嘆してながめた。目黒の叔母の家もこの通りなのかしら？　北海道の家は？　地球はいったいどういうことになったのだろう？　全人類が死滅してしまったのかしら？

実に静かであった。耳が痛くなるほどの静寂があった。いまだかつて東京がこんなに静かであったためしはない。長いあいだ立っていたのでふくらはぎが重くなり、身体の位置を変えようとして、麻紀は足をとられた。ハイヒールのかかとが瓦礫にうずまっていたのだ。麻紀はぶざまに横だおしになった。急激なショックが重く腰にこたえた。手を突いて起きあがろうとする下から堆積はざらざら崩れた。こんな夢があるものだろうか？

横坐りになった麻紀は掌をあげて、ガラスの破片の食い入った傷口からほそい血が流れだすのを見詰めた。痛みがずきずきと脈うった。にわかに非現実感が遠のいた。これが夢だというのか？

そんなことはもはや絶対にありえなかった。麻紀はオーバーの内ポケットを探し、痛みをこらえながら白封筒をとりだした。どくどくしいほど赤い血がその白地をよごした。小切手と封筒が彼女の手をはなれて瓦礫の堆積の上に落ちた。それらと同様に、この荒廃の世界もまぎれもない現実であった。

Dz＋5

お手洗いに立ってもどってみると、宏大なオフィスに働く四、五十人の社員たちがのこらず姿を消していた。床には足の踏み場もなく書類や帳簿が乱れ散って、容易ならぬ大混乱の態(てい)を残している。虎が暴れこんできて、居あわせた人間をのこらず放逐してしまったようなありさまである。それとも、核弾頭ミサイル東京に飛来の報でも入って、みんな逃げだしてしまったのか……。

これは現実にぽっかりあいた空洞であった。青江真樹はオフィスの入口に立って、自分の気が狂ったのかと疑うこともできず、室内の惨状を呆然と見詰めた。

オフィスだけでなく、この八階建てのビル全体に異様な沈黙がこもっていた。正面の壁にかかっている電気時計は三時二十八分を指していた。お手洗いに立ってわずか五分足らずのあいだに、これだけの事態が起きたとはとても信じられない。ビル全体の人間が逃げだしたのなら、すくなくとも逃走の足音や叫喚を耳にしたはずである。

真樹はなすすべもなく、足許に散乱する書類を避けて、自分の机に戻った。整理しかけの伝票にはもう用がなかった。この混乱した異質の世界にはなにひとつ用がない。彼女は抽斗(ひきだし)から自分のハンドバッグを出し、ロッカーをあけてオーバーを着た。阿佐ケ谷の自宅へ帰ろうと思った。とぼとぼとドアに歩きかけたとき、窓の外で大音響が炸裂した。彼女は窓際に駈け寄った。虎の門の交叉点に集まる四方の通りには歩道までのしあげて、あらゆる車の群れがびっしり埋めつくしていた。そのすべてが運転手もなく、おびただしい虫の死骸のように動かなかった。

音響は銃声であった。せわしい機関銃のお喋りも混って、ロケット砲の唸り、戦車のキャタピラの轟音などが、どの方向からともなく湧きあがった。上空を光の箭(や)のようにジェット機の編隊が飛びすぎた。内乱でも突発したような騒動だった。真樹はハンドバッグをしっかり摑み、窓ガラスに額を押しつけた。

白煙が通りをはさんだ銀行のビルの背後から立ち昇った。白昼の花火のような閃光が走った。

異様な大音響が轟きわたった。耳許まぢかに聴くサイレンの唸りに似て、想像を絶した大怪獣の咆吼が耳を圧した。

彼女は信じがたい思いで、銀行のビルの後にぬっと顔をのぞかせたものを凝視した。それはなぜか猫の顔に似ていた。

ぎらぎら緑色に燃える巨大な眼の下に、耳まで裂ける口があり、ガラスのポールのようなひげが植わって、しかもそれは猫の顔だった。シネラマの画面いっぱいに映しだされた巨大な猫の顔――その割合でいくと、体長は東京駅のホームほどはあるにちがいなかった。

巨大な猫は咆吼しようと口をあけた。むきだした牙は、人間の身体よりも巨きかった。真赤な口は溶鉱炉そっくりだった。すさまじい唸り声は、やはり興奮した猫の金切声を思わせた。前足をビルの屋上にかけて、大猫はなかば立ちあがった。呼吸は蒸気機関車のようにシュウシュウはげしい音を立てた。

奇妙なことに、その怪物は真樹の猫のルウを想いださせた。サイズこそ違え、あらゆる類似点がそこにあった。これは、ゴジラのようにとほうもなく大きいルウだった。

砲声がふたたびぶりかえした。大猫は怒ったようにわめき、前足の一撃でビルを破壊してしまった。コンクリートの壁面は、ビスケットみたいにこわれて崩壊した。大猫はその残骸をひらりとおどり越えた。たちまち、ばかげて大きい猫の顔が真樹のいるビルに迫った。真樹の眼前に拡大した。彼女はルウと猫の名を叫ぼうとした。もちろん、これはルウではなかった。この世界で暴威をふるい、自衛隊と一戦交えているおそるべき怪物なのだった。

Dn…

ヴェラトロンの起こした次元スリップは、時空連続体の無数の世界を押しわたり、あらゆる秩序と法則を破壊し、どこまでも滑り続けた。いかなる世界も、その波及を免れえなかった……

喫茶店アマンドで白川は真紀を待っていた。同時にふたりの真紀を迎えた白川もあり、待ちぼうけを食わされた白川もあった。黒いモヘアのオーバーにすらりとした身体をつつんだ真紀を見るとき、白川の心は踊る。しかし、それが真夏だったらどうだろう。すべての彼女は自己の所属する世界にとどまりえなかった。マキも真紀も麻紀も真樹も他の次元世界へ押し流された。国際語を喋る三十世紀のマキも茅町二丁目の頭梁、杉田屋巳之吉の娘のお槙もひとしくなみに流されて行った。喫茶店アマンドに真紀と坐った白川は、目前の恋人の顔が姿かたちがもうろうとかすみ、ぶれながらそれらのさまざまの彼女に変ってゆくのを目撃した。所属する世界を閉めだされた真紀たちは恐怖と苦悩にうちひしがれて異邦をさまよっていた。白川と結婚した真紀たちは、相手が自分の夫ではないと自覚しながら、夜の闇を徘徊する猫の号泣を聴いていた。すべての彼女たちの前には異邦の世界がひろがっていた。それは彼女の存在しない世界であった。自分が五つのときに死んでいる世界でもあった。彼女はとぼとぼ夜の道を歩き、いもしないルウを探そうとしていた。放射能を帯びた大地は夜になると青い微笑を発した。巨大な怪獣の前で彼女は悲鳴をあげた。ありとあらゆる可能性がそれぞれの世界を持つ時空連続体は次元スリップに貫かれ、万華鏡のように回転した。もはや、いかなる非現実も存在しなかった。

D・アトランダム

「〝空想の世界はあなたのもの〟という題をつけたら？」

と、真紀がいった。白川はにやっとして顎をこすった。喫茶店アマンドはほとんど人気がなくなっていた。じきに閉店の時刻だ。

「猫一匹のことぐらいで大げさねえ」

「ルウがきみに背いたわけを説明してやろうと思ったのさ。だいぶショックだったらしいからね」

「もう、どうだっていいわ、ルウのことなんか」

真紀は投げやりにいって、原稿を返してよこした。

「どうせたいしたことじゃないもの。それにいつまでも猫とくらすわけにはいかないわ」

「猫への盲愛を脱却してくれて、ありがたき幸せだよ。猫と同棲中はいっかな結婚してくれそうもなかった」

「あたしだって、もう二十四よ、がっかりしちゃうわ。それより、おなかすいた」

白川は伝票をさらって、先に立った。勘定をすませるあいだ、真紀はなにも口だしをしなかった。どういうわけか、学生時分から、白川ひとりにレジを決してまかせなかった真紀なのだが。きっと彼をボーイフレンド以上のものとして認めてくれたことなのだろう。

真紀がかたわらにいるので、きびしい寒気をまるで感じなかった。背がすらっとのびやかで、充実していてすばらしい感じだった。

食事をすませたあと、白川は真紀を家まで送りとどけた。いつもは阿佐ケ谷の駅から、タクシーを拾ってさっさと帰ってしまうのだが、今夜は送り狼を許可してくれた。彼女はたしかにどこか変った。ずっとうちとけて親しみぶかく、あまやかな気分だった。白川は鼓動を早めながら、彼女の黒いモヘアのオーバーの肩に手をまわした。真紀はこばまなかった。力をこめると寄りそってきた。こんなに素直な彼女ははじめてだった。

「ルウのことだけどね」

と、白川はいった。

「きっとガールフレンドが欲しくなったんだろう。きみがや、き、も、ちを焼くんで、いままで我慢してたんだよ」

「きっとそうね」

と、真紀はいった。

すばらしい完璧な夜だった。真紀が家に入ってしまったあと、白川はしばらく身じろぎもせず立っていた。くちびるには彼女のあまい味が残っていた。興奮をしずめようと煙草を捜しかけたとき、猫の啼き声を聞いた。あわれっぽい心を刺すような調子だった。白川はふりむいていけがきの根元に光る眼を見つけた。訴えるように黒猫は啼いた。

「なにか気に入らないようだな、だんな」

白川はいって、煙草に火を点けた。

「だが、ぼくにはこっちの彼女のほうがずっといい。ほんとだぜ」

白川はゆるやかに煙草をふりながら歩き去った。

虎は暗闇より

1

　ぼくが見降しているとき、真下の高速道路で、車の正面衝突が起きた。モデル・レーシング・カーみたいな気軽さで、一台は転がり、もう一台はガードを越えて、下の道路へ転落し、潰れた。わずかな黒煙が立ち昇り、炎のちいさな赤い舌がちらちらとのぞいた。ささやかな印象というほかはなかった。

　ぶあついガラスを隔てていたので、音はかすかだった。ほかに窓際に席をとった客はいたのだが、気がつかないようだった。料理に気を取られていたのだ。真剣な顔でフォークを口に運んでいた。たしかに没頭するに足るだけ、このレストランの料理は値打ちがあった。別に味のことをいっているわけではない。

　レストランは有楽町の新聞社のビルの八階にあった。街の雑踏ぶりを眼下におさめ、広大な気分と高価な料理を楽しむ趣向だった。

　ぼくはこの日、友人を勤務先の新聞社に訪ねたところだった。おそい昼飯を手近なレストランに誘ったのだ。酒の強い新聞記者はビールを飲み、ぼくは注文したステーキをもてあましていた。いつもてあますのだ。メニューの中から食指の動く料理を選びだすのはなぜこんなにむずかしいのだろう。メニューを突きつけるウェイターは、この世でもっとも至難な選択を強いる。

酒好きな新聞記者にあっては、問題は単純だった。鼻の頭を赤く酒焼けさせるタイプの人間にとっては、人生は常に見通しの効く一筋道なのかもしれない。

「その後の経過はどうだ？　後遺症は心配ないか？」

と、新聞記者の池見は、編集室で顔を合わせたとたんに訊いてきた。

「あれはとんでもないときに出るぞ。脳内出血ってのはこわいんだ」

ぼくは習慣になった動作で、頭に手をやった。裂傷のあとはうす赤い筋になっていた。髪の毛を分けて探さなければわからないくらいに治っていた。

三か月前、ぼくは交通事故に逢って頭を強打し、二か月間の入院生活をおくった。精密検査を受けて無事退院したとき、さっそくやって来て、社会復帰おめでとうといったのもこの池見だ。たいへんな面白がり屋で、他人の災厄も彼の手にかかるとおもしろい冗談になってしまう。しかし、根は心がこまやかでたいへん情の篤い男なのだった。多忙な商売なのに、ぼくの入院中の留守宅の面倒をこまめにみてくれた。もっとも、彼の毒舌にかかると弱みにつけこんでぼくの妻と親しい仲になる気だったそうだが。

池見は、ぼくの禿をみせろとせがみ、傷痕を見つけると大げさによろこんだ。

「蟻の一穴からということわざを知ってるか。これがだんだん拡がって、つるっぱげになるんだ。先が楽しみだな」

　これが彼の好きな偽悪的レトリックなのだ。そして二言目には、愛の鞭だから気にするなという。

「こういう実話を知ってるか。すごい後遺症の話だ。オランダのペンキ屋でピーター・フルコスというあわて者が、屋根に登ってペンキを塗ってるときに、スッテンコロリと九メートルも落っこちて眼をまわした。運よく脳震盪だけで一命をとりとめたと思ったが、これからが大変。眼が覚めると霊媒になってたんだ。なんと、すごい超能力者になってたんだぞ。なにしろ百姓だから、医者のかくしごとをペラペラ喋っちまって病院を追い出された。それからは殺人犯を当てたり、予言をしたりして百発百中、とうとう偉大な予言者になっちまったんだ。なにしろ、頭をうつと、変な後遺症がぞろぞろ出て来るんだ」

　博識な池見はぼくをおどかそうと、いろいろな後遺症の例をあげた。同じく頭を強打して、驚異的な人間計算機になった男、前世の記憶を取りもどした男、知らないはずの外国語を流暢に話せるようになった人間――

「だけど、幻影が見えてもまずたいていは頭がおかしくなってヨイヨイになってるんだ。気をつけたほうがいいぞ」

「幻影が見えるようになったら、おまえの浮気を奥さんにバラしてやる。おぼえてろ」

　ぼくもいい返した。冗談の応酬だったのだが、一瞬、池見は別人のような顔になった。いままで見たこともない表情だった。眼が虚ろになり、とめがねのはずれたバッグみたいに下顎がぱくんとたれた。すべての筋肉が統制を失い、無秩序の収縮と伸張にゆだねられた印象だった。意味のとれない呟きが漏れたかと思うと、ビールのコップがはねとんで、床に中身をぶちまけた。けたたましい音が響いた。

ぼくは思わず腰を浮かせ、ボーイが小走りにやって来た。

「どうしたんだ、大丈夫か」

池見は顔をゴシゴシ掌で擦った。仮面をこすり落したように、もとの顔になっていた。

「や、すまん……ちょっと……」

彼は戸惑って、濡れた床に光るガラスの破片を見降した。ボーイが手早く片づけ、新しいコップを持って来るまで、池見はあいまいな顔をしていた。

「めまいでもしたのか?」

「うん、ちょっとぼうっとしたのさ」

「まさか正鵠を射たわけじゃないだろうな。やっぱり浮気をしてるのか?」

池見はぽかんとしたように眼を見張った。なにか別のことを考えていたのだ。

「あ……ところで仕事のほうはどうしてる?」

ぽちぽちとやっている、とぼくは答えた。

「入院中はこの世の終りかと思ったよ。連載が全部パアになって、あちこち大穴をあけちまったからな」

「それはよかった……もう二度と奥さんに苦労をかけないようにしろよ」

なんとなく上の空という感じだった。まさか浮気を見破られて動転したというわけもあるまい。池見は家庭を大切にする男だった。

それから事故の話になった。

「おれほど、事件の目撃運の悪い人間はいないんじゃないか」と、ぼくはいった。

まったくの話、三十年も生きているのに、子どもの三輪車の衝突事故現場に行きあわせたことすらないのだった。常に、ぼくは、息ごんで現場にけたたましく駈けつけて行く緊急自動車を道端で見送っている男であり、野次馬の人垣に熱っぽい興奮をもって参加することのない人間だったのだ。こうなると、人生においてはなはだしい損を重ねているような気分になってくる。友人知己がホットな経験を、声をうわずらせ、はでな身ぶりに托して報告に及ぶ機会を何度となく得ているというのに、ぼくはといえば、もどかしさと嫉妬に胸をあつくして聴く立場にすぎなかった。

みんながみんな、楽しいショウの饗応にあずかっているというのに、断固としてひとりだけ押しのけられていることを、やがてぼくは確信するに至った。

たとえば――

以前、原宿のアパートに住んでいたころのことだ。オリンピック工事で拡げられ、交通量の激増した道路に面したアパートだった。

その道路は交通事故の多発区域で、ぼんやり路傍に突っ立っているだけで、事故の一つ二つはざらに見られるという話だったが、ぼくが五階の窓からひねもす見張っているうちは、絶対に何事も生じないことになっていた。足もとのおぼつかない幼児でさえ、ぼくの視界の中で転ぶことを拒否した。

意地になって、急ぎでもない原稿を徹夜で書きながら監視を続けた。締切の三週間も前に書きあげてしまったが、それでもなにも起こらなかった。

同じアパートの四階の住人のマンガ家は、朝の五時に痴漢が出るのを目撃したという。寒気にふるえながら、テラスから身を乗り出し、事件を探したが、すずめの痴話喧嘩さえ見当らなかった。

失望と疲労が鉛みたいに頭に詰まったので、ベッドにもぐりこみ、夕方の五時まで寝た。そのあいだにアパートのまん前でこなまいきなスポーツカーがタクシーとぶつかって潰れ、よぼよぼの老婆がふたりも轢き殺された。おまけとばかり、慌てすぎた救急車が交通標識を根こそぎ押し倒した。

実にこれだけかたまって発生したのに、妻はぼくの眠りをさますまいと窓を閉め切り、カーテンまで引いてしまったのだ。

ぼくは激怒して妻といい争い、泣きだした彼女を置き去りにし、五階から駈け降りた。

もちろんショウは終っていた。潰れたスポーツカーはレッカー車に運び去られ、流血のあとは水で洗い流されて、事故現場さえもさだかではなかった。一時間も汚物を探す犬みたいに丹念に嗅ぎまわったが、なんの獲物もなかった。

「おかげでその夜はものすごい夢を見たぜ、大殺戮だ、大流血だ、血の池地獄さ」

潜在意識では、ぼくは大殺戮者というわけだ。暴帝ネロに匹敵する大量殺人の名人になるのがぼくのかくされた願望らしい。

「大げさなことをいう。あんたはただ野次馬の一員になりたいだけさ。内心では疎外を恐れてるんだ。みそっかすが見る夢だね」

池見はぼくの怪しげな夢の精神分析を、一蹴してのけた。

至極もっともだった。ぼくに殺せるのは蠅ぐらいなものだ。それも油虫みたいに柄が大きくなると、からきし意気地がない。

池見がトイレットにビールを始末に行ったあと、ぼくは地上を見降してひとしきり思案にふけったのだった。

2

車は炎を噴いて燃えあがった。地上の右往左往はまだ始っていなかった。搭乗者がまだ生存しているにしても、救助隊が駈けつけるまで保つとは思えなかった。

そこで人間が燃えていた。

ぼくは興奮を感じていたが、それは生まれてはじめて事故を目撃したからだ。鼓動が音を立て、身体が熱くなった。妙なことに女の身体を初めて経験したときの記憶がよみがえった。やっとこれで一人前の男になったという感動だ。ぼくはすぐばかな連想をしてのけた自分を恥じた。

いまそこで人が死のうとしているのに、なんという不謹慎な……

心が思うように動かなかった。ぼくは、意志とはかかわりなく猛り立つ巨大な男根みたいな存在だった。強いて想像力をかきたて、炎の中で焼け焦げ炭化していく人間の悲惨な姿を思い浮かべようと努めた。

ぼくはおそろしく冷静に、そんな自分が女のからだを想像してマスターベーションを試みる中学生に似ていると考察してのけた。

放尿の快感の名残りを顔にとどめて、池見がもどって来ると、ぼくはわめきたてた。

「き、きてみろ！　下だ！　車が……」

池見は敏捷にとんで来て、窓にへばりついた。店中の客が、ウェイターもふくめて窓にぺったり顔を押しつけた。

「やってる、やってる！」荒々しい興奮が瞬時に全員に伝播した。「よう燃えとるわ！　これじゃ中の人間は丸焼けや。こんがりとビフテキになるわ」

肥った中年の客が不謹慎な感嘆の声を発した。眼が輝いていた。フォークを手に没頭していた男だった。全員がショウを楽しんでいた。人間がその性格にかかわりなく、状況に応じて限りなく冷酷になれる証左だった。この高さからは、燃える車はちっぽけな甲虫なみの大きさであり、内部の人間は無名の抽象名詞としての人間である。好奇心をのぞけば、彼らにはなんの関わりもないのだ。

地上では、ようやく腐臭を嗅ぎつけた蠅の群れが集まりつつあった。すさまじい貪欲さだった。包囲の輪を形づくる黒点の蝟集だった。

客たちがボーイに手伝わせて大きなガラス窓をあけはなつと、同時にわーんと雑踏の音とサイレンの金切声が押し入って来た。

ぼくは池見に事故の状況を説明した。

「すると、車の一台は出口から入って来たんじゃないか？」

「そうなんだ。あっという間に正面衝突しちまった」

「すると……自殺かもしれんな。この高速道路が一方通行だってことを知らんはずがない。東京で車を運転する者なら常識だぜ」

と、池見は指摘した。ぼくは唸った。そういえば、高速道路の降り口を逆に進入して来た車が異常なスピードを出していたように思える。最近の乗用車は性能がいいから、九十キロや百キロは瞬く間に出せるのだ。

「そういえば、このあいだ自殺しようとして名神高速道路を逆に突走ったやつがいたっけ」

「心理学者の説によると、車を走らせてるやつの中には、自殺願望を識閾下にひそめてる人間がいるそうだからな。おっかねえ話だ」

池見は顔をしかめた。彼は有名な車嫌いなのだった。

3

新聞の記事によると、やはり自殺ということだった。四十歳の企業主で、事業の行き詰まりを苦にしていたということだ。自殺を行なうために選んだ手段が珍しかったためか、新聞はかなりのスペースをさいて報道した。

ぼくははじめて目撃した事故ということもあって、他に数紙を買いこんだ。読み比べてみると、存外新聞の報道がいい加減なものであることを知った。家庭内のトラブルといっているかと思うと、他紙では女性関係のもつれからと述べてある始末だ。自殺なぞとても考えられないという故人の妻の話を取材している新聞もあった。同一人が悲報に泣き伏して一言も喋らなかったり、青ざめた顔にハンカチを押し当てて、痛々しく質問に答えたりするのだ。不況下の中小企業の悲劇のはずだったが、事業は好調だったという新聞を見るに及んで、いささか社会の木鐸(ぼくたく)に対する信頼が薄らいだ。これでは臆測記事の横行というほかはない。新聞記者の池見に電話をかけて、嫌味をいってやろうと思った。

「いやだ、この新聞みんな捨てちゃうの?」妻はぼくが部屋中にちらかした新聞紙を拾い集めるために這いまわった。

「せっかくひとが駅まで行って買って来てあげたのに……」

とんがった薄い尻がみすぼらしかった。五年前に結婚するまではボーイッシュなほそい腰に見えた。不妊症の不毛の徴候だとは気づかなかった。いまではむかつくだけだ。

「恩きせがましくいうな！」ぼくはどなった。じつにたやすく腹が立つのだ。

妻は一言もいい返さず、ポロポロ泣きながら新聞を片づけた。すぐにサディスティックな快感は消えて、部屋が不愉快な灰色に満たされた。「泣くんなら向うへ行ってろ！」

妻は従った。まるで従順な犬だ。隣室ですすりあげた。ぼくはどうしようもないほどみじめな気持になった。

みじめな人間は己れの悲惨を武器に使うことを心得ている。妻はぼくのいやな性質――冷酷さや残忍さをひきだして、ぼく自身に見せつけることによって、ぼくを傷つけるのだった。彼女が過剰な愛情をもってぼくを愛していることはまちがいない。子どもを産めない体質とわかってからはとくにそうだった。

なぜ思いきって別れないのだろう、とぼくは思った。冷酷に徹することが出来ないからだ。相手の弱身につけこんで、卑劣に振舞うことが出来ないのだ。無抵抗の子犬を鞭で殴りつけるわけにはいかなかった。

救いがたい憂うつな気分になっているところに、友人の作家、安田から電話がかかってきた。

「退屈しているから遊びに来ないか？」

と、彼は誘った。根っからの陽気なエンターテーナーで、ぼくの好きな友人だった。深刻な相談を持ちかけるのにふさわしいタイプではないが、気晴しにはなった。

ぼくが外出の仕度にかかっていると、妻がおどおどした様子で部屋に入って来た。眼を泣きはらしていた。皮膚が薄く過敏なのでまぶたが赤くふくれあがり、醜くかった。もの問いたげに見られると、むしょうに癇にさわった。

「晩飯は食わない。帰りは遅くなる」

今夜は安田と思いきり飲もうと決心した。

「みがかなくてもいい。いいというのに！」

声を荒げた。妻は殴りつけられたように、玄関先の靴からびくっと手をひいた。こんな夫婦生活は地獄だ。相手の一挙手一投足がしゃくにさわる。押し潰されたような沈黙を後に家を出た。ぼくは残酷な悪い夫だった。しかし、ぼくにそうしむける妻に対してもっと嫌悪を感じた。

安田の顔を見ると、いつものように気が晴れた。ぼくの友人はいずれも陽気な男たちだ。安田は美男子でまだ独身だった。いささか無責任なお調子のりなので、女関係はルーズをきわめた。彼は自分に関心をしめす女たちとすぐ寝るのだった。まるでえり好みをしなかった。作家修行のための経験主義ではなく、無節操なのだ。いささか露悪的な趣味があって、他人を面白がらせる術を心得ていた。もっともあまり調子にのると、ことがぶっちゃけすぎて、他人六十七歳の老女と行なった情事の体験談を喋り出し、とまらなくなって人をへきえきさせる癖があった。あいつは時どき気がくるうと友人連中は評していたが、ほんとうのところは彼がおっちょこちょいのエンターテーナーだからだった。

　オナニーの名人で自らをマスター・オブ・ベーションと称していた。だれかれかまわず性交するのも、ナルシシズムの証拠だ。バカ話をしても、他人にいやな野郎だと思われないための努力をはらっていた。

「待てよ、変った自殺のことが、なにかの本に載ってたな……そうだ、メニンジャーだ」

　目撃した事故のことを話すと、安田は眼を輝かした。なにごとによらず、突飛な事件が大好きなのだった。SF小説とか超科学解説記事に嗜好を持つゆえんであり、彼自身もSFめいたあやしげな小説をいくつか発表していた。超能力を持つネズミだとか、観念の具象化した生身の肉体を持つ幽霊だとか、どうもぼくにはよくわからないヨタ話だ。

「カール・メニンジャーという心理学者は、自殺の手段で未曾有のケースはひとつもないといってる。まっかに焼けた鉄棒を喉につっこんだり、燃えるストーブに抱きついて焼死したり、鉄条網の棘で喉をやぶいたり……樽の中に頭からさかさまに飛びこんで溺れ死んだやつもいれば、毒グモを呑みこんだやつもいる」

　安田は思いつくかぎり列挙した。自分の頭髪で首を吊った者、下着やズボン吊りの金具を呑みこんだ者、鉄砲を複雑なメカニズムでミシンに連結し、自分を射ち殺した者、手製のギロチンで首をちょん切った者――。

「まだいっぱいあったけど忘れた。まったく人間ってやつは何をするかわかんないね」

彼はうれしそうだった。新聞記者の池見がいった自殺願望のことを話すと、さらに身を乗り出した。そういえば彼は心理学が専攻だった。

「人間には死を志向する本能があるんだ。フロイトがいってるような自己破壊傾向さ。交通事故を起こす人間の大半は、無意識に自殺したがってるんだ。きみだって、こないだの事故はただの不注意のためじゃなかったかもしれない」

「よしてくれ」と、ぼくはいった。

「そうだ、そうだ。そうにきまってる」

安田は顔をシワだらけにして笑いころげた。

「みんなにいおう。きみが自殺したがってるとみんなにいいふらせば、総がかりでワイワイいいながら手伝ってくれるぞ」

安田の妹の美枝がお茶をいれてきた。地方の名家出の安田は東京に出て、女子大生の妹とこぎれいなマンションに住んでいた。

「なにをへんな声で笑ってるの？　またバカ話をしてたんでしょ」

美枝は痩せっぽちの兄に似ず、長身の美人だった。流行作家でもない安田の家へ、用もないのにあちこちの雑誌社の編集員が詰めかけるのも、彼女が目当てなのだった。二、三度週刊誌の表紙モデルになったこともある。テレビマンガのウランちゃんみたいな眼をして、なんとなくいろっぽかった。クリクリしたヒップのカッコいい女の子だ。

時と場所の見境いのない安田も、妹が加わると具合が悪そうだった。ヨタ話もヒットが出なくなる。

「出かけようか。どこかで試写でもみよう」

　安田はさっさと着替えだした。

「たしか、二十世紀フォックスで面白そうなのを一時からやってたはずだ。あそこの宣伝部に知りあいがいるんだ」

「あたしは？」ウランちゃんも行きたそうだった。

「おまえはまた今度連れてってやる」

　美枝は不服げな顔をした。なぜか安田は連れがいるとき、妹の同行を許したためしがなかった。彼女が席に加わるだけでも、気まずい表情をした。あまり仲のいい兄妹とは思えなかった。親許から妹の監視をいいつけられて、やむなく同居しているのかもしれない。マンションを出ると安田はとたんに陽気になった。

「佐野に電話して呼びだそう。大江も呼ぼう。今日はみんなで遊ばないか」

　仏文学翻訳家の佐野も作家の大江も、気の合う仲間だった。むろん、ぼくにいなやはなかった。

4

集まった仲間にぼくが、目撃した事故の話を吹聴する機先を制して、安田はぼくの〝自殺願望〟を喋り立てた。みんなはおおいに面白がり、喫茶店の人びとを驚かせるような大声で笑い、ぼくの葬儀の段取りや弔詞の文案を喋り立てた。じつにたしなみのない連中だった。話題がぼく個人をはずれて、さんざっぱら不謹慎なことをわめきたてたあと、さすがに気まり悪くなって喫茶店をとびだした。

「そうだ、ところで頭の怪我はもういいのかい？」ようやく思いだして大江が訊いた。

「そうだそうだ、すっかり忘れてた」と、佐野が笑いながらいった。「後遺症のほうは大丈夫？」

「この人は大丈夫だよ。後遺症が出たってこれ以上頭がへんになりっこないんだから」と、安田。

まともに見舞いをいう連中ではなかった。新聞記者の池見と同じだ。それで思い出した。

「おれは予言者になるかもしれんぞ」ぼくはいった。「頭をうったおかげでかくされた超能力が現われたやつがいるんだ。そうしたら、きみたちが非業の死をとげる日を教えてやる」

「ピーター・フルコスだろう？　オランダ人で、犯罪捜査に協力して有名になった予言者の……」SF作家の大江は知っていた。「殺人現場で精神を集中すると、ニュース映画みたいに惨劇が見えるんだって」

「それ、面白そうだな、なんの本に載ってる？」ヨタ話の好きな安田は眼を剝いた。「さっそく買って読もう」

　そのとき、殴りあいがはじまった。

　交番の警官と、通行人のネクタイを締めたサラリーマン風の男だった。さりげなく、立っている警官の傍らを通りすぎようとした男がいきなり警官におそいかかったのだ。不意を衝かれた警官はひとたまりもなく押し倒された。すさまじい獰猛さだった。腰の警棒を必死に抜こうとする警官の顔を、男の爪がザッと掻きむしった。皮膚がバナナの皮みたいに剝け、絶叫があがった。

　男は兇暴に唸り、警官の首を締め、片手の指を眼玉に突き刺した。そのまま、えぐり抜いてしまった。びっくりするほど大きな眼球が血まみれの紐をひいてとびだす。警官は顔をおおって坐りこんだ。男は眼球を地面に叩きつけ、警棒を摑みとった。唸りをあげる警棒の乱打で、警官の頭はグシャグシャに潰れた。

　殺人者の動作は電光のように素早いくせに、機械的なギクシャクした動きだった。ドタバタ映画のコマオトシだ。ジェームズ・キャグニーのあの比類のない兇暴なアクションを想わせた。白熱した激怒と憎悪の爆発だ。

　男は超人的な力で、警官の拳銃とベルトを結ぶ白い紐をひきちぎった。巨大なSW四五口径のリボルバーを掌に立ちあがる。

「やったぞ！　犬をやっつけた！」

　喉で押し潰されたようなかすれ声だったが、意味はわかった。「岸を殺せ、安保をぶっつぶせ」

男は絶叫した。異様な顔をしていた。顔面の筋肉が統制を失い、掴みどころのない散漫な表情だった。眼だけが暗い熾火のように燃えていた。男は絶叫した。

「みんななにをしてる、国会だ！　国会へ行こう！」

応援の警官が駈けつけた。拳銃を血まみれの手で掴む男を見て、顔を蒼白にした。腰の拳銃のサックのフタをはずし、あわてて抜き、撃発装置に直した。寒気がするほどのろまで手際が悪かった。すでに銃口を挙げている男はその間に何発も射ちこむことができた――しかし、男は射たなかった。表情に雲のように当惑の色が湧いた。ぽかんとして手許を見降す。なぜ自分がそんなものを持っているのか疑っているように。恐怖に眼のくらんだ新手の警官が発砲した。とてつもない轟音がして、男の身体は三メートルもうしろに吹っとんだ。宙で身体がよじれて半転し、うつ伏せに倒れた。背中にぐちゃぐちゃに潰れた大きな射出孔があいていた。

惨劇が終っても、だれも動こうとしなかった。驚きと恐怖に凍りついていた。しばらくして呪縛が解けたとき、へたへたと坐りこむ通行人が続出した。それぞれ失神したり、ヒステリックに泣きじゃくったりした。スーツを着た若い女が呆然とだいなしになった服を凝視していた。大藪春彦の小説を地でいったらしく、脱糞の異臭をはなっていた。無理もなかった。男の佐野でさえ、ズボンを濡らしてしまったのだ。全員が冷汗にまみれていた。

「池見に知らせよう！」

やっと正気にかえって、ぼくは赤電話に走った。

　文化部の池見は社会部に事件をまわしたが、自分もとびだして来て、警官隊に追っぱらわれやきもきしているわれわれに加わった。

「いまのところなにもわからないそうだ……怨恨か、それとも狂気の発作か。身許は割れたようだがね」池見は速報を伝えた。ズボンから靴のなかまでグショグショにした佐野は、「ショックだショックだ」と連発しながら、先にタクシーで帰ってしまった。さぞかしタクシーの運転手にいやがられたことだろう。

「ありゃ、気ちがいだよ」ショックのはずみに持病の膝の関節炎を発した安田が痛そうに顔をしかめながらいった。「完全な気ちがいだ。殺人狂だ」

「妙なことを口走ってたぞ」と、大江。「イヌをやっただの、岸を倒せだの……なんのことだろう？」

「国会に行こうといってた。安保デモに関係があるらしい」

　ぼくはふっと、学生時分参加した砂川闘争の記憶をよみがえらせた。装甲車、はげしいもみあい、青い乱闘服の警官、民族独立行動隊の歌――。変色した写真のように遠い記憶だった。あの狂った男は、ぼくよりも三つ四つ年下らしかった。狂気の幻想は安保デモの激烈な闘いを再現していたのだろうか。

「昨日の今日だ」と、池見がぼくの顔に眼を当てた。「あんた、目撃運がついてきたようじゃないか」

「もうたくさんだ。刺激が強すぎた」

本音だった。むごたらしい惨事をまぢかに見て、心がなえていた。重い疲労を感じた。池見は仕事
「まだすこし早いけど、ニュートーキョーでビールを飲むか」大江が提案した。

が残っているから、あとで居場所がきまったら電話してくれといった。関節炎の安田はビッコをひきひき浮かぬ顔だった。地下鉄銀座駅のあたりで池見と別れ、ニュートーキョーのある数寄屋橋ビルに向った。

「おれ、飲むのよす。アルコールが入ると膝の関節炎が悪化するから」安田は立ちどまった。本屋の前だった。「さっき話してた、なんとかいう予言者の載った本を買うから、題名を教えてくれ」

「ピーター・フルコス？　ええと、たしか……」大江が題名をいった瞬間、ガラス窓の破れる音がひびいた。

道路をはさんだビルの七階の窓から、石みたいに人間の身体が落ちた。そのまま歩道にびしゃっという音を立ててぶつかり、ひらたくなる。

オーケストラみたいに警笛が鳴りひびき、建物という建物の窓に黒い人間の頭がびっしり生えた。往来を横切って野次馬が駈けて行く。おおかたの車は停車したが、あとから来る車列の中には速度を緩めない車もあった。あぶない、と思って注視した瞬間、ぐんとスピードがあがった。みる間に四、五人がはねとばされ、宙に舞った。にぶい音がした。交差点で信号待ちしていた車の群れへ突っこむ。金属のつぶれ、ひしゃげる大音響。運転手はフロント

グラスをぶち抜いて、砲弾のようにふっ飛んだ。舗道へ当って熟柿みたいにまっかな内容をぶちまけた。運転手をほうり出した車は他の車を数台スクラップにし、転げまわって洋服屋へとびこんだ。歩道の通行人がボーリングのピンみたいに飛び散った。なにしろ銀座のどまん中だ。救急車が一ダース来ても間にあわない大惨事になった。

5

悪夢さながらの光景を、こう立てつづけに見ると神経がおかしくなってくる。異常な興奮のあと、みんなはうそ寒い呆けたような精気のない顔つきになった。

「どうもへんだ。どこかおかしい」

大江の首を振りながらつぶやく言葉が、われわれの実感だった。もうこれ以上、事件が起きてほしくなかった。

「おれ、帰るよ、また膝が痛くなった」

安田は思いだしてびっこをひきひき帰っていった。

「銀座にいると、またなにか起きそうな気がする」

ぼくは漠然とした不安と怖れに支配されていた。それなら新宿へ行こうということになり、大江とふたりでタクシーを拾った。

「さっき銀座でえらい騒ぎがあったそうですね」運転手が話しかけてきたが、あいづちを打つ気にもなれなかった。

新宿ではなにごとも起きていなかった。あいかわらず、おびただしい人と車が混みあっていた。いつもはあまり好ましく思えないばかげたほどの混雑にれっきとした秩序を見出して、ぼくは驚きと同時に安心感をおぼえた。

「さて、これからなにをしよう」

「うん……」大江はなにか考えつづけていた。はっきりしない顔つきだった。酒を飲みはじめるには時刻が早すぎ、ほかにいい考えも浮かばなかったので、飯を食うことにした。しかし、たいして腹が減っているわけでもなかった。ぐずぐずとビールを飲みながら、時間をもてあました。大江はばかに口数がすくなくなっていた。

「ふしぎだな、こんなに目撃運がつきはじめるとは……」ぼくはつぶやいた。「いままで見損っていた分をいっぺんに取りかえしてるような勢いだ」

「たぶん、池見くんのいう通り運がついてきたんだろう」

そしてトイレに行くといって立ちあがった。

「おれも行こう」ぼくも同行した。

並んで放尿しているとき、大江が突然沈黙を破った。

「おれな、ちょっと思いあたることがあるんだ」

「なんだ、なにを思いあたった？」

「いまはいえない」

「まさか、あの事故を起こしたのはおれだなんていうんじゃないだろうな」ぼくは手を洗った。かっぷくのいい中年男がトイレに入って来て、大便所の方に入りドアを閉めた。

「つまり、かくされた超能力のことさ。頭を打って事故を自由自在に起こす念力が現われたと、SF仕立てでいえばそうなる。例のピーター・フルコスって予言者みたいに……」

返事がなかった。大江は手も洗わずに出て行ったらしい。ドアを押すと、大江は廊下にしらっちゃけた顔で立っていた。

「どうした、気分でも悪くなったのか？」

彼は無言で首を振った。しかし、あきらかに怯えていた。

「なにをそんなにこわがってるんだ？」

「出よう、早くここを出よう。ぼくはもう帰る」

「まだ料理を食っていないんだぜ」

「料理なんかどうでもいい。きみが帰らないのなら、ぼくはひとりで帰る」

大江は出口に向って歩きだした。「ぼくは帰る」

ただごとではなかった。ぼくはちょっとためらい、それから後を追おうとした。トイレットのドアが開く音がした。通りがかったウェイトレスがはっと息をのんで、顔色を変えた。ぼくはうしろをふり向いた。

大げさな放屁をしていたかっぷくのいい中年男だった。ぽかんと眼を見ひらいた顔に妙なものをつけていた。顔中汚してケーキを食べた子どもみたいに、口のまわりに黄色いものがべったりと付着している。異臭がただよった。なまなましい糞便の臭いだ。彼は糞まみれの指をあげて口を拭った。


ふたたび安田のマンションへやって来たときは、夜になっていた。安田はソファに転がって本を読んでいた。ぼくはころがりこみ、ソファにへたへたと腰を落した。

「またなにかあったのか？　顔がまっさおだ」

「ここにいさせてくれ。ひとりでいるのが怖ろしいんだ」

大江が逃げてしまったあと、ぼくはひとりでバーに入り、ウィスキーを飲みつづけた。いくら飲んでもすこしも酒がまわらなかった。かえって頭が冴えてくる。また異変が起きるのではないかと不安に総毛立って尻が落ち着かなかった。強迫観念に押しつぶされそうだった。そして、バーをとびだして……


電話が鳴った。

安田が受話器をとった。

「ああ、どうも……うん、ここにいるよ。いまかわる」ぼくに受話器を突きだした。「きみに電話だ、池見からだ」

受話器は鉛みたいに重かった。安田は気配を察して、坐りもせずぼくを見詰めた。

「池見だ。大江もそばにいる。ふたりで話したんだが……きのうからの事件はやはり、きみに関係がある。きみにも、もうわかってるはずだ。おい、聴いてるか？」

「聴いてる」ぼくはかすれ声で答えた。

「交通事故も警官殺しも飛降り自殺も、すべてきみが見ているとき行なわれた。きみがやったのか？」

「ちがう！　ぼくじゃない！」ぼくは叫んだ。「ぼくはなにもしない！　ぼくは……ただ目撃しただけだ、ほんとうだ」

「おれは冗談をいったんだが、あんたにある種の超能力――念力みたいなものがあることは疑えなくなった。故意であろうとなかろうと、あんたの超能力が一連の事件を起こしたんだ」

　脂汗が流れ、受話器を取り落しかけた。

「ぼくはだれにもなにもしなかった！　誓う、信じてくれ。ぼくはただ見ただけだ！」

「今夜、新宿でなにが起きたか見たはずだ。母親が子どもを地面に投げつけて殺した。ティーン・エージャーが通りのまん中で通りすがりの女の子を強姦した。息子が父親を殴り殺した。みんな、あんたが見てるまえで起きたんだ。あんたの超能力は、ただの念力じゃない。人間のかくされた欲望――潜在意識をひきずりだす力だったんだ。あんたに見つめられた人間は超自我とイドの逆転を起こす。人間が夢の中でしかやれないことを実際にやらせてしまうんだ」

　息もつけず、口もきけなかった。池見は熱にうかされたように喋りつづけた。

「人間はだれでも、自分でも知らない心の地下室におそろしい虎を飼っている。あんたのある種の超能力は、地下室の戸をあけはなち、虎を放ってしまう。そうなると人間はもう、原始的で邪悪なイドの怪物になる。もっとも強烈な欲望のまま、なんでもやってのける。恐怖、憎悪、貪欲のままに、見境いもなく自殺したり人殺しをしたり、女を犯したりする。あんたの眼で見詰められた人間はすべて野獣化するんだ！」

「しかし……人間の本性がそんなに恐ろしい怪物でも、それはぼくの責任じゃない」

ぼくはなえしびれた口を動かして、ようやくの思いで抗議した。

「人間が悪いんだ」

「なにをいってるんだ。あんたは健全な人間がようやくの思いで地下室に閉じこめてる虎を放してしまうんだぞ！　ぼくも悪かった。ピーター・フルコスの名が引金になって、きみの潜在能力を解放してしまったんだ。もう取りかえしがつかない……あんたは疫病よりも恐ろしい存在になってしまったんだ」

「ぼくは……ぼくはどうすればいい？」

「わからん。だがあんたがいるかぎり、世の中は生地獄だ」

受話器が手をすり抜けて落ちた。じゅうたんの上でかぼそく鳴りつづけた。ぼくの耳には雷鳴のように轟いていた。

「どうした、しっかりしろ！」

倒れかけたぼくを安田がささえた。驚きにみちた安田と妹の美枝の顔がぼくをのぞきこんだ。眼をとざすのはもう遅すぎた。

安田はバネ仕かけのように妹におそいかかった。白い腿を剝きだしにして転がる美枝にのしかかった。彼は野獣のように唸って自分の妹を犯しはじめた。彼の虎は近親相姦の願望だったのだ。池見のいう通り、この世は生地獄だった。もはやぼくの眼はふたたび人間を見ることはなく、暗闇から現われる虎だけを見るのだった。己れをも他をも破壊してとどまることを知らぬ狂気の虎を……

ぼくはすすり泣きながら、外へよろめき出た。どこにも行くところがなかった。妻のいる家にも帰れなかった。妻の変貌した虎がどんなものか——見当がついた。

「もういやだ、たすけてくれ！」

ぼくは叫び声をあげた。

エスパーお蘭

1

　閃光がはためいた。毒々しい青紫色の火が眼窠(がんか)のなかで燃えた。小規模だが、まぎれもない核爆発だ。眼前の超高層ビルの中腹が二十階分ほど、とてつもなく巨大な刃で切りとられたように瞬時に消え失せた。やられたのは市警の建物だ。

　超高層ビルの上体が、中空に浮いたまま静止しているさまは、悪夢さながらの光景だった。常時の倍ほどにもかさが増え、ふくれあがって見えた。壮大なジグソー・パズルみたいに幾千万の破片と化して崩壊する直前の姿だ。建物の壁面に無数の亀裂が走っている。崩壊より早く爆圧が襲ってきた。目に見えぬ巨人の掌が車をひっつかみ、投げとばした。車はきりきり舞いして吹っとび、踏みつけた空罐のように潰れた。

　激烈な爆風が荒れ狂い、付近の空間は無数の種々雑多な破片が舞い飛ぶ狂乱の場と化した。ついで中空に投げあげられた超高層ビルの倒壊が起こった。くりかえし激動が大地を突きあげ跳びあがらせた。数十万トンもの質量がぶちまけられたのだ。周囲の超高層ビル群は烈風にあおられる旗竿さながらにそりかえり、しなった。ビル群を網の目に結ぶ空中高架ウェイがひきちぎられ落下する。超高層ビル群は身をくねらせて辛うじて倒壊の危機を切りぬけた。

彼がひしゃげたイオノクラフトの車体を、ポケットの小型レーザー・ナイフで切りやぶって外に這いだすと、あたりは足の踏み場もない惨状を呈していた。ほんの一瞬前まで天空を針のように刺していた巨大な建物が完全に消滅し、スカイラインが異様な変貌を遂げていた。超高層ビルの欠損部分に、すかさず青空がなだれこんだ印象であった。その根元はただ厖大な瓦礫の堆積だ。どうにも収拾のつかぬ乱雑さだった。

イオノクラフトの車内にいたおかげで、頭蓋骨の内部にかくまわれた脳みそのようになんとか猛打を切りぬけられたのだ。もっとも80Gの衝撃に耐えるはずのボディがあっさり潰れたところをみると、生身の人間では生命を落してしまったかもしれない。

あらゆる方角から、警察車のサイレンの金切声が湧きたち、接近してきた。どんなに速く到着しても、事件に警察が間にあったためしはない。いつも手おくれなのだ。

急停車した警察車から、制服警官がとびだし、彼に向って走り寄ってきた。彼はポケットの金属プレートの認識章を指先で探った。

ふたりの制服警官は、すでに制式麻痺銃に手をかけていた。こんな際の警察のやりかたは百も承知だ。第一報と同時に首都圏警察の電子頭脳センターは第一級非常警戒体制を指示しているだろう。うむをいわせず、拘引されることはまちがいない。

あるいは路上のどこかにしかけられた極秘の情報採集システム、監視アイが、完璧に潰れたイオノクラフトから彼が平然と這い出すさまをキャッチしていたのかもしれない。となれば、どんな申しひらきもむだ骨だ。大統領補佐官の証明書であろうが、ブリキのバッジほどの役にも立つまい。即座に警察車に押しこまれ、透視装置で身体検査を受ける破目になる。制服警官どもは、さぞかし奇態な発見をすることになるだろうが、あいにく、そうさせるわけにはいかなかった。

ふたりとも殺気立った顔がゆがみ、獰猛そうな白い歯を剝きだしていた。異常な心理状態に陥っていることは一目瞭然だったが、いきなり麻痺銃を射ってきたのは正気の沙汰ではなかった。フォノン・メーザー方式の制式麻痺銃は、生体の神経を一瞬に破壊し、即死させることもできるし、照射時間によっては火薬式拳銃をはるかに上まわる威力を発揮する。シャワーで水浴びしているような具合に、のんびりと構えてはいられない。

集束されたフォノン・メーザーは威嚇する毒蛇のように不気味な音を立てた。とてつもなく刀身の長いだんびらを振りまわしているようなもので、射程内にあるかぎり、とうてい逃げおおせるものではない。神経系のどこを一撃されても、首をひねられたウサギみたいにとてもおとなしくなる。

こちらとしても手荒く応ずるほかはなかった。鉛筆状のハンド・ミサイルを二発ばかりお見舞いすれば造作なくけりがつく。きれいな血煙りとなってふたりとも吹っとぶのだが、そこまで追いつめられたわけでもない。とにかく警官ふたりをおしゃかにするほどのこともなかった。

彼は潰れたイオノクラフトのかげに這いこむと、両掌をついて腹這いになり、両脚をそろえて車体を蹴りつけた。鋼鉄製のロバに蹴られたように、イオノクラフトの残骸はえらい勢いでぶっとんだ。がらがらがしゃんと派手な音響をまき散らして、警官どもに向かって転がっていく。

動く標的に警官たちの注意が一瞬それ、フォノン・メーザーの束が迫った。集中照射を浴びたイオノクラフトの残骸は、粉菓子が砕けるように、ぱっと砂塵の埃煙を噴いた。高速振動波の干渉を受けて脆性破壊を生じている。あきらかに殺意を露呈した攻撃ぶりだ。警官は通常の服務規定のらち外に踏みだしていた。これでは兵士と異なるところがなかった。

しかし、彼の行動はお手本通りの鮮やかなフェイントの効果をあげた。身体をほとんどまっすぐ倒し、標的になる体表面積を最小に減らして、彼はひとすじのミサイルと化した。瞬時に警官たちの側面に迫る。警官たちが麻痺銃をふりむける寸前に、残りの距離を詰めていた。ひとりの顎を正確無比な蹴りで捉え、残るひとりの太陽神経叢を突きあげる。

彼が空中でバランスを回復し、掌と膝で着地する以前に、ふたりとも意識を失っていた。苦痛を感じるいとまもなかったろう。

警官を殺さずにすんだのは幸運といえた。秘密保持のためなら、たとえ相手が警官でも殺さねばならぬ。

三十分後、彼は現場を三百キロほどはなれたメガロポリス中央部の私設博物館の館内に姿を現わした。

2

博物館は大富豪ウォリイ・カーン氏設立によるものとされていた。もっとも、そんなことに興味を持つようなものはいない。近頃では、博物館はどこでも不人気だ。盗賊に根こそぎ荒されたファラオの墓みたいにからっぽでも、だれも気にしないだろう。

しかし、その恐竜の実物大モデルはよくできていた。巨大な頭部にぱっくり裂けた大口は二重に植わった牙をぞろりと剝きだし、二叉に裂けた舌を炎のようにメラメラと吐いている。眼玉は地獄のように緑色に燃え、グロテスクなほど小さい前脚が空を摑んでいる。殺気立った醜怪きわまる怪物、ティラノザウルス・レックスの猛だけしい姿だ。

形相すごく威嚇するティラノザウルスの巨木のような後脚の間をすりぬけて、彼は背後にまわった。後脚にしかけられた秘密通路が彼をすっぽり吞んでしまう。

ティラノザウルスはなおも執拗に威嚇を続けていた。しかし、無人境の館内には、怪物のおどしに怯えるものはいないようだった。

人工重力場が彼の身体を受けとめ、落下の加速度を相殺して、ゆるやかに彼を着地させた。約十キロほどのノンストップの降下だった。

この地下施設と地上をつなぐ通路は、そういくつもない。いったん事あれば、即座に超速乾性の補塡物質が噴出してすべての通路をふさいでしまう。たとえドリル爆弾でも、この地下施設に侵入するのに、よほど骨を折らねばなるまい。これは文字通りの地下要塞なのである。厖大な量の土砂と岩盤と、厚さ百メートルほどのベトンに塗りかためられたトーチカだ。これほど警戒堅固な場所は、地球に一カ所しか存在しない。たとえば地上のティラノザウルスは両眼にレーザー砲をしこんだ警護者だし、阻止しきれぬ侵入者は、博物館の建物ぐるみ地上からきれいさっぱり消し拭われるしくみになっている。

闇に彼の眼が淡い螢光を放った。地下要塞に照明設備は存在しない。空気さえもだ。ここは人間の生存に対する配慮の一切が欠けている。気温はマイナス二七二度。ここで快適にすごせるのは電子機械だけだ。

「声」はオングストロームの波長でやってきた。正確にいえば、それは声ではない。極度に圧縮された情報量を持つ電磁信号である。それはマシンの言葉だ。人間の知覚とは完全な断絶がある。

しかし、彼は「声」に反応することができなかった。彼はこのとき機械(マシン)から人間(マン)に還りつつあった。

そうだ。爆発に逢った瞬間から、彼は思考機械の母体から切りはなされてしまったのだ。あれはただの爆発ではない——核爆発だった。強烈な放射線の照射を浴びて、彼の体内に埋められた電子頭脳は破壊されてしまった。

その時以来、彼はほんのわずかの中枢神経の働きをたよりに、自分の属する地下要塞へ帰ってきたのだ。それが記憶用電子頭脳を失った彼になし得る限界であった。人間の部分を少量にでも有するかぎり、彼はアンドロイドではない。しかし、彼を人間とも呼べない。彼は自我を持たぬサイボーグであり、巨大な思考機械の可動単位のひとつにすぎなかった。

彼はいま、自分が所属する母体のもとへ帰りついたことを知っていた。それで、彼の限定された思考は完結するのだった。あとは万事母機電子頭脳がうまくやってくれる。

その通りだった。

母機電子頭脳の可動部分のアンドロイドが彼を見つけだし、補助電子頭脳の修復と手術処置を加えるために、彼を連れ去った。

彼は母機電子頭脳の意図するままに、新しいパーソナリティを転写された。修理された補助電子頭脳は母機の「声」を彼自身の思惟として中枢神経に伝達する。

彼は疑似記憶を与えられ、完全な人間そのままにふるまうことができる。神経容量こそ正常人の五十分の一だが、なんら不自由は感じない。電子頭脳の補佐によって、最も有効に能力のすべてを発揮できるからだ。

それがサイボーグの強みであった。

彼は一時間後には、新たな容貌と記憶と任務をあたえられ、地上へ送りだされていた。

3

　おれはいつも雨が好きだった、とショウは思った。雨の感触とその響きが好きなのだ。降りこめる雨にけぶった光景、路上に閃く白い雨足をながめるのが好きなのだ。ものごころついた時分からそうだった。幼いころ、すっぱだかで雨降りの戸外へ遊びに出て、素肌に受けた雨粒の快い感触をいまでもおぼえている。夜半の雨が屋根に立てるざわめき——枕に頬をうずめて、ひっそりと聴きいることは、格別に好きだった。

　それでショウは、いまもやわらかく降りそそぐ雨に黒い顔の皮膚を濡らしながら、意識的にゆっくりと歩いていった。

　法務省に属する特別収容所は、分厚い非透過性のベトンでかためられた、がっちりしたひくい建物だった。窓はひとつもなく、さながら眼のない顔のような陰気な面がまえだ。重力場バリヤーをはりめぐらし、高さ五十メートルの防壁と等価の障害効果をおよぼしている。特殊な囚人の収容所なのだ。

　ショウは収容所にたどりつくまで、六回にわたって警察パトロールロボットの検問を受けた。青灰色の小型戦車そっくりのパトロールロボットは、その都度同じ質問をくりかえしてきた。他地区からの増援混成部隊なので、それぞれ指揮系統が異なるためらしい。特別収容所の周辺では厳戒ぶりはその極に達していた。各パトロールロボットの相互間隔は五十メートルと離れていない。それぞれが、赤く塗られたミサイルを六基ずつ装備していた。警察ロボットとしては異例に属する重装備である。砲塔から突き出た昆虫の触角のようなフォノン・メーザー砲の先端が、ことごとくショウの動きを追っているのが無気味だった。

大統領特別補佐官の認識プレートも、やつらの警戒心を緩和する力を持たないようであった。無愛想な連中だ。

特別収容所の所長は、パトロールロボットほど無愛想ではなかったが、ショウの雨に濡れそぼった姿にも、来意にも、懐疑的な顔つきをしめした。握手をすませると、ショウはあっさりした説明を加えた。

「雨が好きなのです。雨の中の散歩となると、どうにも誘惑に勝てませんのでね。余情があってなかなかいいものですよ。外の無粋な連中さえいなければもっと快適だったんですが……どうぞ気にしないでください。すぐ乾きます」

「それはまた風流な……」と収容所長はあいまいにつぶやいた。この黒人の大統領特別補佐官はちょっと値踏みしにくいところがあった。容貌は黒人としては好男子といってもいいほどだが、格別俊敏そうなところはない。屈託なげに落着きこんでいるのが解せなかった。負わされた任務の性質からいって、もっと憂鬱そうであってしかるべきなのだった。雨中の散歩としゃれこむ余裕があろうとは思えない。

「ともかくたいへんなものものしさですな。まるで戦場のようだ……」

ショウは他人ごとのように淡白な感想を述べた。

「大統領から、直接電話をもらいました」

収容所長はいった。「私個人の意見では、こんどの試みには反対です……まったく反対です。〝蛇〟をこの建物から連れだすなんて、これ以上危険な、無謀きわまる試みはないです。文字通り、毒蛇を人ごみの中へはなすようなものです……」

「ほかに方法がないからです」

ショウはむとんじゃくにいった。

「念爆者を捕捉する能力が警察にはないからです。それこそ、市民全員をとらえて、精神測定にかけなければならない。そのためには特別法を制定し、さらに憲法を改正する必要がある。たとえ万難を押しきって特別法をつくったにせよ、五億の市民全員に精神測定を施すには、ざっと千年かかるんです。それにひきかえ、念爆者問題は焦眉の急ですからな。いま、こうしている間にも、被害が出ているかもしれない。どこかの治安関係の建物がきのこ雲に変っているかもしれない。あなたのおっしゃる危険は百も承知で、大統領は決断をくだしたわけです。超能力者狩りのハンターは、同じ超能力者が最適です」

「ともかく、私にはいかなる保証もできません。それは大統領にもくりかえし申しあげた。囚人がこの建物から一歩でも外に出たら、どんな事態が生じようとも、いっさい私の関知するところではない。よろしいですな?」

「けっこうです」ショウは眉ひとつ動かさなかった。「大統領も覚悟の上でしょう。政治生命がかかっているんです。念爆者のひきおこす社会不安は、きわめておそろしい事態に発展する可能性がある。警察の治安力が壊滅的な打撃をこうむったら、どうなると思います？　われわれはひとりひとり、わが身の安全をはからなければならない。疑心暗鬼がはびこり、他人に対する恐怖から、無制限な殺しあいがはじまる。われわれは全員、原始の密林へ逆戻りです。何億人もの餓死者が出るでしょう。市民の九十八パーセントは六カ月以内に死亡します。われわれの人間社会は極度に有機化された一種の生物系の域にまで達していますからね。急所を一撃された巨象のようにばったり倒れてしまう。自壊作用は急激に来ます。特定の一個体が生き伸びるチャンスはほとんどありません。たったひとりの念爆者（サイコ・ブラスター）が社会を完全に滅亡させることができるわけです。ここ一週間がやまになります。一週間以内に、われわれが念爆者（サイコ・ブラスター）に追いつけなかったら、すべてはおわりです」

「〝蛇〟どもを根絶やしにするべきだったんだ」

所長の顔はすごく青ざめていた。

「もっと早く思いきった手を打つべきだったんだ。できそこないの怪物どもを絶滅させればよかったんだ」

「しかし、精神測定を、社会成員の総員に義務づけることは、どっちみち不可能だったでしょう」ショウは変らぬ淡々たる口調でいった。

単に政治家どもの怠慢に責を帰してすむことではない。過去一世紀のあいだ、強制精神測定法案は一度として正式に連邦議会に採択されたことはなかった。辛うじて犯罪者に対し精神矯正術の一部として、精神測定をほどこすべく、刑法を改正した程度だった。それすらも、人身保護法に抵触するケースが多く、ザル法といってもよかった。

超能力者（モンスター）狩りについては、悪性遺伝因子排除法、特殊奇形者隔離特別法などが、基本的人権の大幅な制限を目的に制定されていた。ひとたび超能力者とわかれば、即刻収容所送りになり、社会と完全に隔離された一生を送らなければならない。モンスター駆逐に関しては大衆の間に意見の一致をみた。それはしごく当然なことだ。やつら奇形遺伝の怪物どもは、人類を滅亡にみちびく悪性の癌細胞組織なのだから……しかし、大衆は、怪物狩りの巻きぞえはまっぴらというわけだった。精神測定を強制的に義務づけられたら、心のなかみを洗いざらいひっくりかえされ、すべてを白日のもとに曝されてしまう。自分でも忘れてしまいたいいやな記憶、心の秘密をしぼりだされ、くたくたの古雑巾のようになるのは死んでもごめんだ。それこそ、考えただけで身ぶるいが出るというものだ。そんなたわけた法案を持ちだすやつは、議員だろうと政党だろうと、一票も入れるものか。

結局、精神測定法案は、成立する基盤のひとかけらも人心のうちに持たなかったわけである。モンスター駆逐運動のもっとも熱心な、人類防衛同盟や、キリスト教に属する一部の狂信団体ですらも、同法案提唱に踏み切れぬ微妙な理由を種々蔵していたのだった。

潜在超能力者（モンスター）を捉える網の目はきわめて粗く、ほとんど役に立たない代物だった。精神測定技術だけが、モンスター狩りの極め手だったからだ。捕まれば、その場で私刑（リンチ）か、収容所送りとわかりきっているのに、超能力者がめったなことで正体を顕わすはずがない。そのあげく、人類は抜きさしならぬ相互不信の罠に陥ちこんだ。

収容所長の表情は、さながら恐怖と憎悪の渦巻だった。念爆者（サイコ・ブラスター）はモンスターのなかでも最兇の悪魔だ。治安関係を次々に狙いうちしているやりくちからいって、いずれはモンスター収容所の責任者が槍玉に挙げられるのは、時間の問題であった。火の粉が降りかかる心境にちがいない。

　わかっているさ、とショウは心中につぶやいた。収容所長の立場を利用して、さんざ囚人たちを痛めつけたからだ。不法な迫害ではない、と本人はいうだろう。反抗的な囚人にあたえた電撃ショックの懲罰、食餌制限、生体実験の強制、所長の特権を利用して、好きなだけ囚人をいたぶることができる。相手が人権を剝奪されたモンスターだからだ。

　もし、念爆（サイコ・ブラスター）者がこの強制収容所を解放したら、囚人たちによってなぶり殺しの報復を受けるだろう。

　ショウはなんの感情も混えず、目前の小男の行く末を予見した。むろん、それは十重二十重（とえはたえ）の警備（ガード）にまもられながら、恐怖に取り乱しているこの哀れな小男ひとりの身に限ったことではない。長年の間、あらゆる苛酷な方法で迫害されつづけたモンスター……特殊奇形者の、人類に対してつもる怨みを晴らす大報復劇のイントロとなるにすぎない。

「指定しておいた囚人と会わせていただきましょうか」と、ショウはいった。「ここへ呼んでもらえますか」

「この所長室に囚人を？　とんでもない！」

　所長はやや過激な心理反応をしめした。拒否をこめてはげしく手をふる。〝蛇〟を同じ部屋に入れるなんぞ、とんでもない話だ……「やつらは、ひとつの心の中へもぐりこんでくるのですよ」

所長はほとんど金切声だった。

「毒蛇がこっそりベッドの中にもぐりこんでくるみたいに……この所長室の壁をごらんなさい」

彼は部屋の壁をかなり強く拳で打った。

「厚さ二メートルもの非透過性の壁です。それでもなおかつ油断がならんのです！〝蛇〟どもの邪悪な眼は、ほんのわずかなひび割れひとつを透して忍びこんでくる。やつらは生まれながらの汚わしい窺き屋で、スパイです！やつらは身動きひとつしないで、遠くにいる人間の心を洗いざらい読んでしまう！やつらにかかっちゃ、まったくなにひとつ隠し通せないんだ。やつらはほんものの化け物だ」

所長は呼吸を荒げていた。顔が汗で濡れている。「死んだモンスターでも、じかに見るのはおことわりです」

「まるで、危険な放射性物質なみですな。取りあつかいは、ヴィジ・スクリーンとマニプレーターですか……だが、それでは私の役目がはたせない。囚人とはどこで面会すればいいんです？」

「ガード・ロボットに案内させましょう」

所長はハンカチで額の汗を拭った。「指定の囚人は……Ｆ三〇八でしたな。分類は精神感応者──潜在意識のなかまで覗かれます。この手のやつでは、もっともたちの悪い窺き屋だ」

「それこそ、私にとって必要な能力です」

ショウは席を立った。

「よくそう平気でいられますな、これから〝蛇〟を身近に置くというのに……」

所長はしんから不思議がっていた。

「これも仕事ですよ」

所長室の出入口はエア・ロック式の厳重な精神波遮蔽システムになっていた。強制収容所にはすべて扉というものがない。感応者(テレパス)が外部と連絡を取るには、毛で突いたほどの隙間があればじゅうぶんなのだ。

所長の命をうけたガード・ロボットが、ショウを囚人の独房へ導いた。各囚人はロッカー式の墓所のような監房に仕切られていた。清潔だが、なんの人間味もなく、防壁にさえぎられた室内からは、物音ひとつ伝わってこない。まさに墓所の静寂だった。

ガード・ロボットが独房のひとつの電子錠をはずし、ショウは房内へ足を踏み入れた。

粗末な寝台の毛布の塊がうごめき、白い顔が侵入者のショウを凝視した。はじかれたように身をおこしたので、床に毛布が落ち、純白な膚がすっかりむきだしになった。

囚人F三〇八号は女だった。それもごく若い娘だった。

4

F三〇八号は、いそいで床に落ちた毛布を拾いあげ、裸身にまきつけた。その間も上眼遣いの眼をショウから離そうとしない。眼が非常に大きく、焦茶色の虹彩によってほとんど占められている。奇形者というイメージとはおよそかけはなれた、美しい娘だった。淡い翳りのような眉がやさしく可憐で、痩せて骨ばった顔とそぐわなかった。総体的に痩せすぎていて、もっとふっくらした肉づきが欲しいところだ、とショウは思った。そうすれば、びっくりするほどの魅力があらわれるかもしれない。

娘はショウと眼をあわせたまま、瞬きひとつしなかった。眺めているうちに、娘の虹彩の色が変化することに気がついた。焦茶色だと思っていたのが、しだいに濃さと深みを増して、黒にちかくなってくる。錯覚ではない。ふしぎな目だった。

「もうじゅうぶんに私の心を読んだかい？」ショウはいった。「その必要もないかも知れないが……一応、自己紹介をしておこう。大統領特別補佐官のショウ・ボールドウィンだ。きみのことも知っている。オラン・アズマ……日本人だね」

娘はなにもいわなかった。かわいらしい唇もとがきゅっとひきしまっただけだ。

「きみは感応者（テレパス）だ。なにも心配は要らないとわかっているはずだ……危害を加えたりしない。きみをここから連れだしにきたんだ」

娘はやはりなにもいわなかった。

「どうした？　心が読めなくなったのか？　超能力が失くなったのかい？」

ショウは辛抱づよくいった。テレパスはどんなタイプの心理的トリックも見破ってしまう。このオラン・アズマのような優秀なテレパスともなれば、たとえショウが催眠トリックを用いていても、やすやす看破するだろう。したがって、彼女がショウを怖れる理由はないはずなのだ。長い心身の拘禁状態が、オランの精神をそこなっているならともかく、その可能性はすでに考慮ずみだ。彼女が正常であることは、はっきりわかっている。

「口をきいてもらえないかな。これは、きみにとって決して不利益な取引きじゃないはずだ。念爆者（サイコ・ブラスター）をとらえることに協力すれば、きみは大きな特典をもらえる。自由の身になれるかもしれない。しかも、念爆者（サイコ・ブラスター）は、きみたち超能力者にとっても、危険きわまる存在なんだ。やつは、超能力者をふくめて、この社会の成員をすべて滅ぼそうとしている……私の言葉にかけ値はないんだよ。わかるだろう？　はっきりいって、きみに選択の余地はないはずなんだ」

「いや」娘は明瞭な声音でいった。「この収容所にいれば、わたしは安全だわ、外に出れば、すぐ見つかって警察に殺される……おことわりよ、ボールドウィンさん。おことわりするわ」

「きみが仲間を……超能力者の同胞を裏切りたくない気持はわかっている。たとえ殺人狂の念爆者（サイコ・ブラスター）でもね。だが、きみは私の仕事に協力しなければならない。私もきみも、拒否できない立場にあるんだ……」

この娘はじき十五歳になる——とショウは思った。十二歳のとき不運なめぐりあわせで、モンスター狩りにひっかかり、収容所に入れられたのだ。

「なるほど、きみを説得するのは、容易ではないかもしれんな」ショウは注意ぶかく娘を眺めた。

「むだな努力はおやめになったほうがいいわ」

「しかし、いうことをきかせる方法がないわけじゃない」

「洗脳?」娘はばかにするように笑った。かわいい笑顔だった。「それもむだよ。外部のテレパスと接触すれば、簡単にもと通りにしてくれるわ。あなた、テレパスのことをよくご存知でないようね?」

「ちがう。私の心を深く読んでみるといい。きみは受容タイプのテレパスだ。私はある方法できみを自由にできる……」

「いやよ!」

娘は声をあげた。

「そんなこと、いやっ」

娘はにわかに身体がちぢんだように見えた。さっと恐怖の色が眼をおおう。毛布を胸もとに押しつけた拳の関節が雪のように白くなった。

「きみは処女だったな。きみのような受容タイプのテレパスは、異性との肉体的な接触によって心理特性を変えられてしまう。セックスはきみの人格をかえてしまうよ。性交を通じて、きみは私の心理特性を、自我の一部として受け容れる。きみは、男にとって、実に御しやすい女なんだ。きみは私のいいなりになるほかはない」

「そんなこと、あなたにできるはずないわ！　その気になってもいないのに……」

「あいにくだが、私は自由に情動を調整する訓練を受けている。きみを従わせるためなら、いますぐ、この場でその気になってみせる。きみは美しい娘だし、男なら喜んできみを自分のものにするだろう」

娘は張り裂けるほどみひらいた眼で、歩み寄る黒人を見つめ、悲鳴をあげて屈服した。

5

たとえ警察アンドロイドの相棒がついていても、刑事の身が危険に曝されるのは、非行少年どもが相手の場合だ。犯罪組織(シンジケート)はめったに刑事を殺さない。警察機構をそんなことで刺激するのは割にあわないからだ。大家族主義の伝統を持つ警察は、身内を殺されると実に執拗な復讐心を発揮する。見ちがえるように手ごわくなって、犯罪組織を苛烈に絞めあげにかかる。犯人が挙がるまでは、狎(な)れあいの取引きも効かなくなるし、あらゆる意味でやりにくくなる。買収していた警官までがいうことをきかなくなるのだ。

しかし、非行少年はそんなことにとんじゃくしない。彼らは野獣の兇暴な衝動だけで行動するからだ。

ナイフや手製拳銃だけが得物だった時代はともかく、ちかごろでは非行少年の武装も強力になった。熱線銃からハンド・ミサイルまでとびだしてくる。電磁バリヤーといったとんでもない代物まで繰りだされては、小規模の戦争に近い様相をおびる。

小型の麻痺銃ひとつが頼りでは、刑事たるもの、うかうかしていられない。ひょっとすると彼我(ひが)の戦力において、いわば野戦砲に対しパチンコで応戦しなければならないのである。

警察アンドロイドはたのもしい相棒だが、常にデウス・エキス・マキナ——正義の味方スーパーマン、ラッパの音も勇ましげな騎兵隊の役割を果してくれるとはかぎらない。

首都圏警察本部殺人課の二級刑事本田は、非行少年どもを相手に、いささか深追いしすぎるという誤りを犯した。悪辣なちんぴらどもは、先夜公園地区で罪もない散歩中の老人を殴り殺したのだ。下手人どもはすぐさま逮捕されたが、主犯逮捕の際の本田刑事のふるまいがいたく非行少年団〝血まみれモーガン〟一味の不興を買うことになったようだ。

〈仁義知らずの若造の刑事(デカ)をあったためて、一汗掻こうじゃないか〉

〝血まみれモーガン〟一味の首領はおそろしく悪知恵のまわる少年であった。ただ若造刑事をのしてしまうだけではおもしろくない、見せしめに、悪どい罠をかけて世間に顔向けできない哀れな身の上にしてしまおうと決めた。

いかにも功名心に燃えた若い刑事が陥ちこみそうな罠だった。

「刑事野郎に、超能力者(モンスター)の居場所を教えると密告(たれこみ)の電話をかけるんだ。野郎、喜んでのこのこ出てくるだろうぜ」

　この陰謀の巧妙な点は、刑事を誘う罠に、超能力者（モンスター）を使うことだった。

とくに相手が感応者（テレパス）なら、逮捕に向う刑事は心理的トリックを用いなければならない。刑事の匂いがぷんぷんする意識が身近に来るまで、テレパスはのんびり待っていない。雲を霞と逃亡してしまう。したがって捕り手のほうも意識をそれとわからぬように擬装する必要がある。いわば、催眠技術による意識の変装だ。獲物を射程距離内におさめるまでは、無害無臭の意識の雑踏にまぎれこんでいるのだ。それに、人目に立つ警察アンドロイドとは同行できない。〝血まみれモーガン〟一味は、刑事を無防備の状態に置くのが狙いだった。

「野郎、うまく乗ってくるかな」

「やつだって点数をあげたいだろう。超能力者（モンスター）と聞きゃ血眼になるだろうぜ。刑事（デカ）なんかあまいもんだ」

　二級刑事本田は、もはや死人も同然だった。

　しかし、血の気の多い無鉄砲な若年の刑事は、俗に酔っぱらいと幼児の守護神といわれるつきに恵まれていたようだ。

　彼の心理トリックは、およそ不完全きわまる代物だったし、赤んぼうの超能力者（モンスター）でもやすやすと見破れようという稚拙なできばえだった。上層意識にプリントしたお粗末な仮面の下から功名を焦る刑事本来の意識がチラチラ荒っぽく露出し、その明滅ぶりがひしめきあう雑駁な意識群の中にあって、ひどく刺激的だった。レーダー・サイトに瞬いて位置を表示するビーコンさながらだ。

たまたま、その奇妙な明滅する意識が、お蘭の超感覚の到達距離内に入りこんできたのである。追尾するのに手間はかからなかった。

「ボールドウィンさん、おかしな意識を見つけたわ」

お蘭は、さっそくショウに報告した。

「超能力者狩りに出かけて行く刑事よ。滑稽ったらありゃしない。あんな幼稚な手口が通用すると思っているのかしら」

お蘭は軽侮の念をこめていった。ばかなやつ！　あんな能なしに、超能力者がつかまるものか。足弱でのろまな人間が、走って野生の鹿を捕まえようとするようなものだ。どだい勝負になりっこない。侮蔑と憎悪がお蘭の心に湧きたった。自分たちを正常人なぞと称しているが、哀れな盲魚とおなじじゃないか。超能力者が自分たちより優れた能力を持っているのがねたましいのだ。自分たちよりはるかに優越した存在が我慢ならないのだ。

正常人が超能力者を滅ぼそうとしたって、そうはいくものか。人類が猿どもを負かしたように、勝利はかならず超能力者のものとなる。その日がきたら、正常人なんか猿とおなじにあつかってやる。

しかし、ショウ・ボールドウィンがたやすくあしらえる男ではないとお蘭にもわかっていた。なによりも、超能力者についてよく心得ている。いまのところは、お蘭のほうが鼻面をとってひきまわされている状態であった。

おそろしく巧妙な手口でお蘭の弱点（ウィーク・ポイント）を握ってしまったのだ。解剖学的な明確さで、お蘭を犯す一連の心像を、彼女に見せつけながらショウが歩み寄ってきたときは、心身ともにちぢみあがる思いがした。ショウはまごうかたなく本気だったし、あまりにもあからさまな予告を見るだけで、実際に男性の獰猛な凶器で身体をひき裂かれるようなショックを受けたのだ。

ショウは怖い男だった。得体の知れぬ凄みがあって、お蘭は彼の意識の深みへ踏みこむ勇気がなかった。ショウの指摘はおそろしく正確だった。お蘭のような受容タイプのテレパスは、精神的に不安定なのだ。他人の心と密接な関係を持つことによって、多少なりとも影響を受けずにはすまない。放射能にさらされるようなものなのだ。肉体の接触は、強烈な効果をお蘭に及ぼす。精神感応をパイプに、精神の融合現象が生ずる。ショウのような強力な精神にあっては、お蘭などひとたまりもなく完全に支配されてしまうだろう。

だが、ショウがどれだけ手ごわくても、しょせん猿は猿だ。彼を出しぬく方法は必ずあるはずだ。ショウに協力し、念爆者（サイコ・ブラスター）を捕まえる手伝いをする気はひとかけらもない。たとえ死んだって、仲間を裏切るものか。数の上で圧倒的に優位を誇る猿どもに、敢然と戦いを挑んでいる念爆者（サイコ・ブラスター）――お蘭は熱い讃美の想いに胸をしめつけられた。

――お猿さん、あんたに勝ち目はないわよ。

お蘭は心につぶやいた。あたしたちは決して負けやしない。かならず猿どもの世界をひっくりかえしてみせる……

「つまらないことを考えないほうがいいな」

ショウが出しぬけにいった。お蘭はぐっと呼吸が停まりかけ、顔から血のひくのを意識した。

6

「そう驚くことはないさ」

ショウは笑顔になった。ショックですくみあがった娘をおもしろそうに眺める。

「テレパシーを使ったわけじゃない。だが、きみの心を読むぐらい造作もないんだぜ。きみは、私に脅迫されて、協力するふりをしているだけだ。念爆者（サイコ・ブラスター）を見つけだしたとしても、逃がそうと努めるだろう。念爆者（サイコ・ブラスター）はきみたちの輝かしき英雄だろうからな。それを承知で、私はきみを連れまわしているんだ。いずれきみの考えがまちがっていることをさとらせてあげよう」

お蘭は声も出なかった。凍りついたようになっていた。冷汗が滲んで身体がふるえだす。

ショウは手を伸ばして、いたわるように娘のほそい肩をたたいた。お蘭はすっかりしょげこんでしまっている。

「元気をだしたまえ。心理洞察の訓練を受けた人間は、多少の直観力がはたらくんだ。ただ、それだけのことさ……さあ気を取り直して、どこかの間抜けな刑事のあとをつけてくれないか。運がよければ、超能力者をひとり見つけだせるかもしれん。ひょっとすると念爆者(サイコ・ブラスター)をたぐりだす手がかりになるんじゃないかな」

ショウはやさしくいった。たくみなかけひきで、お蘭を自在に操っているように見えても、その実は薄氷を渡っているのだ。お蘭はいずれ超能力者の組織に接触するだろう。そのとき、お蘭は非力な小娘ではなくなる。経験を積んだしたたかな、強力なモンスターに豹変する――――超能力者組織総体を相手にすることになるのだ。それが感応者(テレパス)独特の強みだった。

この年の〝血まみれモーガン〟一味の首領はタイガー・コウという十六歳の非行少年だった。度胸もよく、頭も切れ、名前通り虎のパーソナリティを持っていた。おそろしく兇暴で奸智に長けた、まれに見る大物だった。母親は富豪の未亡人で、ひとり息子のタイガー・コウに欲しいだけの金をあたえた。タイガーは頭の足りない大人どもを韜晦(とうかい)するだけの才覚をたっぷり持ちあわせていたから、この善良でまじめな少年が、悪名高い〝血まみれモーガン〟一味の首領とは毛ほども勘づかせなかった。警察でさえ知らなかったのだ。

タイガー・コウは先天的に道徳感覚が欠損していたようだ。生れながらの破壊者だった。犯罪にはとりわけ興味を持ち、悪魔的な才覚を発揮した。彼は犯罪組織(シンジケート)入りしても大物になれたろうが、利益追求の経済人になる気は毛頭なかった。無目的に社会秩序を破壊することだけが、彼の血管を熱くしびれさせるのだった。タイガー・コウは殺人狂でサディストでほんものの悪鬼であった。

　彼は配下の非行少年たちに一片の愛着も抱いていなかった。うわべは取りつくろっていたが、手下なぞ玩具も同然と思っていた。邪悪な智謀と抜群の闘争力とありあまる軍資金で組織をがっちり握り、さまざまな破壊工作を試みてみる。新しい遊びを発明するのがタイガー・コウの生き甲斐だった。

　二級刑事本田は、たちまちタイガー・コウの残忍な遊びの対象に選ばれたわけである。折もよし、緻密なあたまを持っているタイガーは、警察の犯罪捜査方式に通暁していた。警察の注意は、念爆(サイコ・ブラスター)者に釘づけにされている。これで念爆(サイコ・ブラスター)者が、首都圏警察本部の電子頭脳センターを吹っとばしてくれでもしたら、かなりおもしろいことになる。文字通り、虎を野放しにするようなもんだ、とタイガー・コウは思った。彼の念願は、犯罪史上空前の大殺戮をやってのけることだった。

　二級刑事本田は、化粧品のセールスマンに化けていた。出来栄えはともあれ、彼の脳裡には、催眠テープで詰めこんだセールス技術がごたごたとひしめいて、販売成績の上らぬセールスマンの焦りに身を灼かれる思いだった。密告者とうちあわせたキーワードを聞けば催眠は即座に解除されるのだが、その瞬間が来るまで、彼はうだつのあがらぬセールスマンなのだ。

もうセールスマン稼業に見切りをつけるべきかもしれない、と本田は、むなしくドアからドアへ重い足をひきずってめぐり歩きながら考えた。どうやら先が見えてきた感じだ。ここらで踏んぎりをつけてもいいころだ。

本田は、彼の鼻先でにべもなく閉ざされたドアの数をかぞえた。あと三度ことわられたら、いさぎよく廃業しよう。あと三度だ……

本来の自分はこんな商売をすべき人間じゃない、という感じがますます強まってくる。おれにはほかにやるべきことがあるんだ。アルカード……と彼は思った。アルカードという言葉がさっきからしきりに、意味もなく意識の表面に浮かんでくる。

アルカード……ってなんだ？　なぜこんな言葉が出てくるんだ。

広大な居住区の、数かぎりないドアの列に彼ははげしい嫌悪を感じた。まるできりがないのだ。アルカード、と彼はつぶやいた。アルカードがどこのだれにせよ、こんな仕事から早く足を洗いたいもんだ。

なにかしら、身体の内圧がたかまるような気分に襲われた。わけもなく鼓動が早まり、全身に汗が噴きだす。この緊張感はいったいどこからくるのか……本田は深い吐息をついた。

たしかに、ただごとじゃない。そして、また、アルカードにひっかかった。

やがて、奇跡的にドアのひとつが開いて、若い女の顔が本田を見返した。

「おはいんなさいよ」若い女はどこか舌たらずにいった。「遠慮なくはいっていいわよ」

若い女はかなり退屈していたらしい。誘う者があれば、野良犬でも歓迎というようなことをいった。彼女はきわめて薄い下着をつけていた。はだかとたいしてかわらぬ姿だった。ゆたかな身体にそぐわぬ子どもっぽい顔をしていた。まくれあがった唇が濡れ光っている。

　さっそくひとくさり喋りたてようとする本田を、若い女はものうげに止めた。酒をいっしょに飲もうと誘った。

「いいじゃないの。いっぱいつきあってくれたら、なんか買ったげるわよ」

　女は身体をくねらせながら、本田に酒のグラスを握らせ、ソファに腰を落した。片方の膝を立て、挑発するような表情で本田を見つめながら笑った。

「お酒より幻覚剤（クスリ）のほうがいいの？」

　本田は性欲抑制剤を服（の）んでいなかった。そんな必要があるとは思わなかったのだ。

　部屋はひどく熱かった。女の大きな乳房の間に汗がたまっていた。本田はひらべったい腹部からたくましくはりだした腰へと視線を移し、ごくりと喉を鳴らした。若い女は本田の顔を見つめながら、わざとらしく腿を動かした。疼きの感覚が腰から這いのぼり、彼の呼吸中枢を締めつけた。呼吸が荒くなり、むやみに口が乾いて、本田はアルカードという言葉にまたひっかかった。彼は身ぶるいして酒を呑んだ。女が意味ありげに笑う。

　本田を錨のようにひきとめていた理性が蒸発した。もうどうにもならない。目前の白い肉を貪ろうとする餓狼の衝動に支配されてしまう。

　女はみずから下着を引き裂いた。態度が急変して鋭い悲鳴をあげる。本田はあおられた炎と化して、女につかみかかった。指が女の身体にめりこむ。女の抵抗が、いまや色情狂となった彼の残忍さをひきだし、彼は女をひどく傷つけた。

7

タイガー・コウは虎みたいに笑った。二級刑事本田は、まんまと罠に陥ちた。狂気の発作にとりつかれた刑事は、とめどもなく荒れ狂い、ついには女を殺してしまうだろう。これで、刑事を葬るに足る理由ができたというものだ。狂犬は撃ち殺してしまわなければならない。狂犬を身内から出した警察の面子（メンツ）はまる潰れになる。現職刑事が強姦殺人を犯しては、世間に顔向けができまい。

タイガー・コウは逸（はや）る手下どもをひきとどめた。女のひとりぐらい潰してしまうのは、最初から計算に入れてある。女が死んでからでもおそくない。

しかし、さすがのタイガー・コウもとび入りが入ることまでは考えおよばなかった。お蘭とショウ・ボールドウィンだ。

警察アンドロイドを警戒していた手下のひとりが、ふたりを発見した。

「なんだ、あいつらは？」

〝血まみれモーガン〟一味の監視ラインの中にお蘭たちはまっすぐ侵入してきた。警察の手入れに備えて、監視（モニター）アイと盗聴システムが居住区一帯にしかけられているのだった。タイガー・コウはありふれた富豪の息子が宇宙ヨットに贅を尽すかわりに、たっぷり金をかけておのれの城塞をつくりあげたのだった。

「やつら、刑事のあとをつけてきたみたいだぜ！　警察かもしれねえな」

「タイガー、どうする？　邪魔が入ったようだぜ」

「あわてるんじゃない」

タイガー・コウは非情な眼をきらめかして笑った。

「もうすこし様子を見るんだ。おふたりさんが何者だか、いずれわかるさ」

「よ、ようすが変だわ！」とお蘭がいった。「お酒になにか入っていたみたい！　それを知らずに飲んだのよ……ああ！」

お蘭は両掌で顔をおさえた。刑事に湧きおこった色情があまりに強烈だったので、どぎもを抜かれたのだ。火傷をしたようにテレパシーの触手をひっこめ、彼女は身ぶるいした。兇暴化した男の欲情が電流のように流れこみ、男の指に荒々しく乳房をつかまれたような気がした。ずきずきと乳房に痛みが残った。皮膚が粟だち、戦慄が身体のしんに向って走った。テレパシーは生理的にいうと視覚よりも触覚にちかい。他人の感覚を感応するのは非常に危険な場合が多い。

「刑事はなにをしている？」

ショウはお蘭の腕をつかんだ。お蘭はびくっと神経質にふるえた。

刑事が飲まされたのは、強力な催淫剤だろう、とショウは思った。人間を一時的に色情狂に変える薬品だ。お蘭は自分が犯されかけているような顔つきをしている。若い娘が感応者であることは、災難にちかい。他人のむきだしの情欲とつねに接触しなければならない。

「よし、きたまえ」

ショウはお蘭をひきずるようにして急いだ。

「どこだ？　刑事はどこにいる？」

ショウはお蘭がさししめすドアを一撃のもとに蹴破った。

狂った刑事は気配に勘づくなり野獣のようにショウに襲いかかった。喉の奥から唸り声をもらし、眼が狼火のように光り、すごい形相だった。刑事の闘技の心得もなにもない。両腕と歯だけを武器にしゃにむにショウの喉を狙ってきた。ショウはわずかに横へ避け、正確な狙いで顎の先を撃った。ずしんと床をゆるがして崩れ落ち、伸びてしまう。

ショウは表情ひとつ変えずに、女に眼を移した。女は血まみれになって失神していた。無数の掻き傷が皮膚にまっかな溝を掘っている。テープのように剝けた皮膚が乳房からたれさがっていた。呼吸は浅く早い。これで体温が下がっていれば、きわめて危険な状態だ。

お蘭をふりかえると、彼女はまっさおになって棒立ちになっていた。両のこぶしを喉の下にしっかり押しつけ、眼をとじ、歯をくいしばっている。無理もない、とショウは思った。若い娘には見せたくない無残な光景だ。かわいそうだが、どうしようもなかった。死にかけている女の手当のほうが先だ。

ショウは女の身体をつつんでやる毛布を探しに寝室に入って行った。

一歩踏み入れた瞬間、腕がふりおろされ、おそろしくかたいものがショウの脳天に落ちた。銃身の先端がショウのみぞおちを突き、横面に唸りを生じてぶつかってきた。すばやい攻撃でかわしようもなく、ショウは胸を蹴られて仰向けに倒れた。

顔を狙って踏みつけてきた靴底をショウは片手で捉え、ぐいとひとひねりを加えた。あっけなくくるぶしの関節がピストル音を発して砕け、絶叫を放ってころがる。ショウの足許にいたやつは、ショウの猛烈にはねあげた足蹴りを食って寝室のはしからはしまではねとばされた。大腿骨を骨折したらしく、ものもいわずに静かになった。

拳銃が鳴り、弾丸がショウの脇の下を潜って突っ走った。灼けた衝撃波が烈しく顔を撃つ。ショウは身をひるがえし、指先をまっすぐ伸ばした腕を強く振った。それで拳銃を握った手が潰れた。寝室にひそんでいた五人の少年はことごとく四肢の骨を砕かれ、瀕死の状態であった。

ショウはベッドから毛布をはぎとり、少年たちのうめき声を残して寝室を出た。

「動くんじゃない」声がかかった。

ショウは足をとめ、感情を現わさぬ顔で、タイガー・コウを凝視めた。

タイガー・コウはお蘭を背後から抱きすくめていた。お蘭のわきの下から、熱線銃のノズルが突きだされていた。

「動かないほうがいいぜ、くろいの」といって、タイガー・コウは歯をみせて笑った。

8

「あっちのやつらは、みんなくたばったらしいな」タイガー・コウはわずかに熱線銃のノズルを動かしてみせた。「すごい手際だ。不意を襲われたのに、だれだってあそこまでやれやしねえ……たいへんな腕だ」

ショウは無言で、右手に摑んだ毛布をだらりとたらして立っていた。

「おれもやつらの仲間入りをさせようと考えてるんなら、やめといたほうがいい。おれは連中とはちがうからな」

ショウは失神している女に顎をしゃくった。

「毛布をかけてやろうとしただけだ。このままだと死ぬかも知れない」

「ほうっとけ。女なんかどうでもいい」

タイガー・コウは気楽そうにいった。

「ほかにすることがいっぱいあるからな」

「では、ひとついってみろ」

「そうだな。とりあえず、おまえの身分証を見せてみな。あれだけの芸当を心得てるだ、いったいの正体が知りたいね」

ショウはおとなしく命令に従った。

「大統領特別補佐官か。ほんとうなら、こりゃおどろきだ。大統領の子分が、どうしてこんな場違いなところへ出てくるんだ？」

タイガー・コウは黄色い眼をぎらぎらさせた。本心から意外だったらしい。

「そいつは一口にはいえないな。えらく混み入った事情があるんでね」

ショウはこの場でタイガー・コウに反撃を加えるのは不可能だと見てとり、時間を稼ぎはじめた。熱線銃の狙いは正確だし、ビームに拡げて送りだされる超高熱のシャワーを突破するのは技術的に困難だ。すくなくともお蘭を傷つけることになる。タイガー・コウにはがいじめにされたお蘭は半ば失神状態であった。

「それはそうだろうさ……大統領特別補佐官が、こともあろうに、〝蛇〟の女を連れて歩いているなんてことは前代未聞だからな」

ショウの心に驚きの念がひろがった。こいつは、お蘭が超能力者だと知っている！

「なにをたくらんでいるんだ？　なぜ、こんな手の混んだことをする？」

タイガー・コウはショウの問いを無視し、しかめ面をした。黄色い非情な眼がショウを睨んだ。まさしく虎の眼であった。

「すこし時間をかけて考えたほうがよさそうだ」と彼は考え深げにいった。「だいぶ情勢がかわってきたからな。思っていたより、ずっとおもしろくなりそうだ。話はあとですることにしよう。すこし眠ってもらうぜ、こっちの用意ができるまでな」

タイガー・コウはお蘭の身体のかげにかくしていた手を動かした。ショウはとびかかろうとしたがおそかった。フォノン・メーザーの一撃を食って前のめりに倒れこんだ。その恐るべき体技をタイガー・コウに用いる余地はなかった。

タイガー・コウはちょっと考え、残忍に笑って、倒れたショウの身体にもう一度、フォノン・メーザーを照射した。この黒人の大統領特別補佐官にはどことなく怪物じみたところがある。だめ押しの確認を加えておかなければ安心できないと感じたのだ。

タイガー・コウにしても、超能力者の現物を間近に見るのは初めての経験であった。

彼の眼は興奮に燃え、黄色い炎となった。お蘭はいま、新鮮なおもちゃとして、タイガー・コウの好奇心の対象だった。

タイガー・コウは、手下の非行少年たちに命じて、ショウと刑事を地下室にぶちこみ、子分どもを追いはらって、お蘭とふたりきりになった。

彼は、かたく眼をとじてふるえているお蘭のまわりをぐるぐるまわった。彼女の身体をあらゆる方向から観察し、眼を輝かして声をたてて笑った。浅黒い非情な顔に血の気がさしていた。

「超能力者か？　え、ほんものの〝蛇〟か、おまえが……人間の心を読めるんだそうだな？　どうやって、心の中を覗くんだ？　おまえ、おれがなにを考えてるかわかるのか？」

タイガー・コウは手を伸ばして、お蘭の顔にさわった。彼女はびくっと身をおののかせた。

「どこがどう、ふつうの人間とちがうんだ？　え？　もうひとつ眼玉をどこかにかくしているのか？」

タイガー・コウは、お蘭の顔をむやみにいじりまわした。しだいに粗暴になり、お蘭のかわいい鼻をつかむと、ぐいとひっぱった。お蘭はちいさい悲鳴をあげた。痛みがつんと鼻の奥に走り、涙がにじみでた。タイガー・コウは興奮した荒々しい笑い声を立てた。

「よう、おれがなにを考えてるか当ててみろよ。わかるんだろ？　いってみな」

お蘭は一口も口をきかず、無抵抗になすがままになっていた。逆らえば、火に油を注ぐように、タイガー・コウの残忍さをひきだすことになるとわかっていた。溶鉱炉のような心の持主だ。これほど兇悪無残な心は、ざらにあるわけではない。意識をそらしていても、地獄のような緑色の炎が燃えさかっているのが透けて見える。彼の指が触れるだけでも、赤熱した鉄を当てられるような苦痛をおぼえた。肉体の接触は意識の遮蔽を押し破ってしまうのだ。

「こいつっ」タイガー・コウは笑ってやにわにお蘭を突き倒した。「とぼけやがって……」

彼は椅子をひきずってくると、横倒しになったお蘭のそばに置き、馬乗りに坐った。顔に子どもっぽい熱狂した表情があった。

「おれは頭がいいんだ。だれにもごまかされやしねえ。たとえ相手が超能力者(モンスター)だって……」

おれは間抜けな刑事をひっかけるために、架空の超能力者をでっちあげた、とタイガーはいった。

「そこへ、大統領特別補佐官とかいうくろんぼがおまえをつれて、刑事の後をつけてきた。

こりゃどう見ても、ただごとじゃねえ。国家的重要機密というやつよな。そこでおれにはぴんときたのさ」

念爆者(サイコ・ブラスター)だ。〝蛇〟の爆破野郎を捜してるにちがいないとタイガーは思った。超能力者探しには、同じ超能力者を使うにかぎる。

「おれのしかけた罠にとんでもない獲物がひっかかったというわけだ。おまえはたちまち刑事の心の中を覗き、刑事といっしょに罠の中へ落っこっちまった。くろんぼ野郎もさぞかしたまげたろうぜ……」

どうだ、おれは頭がいいだろうという表情で、タイガー・コウは足の爪先でお蘭の横腹をこづいた。

「念爆者(サイコ・ブラスター)とかいう〝蛇〟に、おれはすごく興味を持ってるんだ。おれが昔からやりたかったことを、次から次にやってのけるやつだからな。おれはその野郎に逢ってみたいんだ。どんな面をしてるのか、この眼で確かめたい。しゃくにさわる話じゃねえか……おれにできなかった大仕事を、その蛇野郎は超能力であっさりやっつけちまいやがるんだからな。わかるだろ？　そこで、おれはくろんぼの仕事をひき継ぐことに決めた。おまえを猟犬にして、念爆者(サイコ・ブラスター)を見つけだす。おれは、これこそ自分が一番やりたかったことだと気がついたんだ。こんなやり甲斐のある仕事はねえとな」

タイガー・コウの唇のはしに唾の泡がたまり、牙を剝くように歯がのぞいた。細胞のすべてに活気がみちあふれ、タイガー・コウの全精神は精悍なダイナモと化して全力駆動を予期し、唸りを発していた。この生れながらの破壊者は、邪悪な知能と抜群の体力をふりしぼって闘うべき対象を見出したのだった。秩序の破壊者として、念爆者（サイコ・ブラスター）は魔王に愛でられたとしか思えぬものすごい能力を持っている。だが、タイガー・コウも人間が長い年月にわたって蓄積した悪が生みだした悪霊的存在だった。彼もまた種の盲目的な意志に導かれて、人類の眼前に現われた種の競争者（ライバル）に闘いを挑もうとしていた。

「そこでおれがまずやらなけりゃならないことは、おまえを、おれの命令通りに動く優秀な猟犬に仕立てることだ。どんなことがあっても、おれを裏切ったりしない牝犬にな。むずかしいかも知れないが、おれはやってみせるぜ。超能力者（モンスター）については勉強をしているし、必要とあれば専門家の力も借りられる。人間を色きちがいにしたり、意志のないロボットに変える薬もそろってる。いろいろ実験してみたから、まず失敗はしねえ。好きな道にかけちゃ、おれはたいした勉強家なんだ」

タイガー・コウの声はへんにしわがれ、喉の奥でこすれるような、いやな響きをおびてきた。はだしの爪先でお蘭の乳房のあたりをこねまわす動作に力がこもってきた。浅黒い扁平な顔の皮膚は水をかけたように、ぬめぬめと汗で濡れ光った。鼻孔がふくらみ、呼吸が音を立てはじめた。破壊衝動と情欲がないまぜになった情動が急激にふくれあがって、頭がおかしくなったらしい。

電光のような動作で立ちあがると、椅子を力いっぱい壁に叩きつけた。爆発的な力がこもっていた。奇形じみた分厚いたくましい胸が激しくふくれたりしぼんだりする。意味をなさないくぐもり声でなにかしきりに呟く。

　殺気立ったすばやいぎくしゃくした動きで、タイガー・コウはせわしく部屋を往復しはじめた。

　お蘭は両掌で顔をおおい、全身の力を抜いてぐったり横になっていた。タイガー・コウは溶鉱炉のように熱気を放っている。押しよせる耐えがたい熱波を、意識の遮蔽をしっかりおろして閉めだそうと彼女は必死になっていた。

　タイガー・コウは立ちどまり、歯を剝きだしてお蘭を見降した。兇暴に笑って、足を伸ばし、お蘭のスカートのはしに爪先をひっかけ、腹部のほうへくるりとまくりあげた。ほっそりした脚が腿のつけ根まで露わになる。

〈たすけて！〉お蘭はテレパシーで叫んだ。〈だれかたすけてー〉

　身をもがきながら恐怖の念を根かぎり放射した。しかし、付近に彼女のテレパシーの絶叫を聴きつける超能力者がいたとしても、お蘭を救うことはできまい。深甚な絶望感が彼女の心をまっくろな爪のように摑んだ。

　ショウはどうしたのだ?!　自分をこんな目にあわせておきながら、あのニグロの大統領特別補佐官は、いったいなにをしているのだ!?　彼にこそ自分を救ける義務があるはずだ……

　圧倒的な恐怖と絶望のうちに憤りながら、お蘭は、ショウ・ボールドウィンの意識をもとめた。しかし、消された灯のように、ショウの意識は暗黒の一部と化していた。

9

二級刑事本田は、意識をとりもどすと痛む顎に手をやりながら、しばらくの間、あっけにとられていた。急変した状況が理解できないのだった。催淫剤の効果は失われていたが、依然としてセールスマンの仮の意識はとどまっていた。鈍痛が後頭部に脈打ち、顎ははれあがってチクチク疼いた。どうにもやりきれぬ思いだった。霞のかかっていた眼の焦点があってくると、足もとに転がっているニグロの身体に気がついた。こんなニグロに見覚えはない。なかなか顔立ちのよいニグロだったが、そいつは死んでいた。ぴくりとも動かず、頸動脈を探ってみても心筋の反応はなかった。体温が残っているところをみると、まだ死んで間もないのだ。

心臓をぞっと冷たいものに摑まれ、本田はあわてて死体からはなれた。ようやく自分が死体とともに、どこともわからぬ場所に閉じこめられていることがわかったのだ。

がっちりした造りの、窓のひとつもない小部屋だった。六方とも継ぎ目のない硬質の材質でおおわれている。脱出口がないと知ると、彼はにわかに恐慌に襲われた。全身が冷たくなり、どっと汗が噴きだしてくる。衝動に突きうごかされて、彼は壁をたたき、大声でわめきだした。

「やめろ。むだなことをするな」

背後からの声が本田の背すじの毛を逆立てた。

ニグロの眼がぱっちり見開いて、本田を凝視していた。本田は腰が砕けてその場へ坐りこんでしまった。

「素手では壁は破れん。道具があったとしてもおなじだがね」ニグロは横倒しになったまま、冷静な口調でいった。

「生きていたのか……」刑事の声はだらしなくふるえた。顔がゆがみ、ヒステリックに笑いだした。

「アルカード……」とニグロはいった。その一語が本田に及ぼした効果はめざましかった。にわかにしゃんと背すじが伸び、眼が光をおびた。みじめに狼狽し、怯えきった表情が消え失せた。

「だれだ、あんたは?」きびきびした刑事らしい口調になる。「こんなところでなにをしている?」

「きみは罠にかけられたのだ」ニグロは感動のない声でいった。「きみは存在しない超能力者(モンスター)をえさにおびきだされた。犯人はきみに密告電話をかけたやつだろう。どんな事情か知らんが……われわれをここにぶちこんだのも、同一人物のしわざだな」

憤怒と恥辱の表情が刑事の顔をあかくいろどった。くそっと呪い文句を吐く。

「アルカードがキーワードか。ドラキュラのつづりを入れかえたんだな。ドラキュラ——モンスター……怪物は超能力者(エスパー)だけじゃないようだな。われわれをつかまえた少年も、なかなかどうして、人間ばなれしていたぜ」

いっぱい食わされた腹立ちを、刑事はやや理不尽に、ニグロにふりむけた。

「説明してもらおう！　あんたは何者で、ここでなにをしている?!　きみはさっきの質問に答えていないぞ」

「なにをしているかと訊かれれば、ごらんの通りのていたらくさ。名前はショウ・ボールドウィン。職業は連邦政府の特捜官というところだ。ただし、身分証明はない。黄色い虎の眼をした餓鬼に取りあげられてしまった」

「特捜官？　なにかいわくがありそうだな……」本田は眼をまるくした。状況が一挙にややこしくなったと感じる。連邦政府の特捜官がからんでいるとなれば、事件はよほど大物とみなければならない。

「どうしたんです？　けがでもしたんですか？」改まった言葉遣いで、本田は訊いた。ニグロは横倒しになったまま、起きあがる気配も見せない。

「身体がいうことをきかないんだ、麻痺銃で射たれちまってね」ニグロはこともなげにいった。

本田は反射的に服の下にかくした自分の麻痺銃をさぐった。むろん麻痺銃はうばわれていた。容易ならぬ事態だという実感がせまってくる。

「なんとか脱出する方法を工面しなきゃならん。あんたの力を借りたいな」

「どうすればいいんです？　この壁は破れないとあなたもさっきいったじゃないですか。それに道具もない。これじゃお手あげだ」

「私の口の中に、レーザー・ナイフがかくしてある。それを使って壁を破るんだ。簡単にはいかんだろうが、試してみる値打はある」

本田はいわれるままに、ニグロの唇を割って指をつっこんだ。歯をこじあけて口蓋を探る。

「もっと奥だ……」口に手を入れられていながら、ニグロはおそろしく明瞭な声でいった。

「喉の中だ。遠慮なんかしないでいい」

本田は額に汗を滲ませた。手首まですっぽりニグロの口の中にもぐってしまう。寒気がぞくぞく背すじを這いのぼった。ようやく指のはしに触れるものがあり、本田は苦心してそいつをひきだした。全長二十センチにおよぶレーザー・ナイフ――こんなものを喉の奥に呑んでいるなんて、人間わざとも思われない。

「使いかたは知ってるな？　ではいそいでやりたまえ。ぐずぐずしてると、脱出しそこなうぞ」

本田は胸中に湧いた疑念を反芻する余裕もなく、仕事にせきたてられた。レーザー光線の焦点があうと、すっと煙がたちのぼり、壁にピンで刺したような孔があいた。大型のレーザー・ガンのようにはなばなしく、ずぼずぼと大穴をえぐるようなわけにはいかない。深度はせいぜい最大で五センチ程度にしか達しない。めっぽう切れ味のいいナイフにすぎないのだ。試しに壁に破孔を開いてみたが、厚さはどうみても五十センチ以上はたっぷりありそうだった。

本田は汗だらけになってレーザー・ナイフをふるい、やっとの思いで厚さ八十センチに達する壁をえぐり抜いた。が、本田の喉を絶望のうめきが漏れ出た。切りひらかれた破孔の向う側には、底知れぬ質量感を秘めた岩盤と土壌の層がのぞいていた。

「たぶん、こんなことだろうと思った」

ニグロの顔には落胆の色はなかった。あいかわらず落着きはらった声でいう。

「あと望みがありそうなのは、天井の部分だな。まさか部屋ぐるみ生き埋めということはあるまい」

「どうやって?!」刑事はわめくような声を出した。「ぼくは天井にまでとどくような長い手は持っていない！ まことに残念ながらね！」

「かんしゃくをおこすな。頭を使うんだ。天井に手がとどかないなら、とどくように工夫しろ」

「まさか、子どもの冒険マンガの主人公があうような目にあおうとは思わなかった！」

刑事は憤懣(ふんまん)をおさえようともしなかった。

「悪夢みたいだ！ 現実の出来事とは思えん」

「ある意味ではその通りさ。毒々しい幼稚な空想力が生んだ極限状況だ。どんな時代にも子どもの空想には共通のパターンがある。子どもというのは残酷で、それは人間の本性の残酷さをかくそうとしないからだ。人間がいかに残虐な生物であるか、人類の歴史が明確に立証しているよ」

「場ちがいな議論なんかやめてください！」本田はどなった。「それどころじゃない」

「毎度、おなじみの古くさいパターンを考察するのが、役に立つと思うよ。この場の成行を予測できる。そのレーザー・ナイフで床に穴でも掘っておいたほうがいい。われわれふたりが身をすっぽりかくせるような穴をね」

「なぜ、そんなことをするんです？」

「冒険マンガの主人公は、たいていそうやって危険を脱するんだ。きみだっておぼえているだろう？」

　刑事がしぶしぶ作業に従事しているうちに、壁の奥でモーターが唸るような、重々しい響きがまきおこった。

「さあ、はじまったぞ、おなじみのふるくさいやつが……」

　ニグロが転がったまま、眼を天井に向けていった。

「吊り天井というやつだ。陥とし穴に、電撃マット、秘密の隠し部屋に、壁にしかけた銃口、シャッターが落ちて、わが主人公を閉じこめ、毒ガスを送りこむしかけ。火責めに水責め……賭けてもいい、いま並べた道具立てが全部そろってるはずだ。われわれが脱出するには、それらをすべて突破しなきゃなるまいな。われわれが相手にしているのは、そういった幼稚で残忍な心の持主なんだ。沈着冷静なわが主人公のように、うまくやれるといいが……」

　ぶきみな咆哮をあげ、天井はおそるべき確実さでじりじりと降りてきた。速すぎもせず、遅すぎもしない。犠牲者にあたえる心理的効果を巧みに計算してあるのだ。犠牲者をぺしゃんこに押し潰し、パルプ状の血泥に変えてしまうまでに、最大限の苦悶をひきだす配慮がされていた。拷問ほど人間の邪悪さのあからさまな発露はない。

本田は死にものぐるいで働いた。ニグロの正確な予測がなかったら、自分ひとつの身を救うにも遅すぎたはずだ。

やがて密着した天井と床の間に、バキバキメリメリと異音が生じ、凄まじくきしんだ。

10

レーザー・ナイフでえぐり抜いた床のくぼみに身を押しこめて、死地を脱した本田は、自由のきかない姿勢のまま、ただちに天井を破らなければならなかった。レーザー・ナイフの無敵の切れ味が唯一の頼りだった。窒息寸前、肺が破れそうな苦痛に絞めつけられ、狂ったようにもがいた瞬間、孔が貫通して、かびくさい空気が流れこんだ。安堵の思いがこみあげ、思わずどっと涙があふれた。

天井に穿った突破孔から、水圧式の機械装置の中へ這いあがる。重いニグロの身体をひきずり出すと、本田は腰が抜けたようになった。

「よくやった」……ニグロはいっこうに感激のない声音で、本田の努力に報いた。「だが、これからが難関だ。餓鬼どもは、悪趣味だが威力のある大道具、小道具を持っているからな。それにひきかえ、こちらは素手にちかい」

「あなたはここにかくれていなさい。ぼくひとりでなんとか脱出をはかってみる。建物の外には相棒の警察アンドロイドが待機しているんです。やつと連絡さえ取れれば、こっちのものだ」

「きみひとりで脱出は不可能だ、あっさり殺されちまう。レーザー・ナイフのおかげで、ここまで切りぬけたが、いつまでもマンガの主人公みたいに幸運ではいられないよ」

「じゃ、どうしろというんです」

刑事は泣きだした。死に曝された間の緊張がほどけた反動のためか、涙がとまらない。鼻をすすりあげ、涙声で抗議した。

「あんたはなにもせずに、ぼくひとりにやらせといて、好き勝手なことばかりいう……あんまりだ」

「泣くことはない。私は事実をいっただけだ。ご苦労だが、私の身体を運んでもらわねばならん。きみは機械化された警察システムにあまやかされているから、判断力や適応能力が足りないんだ。私の指示なしに、ひとりで脱出するのはむりだ」

「わかりましたよ。どうせぼくは能なしですよ……ぼくは生身の人間で、スーパーマンじゃないんだから……あんたの命令通りにやりますよ」

ふくれっ面ですねている刑事に取りあわず、ニグロはいった。

「いいかね、よく聞くんだ。このちかくに機械室があるはずだ。動力線を見つけだす……」機械室に通じている大容量の基幹動力線は、この建物全体の動力源に直接つながっているはずだ。おそらく、他の殺人装置も同じ機械室で制御されているだろう、とニグロはいった。「動力線を探し出して、短絡させる。ものすごい瞬間電流が動力源の安全装置（サーキット・ブレーカー）を吹っとばす。後に残るのはせいぜい非常照明用の独立した回路だけだ。そうなれば、脱出はわりとらくになるはずだ。レーザー・ナイフ以上の獲物を持った餓鬼どもに途中であわなければの話だが」

機械制御室への隔壁を切り開くのは造作もなかった。ちっぽけなレーザー・ナイフが大層な威力を発揮した。

本田が動力回線を探してまごまごしているうちに、機械室のドアが開き、ふり向いた刑事はすごく大柄な若造と顔をあわせた。

反射的に呼吸を停め、両者ともまじまじと相手の顔を見詰めあった。わずか本田の行動を起こすほうが速かった。

「逃がすなっ」ニグロの鋭い声と同時に、本田は一足跳びに突進した。若造は喚くように口を開けたが、声は出なかった。両腕をやみくもにふりまわし、刑事に摑みかかった。おそろしくたくましい長い両腕が、刑事の喉をつかみにくる。小柄な本田の腕は相手の上膊部の半ばにまでしか達しない。たちまち、ものすごい怪力で首を絞められた。

本田の握っているのがただのナイフだったら、刃先は相手の身体にとどかなかったろう。

しかし、レーザー・ナイフは先端部よりさきの空間に焦点をあわせ、超高熱を発生させる。

相手の腕から急に力が抜け、若造の頭が、がくっと前に傾くと、胴体をはなれて両腕の間に陥ちこんだ。レーザー・ナイフは無造作に若造のふとい首を両断してしまったのだ。本田は恐怖の悲鳴をあげた。首なし死体の重みに押し潰されて死体をかかえたまま尻もちを突いてしまった。切れ切れの悲鳴を漏らしながら、死体の下から這い出そうとじたばたする。

「うろたえるんじゃない！　動力線を早く探せ。やつらに勘づかれるぞっ」

気も転倒した刑事は、ニグロの指示を理解できずに、ただ右往左往した。

開け放たれたドアの向うから、叫び声とあわただしい足音が接近してきた。海獣の吠え声のような警報がけたたましく喚きだした。

刑事はすっかり惑乱して、ニグロの声も耳に入らなくなった。狂ったようにコントロール・パネルに切りつけ、暴れまわった。異臭とともに白煙があちこちの破れ目から噴きだし、火花が散りはじめた。バン、バーンと破裂音を発して、次々にサーキット・ブレーカーが吹っとんでいく。最後に照明が消えて真の暗闇が襲ってきた。すぐに非常照明がポッと弱い光を投げる。

警報も途絶え、叫喚や足音もやんで、しんと静まりかえる。残ったのは刑事の乱れた息遣いだけだった。

「貴重な時間を浪費してしまったな。餓鬼どもはわれわれの脱走に気づいたようだ。熱線銃だの、ハンド・ミサイルだのといった剣呑な武器を持って、われわれを待伏せしているだろう」ニグロは床から冷やかにいった。「きみの愚かなふるまいを非難してみてもはじまらない。きみの力を頼りにしたのは間違いだった。きみには自制心が不足している……このままではとうてい脱出の望みはない」

刑事は一言もなかった。

「私はこれ以上時間を空費するわけにはいかない。ここへきたまえ。私の服を脱がせるんだ……右肩をレーザー・ナイフで切開してくれ。表層から十ミリの深さでたのむ。なにをぐずぐずしている。早くやるんだ！」

ニグロの声には、本田のためらいを粉砕するほどの圧力が加わった。

本田は指示のままに、ぶるぶる震えるレーザー・ナイフの先端部を、ニグロの黒光りする膚にちかづけた。強烈な光がほとばしり、焦点を皮膚の上に結んだ。

皮膚がさっと裂け、くるりと反転した。予期したような肉の焦げる匂いはしなかった。

本田の眼がとびだすように見開かれた。彼がそこに見出したのは、筋肉組織でも白い骨格でもなかった。

シリコン膜に保護された見慣れぬ形状のメカニズム！　このニグロの身体に詰まっているのは血肉ではなく、すべて電子装置だったのだ。

これほど精巧なアンドロイドを、本田は見たこともなかった。外見はどう見ても、完全な人間以外のなにものでもない。触感もまぎれもなく人肌のものだったし、体温すら備えていた。驚異的な精巧さだった。彼の見慣れた警察アンドロイドは三メートルを越す無骨な巨体を持っており、たとえ酔眼もうろうとしていても、人間と見まごうことはない。なによりも移動可能の電子頭脳の制約を受けているために、このニグロのアンドロイドのような、明確なパーソナリティを発揮すべくもない。話しっぷりにも、本田をしのぐ知性を感じさせた。こんなアンドロイドが存在するものだろうか……本田は深い驚きと怖れにうたれた。

11

「指示の通り、早くやってくれ。熱線銃を持った物騒な餓鬼に踏みこまれたいのか」

「アンドロイドか……アンドロイドだったのか」本田はくりかえした。「妙なところがあるとは思ってたが……」

「そんな述懐は、ぶじに逃げだした後にしてくれ。時間がないんだ」

本田は右肩部に三基配置された超小型電子頭脳を抜きとり、指示に従って入れ替えた。その間、ニグロは死体と化していた。交換が終ると、間髪を入れず眼が開き、唇が動いた。素早く身を起こし立ちあがってくるニグロの動作に、本田は気押されて後退りした。死者が生きかえったさまを見るような、薄気味悪さがあった。

「よくやってくれた。どうやら間にあったらしいな」

ニグロは右肩の破れ目を気にしながら、上衣を着た。

「レーザー・ナイフをかえしてくれ。きみは役目をはたした。ついてきたまえ」

このニグロのアンドロイドの身のこなしは、実に見事だった。優美でむだのない動きだ。体技の訓練をじゅうぶんに受けた人間でも、こうはいくまいと思えた。

ニグロが先に廊下に出ると、待ちかまえていたように攻撃がかかってきた。ジュウッとすさまじく空気をイオン化して熱線が伸びてきた。縦横無尽にかきまわされたら、逃れるすべはない。

ニグロは無言でレーザー・ナイフを投げた。熱線の向きがぐらりとそれて、天井を焼いた。ニグロは廊下の床に身を倒して腹這いになると、蛇のように迅速に滑って、本田の視界から消えた。短い叫びが湧いて、ぷっつりと途絶える。

ニグロに呼ばれて、本田がおっかなびっくり行ってみたときは、四人の非行少年が折り重なって転がっていた。ものの十秒とかかっていない。その鮮やかな手際は、神わざにちかかった。

ニグロは本田に熱線銃を握らせた。本人は刑事の見ている前でレーザー・ナイフを呑みこみ、喉におさめた。本田はぞくっと身ぶるいした。

「殺したのか……」

「死んだのはひとりだ。あとの三人は、重傷だが、まだ生きている。さあ、行こう。私は黄色い眼をした少年に用があるんだ」

平然と殺人を犯すアンドロイド。本田の腹の底に氷塊のようなしこりが生じた。これはあきらかに通常のアンドロイドではない。人類文明の未知の暗闇から現われた怪物的存在だ。〝蛇〟にも似た、異質な心を持つアンドロイド。

「どうした？」ニグロはいった。「こわいのか？　それなら後からゆっくり来たまえ。私は先に行く」

ニグロは瞬く間に姿を消してしまった。人間やアンドロイドとかけはなれたとほうもない行動速度であった。取り残された本田の心は、さながら恐怖と疑惑のるつぼだった。


一時間後――。

建物から姿を現わしたニグロの前に、二級刑事本田と、見上げるばかりの警察アンドロイドの巨体が立ちふさがった。

「なんとか脱出して、相棒と再会したようだな」ニグロはいった。「無事でなによりだ」

「ああ、たったいま、な。迷路みたいになっていて、出るのも容易じゃなかった」

刑事は緊張しきった表情で応じた。

「あんたのどえらいスピードにはとてもついていけない。あんたのほうはどうした？」

「黄色い眼の餓鬼か？　残念ながら捉えそこねた」

「そのために、あんたはすくなくとも六人殺したことになる」

「やむを得なかった。跡始末はきみにまかせるとしよう。私には急ぎの用があるんだ」

「そうはいかない」

刑事は顔をゆがめて不自然に微笑した。ニグロの胸もとに熱線銃のグロテスクなノズルが突きつけられていた。

「あんたを逮捕しなきゃならん。アンドロイドを逮捕するという言い種も妙だが……」

「私は特捜官といったろう。殺人にも正当な理由がある」

「アンドロイドの特捜官とはこれまた妙な話だ。ともかく本部へ連れていく、市警ビルの爆破現場近くで、制服警官がふたり負傷した事件を思いだしたんだ。犯人は、ぺしゃんこに潰れた車から無傷で這いだすような不死身でね。あんたの正体を調べあげてみる必要がありそうだ……」

「私が念爆者（サイコ・ブラスター）だと思うのか？」

「いや。しかし、警官をふたりも鮮やかにぶちのめした手並みは、なんとなくあんたを連想させる。説明をとっくり聞かせてもらうよ」

ニグロはなにもいわなかった。表情すら変えない。

「抵抗してもむだだ」

刑事は油断なく身構えて、警告を発する。

「いくらあんたでも、警察アンドロイドの怪力と、この熱線銃にはかなわない。ロボット機動部隊の救援ももとめてある。逃げきれやしない」

刑事には警察アンドロイドへの過信があったようだ。ニグロの恐ろしいスピードを見ていながら、安心感が油断を生んだ。ニグロに接近しすぎたのが誤りだった。

ニグロの顔が刑事の視界から消失した。棒のように後ざまに倒れながら、はねあげた足先が刑事の熱線銃をはねとばした。刑事は喚きながら尻もちを突いた。あまりに強烈なショックに、熱線銃を握っていた腕が肩までしびれた。

「摑まえろっ」

警察アンドロイドは、すでに行動を起こしていた。鋼鉄色の巨体が地響きをたててニグロに突進する。強力無比な腕が伸びてきた。

ニグロは身をひねり、両脚を交叉させて、警察アンドロイドの足の間に滑りこんだ。前のめりに巨体が転倒する。ニグロは相手の後頭部に当る部分を手刀で一撃した。人間ならひとたまりもなく頭がちぎれとんだろう。しかし重合鋼の骨格を持つ警察アンドロイドは、戦車より頑丈だった。平気な顔でニグロを背中に載せたまま立ちあがってきた。

警察アンドロイドは、体内に蔵した原子力電池をエネルギー源に一千馬力に及ぶパワーを発揮する。当の相手が人間ではないと知っているから、容赦のない苛烈な力がこもっていた。ニグロは警察アンドロイドの腕を摑んだまま、猛烈な勢いで振りまわされた。怪力に逆らわず、警察アンドロイドの肩を支点にニグロの身体が一回転した。重合鋼のもっとも弱い関節の部分が折れ砕けた。ニグロはそのまま急激な力を加えて腕を引き抜いた。ポリスチールの骨や着色された電子神経系の色とりどりのコードをぶらさげた腕がすっぽりもぎとれた。

いまや隻腕となった警察アンドロイドの頭へ、ニグロはもぎとった腕を降りおろす。ハイポリマーの頭蓋はみごとにひしゃげてしまった。衝撃で電子眼がとびだした。だが、このくらいで複合電子頭脳を備えたアンドロイドは参らない。大きく陥没した頭部ががっくりななめに傾き、それでも警察アンドロイドはニグロに摑みかかった。これだけ損害を受けながら、戦闘力はいっこうに減殺されていない。

ニグロは相手を倒す確実な手段を選んだ。腕の破片をたたきつけると、身をひるがえし、刑事の落した熱線銃めがけて三十メートルほど一気に跳んだ。身体が着地しないうちに、熱線銃を拾い、射った。すべてが一挙動であった。

鮮やかな青紫の閃光が噴いて、警察アンドロイドを射ち抜いた。ニグロはアンドロイドの構造を熟知していたようだ。熱線は電子頭脳だけを貫いた。巨体が崩れ落ち、スクラップの山と化した。

「やったな！　よくもやったな！」刑事は子どものように手足をばたばたさせて泣きわめいた。

「逃がすもんか、逃がしてたまるかっ」

ニグロは無力な呪詛を吐きちらしている刑事を黙殺し、黒い風のように走り去った。ロボット機動部隊の包囲を切り破ろうというのだ。

12

念爆者(サイコ・ブラスター)は、念動力者(サイコキノ)の非常に特殊な変種だ――とタイガー・コウは思った。ふつう各種の超能力はひとりの超能力者に並存することはないといわれている。感応者(テレパス)は透視や念動力の能力を持たないし、その逆の場合も同じことがいえる。ひとりが何種類もの超能力を備えている例も絶無ではないがその場合平均して能力はうんと小さなものになる。とびぬけた超能力者は、まず単一能力しか持たないと考えていいだろう。

念爆者(サイコ・ブラスター)にしたって、そのずばぬけた特異な能力からすれば、当然テレパシーは持たないはずだ。それがこっちのつけめだ。テレパスのお蘭を使えば、相手に勘づかれず、念爆者(サイコ・ブラスター)を見つけだせる。

タイガー・コウは、別に念爆者(サイコ・ブラスター)を殺すのが目的ではなかった。むろん、捉えて警察に引き渡す気はさらにない。

念爆者(サイコ・ブラスター)を意のままに操って、世界を騒がせてやろうというのだった。世界に破壊と死をもたらす帝王になる。

蟻塚を踏みつぶすように、この世界をぶっこわしてやる、とタイガー・コウは思った。念爆者(サイコ・ブラスター)ほどすばらしい武器はまたとない。眼にも見えず、いかなる探測機械にも捕捉されない、恐るべき破壊エネルギーが、突如降りそそぐと、人間も建築物も閃光と業火の中で灼けただれていく。その引金はおれがひくのだ。

それを想像するだけで、タイガー・コウの黄色い恐ろしい眼は燃え立った。愉悦が火のように全身の血脈にたぎるのだ。そのとき、おれは射精するだろう。眼もくらむ至福のうちに、射精するのだ。その快楽は、ちびちびとひとりふたりの人間を殺すときのそれと比較すべくもあるまい。世界中の人間を皆殺しだ！

タイガー・コウの股間は硬くふくれあがってきた。想像に刺激されたからだ。

彼はイオノクラフトの隣席に坐っているお蘭を横眼で眺めた。娘は白くかたい横顔を見せていた。ほっそりした身体もさながら石造りだ。タイガー・コウはお蘭を有機質のロボットに変えた。自白薬や麻薬を射ちこんで意志を抜きとり、彼の命令にのみ従う操り人形に仕立てたのだ。

彼がお蘭を犯さなかったのは、ただひとつの理由にもとづいていた。彼女を殺すわけにいかなかったからだ。殺人衝動を解放してしまったら、彼を念爆者（サイコ・ブラスター）に結びつける糸をみずから切断することになる。

女を犯す行為自体は、好きではなかった。女の肉を切りきざむことがともなわなければなんの意味もない。

タイガー・コウはあやうく娘を殺してしまうところだった。お蘭が〝蛇〟の女だということが、異常な刺激をもたらしたからだ。自制が衝動にうちかたなかったら、娘のからだを引き裂いてしまったろう。ナイフなど用いなくても、異常に発達した彼の筋肉は人間の身体を破壊する力をそなえていた。

タイガー・コウのイオノクラフトは、首都圏警察本部を中心に、半径百キロの円を描いていた。次々に内側の環状道路へ入り、円周をちぢめていく。ほぼ螺旋状の経路をたどり、捜査圏をせばめる——この場合、警察だって同じ捜査方式をとるはずだ、タイガー・コウは自分のやりかたに自信を持っていた。

念爆者（サイコ・ブラスター）はかならず、この圏内にいるはずであった。念動者（サイコキノ）の超能力の到達距離は比較的にいってみじかい。最大限五キロ以下だ。念爆者（サイコ・ブラスター）の能力圏もそれから類推すればいい。

やつは首都圏警察本部を狙うはずだ。……

タイガー・コウには確信めいたものがあった。警察だって警戒を怠ってはいないだろう。だが、数千万の厖大な人混みにまぎれこんだ、たったひとりの念爆者（サイコ・ブラスター）をどうやって見分ける？

それができるのは、おれひとりだけだ。このお蘭という感応者（テレパス）を握っているからだ……

お蘭の意識は半ば凍結していた。凍りかけた水のように冷たくにぶいものとなっていた。麻薬に心を支配されているのだ。

自分の置かれた状況は、はっきり意識している。だが、恐怖も悲哀も結晶のように硬化し、あらゆる感情が動きを停めていた。

絶え間なく、数かぎりない人間の思考の断片が、彼女の超感覚をうちつづけ、潮騒のざわめきを奏している。なんの意味も持たぬ騒音だ。

念爆者（サイコ・ブラスター）を探せ……タイガー・コウの命令は、彼女を自動探知機に変えた。目標を見出したとき、彼女ははじめて反応をおこす。

とつぜん、あいまいなとりとめもない呟きの混沌に、明確な核を持った思考が浮かびあってきた。

その意識は、はっきりした志向性を持って、お蘭の心に侵入してきた。正常人の脈絡を欠いた孤独な思考ではない。精神感応（テレパシー）だった。お蘭と同じ感応者（テレパス）の超感覚の触手だ。

テレパシーは、しきりに問いただす感じであった。お蘭はなんの反応もしめさなかった。その意識が念爆者（サイコ・ブラスター）のものでなかったからだ。意識遮蔽があがりっぱなしの彼女の意識の深部へ、超感覚の触手は浸透した。

凍結した記憶をさぐりにかかる。

お蘭とテレパシーによる交信をはかる試みは徒労に終った。お蘭はただ無関心にテレパシーを聞き流した。

テレパシーは一度引きさがり、次はさらに強力な複合体となってふたたび仮死状態の心を叩いてきた。

〈眼をさませ！〉テレパシーは叫んだ。〈眼をさますんだ！　危険がせまっている！　逃げろ！　隣りにいる悪魔から逃げろ！〉

〈危険！　危険！　危険！〉

テレパシーによる警報は、具体化されたイメージの連打であった。警察、私刑、むごたらしい死。

警報はしだいに脅迫的な荒々しさをおびてきた。殴りつけるような激しさだ。

それでもなお、お蘭の凍結した心を呼びさますことはできなかった。

13

タイガー・コウは苛立ちはじめた。お蘭はいっこうに反応をしめす様子がない。空虚な眼を見ひらいて、大理石像のように坐しているばかりだ。もとより彼にはお蘭をめぐるテレパシーの葛藤を知覚すべくもないのだった。

ほんとうに、こいつには念爆者（サイコ・ブラスター）を見つけだす能力があるのか？　あるいは投与した麻薬の量を誤って、超感覚を麻痺させてしまったのではないか？

執拗に探索行を続けながら、タイガー・コウはしだいに昂まってくる疑心に悩まされた。

すでにイオノクラフトは、人口の密集区域に入っていた。高速交通機関は大量の人間を呼吸し、ビジネス街、劇場や賭博施設、ショッピング区域には何百万もの有象無象がひしめいているのだ。地下から地上数千メートルにわたって構成された都市空間は、脳組織のようにおびただしいセルの集積なのだ。何十万もの隔壁を透過して、充満する意識の海水から特定の一分子をどうやって探し当てるというのだ？　たとえどれほど優秀なテレパスでも、それは不可能ではないだろうか。

タイガー・コウの自信はぐらつきはじめた。はじめは造作もなさそうに思えた念爆者（サイコ・ブラスター）

狩りも、圧倒的な人間と物質の質感と対決に及んで、至難なわざに思えてきた。網状に織りだされたスカイウェイの大量の車群の流れに入りこむと、その感じはさらに増幅された。巨大な組織力を持つ警察にしても、この壮絶なメガロポリスの人間ともので押しかためたような核心のひとつを、解きほぐすことはできない。念爆（サイコ・ブラスター）者の強制捜査をむりやり強行すれば、とほうもない大混乱を招く。交通遮断を敷くだけで、きわめてせまい空間にぎっしり押し詰められた厖大な群衆は、たやすく熱死現象をおこすだろう。第一級非常警戒体制も、メガロポリスの核心部には通用しない。うっかり手を出せないのだ。

念爆（サイコ・ブラスター）者を探しだすまでに、いったい何日かかることか……さしものタイガー・コウも後退を余儀なくされた。何日どころか、ひょっとするとその何百倍も時間が必要かもしれない。一年がかりか、二年がかりか——しかしそれは彼にとって挫折を意味するものではなかった。タイガー・コウは屈服ということを知らなかった。狙った獲物はとことん追い詰める。決して狙いははずさない。

しかし、タイガー・コウは気づいていなかったが、本田刑事の通報により、すでに警察は彼の身もとを洗いはじめていた。逮捕された配下の非行少年たちの供述から、希代の非行少年の帝王の素顔は浮かびあがりつつあった。いかに巧妙な身分の陰蔽も、情報機能の総力を挙げた警察の追及をまぬがれることは不可能だ。ひとたび彼の手配書が、ロボット警察の監視（モニター）システムに送致されれば、逃れるすべはない。

タイガー・コウはなにも知らなかった。

〝要塞〟の殺人装置のひとつにぶちこんだ二級刑事と大統領特別補佐官のニグロのことなど、彼の念頭にはなかったのだ。彼が狡智のすべてを結集した〝要塞〟が、たかが無力なニグロひとりに全機能を破壊されようなどとは夢にも思っていない。彼のグロテスクな暴君の誇りが、彼を破滅にみちびこうとしていた。

タイガー・コウはお蘭を連れて、重力リフトで超高層ビルの最上部まで昇りつめた。地表から四千メートル。これは超高層ビルのうちでも図ぬけた高さだった。さしもの立体構造の核心部も、この高さからでは平板な地図に変ってしまう。広大なメガロポリスの四分の一弱の展望が効く。展望台はつねにメガロポリス周辺部や地方からの観光客で混みあっていた。首都圏警察本部のビルは、ほぼ真下にあたるビル群の一つだった。二キロとはなれていない。

タイガー・コウは窓ぎわの席をとって、お蘭を坐らせた。みずからもお蘭の身体に密着して腰をおろす。はた目には、若い恋人同士と映るだろう。

「さあ、探すんだ。うんと念入りにな……やつはぜったいこの近くにいる」

彼はお蘭の耳たぶに口を押し当てるようにしてささやいた。お蘭の青ざめた顔は仮面そっくりだった。眼にはにぶい被膜がかかっている。依然として麻薬の効果が持続していると一目でわかる。身体は棒を呑んだようだ。

しかし、お蘭の精神には強大な思念波が集中していた。ひとりやふたりではない、数十人ものテレパシーが集束されて、お蘭の精神に生じた硬直をもみほぐしにかかっているのだった。

〈解放はまだか？　応援を呼ぼうか？　各地区から増援の用意があるといってきている〉

〈いや。これ以上思念圧をかけると、彼女の神経系が焼ききれる危険がある〉

〈強烈な麻薬のせいだ。サイコ・マッサージは効果がない〉

〈思考コントロールはできないか？〉

〈遠隔操作はむりだ。肉体的な接触が必要だ〉

〈タイガー・コウの排除は可能か？〉

〈きわめて困難。監視システム（モニター）にひっかかる恐れがある。〝組織〟全体に危険が及ぶ〉

〈精神測定（サイコメトリ）によれば、お蘭には警察と別系統の捜査機関の接触がみとめられる。大統領特別補佐官にショウ・ボールドウィンなる該当人物なし。未知の秘密機関エージェントらしい〉

〈中継。最高委員会で調査を行う。当該人物の接近に注意してほしい〉

〈通報。ショウ・ボールドウィンは、すでに監禁状態を脱している。本田刑事の意識走査により、ボールドウィンはアンドロイドとわかった。驚異的な機能を備えている〉

〈透視者を二、三人大急ぎでよこしてくれ！　アンドロイドの意識は読めない！〉

〈第78地区から連絡。遠隔移送者（テレポーター）を派遣した。生体中の化学薬品除去の専門家だ。三十分以内に到着する〉

〈最高委員会より中継。タイガー・コウには手を出すな。警察はすでに彼をマークした。お蘭救出に全力を尽せ〉

〈そんなばかな。なぜ強力な念動者(サイコキノ)をよこさないんだ?!　心臓をひとひねりしてやればかたがつく!〉

〈急場に間にあわないのさ。それにおかしな細工をすれば足がつくからな〉

〈お蘭が念爆者(サイコ・ブラスター)を嗅ぎだした!!〉

一瞬、すべてのテレパシーは深刻な驚愕と危惧に支配された。

〈念爆者(サイコ・ブラスター)に警告しろ!〉

〈だめだ!　念爆者(サイコ・ブラスター)は〝組織〟を軽蔑している。やつはヒロイズムの化物だ。警告しても逆効果になる!　かえってお蘭の身が危ない!〉

火花を散らすように、感応者(テレパス)たちの思念が交錯した。

14

お蘭はついに念爆者(サイコ・ブラスター)の意識を探り当てた。もし彼女の精神が麻酔にしばられたテレパシー探知装置でなかったら、あまりにも多量な情報の洪水に呑まれたその意識をとらえられなかったかも知れない。

タイガー・コウの両眼は黄色い炎となった。

「どこだ!?　野郎はどこにいる?　おれをそいつのところへ連れて行け!」

　彼はあやうくお蘭の耳たぶを噛みとりそうな勢いだった。お蘭の腕を摑んで強引に立ちあがらせながら、残る片手でポケットのカプセル拳銃を握りしめた。高圧ガスで射ち出すカプセルは人体に刺さると内容物を注入する。彼はカプセルにお蘭に用いたのとほぼ同じ麻薬をしこんだ。たとえ念爆者（サイコ・ブラスター）でも、不意を襲って音もなく飛来するカプセル弾丸は防げまい。寸秒にして、有機質ロボットと化すのだ。

　タイガー・コウは虎の笑いを浮かべ、お蘭をひきずるように、展望室の雑踏を突っ切った。たくましい肩で遠慮会釈もなく、さえぎる田舎者をつきのけ押しとばし、憤慨と非難の航跡を曳きながら、重力リフトへ向う。

〈タイガー・コウはお蘭をともない、プレイランドへ向っている。遠隔移送者（テレポーター）はどうした?! このままでは間にあわんぞ!〉

〈到着まであと十五分はかかる。引きのばし工作はできないか?〉

〈警告! 警察の動きが目立ってきた。ロボット機動隊が急速に核心部に移動している。警官と警察アンドロイドも配置を変えた。タイガー・コウを捜しはじめたようだ〉

〈最高委員会より中継。タイガー・コウに一キロ以内に近づいてはならない。かりにも警察の注目をひくような行動は避けよ〉

〈手を貸してくれ! 遠隔移送者（テレポーター）が現在位置から、薬品除去を試みるといっている。テレポーターとコンビを組んだ経験者はいるか〉

〈経験がなくたってやってのけるさ！　みんなで協力する〉

〈鮮明な心像を送ってくれ。遠隔移送者（テレポーター）は感応力が弱いんだ。たのむぞ〉

〈めくらでも見えるようなやつを送るぜ！〉

「念爆者（サイコ・ブラスター）を見つけたら、やつにそっとちかづいてこういうんだ……」タイガー・コウがいった。

「友だちが探しているから、正面の入口へこいとな……」

賭博遊戯場は、エアコンディショナーの処理力も追いつかぬ人いきれで、じっとり肌が汗ばむほどだった。数千種の遊戯機械が絶え間ない騒音を放ちつづけ、それらの色彩がきちがいじみたスピードで変動を続けていた。血眼で賭博に熱中する大群衆を呑んだカジノだ。

しかし、タイガー・コウは、めざす念爆者（サイコ・ブラスター）をこの一画にしぼりこむことに成功したのだった。獲物を目前にした彼の口は乾き、動悸がたかまった。

お蘭は夢遊病者の動きで進んだ。もとめる意識のありかを確実につかんでいるため、歩きかたに逡巡や遅滞はまったくない。ただ、場内を占める賭博設備に邪魔されて、最短距離を歩むことができないだけだ。通路の人混みを縫って迂回をつづけながら、着実に念爆者（サイコ・ブラスター）との距離を詰めていく。

だが――機械が故障したような唐突さで、お蘭の歩みが停まってしまった。頭をしきりにふらつかせている。後姿からも棒を呑んだような硬さが失われていた。

タイガー・コウの形相が変り、歯がみをする。お蘭に注入した麻薬が切れかかっているのだ。あと十時間はたっぷり持続すると計算していたのだが、計算ちがいだったのか。この期に及んでもう一度最初からやり直しか……彼はポケットのカプセル拳銃を探った。

お蘭の心の自由をうばっていた氷は、ひとたび融けだすと急激に蒸発していった。薄紙を剝ぎとったように、意識がはっきりしてくる。一時にひしめきあって心になだれこんだ他人の意識は、彼女にめまいの感覚を生じさせた。圧縮された情報の洪水を消化する用意がなかったからだ。テレパシーの鋭い叫喚が湧きかえっていた。激しい頭痛をもよおして、お蘭は反射的に意識の遮蔽をぴしゃりとおろしてしまった。それまで凍結していた感情がどっと解放される。もっとも激烈だったのは恐怖だった。黄色い猛獣の眼をした殺人者への吐き気をともなう恐怖。自己保存の本能がお蘭の背中を巨大な掌のように突きとばした。

彼女はタイガー・コウの意表をつく素速さでぱっと鳥がとびたつように逃げた。

タイガー・コウはすでにポケットの中で、カプセル拳銃の狙いをつけていた。お蘭が突如として走りだした動作につられて、トリッガーをしぼる。狙いがはずれて、カプセル弾丸は賭博に熱狂している連中のひとりに命中した。声もあげずに化石になる。

タイガー・コウは猛然とお蘭のあとを追い、次々に発射した。ことごとく狙いをはずしてしまう。切れぎれの罵言をくいしばった歯の間から漏らしながら、追いすがる。

この混乱は思ったほど群衆の注意を惹かなかった。彼らの関心は別のこと――賭博に集められていた。

お蘭は死にものぐるいで、人びとの間を走りぬけた。しかし、非力な彼女には、人ごみを突破して賭博場の出口にたどりつく体力がなかった。獰猛な怒りに歯を剥きだし、障害物を跳びこえ、なぎ倒して追ってくるタイガー・コウにたやすく追いつかれてしまう。

お蘭は幸運にも見放された。なめらかな床に足を滑らせて転倒してしまった。

彼女は悲鳴をあげた。意識の遮蔽がみじんに砕けた。彼女の超知覚は、人間たちの意識をモザイク模様のように見た。おそろしい密度で無限に重なりあい、刻々変貌する人間の心――


〈逃げろ！　逃げろ！　逃げろ！〉

感応者(テレパス)たちの絶叫は稲妻の紫電だった。

散漫な正常人の思考のカオスを圧して、怒りに燃えたタイガー・コウの思念がつかみかかる。面(つら)も向けられぬ苛烈な怒号だ。

そして害意を露出したもうひとつの異質な思念。ぶきみな燐光をはなっている。

さらにもうひとつ。これは彼女に親しいものだった。ショウ・ボールドウィン。あのニグロの大統領特別補佐官だった！

私はここにいる……とショウの意識はささやいていた。お蘭は夢中でその冷静なおだやかな心にしがみついた。感応者(テレパス)たちの強烈な思念が割りこんできた。彼女はそれをはらいのけた。

——私はきみを救ける、とショウの心はいった。——私がついている、心配はいらない。落ちついて、私のいうことをきけ。念爆者（サイコ・ブラスター）はだれだ？ そいつに顔を向けなさい。

お蘭は両掌をついて上体をもたげ、そろそろと首をふり向けた。殺意のこもった顔つきのタイガー・コウが立ちはだかっていた。お蘭の顔はさらにまわり、ぴたりと止まった。

念爆者（サイコ・ブラスター）はスロット・マシンの前に立ち、お蘭に背を向けていた。この年十歳になったばかりの少年——やせた肘が動き、レバーを引いた。ジャック・ポットが出た。受け皿にあふれたコインが床に滝となって降り注ぎ、少年は背中をかがめて拾いにかかった。

お蘭の憑かれたような眼と、少年のななめに切れあがった細い眼が合った。なんの変哲もない、東洋系の容貌を持った少年——それが念爆者（サイコ・ブラスター）だった。

15

野獣の勘の持主、タイガー・コウもまた、その少年が念爆者（サイコ・ブラスター）だと悟った。カプセル拳銃の弾倉には二発のカプセル弾丸が残っているだけだ。注意深くポケットのなかで握り直し、吊りあがった眼の少年に銃口を向けた。どっと歓喜がこみあげた。今度こそ狙いははずさない。が、この距離では正確な狙いはむりだ。

彼はカミソリのようにすさまじく唇をひきむすび、念爆者（サイコ・ブラスター）との距離を詰めにかかった。ただ一撃で倒すのだ。お蘭は後でいい。

背後からの声が、タイガー・コウを凝固させた。

「タイガー・コウ。手がまわったぞ……」

タイガー・コウの表情はすさまじいものになった。

「おまえの手下は残らず捕えられた。警官がおまえを捜している」声はいった。

タイガー・コウの背すじの毛は逆立った。あのニグロだ！　かたづけたと思っていた大統領特別補佐官。彼の心はふたつの激しい衝動がせめぎあった。ふりかえって、ニグロに跳びかかるか、それとも、このまま念爆者（サイコ・ブラスター）に殺到するか。拮抗する力にもみしだかれ、彼のたくましい肉体は荒々しく震えた。

「逃げろ。おとなしくこの場をひきさがるんだ」

帝王の誇りが、タイガー・コウの行動を誤らせた。彼はポケットのカプセル拳銃をひきぬきながら、すばやく身体を回転させた。

カプセル弾丸はニグロの胸に突き刺さった。

ショウはびくともしなかった。

「むだなことはよせ。騒ぎが起きないうちにさっさと消え失せろ」

麻薬が効かない！　タイガー・コウはついに惑乱した。しゃにむにニグロを倒そうと残りの貴重な一発を浪費してしまった。カプセル拳銃を足もとの床にたたきつけ、恥辱と憤怒に眼がくらんで、ニグロにとびかかっていった。異常に発達した筋肉で相手をひき裂こうとする。

場内の喧騒を圧して、警察のサイレンの叫喚が響きわたった。あらゆる出入口から、警察アンドロイドと制服警官が姿を現わした。賭博機械の活動がいっせいに鳴りをひそめた。あらかじめ位置がわかっていたのか、警官とアンドロイドは、タイガー・コウとショウをめざしてまっすぐ進んでくる。

タイガー・コウは、まさに狂いたった虎だった。すべての計画をご破算にした憎いニグロを殺すことしか念頭にない。兇暴に唸りながら太い指でショウの首をがっちりつかみ、虎罠のような力で絞めつけた。もりあがった両肩の筋肉を波うたせ、渾身の力をしぼる。

ショウの眼は加えられる攻撃を無視して、冷然とスロット・マシンの前に立つ念爆者(サイコ・ブラスター)を注視していた。

少年は両掌にいっぱいコインをかかえたまま身じろぎもしなかった。お蘭は床に倒れたままだ。

少年の眼はほそい裂け目みたいだった。

お蘭の超知覚の眼は、少年の燐光を放つような心が緊張し、恐ろしい力を解放するさまを見た。少年は警察の目的を誤解したのだ。

駆けてくる警官の先頭のひとりが、鋭い閃光につつまれた。たちまち炎は無数の枝をひろげた。プラズマ・ジェットはまるで生物だった。先端のひとつが、そばにいた警察アンドロイドに突き刺さると、そいつもみるみる炎のサンゴと化した。一瞬にして、警察の一団が火炎に包みこまれてしまう。

　連鎖反応はそれにとどまらなかった。プラズマは稲妻のように走って、次々に波及した。悲鳴と絶叫が渦巻いた。賭博場内は仕かけ花火を点火したようだった。数千人の群衆はそれぞれが火薬だった。どっとひしめいて一時に出口に殺到する。火炎が追いすがって、数百人をひとまとめに炎に変えた。ぐわっと爆発的な勢いで成長を遂げる。

　ショウはタイガー・コウの腕を無造作にふりほどいた。腕をひとふりしてはらいとばしてしまう。プラズマ・ジェットのネットワークが間近に迫っていた。出入口は火炎の樹林に完全に封鎖されている。

　ショウは床のお蘭の身体を抱きあげた。お蘭は死にものぐるいで、彼に抱きついてきた。恐怖に歯を鳴らし、すすり泣いている。

　念爆者（サイコ・ブラスター）の姿はスロット・マシンの前から消えていた。ショウはためらわずに行動した。お蘭の身体を抱いたまま、壁に密封された賭博場のコーナーへ突進する。念爆者（サイコ・ブラスター）がそのあたりに退路を切り開いたはずだ。火炎地獄をつくりだした張本人が、犠牲者たちと心中するはずがない。

　予測は当っていた。分厚い壁の一面に、ほぼ真円をなした破孔がえぐりぬかれていた。まるでレーザー砲を用いたようだった。念爆者（サイコ・ブラスター）は生きた科学兵器だ。これ以上恐るべき生物はいない。ショウは破孔を潜り、脱出した。

数千人の人間をあっけなく灼き殺しておいて、なんの証拠も残さず消えてしまう。その前には何十万人もすでに殺している。超能力で原子力を自由に操る怪物。まさに魔神だ。

しかも、彼は警察にはなんのデータも与えていない。彼を捕まえることは不可能なのだ。ショウ・ボールドウィンをのぞいては。

「念爆者（サイコ・ブラスター）はどこだ？　どっちへ逃げた？」

ショウの口調はあわてたけぶりもなかった。一度、感応者（テレパス）のお蘭に意識を捕捉されたからには、逃げきれるものではない。

お蘭の眼は恐怖に狂ったようだった。ショウはやさしく娘の背中を撫でさすった。

「さあ、いい娘だ。もう心配はいらない。教えてくれ、念爆者（サイコ・ブラスター）はどこに逃げた？　きみにはわかるはずだ」

「念爆者（サイコ・ブラスター）は……」

いいかけたお蘭の舌が急にもつれた。感応者（テレパス）たちの思念が突然圧力を増して、彼女の心を絞めつけてきたのだ。それは強い命令であった。

〈なにも喋るな！　その男は敵だ！〉

〈遮蔽をおろすな！　心を開いたままにしろ！　われわれのいうことをきけ！〉

「どうした？　テレパスの仲間が呼びかけてきたんだね？」ショウがいった。

「え、ええ……」

〈なぜ命令にしたがわない?!〉テレパシーが絶叫した。

〈そのニグロと口をきいてはならん！　そいつは敵だ！〉

〈口をとざせ！　一言も喋るな！〉

「きみは念爆(サイコ・ブラスター)者のやりかたを見たはずだ。心の中をのぞいたはずだ」ショウはしずかな口調でいった。「彼は凶暴な殺戮者だ。タイガー・コウとおなじように狂った人間だ。なによりも破壊と殺戮が好きなのだ。彼はほうっておけば、世界を滅ぼしてしまうだろう。人類に生じたガンなのだ。彼にやりたいことをやらせるわけにはいかない。彼の破壊行為をいますぐ止めなければならん。たのむ……私に協力してくれ」

お蘭はショウの手を力をこめて握った。彼女の心のうごきは、感応者(テレパス)たちに激しい衝撃を与えた。

〈なぜ反抗するんだ?!〉テレパシーは怒り狂った。〈仲間を裏切る気か?!〉

〈念爆(サイコ・ブラスター)者は同胞だ。おまえは同胞を売るのか?!〉

〈超能力者が、正常人からどんな迫害を受けたか忘れたのか〉

〈あたしは、念爆(サイコ・ブラスター)者の心をのぞいたわ〉とお蘭は答えた。〈彼は狂った悪魔だわ。なぜこれまで彼をほうっておいたの〉

〈それでも、同胞であることに変りはない！　彼は復讐しているのだ〉

〈そんなこと信じないわ！　念爆(サイコ・ブラスター)者は、悪鬼以外のなにものでもないわ！〉

〈論議する余地はない！　ショウに協力してはならん！〉

お蘭は拒否した。

〈いかん！　遮蔽をおろすな！　おまえはまちがったことを……〉

お蘭は意識の遮蔽をおろした。きっぱり感応者（テレパス）たちの思念を閉めだしてしまう。

お蘭は、ショウに念爆（サイコ・ブラスター）者の位置をおしえた。念爆（サイコ・ブラスター）者はすでに走路（ベルト・ウェイ）の混雑にまぎれこんでいた。

〈各地区へ。お蘭が裏切った。至急応援を送ってくれ〉

〈お蘭の遮蔽はすごくかたい。人数を増やすか、よほど接近しないとむりだ〉

〈最高委員会より中継。接近は許可しない。各自現場位置を維持せよ〉

〈お蘭はなぜ裏切ったんだ？　ショウに心理特性を変えられたのか？〉

〈ある意味では、そうだ。お蘭はまだ自覚していないが、あのニグロに惚れちまったんだ〉

〈そんなばかな。ショウはアンドロイドじゃないのか?!〉

〈どうもちがうようだ。ショウはアンドロイドが心を持っているはずがない。お蘭はショウを人間だと信じている〉

〈いったい、ショウ・ボールドウィンってなにものなんだ？〉

16

たとえ念爆（サイコ・ブラスター）者でも、肉体的には十歳の子どもにすぎない。ショウが追いつくのは時間の問題だった。追うもの追われるもの両者とも走路上にいた。

「念爆者（サイコ・ブラスター）は、自分が警察にマークされたと信じこんでいる。早くおさえないとなにをはじめるかわからない」

　ショウの足の早さに追いつくために、お蘭は息を切らしていた。顔をまっかにして懸命についてくる。

　だが、もう一息というところで、邪魔が入った。走路の群衆に混乱が生じた。

「警察よ！　ショウ！」

　お蘭はショウの腕をつかんだ。ふたりの前方に、フォノン・メーザー砲を昆虫の触角のように振りたてた警察ロボットが走路の端から三台現われた。念爆者（サイコ・ブラスター）との中間に立ちふさがった。人びとを排除しながら、走路を逆行してくる。

　グロテスクな姿がせまってきた。小わきにかかえたミサイルの色彩が赤く毒々しい。

「きみははなれていろ。きみには関係ない」ショウはお蘭を押しのけた。

「ショウ！　ロボットはあなたが目的なのね?!」ショウの心を読んだお蘭は驚きをこめて叫んだ。大統領特別補佐官だなんて、うそだったのだ。さもなければ、警察に追われるはずがない。テレパスの自分をさえ、みごとにあざむいたこのニグロは何者なのだ?!

　ショウの表情は平静だった。くるみ色の眼が重々しい光をたたえていた。

　とつぜん、ショウの指のあいだから、ほそい銀色の閃光が噴いた。三筋に分れ、警察ロボットに向った。ハンド・ミサイルだ。フォノン・メーザー砲を備えた頭部が爆発し、吹っとんだ。

ショウの行動は眼にもとまらぬ迅速さだった。警察のロボットのフォノン・メーザー砲を潰しておいて突破しようというのだ。ショウはみずからもミサイルと化して突進し、ロボットの上を飛びぬけた。空中で身をひるがえして着地と同時に疾走に移った。あきらかに人間の出せるスピードではない。

このまま一気に念爆者（サイコ・ブラスター）に奇襲をかける気だ。

念爆者（サイコ・ブラスター）はもちろん、この爆発に気づいていた。ショウは三百メートル前方に念爆者（サイコ・ブラスター）を見つけた。こっちをふり向いた細い裂け目のような眼が光った。

念爆者（サイコ・ブラスター）の恐ろしい破壊力が発動したら、ひとたまりもない。突進してくるショウの姿に危険を感じれば、遠慮なしに超能力を使うだろう。ショウは警察ロボットを始末するために、ハンド・ミサイルを使ってしまった。

走路の曲率が増し、念爆者（サイコ・ブラスター）を載せた部分は、急な弧を描いて、地下へ潜ろうとしていた。ショウは掌にレーザー・ナイフを吐きだした。疾走を続けながら、持ちかえたナイフを投げた。その間隔は百メートル。しかしもう待てなかった。ナイフの速度はハンド・ミサイルには及ばない。

走路の曲率を計算に入れて投げたレーザー・ナイフは、その前方に一億度の超高温を発する焦点を結びながら、走路端の障壁を紙のように貫いてショウの視界から消えた。

同時に、ショウの身体は爆発した。

ショウの身体が青紫の閃光を噴きだすより早く、お蘭はそれと悟った。念爆（サイコ・ブラスター）者の邪悪な心が超能力を解放するのを読みとっていたからだ。ショウの意識が花火のようにはかなく輝いて暗黒に呑まれるのを、お蘭はその超感覚で知った。ほとんど時を移さず、念爆（サイコ・ブラスター）者の心が激しい苦痛を放射しながら、千々に砕け散っていった。ショウは狙いをあやまらなかったのだ。

お蘭の顔に涙が流れた。

ショウは死んだ。あのすばらしいニグロは死んでしまった……

たとえようもない寂寥と悲哀が彼女の心をみたした。お蘭は両掌を顔にあてがい、すすり泣いた。

〈最高委員会は、お蘭をどうするだろう?〉

〈〝組織〟を裏切ったわけだからな。当然処分される〉

〈すこしかわいそうな気もするが……〉

〈これだから、女はあつかいにくい。一度男に惚れると見さかいがなくなる〉

〈ショウはアンドロイドじゃなかったのか?〉

〈最高委員会より中継。調査の結果ショウ・ボールドウィンは、未確認の人間＝電子頭脳複合体組織に属するサイボーグと推測される。この複合体組織は必ずしも〝組織〟に敵対するものでなく、超能力者対正常人との軋轢を解消し、人類を再統合の途につかせる意図を持つものらしい。なお、念爆（サイコ・ブラスター）者は〝組織〟加入拒否者であり、したがってお蘭の行為は処罰

の対象としないことを確認する〉
〈超能力者（エスパー）と〝猿〟の再統合？　ナンセンスだ、そんなこと〉
〈しかし、あのサイボーグはなかなかたいしたやつだったな〉
〈ああ、たいしたやつだった。超能力者（エスパー）をいっぱい食わせたからな〉

　ショウ・ボールドウィンが〝猿〟であろうとサイボーグであろうと、お蘭にはかかわりのないことだった。彼女はショウを初恋の男として愛していたのだ。

悪徳学園

1

悪徳学園に新任の女教師がやってきた。悪徳学園というのは、おれの通学している東京の私立学校だ。正式には博徳学園という。それがなぜ悪徳学園なのか、すぐにわかる。

新任女教師の名前は、斎木美夜といった。まだ若くて、教師にはもったいないほどの美人だった。西田佐知子みたいに髪をロングヘヤーにしていた。

美人教師をむかえて、教室は大きく鳴動した。むろん、けたたましい反応をしめしたのは、男生徒の席にきまっている。なかには野卑な口笛を鳴らす奴もいた。

「ようようカワイコちゃん」

「カッコイイ。今週のオナニーメイト」

「やったぜ、ベイビイ」

この三年のクラスには、とんでもなく悪質な非行少年が半ダースも詰まっている。特別少年院に送られても当然という連中で、自分たちを広域組織暴力の大幹部になぞらえて、〈七人衆〉なぞと称している。奴らが教室にごろついている間は、ろくに授業などできない。

「脱げよ、脱げ脱げ。脱いじまえ。セミヌードでもいいからよ」

「ええ、みなさん、静かに……」

つきそいの教頭が咳ばらいをしながらいいかけると、たちまち猛烈に野次り倒された。沢村という名のチビの教頭は、悲しそうな顔でだまってしまった。たるんだのどをヒクヒクさせているのが憐れだった。〈七人衆〉を恐れているのだ。

「おねえさま、自己紹介して。教頭センセ、のどガンで声が出ないの」

「ちょっとH（エッチ）な二〇の質問」

「あなたのバスト何センチ?」

新任女教師は、黒板にむかって、きれいな字体で、自分の名を大きく書いた。

「あたくし、斎木美夜といいます。今度、みなさんの国語を担当することになりました」

斎木美夜はものおじしない、冴えた声でいった。たいへん度胸がすわっているらしい。

「すてき。今晩おデートしてくれる?」

「Hな質問その2。あなたの初体験は何歳のとき?」

もうハチャハチャだった。このクラスは、〈はきだめ教室〉と教師に名づけられていた。レッキとした非行少年〈七人衆〉がクラスどころか全校を牛耳っており、どうにも手がつけられないのだ。授業中タバコをすい、女教師をワイセツな野次でからかい、奇声をあげて授業妨害をやる。エロ写真エロ器具を持ちこむ。ウィスキーをまわし呑みし、放課後まで十数人も酔いつぶれていたこともある。睡眠薬やシンナー遊びなど、ほんの序の口だった。〈七人衆〉に対し、強硬な意見をはく教師は、通勤のマイカーをぶちこわされたり、陰険な闇討ちにあってケガをした。教師を脅迫するぐらい、なんとも思わないキチガイじみた連中だった。

斎木美夜の顔はやや青ざめてきたが、態度は平静だった。

「犬神明(いぬがみあきら)さん、いらっしゃいますか？　犬神さん、起立してください」

教室が急にしずまりかえった。みんなの顔がおれにふりむいた。おかしなことになったと感じているのだろう。実をいうと、おれもそうだった。

おれは空席の目立つ最後尾の席から、のっそり立ちあがった。

「犬神はおれです。なにかご用で？」

斎木美夜は、まつ毛の長い、きれいな眼でおれを見つめ、うなずいた。「放課後、職員室へ来てください。お話したいことがありますから」

「ここでできない話ですか？」

「ともかく、職員室へ来てください。よろしいですね？」

「はい先生。おおせの通り」

おれは着席した。斎木美夜と教頭が出て行き、教室内はふたたび騒然となった。ボリュームを倍にしたほどのやかましさだった。

2

図書館の前で、〈七人衆〉はおれを待ちかまえていた。奴らが図書館に用があるはずがなかった。奴らに読めるのはルビつきのマンガ雑誌くらいのものだ。

おれは半年ばかり前転校してからというもの、都合七回にわたり、奴らにフクロだたきの目にあわされていた。転校生のくせに、態度がでかいという単純な理由からである。

新参者は〈七人衆〉の靴の泥をなめなきゃならんというのが、奴らのいい分なのに、おれはその必要をみとめなかったのだ。七回目にいたって、奴らもあきてきたらしい。そのため、おれと〈七人衆〉の間には、しばらく休戦状態がつづいていた。

「よう、ワン公……」

野村という非行少年が、馬みたいな歯をむきだしてニヤニヤした。こいつは一八八センチ九九キロという、プロレスまがいの巨漢だ。こんなのに凄まれたら、教師はたまったものではない。

「おまえを待っててやったんだぜ」

ニキビだらけのつらをした鏡というのがいった。これは、いつも刃物をふところに忍ばせていて、〈七人衆〉の中ではいちばん凶暴かつ危険人物だ。おれはこの刃物キチガイにナイフの先端を耳たぶに突き刺されたことがある。まったくひどい中学があったものである。学校無宿といわれるほど、転校をくりかえしてきたおれも、こんな少年院まがいの悪徳学園はじめてだった。

「またやる気か？」

おれは、とりかこんできた連中をじろりと眺めまわした。

「今度で八回目だな。七転び八起きというやつだ。いずれ我慢ができなくなったら教えるよ」

「この野郎、すっとぼけやがって」

黒田というチビが、たちまち形相を変えた。このチビは、おそろしく短気で、つまらないことですぐ逆上する。小柄で非力だが、いたってその性(さが)残忍、巨漢野村にぶっ倒されたおれが、気絶するまで執念深くおれの腹を蹴りつづけていたのが、この黒田だ。チビのくせに向っ気の強い小犬そっくりである。

黒田だけでなく、〈七人衆〉全員が、性悪(しょうわる)な野犬を思わせる。悪質で凶暴化した野犬の群れだ。こいつらを、野放しの狼どもと教師たちは罵っているそうだが、とんでもない話である。

狼とは世でもっとも高貴な動物なのだ。気高い魂の持主なのだ。狼を残忍凶悪な野獣とする俗説妄説は、新しい動物学によって完全に否定されている。絶滅したといわれる日本狼は、神聖な動物、神の使いとして山人たちに尊敬されていた。おとぎばなしの〈赤頭巾〉の狼は、悪意からでっちあげられた狼像だ。真の狼は、慈悲深い博愛に富む唯一の動物で、生物界広しといえども、種の異る赤ん坊をだいじに可愛がって育てるのは狼だけなのだ。

きみも、狼に育てられた人間の子どもの話を聞いたことがあるだろう。そういえば、ローマ建国伝説にも、幼い国王兄弟ロムルスとレムスを育てた狼の話がある。とにかく、狼を、うす汚いひねくれた犬っころといっしょにしてほしくない。めったに怒らないおれでも、腹が立つ。

「まあ、のぼせんなよ、クロ」

プロレスまがいの野村がとりなした。

「今日は、おめえを痛めつけようってんじゃねえ。あの斎木てえカワイコちゃんの先公が、おめえをなぜ呼びだしたのか、知りてえのさ」

おれはニヤリと笑った。

「もちろん、おれに一目惚れしたのさ。なにしろおれは容姿端麗、水もしたたる美男子だ」

「けっ、気どるな。あほうが」黒田がいがみついた。「シラミッたかりの痩せいぬが」

「それでも、あんたがたよりだいぶマシさ。斎木美夜がおれを呼びだしたのは、クラスの状態を知るためだ。斎木は今度クラス担任になったんだ」

「じゃ、ハゲクマがやめたのか」

ハゲクマとは、三〇代の半ばにして水蜜桃のように頭頂のすっかり禿げた教師で、〈はきだめ教室〉の担任だったのである。

「大喜びでやめたのさ。教師を廃業して、親類のスーパーマーケットを経営するんだそうだ。うれしくて夜も眠れないだろうよ。もうあんたらのつらを見ずにすむんだから」

おれはずけずけいった。「せいぜい幸せを祈ってやったらどうだ。これまでさんざん煮え湯を呑ませてきたんだろう？　今度の斎木はさしずめ、はきだめにツルだな。斎木は、あんたら〈七人衆〉をおさえてクラスを統制する気だ。それで、このおれに目をつけた。〈七人衆〉をおさえてくれと頼まれたよ」

「なにいってやがる」黒田が眼をつりあげてわめいた。「くそ、ふざけやがって」

「それでワン公。おまえなんといった？」

刃物キチガイの鏡がうす気味悪い三白眼でおれを見すえ、へんにしずかな声でいった。

「おれかい」おれは犬歯の発達した歯ならびを見せて笑った。牙をむいた笑いだ。

「ことわったさ。おれは一匹狼なんでね。しかし、生徒同士を嚙みあわせて、札つきクラスをうまく運営しようってのはちょいとした策士だね。おれは感心してるんだ」

「ふざけやがって」鏡が陰気にいった。「ただじゃおいとけねえ」

「おれをか。それとも斎木美夜をか？」

「両方ともだ」

完全にキチガイの眼だった。偏執的な光をおびてギラギラしていた。

「ワン公。おれは、いつかおまえを刺すからな。気をつけな」鏡は凄みをこめていった。

「かならず刺す」

「おっかないことをいうじゃないか。どうしてだ？」

「おれはな、コケにされると我慢ならねえ。本気を出しゃ、メじゃねえというつらでヘラヘラされるのがな。ヤッパ用意しとけよ。いつでもサシで相手になるぜ」

「いやだねえ。殴りたきゃ殴れ。刺したきゃ刺せ。だが、番長の出てくるマンガみたいなケンカはごめんだね」

みるみる鏡の血相がかわった。

3

その後のことは書かない。どうせ乱闘にはならなかったし、下品な連中の下品なせりふを記録したところで意味がないからだ。

ともかく、おれは刺されもせず、うちに帰った。

おれはいま、都心の八階建ての高級マンションに部屋を借りて、ひとりで住んでいる。おれは孤児だ。両親は死んだ。たったひとりの身より、父方の伯母が大金持で、おれに自由気ままな生活をさせてくれている。さもないと、放浪性のあるおれはどこへ行ってしまうかわからないからだ。

夜七時ごろ、自分で焼いた五百グラムのステーキを平らげ、ベランダに出した籐イスにもたれて、もの思いにふけっていると、電話がかかってきた。

「ウルフ？　あたし明日子。いまマンションのそばにきてるの。お部屋に行っていい？」

クラスメートの郷明日子だった。

「だめだよ。いまマスターベーションでいそがしいんだ」

明日子はたちまち入来した。ハデなまっかなパンタロン・スーツを身につけていた。どこかのロッカーで着替えてきたにちがいない。最近の少女はまるで妖怪じみた化けかたをする。

「うそつき」明日子はあかるく笑った。化粧がどぎつい。「なにもしてやしないじゃないの。ちょっとドキドキしたわ」

「なんの用だ。おれにかまうなといってあるだろ。おれは女に興味がないんだ。グレてるのもグレてないのも」

「冷たいことというのね」

明日子はケロケロと笑った。この女の子も悪徳学園にふさわしい女生徒だ。二月ほど前の夜ふけ、新宿のプレイタウンで、タチの悪い大学生どもに誘拐されかかっていた。そこへ行きあわせたおれが、学生どもを追っぱらってやってからというもの、すっかりおれの恋人気どりになってしまった。真夜中に、おれの部屋にまでおしかけてくる。

「ウルフのこと、心配して見にきてあげたんじゃない。〈七人衆〉が待ち伏せしてたんでしょ、だから」

「よけいなお世話だ。おれの部屋でおかしな化粧品の匂いをさせるな。おれはすごく鼻がきくんだ。気分が悪くなる」

「うそ、いい匂いよ」

明日子は、部屋の絨氈の上にすわりこんでしまった。パンタロンの膝を抱えてうっとりとおれを眺めていた。

「帰れよ、邪魔だ」おれは吠えたてた。

「おっかない顔。でもかわいいわ、ウルフって。あたし好きよ」

「つけあがるな。蹴っとばすぞ」

「こわくなんかない。ほんとはウルフって、とってもやさしい。あたし知ってるのよ」

おれは荒あらしく唸った。イスから立つと、居間の明日子をわざと大きくさけて通り、寝室に入って服を着がえはじめた。

明日子は寝室までついてきて、そこでも膝を抱いてすわり、おれの着がえを見物していた。

「ウルフって、すごく毛深いのね。でもカッコイイ」まったくどうにもならない。「痩せてるけど、筋肉がしまってるのね」

おれは返事をしなかった。

「これからどこかへ行くの？　ね、あたしもつれてって」

おれは黙々と服を着た。努めて冷やかな、ハードボイルドな顔つきをした。おれが彼女に一片の関心も持っていないと思い知らせてやらなければならない。

「さ、行こう」

「どこへ行くの？」

「おまえの家だよ。つれて行く」

「あたしんちなんか、帰ったってつまんない。だれもいないんだもの。パパの帰りはおそいし、ママは死んじゃったし、ほんとは離婚したんだけどね。兄貴は家出して帰ってこないし」

「だれもいなくて淋しいか。だが、だれだってほんとは淋しい。ひとりぼっちでない奴はいない。おまえには、それがわかっていないんだ」

「ウルフはいいわね」明日子はぽつんといった。「ひとりでも平気なのね」

「おれは泣きごとをいうほど甘ったれてない。生れたときからひとりだった」

おれにうながされて、明日子はいやそうにのろのろと立ちあがった。

4

非行少年少女を生みだすのは、なんなのか。腐った家庭や社会環境か、それとも本人の資質か。

そんなことは、おれにはどうでもいい。おれは教育学者でも児童心理学者でもない。

しかし、おれにいわせれば、成人犯罪者と〈非行少年〉をことさらに区別するほうがおかしい。人間自体に欠陥があるので、反社会的行為を犯す連中は、水上に現われた氷山の一部分にすぎない。

どんなおとなしい人間でも、犯罪者になれる素質を持っているのだ。社会的地位もあり、善良で立派な人物と思われているやつでも、裏へまわれば、邪悪できたならしいことを楽しんでいることがおおい。

学校無宿といわれるおれは、小学生時分から放浪をくりかえして、世の中のことをすこしは知っているのだ。人間のしでかす、ひどいことをたくさん見てきた。だから、おれは人間というものを、まったく信用しない。年齢なぞ無意味だと思ってるから、おれにとっては教師も生徒もおなじことだ。

人間の大人たちにとって、おれの態度は、ずいぶん思いあがった無礼なものに見えるらしい。おれが非行少年あつかいにされるのはそのためだ。おれの犯した犯罪事実をつきとめれば、大喜びで少年院へ送りこんでくれるだろう。

さしずめ、明日子が深夜おれのマンションへひとりで訪れることでも知ったら、さっそく不純異性交友という名目で締めあげてくれるところだ。

もちろん、おれは生活指導の教師のブラックリストに特筆されていた。監視されているといってもよかった。

斎木美夜が赴任して数日後、おれは生活指導の教師に呼びだされた。田所という名の柔和な顔つきをした中年男だった。ジワジワと攻めてくる説得調のテクニックが得意だ。〈七人衆〉の鏡が、おれを刺すといいふらしているらしいが事実はどうなのかとゆさぶってきた。

「知りません。なにかのまちがいじゃないかな。おれを刺したところで、なんの意味もないし」

「彼らときみの間にずっと、休戦状態がつづいていたということはわかっていたよ。だが、このところ、急に雲行きが怪しくなったんじゃないのかな？　なにかいいわくがあって……」

田所教師は、あつぼったい一重まぶたのすき間から、それとなくおれの反応をさぐっていた。

「そうですか？　べつにおぼえはないけど」

「そうかな？」彼はビニール表紙の分厚いノートをしきりにいじりまわした。生活指導のデータが詰まったノートだ。もちろん、まえの転出校から送られてきたおれの前歴も記されているだろう。

「ぼく、ふしぎでならないんだよ。犬神くん、きみほどの実力があるのに、鏡や野村たちにやられっぱなしで、しんぼうできるってことがね。きみは実に七回も彼らにはたかれた。なんの抵抗もしないでだ。しかも、きみはその事実をぜったいに認めようとしない」

「なんのことです？」おれは平然といった。

「そら、すぐにとぼける。なぜなんだ。口を割らないのが仁義というのかね？　それとも彼らに仕返しされるのが恐いからかね？」

「おれは、好きなときに好きなことをしゃべる。遠慮はしない主義でね。それで嫌われることもあります。とくに先生がたにね」

「たしかにそういう面があるね。否定はしないよ」田所教師は指先でノートをたたいた。

「教師がこんなことをいっちゃいかんのかもしれないが、きみは暴力沙汰にかけてはシロウトじゃない。ケンカのプロだ。あまりケンカがうまいので、一度も家裁送りになったことがないくらいだ。正当防衛でいつも無罪放免だ。ケンカの買いかたがべらぼうにうまい」

「つねに大勢の男に口説かれている美人がいるもんです。本人はちっともその気がないのにね。おれの場合もそうなんだ。ケンカ好きで乱暴な奴らは、どうしてもおれをほうっておけなくなるらしい。おれはいつもおとなしくしているんだが、向うからわざわざでむいてくるんです。ときにはズラかれない場合もあるんだ」

「だけど、いつも黙っておとなしく、はたかれているわけでもなかった。そうだね？」

「いまはもう面倒くさくなったんです。殴らせておく方が楽でいい。おれはタフだから」

「きみは、たいへんな男だ。しかし、ナイフで腹を刺されたら、ただではすまないんだよ。死ぬかもしれないんだ」

「ところが、おれは不死身でね」

おれはにやりとした。「ま、いいじゃないですか。おれは自分のほうから問題をおこしゃしませんよ。いい加減で先生もおれをほっといてくれませんか？　卒業までおとなしくしてますよ。約束してもいい」

「だけど、問題がおきてしまってからではおそいんだ。これはきみのためを思っていっているんだよ……」

「どうですか。学校のため
じゃないのかな。生徒が殺人事件でもおこしたら、こんな学校でも大打撃を受ける、ちがいますか？」

田所教師は眼を伏せて沈黙した。指先でしきりにノートの滑らかな表面を撫でまわしていた。

「たしかに、この学校は問題のある生徒を大量にかかえこんでいる。早急に解決することはむずかしい。だが、まともな生徒はもっと数多いのだ。不名誉な問題が生じれば、いちばん恥しい思いをし、不利益をこうむるのも彼らなんだ。彼ら善良な生徒たちのことを考えてやるのは、学校のためとはいえないだろうか」

「では、いい子ちゃんの小羊たちをまもるために、〈七人衆〉なんかたたきつぶせばいい。連中だけでなく不良生徒をみんな追いだしたらどうです？　連中を恐れているのはだれです？　すくなくともおれじゃない。校長はどうです。教頭は？　マイカーのタイヤをメッタ切りにされたり、車体をたたきつぶされたり、ガソリンタンクに砂糖をぶちこまれて、エンジンをオシャカにされた教師たちは？　ゲバ棒で頭を割られたり、自宅に投石された先生がたは？　〈七人衆〉を一クラスに集めて〈はきだめ〉を作ったんなら、勇気を出して掃除をしてみたらどうなんです。きっとせいせいしますよ」

おれは立ちあがった。

「生活指導を必要としているのは、生徒ですか、それとも教師ですか？　非行生徒に脅迫されるような非行教師がいるからには、どっちもどっちだろうな。もっとも、おれはどうでもいい。来年三月に卒業する、それだけでたくさんだ。〈はきだめ教室〉どころか、〈はきだめ学校〉でも気にしませんよ」

おれは田所教師のおしつぶされたような沈黙をあとに、カウンセラー・ルームを立ち去った。おれは第三者として、なにごとにも関与しない信条をおし通す気だった。

5

教師、生徒を問わず、だれもがみな怯えていた。学校を、恐怖が支配していた。それははじめのうちは災厄の予感だった。

それまで、臭いものに蓋をするたとえで、放置していた校内の腐敗現象が、いよいよ表面化しはじめたのだ。

さまざまの腐敗行為——学校経営に関する不正、入学寄付金の横領、修学旅行積立金の浮貸し、ＰＴＡボスと一部教師の腐れ縁、不良教員の非行——それまでは、かげでこっそりささやかれていた醜聞が、いっせいに腐臭をはなちはじめたのである。

やくざの情婦に手をだし恐喝された教師、マイカーのひき逃げをＰＴＡボスに頼んでもみ消した教師、女生徒ばかりをえらんで偏執的な体罰を加えるサディスト教師、女生徒にいたずらするワイセツ教師、高利貸を副業にしている教師、放課後の理科教室で性交していた男教師と女教師の醜関係、教育ママと教師の浮気。

中には教え子の女生徒に手を出したことをタネに、非行生徒にゆすられている非行教師もいた。こんな腐った学校で、やくざ組織暴力まがいの〈七人衆〉が絶大な権勢をほしいままにするのもふしぎはなかった。

　学校無宿のおれが、これまで転々とした学校すべてが光り輝くように清潔な学園だったとはいわない。だいたい人間集団に腐敗が生じるのは当りまえなのであって、神につかえる人間ばかり集まった修道院僧院にしたところが、中世にはありとあらゆる悪徳不倫のルツボだったことさえある。

　学生暴動をひきおこしたマンモス大学にもおなじことがいえる。さすがのおれも、この私立学園をむしばんでいる道徳不感症ぶりには、すこしおどろいたほどだった。まさに悪徳学園である。よくもまあ、これだけクズを集めたものだ。これで教育本来の機能をはたせるわけがない。

　なにか、ジャーナリズムの関心をひきそうな事件でもおきようものなら、それをきっかけにすべての醜聞が明るみに出、学園自体が崩壊する可能性すらあったのだ。

　おれの見たところでは、例の斎木美夜が赴任してから、悪徳学園はにわかにガタピシと鳴動しはじめたようだ。それは偶然にすぎなかったかもしれない。が、そうでなかったかもしれない。

　斎木美夜の授業ぶりは、とくにその他の教師たちのそれと変っていなかった。べつに目立って、〈はきだめ教室〉改革の意図は見られなかった。若い赴任したての教師が意気ごむのははじめのうちだけで、じきに挫折し教育者の理想も夢もどこへやら、悪徳学園を去るか古手の教師たちの生活態度に呑みこまれる。

生きることにくたびれて、どうせ身すぎ世すぎの教員稼業とあきらめるか、内職に精だすかのどちらかである。

どの教師も忌避する〈はきだめ教室〉の授業も、斎木美夜はべつに気にもしていないようだった。〈七人衆〉以下、非行生徒の授業妨害は激しく、授業中トランジスタ・ラジオやカセット・テープレコーダーを持ちこみ、ガンガン流行歌を流したり、ここをせんどと騒ぎたてても、彼女は平然としていた。

そのどこ吹く風という態度が、〈七人衆〉の敵意をますますかきたてた。彼らは女教師を泣きださせることを自慢にしていたのである。彼らの悪どい襲撃にあって、何人若い女教師が辞職していったかわからない。

おれが転入してくるまえの話だが、あるかわいい美人教師が、授業中スカートを下着までひき裂かれたということだ。彼女はその日のうちに辞表を出して、翌日からすがたを見せなかったという。

斎木美夜はまったく落ちついたものだった。黒板にワイセツな文句や画が大書してあっても黙殺した。通路を通りがかりに、尻を撫でられても、声をたてることすらしなかった。まるで〈七人衆〉が空気かなにかのように、眼に見えない存在であるかのごとくふるまっていた。それなりに立派というほかなかった。

彼女のとった風変りな態度といえば、このおれをばかにひいきにしたことである。これにはおどろいた。おれはだいたい、教師のお気に入りになる良い子のタイプとはまったくちがう。敬遠されこそすれ、ひいきにされたおぼえなどない。

むろん、それは〈七人衆〉をはなはだしく刺激した。メンツをつぶされたと思ったのだ。彼らの態度は陰険になり、内にこもってきた。とくに鏡のおれを見る眼つきは、刃物の先のように白く、陰険そのものだった。学園内の危機感が高まってきたのは、もっぱらそのためだった。いつ、おれが鏡に刺されるかと固唾を呑んでいるといった雰囲気だった。時限爆弾のセコンドが時を刻んでいる、そんな感じだったろう。

「おれに、あんまりなれなれしくしないでくれませんか」

おれは面とむかって斎木美夜にいった。

「そうしょっちゅう呼びださないでほしいな。なんのつもりです？」

「あら、どういうこと？」

斎木美夜は無邪気そうに眼を見はった。「あたし、早く自分のクラスについてよく知りたいの。だから、あなたに協力してもらって……」

「そんなことだったら、クラス委員を呼んだらどうです。なにもおれでなくたって」

「クラス委員の松本君は〈七人衆〉の子分でしょ。おはなしにならないわ。でも、あなたなら頼りになる。〈七人衆〉を恐れていないし、どんなに腹蔵ないことでも話せるから」

「それが迷惑だといってるんです。先生の相談相手はごめんだ。おれは他人に利用されたくないんですよ、先生」

「あら、なぜ……あなたってとても変ってるわね。あなたみたいな生徒、はじめてだわ」

「みんなそういいますよ」

「だれにでも、そんな無愛想な顔をするの？　おれにかまうなって顔」

「はっきり言葉でいいましょうか？」

「けっこうよ」

斎木美夜は可愛らしく、くすくす笑った。「でも、あたしね、生徒の中であなたがいちばん可愛いのよ、犬神さん。それも迷惑？」

「そんなことといっていいんですか？」

「平気よ、ほんとうのことだから。あなたに助けてもらいたいのよ。クラスをよくするために。いまのままだと、とても教室なんてものじゃないわ。まるで無法者やギャングがのし歩く西部劇の無法地帯だわ」

「おれにどうしろというんです？　用心棒でもほしいんですか？」

「用心棒なんて……あたしにそんなものが要るというの？」

「どうかな。〈七人衆〉に睨まれたために、ケガをした教師もいるそうだ。くわしいことは知らない」

「こわい話ねえ」

だが、それほどこわがっているようには見えなかった。おかしな女だ。なにを考えているのかさっぱりわからない。

斎木美夜は、ほとんど連日、おれに居残りを命じ、放課後の無人のカウンセラー・ルームにつれこんで、相談相手になることを強制しつづけた。

その日も、やっと解放されたおれが校舎を出ると、無人の校庭の片隅に明日子がおれを待っていた。今日は野暮ったい制服すがたで、年相応の女学生に見えた。

「ずいぶん待ったわ。いったいいままでなにしてたの」

声も顔もかたく、とんがっていた。

「だれが待っててくれとたのんだ」

「なによ。へんな噂が立ってるのを教えてあげようと思ったんじゃないの」

「なんのうわさだ？」

「毎日のように、あんたを居残らせて、あやしいという噂よ。いったいふたりでなにをしてるのよ。よっぽど窓の外からのぞいてやろうかと思ったわ」

「むだだよ。窓にはカーテンがかかってる」

おれは口をゆがめていった。明日子は顔色を変えた。「やっぱりそうなのね」

見ひらいた眼からポロポロと大粒の涙が頰を伝わった。

「くやしい。ウルフのばかったら！」

ずいぶん公明正大なヤキモチの焼き方だ。

「いいがかりはよせよ。斎木に、おれにかまうなといってきただけだ。それだけだ」

「ほんと？　キスしなかった？」

「当りまえだ。なぜおれはおまえに弁解しなきゃならないんだ？」

「うれしい」

明日子は、いきなりおれの首に跳びついてきてすばやく頬ずりした。発達した乳房の感触がまともにおれの胸に押しつけられた。ブラジャーをしてない。

「へんなまねするな」おれは怒って明日子をつきのけた。「汗くさいじゃないか。フーテン女。おまえ処女じゃないだろ」

「そんなことないよ」

明日子は幸福そうに浮きうきといった。顔が上気して、両眼が星のようにきらめいていた。

「ウルフにあたしの処女をあげてもいいわ」

「願いさげだ」おれはわめいた。「おれに近寄るなといったろ。おれはベタベタする恋人なんかいらないんだ。女なんかに拘束されるのはまっぴらなんだ」

「あたし、拘束なんかしない。おとなしくあとをついて行くわ」

「ついてくるな!」

「じゃ、待ってるわ」

「待たなくてもいい! おれにかまうんじゃない」

6

厄介なことになった。もっとも、おれにはつねに厄介事がついてまわるのである。いまにしてはじまったことじゃない。

たとえ、おれがどんなに行いすまし、身をつつしんでいても、磁石が鉄粉を吸い寄せるように、無数のトラブルがへばりついてくる。

キチガイ犬のような〈七人衆〉の脅しは、いっこう苦にならなかったが、明日子と斎木美夜が、おれに対して関心を持ちすぎることに、おれは閉口した。

そんなことで、おれはいつも学校を追んでる破目になるのだ。この分だといつまでたっても卒業できないかもしれない。

寝苦しい夜がつづいた。もともとおれは夜行型の生活が得意で、昼間はあまり冴えない。とくに満月が空にかかっているような夜は、一晩中戸外をうろつきまわりたい欲望に駆られる。これは生れつきの本能で、誘惑に耐えるのは法外な努力を要する。

マンションの部屋の窓から、夜空の金貨のような月を眺めているとき、電話がかかってきた。いやな予感がした。また明日子におしかけられてはかなわない。

「はい……」おれは受話器にむかって用心深くいった。

「犬神さん？　あたしです、斎木……」

斎木美夜だった。せきこんだ声でいった。

「たいへんなの。郷さんが……郷明日子さんがケガをしたの」

「どうしたんです？」

「電話ではいえないわ。犬神さん、すぐ来てくださる？」

「ちょっと待ってください。なぜおれに……いや明日子のケガはひどいんですか？」

「ケガはたいしたことないんだけど、ショックを受けて……」斎木美夜は声をとぎらせた。

「ともかくすぐ来てちょうだい。明日子さん、いまあたしのアパートにいるの。いま場所をいうわ」

やむなくおれはマンションをとびだし、タクシーを拾って斎木美夜に教えられた場所へ急いだ。

世田谷通りの目印のタバコ屋のまえで、美夜は待っていた。明るい花模様のミニのワンピースを着て、学校の教師には見えなかった。

「歩きながら話すわ」

美夜は、おれの腕をとって歩きだした。

「明日子のケガって、どうしたんです」

「それが……いいにくいんだけど、明日子さん、〈七人衆〉の鏡に乱暴されたようなの」

おれは口をあけて立ちどまった。にわかに身体が冷たくなった。ぞくぞくと毛が逆立ってきた。

「鏡に……刺されたんですか」

「ええ。ほんの浅くだけど……それだけじゃなくて、い、いたずらされたらしいの」

鏡は今日の放課後、手下の生徒を使って、おれが待っているとだまし、明日子をひと気のない音楽室におびきよせたのだ。

「そのあとで、あたしが明日子さんを見つけたの。一応医者に診せて、手当を受けさせたんだけど……自宅に帰りたくないというし、電話をかけてもだれも出ないので、あたしのアパートにつれてきたの」

「校長や教頭には連絡を?」

「まだしてないわ。したら大騒ぎになるでしょ。ほんとに困ってしまったわ」

「それはムチャクチャだ」おれはかわいてしまった唇をなめた。「そんなことは、おれに話すべきじゃない。おれはただの生徒なんですよ。保護者や教師だけで、内密にことを処理すべきだ。あなたはどうかしてる」

「それはそうかもしれないけど。でも、あたし、あなたがどうしてもただの生徒だとは思えなくて」

「また相談相手ですか、冗談じゃない。カウンセラーの田所先生を呼びなさい。明日子の保護者と連絡をとるんです。もちろん、校長にもです。そして警察に届けたらいい。そのくらいわからないいんですか」

「たしかに、そうすべきですね。でも、明日子さんを可哀そうだと思わないの? 腹は立たないの? あなた、明日子さんの恋人なんでしょ?」

斎木美夜の眼は、路地の暗がりで、挑むように光った。おれは首をふった。

「いよいよもって、教師の口にすべきせりふじゃないな。先生、あなたはまったくどうかしてる」

「でも、明日子さんが、鏡に襲われたのは、もとをただせばあなたのためなのよ。あなたの恋人だから、ひどいことをされたのよ」

「どうして？　明日子はおれとなんの関係もないんだ」

「わかんないひとね」彼女はもどかしげにいった。「あなたがどういおうと、鏡の眼にはそう映ったんじゃないの。あなたは、〈七人衆〉を無視して、どうしても相手になろうとしない。刺すと脅されても知らん顔してる。鏡はあなたを挑発して怒らせるために、明日子さんを傷つけたのよ」

「狂犬だ」おれは吐きすてた。「とても話にならない。これだから、人間というのはいやになる」

おれは、斎木美夜の腕をふりほどいて、彼女に背を向けた。

「どこへ行くの？」

「帰るんですよ、もちろん」

「明日子さんに会わないで？　お見舞いもいってあげないの？」

「あたりまえじゃないですか。明日子に会ってなんというんです？　可哀そうだった、元気を出せとでも？　かたきはとってやるから安心しろとでもいいますか？　ばかばかしい。それこそ沙汰のかぎりというもんです。斎木先生、あなたもあまりムチャはしないことです」

「冷たいわ、あまりに冷たすぎるわ。犬神さん、あなたはとても頭がよくて、大人以上に世間を知ってるけど、徹底したエゴイストね。他人のことなんか、どうでもいいのね。たとえ、自分の恋人でも……」

「おれにはおれの信条があるんです。しかし、常識からいっても、先生のとっている態度は異常だ。おれはなにも知らないということにしときます。いずれ明日子と会ったら、それでおし通しますよ。それでいいんです」

斎木美夜は、それ以上おれを呼びとめようとはしなかった。

もちろん、おれが動揺していないはずはなかった。信条とはいえ、つねに変らぬ局外者の立場をまもり通すのは、容易なことではない。だが感情に負けて、巻きこまれてしまったら、おれは自分を、愚劣な人間どもとおなじ立場にまでおとしめることになる。キチガイ犬と浅ましく咬みあうことになる。怨恨や憎悪のどぶ泥にまみれるのはごめんだ。だからこそ、おれは愛や友情のしがらみから超然として生きることを信条としているのだ。

が、おれは身体がふるえるほど腹立たしく、やりきれない気分だった。まったく人間というのは、どうしようもない低劣な存在だ。やつらは残忍で酷薄で、他人を傷つけることを楽しんでやってのける。まったくもって、尊敬できない代物だ。

7

翌日から、明日子は学校を休んだ。クラスはへんにシンとしずまりかえっていた。〈七人衆〉の連中でさえ、鳴りをひそめているのだった。

おれは、だれでもまさかと思うほど、異常に知覚が発達している。遠くからクラスの連中のひそひそ話を聴きとることができる。野生動物の聴覚なみだ。

おどろいたことに、全員がすでに明日子の身に起ったことを知っていた。そして、おれの出方を、息を詰めるようにして注視しているのだった。おれの超然たる態度がいつ崩れるかと期待しているのだった。いかに無抵抗主義のおれでも今度ばかりはひっこんではいないだろうというのだ。

教室内の空気はピアノ線のように硬くはりつめていた。みんな神経過敏になっていて、ヒソヒソ声で言葉をかわし、ちょっとしたことでギクッと跳びあがるような反応をしめした。まるで、拳銃使いが対決している西部劇の酒場のシーンだ。病的な心理状態が一同をとらえていた。

おれに話しかけようとする者はひとりもなかった。まともに眼を向けようとしなかった。

当の鏡は平然として、三白眼でおれをうかがっていたが、内心かなり苛立っているようだった。むやみにタバコをふかしていた。しまいにはタバコのすいすぎで気分が悪くなったらしい。教室を出て行くと、英語の授業中すがたを見せなかった。きっとゲロを吐いたにちがいない。非行少年に、ほんとにタフな奴はめったにいない。神経がイカれやすく、情緒の安定に欠け、むやみにカッとなるくせに、ストレスにきわめて弱い。大声でわめきたてて自分をはげまさないとケンカもできないのはそのためだ。犬のケンカを見ればすぐわかる。弱い犬ほど虚勢をはって騒々しいものだ。

〈七人衆〉が気味悪いほどおとなしいからか、教師はみんな戸惑ってキョトキョトしていた。静かな授業には慣れていないのだった。この学校には、およそ常識というものが通用しないのである。

いつもとおなじようにふるまっているのは、おれひとりだった。まったく、こんなおとなしい静かな生徒が、なぜ台風の目になっちまうんだろう。

午前中の最後の授業中、使いがきて、おれは校長に召し出された。校長室には、校長とチビの沢村教頭、生活指導の田所教師がおれを待っていた。

「そこへかけなさい、犬神君」

肘かけ付の椅子にすわらされたおれは、壁の学園創設者歴代校長の荘厳な肖像画をぼんやり眺めた。いずれもこの悪徳学園にはもったいないリッパな人物に見えた。しかしこれはたぶんおれの思いちがいだろう。

でかい執務デスクのうしろに陣どった現校長は、テレビのイレブン・ドクターにそっくりの人物で、なにやらクドクドとよくしゃべった。エッチな話のほうが似合いそうだった。話の内容は、わが悪徳学園の光輝ある伝統に関する、お得意の訓辞だったから、ここには書かない。

おれは関係ない話を聞くときの顔で、天井を見上げながらすわりつづけた。

「ええ、当校は、常づね学内風紀問題に心を砕いてきたわけですが……」チビの教頭が、校長から話をバトン・タッチした。長ったらしい前文がようやく終り、話が佳境に入るらしい。おれは天井から眼をおろした。教頭は手をこすりあわせたり膝を震わせたり、鼻をつまんだり、こまかいゼスチュア入りで話を進行させた。

悪徳学園の風紀ははなはだしく乱れ、収拾するに困難な状態である。もとより学校当局は教育者の良心をかけて、問題解決に努力をつづけてきたわけであるが、残念ながら事態は改善されず、むしろ悪化の一途をたどっている、といったようことを、チビの教頭はまわりくどくしゃべった。

「ええ、本来ならば、犬神君の保護者であるところの、犬神君には伯母にあたる山本勝枝さんもまじえて、話しあいをするのがすじなのでありますが、おり悪しく山本さんは渡欧されておりまして……」

面倒だから一言でいうと、おれにここ当分休学しろというのだった。一部の非行生徒つまり〈七人衆〉がおれを殺傷する事態を回避するためだという。おれを休学させておいて、冷却期間をおき、〈七人衆〉の頭がしずまるのを待とうというのである。

教頭は、明日子の事件には一言も触れなかった。ひどく気をつかって避けていた。

「おれに学校を休めというのは、命令ですか？」おれは彼らの顔を見まわしていった。彼らは答えなかった。おれの視線を避けて、たがいの顔を見あわせた。

「強制するんですか？　どんな根拠で？」

「強制するわけではないが……」と、校長は不機嫌そうにいった。「そのほうが、きみのためだと思うからだ」

「そうです。校長先生は、きみのためを思っていっておられるのですよ、犬神君」と教頭が、せわしげにもみ手をした。

「だいじな生徒の身に万一のことがあってはたいへんですからね。これは校長先生はじめわれわれの親ごころです」

おれは田所教師に目を向けた。彼はあらぬかたに眼をむけて、陰気な顔ですわっていた。

「おれには、勉学する権利と義務があると思うけど」おれはいった。

「けれども、生命にはかえられないでしょう。病気やケガで休学したと思えばいいのです。背に腹はかえられない、ね？　休学中の学業の遅れは、できるだけ早く取りかえせるように、特別にとりはからってあげますからね」

教頭は熱意をこめていった。

「キチガイ犬から身をまもる方法はふたつある」おれはゆっくりいった。「ひとつはキチガイ犬をつかまえて檻に入れる。もうひとつは、こっちが檻に入ること。後のほうはちょっと思いつかないもんだが、先生がたはさすがに頭がよくていらっしゃる。そこでおれにも提案があります。みんなでいっぺんに、イチ、ニのサンで、この学校からズラかっちまったらどんなもんでしょう。自分たちだけ取り残されて、〈七人衆〉もおどろくだろうなあ」

「いったいきみはなにをいっているんだ」

校長が大きな声をだした。腹にすえかねたらしい。「きみは、話をまじめに聞いてるのか？　なにごとだ、その態度は」

「まあまあ、校長先生」教頭は手を泳がせるようにして、校長をなだめた。

「先生にむかって、オレとはなにごとだ。言葉をつつしめ。まったくなんというナマイキな子どもだ……」

「まあまあ校長先生」

「上品な人びととあまりつきあいがなかったんでね。言葉づかいをよく知らないんです」

おれはいった。「どうもすみませんね」

「こ、この」校長は腰を浮かせた。

「言葉づかいぐらい、なんです。ていねいな言葉で他人を侮辱することだってできるんですよ。おれを休学させたいんでしょう？　おれの返事を聞きたくないんですか？」

校長はがっくりと腰を落して、大きなハンカチをひきだし、額を拭った。

「なんということだ、まったく。子どものくせに大人を嘲弄するとは。末恐ろしい」

「校長先生。私、さっきも申しあげましたが」

それまで沈黙していた田所教師が、はじめて発言した。

「この犬神君は、大人として扱われたほうがいいと思います。彼の精神年齢は、成熟した大人のものです。情緒もよくバランスがとれて安定しています。彼は背伸びした、ナマイキな子どもと考えるのはまちがいです」

気詰まりな沈黙がつづいた。教頭が神経質な咳ばらいで沈黙を破った。

「ええ……では犬神君。われわれの提案について、きみの返事をきかせてください」

「いいでしょう。べつに反対はしませんよ。だが、これで安心と思ったらまちがいです。先生がたのやってることは、噴火山に蓋をしようとしてるのといっしょなんだから。鏡がおれの首を切り落とさないとしても、かならずなにかおこる。そのときは爆発で先生がたも吹っとんでしまう。もっとも、おれには関係ない。どうでもいいんです」

おれは彼らを残して、校長室を出た。まもなく昼休みだった。ピアノの音と混声合唱が聞こえ、校庭にはハンドボールの白球を追うトレパン姿が走っていた。

どこにでも見られる平和な学園風景だ。だが、白蟻に侵蝕された建物とおなじで、いつ突如として崩壊するかわからないのだった。いってみれば、校長たちは土台の腐りきった校舎に、偽善のペンキを塗りたくっているだけだ。人間の自己欺瞞の能力とはたいしたものだ、とおれは思った。来春の卒業時まで待って、〈七人衆〉をほうりだしてしまえば、万事うまく行くと考えている。それまでことを荒だてたくないのだ。

8

このまま、無事にすまないとわかっていた。

〈七人衆〉の鏡という非行少年は偏執狂だった。おれが当座の間、休学するくらいで、おとなしくひきさがるはずがなかった。

おれを刺すと一度高言したからには、どうでも実行しなければ、ひっこみがつかないのだ。やくざというのは、メンツをなによりも大事にする。もっとも、ほかに大事にすべきものもない。

もともと頭の悪いのにかぎって、メンツだとか男の意地だとかにこだわるのだ。彼らは仲間にばかにされることをなによりも恐れる。自分が強くて凶暴だということを、絶えず証明しなければならない。さもないと地位を保ちつづけることができないからだ。

ばかばかしくなって、おれは午後からの授業に出ずに帰宅したが、その夜斎木美夜がやってきた。

「あたし、あなたの休学には反対だったのよ」

斎木美夜は腹を立てているようだった。

「それから、あたしを席に呼ばずに、勝手に休学を決めちゃって。だいたい校長たちのやること、本末転倒だわ。陰険でいじましくって、教育者のやることじゃないわ。ハレンチよ。犬神さん、あなたぜったい学校を休んだりしちゃだめ。鏡のキチガイがなにかしかけたら、あたしが警察を呼んであげる。ちっともこわがることなんかなくってよ」

「だれがこわがってるんです」おれはいいかえした。「そんなせりふは校長にいいなさい。それより、明日子はどうしてます?」

斎木美夜は眉をひそめた。

「いまさっきも様子を見にきたんだけど、明日子さんどうやら大阪の親類の家にあずけられるらしいわ。本人はいやがってるんだけれど……お父さんという人がびっくり仰天しちゃって。もうそんな物騒な学校においとけないというわけ。いままでずっと子どもをほっぽっておいたのに、いきなり父性愛に目覚めたらしいわ。もう大騒ぎよ」

「警察には届けないんですか？」

「警察なんてとんでもない。ひたすら世間態をはばかっているわよ。よけいなことをしないでくれといわれちゃったわ」

斎木美夜は、おれの顔を凝視して、いきなり訊いた。「やっぱり気になる？」

「あたりまえじゃないですか。すると、鏡のほうはおとがめなしというわけか」

「そういうことね。明日子さんの父親がそうだし、校長ときたらあの弱腰でしょう。どうにもならないわ。狼は野放しのままよ」

おれはムッとした。「あいつらはただの野犬だ。狼なんてものじゃない。狼というのは高潔なんだ。人間なんかよりずっと品性が高い」

「ばかに狼の肩を持つのね。なにかわけでもあるの？　そういえばあなたの犬神という姓は、狼と関係がありそうね」

斎木美夜は、大きな眼でしげしげとおれの顔を見つめていた。

「そう。狼というのは大神（おおかみ）からきたんです。犬神とも無関係じゃないといわれる」

「それで一匹狼を気どっているのね？　狼は人間界の出来事には関知しないってわけ？」

「どうでもいいんです。先生には関係ない」

「そうはいかないわ。あなたはまだあたしの教え子なんですもの。明日子さんをお見舞いに行ってあげなさい。とても淋しそうよ。きっと、とても喜ぶわ」

「やめときます。おれは徹底したエゴイストですからね。先生のいった通りです。人間関係がきらいなんでね」

「あなたって、ほんとに変った子ね……子なんていったらいけないわね。あたし、あなたが一人前の男性のように思えるのよ。あなたはほんとうに中学生なの？　年齢をごまかしているんじゃないでしょうね」

彼女は奇妙な挑発的な笑いかたをした。

「夜中に、あなたとふたりでいるの、なんだか気がひけてきたわ。だって犬神さん、あたしより年上みたいな態度なんですもの」

「では、さっさとお帰りなさい。あなたが勝手に来たのですよ。妙な評判が立っても知りませんよ」

「まさか……」

「ところが、悪徳学園ではそういう噂が立ってもふしぎじゃない所なんだ。まさかと思うようなことが平気で行なわれる。現実の悪夢ですよ。先生も気をつけたほうがいい。タクシーはこの前ですぐに拾えます。アパートまで送りましょうか」

「けっこうよ。電車で帰るわ。あたし、犬神さんみたいにお金持じゃないから」

　斎木美夜をドアから送りだしたあと、おれは部屋の窓からマンション前の路上を見おろした。プラタナスの街路樹のかげに立っている人影がおれの注意をひきつけた。おれは夜目が効くのだ。——身体の大きな男である。〈七人衆〉のプロレスもどき、野村に似ていた。どうやらここまで出張してきて、おれを監視しているらしい。

　ご苦労なことだ。おれは牙をむきだして笑った。

9

　休学はいっこうに苦にならなかった。むしろおれにとってこうるさい規律にしばられた集団生活のほうが、はるかにつらいのである。自由気ままな放浪生活がおれの身に合っていた。何者にもつながりをもとめず、さすらいの旅を続けるのが、おれの宿命なのだ。

　休学のあいだ、おれは昼間は寝て、夜を徹して起きていた。勉強はしなかったが、もっぱら読書をした。放浪癖をおさえるために、ほとんど外出しなかった。人の顔を見ないでも平気だったが、元来行動的なおれにとってじっとしているのはかなりつらかった。

　斎木美夜は、担任の義務として、頻繁におれの様子を見まわりにやって来た。うるさくてかなわなかった。どうやら、おれに特殊な関心を持ちだしたらしいのだ。おかしな女で、教師らしいところがすこしもない。

しまいには、勝手に料理をつくったり洗濯をはじめたので、おれはいらいらしはじめた。

「まさか、おれの世話女房になる気じゃないでしょうね。先生のやってることを、美しい師弟愛だとはだれも思いませんよ。いまに教育委員会が騒ぎだす」

「教育委員会なんかどうでもいいわ。常識はずれの生活をしてるくせに、ふるくさいことをいうのね。人間同士の心の結びつきに、教師も生徒もないわよ。教育でだいじなのは、魂の触れあいだわ」

「ムチャいわないでください。おれは旧式なんだ。フリーセックスで人間の連帯ができるなんて信じていない。先生はゲバ学生あがりとちがいますか？　おれのセックス観はつつましいんでね。狼は貞節な一夫一婦制をまもる。雑婚主義の猿とはちがうんです」

おれは何度も彼女を追い出した。が、すこしもへこたれた様子はなかった。なにを考えているのか、さっぱりわからなかった。

〈七人衆〉は、依然として執拗におれの監視をつづけているようだったが、おれは気にもとめなかった。

だが、やがておれの平穏な生活が破られるときがきた。わかっていたことである。トラブルはおれの宿命だからだ。休学以来、一週間目の夜――。

電話が鳴った。午前二時をすぎていた。おれは読みさしの本をおしのけて、送受器を取りあげた。

「ワン公か？」

鏡の声とすぐにわかった。凄んだ低い声だ。

「いまごろなにしてる。夜遊びしてると補導されるぞ。幼児はおねんねの時間だ。わかったかね」

「うるせえ。おい、ワン公、おまえに用がある」

「こっちに用はない。子分におれのうちのそばをうろつかせるな。ゴミバケツとまちがえられるぞ」

「やかましい。くだらねえこと吐かしてないで、いますぐとんできな。さもないと……」

「さもないと、どうする？　左封じの果し状はとどいていないぜ。そんなしゃれたこと、おまえらにできっこないがな。どうせろくに字も書けないんだろう」

鏡は怒らなかった。侮辱には敏感なはずなのだ。

「おまえと今夜ケリをつけたいんだよ」

彼はいやに冷静にいった。「必ず出てこいよな。今夜は逃がしやしねえぜ。ちゃんと手はずは出来てるんだ」

「なんの手はずだ？　おまえらとやりあう気はないといってある。バッタの跳ねるようなケンカをする気はないよ。聞こえたか？」

「明日子のやつをいためたのはむだだった。いくらおまえでも、ひっこんじゃいまいと思ったのによ。あてがはずれたぜ……」

「関係ないね、くだらない。これだから頭の悪いやつにはかなわない」

「そうかい……」鏡は残忍そうにふくみ笑いをした。

「こっちはもうけものよ。あのナオンの味は思ったよりよかったぜ。処女だったが身体もすっかりオトナになってたしな。だけどよ、明日子はおまえの名を呼びながら猛烈に暴れたぜ。おまえに仕返ししてもらう、ウルフはすごく強いんだからってな。おまえ新宿（ジュク）で、どこかの学生（セイガク）を四人もきれいにノシたってえじゃねえか。ヤッパでなでてやったら、ナオンのやつやっとおとなしくなりやがった。三回もすなおにやらせたぜ」

「やめろ。うすぎたない野郎だ」

おれの毛は逆立ってきた。のどの奥に魚の骨をひっかけたようだった。

「このドブネズミ野郎、おれの眼の前でやってみりゃよかったんだ。きさまの両耳をひきちぎってやったのに」

「やっと調子が出てきたじゃねえか」

鏡は鼻で笑った。

「おめえも頭に来ることがあるじゃねえか。その調子だ……その調子で、今度はどうするね？」

「なに」

おれの上唇はおのずとまくれあがり牙をのぞかせた。のどから底深い唸りが衝いて出た。

「またやる気か」

「やるぜ何度でも。おめえがその気になるまではな。今度は斎木をやる。あのナオンはおめえと仲がいいしな。おめえのマンションで毎晩寝てるんだろう、え？」

「関係ない。明日子とおなじだ」

　おれはようやく唸りをおさえた。

「こきやがれ。マンションの前でシキテン、キッてたのよ。フンコラフンコラやってる声まで聞こえなかったがな。うまいことおびきだして、いまここにおさえてある。ハダカにむいてな……今度はとりかえしにくるだろうな、おい？」

「いま、どこにいる？」

「学校だ。体育ジムさ。用務員のじじいはキスグレて寝てるし、宿直の先公（センコウ）はメクラでツンボよ。ちょいとわけありでな。おれたちのやることにゃ、手をだせねえことになってるんだ。ようワン公、早くこねえと斎木をみんなでマワシちまうぜ。どいつもやりたくてヨダレたれながしてるからな。クロがナオンの股の間に首つっこんで覗いてらあ」

「そうか。体育ジムにいるんだな」

　活火山に蓋か、とおれは思った。暴力も背徳もとめどなくエスカレートする。およそ限度というものはないのだ。甘やかされスポイルされた子どもは、野放図につけあがる。

「おれがそんな手にのると思うのか」

　おれは冷やかにいった。

「これから、おれがどうするか教えてやろう。この電話を切ったら、すぐ警察に電話をかける。それできさまら、全員少年院送りさ。学校の体面なんか、おれには関係ない。校長以下困るやつがゾロゾロ出るだろうが、気の毒にも思わないね。少年院に入ったら、毎日反省日記を書いてろ。あばよドブネズミ」

「やってみろ。ポリが来たら斎木を刺すぜ」

鏡は、うす気味悪い声をだした。

「いいか、おれは刺すといったら刺す。ナオンののどから股の間までスッパリ切り開くからな。三〇分待って、おめえがこねえときも刺す。いいかワン公。おめえの考えひとつだ。斎木がくたばったら、おめえのせいだぜ」

「きさまは、ほんとのラリ公だな」

おれは啞然としていった。

「わかったよ。かならず行く。約束はまもるから、おれが行くまで斎木に手をだすなよ。わかったな」

「よし、かならずこいよ」

おれは電話を切った。てのひらに汗をかいていた。おれにはめずらしいことだ。

おれはひとつ深呼吸する間に、めまぐるしく頭をはたらかせた。

鏡が本気なのはよくわかった。危険な偏執(へんしゅう)狂の非行少年が相手なのだ。これほど物騒な相手はめったにいない。前科者の暴力団組員のほうがまだましだ。やくざとちがって、非行少年は警官ですら平気で殺す。衝動だけでたやすく行動するからだ。

たぶん、鏡は少年院より精神病院がふさわしいだろうが、いまはそんなことにかまっていられない。鏡は刃物キチガイだ。見さかいを失くせば、斎木美夜を文字通り切りきざみかねない。異常な熱狂タイプだ。

おれはめったに感じたことのない恐怖にとらえられていた。他人のための恐怖とは始末に悪いものだった。

おれはすばやく服を着て外へ出た。アルミサッシの窓のおかげで気づかなかったが、かなり烈しい雨が夜の底を鳴らしていた。しかし雨傘をさして行くというのも妙なものだ。おれは飛沫をハデにはねちらして走ってくるタクシーの空車に手をあげた。

10

おれは、ずぶ濡れの闇を走った。行動のいっさいは手早く行なわなければならない。校舎の裏手の金網の柵を一気に乗りこえると、おれは最初の目標に達した。校内に電力を供給する変電設備だ。

先を平たく潰した針金をあやつって、灰色に塗られた変電ボックスの錠を解いた。カギなしで錠をはずすのは、おれの特技のひとつだ。ナイフ・スイッチをかたっぱしからひき起こして、全校の電気設備を殺してしまった。これで校舎内は鼻をつまれてもわからない真の闇だ。

しかし、夜目の効くおれには苦にならないし、鋭い嗅覚の助けもある。おれは雨でぐっしょり濡れ、腰に重くからみつくズボンを脱いだ。ついでにシャツも脱ぎすててパンツ一枚の裸になる。

高い雨音でどうせ聞えまいが、足音を忍ばせて校舎の間を走りぬけ、校庭の南側の体育ジムへむかった。腕時計をのぞくと、まだ十分ほど余裕があった。

雨に滑りやすい雨樋を伝って体育ジムの壁をよじのぼり、ガラス窓をこじ開け、内部へ忍び入った。

広い体育ジムの内部は、猫でも立往生するほどの暗さだった。おれは掌と膝を使って這い寄って行った。

彼らは五人だった。おれはたやすくそれぞれの体臭をかぎわけることができた。斎木美夜の匂いに気づいて、おれは首をかしげた。彼女はすこしも怯えていなかった。恐怖は体臭にあらわれて、ごまかすことができないものなのだ。

非行少年どもは、突然の闇をただの停電だと思っていた。凶暴な彼らにしても、やはりこの暗闇は心細いようだった。マッチをすって闇を追いはらおうとするのだが、ほとんど効果はない。たよりなくゆらいで、すぐに燃えつきてしまう。

おれは闇の中で、にやりと笑った。呼吸を殺して、奴らの背後に忍び寄った。するりと手をのばすと、ひとりの指の間からマッチの箱をぬきとってしまう。あとは、てんでに吸っているタバコの桜色の火口だけが、彼らにとって残された光だ。

「くそっ」とひとりが声高に闇の暗さを罵った。プロレスまがいの野村だ。おれは彼の背後にうずくまり、両手の指を屈伸させた。

ひょいと身をおこし、積みあげたマットレスにすわる野村の首に、両手の指をからみつけた。呻き声がのどの奥でつぶれる。たくましい筋肉を誇っているくせに、この大男は他愛なく悶絶した。もちろん、おれの指につかまれたら、鋼鉄のロープで絞められたのとおなじだ。ちょっとした指加減でのどぼとけを砕くこともできる。

おれは、ぐにゃりと力の抜けた巨体をひきずって、闇の中を後退した。

「どうしたんだ？　いまの声はなんだ？」

黒田の声だった。「へんな声だすんじゃねえ。ばかやろう」

おれは再び忍び寄って、もうひとりの首をつかんだ。こいつもいただきだ。さらにもうひとり。こいつはちょっと悲鳴をあげ、わずかにもがいた。すぐおとなしくさせて、体育用具のうしろにひきずりこむ。

「だれだ！　おかしな声だすなというのに」

黒田はいらだっていた。残されたのは黒田と鏡のふたりだけだ。おれは呼吸をととのえて、舌なめずりした。

「ふざけんな。それにしてもよ。ワン公はほんとうに来るのか？　来てもこのまっくらけの闇じゃどうしようもねえな」

「じきに電気が来るさ。もう時間だな」と鏡の声がした。

「でもよ……ワン公がこなかったら、おめえ、ほんとにこの女やっちまうのかよ」黒田が訊いた。

「ああ……だがワン公はくるといったぜ」

「くるもんか。このナオンやっちまいてえな。ちっと痩せてるけどよ、あそこは締まってて具合がよさそうだぜ。指が一本入るだけだ。もうたまんねえよ。やっちゃってもいいか」

「よしやがれ」

鏡は苛立ちをノコギリの刃のようにのぞかせた声で毒づいた。

「ワン公はきっとくる……おいクロ、マッチよこせ」

そのとき、おれはすでに黒田の情欲にケリをつけてやっていた。のどの軟骨がおれの指の下でぐしゃりと潰れた。これでもう、ささやき声しかだせなくなるだろう。が、べつに良心にとがめるものはなかった。

「ようマッチよこせってのに。おいクロ、返事しねえか。どうしたんだ、おい……野村、ノム……おまえらみんなどうしてだまってるんだよう」

このときになって、鏡はようやく異常に勘づいたらしい。

「おい、なんとかいえ! どうした。クロ、ノム、キタロウ! おい、シゲ!」

声が浮わずってきた。あわただしく闇にむかって呼びかけた。

おれは斎木美夜の身体に手をかけた。滑らかなあたたかい裸かの皮膚が指に触れた。手首をしばられ、口にタオルを詰めこまれていた。道理で一言も口をきかなかったはずだ。

おれは彼女の身体をひきずって鏡からはなれた。

鏡は恐怖にとらわれはじめていた。手さぐりで、まっくら闇の空間を探しまわっていた。

「みんなどこへ行った？　おい、だれもいねえのかよう。おまえらおれだけを残してズラかりやがったのか……」

おれは、はじめて答えた。毛むくじゃらの獰猛な野獣の底深い唸りで、夜の狼の唸り声で答えた。

突然の恐怖が、巨大な掌のように鏡をひっつかんだ。

たちまち呼吸が乱れ、発汗し狂ったように脈搏が増加した。暗闇でばったりと猛獣に遭遇した人間の原始的な恐怖が、鏡の体臭を鋭く刺激的なものにした。アドレナリンの匂いだった。あの原始時代の夜の闇にまぎれて、仲間が次々に恐ろしい大きな猫にさらわれていった記憶、本能にきざみこまれた恐怖がいま強烈に立ちかえってきていた。

おれは威嚇の唸り声をひきずって、立ちすくみ化石した彼の周囲を徘徊した。彼は冷汗に濡れた掌で、命綱のようにナイフを握りしめて、喘いでいた。呼吸音の急迫にあわせておれは唸り声の音階を昂めていった。そしていきなり唸りをすさまじい狼の雄叫びにかえた。爆発的な遠吠えで、相手の負担に脆い神経系に猛打を加えた。

彼は度を失い、荒れ狂った。めくらめっぽうナイフをふりまわし、闇を切り裂いて暴れまわった。それは狂人の踊りだった。絶叫をほとばしらせた。野獣の襲撃から身をまもろうと狂いまわった。足がもつれて倒れた。

はげしく転倒する音と同時に苦痛の悲鳴が湧いた。そしてゴロゴロと鳴る呻き声、おれは濃厚な血の匂いを嗅いだ。なにが生じたか目にみえるようだった。

鏡は、倒れたはずみに、おのが手のナイフを深く身体に刺し通してしまったのだ。刃物キチガイには起きがちなケースだった。

炭酸の泡が噴きこぼれるような音がしていた。傷口が血泡を噴いているのだ。肺を傷つけたにちがいない。呼吸は浅く速かった。ショック症状だ。手当を急がず放置しておけば、体温が急速に低下して死ぬだろう。しかし、おれの知ったことではない。

おれは斎木美夜のそばへもどって行き、口からタオルをひきだした。

「犬神さんね、そうなのね？」

斎木美夜の声は意外に平静だった。おれはだまっていた。

「やっぱり、あたしを助けにきてくれたのね。あいつらを、みんなやっつけてしまったんでしょう？」

おれはやはりなにもいわなかった。手首に食いこんだ電気コードをほどいた。耳は聞こえていたのだから、なにが生じたか察しはついていたのだろう。

「ごめんね、犬神さん。あたし、わざとあいつらに誘いだされて罠にかかったの。なぜだかわかる？」

おれは沈黙をまもりつづけた。

「あなたの正体を知りたかったのよ。あなたがどんな態度に出るか知りたくて……」

コードがほどけ、おれは身体を退いた。斎木美夜が身をおこし、すわる気配がした。

「あたしね、ちっとも恐くなかったわ。あなたが来てくれると信じてたから……犬神さんあなたって、ほんとに狼ね。暗闇でも自由に動けるし、普通の人間だったらとてもあんなことできないわ。あいつらをひとりひとりさらって行くなんて、狼のやりかたそっくり。聞いているの、犬神さん？」

おれはこそりとも音を立てずに静止していた。

「いいわ、答えないでも……」斎木美夜はかすかに笑った。「あなたって、ほんとに変ってるわ。でも、安心して、あなたのことはだれにもいわないから……ひとつだけ答えてくれる？　犬神さん、あなたの正体は人間なの、それとも狼なの？」

依然としておれは無言の行をつづけた。美夜は溜息をついた。

「それとも、ヨーロッパ伝説にある狼人間かしら？　あたしね、生れ故郷が四国なの。森に住む者の説話伝承をいっぱい聞いて育ったわ。その中に犬神というのがある。森の神様よ……あなたは、狼は山の人々に神として崇められていたといったわね？　あなたは、現代によみがえった野生の精霊で、狼の化身なのかしら……きっとそうね」

おれはそっと後退りし、彼女から遠ざかっていった。狼のように音もなく、夜の闇にただよう影のように。

おれはふたたび窓から脱けだした。雨はなおもしげく降りつづけていた。ぐしょ濡れのシャツとズボンを拾い、かたく絞って身につけた。変電ボックスのスイッチをもとにもどす。証拠を残らず消して、おれは悪徳学園を去った。

あとは警察が後かたづけをするだろう。それまで鏡の命が保つかどうか。運がなければ死ぬ。ただそれだけのことだ。

おれには、人間を裁く意志はない。人間の悪徳も背徳もおれには関係ない。この事件を機に、悪徳学園の腐敗しきった内幕が明るみにでるだろうが、やはりおれにはどうでもいいことだ。

なぜなら斎木美夜が想像した通り、おれは人間ではないからだ。

人間に似てはいるが、人間ではなく、あの伝説の妖怪として昔から語られてきたもの。狼の特性をそなえた存在――人狼。それがおれだ。不可解な、野性の化身だ。だから、おれは、人間たちの醜行愚行を、身を退いて冷やかに眺めるだけだ。

人間の問題は人間の手にまかせておけ。

それが狼人間と呼ばれる、人類と種を異にした存在、人狼であるおれの信条なのである。

野生の狼がそうであるように、おれもまた人間に対して寛容ではあるが、決して同化はしない。人間はあまりに愚かで醜悪で野蛮すぎるからだ。

おれは、どしゃ降りの雨の中をゆっくりと電話ボックスを探して歩いていった。

星新一の内的宇宙（インナースペース）

「例の巻頭カラー・ショートショートを、平井さんに今月お願いしたいんですが」

ＳＦマガジン編集長、森優がいった。

「ショートショートはどうも苦手でね」と虎男（とらおとこ）は答えた。「星さんの苦しまぎれの駄作にも及ばないから、みっともなくって」

「しかし、順番ですから。それに平井さんの持味でさらりと書いていただければいいんです。なにもオチにこだわらなくてもいいですから」

「では、やってみますか」

「やってください」

全然自信はない。

「ところで、今夜、小松さんが出てくるらしいですね」と、森優はいった。「なんとか小松さんを摑（つか）まえて、仕事を頼みたいんだけど、あの人なかなか摑まらなくって」

「星さんに電話したら?」虎男が教えた。「小松さん、上京すると、必ず星さんと逢うから。あの二人、出来てるんじゃないかというもっぱらの噂で」

「うひゃあ、気持悪いな」森優は顔をしかめ、軽妙な手つきで頭を掻いた。「小松さんの定宿は、ホテル・オータニでしたっけ」

「もしかすると、今夜あたり、豊田有恒の家へ行って、麻雀をするかもしれないよ」

「麻雀?」森優の眼が異様に光った。SF評論家伊藤典夫によると、森優はジャンキだという。麻薬中毒者と雀鬼をひっかけた、高級な洒落であるらしい。

「すると、筒井さんも現われますね?」森優は喜悦に満ちた声音を出した。「しめた。一網打尽にして、仕事を頼めるな」

「それがいいですよ。SF作家はみんな集まるから」と、虎男もつられてソワソワしながらいった。

「あなた、お電話」と、妻がいった。「お座敷がかかったわよ」

虎男は隣室に駈けこもうとしたはずみに足の小指を本棚の角にぶつけた。

「イッテテテテ」

「こんちは」無愛想な声がいった。「伊藤典夫です。いま小松さんとオータニにいるんだけど、来ませんか?」

「ひいひい」

「なにを泣いているんだ。夫婦喧嘩して奥さんに電気掃除機をぶつけられたか?」小松左京が嬉しそうにいった。「責めセッカンが終ったらこっちに来ないか。星さんも筒井さんもいるよ。早くこないと、星語録のいいところを聞きそこなうぞ」

「行きますいきます」虎男は泣きながらいった。「お願いだから、いいところをすこし残しといてくださいね」

星語録とは、星新一のオフレコの放言のことである。内容が天人ともに許さざるもの凄いものなので、凡例をここに掲げることすらはばかる——右翼やその他ＣＩＡ紅衛兵など諸関係の殺し屋が「死んでもらいやす」とやってくる恐れがある。嘘ではない。以前六本木のイタリー料理店シシリアで、同席していた講談社の編集者がしだいに顔色を失い、いつの間にかトンズラかいたほどだ。

四谷怪談のお岩さまに関する極悪非道の悪態をついたため、同日即刻大恩ある江戸川乱歩先生が急死してしまったくらいである。それ以後はお岩さまを対象からはずした、と星新一自身エッセイに書いている。

もっとも、マスコミ・メディアを通してのマジメくさった折り目正しい星新一しか知らない一般読者は、気を許した仲間だけに囲まれた彼が、いかに異常な天才ぶりとパーソナリティを発揮するか、想像もつかぬであろう。虎男は、笑いすぎ興奮しすぎた小松左京が、トイレに跳びこみ二度にわたって吐いたのを目撃している。半ダースものＳＦ作家が床をのたうちまわり、ヒクヒクと痙攣している図は、第三者の眼からすると、集団発狂としか見えまい。が、本人は決して笑わない。平然たる童顔のまま、時限爆弾ほどにも効果のある異常な冗談を際限もなく連発する。聞き手はそのうちに生きた心地もなくなり、鬼気迫るのを感じる。——あまりのおかしさに自分はこのまま発狂するのではないか、と冷たい風を背筋に感じるのだ。ブラック・ユーモアの極致といえるかもしれない。

まったく、苦労人で健全なる常識家、星新一の一面は底知れずデモーニッシュなのである。残念ながら、虎男程度の文章力では現場の雰囲気を、ほんのわずかでも再現することはおぼつかない。たちまち魔力めいた熱気は消え、あとかたもなくなり、異様に魅力的な属性の一切を欠いた、バカ話のひからびた形骸だけが空しく残る。

あるいは、その魔力は、星新一のパーソナリティがつくりあげる〈場の作用〉なのだろうか。だとすれば、それを紙面に移すことは徒労というものだ。星新一自身の筆によってすらも、恐ろしく希薄に、星間物質さながらに拡散してしまっているのだから……

談笑の声が、ホテルの廊下にまで漏れていた。したがってルームナンバーを間違える懸念はない。

「来たきた」

筒井康隆がドアを開けにきてくれた。ふだんは白面の美男子だが、よほど笑いすぎたと見えて、顔面筋肉に疲労のあとが深い——つまり、笑いジワだらけだ。

「遅いぞ」と、小松左京がベッドの上からいった。ドデンと仰向けに寝ころがった肥満体の腹部が小高く盛りあがっている。妊娠八カ月といったところか。

「いま、星さんが、あんたの凄い悪口をいってたところだぞ、平井君。いやまァ、とにかく惜しかったな、聞きそこなって」

「なんですかなんですか」虎男は不安そうにいった。SF作家の間には、相手が三歩離れたら悪口をいってもかまわないという不文律がある。ひどい時には相手が背中を向けたとたんに悪口が始まる。だから、SF作家が参集するとなったら、だれでも懸命に駈けつける。――それこそ、欠席したらなにをいわれるかわからないからである。

「オモチロかったよ」と、床の絨毯にじかに坐りこんでいる伊藤典夫がいった。

「いやひどかった。平井さんに気の毒だ」猫背になりタバコのセロハンで直径五ミリの鶴を折りながら、豊田有恒がいった。

　この男、知りあって八年間になるが、いったい何羽目の折鶴だろう、と虎男は思った。三千か四千か……その都度反射的に計算しようと思いたつのだが、成功したことはまだない。

「いやまァ」と小松左京がいう。「平井君の例の『狼男だよ』の大改竄事件の話をしてたんだが」と説明する。虎男の長編SF『狼男だよ』を出版の際、版元「立風書房」の編集者が、勝手に原稿に手を入れ、無慮八百個所以上の改竄を加えたという、出版界前代未聞の椿事のことである。

「星さんがひどいことをいったぞ」小松左京が続ける。「あの大改竄のおかげで、平井君の小説はうんと面白くなったってさ」

「だって、そうじゃないか」星新一は水割りのグラスを手にしながら、ニタニタ笑った。

「たとえば、〈さしがねが入っている〉とか〈肝を失う〉なんていう表現、ちょっと考えつかないぞ。筒井さんだって、ああはいかない。天才的な発想だ。平井君の小説を面白く直してくれたんだから、ヨウカンを持ってお礼にいったらどうだ？」

「また星さんの意地悪じいさんが始まった」と虎男はぼやいた。「この世は闇だ。だれも信じられない。悪夢だ」

「実際、信じられないね」と、小松左京。「どうやって、あんな情知らずの悪口を考えつくんだろう？　あんなに相手かまわず悪口のつきほうだいで、いまだに神罰がくだらないってのは、どういうわけだ？」

「あんまり凄い悪口だと、いわれた当人にとても教えてやれない。うっかり口外すると、逆にこっちがひどい目にあう。だから星さんは安全なんだ」筒井康隆がいう。

「知らぬが仏だ。教えてやる奴が一番悪い。情報伝達罪だ」と星新一。

「とにかく得な人だ。××××なんか、なにをいわれてるか知りゃしないから、星さんのこと賞めちぎってるぜ。可哀そうに」

「ウフフウ、ウフフウ、ウフフフフウフウ……」

大伴昌司が奇妙な笑声を立てた。彼は窓際の細長い換気装置の上にあがりこみ寝ころがって、笑い猫みたいな奇態なニヤニヤ笑いを見せていた。おかしな場所を好む男だった。

SF作家クラブきっての謎の人物だ。

「ほんとに星さんは、ここにおいでのSF作家の皆さんといっしょだと、別人みたいになりますね」と、森優SFM編集長が、ひかえ目に感想を述べた。「生きいきとした精彩を感じますね」

「星新一の真の姿だな。とにかく……麻雀やろう」小松左京がむっくり起きあがっていった。

森優の眼が輝く。「バンジャーイ」と伊藤典夫がいった。――虎男が巻頭カラー・ショートショートのアイデアを思いついたのは、この瞬間であった。

「あの、それなら、ぼくの家に来ませんか」と、豊田有恒が折鶴を捨てて立ちあがった。

「行こういこう。雀豊荘に行こう」

豊田邸は、SF作家の麻雀集会所だ。

「いま矢野さんが渋谷で飲んでるんです。麻雀となると、矢野さんに電話してあげないと」

「殿様麻雀の矢野徹老が来るなら、小松さん大阪までの飛行機代が稼げるな」

「まさか、あんた、矢野さんがいくら負けっぷりがよくてもわずか点2のレートだよ。この間も、生島治郎や野坂昭如に笑われた。SF作家の恥だな、まったく」

「SF作家が勝負事で眼を血走らせる方がおかしいですよ。そんな単純でオーソドックスな頭脳構造じゃ、飛躍したSFは書けない」

「そうだそうだ、よくぞいった」

「あれ、また星さんのあがりだ」と、矢野徹が呆れ声を出しガラリと牌を投げだした。

「今夜の星さん、バカヅキだな」小松左京が、まるまっちい指先で、ヤニとりパイプにハイライトをさしこみながら嘆じた。「東(トン)の一局で三ペコのハコテンだ。ムチャクチャだ」

「手がつけられない、この人は、ほんとにもう……」と、筒井康隆が悲壮な声を絞りだす。

「あの三人、コテコテにやられてますね」森優が舌を出した。別卓を囲んでいるのは、豊田、伊藤、虎男の四人組だ。「両卓やると、荒れ場と沈滞ムードにはっきり分れますね」

「おかしいなあ」と、星新一が大声でいった。「どうして、毎回こんないい配牌(ハイパイ)ばかりくるんだろうな？」

「あら。星さん、凄いわ」豊田夫人が星新一の手の内を覗きこんで嘆声をあげた。豊田の鬼夫婦といって、夫人も麻雀が強い。

「信じられないほど、もの凄い手ね」

　別卓の四人も腰を浮かせて、覗きに行った。一目見るなり、虎男はグッと喉を詰まらせた。配牌、白発中(ハクハッチュン)、それに東(トン)が暗刻(アンコウ)で入っている。残りの二牌は西と北(シャーペー)。つまり、大三元(ターサンユアン)、四暗刻(スーアンコー)、字一色(ツーイーソー)の聴牌(テンパイ)だ。しかも、西か北を切れば、ダブル役満の四暗刻単騎待ち、親の四倍役満という驚異的な結果になる。――豊田家ルールでは親役満は六万点だから、実に四倍の二四万点だ。

「リーチ」星新一は最初の捨牌西を横にした。

「まいったな、ダブルリーチか」と筒井康隆が呑気なことをいった。下家(シモチャ)の矢野徹がためらわず北を切った。

「しめた。リーチ一発だ」不気味な沈黙の中で、星新一ののんびりした歓声が響いた。「白がドラで、裏ドラに東がついたぞ。ドラ6だ、ちょっと凄いぞ」

「なにをいっているんです。親の四倍役満ですよ」豊田有恒がかすれ声を振り絞った。

「これ以上高い手はほかにありません」

「キチガイだ」

「可哀そうに矢野さん、暗刻の北を切っておりたんだよ。ドボジデ？」

「もう払う点棒がない。こうなったら二〇年年賦にしてくれ」さすがの殿様麻雀、下じもによくほどこす矢野徹もふてくされていた。

「ま、点棒と思えば腹も立つが、金と思えばなんともない」星新一が励ますようにいった。


その夜の星新一は、鬼神がのりうつったように、ひたすら勝ち続けた。別卓の虎男ら四人は気がぬけてしまい、麻雀どころではなかった。彼らが半荘（ハンチャン）まわす間、星新一は東一局の起家（チーチャ）に居坐ったまま、とめどもなく連荘（レンチャン）を続けているのだ。——天和（テンホー）をあがり、ついで国士無双（コクシムソウ）の流し国士二六面待ちというバカげた手を自模（ツモ）あがりしたときは、全員頭の中が真空化したような虚脱感に襲われた。

「どうも調子が狂った」星新一は首をひねりながら立上った。「こんなはずじゃなかったんだが……トイレにいって、考え直してくる」

「もう、ほんとにおれは腰が抜けた」と、筒井康隆が弱々しい悲鳴を漏らした。

「なにか凶（わ）るいことでも起きる前兆じゃないか」と小松左京。「ひょっとするとアーマゲドンかなにかで、世界が滅亡するのかもしれないぞ」

「ほんとだ。悪い予感がする……」

一同は、冗談事とは思えず、白っちゃけた顔を見あわせた。肌寒い風が吹き抜けて行く気分だった。

「森さん。さっきから巻頭ショートショートのアイデアを考えてたんですけどね」虎男はいった。

「こんなのはどうです、星さんを主人公にした話なんです。ありきたりのショートショートだとつまらないから……」

「ほう、どんな話だ?」と、小松左京。

「われわれも、みんな登場するんです。オチから先に話すと、十数年前の星さんは、経営不振の星製薬をムリヤリ押しつけられて、二代目社長の椅子に坐っていた。債鬼の群れと労働組合に連日連夜押しかけられ、訴訟を起され、気が狂うほどの苦しみを味あわされた……最悪の時代だったと星さん自身いっていますよね」

「それで……」妙に虚ろに声が響いた。

「社長室に押しこめられ、たったひとりで壁を眺めて暮す星さんが気をまぎらす方法はたったひとつしかなかった。苛酷な現実から逃れて、空想の世界に入りこむことです。そこまで債鬼どもは追いかけてこない……そのうち、星新一のもうひとつの世界は、しだいに現実味を帯びてきた。確かな手応えが生じてきた。そこで、星さんは次々に人物をつくりあげていったんです。宇宙塵を作りＳＦマガジンを作り、ついに小松左京という親友をつくりあげ、筒井康隆も大伴昌司も、われわれも……つまり日本ＳＦ界のすべては、星新一がひとりで創造したんです……」

自分の声まで妙に遠く虚ろなものと化していた。その場の光景すら、現実感を失い、古い写真のように頼りなく薄く、おぼろげに映りはじめていた。

「つまり、われわれみんな、星新一の妄想の中で創造された存在なんです。ＳＦマガジンを読んでいる読者もふくめすべて……その証拠に、星新一はだれからも賞められこそすれ、けなされたりしない。みんなから敬愛され尊敬されている……この世界が、星新一の自我の中の宇宙だからです。だから、麻雀だって、あんなことになった。さっき星さんがトイレに立つ前、なんといいました？　〝どうも調子が狂った。こんなはずじゃなかったんだが……トイレに行って、考え直してくる〟といったんですよ。ひょっとすると星さんの妄想がすこし狂ってきたからじゃないか……」

「やめろ」もはやおぼろげになった小松左京の声がささやいた。「もうよせ……星さんがもし、妄想をやめたら、われわれはどうなると思う……」

「そしたら、おれたち、みんな消えるんだ」筒井康隆の影がいった。

「なんとかして、星さんの妄想を続けさせなきゃ」と、豊田有恒の影から遠い声が漂ってきた。

そのとき星新一がトイレから戻ってきた。おぼろな影の世界にあって、星新一だけが鮮明な姿をとどめていた。まだ二十代の若さでほっそりと痩せていて少年の面影を残した星新一が……

いつか豊田邸にダブって、陰気に重苦しい星製薬の社長室のたたずまいが浮きあがりつつあった。

「妄想を続けてくれ……」影たちは口ぐちに呼びかけた。

「たのむ、もう一度」

そして

転生

1

放課後、内藤由紀は、親友の野村みどりといっしょに、帰宅のバスを待っていた。

由紀とみどりの家は同じ町内にあり、五軒と離れていない。小学校、中学も同じで、いまは明道高校三年の同級生だ。

由紀は、ほっそりした身体つきの娘だ。皮膚の色は透明感がある。感受性に富んだ大きなアマンド型の眼の白い部分は青く澄んでいる。

それにひきかえ、みどりは浅黒い肌の大型美人だ。脚が長く、腰も形よくくびれて、すでに少女というイメージから脱している。

ことごとく対照的なふたりだが、線の細いやや病的な印象の由紀の方が、実際ははるかに行動的で、肉体的にも強靭なのだ。

一見するとタフそうなみどりは、甘ったれで泣虫で、一年中風邪ばかりひいている。由紀は〈不死身〉とまでいわれている。

「ほらほら、由紀。〈彼〉が来たわよ」

みどりがいって、由紀の腰のあたりを、固い通学鞄の端でこづいた。

「痛い。だれ？」

由紀はとぼけていた。

「わかっているくせに。あんまり胸をドキドキさせると、通りの向うまで音が聞えるよ」

みどりは面白がっていた。

「はい、音量（ボリューム）をさげて……」

「なにいってんのか、さっぱり聞えないわよ」

由紀は強情にそっぽを向いていた。

みどりの同じトリックに何度もだまされたことがあるからだ。――あまり由紀が他愛もなく何度もひっかかるので、みどりはすっかり味を占めていた。

みどりの性格には、へんに執拗なところがあった。

しかし、今度ばかりは、みどりの見えすいたトリックではなかった。

「やあ」

のんびりした声が、由紀をたじろがせた。みどりのいう〈彼〉――クラスメートの江島三郎の声だ。

「江島君、妙なところに登場ね。あなた、西武線でしょ？　たしか鷺の宮だったんじゃない？」と、みどり。

「いや、大泉学園の親戚の家に寄るんでね。野村さんと内藤さんは、いつもこのバス？」

江島は、黒人歌手のように快い深みのある声を持っていた。

「でも偶然ね。由紀といま江島君のこと、話してたとこなのよ」

「へえ？」

江島は不思議そうにいった。由紀は彼の視線を感じたが、まともに見返すことができなかった。

「それはまた、どうして……ちょっと気になるな」

「さあ、なぜかしら？　由紀に聞いてみたらどう？　彼女、江島君にすごく関心をお持ちのようよ」

ぬけぬけとみどりはいった。

「そんなことうそよ」

由紀は熱くなっていった。

「彼女は、照れているのよ。由紀ったら、ほんとにもう、江島君に夢中なんだから。小学校のときからいっしょだけど、こんなの、はじめてよ。江島君のこととなると、眼の色が変っちゃうのよ」

みどりは妙に意地が悪い。由紀は、バス待ちの人々の視線が好奇的に集まってくるのを意識した。

由紀はみずからに命じて困惑を押しのけた。いざとなると度胸が据わるのだ。

「ええ、そうよ。あたし、江島君にとても関心持ってる。それは本当だわ」

由紀は顔をあげ、江島にまともに目を当てていった。

「ここで愛の告白をする気？　すごい度胸ね」

みどりが、なおも悪がらみする。由紀は無視することにきめた。

「でも、それはあたしだけじゃないわ。クラスの全員が江島さんに関心を持ってるんじゃないかしら？」

「どうしてだろう……ぼくはそんなにへんなところがあるのかなあ？」

江島君は、おそろしく生真面目な表情をしていた。

「べつに、へんというわけじゃないけど。江島さん、ひとりでアパート暮しをしてるでしょ。それにクラスのだれとも交際しないし、自分のことを一言も喋ろうとしない。みんないろいろ噂しているわ。大金持の息子で、いま勘当中なのだとか、実は首相級の大物政治家のご落胤なのだとか」

「なんだ、そんなことか」

江島は、はじめて白い歯を見せた。

「もちろん、そんなのはでたらめさ。ぼくの家は大世帯でね、とても勉強できるような環境じゃないんだ。それで仕方なしに家を出てアパートの部屋を借りたんだよ。しかし、このぼくが政治家の落しだねというのは傑作だな」

「でも、それは江島さんの責任よ。もうすこし、みんなとうちとけてもいいと思うわ」

由紀は落ちつきを取り戻していた。自分が江島に好意を抱いていることが、だれに知れようとかまわないと思う。

江島三郎は、いわゆる美少年タイプではない。いまどきの高校生には珍しくもないが、一八〇センチ近い長身の持主だ。表情は柔和で、とりわけ眼が暖かい。この年齢の若者にありがちな、性的な生臭さを感じさせなかった。学校の成績は、中の上ぐらいである。

「ぼくは、この通りの田舎者でね。みんなとテンポがあわないいんだな」

江島は、暖かい眼で由紀を見まもりながら、優しい声でいった。由紀はそんな江島が大好きだと思う。包容力を感じる。

「内藤さんや、野村さんのような都会的な女性と、なにを話していいかさっぱりわからない」

「そんなこと……」

由紀は、みどりを振り向き、うんざりした気分になった。みどりは硬ばった表情でそっぽを向いていた。

疎外されたと思って、すねているのだ。

みどりは、エゴイズムから座を白けさせる名人である。自制心というものが欠如しているのだ。

他人に対しては過分の思いやりを要求するくせに、他人の感情生活にはひどく冷淡で鈍感である。むろん、根は単純で気はいいのだが、みどりはなに不自由なく育ったひとり娘の短所をすべて備えていた。

あるいは、みどりもまた、江島に対して特殊な感情を持っているのかもしれない。

由紀はかなり不快をおぼえた。小学校以来、みどりにはボーイフレンドを何回も譲ってきた由紀だ。気質的に、由紀には年長者意識が形成されてい、姉の立場からなにごとによらず譲歩する習慣があるのだが、今度ばかりは素直にひき退る気になれなかった。江島をみどりに独占されるのは嫌だった。

由紀の顔つきはおのずときつくなってきた。

「バスがちっとも来ないな。どうしたんだろう?」

江島は眼をそらし、閉口した声でいった。自分をめぐって、ふたりの娘に生じた心理的葛藤に気づいたらしい。意外に敏感なところがあった。

バスを待つ人々は、十四、五人ほどに増えていた。苛いらと腕時計を覗いたり、バス停の時刻表と顔つきあわせたりしている。

「事故でもあったのかしら?」

由紀はなに気なく呟いた。

由紀はバスの車影を求めて、顔を振り向けた。バスのかわりに鉄材を満載した大型トラックが眼に映じた。

同時に、バス停から三〇メートルほど離れた交差点に、一台の乗用車が入りかけていた。

その乗用車が、バス道路を横断する気だったのか、右折してバス道路に入る気だったのか、由紀にはわからない。

　おそらく乗用車のドライバーは、接近する大型トラックの速度を計りかねて、判断に迷ったのだろう。

　ともかく、そのわずかな迷いがタイミングを狂わせた。

　大型トラックが、強引に通り抜けようと急加速したと同時に、乗用車が磁力に曳かれでもしたように、するするとトラックの進路に入りこんだのだ。

　急激に加速したため、ブレーキを踏む機を失ったトラックは、その狭まる道路の間隙に、猛然と車首を突っこんで行った。

　その真正面にバス待ちの人々がいた。

　由紀は、ガードレールの端からアメのようにねじ曲げて迫って来るトラックの巨体を、悪夢でも見る思いで茫然と眺めていた。化石したように身動きもならず、獰猛なトラックの醜悪な鼻面が、手で触われる至近距離に迫るまで、大きく眼を見はっていた。

　音もなく、なにかが爆発したようだった。恐ろしい衝撃と閃光。ついでスイッチを切ったような空白——

　大型トラックは巨体を横殴りに振って、バス停の人々を残らず叩きつけ踏みにじった。コンクリート塀をぶち抜くはずみに、積載していた鉄材を四方にばらまいた。

　凶暴なすさまじい大音響が消えたあと、路上とコンクリート塀には、おびただしい真紅の巨大な花が開いたように、血みどろの肉塊がへばりついていた。

それは文字通り粉砕された人間の四肢、臓器の破片であった。

2

気丈な由紀だが、これまでに一度だけ気絶したことがある。

小学生時分のことだ。

当時、野村みどりの家の庭に、大きな柿の木が植っていた。てっぺんまで登れたら偉いというみどりの挑発にのって、敢然とよじ登った。みどりが、賞品にオルゴールをくれるといったのだ。賞品欲しさよりも、みどりの鼻をあかしたい気持の方が強かった。高をくっているみどりの態度が憎かった。

柿の枝は脆く、非常に折れやすい。小学生の由紀は、それを知らなかった。

由紀が二階の屋根よりも高く登るのを見て、みどりは次第に恐怖に襲われ、泣きべそをかきはじめた。

由紀は優越の快感に酔った。みどりとは仲よしの友だちではあったが、その友好関係はもっぱら由紀の大幅譲歩によって成立してい、子どもごころにも、かなり鬱積するものがあったようである。

由紀はさらに高い枝を征服し、みどりはついに泣きだして走り去った。

なにをやったって、ほんとは、みどりなんかに負けないんだ。そのときの高揚感をいまでも覚えている。

やがて、みどりの母が蒼白な顔で駆けつけた。恐慌に捕われていた。

オルゴールをあげるから、降りていらっしゃい。みどりの母はそういった。そのほかにも、いろいろ豪華な賞品を約束した。大人が出てきては、遊びもかたなしだ。

由紀は興醒めした。哀願の口調だった。

大丈夫よ。落ちやしないから。

しかし、大丈夫ではなかった。と、ポキッと乾いた音がして、体重の感覚が消失した。墜落の恐怖はなかった。ああ落ちると思った瞬間、由紀は気を失ったようである。

救急病院のベッドで、意識を回復したとき、由紀はふしぎな鮮明さで、十年前の椿事を想いだしていた。

あのオルゴールの曲はなんだったか？

メリちゃんの羊メエメエ羊メリちゃんの羊はまっ白ね……

由紀は心によみがえるなつかしい旋律に微笑を浮かべ、覆いかぶさるようにして、ベッドの自分を覗きこんでいる母親の顔を見かえしていた。

母の顔がひどく青ざめて見える。きっとひどく心配しているのだろう。なにも心配することなんかないのに……あれは十年も前のことで、しかも運よく柔かい芝生の上に落ちて打撲傷も負わずにすんだのだから。

ふいに心の焦点が定まって、由紀は現実に帰った。突如、記憶がなだれでた。トラック！　大型トラックの醜い鼻面が、巨大なタイヤが怒濤のように襲いかかってきて、

「か、かあさん！」

悲鳴が突きあげた。

「なにも心配いらないのよ、由紀ちゃん。じっとしてらっしゃい。もう大丈夫」

母は、身を起しかけた由紀の肩をおさえ、おそろしく優しい声でいった。

「大丈夫、どこもなんともなっていないわ。ただ、ショックで気絶しただけ……いま先生に来ていただきますからね」

すぐさま、小柄、色黒の医師が、ひどくせかせかとやって来た。看護婦も従えていない。

医師は、猿のように器用な手で、由紀の眼を調べ、頭部を乱暴に撫でたり押したりした。ぺったりした冷たい指だ。――失神中に、この猿みたいな手でいじくられたのかと思うと、気分が悪くなった。それに、いつの間にか、浴衣(ゆかた)に着替えさせられている。下着もなしにじかだった。パンティすら穿いていない。

由紀は顔が赤くなった。下着が汚れていなかったかと気になる。生理が前日終ったばかりでほんとうによかった。その最中だったら死んだ方がましだ……

由紀の内心の屈託などお構いなしに、医師はせかせかと診察を続けた。

「どこか痛い？　ん？　ここは痛む？　ここはどう、ん？　嘔気(はきけ)はしないね、そう。ようし

上出来」

なにが上出来なのか。由紀は茫然と医師の日本猿そっくりの眼玉を見かえした。

「心配はいらんですね。外傷なし、骨折もなし、と。この分なら内出血の懸念もなさそうです。ま、念のために、脳波を見ときましょう」

医師はせかせかと出て行きかけ、思いだしたように声をはりあげた。

「しかし、ま、なんて運のいいお嬢さんだろうね。あんた、この事故で何人死んだか知ってる？　十一人だよ、十一人。あと二、三人増えるかもしれない。ま、あんたの場合はツイてたというか、奇跡だね。擦り傷ひとつないとは驚いた。それとも、あんたがあんまり美人なんで、死神の奴、手許が狂ったのかな？」

笑いもせず一息にまくしたてると、チビの医師は気忙(きぜわ)しく立ち去った。

「ほんとよ、由紀ちゃん、奇跡よ」

本当だろうか。そんなことってあるだろうか。由紀には、いまだに自分の幸運が信じられない。

あの狂ったような瞬間、受けた衝撃のものすごさは、はっきり身体が記憶している。

「かあさん！　鏡、鏡貸して！」

由紀は母のさし出す手鏡を奪うようにとった。息を詰めて顔前にかざす。

いつも見慣れた顔がそこにあった。異常はない。打身や切傷は、毛で突いたほどの痕跡もない。髪が乱れているだけだ。

底知れぬ深い安堵感がこみあげてきて、由紀は長い震える溜息を漏らした。

安堵したとたん、由紀はようやく事故発生の直前までいっしょにいた、みどりと江島のことを思いだした。彼らのことはまったく念頭になかったのだ。自分の身勝手さに顔が赤らんだ。

しかし、母はみどりのことすら初耳で、まったく安否を知らなかった。負傷者が大量に出たため、ひとつの救急病院だけではベッドが足りず、いくつもの病院へ分散して収容されたのだ。

「みどりちゃん、無事だといいんだけど」

「呑気なこといってないで、すぐみどりの家に電話してみて!」

由紀は、母親を叱りつけ、ベッドの上に跳び起きてしまった。

それが、いかにも大変な凶事を暗示しているようで、由紀はまったく気が気ではなかった。

あるいは、みどりは重傷を負ったのかもしれない。医師の口ぶりだと、被害者の大半が即死に近い死に方をしたようである。

ひょっとすると、みどりは……

由紀の胸中に、氷塊のようなしこりが生じ呼吸が苦しくなった。

そして、江島も……

自分だけ生き残るなんて、とても耐えられないと思った。

やきもきしているうちに、一時間ほどすぎた。

由紀のクラスの担任教師、小野が病室に姿を見せたとき、由紀の焦燥感は頂点に達し、みどりたちの収容されている病院を、自分で捜しに行こうとまで、本気で考えはじめたところであった。

「よかったな、内藤、いま医者に話を聞いてきた。なんともなかったそうだ」

神経質そうな肉の薄い顔だちの小野教師は、それが癖の、度の強い近視鏡の奥で忙しない瞬きをくりかえしながらいった。緊張が高まるとチック症といって、顔面筋肉の痙攣にまで発展する。

由紀は、あまり好きでない担任教師にすがりつきたかった。

「先生、みどりはどうなんですか？」

「心配ない。いま様子を見てきた。野村も君に負けないくらいピンピンしてたよ」

「よかった！」

由紀の眼に涙があふれた。とっさに言葉が続かない。

同じ事故で、明道高校の一年生に三人被害者が出て、この方は三人ともだめだったという。

「運だな。こうなると運としかいいようがない。無傷に近かったのは、君と野村のふたりだけだったんだから」

由紀の腕の中に氷塊が生じるのを感じた。

「先生、それじゃ江島さんは？　江島三郎さんはどうだったんですか？」

「江島？」

小野の瞬きが烈しくなり、ピクピクと眼尻の筋肉が慄えた。

「江島がどうかしたのか？」

声がうわずった。

3

意外であった。

警察の被害者リストに、江島三郎の名前が載っていないというのである。

そんなことは、とても考えられない。

軽傷者の中にも入らないような、由紀とみどりの名ですらちゃんとリストに記載されているのだ。とすると、江島は完全に無傷のまま、あの凄惨(せいさん)な大事故を回避したということになる。

とても信じられなかった。あのとき江島は由紀が手を伸ばせば届く距離にいたのだ。

「確かだね、内藤、江島がいたというのは間違いないんだね？」

教師はしつこいほど何度も念を押した。

「絶対間違いありません。みどりに尋ねていただければわかります」

小野教師は色を失って、そそくさと警察に逆戻りして行った。警察の調査にミスがあったのかもしれない。

由紀は、不快な脳波検査を受けたあと、異常なしと判定されて、その夜のうちに退院することになった。急患がかつぎこまれて、病院に頼まれ、ベッドを空け渡したのだ。

由紀は、出張先との連絡がついて、あわてて駆けつけた父親の手も借りず、平然とタクシーの拾える道まで歩いた。

「いま俺が車を拾ってくる。由紀、おまえはそこでじっとしていろ。そんなに急に歩いちゃいかん」

父親は娘の身を気遣うあまり、額に青筋を立てていた。

「平気よ、とうさん。あたしってタフなんだから。きっとダンプと相撲をとっても擦り傷も負わなかったって、勇名を馳せるかも」

事実、疲労感すらもなかった。両親はおろおろしていた。


翌日、大事をとって由紀は学校を休んだ。由紀の意志ではない。両親がぜひとも休めと主張するのだからやむを得なかった。

朝刊には、昨夕の事故の記事が大きなスペースを占めていた。死亡者の顔写真入りで、由紀とみどりの名も軽傷者として載っていた。

死者十一名、生命危篤の重傷者四名、無傷ですんだのは由紀らふたりだけ。大惨事である。

由紀は、いまさらのように慄然とした。たしかに自分たちが無事だったのは、奇跡としかいいようがない。

しかし、江島三郎の名前は、記事を隅々まで捜しても見出せなかった。いったい江島はどうなってしまったのだろう。

由紀は思いついて、みどりに電話した。みどりの家まで百メーターと離れていないのだが、母が外出を許してくれない。

みどりが電話口に出た。彼女は今朝、退院したばかりだといった。

「昨夜(きのう)はほんと、たいへんだったのよ」

みどりは晴れやかな声を出した。

「パパの会社の人たちが大勢見舞いにおしかけてくるし、新聞記者は取材に来るし、てんこ舞いだったわ。今朝のM新聞見た？　あたしの写真が載ってるの」

両親にむりやり学校を休ませられた、といかにも残念そうにいった。

体験記を喋りたくてたまらないらしい。あの恐ろしい事故は、みどりの心にいささかの傷痕も残していないようであった。

かえって、ふだんよりも浮きうきしていた。どうも様子がおかしい。

「ね、みどり、あなた江島さんのこと知らない？　彼、どうなったのかわからないのよ。新聞にも載ってないし……」

「江島君？」

みどりの声が間伸びした。

「そういえばそうね。でも、べつになんともなかったんじゃないの……それより由紀、あなたのところへ新聞記者来なかった？　あたしの会ったの、M新聞のすごくカッコイイ若い人よ」

　由紀はあっけにとられていた。

「その様子だと、由紀のところへは、だれも行かなかったらしいわね」

　みどりはいかにも満足そうに含み笑いした。まったくどうかしている。クラスメートの安否より、自分の写真が新聞に載ったことの方が気になるらしい。

　こんなにひどいエゴイストだとは思わなかった。

　由紀は嚇っと腹を立てて、手荒く電話を切り、みどりの浮わついたお喋りを切断してやった。

「べつに、なんともなかったんじゃないの」

　由紀は、みどりの気のない口調を真似ていった。するとなおさら腹が立ってきた。

　みどりは、江島のことなど、ちっとも気にしていないのだ。みどりなんかもう絶交だと由紀は激しい怒りに駆られた。

　気晴しが必要なとき、由紀は湯をうんと熱くして入浴することにしている。だから、由紀の機嫌が悪いとき、彼女のあとでは家人はうっかり風呂に入れない。

　そうだ、お風呂に入ってやろうと由紀は思った。昨夜は入浴しそびれたため、身体が汗臭いようで気分が悪かった。

入浴のついでに、由紀は身体を丹念に検分した。たしかに擦り傷ひとつ見当らない。しかし、なんとはなしに異和感が心にひっかかった。なぜかわからない。

湯は、指を入れただけでも跳びあがるほど鋭い歯を持っていた。まるで拷問に近い。

色白の皮膚が、みごとな赤さにうだってしまった。それでもいくらか気が晴れた。

洗い場で、石鹸を使いにかかったとき——由紀は思わずあっと声をあげた。

身体中の皮膚に、奇妙な縞模様が生じているのだ。

熱湯の刺激を受けた皮膚が赤く染まるまでそれとわからなかったのだが、いまは明瞭な濃淡が生じている。

右の乳房の隆起を這い登り、乳首に達する細長い帯状のものが一カ所、右腰のくびれたあたりから下腹部の茂みへかけて一カ所、右膝のやや上部、太腿をぐるりと色の淡いピンクの縞がとり巻いている。

打撲傷の痕なのだろうか?

由紀は狼狽に駆られ、棚から鏡をとって顔をあらためた。

やはり右顎のつけ根からピンクの帯が頰を這いあがり、こめかみを経て、頭髪の中へ消えていた。

右半身がピンクの縞模様で埋まっている。

そして、由紀ははじめて気づいたのだ。右膝のやや上の内腿にあった黒子(ほくろ)がいつの間にか消えていたのだった。

さっき身体を改めたときの、奇妙な異和感はそのためだったのだ。

由紀はぞっとする思いで、右の乳房に生じた奇妙なピンクの瘢痕を指先で追った。べつに皮膚の知覚に異常は感じられない。

が、やはりそこにも異和感があった。

由紀は、ほっそりした外見に似ず、釣鐘型の美しい乳房を持っていた。そのいつも見慣れた隆起の形状が、いくらか変っているように思えてならない。プロポーションが崩れ、ややいびつに歪んでいるような気がする。

由紀は身慄いした。その気分に敏感に応えて乳首が陥没してしまった。

身体を流すのもそこそこに浴室を出た。爽快さは雲散霧消していた。

脱衣場に置かれている洗濯機の上の風呂敷包が、ふと眼についた。中身は、事故のとき由紀が着ていた服らしい。

由紀は衝動的にブラカップをつける手をとめて、風呂敷包を調べに行った。

結び目をほどく指先が慄えている。

中から現われた服と下着類は、見るかげもなくずたずたに裂け、どす黒く凝固した血でごわごわする感じだった。クリーニングに出しても、二度と使用に耐えないだろう。

衣服の裂け目は、由紀の身体の奇妙な瘢痕の部分とほぼ一致しているように思えた。

しかし、衣類にこびりついた血は、由紀のものではないはずだ。由紀の肉体に、血を流し出した傷口はないのだから。

由紀は、脱衣場の洗面用の鏡を覗いた。やや顔色が青ざめていた。不思議なことに、もう奇怪な瘢痕は消えてあとかたもなくなっていた。

服を身につけ終ったとき、担任教師小野から電話がかかってきた。

「江島のことなんだが、内藤、ほんとに君は事故のとき江島といっしょだったのか？」

小野は、のっけからそう切りだした。

「はい」

「おかしいなあ。昨夜、あれから江島のアパートまで行って確かめてみたんだが、江島はいなかった。それで今朝になっても、まだ江島は登校してこないんだよ。事故のとき、江島が現場にいたというのは、間違いないんだろうね？」

「はい。絶対に間違いありません」

答えながら、由紀は昨夜も病院で同じ問答があったことを思いだしていた。

「先生、そのことですけど、野村さんにお訊きになりました？」

小野教師は、困惑をこめて唸った。

「それが……いま野村に電話したんだが、野村はまったく知らないというんだ」

由紀は、顔から血がひくのを意識した。なぜ、みどりはそんな嘘をつくのだろう。

4

野村みどりは、自室のドレッサーに向い、自慢の長い髪をくしけずっていた。

「あら、由紀、来たの」

みどりは立ちあがると、ファッション・モデルまがいの挙動でターンしてみせた。均整のとれた長身に、華麗なブルーのパンタロン・スーツをつけていた。着て行く場所もないのにみどりに甘い父親にねだってつくらせたものだ。

由紀は、と胸を突かれた。

派手なつけまつ毛で眼許の陰翳をどぎつくきわだたせたメークアップ。白に近い色彩で塗られた唇。

「みどり。あなたいったい、どういうつもりなの」

と、由紀は部屋の戸口に立ったまま、きめつけた。

「あら、なあに？」

「なあに、じゃないわよ。どうして小野先生にいい加減なことをいったの？　事故のとき江島さんがいなかっただなんて……」

「ああ、あれ」

みどりはケラケラ笑った。

「電話なんかかけてきてさ、なんかウダウダいってるから、適当にあしらっといたのよ。めんどくさいんだもん……それより、由紀、どう？」

　みどりは、おそろしく気取ったポーズをつくってみせた。

「あなたどうかしてるんじゃない？　いまみんな江島さんのことで大騒ぎしてるのよ。それがわからないの？」

「関係ないわ」

　みどりは、実にあっさりといい放った。

「それよりねえ、さっき電話で話したM新聞のいかす記者ったらねえ、あたしにモデルになれっていうのよ。TMCに紹介するって、TMCって知ってる？　東京モデルクラブ」

　眼の光が異常である。由紀はぞっと冷たいものを感じた。眼の前にいる、けばけばしい若い女は、自分のよく知っていたみどりではない。急にそんな気がしたのだ。夢のように他愛ないことを、いかにも楽しげに飽くことなく喋っていた。

　由紀は居たたまれなくなった。

「あたし、帰る！」

　みどりは、由紀にはなんの関心も払わず、ドレッサーに映った自分に見惚れていた。

　家に戻った由紀は、胸騒ぎで息苦しいほどだった。なにごとか、恐ろしい凶事が生じているように思えてならない。

　小野教師は、夕刻近くになって、突然由紀の家を訪れた。埃だらけの疲れた顔をしていた。

あいかわらず、眼許の筋肉をせわしなく痙攣させていた。

「どうにもこうにも、わけがわからない」

江島三郎は、完全に行方不明だというのだった。

家庭調査簿によると、江島三郎の保護者は大泉学園町に住む叔父の小泉徹ということになっているが、いくら捜してもその住所と小泉なる人物は見当らなかった。交番に寄って調べたが、同姓の家すら存在しないとわかった。

そこで小野について再び、鷺の宮の江島のアパートをたずねたが、昨夜来、部屋へ戻った形跡はなかったという。

「内藤、ほんとに君はなにか心当りはないんだろうね？」

小野の口調は、なにかしら不快なとげを含んでいた。

「内藤、ひょっとすると、君は江島になにか頼まれたんじゃないのか？」

「なんのことでしょうか？　先生、あたしが嘘をついているとおっしゃるのですか？」

由紀の顔は硬ばってきた。小野はうろたえ気味に眼をそらせた。

「いや、そうはいっていないが……ひょっとすると、江島はなにか犯罪にでもかかわりあっていて、それで身を隠したのじゃないかと心配になってきてね」

彼は薄汚れたよれよれのハンカチを出して首筋を拭いた。

「実は、野村が、江島と君は特別に親しかったというんで、念のために事情を訊いてみただけだ」

「まあ。みどりがそんなことをいったんですか？」

あいた口がふさがらなかった。

みどりのいうことは、まるで口から出まかせである。

「そんなことでたらめです。みどりは頭がどうかしているんです」

怒りがこみあげて、由紀は声が慄えた。

小野は、色をなした由紀の剣幕に、さすがにバツが悪そうであった。みどりは、由紀と江島が恋仲だと教師に告げたらしい。

「いま、江島の四国の親許に電報を打ってきたところだ。このぶんだと、警察に捜索願いを出さなきゃならないだろう」

小野はそそくさと帰って行った。喉が乾いていたろうに、出した茶にも手をつけなかった。

小心者の教師には、よほどのショックだったらしい。

「江島さんていうお友だち、前からおつきあいしてたの？」

小野との話を、隣室で聞き耳を立てていたらしい母は、窺うような眼つきをしていた。

「なんだか、変な人らしいわね」

由紀の説明を聞いても、母の硬い表情はほぐれなかった。

その夜、興奮したためか、由紀は事故の悪夢に襲われた。

右脚が、膝の上あたりでちぎれかけ、すさまじい傷口がひらいていた。ホースで撒くように、まっ赤な血がとめどもなく噴出する。傷口から折れ砕けた白骨が無残につきだしている。

由紀は、自分の恐怖の悲鳴で目覚めた。割れかえるような動悸が荒れ狂い、全身冷水を浴びたような寝汗にまみれていた。

跳び起きて、右脚を確かめずにはいられなかった。あまりにも悪夢が生なましすぎたからだ。

5

一週間がすぎた。

由紀は平常に戻って通学を続けていた。

はじめの数日はともかく、一週間たつと、さしもの大事故の印象も薄れかけていた。

由紀が怪我らしい怪我もせず、後遺症も残らなかったこともある。

しかし、由紀のクラスには、くっきりと傷痕が残った。ふたつの空席——野村みどりと江島三郎のそれだった。

江島は、完全に消息を絶っていた。失踪のミステリーは深まる一途だった。

小野教師が、江島の四国の親許に宛てて打った電報が、名宛人不明で戻ってきたのである。

大泉学園にいるはずの叔父の所在も、依然として判明しない。

由紀は、江島失踪に関して、不愉快な思いに耐えなければならなかった。

江島と由紀の間が、ただならぬものだったという虚報がひろまっていたのだ。

江島は高校生のくせに車を持っていて、しょっちゅう由紀をモテルに連れこみ、関係していたらしい。

江島が某政治家のメカケの子という噂は事実で、身許をごまかしていたのはそのためだった。

由紀は江島にすっかりのぼせていて、事故で頭を強打したために、いもしない江島がいっしょにいたと錯覚したらしい。

いや、そうではなくて、江島は事故のとき由紀といたのだが、ふたりの関係がバレるのを恐れて逃げたのだ。由紀は妊娠中だったが、救急病院で流産してしまったそうだ……

くだらない情報がしきりに交換され、由紀は級友たちの好奇の視線に悩まされた。

実は、江島の相手はみどりなのだととなえる者もいた。

流産したのはみどりで、その証拠にみどりは欠席を続けている。

もっとも悪質なのは、江島、由紀、みどりが三角関係だという説だった。あのとき、三人は痴話喧嘩のまっ最中だった。事故直前、江島が逃げだし、女ふたりが彼を追いかけたので、ふたりは軽傷、江島は無事に逃げのびたのだ。さもなければ、あれだけの大事故で死なずにすむはずがない。

もっともらしく筋が通っているだけに説得力があり、真相として校内に流布したようだった。

そのためか、由紀は、学校のカウンセラー・ルームへ呼び出され、教頭をはじめ担任の小野を含めた教師たちに、真相を問い質される破目になった。

まるで被告席に坐らされたような気分だった。みどりの中傷が原因らしい。

みどりをこの場に呼んでほしいと由紀は強く要求した。

ところが、野村みどりは、再三にわたる学校当局の呼び出しに応じないばかりか、すでに退学届を提出ずみだというのだった。

「みどり、退学するんですか？」

「本人の意志らしい。両親は反対しているそうだが」小野がいった。「転校する気もないらしい」

由紀はあっけにとられた。お体裁屋のみどりが高校中退するなんて信じられない。みどりは、お嬢さん学校として有名な女子大に進学することに決まっていたはずだ。

本人の性格を知りつくしている由紀には、納得がいかなかった。

むろん、隣近所のことだから、由紀は、みどりの療養を口実にした怠学の事実は知っていた。

みどりは、新宿や青山のプレイタウンで遊びまわっているらしいのだ。昼間から外出して、帰宅は朝の四時、五時である。エクゾーストの咆哮を派手に撒きちらす若い男のスポーツ・カーで送られて帰ってくる。住宅街の平穏をぶちこわす轟音でそれとわかる。

由紀も何度か眠りを破られ、酔っているらしいみどりの不謹慎な高声を耳にした。みどりの変貌ぶりは極端だった。つい一週間前までみどりは、お酒落好きだが、気の小さい女子高生だったのだ。

「ともかく、江島の捜索願いを警察に届けるとなると、いろいろことが面倒になる。君も警察に呼び出されて、事情を訊かれるかもしれない。その前に、学校としても、事情を詳しく知っておく必要がある」

角ばった顔の教頭が、いかつい顔に似ぬ猫撫で声でいった。

「君だって、警察に呼びだされて、刑事から取り調べを受けるのはいやだろう？ われわれがこうやって質問するのとわけがちがうよ。警察は犯罪者が相手なんだからね。どなりつけても、喋らせるよ」

なにやら恫喝じみていた。

「悪いようにはしないから、いまのうちになにもかも話しなさい。学校はあくまでも君たち生徒の味方なんだからね」

「あたし、知っていることは全部お話しました。警察に呼び出されたって平気です。隠すことなんてなにもありませんから」

由紀は椅子から立ちあがった。美しい眼が怒りに輝いていた。

「あたし、帰ってもよろしいでしょうか？ これ以上、お訊きになりたいのでしたら、父に電話をかけさせてください。父の同席を許していただきたいと思います」

教師たちは、にわかに狼狽して顔を見あわせた。

6

由紀が、ことの真相を突きとめてやろうと思い立ったのはこのときからである。

江島三郎の失踪が、すべての誤解の源なのだ。

みどりの変貌ぶりも気になるが、江島の失踪は、さらに不可解だった。あるいは、ふたりの間には、なにか繋がりがあるかもしれなかった。

事故当時、江島が現場にいなかったというみどりの証言には、なんらかの理由がなければならない。もしかすると、みどりは江島から口止めされたのではないだろうか？

みどりに逢ってみようと由紀は思った。

絶交状態のまま、二度と口をきかないつもりだったが、江島を捜すためならやむを得ない。

下校の途中、野村家に寄った。

が、思った通り、みどりは不在だった。例によって遊びに出かけていた。

みどりの母は、心労にやつれていた。娘の急激な変貌ぶりがどうしても理解できずに悩んでいるのだった。

みどりは、事故の〈後遺症〉を巧妙に利用しているらしい。両親が叱責したり、自由を制約しようとすると、頭が痛い死んでしまうなぞと泣きわめき、気違いのように荒れ狂うのだという。

「由紀ちゃんだから、こんな打ちあけた話をするんだけど、あの子、頭がどうかなってしまったのじゃないかと思うの」

「まさか、そんな……」

「ちょっと来て、由紀ちゃん。あの子の部屋を見てやってちょうだい」

いわれるままに、一歩みどりの自室へ踏みこんだ由紀は眼を疑った。

見慣れた部屋とは思えなかった、綺麗好きだったみどりの部屋ではない。

「ね、まるで豚小屋……」

乱雑に脱ぎちらした衣服、下着類がちらばり、その間にチョコレートやガムの包装紙がクズカゴをひっくりかえしたように散乱していた。開きっ放しでうっちゃられた外国モード雑誌のページは埃だらけだ。

口紅の付着した外国タバコのすいがらが、クリスタルの灰皿からあふれだしていた。だらしなく口を開けたままの衣装ケースに、由紀が見たこともない華美な色彩があふれていた。

由紀はめまいをおぼえた。この惨状からすると、たしかにみどりはまともな精神状態ではない。

留守の間に部屋を片づけようものなら、みどりは手のつけられぬほど猛り狂うのだ、と母親は泣かんばかりに訴えた。

「やっぱり、あの事故のせいなのかしらねえ。まえのあの子とは別人のようになってしまって……」

友だち甲斐に、由紀からも忠告してやってほしいと母親はかきくどいた。

いまのみどりは、以前、自分のよく知っていたみどりではない。顔かたちは同じでも、中身は見も知らぬ他人なのだ。なぜか由紀にはそう思えてならない。

気重く帰宅すると、母が浮かぬ顔で由紀を迎えた。

留守の間、何度も由紀に電話がかかってきたという。

「だれから？」

「それが、いくら訊いても名前をいわないのよ。聞きおぼえのない男の声で……由紀、なにか心当りでもあるの？」

反射的に、江島の顔が脳裡に閃きすぎた。

「なにか伝言はなかった？」

「なかったわ。まだ学校から帰ってこないというと、すぐに電話を切っちゃうし。いったいなんのこと？　気持が悪い」

江島が自分に連絡をとりたがっているのだと由紀は直感した。

江島のアパートを訪ねてみよう。彼はいまごろアパートの部屋に戻っているかもしれない。

思いたつと矢も楯もたまらず、由紀は母の制止を振り切るように家をとびだした。

江島に逢えるかもしれない――その思いが由紀を興奮させた。なぜもっと早く江島を訪ねてみる気にならなかったのだろう。

胸の裡がにわかに展ける（ひらける）ような高揚感を、由紀は味わっていた。

夕刻のラッシュアワーにもまれて、西武線鷺の宮駅で降り、生徒名簿の住所を頼りに江島のアパートを捜した。

アパートは、駅から歩いて七、八分の、やや高台を占めた真新しい鉄筋六階建ての建物であった。マンションとかコーポと呼ばれるスタイルだ。

木造二階の安アパートを想像していた由紀はいくらか気押されてしまった。高校生の身で住むアパートとは思われなかった。不動産相場などに縁のない由紀にも、それとわかる高級アパートだ。七、八万の家賃をとられそうだった。

五〇がらみの男が、殺風景な管理人室で、即席ラーメンをすすりこんでいた。

遠慮がちに声をかけると、ドンブリにハシをほうりこみ、手の甲で口を拭きながら出てきた。眼尻にシワの寄った人の好さそうな顔つきを見て、由紀はほっとした。

「江島さんに面会かね？」

男は胴間声でいった。上の前歯が二本欠けている。

「さて、ここんとこ見かけないようだがね。いま電話をかけてみっから」

交換機の前に屈みこみ、無器用そうにプラグをいじった。

「あいにくと留守みたいだねえ、お嬢さん」

　管理人は、交換手の使うヘッドフォンをはずしながら、気の毒そうにいった。

「ずっとお留守だったんですか？」

　由紀は気落ちしていた。

「どうも、そのようだね。お嬢さん、江島さんの友だちかね？」

「ええ。同級生なんです」

「ガールフレンドってわけかね。こんなきれいなお嬢さんがガールフレンドだなんて、若い人はうらやましいねえ。いやほんま」

　管理人は欠けた歯並をむいて笑った。頭をさげてきびすを返しかけた由紀に、いそいで声をかける。

「お嬢さん、伝言があるんなら、伝えといてあげるよ。せっかく来たんだ。伝言ぐらいして行きなさいよ」

「じゃ、お願いします」

　由紀の、手帳のページに、名前と電話を欲しいという文章を手早くメモした。手帳から裂きとって、管理人に渡す。男はもぞもぞと老眼鏡をかけ、紙片を覗いた。

「あんたが内藤由紀さんかね？」

「ええ、そうですけど」

「本人だと証明するようなものは、なにか持ってるかな？」

「学生証でいいですか？」

管理人は、学生証に貼られた写真をしげしげと眺め、うなずいた。デスクの抽斗をあけキイをひとつ取りだした。

「部屋に入ってもらってくれという江島さんの言づけでね。それは部屋のカギです。内藤由紀さんという名の娘さんが来たら、遠慮なしに入ってくれといってましたから」

「江島さんは、いつその伝言を？」

由紀の鼓動は早くなった。江島は、自分が訪ねてくるのを予期していたのだ。

「さきおとついの晩だったかな。江島さん電話をかけてきたのは……あんたと、もうひとり、野村みどりとかいう友だちにだけ伝えてほしいいうて……あ、江島さんの部屋は、そのエレベーターで五階に昇って、左の突きあたりでっせ。五〇三号室だす」

7

部屋は、十畳ほどの洋間と、六畳近いスペースの寝室を、アコーディオン式の間仕切で区切って用いられていた。

室内はきちんとかたづけられていて、男臭さは感じられない。かといって、部屋に女手が入っている気配もなかった。

中性的、無機的な、さっぱりした印象だ。部屋全体に染みついているはずの、住人の体臭、生活の臭いといったものが欠けていた。

由紀は洋間の中央に立って、無人の室内を見まわした。サッシ窓から夕暮れの弱い光が忍びこんでいる。

どこかで、こんな雰囲気の部屋を見た記憶があった。

洋間と接続したドアが開いていて、ダイニングルームが見える。

それが妙にカラリとした空疎な感じだ。

冷蔵庫もなければ、食器棚も見当らない。あたりにコップひとつ皿一枚出ていない。

およそ生活臭というものが欠落しているのは、そのためらしい。

由紀は、ようやく記憶をたぐり寄せることに成功した。

これは、ホテルの雰囲気なのだ。

春休みに父と京都へ旅行したおり、一泊したビジネス・ホテルのよそよそしさだった。人はただそこを通過するだけで、とどまって生活する場所ではない——江島の部屋は、まさにそんな感じだった。

それに、勉強机もなく、本棚もない。眼につく場所に、一冊の本も見当らないのが奇異だ。

江島三郎は、いったいこの空虚きわまる部屋でどんな生活をしているのだろう？

奇妙なことに、由紀に宛てた伝言（メッセージ）のたぐいは、室内のどこにも見出せなかった。江島が由紀の訪問を予期していたところで、これでは無意味というほかはない。

それにしても、江島はなぜ由紀とみどりだけ、部屋に入れるようにはからったのか？　それには、なにか理由があるはずだ。

由紀は突立ったまま考えていた。

もしかすると、江島は、この部屋のどこかに隠れているのかもしれない。

その考えは突如閃き、由紀の背筋に悪寒を走らせた。あわただしく背後を振りかえる。

部屋のどこかからか、自分に注がれている視線を感じたような気がしたのだ。

だれもいなかった。想像力のせいだ。

由紀はほっと溜息をついた。汗が脇の下を湿らせていた。

この場をどうしたらいいものかと迷う。伝言を捜して戸棚や押入れを勝手に開けてみる勇気はなかった。自分の部屋に入れた江島の意図がまったく理解できない。

かといって、このまま立ち去る気にもなれなかった。

由紀はぐずついた気持で、ダイニングルームに足を踏みいれた。トイレと浴室のものらしいドアが並んでいる。

なかに江島がひそんでいるとも思えなかった。人の気配は感じられない。

由紀は深呼吸をして、把手(ノブ)のひとつに手をかけた。ノブをまわし、細目にドアを開ける。

心臓が大きく跳ねあがった。浴室のタイルにだれか長々と寝ている！　江島だ……しかし、由紀の錯覚であった。タイルの床に落ちている衣服が人のかたちに見えたのだ。

額は汗で濡れ、動悸はやまなかった。

事故当日、江島の着ていた服だとわかった。明道高校は自由服装制なので、江島は濃緑のブレザーを身につけていたのだ。

衣服の置き方が実に奇妙であった。タイルの床に仰向けに寝た人間が、服だけ残して消え失せてしまった感じなのだ。

上衣とズボンがひとつなぎになっている、上衣の中にはワイシャツがきちんとおさまっていい、ズボンのすそ口には、革靴が一足転がっている。

その不自然さが、由紀を驚かせ、錯覚を生ませたのである。

いかにも意味ありげだった。なにかを暗示しているように思えた。

浴槽の中でなにかが動いたようだった。

水を張っていない浴槽を覗きこんだ由紀は奇妙なものを見た。

底になにか不透明なゼラチン様のものが大量にわだかまっていたのだ。

それは動いていた。

表面が絶えずフルフルと震動しつづけ、うごめきながら変形していた。

まるで生きているようだった。由紀の視線を意識したように、それはみるみる色彩をおびた。華麗な青を刷き、鮮やかなグリーンに変って行く。妖しく美しい変化だった。

異様な慄えが由紀の背筋を襲った。魅入られたように全身が硬直して、眼をそれからはなすことができない。

得体の知れぬ無気味なもの。が、それは美しかった。この世のものならぬ美があった。

それは、流動しつつロウのように変型した。由紀の側の浴槽のへりに向って集合し、ゆるやかに側面に沿って伸びあがりつつあった。

それが生きていることは、疑いもなかった。低い音波を発していた。猫が喉を鳴らす音に似ていた。

浴槽の上部のへりに達したそれは、不定形さを脱して、なにか人間の形態を想わせる輪郭を持ちはじめていた。色は橙色に近くなっている。

由紀は首の筋肉がひきつるほど顔をそむけ、瞳と虹彩が眼のすみに隠れるくらい極端な横眼を使っていた。声を出すこともできない。身体が金縛りになっている。

それは、人体のふくらみと厚みを備えだしていた。未完成のロウ人形のように眼鼻立ちを持たず、粗野なデッサンにすぎないが、あきらかに人間に変貌しようとする意志を感じさせた。

全体の色調は、人肌のそれに迫り、各所で分化を始めていた。頭部は頭髪を想わせてくろずんできた。顔面部は目鼻とおぼしい凹凸が浮きだしている。

「ナ・イト・ウサ・ン……」

と、それはいった。同時に金縛りがとけ、由紀は浴室を跳びだした。髪が恐怖で逆立っていた。

8

どこをどう通って家に逃げ帰ったのか、まるで記憶がない。真青な顔で帰宅して、母を驚かせたようである。

由紀は、ありえないものを見たのだ。

「内藤さん……」

と、それは由紀の名を呼んだ。非人間的なゴボゴボと泡立つような声であったが、聞き違えようはなかった。それは生きていて、はっきりと意志を持っていた。

自分は気が狂ったのだろうか……

胃のなかに氷塊を呑みこんだようだった。くりかえし悪寒の波動が背筋に沿って上下した。とりわけ恐ろしいのは、自分がそれに見おぼえがあり、どこかで逢ったことがあるという感じがすることであった。

そんなことはありえないとわかっている。が、理性で否定することができても、その異様な既視感を拭い去ってしまうことはできなかった。

鳥肌の立つ恐ろしい疑惑が心の深奥に育っていた。それは懐胎した鬼子のように鋭い歯でせっせと抑圧を嚙み破ろうと働きつづけていた。

だれにもいわなかったが、由紀にはさらに心労のたねがあったのだ。

あの日入浴したときはじめて見つけた、全身の奇妙な瘢痕が、日を追うにつれて明瞭さを加えていくことだった。

最初のうちは入浴時だけだったが、一週間後には、肌色の濃淡が平常時にも目立ってきたのである。

ごく淡い痣に似て、注意しなければそれとわからぬほどだが、由紀の心には重圧となってのしかかっていた。

かてて加えて夜毎に悪夢が襲ってくる。

それも決まって、左脚のちぎれる夢だった。虫の脚のように、ぽきりともげてしまうのだ。冷汗にまみれ、死ぬほど恐れおののいて目を覚す。

由紀はやみくもに叫びだしたい衝動に、自制力をふりしぼって耐えた。だれにも救いを求めることはできなかった。

その夜、ようやく苦しい眠りに沈んだ由紀を、いつものように夢魔が待っていた。

一面灰色の世界を由紀はさまよっていた。なにか恐ろしい追跡者が、背後に追い迫っていた。そこは世界の果ての砂漠なのかもしれない。由紀は必死に逃げ走った。

どこで衣服を失くしたのか、全身裸体であった。

砂漠の彼方に、江島三郎らしい人影が立っていた。そこまで逃げのびることができれば助かるのだった。由紀はままならぬぎごちない足をけんめいに動かして走った。追手が間近に迫っている。

が、ようやく人影の立つ場所へたどりついたとき、限りない失望が由紀を捉えた。

それは、江島の顔をしたロウ人形だったのだ。瞬かぬガラスの眼が空をうつろに見据えていた。

　由紀は地団駄を踏み叫び声をあげた。

と、火にあぶられたようにロウ人形がトロトロと溶解し、滅形しはじめた。地表に一塊の腐肉と化してわだかまると、すさまじい腐臭を放った。

　由紀は悲鳴をあげて逃走した。が、腐肉の悪臭から逃れることはできなかった。気がつくと、由紀自身の肉体がおぞましい腐臭を放っているのだった。あの瘢痕が真黒に腐敗し、汚汁をしたたらせていた。

　恐怖が由紀の全身を火の塊に変えた。

　生きながら肉体が腐って行くのだ。由紀は火がついたように絶叫を放ちながら、両手で顔をおおった。と、右の指先がずぶりと顔に無抵抗にめりこむのが感じられた。顔の右半面が泥のように腐って穴があいていたのだ。

　同時に全身の真黒な瘢痕がどろりと腐汁を流しだして空洞化し、内部の白骨を覗かせた。右脚が膝のところでごそりともげ落ちて行った……

　悪夢から必死に逃れ出た由紀を、亡霊が待っていた。

9

寝室のアルミサッシの窓を、外側からひそやかに叩く音が断続的につづいていた。

由紀は暗闇の中で身体をかたくした。寝汗が肌を冷たく濡らしている。呼吸が烈しい音を立てていた。

窓の音はつづいている。

由紀は枕許のスタンドをつけて身を起した。泥棒のたぐいではないという確信が、なんの理由もなく唐突に湧いた。

ベッドを降り、サッシ窓を覆ったカーテンをはぐって、覗き見する隙間をつくった。

由紀は凍りついた。全身から血の気がひいていった。

サッシのガラス越しに、針金のように痩せほそった顔が浮かびあがったのだ。

まごうこともない江島三郎の顔だった。

江島の口がしきりに動いていた。窓を開けるようにといっているらしい。

由紀は催眠術にかかったような動きで、サッシ窓の錠をはずした。自分がネグリジェ姿であることも意識していなかった。

「静かに。声をたてないで……」

と、江島の声がささやいた。

肌寒い夜風が吹きこんで由紀が気をとり直すより早く、江島はサッシ窓の隙間から、するりと寝室の中に入りこんできた。

たしかに江島であることに間違いはない。が、まったく別人のような変りかたであった。まさしく針金である。痩せこけて、背丈まで縮んでしまったようだった。

「驚いたろうな。むりもないよ。だけど、どうしてもきみに会わなければならなかったんだ……」

江島の暖かみのある眼だけが、わずかにもとのままであった。

なにかいおうと、由紀のひらきかけた口を、江島の身ぶりがおしとどめた。

「説明はあとでする」と、彼は切迫した声でいった。「そのまえに、内藤さん、きみの身体を見せてほしい。そのネグリジェを脱いではだかになってくれないか」

由紀の口は、ぽかんと開いてしまった。いきなり真夜中に若い娘の寝室へ押し入ってきたばかりか、はだかになれという。とうてい正気の沙汰ではなかった。由紀は信じられぬという眼で江島を凝視していた。

「ぼくは、きみが考えているような気違いじゃない。きみの身体には、いま異常が起っているはずだ。ぼくは、それを確かめたいだけなんだ。信じてほしい……早く手当しないと手遅れになるかもしれない。わかってくれ、ぼくはきみを助けたいんだよ」

由紀はぎこちなく顔を左右に振っていた。

「ぐずぐずしていると、死んでしまうぞ！」

依然として拒否の身ぶりをつづけている由紀の手を、江島の手ががっちりと摑んだ。

「ぼくを男と思うな！　医者だと思うんだ。いいかい、ぼくは、これっぽっちもおかしな気は持っていない。きみの生命を助けようと思っているだけだ。ぼくを信じてくれ！」

由紀は江島の手をふりはらい、ネグリジェの胸を両手で抱きしめて、じりじり後退りをはじめた。顔が蒼白になっていた。

「内藤さん、ぼくの眼を見てくれ。ぼくは嘘をついてない。きみの身体は、たったいまも、すこしずつ死んでいるんだぞ！」

江島の眼を見た瞬間、由紀の心の中で、氷柱が折れ砕けたようだった。こんなに美しい優しい眼は見たこともない、と由紀は思った。ずっしりと分厚い愛情のてのひらで、心をつつまれたようだった。

由紀の心に暖かい湯のように、信頼と愛が湧出した。

由紀は、江島のさしだす手にすがり、身をゆだねた。


江島はベッドにかがみこみ、横たわった由紀の裸身を丹念に観察していた。学究者のような冷静さだったが、由紀はしっかりと眼をとじ、小刻みに身体を慄わせていた。観念はしたものの、やはり死ぬほど恥ずかしいことに変りはなかった。由紀のすべてが余すところなく江島の眼に曝されていた。軽く開いた両足の間の部分が、火のように熱かった。

江島は、由紀のそむけた顔に指を触れた。右のこめかみから顎へかけて、あの瘢痕の部分に沿って指を動かした。由紀の閉じた眼の隅から、透明な涙がじわじわと盛りあがり、こめかみを伝い流れた。

「内藤さん、もういい。恥ずかしい思いをさせてほんとにすまない」

江島の言葉に、由紀ははじかれたように身を起し、ネグリジェを摑もうとした。

「ちがう。ちゃんと服を着るんだ。ぼくたちはこれからすぐに出発しなければならない」

江島は、由紀の問いかける眼に答えた。

「さて、いよいよ説明する番だね、内藤さん。ぼくはさっき自分のことを男と思うなといった。その通りなんだ。正確にいうと、ぼくは男でないどころか、人間でさえもない。地球人（ホモ・サピエンス）ではなく、遠い異星から来た、そう、調査官とでもいったものなんだ。——江島三郎という、いまの姿は仮のものだ。ぼくの身体細胞は不定形で、どんな形態でも、自由自在にとることができる。つまり、ぼくは人間に化けていたというわけだ」

10

夢ではなかったのだ。

由紀は、その事実をめまいの感覚で受けとめた。それは恐怖とは別のものだった。驚愕というより、底なしの脱力感であった。由紀は膝の力がぬけてその場にうずくまってしまった。

江島三郎は人間ではなかった……

「地球人のきみから見れば、ぼくは人間に化けた妖怪だろう。きみが恐れるのもむりはない」

と、江島はやや悲しげにいった。

「きみたち地球人類は、皮膚の色が黒いとか白いという単純な理由で、激しく憎みあい、殺しあいまでする。相手が自分とわずかに異っているというので、非難し攻撃を加え、憎悪をあおりたてる。まして、人間と似ても似つかぬ異星人がやってきたら、いったいどんなことになるだろうか。――おそらく、盲目的な恐怖と憎悪が爆発するだけだ。たとえ、ぼくがきみたち人類と同じ知的存在であって、他人を愛することや、生きる喜びを知っていて、きみたち人類に友情の手をさしのべたところで、人類はそれを容認しようとはしないだろう。なぜなら、地球人類の精神は、未知の存在を外敵とする戦争文化にひどく歪められているからだ。宇宙人といえば、恐ろしい敵であり、侵略者だと考えるんだ。ぼくが人間の形をとっているのは、そうしないと自分の身があぶないからなんだよ……」

由紀は、床に坐りこんだまま、蒼白な顔に虚ろな眼をみひらいていた。現実がおそろしく希薄なものと化していた。

「われわれは、身分を地球人に明かすことをきびしく禁じられている。地球人類を無用に刺激してはならないからだ。いかなる場合にも干渉することは許されない。だが、ぼくはあの事故で死にかけているきみたちを見捨ててはおけなかった。放置しておけば、出血多量で死ぬことはわかっていた。きみたちの肉体はずたずたに破壊されていた……そして、ぼくはついに掟を破ってしまった。どうしても友だちを見殺しにできなかったんだ……ぼくは、とっさに自分の不定形細胞を切りはなして、きみたちのむごたらしい傷口をはりあわせ、血液に変えて送りこんだ」

そうだったのか……由紀は疲れた心でのろのろと考えた。あれだけの大事故で、自分とみどりだけがかすり傷ひとつ負わずにすんだはずがない。もし江島が、いあわせなければ、ふたりとも現場で死んでいたのだ……

「だが、ぼくは、きみたちの破壊された肉体を修復するために、大量の変形細胞を使いすぎた。変形能力を失い、活動不能になった。ぼくは身をひそめて、細胞の増殖を待たなければならなかった。ぼく自身、生命があぶなかったんだ……そのうえ、本体から切りはなした細胞は間もなく死滅してしまう。生存期間のリミットは約一週間だ。それ以上すぎると、きみの生体の反撃――拒絶反応に敗れて急激に死滅する。きみたちの生命を救う方法は、たったひとつしかない。隠してあるわれわれの宇宙機まで行って処置を受けることだ」

全身に生じた奇怪な瘢痕……それは由紀の肉体の損傷を埋めた、異星人江島の不定形細胞だったのである。由紀の潜在意識はそれを知ってい、悪夢の形をとって由紀にくりかえし伝達しようと試みていたのだ。

左脚がちぎれたのは、まぎれもない事実だったのだ。

「内藤さん。ぼくといっしょに行こう。時間はもうあまり残されていない。急がないと手遅れになってしまう」

由紀の心に根強く生きつづけていた、江島への愛と信頼が由紀自身を救った。さもなければ、恐慌に陥り、発狂したかもしれない。

「あなたのいう通りにするわ、どんなことでも……」

由紀は、いまおそろしく危険な瞬間を、自分が切りぬけたことを知った。

江島が人間ではなく、異形の異星人であるとわかったいまでさえも、由紀にとって彼は怪物ではありえなかった。


午前四時――。

住宅街はひっそりと寝しずまっていた。時折、表通りを疾走する車の轟音が夜のしじまを震わせるだけだ。

由紀と江島は、路地の暗がりに身をひそめて、野村みどりの帰宅を待っていた。

静かであった。どこかの家で、冷蔵庫のサーモスタットがカチッと作動し、モーターのまわりだす音が聞こえるほどだった。

由紀は、自分の心臓がゆるやかに、正確に搏っているのを不思議な思いで感じとっていた。身が触れあうほど間近にいる江島の存在について、まったく異和感をおぼえない。彼が地上の人でないなんて嘘のようだ。ちゃんと実体を備えたあたりまえの若者としか思えなかった。

江島三郎のそばにいるのがうれしかった。

こんなとき、他愛ない幸福感を感じているなんて、自分は頭がどうかしているのだろうか。

知らないうちに、気が狂ってしまったのだろうか。

由紀は何度も思いかえしたが、その奇妙な一種の充足感はいっこうに消える気配がなかった。

まったく、自分はどうかしている……

と、由紀の耳は、待ちかまえていた夜の音を捉えた。

聞きおぼえのある排気音が、夜気の彼方から伝わってきたのだ。

たちまち轟きは高まって、路地を曲折しながらエンジンをふかす猛烈な騒音と化した。ライトをきらめかせて、地表にへばりつくように車体の低いスポーツカーが路地を曲ってきた。

停車し、ドアが開く。

「じゃあな。また」

と、ドライバーの若者が、あたりかまわぬ大声でいった。

「ジョー、ごめんね。今夜はすごく気分が悪くって……しんどくて、我慢できなかったのよ」

みどりのけだるげな声だった。

「ほんじゃ、ま、せいぜい身体を大事にしろよ。バイ……」

スポーツカーは、夜気を粉々にするけたたましい咆哮をあげ、蹴とばされたように跳びだし、走り去った。

自宅の門に向って歩いて行くみどりの足許は、妙に頼りなげだった。

由紀は、路地の暗がりから姿を現わして、声をかけた。

ぎくっと振り向いたみどりの顔は、門灯の光を浴びて、異様に黒ずんで見えた。

「話したいことがあるの……」

と、由紀は小声でささやきかけた。みどりは、由紀の背後に立った江島を見て、眼を大きくした。

みどりは超ミニを穿いていた。とうてい高校生には見えなかった、まるでゴーゴー・ガールだ。

「いいわねえ、ふたりそろって。真夜中の忍び逢いってわけ。ふうん、由紀もやるじゃない」

毒のある声である。

「ちっとも知らなかった。そういうわけだったの」

「そうじゃないのよ。大事な話なの、とても大事な……まじめに聞いてよ」

「どんな話だか知らないけどさ、明日にしてよ。あたし、ものすごく疲れてんのよ」

「みどり、聞いて、おねがい」

由紀は、みどりの手首を握った。その手首には、あの瘢痕が色濃く浮きだしているのが見えた。由紀よりずっとひどい。

由紀は声をおさえ、必死にいきさつを話そうと努力した。が、みどりはろくに聞こうともしなかった。

「なにいってんのよ。由紀、あんた気が変になったのとちがう？　冗談じゃないわよ。宇宙人がどうこうしただなんて、正気の沙汰じゃないわよ」

「そう思うの、むりないわ。でも……このアザが証拠よ。みどり、あなた、こういうのが身体中にできてるでしょう」

　由紀は、みどりの手首をぐいと持ちあげてみせた。みどりがふりはなそうともがいたが、力をこめておさえつづけた。

「このアザはね、あの時の事故で受けた傷口なのよ。ほんとなら、あたしたちは死んでいたはずなのよ」

「よしてよ！」

　恐怖にみちた声だった。由紀はけんめいに江島をふりかえった。

「あなたからも、みどりにいって……」

「あんたたちはきちがいだわ。頭が狂ってるんだ。なによ、あたしを脅そうっていう気？　はなしてよ、はなしてったら！　警察を呼ぶから！」

「いいえ、はなさない。みどり、あたしたちといっしょに来るのよ。さもないと、あなた、もうすぐ死んでしまうのよ」

　由紀もけんめいだった。指に全力をこめてみどりの手首を引いた。抵抗するみどりとひっぱりあいになった。

「いやだ、いやだったら！　なにすんのよ、ばか、きちがいいっ」

みどりの口から鋭い悲鳴がほとばしった。突然、由紀は強い力で突きはなされたようにうしろによろけ、転びそうになった。

手が滑って、すっぽり抜けたのかと一瞬、由紀は錯覚を起した。が、そうではなかったのだ。

みどりは数メーターも離れたにもかかわらず、由紀の掌には、依然としてみどりの手首が、しっかりと握りしめられていた。

門の扉に背をうちつけた姿勢のみどりを、声もなく、由紀は凝視した。

みどりの右手は手首から先が消失していたのである。

由紀は総毛立ちながら、みどりの顔に這い降りてくるどす黒い影を見つめた。

影ではない。

大量の血だった！

重おもしい柔かい音を発して、足許の地表に血飛沫がはねた。

ゴボゴボと泡立つような濁音で、みどりがなにごとかいいかけた。

と、がくりと頭が前にのめり、信じられないような急角度で折れ曲った。

ぐしゅっというような異様な音がした。

足許のコンクリートに頭が落下したのだ。

とほうもなく巨大な熟柿のように、みどりの頭部は垂直に落下して潰れた。

いいいいいいいい

それでも、みどりの身体は、まだそこに立っていた。

由紀の呼吸は停まった。

掌中にあるみどりの手首をほうりだすと同時に、由紀は悲鳴を絞りだした。

近隣中の灯がつき、騒然と雨戸が開きはじめた。

そこかしこで犬が吠えたて、パトカーのサイレンの叫喚が接近してきた。

頭を失ったみどりの肉体は、泥人形のように崩れて散乱した。

11

由紀は恐慌(パニック)に捕えられた。身体に火がついたように、切れぎれの悲鳴をあげつづけた。一瞬にして腐乱死体と化したみどりの残骸から、どうしても眼をはなすことができない。

江島は、由紀の腕を摑むと、ひきずるように走りだした。

パトカーが到着したとき、現場は跳びだしてきた近隣の人々のあげる恐怖の悲鳴や怒声で湧きかえっていた。

パトカーから降りたった警官たちは、あまりの凄惨さに、顔を土色にして棒立ちになった。

グロテスクに破壊された若い女の残骸は、路上を泥濘に変えた血溜りに散乱していた。赤いスポットライトの光を浴びて、それは真赤な悪夢の光景だった……

江島は、由紀の手を摑んだまま、路地から路地へ走りぬけて行った。どこをどれだけ走ったのか、彼が手を放すと同時に、由紀は膝が砕けて、地面に崩折れてしまった。

「逃げなきゃならなかったんだ」

江島の声は、長い暗黒のトンネルを通り抜けてきたように遠く虚ろだった。

「ぼくたちは逃げなきゃならないんだ。どんなことをしてでも……もう時間はいくらも残されていないからだ。これからは、逃げて逃げまくることだけが、きみの生命を救うんだ」

江島の判断は正しかった。もし、現場で、警察につかまっていれば、いかなる抗弁も誤解をとく力はない。その結果、残された貴重な時間は失われ、由紀の生命を救う機会は、永久に失われてしまうことになる。

現に野村みどりは、突如不定形細胞の電撃的な死滅に襲われて、見るも無残な死様を曝してしまったのだ。

こうなった以上、由紀の生命だけはまもり抜いてみせる。どんな手段をとってでも……

江島の心は決まった。

三〇分後――。

ひと気のない未明の水道道路を走ってきた、やや年式の旧いトヨペット・クラウンに、懐中電灯を手にしたひとりの巡査が停車を命じた。

クラウンには、ふたりの若い男女が乗っていた。巡査は、ドライバーの痩せた青年に対して、型通り運転免許証を求め、行先について職務質問した。

若者の態度に不審は認められず、巡査は車の進行を許可した。

この時は、事件発生直後で、捜査する対象の年齢、人相、服装などの手配が徹底していなかったのだ。

しかし、巡査は、助手席で仮眠をとっていた若い女の顔を、しっかり記憶に刻みこんでいた。ほっそりした非常に美しい少女だったからだ。

初動捜査には遅れをとったものの、この時の巡査の記憶が、後になって、若者たちの乗っていた盗難車の型式、年式、ナンバーの広域手配に役立つことになったのだ。

「なにか、あったのですか?」

免許証を巡査の手から受けとりながら、ドライバーの青年がさりげなく訊いた。

「つい、いましがた、天沼で殺人事件が起きて犯人が逃走中だというんでね。や、どうも失礼しました。運転に気をつけて行ってください」

クラウンはふたたび、がらんと空いた薄明の街路を走り去って行った。


「殺人事件って、みどりのことだわ!」

眠りをよそおっていた由紀が、恐怖にみちた声でいった。

「警察は、あたしたちを捜してるんだわ。あたしたち、殺人犯人と間違えられているのよ!」

「そうかもしれない……」

江島は運転を続けながら、慎重な口ぶりで呟いた。

「どうしたらいいの。あたしたち、これからどうなるの？」

由紀の茫然とみひらかれた眼から涙が流れた。顔色は蒼白だった。

なにひとつ考えをまとめることができなかった。思考はただいたずらに堂々巡りをくりかえすばかりだった。

お嬢さん育ちの由紀はこれまで、世界の陰惨な暗黒面とはいっさい関りを持たぬ、平穏無事な温室で生きてきたのだった。

いまはじめて、彼女は、警察という権力機構の真の恐ろしさと直面したのだ。

人生の明るい暖かい部分から、突如として滑り落ちてしまったいま、警察は、頼もしげな笑みをたたえた民衆の保護者ではなかった。

凶暴で危険な、警察という仮面をつけた〈死〉が、自分を狩りたてていることを、由紀は、はっきり知った……

由紀の呼吸は浅く早くなり、小さなやすりをひくような音を立てはじめた。呼吸が詰まり、いまにも頭が爆発しそうなほどだった。

江島はそれに感づき、すばやくブレーキを踏み、車を道路の隅に寄せて停めた。

「やめるんだ！」

彼は、由紀の心を読んでいたように鋭くいった。

「そんなこと考えるんじゃない！」

「みどりは死んだわ……」

由紀は震える虚ろな声でいった。その顔は握りしめた手のように白く硬く、上唇がひきつれて神経性の痙攣を起していた。

眼はとほうもなく大きく開かれ、虹彩のまわりに、白い部分がくっきり現われていた。手はスカートの上から右膝をわし摑みにし、力いっぱい握りしめていた。ちぎれかけている右脚を死にもの狂いでおさえているように……

みどりの悽惨な死にざまが、どうしても脳裡をはなれない。

焼け火ばしを押しつけられたように、全身の傷口を意識していた。

みどりはバラバラに砕けて死んだ。自分もあんなむごたらしい死にかたをするのはいやだ。死にたくない。死にたくない！

迫りくる死を予知した全身の細胞の群れが生の執着に狂い立つようだった。

由紀はするどい呻き声をあげた。もうとても耐えられない。いっそのこと、気が狂ってしまったほうがましだ……

江島は手を伸ばして、由紀の手をむりやり右膝からひきはなした。

「きみを死なせやしない。約束する。そのため、ぼくがどんなに苦労しているかわからないのかい。きみは、ぼくを信頼するといったじゃないか……どうしてそんなに苦しむんだ。ぼくがそばについている……いやなことはみんな忘れてしまうんだ。楽しいことだけを考えてごらん……」

江島の声は優しく、催眠術をかけているようであった。

「さあ、らくにして、身体から力を抜いてごらん。眼を閉じて、想像してみるんだ……」

——ふたりは、これから車で旅行に出かけるところなんだ。ぼくたちは、とても仲のいい恋人同士だ。とても愛しあっている。だから、すばらしいドライブ旅行になるだろう。ぼくたちはこうしてふたりきりだ。きっと一生忘れられない思い出になるだろう……

江島の与えた暗示が、由紀の心に浸透するにつれ、弾けとぶ寸前の激烈な緊張が、徐々に緩んでいった。

由紀の呼吸が深く安らかになり、眠りこんでしまうまで待ち、江島はふたたび車を動かした。

すでに、空は白みかけていた。

由紀の生命がどれだけ保つのか、彼にもまったく予測できなかった。

四時間か、五時間か……いずれにしろ、みどりに見たように、傷口を接合した不定形細胞の死滅は急激に襲ってくる。

はたして間にあうだろうか。

みどりと比べて、由紀の肉体内にある不定形細胞はいまだに生命力を残している。個体の親和力の相違なのだろう。

だが、いずれにしろ、死は不可避だ。

江島の心は重く沈んだ。

宇宙機を隠してある、信州八ヶ岳山塊までの約三〇〇キロは、あまりにも遠かった。

光年単位で、恒星の間の、宇宙の深淵を渡ってきた星間種族の彼が、とるに足らない数百キロの距離に苦しんでいるのだ。

なんという運命の皮肉だろう。

江島は苦い思いを噛みしめた。同僚の助けを求めることはできない。救援を求めたところで、素気ない拒絶にあうだけだ。彼は重大な命令違背行為を犯しつづけているのだった。あくまでも独力で、危機を切り抜けなければならないのだった。

12

ふたりが都内を脱出してしまうまで警察は、ぼんやり手を束ねていたわけではなかった。

すでに、現場の目撃者の供述から、内藤由紀の身許は割りだされ、顔写真も報道関係の手に渡るほどの手まわしのよさであった。

ただ、盗難車と逃走経路が結びつくまでには、あとしばらくの時間が必要だった。

検死の結果、野村みどりの遺体は司法解剖にまわされ、現場から姿を消した江島と由紀の両名は、とりあえず重要参考人として手配された。

単なる殺人容疑者として扱うには、疑問が多すぎたためである。みどりの言語に絶する奇怪な死にざまは検死官の頭を抱えさせるには充分だった。

各テレビ、ラジオ放送局は、早朝のニュースとして流しはじめていた。

江島は、五〇キロと走らないうちに、カーラジオで、そのニュースを耳にした。

しかし、警察の能力をあなどるわけではないが、車の機動性を利用した犯罪に、警察が追いつくのは、それほど簡単なことではない、と彼は知っていた。

だからこそ、路上駐車の車を盗むことまでやってのけたのだ。

一度都内を脱出してしまえば、心配はいらないと彼は考えていた。

だが、江島は、テレビがすでに由紀の写真を電波にのせている事実を知らなかった……

江島の計算では、17号線をたどり、埼玉県へ入って、大宮までの交通渋滞を起しそうな市街地を、早朝までに抜けてしまうつもりだった。

高崎で18号線に入り、長野県へ向う。そのあと小諸から佐久甲州街道、県道野沢茅野線とたどって、八ヶ岳まで昼前に着けると踏んでいた。

単なるドライブ旅行だったら、造作もなかったろう。

しかし、これは強力な競争相手のいるレースなのだった。警察と死と……

事件発生二時間後、警察が最初の失敗を挽回した。

牛乳配達員が、車にのりこむふたりを目撃したことを思いだして、警察に通報したのだ。ついで、ふたりの車を停めた巡査の記憶が、通報と結びついた。

ふたりが逃走に車を用いていることが判明した。

警視庁は、急いで広域捜査に切り換え、隣接各県警に手配した。

逃走に使用された車の年式、型式も判明していた。何十万台も走っているありふれた大量生産車種であることが難点といえたが、あとは盗難車の所有者が気づいて届出さえすればいいのだった。

捜査本部は、広報車を繰りだし、マスコミを通じて、一般大衆に協力を呼びかけていた。


地方都市特有の、自転車の大群が、街路にあふれていた。

通勤通学時のラッシュアワーなのだ。車の流れも渋滞を見せている。

地方都市の高校生が、自転車を連ねて、とどこおった車腹を擦るように追い越して行く。

珍しげに、車内のふたりを覗きこんで行く生徒も多かった。彼らとほとんど年齢の変らない若い男女のふたり連れに、ややうらやましげな顔をしていた。

つい昨日までの自分は、彼らとすこしも変らない、平凡な高校生だったのだ。

その事実が、由紀には信じられない思いであった。

いまの自分と、若々しく陽気に叫びあいながら登校して行く生徒たちとの落差は、あまりにも大きすぎた。

「ずっとむかし、ぼくは、こんな空想をしたことがある……」

江島の言葉が、由紀をふたたび、夢想の世界にいざなった。

それは、彼が、由紀のために構築した、架空世界だった。

その世界では、江島は、さる政界の大立者の落しだねであった。江島の母は、若いころその大物政治家と恋をした貧しいが美しい娘だった。

政略結婚のため、娘は江島を身ごもったまま、恋人との間を裂かれてしまった。江島は実父の顔も知らずに成長したのだ。

ひそかに父の手から多額の養育費が届けられており、暮しには困らなかったが、母が死ぬと、江島は天涯孤独の自由気ままな身となった。

いずれ、ケンブリッジ大学にでも留学する気だったが、明道高校に編入してきて、クラスメートの由紀を知り、愛しあうようになった。

由紀は亡き母の面影をやどした美しい娘で、一目見るなり惹きつけられてしまったのだ。

由紀もまた、孤独の影をやどした江島を深く愛するようになり、ふたりは、終生変わらぬ愛を誓ったのだった……

ありふれた貴公子流離譚のパターンを借りたおとぎ話にすぎなかったが、半ば催眠状態に入っている由紀は、素直にそれを受け容れた。

彼女は、献身的な愛を、孤独な貴公子に捧げる娘なのだ。両親の反対を押し切って、心を結んだふたりは、決して離れることはないだろう。

江島の深い愛情に包まれた由紀は、幸福に酔っていた。すべてを捨てても、悔いることはなかった。彼女の安住の地はつねに江島の傍らにあった。

江島の声は、安らぎと慰めをもたらす、快い音楽だった。情緒の深奥にきざす潤いに心身を浸されて、由紀の唇に微笑が刻まれ、それは消えることなく、いつまでもとどまっていた。

警察は、彼らに追いつこうとしていた。

青空駐車の車を盗まれたことを知った、持ち主の会社員が届出て、車のナンバーが割れたのだ。

情報は即刻、警察の専用電話回線を走って、広がって行った。

――ナンバー多摩5は二一七一。グレーのクラウン・デラックス。年式六八年型。重要参考人二名が搭乗せるものと思われる……

小諸から、佐久甲州街道へ乗り入れたあたりで、ガソリン・ゲージの指針が底をついてきた。

たよりなげに、EMP(エンプティー)のマークを指して震えている。

やむを得ず、江島は、ガソリン・スタンドを捜しにかかった。一分一秒の損失が身を切られるよりもつらい。由紀はまだ眠りつづけている。

最初に目についた外資系のガソリン・スタンドに車を乗り入れた。

詰所から出てきた、若いスタンドマンに、満タンにするように頼んだ。

オイル点検と洗車のサービスを断わって、じりじりしながら、給油の終るのを待った。

詰所の建物のなかのテレビが、高声を響かせていた。

このとき、江島は、はじめていやな予感に襲われた。建物の内部から、もうひとりのスタンドマンが、こちらに顔を向けていた。ねばりつくような眼ざしであった。

江島は振り向いて、車の後部ガラス越しに、タンク給油中の若者の眼を捉えた。その眼は白く光っているようだった。

のろくさとした手際で仕事を終えたスタンドマンは、代金を受けとりながら、不自然なほどの関心を、助手席で眠っている由紀の顔に注いでいた。

江島は、釣銭をとりに詰所へ入ったスタンドマンが、なかなか戻ってこないのに業を煮やした。作為さえ感じられた。

懸念を残しながら、江島は釣銭を待たず、急いでガソリン・スタンドを後にした。若者の態度は、不自然すぎた。ひょっとすると、極度の緊張があることを物語っていたのではないだろうか。

江島は、雷に撃たれたような思いで、詰所のテレビが意味することをさとった。

スタンドマンは、由紀の顔を知っていたのだ!

テレビのニュースが、顔写真をうつしていたにちがいなかった。

さらに、江島は重大な失敗を犯した。釣銭を待たずに、あわてて出発したことだ。

スタンドマンは、確信をこめて、電話の送受器をとりあげたにちがいない。

江島は、やにわに街道をはずれて、間道に車を突っこませた。そこは行き止りだった。

「どうかしたの？」

眼をさました由紀は、不思議そうに江島の横顔を眺めた。その眼は、なんの疑いもなく彼を信頼しきっていた。

「きみに頼みがある。これから、しばらくの間、眼を閉じていてもらいたいんだ。ぼくが許すまで、決して眼を開けてはいけない。ぼくが、きみにどんなことをしてもだ」

「いいわ」

由紀はためらわずにいった。

「ちゃんと眼をつぶって、おとなしくしています」

「いい子だ。さあ、じっとしてるんだよ」

由紀は、江島のてのひらが、顔の皮膚に触れるのを感じた。

その感触は、溶けた蠟のように、とめどもなく柔かくなり、顔の全面に拡がりだした。不快ではなかった。ふしぎな親和力で顔の皮膚に密着し、微妙な快感を呼びさまし、由紀は慄えた。

江島は、車を降りて行き、しばらくしてから戻ってきた。

いいつけをまもって瞼を閉じていた由紀には、なにが起ったのかわからなかったが、彼はもはや口をきこうとはしなかった。

13

スタンドマンの急報を受けた長野県警は、八千穂で非常検問の綱を張った。みる間に、韮崎方面へ向う車は、数百台がジュズつなぎになってしまった。土地の車以外は、すべてきびしい訊問を浴びせられた。

うんざりするほど待たされる破目になった運転手たちは、口々に不平を鳴らしたてたが、気負い立った警官は相手にしなかった。

しかし、ナンバー多摩5は二一七一のグレーのクラウンは、佐久市、八千穂間で蒸発してしまったようであった。

林道へ逃れたとしか考えられなかった。ともかく、この間で、グレーのクラウンを見かけた運転手はひとりもいなかった。

埼玉ナンバーの黒塗りのクラウンに乗っていた男女ふたりが、警官の注意を集めたが、人相年齢とも、手配されたふたりにまったく合致しなかった。

男はかなりの年輩で、女の方は、ひらべったい丸顔の、すこしも魅力のない娘であった。

警察の関心は、各林道に切り換えられた。グレーのクラウンは街道を嫌って、林道に入りこんだに違いなかった。

　どうせ遠くには逃げられない。材木を運びだすための林道は、途中で消えてしまう。もはや、袋の鼠と思われた。

　黒塗りのクラウンは、通行を許され、八千穂から野沢茅野線へそれた。

　しかし、五〇分後、反対方向から来た土地のトラックが、立往生しているクラウンを発見したとき、車の色は、もはや黒くはなかった。

　大きな染みのように、グレーの地膚が剝きだしになっていた。

　ナンバーは、多摩5は二一七一に還っていた。

　なにも知らずに、故障車と思いこみ、手を貸そうと親切心でトラックを降りた運転手はクラウンの内部に、恐ろしいものを見た。

　座席に坐っていた女は、顔がなかった。

　それは溶解して行く蠟の仮面であった。目鼻も口もなく、よじれのたくった、凹凸があるばかりだった。

　運転手は絶叫を放ち、トラックに駆け戻ると、ギヤが壊れそうな異音を発して逃げ去った。

　八ヶ岳山塊に、滑るような速さで、夜の翳が落ちかかってきた。

　血の色で、峰々を染めた残照は、暗さと寒冷に呑まれて行った。

　谷は濃霧に埋められた。

原生林の樹海の底は、すでに文目もつかぬ闇であった。凍える寒さがわだかまっていた。

江島は、依然として語りつづけていたが、その声は、ほとんど聞きとれぬほど微弱なものになっていた。彼らは、樹海の中をさまよいつづけたあげく、もう身動きもできなくなっていた。

極度に疲労しきっている由紀だけでなく、江島もまた、精力を使い果たしていた。もはや宇宙機までたどりつくことは不可能だった。決定的な死が、ふたりにおとずれようとしていた。江島はなお力をふりしぼって、由紀の夢想の世界を崩すまいと努め続けた。

「ぼくたちは、ほんのちょっとした冒険を試みているんだよ。なにも心配することはない。ほんのすこしだけ休んでいるんだ。すぐに元気になる……暗くてもこわくないね。ぼくはすぐそばにいる。ぼくは決してきみのそばをはなれない」

江島の声は、のしかかる山の異様な静寂と懸命に戦っていた。

「もうじき、山に朝が訪れて、明るくなってくる。すばらしい一日がはじまる……そしたら、ぼくたちは出発するんだ」

「三郎さん……」

由紀は不意にいった。

「ありがとう……ありがとう。あなたが、あたしのためにしてくださったことのすべてに、感謝しているってこと、わかっていただきたかったの」

「気がついていたのか」

江島はしずかにいった。

「催眠暗示にかかっていると思っていた。では、知っていたんだね？」

「ええ。だいぶ前から。でも、すこしもこわくなかった。自分が死ぬということさえも。なぜか、おわかりになる？」

「いや……たぶん、わかっていると思う」

「愛してます」

由紀はいった。

「でも、あなたの暗示のためじゃないの。それは、あまりにもすばらしすぎて、眼もあけていられないくらい。まるで太陽みたい。だから、死に対する恐れなんか、問題でなくなってしまったの。わかってくださる？　だから、もういいの。いつまでもこうしていたいだけ。たとえ死んでも」

「ぼくは、約束を果すことができない……」

呻くような、苦渋にみちた声だった。

「あなたは、もう充分すぎるほどのことを、あたしにしてくださったわ。でも、みどりはそうじゃなかった。可哀そうなみどり……三郎さん、お願いがあるの。あたしをずっと抱いていてくださいね。あたしの身体がどんなに変ってしまっても」

「ああ……だけど、ぼくはもう人間の形をとりつづけられない。いまのぼくは、みっともない化物みたいだ。だから、暗くてきみに見られないのが幸いだ……」

「かまわないのよ。あなたの顔は、眼をつぶっても見えるの。でも、そんなにひどい？」

「ああ。車を変装させることで、生存の限界を超えて、不定形細胞を使ってしまった。ぼくはもう回復できない。このまま溶けてしまうだろう。ぼくは、この地球の土になるんだ」

「ごめんなさいね。あなたを、こんな目にあわせてしまって……」

「後悔はしていない。ぼくたちは約束をした。決してはなれないという約束を」

江島の声はとだえた。同時に彼の肉体は溶解し、急速に滅形して、由紀の身体の上を、優しく緩かに流れて行った。由紀は至福の愛につつまれ、溶けるような快い眠りにおちて行った。


原生林の濃密な闇の彼方から、警察犬の吠声が近づく。

やがて、捜索隊は到着し、神聖な眠りにつつまれた見知らぬ少女を見出すだろう。

少女の輝くような肉体には、傷痕ひとつない。

愛はしばしば、奇跡を生む。

愛ゆえに、異種族同士のふたりは、決してはなれまいと望み、ひとつの新しい肉体に転生したのである。

第二部

サイボーグ・ブルース

第一章　ブラック・モンスター

警察のイオノクラフトが、サイレンの金切声で大気にひびをいれながら、背後から追いせまってきた。むろん、一般市民はこの怒声を耳にしたら、すなおに恭順の意を表わさねばならない。さもないと厄介なことになる——お巡りのいやな面（つら）をたっぷり拝まされることになるし、けんつくを食わされるばかりか、尾をひくごたごたを覚悟しなければならない。もちろん、自身が大金持であるか、あるいは市政に権勢をはる人物のコネがあるというなら、話はべつだ。この場合は、お巡りのほうで恐れいって愛想笑いを浮かべながら、フロント・グラスをみがいてくれるだろう。相手は公僕であり、すでにたっぷりチップをはずんでいるからだ。

私の場合は、いささかそれと事情はことなっていたが、ほかの市民のようにおとなしく進路をゆずってやる気にはなれなかった。

私は反対に車の速度をあげて、追いぬこうとする警察車の鼻面をおさえ、故意に妨害行為にでた。かんかんに怒った警官が、私に停止命令をくだすようにしむけたのだ。

私は命令にしたがって、車を道路のはしに寄せて停め、そしらぬ顔で待っていた。警察車を降りた制服警官が、物騒な表情を浮かべてやってきた。底意地の悪そうなみっともない面がまえを一目見るだけで、そいつが根性まがりの嫌われ者だとわかった。制服警官はいきなり居丈高にわめきちらした。

「なんのつもりだ、このやろう。ふざけたまねをしやがって、ただですむと思っているのか」

たいへんな剣幕だった。私の皮膚のいろがそいつを気強くさせたのだ。よその州のナンバーをつけた車に乗っているくろんぼなどに気を使うことはないとたかをくっていた。

「さあ、なんのつもりだろうかね？」

私は警察車に顎をしゃくった。

「車のなかの連中はなにをしたんだ？　きみの顔の悪口でもいったのか？　市民が見ているところで、容疑者を殴るもんじゃない。たとえ、しょうしょう腹に据えかねるようなことをいわれたとしてもだ」

「車を降りろ」

そいつはすごい声でいった。

「道交法違反と公務執行妨害罪だ。市警本部へ連行する」

「いいとも。連行してもらおう」

「車から降りろといってるんだ。どうやら痛い目にあいたいようだな」

そいつは、毛むくじゃらのみにくい手の甲を見せて腕を伸ばし、私の胸ぐらをつかんで、路面にしゃにむにひきずり落そうとした。私を一センチほど動かすには、車ごとひき寄せなければならなかったろう。制服警官の顔はレンガのいろに染まった。

「きみにはむりだ。車で待ってる相棒を呼んだらどうだ。もっとも、あまり気のりがしないらしいがな」

「あいつは気がちいさいんだ……」

制服警官は荒いいきをついていた。

「だが、このおれはちがうぜ。どこの馬の骨ともわからないくろのごろつきになめられてひっこんでいられるか。覚悟していろよ」

「ニグロがきらいらしいな」

私はおちつきはらっていった。

「機会を狙っていたんだろう？　その顔を見ればわかる。字がかいてあるんだ」

「その通りさ、くろんぼう。暗い路地であえばよかったぜ、そうすりゃ殺してやれたんだ」

そいつは一挙動で腰のサックから、制式麻痺銃をひきぬき、私の顔におしつけた。なかなか鮮やかな手ぎわといってもよかった。

「きょうのところは、こいつで勘弁してやる。はなはだ不本意ながらな」

そこですごみのあるこごえでしゃべると、にわかに声をはりあげた。

「抵抗するかっ、きさまっ」

生身の人間が麻痺銃の一撃を食らうと、まず四、五時間は死体同然となる。神経がいかれてしまうのだ。麻痺からの回復するときの痛さもまた格別だ。針を十万本ほど吹きつけられたような気がする。どんな気丈な人間も泣き叫ぶのだ。拷問とたいしてかわらない。

この制服警官は、まぎれもないサディストだった。にやりと残忍な笑顔になると、麻痺銃を発射した。

私の反応は、彼の予想を大きく裏切った。スイッチを切られたように、ぐんにゃりなるはずの私が、平然と笑いかえしたからだ。

制服警官の顔が信じられない驚愕にゆがんだ。

「麻痺銃が故障したわけじゃない」

私は教えてやった。

「私をぶっ倒したかったら、熱線銃かハンド・ミサイルを持ってこい。ついでに戦車にでも乗ってくるがいい」

私は認識プレートをとりだして、そいつの鼻面によく見えるようにかざしてみせた。

「サイボーグ特捜官!」

ぱちんと豆のさやがはじけるように、警官の灰色の眼玉がとびだしてきた。みるみる高圧的な態度が消え失せた。タイヤがバーストするのといっしょだった。

「さて、お望み通り、市警本部へいこうじゃないか」

もちろん、私のとった態度はあやまっていた。サイボーグ特捜官は、むやみに身分を明かしてはならないきまりがある。秘密任務の支障をきたす恐れがないとはいえないからだ。

しかし、私はこういう手合いほど嫌いなものはなかった。職権をかさに着て、やたらに威ばりちらし、警察の評判をせっせと落してまわっているのが、こういった制服を着たごろつきなのだ。

私は制服のごろつきを、市警ビルの署長室へひっぱってゆき、署長の面前でたっぷりあぶらを絞ってやった。こういうことは滅多にやらないのだが、警官に化けたサディストの存在を黙過するわけにはいかなかった。放免してやったときの制服警官は、石のようにしゃちほこばり、紙のような顔色になっていた。眼は刃物みたいに白かった。腹の底から私を憎悪していたにちがいない。

署長は終始、苦虫を噛みつぶしたような顔をしていた。他所者の特捜官に、自分の部下の非をつつきまわされて、いい気持でいられるはずがない。連邦警察の特捜官は、いってみれば公儀隠密みたいな存在だ。

署長がどんな顔をしようが、私はいっこうに平気だった。煙たがられるのも、私の仕事の一部である。

「ここはいい市です。気候もいいし、風景も美しい。市民は穏和で、みなこの市に住むことに心から満足しています。ゆたかに富んでいるから、不満もないし、したがってもめごともおこらない。法律を破る人間がいないとはいわないが、それもごくわずかです。ほかのどんな都市にくらべても、そういえます」

署長は、手入れのゆきとどいた、ぽってりした指をしきりに動かしながら、かんだかい声でいった。彼は警察官のようには見えなかった。おそろしくぜいたくな身なりをし、メガロポリス中央警察の総監のオフィスよりもりっぱな部屋におさまっていた。事業の隆盛ぶりに満足しきっているビジネスマンのようだった。このりっぱな美しい市に、私ごとき下賤なニグロがやってきたことが不審でたまらないという口ぶりだった。

「たしかに美しいところですな」

私は否定しなかった。だが、すべての市民が、毛で突いたほども非難すべき余地のない尊敬すべき人間ぞろいだなどというご託宣を信じこむ義理もなかった。署長の赤ん坊じみたピンク色のつやつやした顔にはだまされなかった。

「だが、悲しいことに、私はそんなことに興味はないんです。人間の不浄な面だけが気になるというだけで、そんなことより、制服のごろつきにいたぶられていた市民の話をしようじゃありませんか」

署長の無邪気そうな顔がくもった。きずついたような悲しげな眼つきをした。私の胸はいっこうに痛まなかった。

制服のごろつきが警察車のなかではりとばしていたのは、ジュンとレイというふたりのハイティーンだった。このふたりは、べつに犯罪容疑者としてひっぱられていたわけではなかった。その申したてによれば、彼らは殺人事件の目撃者なのだが、偽証というかどで、精神測定にかけられようとしていたのである。

精神測定とは、俗にいう〈脳みそゆすり〉で、嘘発見機と洗脳技術が合体して怪物化したものだ。こいつにかかると、否応なしに心の内容を洗いざらいあばきだされてしまう。かりにも警察に協力したことの返礼としては、まったく恩知らずなふるまいだ。

例のごろつきの申したてでは、このふたりのハイティーンは、まったく信用できぬうそつきであり、悪どいいたずらをはかったたというのだった。根も葉もないでたらめを主張し、警察の公務を妨害しようとしたという。

むろん、〈脳みそゆすり〉にかけるといったのはおどかしであり、悪どい若造をとっちめるための方便であった。警察をなめるとろくなことにならないと、こっぴどく思い知らせてやろうとしたのだ。

私が、思うところあって、ふたりの目撃したという殺人事件を手がけたいと申し出ると、署長はひどく驚いた。

「特捜官ともあろうものが、たかが子どものでっちあげたいたずらに首をつっこむというのですか」

署長の声はさらにかんだかくうわずった。

「まさか、本気ではないでしょうね」

「私にはユーモアの感覚が欠けていましてね。むろん、本気ですよ」

「しかし、あなた……その子どもたちは、故意にうそをついたのではないかもしれません。ヤクを呑んだあげく、頭がおかしくなって幻覚を見たんでしょう。この州では、幻覚剤や夢想剤のたぐいが合法化されているので、若い連中には常用者が多いのです。ちょくちょくあるんですよ、こういったばか騒ぎが……宇宙人と会見したとか、超能力（イーエスピー）の実験に成功したとかいって。ともかく、殺人がおこなわれたという証拠はなにひとつないのですよ」

署長は当惑しきっていた。

「しらべてみればわかることです。この事件は私がひき受けます。かまわんでしょうな。異議をお申したてになるんでしたら、連邦警察のブリュースター長官のほうへどうぞ……」

「いやいや、とんでもない！　よろしいでしょう、お好きなように。便宜をはからないとはいいませんよ。しかし、いわせていただけるなら、あなたのその特別製の身体が夜泣きすることになるんじゃないですかな」

署長は、ぽってりした手をふりながらいやみをいった。

私はサイボーグ——内臓や骨格、筋肉の大部分を人工器官にとりかえた改体者なのだ。超人の身体を持つサイボーグ特捜官、といえばきこえがいいが、われわれサイボーグ警官はたいてい死の世界からひきもどされた殉職警官である。ロマンティックな英雄性は、ひとかけらもないのだ。

「事件の卵をだいじにあたためてみますよ。かえしてみれば思いがけない怪物がとびだしてくるかもしれない」

「怪物？　それはどういう意味です」

「念を押すまでもないですが、私の身分は伏せておいてください。では」

　私の真意をはかりかねて、思い悩んでいる署長を残し、私は署長室を立ち去った。


　ふたりのハイティーン――ジュンとレイは、最近の若い連中によく見かけるタイプで、男か女か、さっぱりわからない外見を持っていた。ほっそりと優雅な身体つき、なめらかな皮膚、きれいな顔立ち。しなやかな身のこなしと澄みきった声。手入れのゆきとどいた長い髪が美しい。第一次性徴をたしかめないかぎり、どうにも判断がつかなかった。

　私は、ふたりの釈放の手つづきをとってやったあと、どうにも訊かずにはいられなかった。

「きみたちを見ていると、どうも頭が混乱してきそうだ。きみたちは、どっちが男で、どちらが女なんだ？」

「どうして、そんなことを気になさるんですか？」

　ジュンが反問した。

「あたしたちは、セックスの相違に価値をみとめていないんです。男か女かということがどうしてそれほど重要な問題なんですの？　あたしたちは人間です。それでじゅうぶんでしょう？　肥大したセックス意識が、人間精神を歪める元兇ですわ。それがあのけだものみたいな警官を生みだすんです。あの警官は、あたしたちをはだかに剝いてしらべてやるといって脅しました。けっきょく、権力を行使したり、弱いものいじめをすることで、自分を男らしく感じていたいんです。どうして、他人に対してあんなに無慈悲に兇暴にふるまえるんでしょうか。あたしたちには、とても理解できません」

　おどろきにみちた声だった。

「そういわれると、一言もないね」

　人間とはやっかいなものだ。サイボーグ化によって性機能を失った私自身、過去に形成されたセックス意識ぬきで、人間をながめることができないのだ。なかば機械（マシン）と化しながら、愛憎を脱却できずにいる私だ。

「でも、あたしたちは、あなたが好きです」

　ジュンは率直すぎるくらいの熱意をこめていった。

「あなたは、とてもいいかただと思います。たすけていただいたからじゃなく……あたしたち、一目見ればわかるんです」

「あなたも、あたしたちを好いてくださってるでしょ？」

　レイはかわいらしく笑いながらいった。

「すぐわかるんです。精神感応（テレパシー）ですわ。たすけてくださったのも、あたしたちをただかわいそうに思っただけじゃなくて、ほかにも理由があってなさったんでしょ？　ちがいます？」

「きみたちは感応者（テレパス）なのか？」

　まさに図星であった。私は単なる気まぐれや憐愍（れんびん）から、市警（シティポリス）のなわばりを荒らしにかかったわけではなかったのだ。

「ご心配なく。だれにもそんなことといいませんから」

レイは、またしても私の懸念をみごとに読みとった。

私は、目をみはる思いで、この奇妙な若ものたちを見つめた。美しく魅力にあふれており、しかも特殊な才能を持っている。

「あたしたち、いつも仲間でテレパシーの練習をするんです。たがいに相手の心に溶けこむようにするんです。はじめは肉体的な接触や幻覚剤がいりますけど、慣れれば、そんなことなしでもできるようになります。やってみましょうか？」

私は、またしても心を読まれてしまったようだった。

ジュンとレイの表情が変った。眼が焦点を失い、ぼうっとやわらかくうるんだ。小鼻がややふくらみ、唇がはんびらきになった。まぎれもなく恍惚の表情である。

私はあっけにとられた。ふたりがにわかに神々しくなってしまったからだ。それは、法悦にひたっている聖女の絵姿を想わせた。身じろぎひとつしないジュンとレイの身体は、目に見えぬもやにつつまれているようであった。微妙な霊気にも似たものだ。そのもやに触れると、私自身の心も、固い花のつぼみが徐々にひらくようにゆるみ、われ知らずに反応しはじめていた。快いあたたかいものが、じわじわと心にあふれてきた……

ジュンの声が、唐突に私を現実にひきもどした。

「警部さん。あなたも精神感応の才能があるみたいね」

ジュンとレイの眼がいたずらっぽく笑っていた。たいへんうれしそうだった。

「とても、すてきでしたわ。今度、あたしたちの精神感応パーティに、ぜひいらしてくださいな」

私はきっと行くと約束した。このふたりには、なにか妖精じみたところがあった。私は彼らにしっかりと心をとらえられてしまったようだった。

ジュンとレイの目撃した殺人事件について記しておこう。ふたりの証言によれば、事件が発生したのは前夜十一時ごろである。

ふたりは、現場近くでひらかれた精神感応パーティに参加していた。これは一種の超芸術家肌の若ものたちのパーティで、精神感応状態を深めるために、合法的麻薬や各種の幻覚剤が使用される場合もある。

たまたまふたりが戸外にさまよいでて、神秘的な気分にひたろうとしたとき、事件に遭遇したのだった。

月光に白く輝く夜道を、女がひとり、髪ふりみだし、はだしで逃げてきた。追いつめられた必死の逃走。その背後から追いせまるのは、魔ものじみた、ひらべったいエイのようなかたちをした一台のイオノクラフト。車体を浮揚させるためのイオン放射を青白い燐光のようにまとい、ぶきみな雰囲気をいやがうえにもたかめていたという。

魔ものめいたイオノクラフトは、背後から女におそいかかり、先端のエッジではげしく女をはねた。異様な音響がして、女の身体は三〇メートルもふっとび、宙を舞った。あまりのむごたらしさに、ジュンとレイは嘔き気をもよおした。女は地面にたたきつけられ、それでも必死に逃げようともがきまわった。そこへ二度三度とイオノクラフトが襲撃し、ついに女の身体が、虫のようにまっぷたつにちぎれるさまを、ふたりは恐怖と驚きに凍結したまま、見さだめたというのだ。

「そのあいだ、ずっと笑い声がきこえていたんです、イオノクラフトのなかから……あんな恐ろしい高笑い、きいたこともありません。生きながら人間の皮を剝ぎとっている悪鬼みたいな、ぞっとする笑い声でした……」

しかし、恐ろしさに腰がぬけたていのふたりがようやく正気にもどって、警察に通報し、巡回車が現場に到着したときは、魔ものじみたイオノクラフトと惨殺されたはずの死体のかげもなく、大量に流しだされたはずの血痕ひとつ発見されなかった。なんとも奇怪な幕切れだが、ふたりは虚偽の通報で警察をたばかったかどによりひっぱられ、受難にあったという次第であった。

ふたりが幻覚にとらわれていたのでないとあれば、合理的な解決はひとつしか残されていない。ふたりがうそをついたということだ。

私にはそう思えなかった。ともあれ、鑑識報告をしらべてみる必要がある。

市警本部の電子頭脳センターで鑑識報告をほじくりかえしていると、おかしなふたり組があらわれた。

「特捜官のライト警部ですね。私は市警殺人課の梶山刑事です。署長命令であなたの捜査活動に協力します」

　ずぬけて長身の日本人というより、インディアンに近い風貌の男だった。手足も長ければ顔も長い、とにかくなにもかも長かった。のっぽの男によく見られる、手足を無器用にもてあましているという印象だった。もうひとりの連れは警察アンドロイドだった。灰色の強化プラスティック製、禿頭の闘士（グラジエーター）タイプの巨体を持つアンドロイドだ。原子力電池をエネルギー源に、実に一〇〇〇馬力もだす、とほうもない怪物だ。こいつは重戦車と四つに組んでもひけをとらない。

「署長は、さっそく約束をやぶったらしい。協力とは体裁がいいが、実は署長にさしむけられたお目付役じゃないのかね？　サイボーグ特捜官にお膝元を掻きまわされては、もちろんいい気持はしないだろう。まさかその怪物を私にけしかけるつもりじゃないだろうな」

「なんのことでしょうか？」

　刑事の長い顔は、おそろしくまじめくさったポーカーフェイスだった。いささか間のぬけた愛嬌づらだが、にこりともしない。

「そのロボット・ゴリラのことをいっているのさ。私をたたんじまいたいというつらだ」

「警察アンドロイドは、特A級の電子頭脳をそなえています。理由もなく危害をくわえるようなことはぜったいにありません。あなたが警察官であることも教えられています」

　冗談の通じない相手のようだった。

「わかってるよ。いつもレスリングでひどい目にあわされるんだ。こういう特A級アンドロイドの心理特性は人間なみでね、力比べが好きなんだ。このゴリラは、私がサイボーグと知らされて、うずうずしてるぜ」

「心配はいりません。あなたをふたつにへし折るようなことはしないと、私が保証しましょう」

「それをきいて、ほっと胸をなでおろす思いがするね」

と、私は皮肉をいったが、やはりなんの反応もなかった。

「ところできききたいが、この怪物は、ここへなにをしにきたんだ？　どう見ても、腕をもてあましているというつらだ。どうもただごとじゃないな」

「あなたの護衛と考えていただいてもけっこうです」

「そいつは、とびきりの冗談だね」

私はややあきれていった。

「署長は、私をなんだと思っているんだろう？　ひとり歩きもできない新米の婦人警官か？　サイボーグ特捜官に護衛が要る都市なんて、きいたこともない。ギャング組織の殺し屋サイボーグだって、特捜官には手をださないというきまりがあるんだ」

「私はともかくとして、このアンドロイドはお役に立つと思います。戦車に乗るより安全です」

「そうか？」

私はいきなり、刑事の上衣のすそをはねあげて、ホルスターの中身をひきぬいた。通常刑事が持ち歩くフォノン・メーザー方式の麻痺銃ではなかった。

「熱線銃か。えらくぶっそうな代ものを持ってるじゃないか。この都市では、刑事は兵士なみの重武装なのか?」

「特別に携帯を許されたのです。しかし射ちかたは心得ています」

刑事の長い顔には、なんの表情もなかった。私は熱線銃を彼のホルスターにもどした。

「どうも気味が悪いね。大げさな喧嘩でもあるのかい。なんだか恐ろしくなってきた」

「そうならないための用心を考えてください」

「では、梶山君。おたがいに腹を割って話しあおうじゃないか。この事件には、どうも納得のいかないことが多い。いまチェックしたところだが、電子頭脳センターには、現場の鑑識報告がとどいていないんだ。巡回車の警官はなにをやっていたんだろう。怠慢によるものか、それとも故意のサボタージュか……目撃者の扱いかたにも納得がいかない。状況から見て、当然血液検査を受けているはずなんだ。幻覚剤のたぐいを服用している疑いがあるんだからね。あまりにも、まともでないことが多すぎる。きみはどう思う?」

「さあ。私にはわかりかねます」

「では、署長がきみとそのヘラクレスを私のボディ・ガードにつけた理由はなんだ?」

「私は命令されただけです。その理由は、直接、署長におききになってはどうでしょう」

アンドロイドのほうが、まだしも可愛げがあった。この刑事は、間伸びした顔に似ぬしっかり者だ。

「話にならない。ともかく、きみたちのボディ・ガードは願いさげだ。さよなら」
私はいきなり、ふたり組を残して電子頭脳センターをとびだした。ふたり組はあわててあとを追ってきたが、あっさりとまいてやった。サイボーグ特捜官を尾行して、かつて一度も成功した者はいないのだ。

たしかに、警察署長の自慢した通りの美しい都市だった。貧乏人より金持ちの市民のほうが数多く住んでいるにちがいない。どこもかしこも、金持ちの飼うプードル犬のように手入れがゆきとどいていた。しかし、貧乏人がすくないのは、貧乏人がくらしにくいようなしくみになっているからだ、とすぐにわかった。他の都市にくらべて有色人種の比率がうんと低いようだ。ここでは、由緒ただしい血統書つきの白人だけが、まともな人間としてあつかわれる。ここに居住を許されるには、なんでも血統書が必要だ。犬でも猫でも馬でも、おなじことだ。もしいるとすればだが、ねずみやゴキブリも血統書つきにちがいなかった。しかし、人類は白人だけ……色のついた人間は、たとえどんな大金持ちでも、ここでは歓迎されない。どんな種類のクラブにも入れてもらえないし、近所づきあいもできない。と、なれば公民権法など、なんの意味もなくなる。快適にくらせる都市は、ほかにいくらもあるというわけである。この都市では、明白な人種差別が合法的におこなわれているのだった。おそろしく巧妙なしくみだが、これは白人のとくに富裕な階層が、自分たちの城塞として、計画的にきずいた都市だからだ。歴史のふるいところでは、いかに白人勢力が強くても、こうはいかないものだ。

私のように皮膚のくろい人間でも、旅行者は、それほどあからさまな差別は受けなかった。この美しい都市が気に入って、居住しようとふとどきな考えをおこしさえしなければ、とくに不愉快な目にあわずにすむのだ。

しかし、市街をうろついているうちに、刺すような視線が集まってくる気配が感じられた。さすがに、ま正面から睨みつけてくることはないが、通りすがりの高級車から敵意のこもった眼がちらとかすめ、街路のはてに点と化して見えなくなるまで、執拗に私を凝視しているのがわかる、といったあんばいである。ショウ・ウィンドーのかげからも、カフェ・テラスのテーブルからも、おなじ執拗な視線が私の動きを追いつづける。私が、この都市(まち)では、公民権法の被護下にあるごきぶりだとわからせてやろうという魂胆なのだ。

人間大のごきぶりの数すくないわりに、アンドロイドがいたるところで目についた。それもB級下ではない。近ごろのステイタス・シンボルは特A級以上ということになっている。とびきり極上の超A級となれば、人間と区別のつかない外見を持っており、それと見分けるには、鋭敏な観察力を必要とするほどだ。

私は歩きまわって、このまちの美しい包装の下からただよってくる腐敗臭をたっぷり嗅いだ。私がただの旅行者であれば、たやすくうわべにごまかされていたかも知れない。すばらしい市民の住むすばらしい都市だと思いこんだかもしれない。私がニグロで、しかもサイボーグ特捜官であったとしても……いや、もちろん、そんなことはなかった。私はそれほど甘い人間ではなかったし、さんざん危い橋をわたってきた男だ。危険がせまれば、それとなく勘でわかる。きたえぬかれた職業意識のもたらすものか、あるいはジュンとレイがいったような精神感応（テレパシー）の才能のためかどうかはわからないが。

私は当然のことながら、足を使うのはいっこうに苦にしなかった。ほんとうは、旅をするのにも車など必要としない。そのほうが、よほど手っとりばやい。ジュンとレイに聞いた殺人現場へむかう途中で、私は危険の臭いを嗅いだ。もうあたりは暗くなっていたし、周囲は無人エリアだった。都市に電力を供給するための核発電施設の発光標識がわずかに夕闇にとり残された孤島のようだった。

私は武器を持っていなかった。しかし、いってみれば、サイボーグ特捜官は、全身が武器そのものだ。三〇〇馬力のくそ力を秘めた超重合物（ハイ・ポリマー）の骨格は、超人というより怪獣に近いではないか。私はサイボーグとなったときから恐怖を忘れてしまった。私自身が高性能の兵器であって、私の人間性はほんのおまけみたいなものなのだ。

「もうかくれんぼはよしたらどうだ？」

私は闇にむかって呼びかけた。

「でてきな。おれをやっつける気なんだろ？　おれはひとりきりだ。絶好のチャンスだぜ、おれはポケット電話を持ってないから、お巡りも呼べねえんだ。でてきて、おれをやっつけてみな」

返事はなかった。もの音ひとつしない。私はなおも挑戦した。

「おれを、あまく見るんじゃないぜ。伊達にひとり旅はしていねえ。きさまらをのしちまう自信がなければ、こんな淋しいところへくるもんかい。さあ、きてみな。痛い目にあわせてやるぜ」

ふくみ笑いが闇のどこからかただよってきた。

「えらく威勢がいいじゃねえか、くろんぼ野郎。でかい口をたたくのもいまのうちだぜ。じきにとっつかまえてやるからな」

残酷な期待のこもった、たのしげな声音だった。

「よそものの、あわれなくろんぼを冗談半分にぶち殺しても、どうってことはないと思ってるんだろう。そいつはとんだりょうけんちがいだぜ。やられるのは、きさまらのほうだからな」

私はわざと挑発的にでた。私がてごわいとわかれば、ひきあげてゆくかもしれない。私としては、せいぜいすごみをきかせて高飛車にでるしかてがなかった。

「よく心得てるじゃねえか。その通りさ。おれたちは、きさまをやっつけようと思ってるんだ。じたばたすんなよ。パチンコぐらい持ってたってなんの役にもたたねえよ。お祈りでもしていな」

声は自信たっぷりだった。あきらかに、ただ私を脅そうとしているだけではなかった。

「ご託をならべてないで、かかってこい。こんなことにゃ、慣れているんだ、さあ、こい、がきめら！」

私は歯を剝きだして笑った。いまにも襲撃してくると思ったが、突然、気配が消え失せた。息を殺し忍び寄ってくるのかと、注意深く赤外線視覚で闇をさぐったが、やはり人影はなかった。私を襲おうとしていた連中は、急に気を変えて立ち去ってしまったのだ。そのかわり、重おもしい足音が急速に、私めざして接近してきた。三メートルもある巨体が、ぬっと現われた。

「そこで停まれ」

私は警察アンドロイドに命じた。

「おまえとやりあうのはごめんだよ。その気があるかどうかは知らんがな」

「私はあなたを護衛しています」

警察アンドロイドは、無表情な電子眼で私を見おろしていった。

「そこでじっとしてろ。どうも、この都市(まち)は剣呑でいけない。たとえ、アンドロイドでも信用するわけにはいかんのだ。なにを命令されてるかわかったもんじゃない」

「私はあなたの護衛を命じられています」

「おれが逃げだそうとすれば、足をおっぺしょってでも手もとからはなさないという護衛のしかただってあるんだぜ。緊急処置というやつだ。まっぴらだね。おれのそばに近よらんでくれ。気味が悪い」

「あなたはいま、たいへん危険な立場にあります。私はあなたの身の安全をはかる義務があります。人命保護は最優先業務です」

「そうくると思ったよ！」

私は、やにわに足もとの地面を蹴って、三〇メーターほど跳びすさった。

「とまってください。さもないと、緊急処置をとらなければなりません。不愉快な事態は、避けたほうが賢明です」

「その手は食わないぜ」

私は苦笑してみせた。警察アンドロイドの手のうちはわかっている。飛道具は、カプセル弾頭つきのミニ・ミサイル、フォノン・メーザー、およびレーザー・ガンはまず標準装備として、あと考えられるのは、重力場コントロール方式のフィールド・ジェネレーターもしくは重力場を高速振動させるG(ジー)バイブレーターといったところだ。警察アンドロイドは、移動武器庫みたいなもので、強力犯相手に設計されている。騒乱鎮圧用にも役立つようにできるだけ仰々しい威圧効果を持たされているし、敵にまわして、これほどごつい相手はいないのだ。

まず最初にしかけてくるのは、超音波攻撃か重力コントロールと踏んで、私は不規則転位の用意をととのえた。状況からいって、致命的な武器は使うまい。もしそうでないとすれば、私も反撃しなければならない。

「注意しておくが、おまえはサイボーグ特捜官の性能についてじゅうぶん知らされていない。おれが徹底的に闘った場合、どんな結果がもたらされるか、おまえには判断できないんだぞ。おれは簡単にはまいらないから、どちらかが戦闘不能になるまでやりあうわけだ。おれがへたばったときには、たぶん死んでいるだろう。どうだ、それでも人命保護とやらをやりぬいてみるか？」

　私はアンドロイドの思考形式を知りぬいていた。もし、彼が義務の履行を強行すれば、私を殺すことによって最優先の命題に背反することになる。私の力量を判断する基準があたえられないかぎり、手をだせなくなるというわけだ。

「私は、あなたを保護しようとしているだけです。なぜそのように不合理な態度をとるのですか？」

　アンドロイドはあきらかに当惑していた。私を殺さずに取りおさえる自信がないことを露呈した。ロボットなんてかわいいものだった。

「な、ききわけてくれないか。おれはおまえに保護されなきゃならないほど、かわいらしくできてない。おまえにひけをとらないほどタフなんだよ。象を殴り倒すことだってできるし、やりそこなって脚で踏んづけられたって、くたばらないほどごついんだ。たのむから、おれをこのままいかせてくれよ」

　と、私はたのんだ。

「あなたはちいさい」警察アンドロイドはいった。「あなたが自分でいうほど強力だとは思えません。武器も持っていないし、やはり私が保護しなければなりません」

「わかった。では、おれがちびでもてごわいというところを見せれば納得するか？」

　私ははらを決めた。

「どんな方法でそれを説明するのですか？」

「こうだ！」

私の行動速度は、警察アンドロイドの意表をついた。私は稲妻形に跳んで一瞬のうちに彼の背後に立ち、警察アンドロイドの巨大な両脚をぐっと抱えあげ、自分の頭ごしに後方へほうりなげた。バック・ドロップの変形だ。警察アンドロイドの防御は背面からの攻撃には弱いのだ。

一トン以上あるアンドロイドは、とほうもない地響きをたてて転倒した。起きあがってくるところを、すかさず背中にまわって腰のあたりを蹴った。ふたたび巨体が宙を舞って三〇メーターほど転がっていった。背面攻撃をつづけているあいだは、ポイントはすべて私のものだ。むろん、強力無比な両腕につかまれば、攻守は逆転する。警察アンドロイドはフランケンシュタインといっしょで、いかに私の力をもってしてもとどめを刺すことはむずかしい。

「このへんで手をうたないか、フランケンシュタイン」

「あなたはまだ自分の力を証明していません」

警察アンドロイドはまだやりたがった。

「私はまだ、あなたを攻めていないのです」

私は思わず笑ってしまったが、トラックのような怪物がむかってくるのを見ると、冗談事ではないと気づいた。高層ビルを蹴倒すほどの怪力を秘めた化けものなのだ。

「もうよせ、レスリングはおしまいだ」

私の声も警察アンドロイドを制止できなかった。折よく梶山刑事が駆けつけなかったら、私も死力をつくして闘わなければならなかったろう。

「いったい、これはどういうことです？」

インディアンのように感動をあらわさない梶山刑事も、さすがにうろたえていた。よほどおどろいたようだった。

「このフランケンシュタインに訊け。私をせっかんする気らしいんだ」

「そんなはずはありません。これはなにかのまちがいです」

「まちがいなものか。私の首ねっこをへし折っても、保護しようという親切ごころはよくわかったが、いったいなにから私を保護するつもりなんだ？」

「この市（まち）も、ほかの都市とおなじです。よそで起きるような出来事なら、どんなことでもおきるのです」

　刑事は長い顔の汗を拭きながら、ぼそぼそいった。

「とくに、よそ者のニグロにとっては、物騒なところだというわけか。もってまわったいいかたをすることはないぜ、私はいま、不良少年どものグループから襲われかけた。よほど退屈して、ひまをもてあましていたんだろう。なにもめずらしいことじゃない。メガロポリスに一生住みついているニグロなら、知らずにすごすかもしれないが、私は旅慣れているからね。いろいろ話はきいているし、実際にこの身で出食わしたのも、はじめてじゃないんだぜ。人種間のギャップを埋める方法はいまだに発見されていないし、とくにこのディープ・サウスでは絶望とされているのだ。人類が超人類に進化するまではな」

「私はあなたと議論をする気はありません、警部。命令されたことだけははたします」

「なぜだ？　もうすこし、問題を掘りさげて考えてみようじゃないか。このしみひとつゆるさない輝かしき白人都市で、くらすのはどんな気持がするか知りたいもんだ。おたがいに、しみ同士だ、腹を割って話さないか」

「失礼ですが、私はそういう問題に関心を持っていません。私の関心事は、あなたの身の安全をはかることだけです」

とりつくしまもなかった。インディアンの木像よりひややかな態度だった。

「まったく話のわからないご仁だ。どうやらきみは私が気に食わないらしいな」

「職務に私情の入る余地はありません。私は警察官です。ものごとをことさらに、複雑に考えるのは無益なことだと思っています」

「きみはりっぱだよ。せいぜい精進して全警察官の鑑になるんだな」

梶山刑事は、耳がないような顔だった。こんな非人間的な男はみたこともなかった。かたわらの警察アンドロイドのほうが、よほど人間味があった。


〈殺人現場〉は、大金持ちどもが独占している、とびきり上等の居住地に近い場所だった。広大な地所を占め、周囲に賤民どもを寄せつけぬよう重力場コントロールによる透明障壁をはりめぐらしてあった。この重力場バリヤーは高さ二〇メーターの堅固な壁と等価の効きめがあるのだ。金持ちどもは貧乏人を野良犬と同一視している。「金持ちどもは、むかしもいまも、すこしも変らんな、包装は美しいが、いつも中身は腐臭をはなっているんだ。やつらが法律の手のとどかないところでやってるらんちき騒ぎを考えると、胸がむかついてくる」

私は嫌悪の情をこめていった。

「金持ちといえども、ただの人間にすぎませんよ。法律に逆らっているわけじゃありません」

と、思いがけずに梶山刑事がいった。

「警察学校ではそう教えているさ。だが、法律が万人に平等だった時代なんて、一度もありゃしなかった。金持ちはいつだって、とくべつに手厚く保護される。だから、なおさらたちが悪くなる。あまやかされたがきとおなじことさ。跳びこみ台つきの湖ほどもあるプール、部屋が二〇〇もある大邸宅、お世辞笑いを浮かべている召使。こんなことはたいしたことじゃない。だが、役人を顎で使って、自分たちに都合のいいように法律をねじまげてしまうとなれば、話はべつだ。連中が殺人事件を手品のようにかき消してしまうほどのちからを持っているのなら、原始時代のジャングルで生きるほうが、まだましじゃないか」

「まさか、それほどのことはないでしょう」

「おぼこ娘みたいなせりふをきかせないでくれ。金と権力はもっとも効率よく人間精神を食い荒らす。史上最悪の非行少年団は、みんな金持ちのどら息子だぜ。残虐なことといったら、人食い虎だって顔負けだ」

「その点はみとめます」

梶山刑事は、めずらしくあいづちをうった。声に感情がこもっていた。

「ギャングよりも悪質だ。やつらは人間じゃなくて、怪獣に近い」

なにしろ、近ごろの非行少年ときたら、もぐりの医者にかかって改体(サイボーグ)手術を受けるのが流行になっている。改体技術の進歩のおかげで、わりあい気軽に超人願望を充たせるのだから、始末が悪い。百馬力二百馬力で暴力沙汰をおこすとなれば、これはもう怪獣が暴れるのにひとしくなる。これは世界的な流行で、治安関係者にとっては一大脅威となりつつあった。パワー・アップしたサイボーグは、単身で優に機動隊全員とわたりあう能力を持つのだ。警察ロボットを繰りだせば、事態は局地戦の様相をおびる始末である。暴動が発生すれば、かならず一般市民に大量の被害者を出さずにはおさまらない。むかしから、巻きぞえになるのは、いつも無辜(むこ)の市民なのだ。

「ライト警部、サイボーグ特捜官としてのあなたの機能は、どの程度のものですか？」

と、刑事がいった。

私は、路上を調べるのに注意を集中していた。私の電子的な視覚は、まったくの暗闇でも苦にしない。

人びとは私にたいして、だれしもおなじような質問を浴びせる。空を飛べるとか超音速で走れるとか無責任な噂が流布しており、私の身分を知ったものは、かならず真相をたしかめたがるのだ。警察の人間であっても例外ではない。私が梶山刑事の質問を、単に好奇心からでたものと受けとったのも、やむをえぬことだった。

「あいにくだが、それは口外できない。サイボーグ特捜官の機能は、部外秘に指定されているんでね」

「そうですか……」

私はさらに路上を調べつづけ、やがて結論を得た。

「なにかわかりましたか？」

問いかける梶山刑事に、私は思いきり、しぶい笑顔を見せてやった。刑事にこたえず、私は手をのばして、強化プラスティックにおおわれたフランケンシュタインの部厚い胸部をたたいた。

「だれだってわかりきっていることなんだ。おまえだってそうだろ、なあ、フランケンシュタイン」

警察アンドロイドは、赤い電子眼で私を見おろした。

「いいえ、私にはわかりません。なんの情報もあたえられていません」

私は冷やかな眼を梶山刑事にむけた。

「あんたはどうだ。ロボットのまねをしてしらを切ってみるか？」

「なんのことでしょう……」

刑事の声はいくぶん、力がなかった。私は刑事の顔を凝視したまままつめたく笑った。

「きみは、まったくうんざりさせる男だな。それでも警官のつもりか。きみを見てると胸がむかついてくる……もっともむかつく胃袋なぞ持っちゃいないが。ご苦労だった、梶山君。署長のところに報告に帰れよ。もう、きみのつらは見あきた」

「これから、どうなさるおつもりです……」

その声はききとれぬほど低かった。

「宿をとってぐっすり寝るのさ。サイボーグだって、人間なみに眠るんだぜ。夜やすらかに眠れないほど罪科の思いに責められないかぎりはな」

「では、ホテルを紹介しましょう」

「ありがたきしあわせだよ。ホテルの部屋が空いてないと断られたら、料理場のフリーザーのなかでもいいと、マネージャーにいってやれ。眼をあけて、立ったままでも眠れるんだ」

私はむかっ腹をたてて、梶山刑事にあたりちらした。

「私がなぜすばらしいサイボーグになったか、わけを教えてやろうか。同僚の警官に射たれたんだ。そいつは犯罪組織(シンジケート)からかねをもらってた。私に汚職を感づかれて闇討ちにかけたのさ」

梶山刑事はなにもいわなかった。

私は、どうやら料理場のフリーザーのなかで肉塊と同居せずにすんだ。部屋は、よくも悪くもなかった。要するに、ただのホテルの部屋だった。ふつうのホテル・ルームにそなわっているものはすべてそろっていた。文句をいうすじあいはなかったが、私はやはり腹をたてていた。

　さすがに、警察アンドロイドは、部屋のなかまでは押しいってこなかった。もし、そんなまねをしたら、目にもの見せてやっていただろう。

　私はシャワーを浴びて身体をみがいていた。まえの習慣がのこっているのだ。子どものころは日に十度も、血がにじむくらい身体をごしごしこすったものだ。すこしでも皮膚のいろがうすくなるのではないかと期待して……どんなに黒人の地位が向上しようとも、ニグロの子どもは、みなおなじことをする。私の子供時分には、すでに皮膚のいろを白くする薬品も発売されていた。しかし、私の両親は私がその薬を使用することをぜったいに認めようとはしなかった。誇りたかい人間のやることではないとかたく信じていた。それは真実だ。かつらを用いる人間とおなじように、粉飾で自分を偽わる者は、どこかにうさんくさいところがあるのだ。小細工をほどこす人間は信用ならない。微笑を浮かべながら、袖口にナイフをかくしているのだ。

　私には真相がわかりかけていた。あのふとどきな制服のごろんぼうは、もちろん知っていた。ぜいたくな身なりの署長も事情を察していただろう。知らん顔をきめこんでいる梶山刑事だってそうだ。市警の連中のほとんどが知っている、公然の秘密だったかもしれない。どいつもこいつもくそくらえだ。

　私は寝ることにした。眠りのなかでだけ、私は五体満足な身体を所有することができた。

　電話がなって、私を眠りからひきずりだした。

「おぼえてるか、くろ。きさまをとっつかまえてやると約束したっけな」

ききおぼえのあるふくみ声だった。

「かならずつかまえてやるぜ。逃がしやしねえ。こまぎれにしてやる。墓穴にいれるのに苦労してひろいあつめなきゃならないぜ」

「きいたふうなことをいうな」

私はするどくいった。

「鏡にむかって練習したせりふなんかききたくもない。おれをこわがらせて、この市を追いだすといくらもらえるんだ？　ちんぴらに小遣いを稼がせるほどおれはおちぶれていない。どぶの水でつらを洗ってこい」

「寝言をいうな。生きたまま、この市からださないといってるんだ。くろんぼ野郎、たのしみにしてろ」

電話の声は嘲笑した。

「わかったか、くろ、眠れるもんなら眠ってみな」

「忘れずにKKK団の白い頭巾をかぶってこい。ぼろぼろにしてやる」

「このしょんべん頭――」

私は電話を切った。私を追いはらうにしてはまずいやりかただった。それもきわめてまずいやりかただった。

もちろん、この腐った都市にも、いくらかは心の清らかな人間たちが存在していた。ジュンとレイがそうだ。私の知るかぎり、ふたりはこの世でもっともけがれのない人々だった。清らかな心は、他人の魂を浄化してくれる。私はジュンとレイに逢いたいと心から思った。

　しかし、私は、熱線銃を所持した刑事と警察アンドロイドの意味するものを、掘りさげて考えるべきであった。そうでなくては、特捜官の資格がない。私はすでに警告をあたえられていたのだ。自分の超人的なサイボーグ体への過信が、私をあやまらせたのである。


　翌日、電話をかけると、ジュンとレイは、よろこんで私をその夜ひらかれる彼らのパーティに招待するといってくれた。私は脅迫電話のことなど、けろりと忘れていた。アラバマ、ミシシッピーなどの最南部（ディープ・サウス）では、依然としてニグロが白人なみにふるまうことをはげしく嫌っている。メガロポリスでふるまうような態度をしめすニグロは、生命の危険を冒す覚悟がいる。ディープ・サウスの白人をかっと怒らせれば、たいてい死ぬのはニグロなのだ。人口比率の上でも、白人勢力は、どんづまりに追いつめられており、破れかぶれになって暴発を待ちのぞむという心境にある。私は白人の脅迫に慣れすぎていた。ましてサイボーグである身には、殺すと脅されても蜂の唸りほどにも、気にかからなかった。

　ホテルを出たとき、刑事もアンドロイドの無骨なすがたも見あたらなかった。どうやらひきあげてしまったようだった。私を尾（つ）けてくるものもいなかったし、襲いかかる人間もなかった。

その夜、レイやジュン、その友人たちは、心から私を歓迎してくれた。二〇人ほどのこじんまりとしたパーティで、参加者はいずれもとし若く、ジュンたちのように性別もさだかでない美しい若ものたちだった。

私は若ものたちにとりかこまれ、人気を一身に集めた。だれひとり私がニグロであることを気にしていなかった。彼らの純粋な友愛の念は、あたたかい湯のように私の心をひたした。私はすっかり心なごみ、人間らしさを回復した思いだった。メガロポリスでも、このようにわけへだてのないやさしい心と接触した覚えはなかった。

私は、事件の真相を彼らに話してきかせた。

「殺人事件なんてなかったんだ。もともと存在しなかった。現場をしらべてみたんだが、見つかったのは、シリコン・オイルと強化プラスティックの微細な破片だけだった。証拠をだれかが隠滅しちまったわけじゃない。ジュンとレイが目撃したのは、幻の殺人事件だった。被害者は、人間じゃない、女性型のアンドロイドだったんだ。きみたちには、理解できないかもしれないが、大金持ちどもはいろいろきちがいじみた遊びを考えだす。アンドロイドいじめというのが、そのひとつだ。人間そっくりに反応する超A級アンドロイドを使って、ありとあらゆる残酷な遊びをたのしむんだ。いじめぬいてなぶり殺しにする。生身の人間にははたせない邪悪な欲望をアンドロイドでみたすというわけだ。まったく狂気の沙汰だよ、おそろしく高価なアンドロイドをそのために平気で潰しちまうわけだからね。ジュンとレイは、たまたまそれを見てしまったんだ」

「でも、そんなことって、あるでしょうか……」

と、ジュンはいきを呑んでいった。

「人間そっくりに見えましたわ。おそろしい悲鳴をあげました。いまでも耳について、はなれないほどです。あれが、アンドロイドの芝居だったなんて、とても信じられない……」

「芝居じゃなかったかもしれない。超A級アンドロイドともなると、人間なみだからね。人殺しと同じくらい悪い。アンドロイドいじめは法律には触れないが、ひどくきたならしい醜聞沙汰になる」

むろん、ジュンとレイの通報によって駆けつけた巡回車の警官たちは、なにが生じたか心得ていた。承知のうえで、金持ちどもの醜業を隠蔽することに手を貸したのだ。金持ちというのは、社会のピラミッドの頂上を独占した種族で、権力の所有者とひとつ穴のむじななのだ。彼らのコネは強力無比なものであって、政治権力と悪徳官吏がむすびつけば、彼らはほとんど不死身になる。小は交通違反から、大は殺人事件のもみ消しにいたるまで、手厚い保護を受ける。悪徳官吏は、ライオンのおこぼれを頂戴するハイエナだ。

若ものたちは、私の話が信じられないようだった。むりもないことだった。私も、それ以上汚らしい世界を、彼らに垣間見させるに忍びなかった。

「これが金持ちどものやる常套的な手品なんだ。悪徳警官を使って、無力な市民を脅して口をふさぐ。ギャングが殺し屋をやとって具合の悪い人間を消しちまうのと、根本的にはなんら変らない。もちろん、こんなことはなくさなきゃいけないんだ。しかし、簡単にはいかないだろうね。人類は、数万年おなじことをやってきたにちがいないので、社会のしくみがどう変ろうがどうしようもないというのが真実かもしれない」

「なによりも、あたしたちは、完全な精神を持ちたいんです」

レイは夢見るような瞳をあげていった。

「精神と精神の完全な調和、とけあう心……すべての人間が精神感応(テレパシー)で、ひとつの巨大な心を共有するときがきたら、あたしたちはみな完全無欠な人間になれるのだと思います。そのために、あたしたちはセックスを超越します。肥大したセックス意識の重圧が、人間の精神を歪める根元だからです……」

彼ら、若ものたちは、あるいは新しい人類の萌芽だったかもしれない。人類の背負った重荷――はてしない怨恨や憎悪、猜疑や恐怖、貪欲をふりすて閉鎖された孤独な心から脱出し、完全調和の輝かしい彼岸をめざして旅だとうとしているのだった。

ジュンは、ぴったり私によりそい、しなやかな指さきで私を愛撫しようとした。もちろん、この肉体的な接触は性的な意味を持っていなかった。私の精神感応のちからを深めるために、手だすけをしてくれるつもりだったのだ。はっと驚きの声をたてた。もとより私のサイボーグ体は、血肉をそなえた存在とは、異質の硬さを持っていたからである。ジュンはびくっと身をひいた。

「私の身体は機械製なのだ。もとから残っているのは中枢神経の一部にすぎない。あとは灼きつくされて灰になってしまった。私は機械なんだ……人間のぬけがらなんだよ……」

私はなぜ、そんなことをいったのだろう。ジュンの驚きの表情が、私の心を傷つけたからだろうか。私は、心の奥底ではいつも、だれかに慰めてもらって、めそめそと泣きたがっていたのだろうか。私の宿命をすこしも気にせずに、愛してくれるものを欲していたからか。

「びっくりしただろう。むりもないんだ……私は人間じゃない、サイボーグなんだ。硬くて、つめたい人間のかたちをした兇器なんだよ。このからだのなかに詰まってるのは、メカニズムだけじゃない。永劫に消えない憎しみと怒りなんだ。私からあたたかい血と肉をうばいとって、こんな化けものに変えちまったやつらに対する憎悪でいっぱいなんだ」

私は、こぶしで胸をたたいた。かたい金属性の音をたてて、何度もうった。

「私は怪物なんだ。機械でありながら、人間の歪んだみにくい心を持った怪物だ。とてもきみたちの仲間に入れてもらう資格はない。私は法と正義の名をかたった低劣な殺し屋で、どぶ泥よりも腐った根性の持主なんだ。これでわかったろう？　私はこれ以上、きみたちといっしょにいられない。私のような存在は、きみたちの精神に汚点を残してしまう……」

ジュンの美しい眼に涙がひかった。

「ごめんなさい……あなたを傷つける気はなかったんです。ほんとに、ごめんなさい……」

ジュンは声をおののかせていった。

「きみは、ただ驚いただけだ、ジュン。私がさきにいっておけばよかった。きみたちにこわがられたくなかったんだ。自分が怪物だということを知られたくなかった……私が悪かったのだ」

「あなたは怪物じゃありません！　すばらしい精神を持った人間です」

　レイが叫ぶようにいった。

「それはちがう。私は破壊欲の化身なんだ。私はすべての兇器とおなじだ。意志を持った兇器なんだ。私をささえているのは、敵に対する怨恨と憎悪と復讐心だけだ……それらがなかったら、とっくに自殺していたろう」

「いかないで、おねがい！」

　立ち去ろうとする私の腕に、ジュンがしがみついてきた。ジュンははげしく泣いていた。

「ここにいて……あなたをこのままいかせるわけにはいかないわ！　なぜそんなにくるしむ必要があるの。なぜそんなに自分をいじめようとするの……そんなことをして、どんなとくがあるの？　ひとりぼっちで寂しかったからなのよ。でも、もうあなたはひとりぼっちじゃないでしょ？　ここにいるみんな、あなたが好きなのよ。たとえ、あなたがアンドロイドだろうと、その気持にかわりはないのよ」

　私は、むろんはげしく心をうたれていた。ジュンのほっそりした手をふりほどくことができなかった。

「ここにいてくださいますね？」

　レイは微笑を浮かべた。すべての若ものが心のこもった微笑を私にむけていた。この瞬間、私は黒い怪物ではなかった。

　そのとき、やつらが襲ってきた。ものすごい轟音とともに、すべての壁が崩れ落ちた。やつらの怪力は戦車なみだったし、ものを破壊することに、無上の快楽を見いだす連中だったから、まず建物をぶちこわしたのだ。

天井がすさまじい勢いで落下し、数千キロもある重量が頭上にのしかかってきた。私の超ポリマーの頭蓋も砕けるばかりの衝撃だった。建物の下敷きになった若ものたちのおそろしい苦痛の悲鳴があがった。

「気をつけたほうがいい。あのくろんぼサイボーグは、このくらいでへたばるような野郎じゃない！」

そのどなり声を、私は胃袋がきりきりとねじれるような激怒の内臓感覚をもって聴きとった。ないはずの胃袋が感覚するくるおしい憎悪。それは、あの制服を着たごろつきの声だった。

「おっさんはひっこんでな。だいじな頭をひっこぬかれるぜ……そのへんをちょろちょろしてるとな」

脅迫電話のふくみ声だった。

「くろんぼは逃がしゃしねえよ、安心しろ」

私は、サイボーグ体のエネルギー制御系を全開放した。のしかかるとほうもない重量を一気にはらいとばした。急激な力がかかったため、服がずたずたにちぎれとび、私はサイボーグ体をむきだしにして、立ちあがった。

「そこにいたぜ！」

「くろんぼサイボーグだ！」

粗野な声があちこちからかかった。建物は完全に崩壊しつくし、一瞬まえまでのたたずまいが、うそのように消え失せていた。信じられぬほどの荒廃ぶりだった。

やつらは、全部で六人だった。ひとりが建物の破片をつかみ、無造作に私めがけて投げつけた。はらいのけた腕に猛烈なショックがあった。人間の力ではない。はじめて、熱線銃と警察アンドロイドの意味がぴんときた。サイボーグ化した非行少年ども。科学技術文明の産み落した怪物どもだ。この私のように。

六人とも、サイボーグ体を露出したなりで、無毛の頭部はたまごのように滑らかだった。六対の眼が、電子眼特有の淡い螢光を発していた。

私は、足もとの地面を眼でさぐった。むごたらしく破壊され、血泥にまみれた肉塊があった。あの美しいジュンがおし潰されて死んでいた。すばらしい若ものたちはひとり残らず死んだ。虐殺されたのだ。

「やっと会えたな、くろ」

ふくみ声がいった。

「くろんぼサイボーグか、え？　おまけに警察のいぬか。道理で、でかい口をたたくと思ったぜ」

金属的な故意に変調された哄笑がどっと湧いた。

「このくろがよ、しょんべん頭がサイボーグいぬだとさ」

「サイボーグになっても、くろんぼはくろんぼか」

「しみついたいろがぬけなかったんだろうぜ。あいかわらずくせえや」

私は無言で、祖父が、曾祖父が白人から受けたはずかしめの数かずを想いおこした。たまたまむけた視線のさきに白人女がいたというだけで首を吊られたニグロ。白人の血をわけてやるのだと称して、ニグロの女を強姦することを、恩恵をほどこしていたつもりの白人ども。彼らにはそれが常識だった。二一世紀になってさえ、ニグロ殺しは無罪になるケースのほうがずっと多かった。にっこり笑って、なぶり殺しにされた哀れなニグロの怨みを忘れるのが、はたして正しいことなのか。では、虐殺されたニグロの苦しみをだれが償うのだろう。心臓をえぐりとられてニグロは神と人を呪って死に、冷酷非情な白人どもは長生きしてやすらかに死ぬ。ニグロはくたばって墓の下に入った。命を償うことはだれにもできないし、騒いだところでなんになる。殺人者をさばいてみたところでなんになる。たがいにいやな思いをするだけだ……

「どうした、くろ、すくんじまったのか？」

嘲り声がいった。

「元気をだしな。しょんべん頭、警察がこさえたサイボーグの出来を見てやる」

「さあこい、くろ、おれたちの馬力を見ておどろくなよ。たっぷり金をかけてるんだ」

「いいだろう」

と、私はしずかにいった。

「気のすむまで相手をしてやる。警察サイボーグの出来をためしてみるといい」

やつらは一瞬の遅滞もなく襲ってきた。場慣れしており、みごとにチームワークがとれていた。しかし、私を簡単にしとめられるはずがない。

やつらの打撃が、私の身体のどこをとらえても、ポリスチールの骨をへし折られたろうが、私はやつらの打撃がとどくまで、のんびり待っていなかった。やつらの破壊力はたいしたものだったろうが、私にはとどかない。

私は電子加速状態に移り、やつらの動きがのろのろと分解された数十分の一秒間に、六人全員の片腕をつけ根からもぎとった。ついで、四肢の関節をことごとくへし折り、ねじまげた。この猛烈なスピードこそ、サイボーグ特捜官の秘密だったのだ。やつらはそれを知らなかった。

加速状態を解いたあと、すべての破壊の音がひとつの連続音に合成されて、私の聴覚にとどいた。やつらの砕かれた人形のようなサイボーグ体は、同時に瓦礫のうえに転がった。そのときはすでに、私は制服のごろつきに迫っていた。やつは逃げだすひまもなかった。なにが生じたのか理解さえしていなかった。

「きさまは人殺しだ」

私はやつを殺そうとしていた。人間でさえもなかった。復讐だけに生きる黒い怪物だった。

それが私の正体だったのだ。

やつの顔は恐怖で死んだようになった。やつも私と同様に、私がなにものであるかを知った。顎がだらりとたれたが、声はでなかった。もはや死人も同然だった。

熱線銃がひらめいた。青緑色の毒々しい線条が私とやつのあいだの空間をまっぷたつにした。やつは同時に崩れ落ちて気を失った。

「いけない……警部、そんなことをしてはいけない」

梶山刑事の長身が、熱線銃をかまえて立っていた。刑事の荒い呼吸がひびきわたった。

「私に射たせないでください……あなたを射ちたくないんです」

刑事の身体は、それとわかるほど震えていた。

「あなたに人殺しをさせるわけにはいかない。だが、どうしても殺す気なら、あなたを射ちます」

「射つがいい、腐れ警官どもめ。だが、射つよりはやく、きさまは死んでるさ。さあ、射ってみろ」

私は蔑みをこめていった。

「くたばっちまえ、腐れ警官ども」

「そうです、私は性根の腐った警官です。私を殺しなさい、やつも殺しなさい……」

梶山刑事はまっさおな顔でいったが、声はしっかりしていた。

「だが、われわれを殺したからには、あなただっておなじことになるんです。警官の皮をかぶった殺し屋になるんです。あなたは自分のサイボーグ体を私怨をはらすための兇器に使おうとしているんですよ」

「それがどうした……」

「夜やすらかに眠れるのは、罪科の思いに責められないですむからだ……これはあなたがいったんですよ。だが、われわれを殺したらそれもおわりになるんです……」

私は沈黙した。

「私は卑怯者です。こうなることを恐れていながら、正しい手をうつことができなかった。このきちがいサイボーグどもが、あなたを襲うことは予測されていたんです。署長があなたの護衛を私に命じたのも、そのためです。当然あなたに警告しておけば、こんな悲惨なことにならずにすんだ。たとえ署長から強く口止めされていても……私には勇気がなかったのです」

「いまさら、なにをいってもむだだ。死んだ者は帰ってこない。死んだ小鳥を唄わせることができるか」

私はたまりかねて絶叫した。

「すばらしい若ものたちだった。みんな天使みたいな心の持主だった。それを、い、くろんぼびいきだというので殺しちまったんだ。この市の腐れ警官がよってたかって殺しちまったんだぞ、おい、わかってるのか、くそったれ！」

梶山刑事の手から、音をたてて地面へ熱線銃が落ちた。白痴のようにうつろな顔をしていた。

「私には病気の妻があります。動かすことができないのです。私はこの市から出ていくことができなかった。どんなことがあっても、職を失うことができなかった……東洋人の私はこの市でひどくつらい目にあいました。どうしようもなかったのです。そのために、私は警察官として、してはならないことをしました。私は人殺しです。この償いはしなければならない……」

「たっぷり償いはしてもらう。市警の腐れ警官を徹底的に大掃除するために、きみの助力が必要だ。署長をはじめ、身に覚えのあるやつは覚悟しとくといい……」

梶山刑事は、指の長い掌で顔をおおい、喉を鳴らしてすすり泣いていた。決して償うことのできぬ悔恨にもだえていた。

私の心は痛憤でたぎりたっていたが、それでもなお、ジュンやレイたちの亡骸の上にそそぐ一滴の涙すらもにじんではこなかった。サイボーグ特捜官は、泣くことすらゆるされていないのだった。

第二章　サイボーグ・ブルース

私には、ふしぎなほど意識が明瞭になる瞬間があり、世界のたたずまいが、みるみるうちにみがきあげられた水晶体のように澄みわたることがある。そんなときは、黒い魔物のように死の羽搏きが頭上を駆けるのを、はっきり知覚することができるのだ。

異様な戦慄がおそってきたとき、私はためらわず車に制動をかけていた。格別の理由は必要としない。何度も〈虫の知らせ〉で危険を切りぬけてきた私だった。迅速な反応だけが私の生命を救うのだ。

死の羽搏きは、脳髄をえぐる超音波の針のような鋭い耳鳴りの感覚に昂まった。私は車の天蓋（キャノピー）をはねあげ、車が停まりきらぬうちに脱出にかかった。頭から路面めがけてダイビングし、一気に四、五〇メーターほど跳躍した。車が閃光を噴いて、夜を華麗に彩った。幾千の破片に分解して、死を周囲にばらまいた。そのいくつかが、空中にあるうちに私をとらえた。頭のつけ根に命中し、頭をもぎとるばかりの恐ろしいショックを与えた。私を鳥のように撃ち落した。爆発から充分な距離をとることができなかったのだ。

数秒ほどの失神から回復して、私が路上から身を起したとき、私の車はあとかたもなくなっていた。手品でかき消してしまったように……私はうなじをさぐり、突きささっていたカミソリのように鋭利な車体の破片をひきぬいた。正確な狙いをさだめたみたいに、そいつは、ぼんのくぼにめりこんでいた。

　私は声高に罵ったが、それほど文句をいうすじあいでもなかった。車のシートにのんびりしていれば、私自身、きれいに砕け散ってしまい、後始末する係官が五〇〇メーター平方を這いまわらなければならなかったろう。

　車に時限爆弾をセットするのは、古い手だが、それにしても鮮やかなプロの仕事だった。素人細工の爆弾ではない。殺しの専門家が綿密な計画をたてて、私を消そうと試みたのだ。爆発の強烈さからいって、あるいは私の身体の強度まで心得ていたのかもしれない。並大抵のことでは、私にとどめを刺すことはできないからだ。と、すれば、やつらが何者にせよ、確かな情報源を持っているという証拠になる。――そんなことができるのは、犯罪組織（シンジケート）の殺し屋だけだ。やつらは必要とあれば、連邦警察の大ボス、ブリュースター長官のポケットの中身まで調べあげることだってできる。むろん、たいしたものは入っていまいが……ともかくそのくらい、みごとな情報網をつくりあげているのだ。部外秘の、サイボーグ特捜官の手の内を知ることもできるだろう。だからこそ、サイボーグ特捜官にちょっかいをかけたりしない。死神を相手にするようなものだからだ……

　私は路面に膝を突いたまま、とめどもなく考えつづけた。いつまでも執拗に考えていた。私を消そうとした殺し屋のことを、〈虫の知らせ〉のことを。

そうだ、最初にやはり予感があったのだ。事件が始まるとき、いつだって、あらかじめ私にはわかっていた。暗い、荒涼とした、虚ろな予感……

たいした車だった。小型宇宙船に匹敵するありとあらゆるしかけがほどこされていた。こういう車は金だけでは買えない。特別の資格が要るのだった。王侯貴族の家柄であるとか、大統領を二、三人出した名門とか、そういった後光（オーラ）をペイント代りにした車なのだった。こういった車には、ただひとつの欠点しかなく、それは手動操作（マニュアル）の切換えボタンがついていることだった。たいてい、それが自殺用のボタンを兼ねているのだ。

時速二五〇キロは出していたにちがいない。掠めるように私の車を追い抜いていったとき、車の側面をもぎとっていったような気がした。蛇行しながら、妙な具合に尻を振っていた。車に神経症の表情があるなら、まさにその通りだった。

異変を察知して、私の車はスピードを落しはじめた。コンピューターが、前方に発生する事故に備えて、充分な車間距離をとりはじめたのだ。私は読みさしの本を隣りのシートにほうり投げ、手動（マニュアル）に切換えてコンピューターの心配を肩代りした。私の車は警察車並みの特殊装備がしこんである。サイレンと、電子装置を殺すしかけがそうだ。私は加速して三〇〇キロ近くスピードメーターをはねあげ、一気に追いつくと短くサイレンを咆えさせた。これで停止しなければ、電子装置殺し（エレクトロ・キラー）を使用しなければならない。しかし、一声で充分だった。相手は意外におとなしく停止命令に従った。私は前方に車を停め、外へ降り立った。そばへ寄っていくと、ガラス越しに月のような青白い顔がぼんやりと私を眺めた。痩せぎすの若い男だった。私が制服警官なら、さぞいやな気分がしただろう。相手が上院議員の息子かも知れないからだ。えたいの知れない政治的圧力と年収一千万ドルの高名弁護士を敵にまわす自信がないからだ。たとえその勇気があろうとも生命が短かすぎる。

しかし、私は平気だった。ガラスを叩いて窓を開けるように合図した。若い男は、すなおに窓を開けた。

「飲んでるのかね？　それともラリってるのかね？」

と、私は直截にいった。

「すまない……」

若い男はぼんやりした口調でいった。

「酒は飲んでない。それにヤクも使っていない。うそじゃないんだ。調べてくれてもいい」

「いまにもぶっ倒れそうじゃないか。どうしたんだ」

「よく眠れないんだ。三日も眠っていない。いや、四日か、五日か……はっきりわからない……」

舌がもつれて、はっきりわからない口ぶりだった。うそではなさそうだった。眼のまわりがどすぐろくなっていた。

「ぼくはなにをやったんだろう？」

「公道上の無暴運転だ。私の車を追い越すとき、ペイントを剝いでいった。そんなにくたびれているのに、なぜ手動操作（マニュアル）でやったんだ？」

「わからない……頭がおかしくなっていたのかも知れない。迷惑をかけたのならあやまる……」

「あやまるだけではすまないんだよ。起さんでもいい事故を起したかもしれないんだ。死人が出るかもしれん、あんたを警察に連れて行かなきゃならない。病院に入れて、監視をつける必要がありそうだ」

私はきびしい口調でいった。

「まったくだ。一言もない。たしかに精神病院にぶちこまれても文句はいえない。ぼくが悪かった……」

誠意がこもっていた。性質のよさそうな男だった。

「あんたの名前は？」

「生田トオル。職業は作家……立体テレビのじゃない。自称作家に近い……本は数冊出したがさっぱり売れなかった」

「この時勢ではむりもないね。この車はあんたのものかね？」

「妻の車なんだ。ぼくに買えるような車じゃない。ぼくの金ではマット一枚買えない」

「手動（マニュアル）で動かすのは、もうよすんだな。気をつけて帰りたまえ。睡眠薬を飲んでぐっすり眠るんだ。車にまかせておけばまちがいない。わかったかね？」

「ぼくを逮捕しないのか？　あんたは警察の人間だろう？　ぼくは罪を犯したんだぜ」

生田はおどろいたようにいった。青白い顔がピクピクひきつっていた。

「どうしたというんだ。ぶちこんでほしいというのかね？」

「こんな車に乗っているが、ぼくはただの人間だ。ぼくを特別扱いにしないでくれ」

私が生田にはっきりと興味を感じたのは、この一言だった。彼の睡眠不足でやつれた顔には、明確に贖罪意識があらわれていた。

「警官として、義務をはたせというのか。しかし、あいにくだが、私は警察の人間じゃない。あんたを告発する証拠もないし、その意志もない。あんたがカンバーランド家の娘と結婚している人間だからじゃないんだぜ。同じあやまちを何度もくりかえすような人間には見えないからだ」

「ぼくがカンバーランドの娘婿だとわかってたのか？」

「カンバーランドは億万長者だからな。知りたくなくても、自然におぼえるのさ。では、さよなら。車をだいじにしたまえ。その車は女王のようにあつかわなきゃいけない」

私は自分の車にもどりかけた。

「待ってくれ」

と、生田が呼びかけた。

「頼みがあるんだが……ぼくといっしょに来てくれないか。ひとりで帰れそうもないんだ。助けてもらえたらありがたいんだが。歩く力も残ってないいんだ」

「医者のところに連れて行こうか？」

「家へ帰れば、かかりつけの医者が来てくれる。力になってもらえたら恩に着る」

真剣な表情だった。

「急ぎの用事でもあるのかね？」

「べつにないが……」

そこへ警察車が通りかかった。這うようにスピードを落して、車の窓から警官が呼びかけた。

「なにかあったのですか」

丁寧な口調だった。生田に声をかけたのだが、警官の眼は疑い深げに私の顔を睨んでいた。

生田は頭を振った。

「いや。友人と話をしているだけですよ」

警察車はゆっくり走り去った。警官は首をねじまげて執念深く私を凝視していた。

「家まで送って行こう。どこに住んでいるんだ？」

「ローレル・スプリングス……」

私は自分の車に場所を教え、尾いてくるように命じておいて、生田の車に乗った。まさに女王の品位を持った車だった。こんな車にとっては、手動で動かされるのは侮辱にちがいなかった。

「まだあんたの名まえを聞いていなかった……」

生田の表情はさらに病的になっていた。意味もなく痩せた指の長い両手を動かしていた。

どう扱っていいかわからないといったように……

「アーネスト・ライト」

　と、私はいった。

「どんな仕事をしてる？」

「失業中なのさ」

「仕事を探してるのかね？」

「いずれ、そのうちにね」

　生田の顔にちらりと別人のように意地悪そうなうす笑いが動いた。

「あんたは若くてハンサムな黒人だ。きっといい仕事が見つかるだろう」

「どういう意味だ、それは……」

　私はゆっくりいった。

「べつに意味はないよ……」

　生田は眼を閉じてシートの背に頭をあずけた。くろずんだ眼のふちが神経性の痙攣をくりかえしていた。

　それが、私と生田トオルとの出逢いだった。

　生田に、私が失業中だといったのはうそではなかった。連邦警察のブリュースター長官に辞表を提出してから一週間経っていた。

「特捜官をやめて、どうするんだね？　ブルース歌手にでもなるのかね？」

長官は氷のように澄んだ眼で私を見つめながらいった。

「ブルースは歌えませんね。私の人工声帯はどんな声でも出せる。しかし、一番肝心なものがないんです。機械に魂（ソウル）はありませんからね」

私は微笑を浮かべていった。

「私立探偵でも開業して、離婚専門にやりますか。いいかねになるらしいから」

「きみ向きの仕事じゃないな、アーニー。きみの身体には、莫大な国家のかねがつぎこまれていることを忘れんで欲しい。木星定期便の宇宙船が一隻買えるくらいのな……きみはおそらくこの世でもっとも高価な存在なんだ」

「この世で一番高価な玩具といってください。私を訴えて、この身体をとりかえしたらいかがです。私の私有物は脳みそだけですからね。私はなにもみずから望んでサイボーグになったわけじゃない。被告席に坐って、私が国家財産を横領したという検事のごたくを聞きましょう。さぞや面白いショーになることでしょうな」

「なにが気に食わないんだ、アーニー？」

「高価な玩具でいる身に耐えられなくなったんですよ、長官。私は血も涙もない機械に等しいが、感情という厄介な代ものを持っているんです。人間の業ですよ」

「きみの気持はわかる。だが世間はマンガ本の主人公のようなわけにはいかんのだよ。鉄の拳で正義を叩きだせれば、単純明快で胸がすっとするだろう。だが法律を無視するわけにはいかない。輻輳した手続きを誤たずに、正義をつかみとる地道な努力こそ警察の仕事なんだよ。警官は裁判官ではないんだ」

「わかってます。だから、警察は強大な権力を持った一部特権階級には手も足も出ないんです。たとえば、いかに罪状が明白でも、精神測定技術は、法廷で立証能力を持たない。権力の所有者どもがそれを望まないからです。神通力が失われるからです。いつの時代も、警察は権力者への奉仕が第一義で、警察犬に等しい存在だった。大衆が警察を嫌うのは、それを知ってるからです。個々の警察官が清廉だったとしても、どうにもならない。警察組織自体に問題があるんだ。その病根が無数の腐敗警官を生みだすんです」

「すると、警官稼業に見切をつけたというんだね。シルヴァー・シティの警察署長がクビにならなかったというので……」

「警察は身うちの腐れ警官を始末する力もないんです。しかも、大衆は、私のような超人的な特捜官が大活躍すれば、すべての悪が一掃されると思いこまされている。私は大衆に与えられた玩具にすぎんのです。私はマンガ本のヒーローです。巧妙な陰謀の片棒をかつがされていたんだ。からくりのたねが割れたんですよ、長官。だから辞めるのです」

「警察組織の外に出て、どんなことができると思うんだね？」

「私は自身警官の腰に吊るされた拳銃や熱線銃に等しい兇器です。これまで私はえたいの知れない政治圧力に操られてきた。今後は、私自身の信念に従って自分の能力を管理します。私は機械から自由な人間に戻るんです」

「きみの考えはわかった。しかし、それもまた幻想でしかないのじゃないか。私立探偵になったとしても、法律の外には出られない。いざこざを起こせば、すぐ逮捕されることになるんだ」

「すべて承知の上です。私はもうだれの命令も受けたくないのです。やりかけの仕事から手をひけと命令されるのはとくにごめんです。私をこのまま出て行かせてください。あなたへの個人的な尊敬の念を失ったわけではないんです」

「わかった。しかし、きみはまたここへ戻ってくるよ、アーニー。きみの力はきみの自己管理能力を超えたものだからだ。宝の持ち腐れになるにきまってるのだ」

「兇器が正しく用いられることなんかあるでしょうか。どういいつくろおうと、人殺しが目的なんです。以前私の肉体を黒焦げにした熱線銃は警官の手に握られていたんですよ」

「きみを射った腐敗警官は有罪になったはずだ……」

「そうです。人格改造処置を受けた。いやな記憶を忘れ、幸福になった。それにひきかえ、私はどうです。一生冷たい独房入りみたいなものですよ。どう考えてもわりにあわないですね。毎朝起きるたびに、しゃくにさわるんですよ。もう二度とブルースが歌えないのでね……さよなら、長官」

私とブリュースター長官は握手をしなかった。私がだれとも握手しないことを、長官はよく知っていた。

家へ着くまでの二時間というもの、生田トオルは虚ろな眼を見開いたまま、ほとんど口をきかなかった。神経がまいっているのだが、眠れないのだった。頑固な不眠症の人間はいくらも見たが、生田の場合はそのいずれとも異なっていた。眠るのを恐れているようにさえ見えた。

ローレル・スプリングスは、一流の高級住宅地だった。なだらかな丘陵に、大邸宅がたっぷりした敷地をとって散開していた。メガロポリス育ちの人間には、公有地域としか見えないようなとほうもない空間の占拠ぶりだった。

車は街道をはずれ、立派な長い私道へ入っていった。街道から見かけた大邸宅のひとつに生田は住んでいたのだ。億万長者ミスタ・カンバーランドが娘のために買ってやったのだ。車は入口の正面に停った。利口な馬のようによく心得ているのだ。

「着いたよ。あんたの家だ。歩けるかね？」

「歩けない」

生田は大儀そうにつぶやいた。

「力がまるでないんだ。あんたは力が強そうだ、すまないが、運んでくれないか」

「それなら、召使を呼んでこよう。この邸なら二、三人はいるだろう」

「いないよ。人間の召使はくびにした。眼つきがきらいなんだ。媚びへつらわれるのが好きな連中は多いが、ぼくはいやだ。たぶん素性が卑しいからだろう。ぼくの母は金持ちにやとわれていた。いろんなものをくすねてきたよ」

「しかしアンドロイドがいるだろう。呼んだらどうなんだ」

「いるとも。オルケスタ・ティピカを編成できるほど……だがみんな調子が狂ってる。わが家はちょっとしたロボットのきちがい病院さ。だから、あんたに頼んだんだ」

「しかたがない。かついでいこう」

生田は痩せていたし、私の馬力からすると、マッチ棒を運ぶようなものだった。ただ、彼と身体を接触させることが気が進まなかったのだ。サイボーグ体の感触は、たとえ、きたえあげて石のように硬くなった筋肉の束ともまごうことはない。が、私にかかえられた生田は感覚が麻痺しかかっているのか、まったく反応をしめさなかった。

「あんたはおそろしく力が強い。まるでひな菊になったような気がするよ」

生田はようやく睡気(ねむけ)をもよおしたようなあいまいな声で呟いた。入口の二重扉が開いて、ひとりの女が姿をあらわした。見たこともないような、すごい美人だった。淡い黄金(きん)いろの髪が王冠のようにきらきらさしていた。幻想的な菫(すみれ)いろの瞳が、私たちを見つめた。おとぎ話の王女だった。新聞の写真で見たおぼえはあるが、これほどの絶世の美女とは思わなかった。一生ぶっ通しで眺めていても見あきそうもなかった。私は生田を抱えたまま、棒立ちになっていた。

「妻だよ、ライト。オリヴィア・カンバーランド……わが王女(プリンセス)さ。永遠の美女だよ、だれだって一目見れば忘れられなくなる。だが幻影なんだ。オリヴィアは夢の中に住んでいる王女なんだ。遠慮することはないよ、ライト。彼女をつきぬけて、ぼくを家の中へ運びこんでくれ」

　私は生田のたわごとを無視した。

「ライトというものです。ご主人をお連れしました。ひどく身体が弱っているようです。すぐ医者をお呼びになったほうがいいです」

「すみませんでした。見ず知らずの方にご迷惑をかけて……主人はいつもこうなんです」

　オリヴィアは低い声でいった。容姿につりあったとくべつの声だった。なんともいえぬ郷愁を呼びさます哀調をおびた声音だ。

「でも、心配はないのです。お芝居なのですわ、主人は演技を楽しんでいるのです」

　生田は不快な声で笑った。

「妻のいうことなんか、気にするな、ライト。ぼくを寝室へ連れてってくれ。ぼくはあんたが必要なんだ。頼むよ……そこをどくんだ、よけいなことをいうんじゃない。邪魔だてするとあとでお仕置きするぜ。セメント袋を着せてやる」

　あとの文句はオリヴィアにむけられたものだった。あの底意地の悪い表情が浮んでいた。

　オリヴィアはわきへどいた。

　私は生田の身体をほうりだしたくなるのを我慢して、家の中へ入った。生田が寝室を教えた。オリヴィアはついてこなかった。ものもいわずに、私は生田をベッドのひとつにおろした。

「なにをむくれているんだ、ライト。なぜ急に気分をこわした……」

生田はベッドにころがり、哀れみを起こさせるような眼つきをした。

「妻のいったことが気にさわったのか？」

「奥さんのいったことはほんとうなのか？　あんたは、どこの馬の骨ともわからんくろんぼを拾って家に連れこむのが趣味なのか？　身体の弱った病人の役を演じて同情を惹くことが趣味なのか？　どうなんだ？」

「ちがう……ぼくにそんな趣味はない。若いハンサムな黒人に下心を持つ同性愛者は多いかも知れないが……きみの想像はまちがってるよ、ライト。若い男を拾ってきて、美人の妻をあてがい機嫌をとり結ぶ、大金持ちの変態性欲者……赤雑誌にはむいてるが、ぼくの趣味じゃない。何日も眠れなくて、身体が弱っているのはほんとうだ。きみはぼくに親切にしてくれた。なにも最後にだいなしにすることはないだろう」

「私はどんな想像もしてない。眠れないのなら、睡眠薬を呑んだらどうだ」

「では、ぼくの妻に対する態度が気に食わなかったんだ。オリヴィアは上品な女だからね。だが、オリヴィアは気にしてない。きみも気にしないでくれ。昨今では偽善は流行らないんだぜ。ゲロをぶちまけて、スカッとするんだ。カンバーランドの金メッキ主義は、前世紀の恐竜みたいに滑稽だよ。純金の器に受けても糞はかぐわしく臭いたてる。オリヴィア・カンバーランドが、おとぎ話の王女のようにみえても、うわべにごまかされちゃいけない……」

「たしかに、あんたは作家だ。美の中に醜悪なものを見つけなければ気がおさまらない。成果よりも不純な動機に関心を持つ。くすりはどこにある。たまには貪欲な作家精神を休ませるんだね。くすりは浴室か？」

「ああ」

私が豪華な浴室から、睡眠薬の瓶をとって戻ってくると、生田は片っぽうの眼だけ開けていた。

「きみが気に入ったよ、ライト。きみのものの考えかたをもっとよく知りたいんだ。きみは刺激剤になる。いい作品が書けるかもしれない。しばらくこの家に逗留しないか。話し相手になってもらいたいんだ。ほかに要求はしない。一日について二〇〇ドル提供しよう。拘束料だ。いやになるまでいてくれ」

私はカプセルを数え、生田に口をあけさせて舌の上に載せた。

「飲みたまえ、二〇時間はたっぷり寝られる」

生田はカプセルをぐっと呑みこんだ。のどぼとけが大きく上下した。

「きみは失業中だといったじゃないか。かねに不足があるんなら……」

「その話はあとだ、あんたの頭が正常にもどってからだ」

「いまだって正常さ。ぼくが眼をさましたとき、きみがまだいたら、さっそく小切手を書こう。かねに糸目はつけないよ……」

生田はグロテスクなウインクのように開けていた片目を閉じた、もう口はきかなかった。いきなり眠ってしまったのだ。私は薬瓶を手に持ったまま、彼の寝顔を眺めていた。呼吸は正常だった。こんなに早く睡眠薬が効くはずはない。暗示にかかったのだ。私は物音を立てないように寝室を出た。

あやうく私はオリヴィアに身体をぶつけるところだった。彼女は寝室のドアの前の廊下にたたずんでいたのだ。美しい顔には、とくに際立った表情はなかった。

「話があります、奥さん」

私は小声でいった。

「ご主人に、話相手になってくれと頼まれました。この家に逗留してくれというのです。しかし、ご主人とはさっき逢ったばかりなのです。私についてなにも知らないんです。常識では考えられないが、しかし、作家のようなアーティストにとっては、当りまえのことかも知れない。仕事の役に立つのかも知れない。報酬は一日に二〇〇ドルといわれました。私にとっては、突拍子もない申し出です。奥さんの意見を聞かせていただけませんか」

「主人は作家です。一風変った友だちがたくさんいますわ」

と、オリヴィアはしずかにいった。戸惑った気ぶりはなかった。

「報酬のことは、ともかく、お客さまが長いこと滞在するのはめずらしいことではないと思います。主人はあなたが気に入ったのでしょう。あたくしはなにごとも主人の心まかせです。あたくしのことを気になさる必要はありませんわ、ライトさん」

「しかし、奥さん。私は素性の知れないニグロなのですよ。あるいは犯罪を犯している人間かも知れないでしょう？　そんな人間を軽がるしく家の中に入れてもいいのですか」

オリヴィアは微笑した。目の醒めるような美しい微笑だった。

「あなたは、いい方のように思えますわ、ライトさん。主人は気むずかしくて、子どものように人見知りするのです。大きな悩みを持った孤独な人間なんです。よろしかったら、主人の希望をかなえてやってくださいな、あたくしからもお願いいたしますわ」

「ほんとにかまわないとおっしゃるのですか？」

私はなお信じられぬ気持で念を押した。

「もちろんですわ。ライトさん。部屋をえらんでいただきますわ、ゆっくりくつろいでください。主人はなかなか眼を覚さないでしょうから……」

オリヴィアは私を導いて、階段を二階へ昇っていった。すばらしく形のいい、ふくらはぎとくるぶしの動きが私の眼を惹きつけた。信じがたいほど優雅で、魅力をそなえた女だった。

生田のいう通り、一目で忘れられなくなり、夜も眠れぬことになりそうだった。

部屋は、居候客の望むかぎりの設備がととのっていた。ふんだんに用意された酒瓶を数えると、ぶっつづけに一年間酔っていられそうだった。しかし、私には用がない。

「お茶でも召上ります、ライトさん？」

「いや、結構。ご主人はいつもあの調子なのですか？　あなたを置き去りにして遊びまわり、居候をいきなりつれて帰る……奥さん、あなたはほんとに平気なのですか」

「ええ、なんとも思いませんわ。主人は才能のある芸術家です。思うように書けないのでいらいらしているんです。なにかのきっかけがあれば道が展けるかも知れません。あたくし、主人の邪魔をしたくないんです」

「たしかに悩みごとがありそうですね。芸術家は人一倍エゴが強いから、小さな悩みでも強く意識するのかも知れない。ましてなに不足のない生活をしていれば、小さなトゲがささっても一大事になるもんです」

「主人の悩みが、小さなトゲのためとは思えませんわ」

「もちろんです。ぶしつけなことをいって、すみませんでした。私は大富豪にも作家にもつきあいがないので……まして、両方とも兼ねているとなったら、想像もつきません。なにを考えているのか、さっぱりわからないんです」

「そのうちに、きっとわかると思いますわ」

オリヴィアは、しとやかに立ち去った。私はあっけにとられた思いだった。なんでこんな羽目になったのだろう、と考えた。たしかに生田は、私の興味をそそりたてる人物だった。なにかが、彼の性格をひずませ、調子を狂わせているのだ。大きな圧力におしひしがれている人間なのだ。

私は、とつぜん自分をこの邸に連れこんだものの正体を悟って、索然となった。私は汚物の臭いを嗅ぎつけた犬だった。いやらしい職業意識は、私の自我のしんまで食い荒していた。

建物の前部に面した側の窓を開けて、外の景色を眺めようとしているとき、車が一台やってくるのが見えた。私は首をつきだして、入口に停まった車を見おろした。べつに仔細はない。ただの好奇心だった。痩せた背の高い、明らかに老齢の男と、小柄な白服を着た男が車を降りて扉に向った。オリヴィアが扉を開けたらしい。彼らはしばらく話しあっていたが、あいにく上から見おろす角度が悪くて、唇の動きを読むことができなかった。白髪の男は突然頭をあげて、鋭い視線を二階の私に送ってきた。私が見ているのに感づいたのではなく、オリヴィアに教えられたからだろう。視線がまともにぶつかりあっていたのは、一秒間に充たなかったが、私は老人の顔に定着している不断の警戒心をはっきり読むことができた。背の高い老人は、オリヴィアの話を打ち切り、私の視線を意識しすぎたぎこちなさで車に戻った。白服の男を残したまま、車がいきなり走り去った。私はますます興味を惹かれた。背の高い老人の見せた表情は、私にとって親しいものだったからだ。道で拾った財布をねこばばした人間の顔だった。私はもちろん、その理由を考えようとしていた。どんなことも見落さない訓練のおかげだった。


生田が、私にあてがわれた二階の部屋に入ってきたのは、翌日の昼すぎだった。うす笑いを漏らして私を見つめた。暗鬱な表情は依然としてとどまっていたが、昨日より憔悴した感じはうすらいでいた。生ける骸骨のようには見えなかった。一昼夜の眠りが効いたのだ。

「まるで夢のようだ。きみが実在する人物だとは思わなかったね。ぼくの比類なき潜在意識が創造した人物は数多いのでね」

「気がかわったのなら、そういってくれ、すぐに消えてやるよ」

「そのままでいたまえ。気は変っていないよ。きみがいてくれるといいと思ってたんだ。ぼくの提案を本気で受け取ってないような印象を受けたんでね……約束の小切手を持ってきた。金額に不満があったらいってくれ」

生田は、椅子にすわった私の膝に小切手を落した。私は首をまげて数字を読んだが、手は出さなかった。

「とりあえず、一か月分を前払いで……どうした、気に入らないのか？」

「六〇〇〇ドルとは大金だ。しかし、これは受け取れない。私はこれを持って今にも消えちまうかも知れないんだぜ」

「ばかなことを……電話一本で無効にできるんだ」

生田は歯を見せて苦笑した。

「きみはそんなことをする人間には見えない。小切手はとっておいてくれ。出て行きたくなったら、いつでもいってくれればいいんだ」

「ともかく、これは受けとれない。早くひっこめてくれ、喉から手が出てひっ掠(さら)わないうちに……」

「なぜだ。現金(キャッシュ)のほうがいいというんなら……」

「ちがう。ただかねでしばられる気分がいやなんだ。大金持ちのあんたにはわからんだろうが、六ドルのはしたがねで見も知らぬ他人の喉を切る人間もいるんだぜ。あんたは一億ドル持っている。こっちはなにをさせられるかわかったもんじゃない」

生田は唇を噛んで、私を見つめていた。しばらくして、ゆっくりうなずいた。

「きみの気持もわからんでもない。好きなようにしてくれ。小切手は一応ひっこめよう。それで気がすむのなら……」

「気がすむよ」

生田は手を伸ばして私の膝から小切手をとりあげ、折りたたむとシャツの胸ポケットにつっこんだ。舌がのぞいて下唇をなめた。

「妻と話をしたかね？」

「ああ」

「ぼくが寝てる間、話をする時間はたっぷりあっただろうな。どんな話をした？」

何気ない語調だが、眼つきが裏切っていた。

「あんたの話をした。奥さんはあんたのことを心配している。あんたは才能のある作家だが、悩みごとのために小説を書けないのだといっていた」

「ふん……」

生田は唇をへの字にして嘲笑した。

「ぼくが書けないのは、妻の一億ドルのためさ。ま、いい、その話は後まわしにしよう。妻をどう思う、ライト？」

「美人だね、それに、しとやかな女性だ」

「決まり文句はよせよ。オリヴィアの内面性についてどう思うか訊いているんだ。妻のまなざしが囁きかける秘密の言葉を読んだかい？」

思いきり挑戦的な態度だった。しかし生田がなにに対して挑みかけているのか、私にはよくわからなかった。

「よせよ。奥さんとそれほど昵懇の間がらになったわけじゃない。あんたがそんな意味でいったとしたらだが……」

「もちろん、そんな意味じゃない。妻はごくおとなしい、性的には退屈な女だ。きみの想像しているようなもんじゃない。期待はずれで申しわけないが……」

「私はどんな想像も期待もしてない。なぞなぞ遊びはよしてくれないか。私に欠如しているのは想像力とユーモア感覚でね」

「きみのせりふは気にさわるね。陳腐で泥くさい。まったく頂けないよ」

生田はだしぬけに烈しくいった。本気で腹をたてたようだった。だが本気ではなかった。苛立っただけなのだった。

「もちろんだ。私は作家じゃない、あんた好みのしゃれたせりふは思いつけない。いつも下品な言葉で喋ってるんだ」

「下品なせりふを喋ってもいいんだぜ、優越感を味わえるからな。ぼくは二百代続いた日本貴族の出だということになってるが、実はニグロやプエルト・リカンのゲットーで育ったんだ。中国人とハワイ人の血もすこし混ってる。それが大金持ちの女と結婚して上流社会に入ったんだ。改めてきみたち下賤な連中とつきあうと偉くなったような気分が味わえるよ。ぼくと妻が、どういう具合にセックスするか訊いてみろ。疑似インテリの好きな学術用語をべたべた使って、ふたりの性的嗜好を講釈してやるよ」

「もうたくさんだ。あんたは、何かに対して腹を立てているか、あるいは恐れているらしいが、私には関係ない。やつあたりはご免だ。一億ドルあれば、メガロポリス中の精神分析医を買い占められるんじゃないのか」

「魔法医者（ウィッチ・ドクター）のほうがましだよ」

と、生田は烈しさをこめていった。

「同じまやかしでも歴史と伝統があるだけ上等だ。生田家の家系は、代々原始宗教の神官でね……きみに喧嘩を売るつもりはなかった。なにしろ、きみはぼくのだいじな客だからね……きみのために、今夜パーティを開くことにしたよ」

「パーティだって？」

「ぼくの知りあいの芸術家を二、三〇人呼んだんだ。どういうことになるか、楽しみにしていたまえ」

生田はドアに向って歩いていった。足をとめると、くるりと振り返った。

「いっしょに食事をどうだ。ワイルド・パーティにそなえて腹ごしらえしておくというのは……きみは昨日からなにも食っていないそうじゃないか」

「いや、結構」

彼は、得意のうす笑いを見せた。その笑顔には奇妙な魅力があった。彼には、他人に自分を好きにならせるような才分があるようだった。私は、彼は有色人種のごみためのようなゲットーから這いだし、億万長者の娘の亭主になるまでの経路がわかるような気がした。

「そうか。食事する姿を他人に見られたくないんだね。オリヴィアはなんとも思わないよ。きみがチーターみたいに、がさつに食いちらかすのを見ても、彼女は根っから無感動なんだ」

「なんとでも、好きなように思ってくれ」

生田は声をたてて笑い、部屋を出ていった。なにか下心があるのだ。なんの理由もなく、私は漠然とした印象を受けた。私の勘はたいてい当るのだ。それを〈虫の知らせ〉と私は呼んでいるが、敢えて逆わなければ、後で私のとった行動が正しかったことがわかる。この場合、生田の小切手を受けとらなかったのは、正しかった。いつでも好きなとき手をひけるからだった。

ドアにノックの音が聞こえ、白服の小柄な黒人が入ってきた。ティーワゴンを運んできたのだ。おそろしく、まっくろな顔をしていた。顔つきといい、物腰といい、典型的な南部黒人の召使いのパロディーだった。金持ちというのは、どうしてこう悪趣味なのだろう。

「おまえ、どこのブランドだ？　GEオートマトンか？」

私は訊いた。

「へえ、さようでございますだ、旦那さま」

ニグロは深いやわらかい声で答えた。家畜のように従順な眼――口につくせぬ悲哀を味わいつくした、哀愁をたたえた眼だった。白服を脱がせてみたら、黒い膚に鞭の痕が残っているのではないかとすら思えた。

「A級じゃないな……特A級か？」

「へえ、特A級でございますだ、旦那さま」

「だと思ったよ。声が気に入った。いい声をしてる。ブルース歌手にもってこいだ。歌えるか？」

「へえ、旦那さま。歌えとおっしゃるなら、歌いますだ」

「歌ってくれ。〈壁の中〉だ……」

特A級のアンドロイド・ニグロは即座に歌いだした。驚くほど豊かなフィーリングで、ブルースを歌った。

　おれはひとりぼっちで壁の中
　オーイ、だれか、だれか
　おれが狂っちまわないうちに
　おれをここから出してくれ
　どうか、どうか、このおれを
　だれでもいい、助けてくれ

金も、すてきな家もある
すてきな家も、金もある
友だちだけがいないんだ
暗闇でひとり泣くばかり……

「もういい」

私はいった。

「やめろ」

アンドロイドはぴたりと歌いやめた。おしひしがれた絶望の叫びが、中空にひっかかっていた。

「おまえを昨日ここへ連れてきたのは、だれだ。背の高い、いい、としよりだ」

「ハリー・ゴットマンですだ。工場の技師長さまですだよ」

「GEオートマトンのか？」

「へえ、さようでございますだ。旦那さま、ご用がなければさがってもよろしゅうございますだか。パーティの仕度がございますんで」

「行っていい。このワゴンを持ってってくれ。おれは食わない」

アンドロイド・ニグロは再びティーワゴンを押して出ていった。私はいまだに信じられぬ思いだった。ロボットの合成音声が魂(ソウル)を持ってるはずがない。しかし、現にGEオートマトンの技師のだれかが、その奇跡をなしとげたのだ。私はハリー・ゴットマンという人物に俄然会いたくなってきた。

夕刻を過ぎるころから、車がぞくぞく集まってきた。さまざまなタイプの、色とりどりの車が門の中にびっしり並んだ。部屋の窓をあけていると、邸の中の騒音が昂まっていくのがわかった。楽器を抱えた連中が小型バスで到着すると、一時に喧騒に弾みがついた。お定まりのらんちきパーティがはじまるのだ。きちがいじみた音楽、酒に勢いをつけられて大声で交わされる会話、笑い声、議論、猫撫で声のお世辞。罵声がとんで摑みあいがはじまるかもしれない。原因はこの世でもっともくだらないことなのだ。上映されるエロ映画に刺激された連中が、あたりはばからぬからみあいを演ずるかも知れない。泣き声、快感のうめき声。禁制の幻覚剤か麻薬を持ちこむ連中もいるだろう。すると、ラリった男女が涙やよだれをたれ流したり、失禁したりする。階段から転げ落ちたり、二階の窓から飛びおりたりしないともかぎらない。邸中の床や絨毯の上に体液がこびりつき、ゲロの醜悪な花が咲くのだ。正気の人間にとって、これほど不愉快な眺めはない。そして、私が正気を失うことは一瞬たりともないのだった。

私は窓を閉めきって、騒音を追いはらった。階下には降りて行かなかった。

ドアにノックがし、オリヴィアがうすいブルーでドレスアップしたエレガントなすがたを見せた。部屋が眩しいほどの光輝に充たされたようだった。

「なぜ降りていらっしゃらないの、ライトさん？　主人が待っていますわ。あなたをお友だちに紹介するのですって……」

私は椅子から立ちあがった。

「パーティはきらいなんです、奥さん。騒々しいのはきらいだし、酒は呑めないし、人見知りするたちなんです。ご主人に私は失礼するといってくださいませんか」

「気のおけない人たちのパーティなんですのよ。みんな、主人の芸術家部落時分の知りあいなのです。おわかりでしょ？　ご近所の方たちはお招きしていませんのよ」

「奥さんはご存知なのですか？　芸術家部落の連中のパーティを……」

オリヴィアはうなずいた。

「知っていますわ。あたくし、そういうパーティで主人と知りあったんです」

「信じられませんね。満月の光に狂ったやまいぬのパーティのほうがましだ。奥さん、あなたのような女には似合いませんよ」

私はオリヴィアに近づいていった。

「はじめは、ほんの好奇心からでした。もしトオルに会わなかったら、二度と行かなかったでしょう」

私はオリヴィアの眼をまぢかにのぞきこんだ。

「ご主人を愛しているのですか？」

「もちろんですわ。なぜそんなことをお訊きになりますの」

オリヴィアは落着いた声でいい、私を見返した。まったく、非現実的なほど美しい女だ。

「どうしても、そうは思えないんです。愛しあっている人間たちには、緊密な感情の交流があるものです。たとえ憎みあっているにしても、同じことです。奥さん、あなたはご主人を愛していないんでしょう。ただ、愛しているようなふりをしているだけではないのですか？」

「とんでもないことですわ。どうしてそんなふうにお思いになるのかわかりません」

オリヴィアは立腹もせずにいった。

「私は勘が鋭いのです。しかし、失礼なことをいいました。忘れて下さい……」

「もちろん、オリヴィアはぼくを愛しているよ」

と、生田の声がいった。彼は戸口に、皮肉な笑顔で立っていた。手にはグラスが握られていた。

「きみに心配してもらうことはないんだぜ、ライト。オリヴィアは愛の奴隷なんだ。彼女はすべてをぼくにささげている。彼女の愛も、彼女の酒も、彼女のかねも、すべてぼくが一人占めだ。階下にこいよ、ライト。おこぼれにありつこうと狙っているごくつぶしどものつらを見に行こうぜ」

私は黙って立っていた。生田はにやにや笑いながら近づいてきた。

「さあ、行こう。オリヴィアなんかと話をしても時間のむだだ。第一、彼女はそこにいないんだ」

彼は空いている手で私の腕をとろうとした。私は身をひいて、彼にさわらせなかった。

「行くよ、ひきずっていかれるよりは、二本の足を使いたいからな」

「よし、いい子だ」

生田は先に立って出ていった。


広間（ホール）の雰囲気はとりとめもなくなっていた。音楽と色彩照明を同期させたシステムが活動し、電撃的な音楽と色鮮やかな稲妻の翻転が室内の空気を引き裂いていた。客たちはそれぞれ勝手に振舞っているようだった。身体をくねらせて植物的に踊っている者もいれば、床にすわりこんだり、いちはやくも転がっている者もいた。色つきの人間、色のついていない人間、男たちはひげを生やしていたり、いなかったりした。時間が早いためか、まだそれほど乱れてはいなかったが、いずれはたががはずれたようにばらばらになるにきまっていた。

生田は広間（ホール）を横ぎり、バーのほうへ歩いていった。客の数は百人を越しているようだ。部屋のすみでは、マリファナの煙が立ちのぼり、照明の変化につれて、どぎつく色を変えていた。


バーのそばの床に、ひとかたまりの客がすわっていた。いずれも名の売れた顔ばかりだった。舞台俳優、作曲家、作家、トランペッター、歌手、マンガ家……それぞれ若い女や若い男をそばにひきつけていた。彼らのほとんどは、私に格別の注意をはらわなかった。

「諸君。ぼくの新しい友人を紹介しよう。アーネスト・ライトだ」と、生田はいった。

「どこでその色男を見つけてきたんだ？」

　とマンガ家がいった。色白の大男で、彼はあきらかに同性愛者だった。すこぶるハンサムなラテン系の青年がマンガ家のふとった腿を枕にして寝そべっていた。

「あんた、いつから宗旨がえしたんだい？」

　作曲家がにたにた笑った。

「美人の女房にも刺激がなくなったのかい？」

　この男は双子の黒人娘を両側にはべらせていた。

「ライトは、ぼくの生命の恩人なんだ。死の淵のきわにのぞんだぼくをつかまえてひきもどした……この醜悪きわまる浮世へとね」

「ご親切なことだな」

　あごひげを生やした作家が大儀そうに呟いた。彼はアル中で、フィッツジェラルド以来の大酔っぱらい作家を気取っている男だった。たいした作家ではなかったが、退屈な小説を書くことに関しては一流だった。

「それは重畳……あんたのおかげで、私は気前のいい大スポンサーを失わずにすんだわけだ」

　舞台俳優がおごそかにいった。連れの女優がけたたましく笑い、私にものすごい流し目をくれた。針金のように痩せているくせに、色気たっぷりの娘だ。明朗な童顔の立体テレビのプロデューサーが身をのりだして、私の顔をじろじろ眺めた。

「あんた、ライト君、どんな仕事をしてるんです？　まさか作家か詩人じゃないでしょうな……わかった、歌手だ。その顔、どこかで見ましたよ。わたしは一度見た顔は忘れんたちでね……」

「ライトは謎の人物なんだ」

と、生田がいった。

「彼は決して素性を明かさない。きわめて誇り高い人物で、無欲恬淡、頭がよく、気のきいたせりふが喋れる。ぼくの見たところ、人気者になる素質をそなえている。ひねくれ根性を叩き直すことができればだがね」

「まちがいない。あんたは七、八年まえ、ブルースを唄ってた。そのとき見たんだ、そうでしょうが……」

プロデューサーが、しつっこくくりかえした。

「あなたの記憶ちがいでしょう。私はブルースマンだったことはないです」

私はうんざりしながらいった。

「ニグロなら、だれだってブルースを唄えるさ」

生田は唇をまげて辛辣ないいかたをした。

「しいたげられた魂のうめきだからな。だからニグロ以外の歌手がやっても物真似になるのさ」

私は、生田がこのパーティを開いたわけを考えながら、連中を見おろしていた。白服のアンドロイド・ニグロがやって来て、生田と私の手に飲物のグラスをわたした。

「このくろいのはどうなんだ？」

と作曲家が訊いて、自分の冗談に身体をゆすって笑った。

「ともかく、ライトはいま失業中だと自分でいっている。後援したいものがいたら、申し出てくれ」

と、生田。

「あんたが後援者になるんじゃないのか？」

ホモのマンガ家が眼を輝かせて訊いた。

「ライト君はどうも気が進まんらしい。それとも、オリヴィアに気があるのかな。ぼくはそれでもかまわないんだがね……オリヴィアのほうも、まんざらでもないんじゃないかな」

生田は私を横眼で見ながらいった。

「そいつは、ほんとかい？」

ニグロのヘヴィー級のランキング・ボクサーがしなやかな動作で床から身を起こした。色は私よりもやや薄いコーヒー色で、ボクサーにしては見られる顔立をしていた。おそろしく強そうな男だった。事実、強いにちがいない。

「それなら、おれのほうが先口なんだがな。カンバーランドの娘じゃとてもじゃないが手が出せねえと思っていた。おまえさんさえよけりゃ、たっぷり奥さんにサービスさせてもらいますぜ」

冗談混りだが、種馬のように猛りたっている下腹部の状態がはっきりわかった。

「いいとも、マディ」

生田は寛大さを見せた。

「ただし、ライト君とはりあうことになるだろう。ぼくがレフリーをつとめよう」

こんな毒々しい冗談に、連中は大喜びで喝采した。

「一ラウンドでノックアウトだね」

ヘヴィー級のボクサーは私に流し目をよこした。たいした自信があるのだ。したたかな女殺しにちがいない。どんな女も彼のいいなりになるのだろう。しかしオリヴィアのような名門の女をものにする機会はほとんどない。手の届かない世界に住んでいるのだ。が、オリヴィアが私のようなニグロに機会を提供するのであれば、彼にとってその機会はなおさら大きい。そう思っているのだった。燃えるような喜びが彼の眼を黄色く輝かせ、鼻翼をふくらましていた。

私は沈黙をまもっていた。なにをいったところではじまらないとわかっていた。だれかが彼の〈熱く、たくましいやつ〉について冗談をとばした。どっと哄笑が湧き、ボクサーは誇らしげに、下腹部をわしづかみにした。片手で自分の尻を叩き、いかにすばやく巧妙に女をころがしてやっつけるか弁じたてはじめた。生田はばかのように笑いこけていた。

ホモのマンガ家がすり寄ってきて、ふくみ声でなにごとか囁きかけながら、私の股間をまさぐろうとした。私は身をひるがえし、跳びすさった。

「おれに触るな！　いいか、そのいやらしい手で二度と触ってみろ……」

　私の声は必要以上に大きかったかもしれない。やかましい音楽の音量を超えて響きわたり、広間中の頭をぐるりとまわさせるほどだった。私は声を落して丁寧にいった。

「私に二度と触らないでください。あなたが期待しているほど、私はよくないんです」

　なま白くふやけた顔に、あんぐりと口があいていた。唖然とした表情をその場に残して、私はホールを出口に戻っていった。


　ホールの外で、生田が追いついてきた。呼吸をはずませていた。

「ばかだな、ライト。なにもあんな大声でどなりつけることはないじゃないか。子どもっぽいまねはよせよ。おぼこ娘とまちがえられるぜ……」

　私は、生田の顔を凝視した。眼のふちが酔いに染まっていた。

「どういうつもりか知らないが、あのでかいボクサーを私にけしかけるのはよせよ。あんたたち夫婦の間に立ち入るつもりはないんだ。巻きぞえにされるのは迷惑だ」

「マディなら大丈夫だ。あの男は自分より小さいものには手を出さない……」

「そんなことをいってるんじゃない。気はたしかなのか、あんたは……マディは本気だ。高嶺の花に手がとどくと思いこんじまってる。あんたはほんの冗談のつもりかも知れん。だが、マディは奥さんに手を出すぜ。その結果がどうなるか、わかってるのか？　マディは酔っぱらっているし、しかもプロ・ボクサーだ。奥さんが拳銃を持っていれば……」

「大丈夫、そんなことにはならないよ」

「確信をもって、そういえるのか？」

「もちろんだとも、オリヴィアはピストルを持っていないんだ。持っていたとしても、射ちかたを知らないだろう」

　生田は微笑しながらいった。その顔を殴りつけてやりたかった。

「では、私が奥さんをまもろう」

「マディを相手にするというのか？　あの男はきみより四〇ポンドは重いぜ。しかもプロで絶えず練習を積んでいる。勝てると思うのか？」

「しかたがなかろう。それとも警官を呼ぼうか？」

「その必要はないよ。オリヴィアのことなら心配はいらない。彼女はおとなしくマディに身をまかせる。そんなことより、ぼくの書斎へ行って一杯やろうじゃないか」

　私は立ちはだかって真正面から、生田の眼を睨みつけた。

「どうしても、あんたが好きになれない。殴りつけてやりたいが、やめておく……あんたに大怪我をさせないでおく自信がないからだ……」

「ぼくを好いている人間はひとりもいないよ。殴りたければ、ぼくを殴ってもいいんだぜ、ライト。遠慮は要らない。さぞ、胸が晴れるこったろう」

　生田は鋭く顔をゆがめた。苦痛にみちた表情だった。胸をうたれるような真摯さで彼はいった。

「きみはオリヴィアに惚れたんだね、ライト。その気持はわかる……だれだってオリヴィアには惹きつけられる。一目見ただけで魂をうばわれてしまう。しかし、オリヴィアは〈天上の美女〉なんだ。甘美な夢なんだ。目覚めてみれば、これほど虚しいものはない……書斎へきてくれ、ライト。オリヴィアのことできみに話したいことがある」

私には抗えなかった。生田の愚かしさを笑うことはできない。私をふくめて、すべての男は同じ愚かしさを持っているのだ。性懲りもなく同じ罠に足をとられるのだ。

生田は、スカッチの瓶と大きなグラスを出し、ウィスキーをなみなみと注いだ。書斎のデスクの上には、覆いをかけたタイプライターと、きちんとそろえられた原稿の山がならんでいた。私は生田が一息にグラスを半分ほど空けるのを見まもった。彼は眉を寄せて眼を閉じ、身震いした。ふたたび開けたとき眼に涙がにじんでいた。

「ぼくは才能ゆたかな作家ではなかった。だが、作家とは未練がましいもので、思いきって自分の才能に見切りをつけることができない。たとえ絶望していても、ひょっとして新生面が展けるのではないかと考えてしまうんだ。ぼくは小説を書くために、苦労して金を稼がなければならなかった。十四のときにオンボロ・タイプライターを手に入れて書きあげた短篇が大きな雑誌に売れた。性悪女につかまったようなものだ。ぼくは他愛なく有頂天になったが、あとはさっぱりだった……」

生田はウィスキーを呑みほし、瓶をかたむけて、グラスを満たした。

「あとはお定まりの筋書さ。見果てぬ夢の切れっぱしにしがみついた未出版の作家……ろくに原稿も書かず、そのくせ成功した日のことばかり考えている。エゴと虚栄の化けものさ。既製文学を軽蔑し、有名作家にありとあらゆる悪口をあびせる。そのくせ、自分ではなにひとつ創造しない。芸術家部落での生活は、他人のマスターベーションを眺めてくらすようなものだった。金持ちの女か男をつかまえて、やつらのかねでのんびりと傑作を書くのが夢だった……同性愛者に飯を食わせてもらって、代償に身を売ったり、だまして身ぐるみ剝ぐくらいは日常茶飯事だった……そのとき、オリヴィア・カンバーランドが、ぼくの前にすがたを現わしたんだ……」

生田は早いピッチでグラスを空けつづけた。

「なにしろ、億というかねだ。ぼくは眼がくらんだ。オリヴィアをものにすることができれば、りっぱな小説を書き、大成功をおさめられると思いこんだ。むろん、幻想にすぎなかったが、そのときは、そう思わなかった。それにオリヴィアは美しかった。ぼくは首尾よくオリヴィアと結婚し、望むかぎりの特権を労せずして手に入れた。真に才能ある作家が成功して手に入れる以上のものをね……だが、やはりうまくいかなかったよ。ぼくは依然としていい小説を書くことができなかった。美しい妻、カンバーランド家の一員という社会的地位、金で買える最上のもの。だが、やはりぼくは才能の貧しい安っぽい作家にすぎなかった。ぼくはやっと気がついたんだ。ぼくの望みは優れた作家になることで、ちょうちんあんこうの雄になることではなかった。一億ドルのかねがぼくの未来をうばってしまった……」

「それは手前勝手な屁理屈だろう」

　私は吐きだすようにいった。

「きみのような人間は、いつもそうだ。くだらない屁理屈を考えだして自分を正当化するんだ。都合の悪いことはすべて責任転嫁する。奥さんが気の毒だ」

「きみのいう通りだ……」

　生田の頭は頼りなく揺れ動いた。眼にはにぶくアルコールの被膜がかかっていた。

「ぼくは金目あてで億万長者の娘と結婚した。だが、ぼくは妻を愛していた。それも真実なんだ」

「信じられないね」

　私は遠慮せずにいった。

「あんたのように極端にエゴイスティックな男に、他人を愛せるはずがない。愛しているのは自分だけさ。自分自身に混り気のない強い愛情を抱いているんだ」

「きみがそう思うのもむりはない……」

　生田はぐったりと力を抜いて椅子の背もたれによりかかった。酔うにつれて、顔色は蒼白になってきた。

「きみは、オリヴィアのことが知りたいのだろう？　デスクの上の原稿を読むといい。〈夢の美女〉の秘密がつまびらかに記されているよ。遠慮することはない。ぼくはこうやって、気持よく酔っぱらってるから」

ろれつが怪しくなっていた。わずかの間にスコッチの瓶をあらかた空けてしまったのだ。
私は彼をしばらく見つめていた。それから手をのばして、原稿の山を手もとにひっぱり寄せた。タイトルは記されておらず、章題もなかった。いきなり文章がはじまっていた。

アールは浴室に跳びこむと、熱湯と冷水を交互に浴びた。たちまち火照りだす肌を、タオルで強く摩擦した。タオルの粗い生地の感触が、あからんだ肌にぴりぴりするのが格別心地よかった。彼はタオルをほうり投げ、大きく息を吸いこんで自分の肉体を見おろした。よく気をくばって、みがきこんだスポーツマンの肉体だ。彼は自分自身に讃美をこめた微笑を投げ、浴室を出た。すっぱだかのまま部屋をいくつか通りぬけ、シルヴィアの待つ寝室に入っていった。

雪原のように白く巨大なベッドの上には、プラチナの炎のような髪が流れていた。シルヴィアはアールの浅黒い肌、黒い眼と髪とはまったく対照的だった。一点のしみや黒子（ほくろ）もない全身の肌は、よくみがいた骨のように白い……

——また幻覚剤をやっている。

アールの高揚感は一時に萎えしぼんだ。かわって怒りがこみあげてきた。無力な敗北感を伴った怒りだ。

「シルヴィア、またなのか。またやったんだな。約束をやぶったんだな」

シルヴィアはもの憂げに眼をあけた。氷河のように緑色の眼。しかし、いまは幻覚剤によってくもらされていた。

「ほんのすこしよ、アール。ほんの一錠だけ……」

舌がもつれていた。アールはものもいわずにシルヴィアの枕の下に手をつっこんだ。その手が、数錠底に残してほとんど空になった小瓶をつかんで現われた。彼は怒りをこめていった。

「数をかぞえておいたんだ。さっきまでこの瓶いっぱいに入っていた。ごまかすな」

「すこしだけだといったら……」

アールはやにわに妻の身体をおおっているシーツを剝ぎとった。シルヴィアの白い身体を、彼は暗く沈んだ眼で見おろした。美しい、と思う。幻覚剤浸りの五年間も、シルヴィアの美を損うことはできなかった。彼はシルヴィアの手首を握った。力まかせにひきずり起こそうとした。

「起きるんだ。目を覚ましてやる。ヤクを残らず吐きだすんだ」アールはくいしばった歯の間から、むりやり押しだすようにいった。

「なにするのよ……」

シルヴィアは抵抗しなかったが、身体はとほうもなく柔軟で、しかも重かった。ベッドからひきずりおろせても、とても浴室まで連れて行けそうもなかった。

「ほっといてよ……せっかくひとがいい気持になっているのに……あんたはあんたのやりたいことをやればいいんだわ……」

シルヴィアは、グニャグニャした身体をアールにもたれかけさせ、おぼつかない口ぶりで文句をいった。「いやだとはいってないでしょ。好きなようにやってもいいのよ」

「ここでいいから吐いてしまえ。吐きたくないんなら、おれが吐かせてやる」

アールは烈しい怒りに駆られた。右手の人差指と中指を、むりやりシルヴィアの唇の間に割りこませた。歯の間を通して喉のやわらかい濡れた粘膜を探った。シルヴィアは呻き声を立てて指に嚙みついた。彼は歯をくいしばり、なおも指を深奥に進めようとした。それは一種の倒錯した快感を彼の裡に生じさせた……シルヴィアの身体がぐぐっと波打ち、噴きあげてくる嘔吐物の生ぬるい感触が、彼の指を浸した。彼が指をひき抜くと、それを追うように、シルヴィアは嘔いた。烈しいひきつるような音を立てて、汚物を噴出させ、まき散らした。鋭い悪臭が立ちのぼり、アール自身にも嘔き気を伝染させた。彼は喉を鳴らしながら、苦悶する妻の身体をおさえつけていた。

しかし、幻覚剤の大半はすでに体内に吸収されていたようである。シルヴィアは嘔きおわると再び恍惚境に沈みこんでいった。幻覚剤の生みだす華麗な色彩感にみちた、無重力空間の涅槃(ねはん)へ漂い流れていってしまった。

アールは、ウエット・タオルをとってきて女の全身を拭き清めた。ベッドにシルヴィアの身体をもどした。倒錯的な欲情と怒りは去り、みじめな敗北感でみたされていた。

シルヴィアに嚙みつかれた指の傷はたいしたことはなかった。深い歯型がみぞを掘り、わずかに血が滲んでいるだけだった。そのうちに青くはれあがってくるだろう。汚物が乾いて指の皮膚に軽くつっぱるような感じを与えていた。二本の指を鼻に近づけると、すっぱい悪臭がわずかにただよった。ふいに喉がかたくなり、鼻孔の奥がつんと痛くなって、泪があふれだした。アールは泣きだした。

――こんなことをくりかえしていて、いったいなんになる……みじめな思いをするのはおれだけなのに。シルヴィアはまるで気にもとめていない。彼女には幻覚剤がある。手っとりばやい逃げ場がある。それにひきかえ、このおれはどうだ。苦しみ悩むのは、おれだけの役割だというのか。

シルヴィアは、五年前のあの日から、生きることをやめてしまったのだった。夫をひとり置き去りにして、人工の涅槃に安住してしまったのだ。彼女は敢えてアールの欲望を拒みはしなかったが、それは等身大のつらいらを抱くようなものであった。ヤク浸りのシルヴィアは、生ける死体にも等しかった。

かつて、シルヴィアはセックスの女神であった。アールの指先のわずかな動きひとつで、烈しく燃えあがった。彼が口をつけるのを、いつも待ちこがれているゆたかな泉だった。あくまでも熱く柔かく、充実しきった奇跡的な味わいの果実だった。ベッドの中でのふたりは、この上なく申し分のない組みあわせだったのだ。

かつて、アールは讃美をこめて彼女を雪の王女と呼んだ。それが事実となったのである。いま、シルヴィアの白い肌は、かたく凍てついた万年雪の白さだった……

私は原稿から眼をはなし、生田を見た。彼は椅子にすわったまま頭をたれ、重い寝息を立てていた。ほとんど空のグラスがゆるく握られていた。私は原稿を置いて、彼の指の間からグラスをとった。指はそのままグラスを握るかたちを保っていた。

小説の体裁をとっているが、彼ら夫婦について記されたものにちがいなかった。アールは生田トオルであり、シルヴィアは、オリヴィアだ。五年前、彼らの間になにか起きたのだ。それは未読の原稿に記されているだろう。

私はグラスをデスクの上に置き、原稿にもどろうとした。そのとき、あの奇妙な予感が襲ってきた。黒人ボクサー、マディの姿が頭にひょっこり浮かんだのだ。私はそのまま、書斎をとびだし、ホールに戻っていった。

ホールの照明は消され、暗がりは収拾のつかぬことになっていた。予期した通りの有様だった。私は赤外線視覚に切り替え、床にうごめく連中の上をとびこえて、バーのところへ向った。マディのすがたは見えなかった。さっきの連中はみなどこかへ消えてしまっていた。多くの客がホールの外へくりだして、プールのまわりでらんちき騒ぎを演じていた。

私は庭へ出ようとして、壁にもたれかかり、ぼんやり麻薬タバコを喫っている痩せっぽちの女優を見つけた。

「マディはどこだ」

私は大声をだした。

「マディ……さあ、知らないわ」

　女優は私を見あげ、麻薬の効いたおぼろげな声を出した。

「おや、ハンサムなくろんぼちゃん。あんたすてきよ。眼が猫の眼みたいに青く光ってるわ」

　女優はげらげら笑った。

「ここへすわってマリファナをつきあわない？」

　私はものもいわず、ホールをとびだした。廊下で私はアンドロイドの召使を見つけた。ロボット・ニグロは微動もせずに立っていた。瞬かぬ眼は、フロアで折りかさなって呻きあいているホモの連中を見つめていた。私はアンドロイドの肩をがっちりとつかんで振りむかせた。

「奥さんはどこだ？」

「へえ、旦那さま……」

「ここの奥さんだ。どこにいる？」

「へえ……わかりませんです だ」

　のろくさした喋りかたにたまらなく腹が立った。私はアンドロイドから手をはなした。こうなったら勘に頼るほかはなかった。フロアに転がっているだれかの手が、私のくるぶしをつかもうとしたので、私は邪険に蹴はなした。

　二階だ。直感の閃めきが私に教えた。私は階段を一足で跳びあがった。勘が誤まっていないことを私は祈った。

部屋のドアには錠がおろされていた。私は聴覚のデシベルをあげ、荒い呼吸を聴きとったと思った。私は拳をあげ、一撃で錠をぶちこわした。ひき開けると、ドアがすっぽりもぎとれてしまった。エネルギー制御系がおかしくなっていた。自制心がなくなりかけていた。

ベッドから、マディの灰色の大きな顔が歯を剝きだして私をふりかえった。黒い巨体がほっそりした白い肉体にのしかかっていた。

マディは私を認め、勝ちほこった嘲笑を見せた。

「よう、小僧。おれのほうが早かったな」

荒い呼吸をついて、マディは錆びた声で笑った。

「この白いねえちゃんは、こたえられないほどいかすぜ。熱いのなんの、おれの棒がとけちまうほどだぜ。おとなしくして、なんでもいうことをききやがる。あと二、三回やったら、おめえにもやらせてやる」

マディは大きな黒い掌でぴしゃりと女のまっすぐ伸ばされた足の腿を叩いた。女の白い足が持ちあがって、黒人のひきしまった尻を抱いた。

「見ろよ、この通りだ」

マディは嬉しそうに大声で笑った、

「むこうへ行ってろ、小僧。用がすんだら呼んでやる」

再びたくましい動きがはじまった。女のほっそりした身体を押しつぶしてしまいそうだった。

「やめろ、マディ」

あの灼熱した重苦しい内臓感覚がうごめきはじめた。憎悪は失われた臓器の存在をよみがえらせる。脳髄はすべての器官の感覚を忠実に記憶しているのだ。怒りは、自己のすべてをとりもどさせる。この瞬間、私は冷たい無機質の機械ではなくなる。再び、血と肉を回復し、完全な人間となる。そうだ。このゆえに、私は熾烈な怒りと憎しみの感情を愛していたのだ。卑劣な歓喜の想いが噴きあげてきた。

「やめないと殺すぞ、マディ」

「うるせえ、小僧。邪魔するなっていったんだぜ」

マディがいらいらしたようにどなった。

「あっちへ行け、気が散るじゃねえか」

「殺してやるぞ、マディ」

私はゆっくりくりかえした。

「野郎、どうでもおめえを叩きださなきゃならねえのかい」

マディはゆっくり身体を女からひきはなした。すさまじい器官を誇示しながら、黒い巨体がベッドを降りた。

「馬鹿野郎、おめえなんかせんずりでも掻いてろ」

マディは腹を立てていた。動きは電光のようにすばやかった。しかし、パンチは手加減されていた。私をかたわにする気はなかったのだ。むろん、チャンピオン相手のつもりでパンチを放ってきたところで、私には通用しなかった。いかにプロ・ボクサーでも、高速戦車に等しいサイボーグでは相手にならない。私はすんでのところで、プロ・ボクサーの腕を血みどろのパルプに変えてしまうところだった。

「すまないな、マディ」

私は彼をとらえ、部屋のすみへ投げつけた。壁をぶち抜くばかりの大音響を立てて、巨体が転がり、動かなくなった。もちろん気絶しただけだった。私はすでに心から後悔していた。マディはそれほど悪いやつではなかった。私のやり口のほうがよほど汚なかった。

ベッドを見ると、女が上体を起こし、脚をすぼめて、私を見つめた。

「どうして、こんなことをなさったの?」

女がしずかにいった。

「乱暴なさることはなかったんですわ。あのひとは、あたくしを抱きたかっただけなんです」

私はオリヴィアの裸身から眼をそらした。

「我慢ならなかったんです。私は我慢できなかった……」

「ここへいらして、あたくしを抱いてくださってもいいんですのよ、ライトさん。遠慮なさることはありませんわ」

彼女の声はあくまでも嘲弄しているのではなかった。

「奥さん、あなたはどんな男にもこうなんですか？」

「ええ……いけませんの？」

私は罵声をおさえ荒々しくいった。

「服をお着なさい、奥さん。この部屋を出るんです」

私はそっぽを向いていた。これほど虚しい気分は味わったこともなかった。背後で、女は衣ずれの音を立てていた。

「服を着ましたわ、ライトさん、これからどうしますの？」

オリヴィアは、おとぎ話の王女にもどっていた。黄金いろの髪が乱れていなければ、たったいま目撃したことが悪夢の出来事としか思えなかったろう。大男のマディは依然として壁際に伸びていた。私はやりきれぬ思いで部屋を出た。オリヴィアは、しずかに私のうしろからついてきた。


書斎へ戻ると、生田のすがたがなかった。デスクの上の原稿も見えなくなっていた。スカッチの瓶と汚れたグラスも片づけられていた。私は戸棚をあけ、瓶ときれいに洗われたグラスを見出した。生田が眼を覚してかたづけたのだろうか。酔いつぶれた人間のやることではない。

私は、生田の椅子にどっかり腰をおろした。

「まったく、わけのわからないことだらけだ。この家で起こることは、どこか調子がくるってる……」

「主人はもうひきとって寝てしまったんでしょう。最近、身体が弱くなっているんです」

オリヴィアがいった。

「お酒を飲むと、すぐ寝てしまいますの」

「ご主人は、私になにか告白しようとしていたのですよ、奥さん。書きかけの原稿を私に読ませようとしました。彼が悩んでいることが書いてあったんです」

「どんなことでしょう?」

「ご主人とあなたの間に起きたことです」

そういって、私はオリヴィアの表情をうかがった。しかし、彼女の表情からはなにもつかめなかった。

「なにがあったんです? どんな動機から幻覚剤の常用者になったんです?」

「なんのことですの? あたくし幻覚剤なんて使っていませんわ」

「一度も使ったことがないというんですか?」

「ええ」

オリヴィアはうなずいた。嘘をついている顔つきではなかった。

私はまた、わけがわからなくなった。しばらくして私はいった。

「部屋にもどっておやすみなさい、奥さん。もう、さっきのようなことはないでしょう」

オリヴィアは不思議な眼つきで私を見、落ちついたしとやかな物腰で立ち去った。どうしても現実の女とは思えなかった。

生田はちゃんとパジャマを着て、寝室のベッドに寝ていた。私はベッドの傍らに立ち、彼が目をさますのを待っていた。深い安らかな眠りだった。私はいつまでも辛抱づよく待ちつづけた。

やがて、眠りが浅くなり、下意識が私のいることを報せたのか、まつ毛がぴくぴくふるえだした。私はさらに待ちつづけた。眼がぱっちり開いた。眼の焦点があってからも、しばらく私を見つめていたが、ふいに例のうす笑いが浮かんだ。驚いた様子はなかった。

「ずっと、そこにいたのか？」

「ああ」

「よく眠ったよ。こんなにぐっすり正体なく眠ったのは久しぶりだ。悪い夢も見なかった……きみのおかげだ」

「客はひとり残らずひきあげたよ。もう次の夜になっているんだ。いまこの邸には、われわれと奥さんだけだ。静かなものだよ」

「それはいい……ぼくになにかいうことがあるんだろう、ライト？」

「いろいろあるがね……きみにおかしな小説を読まされて、妙な気分になったよ。幻覚剤中毒の妻を持った男の物語だ。どうやら、モデルがいるらしい」

「感想を聞かせてもらえるか？」

緊張の表情が浮かびあがってきた。

「モデルには興味がある。どうやら主人公はきみらしいが、奥さんに訊いてみると、幻覚剤を使用したことがないという。ぜひ続きが読みたいね」

「まだ、全部読んでいないのか？」

表情がさらに疑惑へと変化した。

「読む時間はたっぷりあったはずだ」

「きみが酔いつぶれたあと、奥さんの様子を見に行った。マディのことが頭にあったものでね。もどってきてみると、きみはいなくなっていて、原稿も消えていた。だから続きを読むことができなかったんだ」

「ロボットがかたづけたんだろう。ぼくを寝室に運んだのもそうだ。サミーは性能のいいロボットで、とても気がきくんだ」

「私もそう思った。だが、原稿はどこにも見つからなかったし、ロボットもどこかへ行ってしまった。どこにもないんだ」

生田はいきなり身を起こした。顔がまっ青になり、眼が恐怖に輝いていた。

「原稿が失くなったというのか？」

声がふるえた。これほど烈しい反応を予期していなかったので、私は驚いた。

「そうかも知れない。奥さんも知らなかった。昨夜はあれだけ客が押しかけていたんだ。だれかが、いたずら気をおこして持ち去ったのかも知れない」

「そんなはずはない……」

生田の顔にじわじわ汗がにじみだしてきた。

「原稿はともかく、ロボットまで行方不明というのはうなずけないな。しかし、きみがあの小説を書いたのなら、あらすじぐらい話せるだろう。私の読み残したページにどんなことが起きたのか、話してくれ」

「だめだ」

と生田は鋭くいった。顔から表情が失われ、仮面のように硬ばった。

「なにも話すことはない。ライト、すまないが、今すぐこの家を出て行ってくれ」

「おかしいね。急に風向きが変ったじゃないか。なにが気になるんだ？」

「なにも訊かないでくれ。ライト、きみはいい人間だ。ぼくはきみが好きだ……きみの身になにか起きてもらいたくない。出てってくれ。たったいま、この家から立ち去ってくれ。たのむ……」

彼はベッドをとびおりた。

「きみの話を聞くまで出ていかないといったら……」

「ぼくはこの家の主人だ。きみはここにとどまる権利はない。たのんでいるんだぜ、ライト。約束したかねはきみのものだ。持ってってくれ」

生田はあわただしく、シャツのポケットをさぐり、六〇〇〇ドルの小切手をとりだした。小切手を私の胸もとにさしつけた指はこまかく慄えていた。私はうしろへさがった。

「かねは受けとれないよ。しかし、主人のきみに退去を命じられたら、出て行くほかないだろう。おとなしく立ち去るが……またもどってくるかもしれない」

「ライト。ぼくはきみのためを思っているんだぜ。ぼくのことは忘れてくれ。オリヴィアのことも忘れるんだ」

彼は絶望的に叫んだ。力の抜けた指の間から小切手が床にひらひらと舞い落ちた。

「GEオートマトンのハリー・ゴットマンという男を知っているかね?」

この質問は強烈な一撃のように、生田をぐらつかせた。彼はぐっと息を呑み、必死に自分を抑えて切りぬけようとした。成功したとはいえなかった。

「知らんな……どんな男だ?」

「ロボット造りの名人だ。おととい、この家へ来たところを見かけた」

「話をしたのか……」

声はおののくようだった。

「顔を眺めあっただけだ。そんなことが気になるのかね?」

「いや……」

私は残酷そうに笑った。われながら、いやな響きだった。

「これで別れるが、さよならはいわないよ。また会おう」

押しつぶされたような沈黙を後に、私は立ち去った。オリヴィアはすがたを見せなかった。

私は自分の車を呼び、やってきた車にのりこんで邸をはなれた。奇妙な非現実感にとらえられていた。振り向いてみると、邸は存在せず、その邸の主人――悩みをかかえた作家も、その美しいがいっこうに捉えどころのない妻も架空の人物だったような気がした。それらは夜の中にうごめく影にも似ていた。

そして、車にしかけられた時限爆弾が爆発した……

私は自分の足を使って、生田の邸までもどった。百キロほどの道のりも苦にならなかった。たとえ一千キロでも走り通しただろう。

邸は暗くひっそりと静まりかえっていた。私は足をとめ、すべての探知装置をはたらかせて、周囲の闇をさぐった。とくに異常は見当らなかった。

思いがけないことに、邸の入口に生田が立っていた。ただ立っているのだった。なにかを待っているように見えたが、私を待っているのではないことはたしかだった。

私は暗闇からいきなり姿をあらわした。生田には私が突然湧きだしたように見えただろう。はっと驚きの声を立てた。

「もどってきたよ」

私はいった。

「思ったよりも、ずっと早かったろう。なにも驚くことはないぜ。きみにはわかっていたはずだ」

「どうしたというんだ？　なにがあったんだ……」

「ああ、これか……」

　私は腹のあたりにまとわりついているシャツの残骸を、ひきむしって捨てた。「車に時限爆弾をしかけられたんだ。もうすこしで粉ごなになるところだった。おそろしく巧妙な手口だったぜ。車のコンピューターは、細工されたことを一言も報告しなかった。くろうとの仕事だよ、ロボットをよほど扱い慣れた人間のしわざだ。オートマトンの関係の技術者かも知れないな」

「やっぱり、やつらはきみに手を出したんだな」

「そうらしいな。鮮やかなものだったよ」

「ライト……きみにはわかってたんだろう？　なぜ、ぼくを置いて出て行った……」

　生田は泣くような声で訴えるようにいった。

「はっきりわかっていたとはいえない。なんの証拠もなかった。きみが奥さんを殺したのか、生田？」

　彼は何度も頭をうなずかせた。

「そうだ。ぼくが妻を殺した。この手で絞め殺したんだ……」

「そして、オリヴィアのイミテーション・アンドロイドとすりかえたんだね？」

「ちがう。アンドロイドをつくったのは、妻がまだ生きているころだ。幻覚剤中毒者になったオリヴィアは、ぼくの愛していた女ではなくなった。見も知らぬ女になってしまった。ぼくはなんとかして、昔のすばらしいオリヴィアを取りもどそうとしたが、むだだった。ぼくは彼女の精密なコピー・アンドロイドをつくらせた。超A級のランクなら、ほとんど人格に匹敵するものを与えることができる。ぼくは頭がどうかしていたにちがいない。だが、ぼくは地獄にいたんだ。きみに想像がつくか……自分の愛している女が生ける死人となっているのを毎日見せつけられるんだ。ぼくはなんとかして逃げ場を見つけなければならなかった。ある日、妻がぼくの秘密を知った。彼女は信じられないほどの激しさで怒りくるった。オリヴィアは拳銃片手にのりこんできて、アンドロイドをぶちこわそうとした。それは恐しい光景だったよ。嫉妬に狂いたった女が、もうひとりの自分に襲いかかろうとするんだ。ぼくはとめようとして妻と争い、気がつくとオリヴィアは死んでいたんだ……」

「そして、きみはそのあと、イミテーション・アンドロイドとくらしつづけた。幻の妻と……」

私は低い声でいった。

「ぼくはまちがっていた。ぼくが愛したオリヴィアは想像上のものだった。現実には存在しなかったんだ。ぼくは女神を崇めていたんだ」

「奥さんは、なぜ幻覚剤常用者になった？」

生田の唇が苦しそうに歪んだ。眼はすわって、暗闇の一か所を凝視していた。

「妻は奇型児を生んだんだ。信じられないほどの奇型で、生きていた。ひどい奇型児は生まれる前に死んでしまうものなんだが……とにかく生きていた。赤ん坊はオリヴィアの父親が処理してしまった。ミスタ・カンバーランドは醜聞をゆるさない。病院はカンバーランドの息がかかっていた。たとえ奇型児でも生きているかぎり人間に変りはない。だがカンバーランドの名を傷つけるより、闇に葬ることを選んだ。オリヴィアが幻覚剤浸りになったのはそれからだ」

「オリヴィアの死体はどうなった?」

「カンバーランドが始末したよ。もちろん表沙汰にはならなかった。一千億ドルの金があればなんでもできるんだ。カンバーランドは、ぼくを罰しはしなかったが、もし今後、ぼくが面倒を起こせば、ぼくを火あぶりにして灰を太平洋にまきちらすといった……」

「面倒を起こしたじゃないか。なぜ、私を家に連れて来た? 私に秘密を見破ってもらいたかったのか?」

「きみが警察の人間だということは見当がついていたよ、ライト。しかも特殊な……きみは飲まず食わずで平気だったし、他人に身体をさわられるのをいやがった。しかし、ぼくはきみの身体に触れたんだぜ。サイボーグ特捜官の話は聞いている。力になってもらえるかも知れないと思った」

「力になる? きみは殺人を犯しているんだぜ」

「ぼくが警察に自首したとしても、カンバーランドが正当な裁きを受けさせてくれないよ。彼自身、事後従犯になるんだ……なんらかの方法で、ぼくの存在を抹殺してしまう」

「ぼくを追いはらおうとしたじゃないか」

「怯(おけ)じ気づいたんだ。カンバーランドは恐ろしい人間だ。ぼくばかりでなく、きみまで巻きぞえになると気がついた。GEオートマトンのゴットマンは、オリヴィア・アンドロイドの製作者だが、カンバーランドの手下になって、アンドロイドにぼくをスパイさせていたんだ。もう、カンバーランドはすべてを知っているだろう。ぼくはもうおしまいだ……」

「私がついてるじゃないか」

生田はゆっくり首を左右に振った。

「きみはカンバーランドの恐ろしさを知らないんだ」

哀れむような声だった。

「彼は犯罪組織を動かすこともできる……帝王なんだ。きみがスーパーマンだとしても、かなわない相手はいるんだぜ……」

「試してみよう」

と私はいった。

「きみが正当な裁きを受け、人格改造処置を受けて幸福な人間になれるように……」

私はその場に腰をおろした。両膝を抱き、うずくまりながら、邸の中のどこかにいる〈夢の美女〉のことを考えた。だれもが壁の中に閉じこめられているのだ。それぞれが孤独な暗闇の中で、救けをもとめる叫び声をあげているのだ。

私はブルースの一小節を口ずさんでやめ、あとは口笛を吹きはじめた。この口笛というのが、サイボーグの私にはとてつもなく苦手なのだった。

暗闇への間奏曲

彼は死神だった。名前はリベラといった。たとえ死神でも、人間のかたちをしている以上、名前で呼ばないわけにはいかないからだ。

すらっとした身体つきの背の高い男で、滑らかな鋼鉄の表面に、タガネで深く刻みつけたような硬い顔立ちをしていた。そして、思考や感情を表出しない濃い灰色の眼を持っていた。もとより、そんな外観にはなんの意味もない。リベラはおそろしく優秀な殺し屋で、それもサイボーグの殺し屋だったからである。電子脳つきのミサイルとか無人戦車とたいして変らなかった。意志を持った凶器なのだった。

彼はすでに数えきれないほどの人間を暗殺していた。彼は殺しを目的として設計製作された精密機械だったから、ただ機能を発揮さえすればいいのだった。彼はまぎれもない死神だった。

その男は、とてつもない肥大漢だった。すさまじく膨れあがっているので、部屋が狭く見えた。目鼻立ちが桃色の肉の波のなかに埋まっていた。いやらしい小さな目玉は、パンにはめこまれた乾ぶどうそっくりだった。

むろん、リベラは気にもとめなかった。カメラのレンズを向けるように見、現像し焼きつけて分類整理し、頭のなかに蔵いこむ。一度視てしまえば二度と忘れない。この肥大漢がいつか殺しの対象に指定されたら、決してやり損じはしないだろう。彼にとって人間というものは、それだけの意味しか持たないのだった。

だが、いまはそうでない。肥大漢はリベラに殺しの相手を指定する立場だった。名前はフランク・キャンドレスといって、商売は、高名な弁護士、犯罪組織（クライム・シンジケート）の階程は、佐官で司令官といったところだった。

たとえクライム・シンジケートの大立物であっても、殺し屋サイボーグを使う機会はごくまれにしかやってこない。キャンドレスにしても、殺し屋サイボーグの現物を見るのは、はじめてだった。それで肥大漢の小さな眼は、落着かずにきょろきょろ動いていた。どうやってリベラを扱っていいかわからないのだった。

肥った男は咳ばらいをして口火を切った。

「ああ……どう説明したらいいかな。そう、手順としてはこうだ……」

「くわしい説明は必要ないです」

リベラはおだやかにいった。

「相手の名前と住所、それに写真。それだけで充分です。相手を間違わなければいいので」

「ほんとにそれだけでいいのかね？」

「余計なことを聞いても仕方がないのです。本来なら、私をここに呼ぶことはなかったのです。電話だけでいいので。むだなことです。あなたに見られてしまったから、私は顔を変えなければならなくなった」

「おお、それは知らなかった」

キャンドレスはぶざまなほど狼狽をあらわした。

「なにぶん、こんなことははじめてなのでね」

「とくに期限つきでなければ……」

と、リベラは相手の狼狽には無関心に、淡々といった。

「仕事は三日間でやります。準備に必要なので。かまいませんか？」

「いいとも。もちろん、それでいいとも」

キャンドレスはいそいでいった。

「きょうあすということはないからね。できるだけ慎重にやってもらえば、それに越したことはない。で、そのやり方なんだが……」

「それはこっちにまかせてください。なにも心配することはないです。では、相手の名前と住所と写真をどうぞ」

リベラは、変らぬおだやかな声でいった。

肥大漢の手から数葉の立体写真がリベラの手に渡った。リベラは例のカメラにおさめるような視線を注いで、写真をもどした。

「持っていかないのかね？」

と肥大漢。

「要りません。もう充分見ました」

あっさりいって、リベラは椅子から立ちあがった。うっそりした風情の、皮膚の浅黒い中年男としか見えなかった。

「結果はとくに報告しません。電送新聞（ファクシミリ・ニューズ）を見てください。それから、この次は電話だけにしてください。あとが面倒なので」

「わかった。この次は気をつけよう」

リベラが影のように足音も立てず、室を出ていくと、肥大漢は長い溜息をもらした。異様な緊張感から解放されたのだった。

あんな化物が、人間面（づら）をして世間にまぎれこんでいるとなると、どうにもかなわない。それが彼の実感であった。フランク・キャンドレスは人後に落ちぬ冷酷な心の持主だったが、人間の形をした蠍（さそり）を見せつけられて、少なからず平静さを失ってしまっていた。

彼の巨体はわずかに慄えていた。彼ははじめて死神と口をきいたのだった。

リベラは、苦もなく暗闇を透して、ポーチに駐まっている数台の車を眺めた。そのうちの一台は、先刻彼の乗ってきた黒い平凡なタイプのフォードだった。

霧が濃くただよって、キャンドレスの山荘の前部、ゆるやかな斜面のマントレイ糸杉の木立がおぼろげに浮きだしていた。太平洋から霧を流してくる風は重く湿っていた。

彼は、べつに気に食わぬことがあるといった気配は見せなかった。先刻より車の数が一台増えていることに気づいて、その理由を考えていたのだ。どんな小さなことも見逃さないのだった。

やがて、リベラは自分の車に向って、しなやかな足どりですばやく歩きだした。暗闇でも眼が効くのだった。赤外線を視ることができるのだ。

フォードの周囲をぐるりとまわって眼を走らせ、点検する。造作なく車体の下に吸着していた追跡子（トレーサー）を見つけだした。そいつを右のてのひらの上に載せて立ちあがり、糸杉の木立の黒ぐろとした影に顔を向けた。

「出てこい、小僧」

リベラはもの憂げな声で呼びかけた。

「出てこないと、こっちから行く。そうなると、面倒なことになるかもしれないぜ」

威嚇や脅迫の響きはなかった。ただの声だった。はったりをかませる必要を感じたことなぞ一度もなかったので、おだやかな喋り方しかできないのだった。

「わかった。いま出て行く……」

男の声が答え、糸杉の木立の間に人影が動いた。斜面をゆっくり登ってくる。身だしなみのいい服装をした、まだ若い男だった。リベラに近づいてくると、腑に落ちないという表情でリベラを見つめた。

「説明してもらおうか。なぜ、こいつをおれの車にしかけたのかをな」

リベラは追跡子（トレーサー）を載せたてのひらを、若い男に向ってさしだした。

「ぼ、ぼくは、キノ……キャンドレスの事務所（オフィス）の者だ。キャンドレスにいいつけられてやった」

若い男はいささか照れているようだった。

「キャンドレスの命令?」

「ああ、そうだ。こんなに早く露見するとは思わなかった。簡単に見破っちまったね」

若い男は頭を振って、それから朗らかに笑った。

「テストだったのかもしれないな。キャンドレスはあんたを試したんだ。きっとそうだ。キャンドレスはすごく用心深いんだよ。彼らしいやり口さ……」

「おれを試したというのか?」

「大丈夫、あんたは合格だよ。あの超デブおやじも文句のつけようがないだろう。ところで、いつもこんなに用心深いのかい、リベラ?」

「おれの名前を知っているんだな。すると、ほかにもいろいろと知ってるということか」

リベラの眼はつめたく細まり、声は陰気だった。青年は屈託なげにうなずいた。

「ああ。ぼくはキャンドレスの腹心なんでね。必要なことはなんでも知っている。なにも気にすることはないんだよ、リベラ。あんたはただ自分の仕事をすればいい。なにも問題はおこらない。それは保証する」

「なにが保証だ。道化どもが……」

相変らず語調はおだやかだったが、言葉は痛烈だった。

「この間抜け猿。妙な追跡子（トレーサー）をつけた車が街中をうようよ走ってるとでも思ったのか？　遅かれ早かれ必ず眼をつけられる。そうなったら万事ご破産になるんだぞ。まったくなんていうひどい連中なんだ」

青年はやや顔色を変えた。快活さがかげをひそめた。

「そこまで考えなかった……だが、この追跡子（トレーサー）は、私立探偵や調査エージェントの連中がよく使ってるものなんだ。警察はぜんぜん気にしやしないよ。浮気亭主の素行調査になぞ関心がないからね」

「あんたたちには、なにひとつわかっちゃいないのだ。われわれは万全の注意をはらう。どんなにつまらないことでも揺がせにしない。それを、あんたら阿呆がだいなしにしてしまうんだ。いいか、われわれが百パーセント安全、確実を狙うのは、ちゃんとした理由があってのことなんだ」

「わかった。サイボーグ特捜官のことだね。あんたたちにとってたったひとつの敵だそうだね。だが、あんたとサイボーグ特捜官のひとりが街でバッタリ出食わす確率は、サイコロを振ってファイブ・エースを二度立てつづけに出すより低いはずだよ。ぼくだったら気にもとめないね」

「だが、そいつは起ったんだ。場所はモントリオールだった。目撃者は山ほどいたが、万事終ってしまうまで、だれひとり気づかなかった。みんな爆発事故だと思っていた。やつらは、一目でおれたちの正体を見破ることができる。だが、おれたちにはできないのだ。できるのは用心に用心を重ねることだけだ」

　そっけない平板きわまる声だった。

「おれたちの数はすくない。ひとりあたりのコストはうんと高くつく。おれを危険にさらすような真似をしたやつは、殺してしまってもかまわないのだ。シンジケートの階程なぞ関係ない。おれの判断にまかされている」

　青年の顔は夜目にもそれとわかるほど蒼白になった。声がおののいた。

「ぼくを殺すというのか……」

　背の高い痩せぎすの男は、とつぜん恐ろしい重圧感を持って立ちはだかっていた。この世のものならぬ存在だった。灰色の石のように非情な眼の凝視を受けて、青年は後退した。恐怖にうたれていた。

「やめてくれ。たのむ……」

　リベラは身体の向きを変えて、自分の車に乗りこんだ。

「生命拾いしたわけだな、小僧」

　一言残して、彼は車を動かした。

　黒いフォードが猛スピードで消え去るのを見送り、青年はハンカチをとりだして、濡れた額を拭った。彼は自分が死の淵に立たされていたことをさとっていた。リベラは疑いもなく、真実を語っていたのだ。彼には一片の人間味もなかった。文字通りの殺人機械なのだ。殺し屋サイボーグをかまうくらいなら、ガラガラ蛇を素手でいじったほうがましだった。もうリベラなんてまっぴらだ、と彼は思った。危うくキャンドレスの不信のおかげで生命を落とすところだったのだ。あのいまいましい血ぶくれしたふとっちょ野郎！

彼は口腔にたまった苦い唾を吐きすてて、山荘の中へ入っていった。

黒いフォードは、丘を越えて櫟とマンザニタの木立の間を抜け、丘の斜面をくだり、谷間を走って、ふたたび丘を登って行った。

曲りかどにさしかかるたびに、強力なヘッドライトの光束が、斜面の繁みを照らしだし、横へ流れて路面をなめた。

あたりは暗くひっそりしていた。電子脳を備えた車は、探知装置の電子ビームで前方の障害物を探りながら、フィギュア・スケートのように、音もなく滑って行った。

リベラの眼は瞬くことなく、鋲のように光り、石彫りの動かぬ顔に、路面の反射光が波形の縞をなしてすばやく移動していた。

彼の頭の内部は空虚だった。芯を虫に食い荒されたくるみの実のようにからっぽだった。なにも考えていないのだった。考えごとは無益だったし、いつでも思考を停止できるのだった。彼はそういう風に造られたのである。

人間味を残すことは、彼のような殺人用途サイボーグの性能を阻害すると、シンジケートの心理学者たちは結論したのだ。ヒューマノイド・タイプのボディに収容出来、人間の大脳に匹敵する大容量の電子脳は、いまだに出現していない。それで彼らはやむなく、殺し屋サイボーグを製作したのだった。

人間味は弱さに通ずる。生来残忍で、いかに凶悪無残な素質に恵まれていても、人間であるかぎり完全とはいえないのだった。飽和点が必ずあるからだ。刺激に満腹すると、とたんに使いものにならなくなってしまう。気が抜けてしまうのだった。殺人淫楽者は、殺し屋としての適性に欠けていた。たやすく快楽に溺れてしまい、酩酊症状をおこすからだ。

怒りや憎悪の情動は、機能を狂わせる。が、二律背反というもので、殺し屋サイボーグには機械の正確さと、状況を速やかに把握し、適応する、総合感覚――ふつう勘と呼ばれるものを不可欠とした。皮肉なことに人間的な要素がどうしても必要なのだった。

かつて洗脳技術と呼ばれた、深層精神コントロールが応用され、情動の発現を極限まで抑制する試みがくりかえされたのちに、リベラのような殺人用途サイボーグが生みだされた。人格を限定され、感情に惑わされない独自の思考形式を持った存在である。いわば、人間のロボット化だった。人間の大脳と、ロボットの機体（ボディ）を材料にして製造された、なにか得体の知れぬものだった。ブゥードゥー教の妖術師がこしらえた、呪い人形のような代物だった。たとえようもなく邪悪でおそろしい毒念がこめられていた。

世界警察機構が採用している、サイボーグ特捜官システムは、犯罪組織（クライム・シンジケート）の殺し屋サイボーグに対応するものだった。このシステムがとりあげられるまで、殺し屋サイボーグは、実体を持たぬ悪霊のように自由気ままに世界各地に跳梁していたのである。彼らは、ブゥードゥー教でいう死霊（ゾンビー）と呼ばれていたが、決してゆえないことではなかったのだ。

　黒いフォードが、山肌を急角度でまがった瞬間、それは起きた。レーダー・ビームが一度スイープし、反転にかかる寸前、路上に障害物がとびこんできたのだ――。電子脳を備えた車は、もとより人間の反射機能をはるかに凌駕する速さで障害物を回避する。が、いかにナノセカンドの速度で自動操作が行われても、緊急回避や全制動の間にあわぬ場合もあった。相手が人間であれば、車の電子脳は苦しい判断を下さねばならない。搭乗者の安全さをはかる義務と対人回避の義務に板ばさみになってしまう。

　とくにこの場合は、状況判断が困難だった。回避行動をとれば、路面をはずれ、崖下へ転落することが必至だったのだ。

　車はいったん車体前方の緊急制動ロケット噴射の炎を吐き、突如判断を修正し、障害物めがけて突進した。とどめようもない勢いだった。――リベラの反応はやや遅れたが、すぐ遅れをとりもどした。眼にもとまらぬ迅さで手動（マニュアル）に切り換え、主導権を握った。

　コースを再修正した車は、道路をはなれ、大きく展（ひら）いた空間へ突入した。

　崖から転落した車が、長い兇暴な衝撃音の尾をひきながら、終局へ達したとき、リベラはすでに崖上の道路によじのぼっていた。加速性能をそなえた彼にとっては、車が転落の旅をはじめる寸前に離脱することぐらい造作もなかったのである。

　リベラの顔には、動揺の痕跡もなかった。何事もなかったようだった。思いがけぬ事故で、車を一台失った。ただ、それだけのことだった。

彼は無言で、事故の原因をつくった当の相手を凝視していた。

その娘は、道路のまん中に立っていた。白いコートを着ているので闇の中の大理石像のように見えた。ほっそりした顔も手足も、コートの色に劣らぬ雪の白さだった。怯えた気配も見せず、娘はリベラを見つめていた。

「死ぬ気だったのか？」

と、ついにリベラはいった。ほかに言葉を思いつかなかったからだった。妙なことだが、この突然の状況に対処する方法を、他に選ぶことができなかった。最初に踏みだした足を誤ったのだ。——殺し屋サイボーグといえども、ふつうの人間と同様に振舞うべきときもある。とくに人間と接するときには、仮りにも素性を疑われるような態度はつつしまなければならない。厄介事に巻きこまれた場合は、なおのことだった。

「どうなんだ？」

リベラは、かすかに苛立ちのこもった声でいった。自分の誤りに気づいたのだ。誤りは至急に修正しなければならない。

「いいえ……」

と、娘が答えた。かすかな声で、リベラは唇の動きでそれとわかったほどだった。

「あたしそんなつもりは全然なかったんじゃないかと思うの。知らないうちに、足が動いてしまったから。ほら、ちょうどあんな感じ。うんと高い所から下を見ると、人や車が小さな小さな虫みたいに見えて、背すじがゾクゾクしないこと？　自分の身体が勝手に動きだして、飛びおりてしまうんじゃないかと……いまも、そんな感じがしたのよ」

突拍子もないせりふだった。細くて慄えをおびた声だ。美しいが、どこか調子が狂っていた。

それは、リベラの裡の苛立たしさを奇妙に増大させた。彼は自分が戸惑っていることをぼんやりさとった。

「変でしょ？」

娘はうなずいてみせた。

「あたし、頭が変なの。どうも狂っているらしいの」

「そうかね？」

リベラはおぼつかなげにいった。

「気が狂ったのは、一年前なの。あたしはちっとも気がつかなかったのだけど。お父さまが亡くなってから、みんながはじめてそれに気がついたのよ。だから、あなたはあたしをゆるしてくださらなきゃならないわ。あたし気が狂ってるんですもの」

娘はきまじめだった。

「こんなところでなにをしてた？」

その質問はことの行きがかりというものだった。答を聞きたいのではなかった。リベラはその非情な心のバランスを狂わされていたのだった。無感動な蛇の冷ややかな心の下にひそむわずかな人間味がうっかりのぞいてしまったのだ。

「お父さまの山荘に行こうとしてたの」

「こんな時間に？　車も持たずに歩いてか？」

リベラは、それと意識せずに深入りしはじめていた。

「ええ。あたし、逃げてきたの」

「逃げてきた？」

「そうなの。あたし、ロボットなの。人間じゃないの。お父さまの遺産管理人から逃げなきゃならないの。だって、あたしは非合法ロボットで、もぐりだから、捕まると処分されてしまうのよ。だから、逃げなきゃならないの。処分って、どうするかご存知？　焼くのよ。焼却炉に入れて燃やしてしまうの。ですから、あたし逃げだしてきたんです」

娘は、表情も変えずに平然といってのけた。

たしかに頭がおかしいにちがいない。リベラは彼らしくもなく、興味をそそられて、娘を観察した。

白いコートは、まがいものではなかった。想像もつかないほど高価な、北極狐の毛皮（ファー）コートだ。足もとは、ビロードの飾りのついた室内履きの靴。——このいでたちで、数十キロも歩いてきたというのか。リベラにはとても信じられなかった。

「ロボットなら、なぜ逃げる？　そんなことをしても意味がなかろう」

「あたし、お父さまのかたみなんですもの。だいじにしなきゃいけないんです。お父さまがそういったわ。いざとなったら、山荘へ行けって。お父さまは、あたしが焼かれるのがいやだったのよ。だからあたしもそうするの」

「名前はなんというんだ?」

「クリスタル・リード。お父さまの名はハーラン。ハーラン・リード」

「なぜそんなことを、おれに話す? 秘密にしておかなければならないはずだ」

「あなたはいいのよ」

娘はあっさりいった。

「なぜだ?」

「だって、あなたは人間じゃないんですもの。人間なら、車が墜ちたとき死ぬはずだわ。あなたは死ななかった。だから、あなたはあたしと同じなのよ。ロボットだわ」

では、娘は見ていたわけだ。後腐れのないようにかたづけてしまわねばならない。証拠を残しておくわけにはいかない。リベラは自動的に思考した。造作もないことだ。

が、この娘はあきらかに気が狂っている。自分をロボットだと信じこんでいるのだ。とすれば、殺してしまうほどのことはないかもしれない。放置しておいてもいいのではないか。

――ほうっておけ、この娘は関係ない。

リベラは結論を得た。気の狂った娘は、危うく死神の手を逃れたのだ。

「行けよ」

とリベラはそっけなくいった。

「山荘だかどこだか知らんが、早く行くんだ」

「ええ、そうするわ」

娘は躊躇なく、リベラに背を向けた。道路の曲線にそって、歩き去って行く娘の白い後姿を、リベラはなぜか落着かぬ気分で見送った。おのれの判断に対する、漠然とした懸念、とりとめもない情緒の不安定な変動。自分がなにかとんでもない誤りをしでかしたのではないかという危惧。

リベラは、はじめて不安を経験した。そんな感情は、本来殺し屋サイボーグには、無縁のものだったのである。あるいは、それは予感だったのだろうか。


電話が鳴った。ホテルの一室だ。

「リベラだね」

聞きおぼえのある声がささやいた。

「リベラだ」

「キノだ。キャンドレスの事務所（オフィス）の」

「それがどうした」

「話がある。大至急、話がしたい」

「話せ」

「電話はまずい。盗聴される危険がある」

「なぜ？」

「警察が動いている。殺しがあったんだ。警察はキャンドレスをマークしてるかもしれない」

「そいつはまずいな。だが、おれになんの関係がある？　おれはまだ仕事をやってない」

「関係あるんだ。会ってからくわしく話す」

「ホテルへ来い。尾行されてるのか？」

「いや、ぼくは大丈夫だ」

「尾けられるなよ」

「わかった。気をつける」

リベラは、手首にはめた電話のスイッチを切り、ホテルルームの天井を凝視した。部屋の防音材はたっぷり使われているし、かど部屋で隣りは空室だ。盗聴器のたぐいは一切ないと確信できる。

いつも身辺の用心を怠らないのだった。必ず危険を想定してかかるのだ。唯一の敵。世界警察連邦の秘密の毒針、サイボーグ特捜官。いつでも逃げだす用意をととのえておくのだ。サイボーグ特捜官に対処するには、不断の注意しかない。遭遇したが最後、やつらは問答無用でいきなり襲いかかってくるからだ。

キノは十分後に現われた。彼は身動きもせずベッドに横になっているリベラを、とがめるような眼で見つめた。

「キャンドレスはどうした？」

リベラは天井を凝視したままキノに眼もくれなかった。

「事務所にいる。さっきもいったように、警察がきたんだ」

「殺しといったな？」

「依頼人が殺された。それで、キャンドレスも訊問を受けたんだ。なにかを知っていて、それを隠してると疑われている」

「隠しごとのない弁護士はいないさ。おれになんの関係がある？」

「あんたは昨晩、車を谷底に落した。キャンドレスの山荘と場所が近い。警察は、それを気にしてる。なにかあったと勘ぐっているらしい。変ったことは、なんでも殺人事件と結びつけてみるんだ。昨夜キャンドレスが山荘で、だれと会ってたか知りたいというわけさ」

「車から足がつくことはない。車の電子脳は始末した。心配いらんとキャンドレスにいえ」

「それがかえって厄介なんだな。常識では考えられないロボットカーの転落事故。しかも乗ってた人間の死体もなければ、その痕跡もない。おまけに車の持主さえわからない。これにはだれだって頭をひねる。どういうことなのか教えてもらいたいね」

毒をふくんだ語調だった。リベラはそれには答えなかった。

「警察は、おれを探しているというわけか」

「と、思うね」

キノは底意地悪そうにいった。

「なにも問題はない。警察におれを見つけだせるはずはない。キャンドレスは、そんなことを気に病んでいるのか？」

「殺人事件がからんでいるといったろう、リベラ？　キャンドレスは殺人犯隠匿の容疑をかけられているんだ。警察は、昨夜彼がどんな人間と会ったか調べあげずにはおかない。なんと弁解しようが、頭から信用しないだろう。キャンドレスは、連中を納得させることができないのさ」

「そんなことはおれに関係ない」

「そうはいわせない。あんたのへまからでたことなんだ」

「おれの知ったことか。おれと直接会いたがったキャンドレスのへまだ」

「なぜ、車を谷底に落したりしたんだ？　キャンドレスもそれを知りたがってる」

「頭のおかしい娘がいきなり車の前へとびだしてきた。轢き殺すわけにもいかないから、車を落した。仕事の前にトラブルを起こすわけにはいかない。当然のことだ」

「なぜ、その娘の頭がおかしいとわかった？」

キノは身体を前に乗りだした。眼が光っていた。

「口をきいたんだな？」

「そうだ。自分をロボットだと思いこんでいる娘だった。正気じゃなかった」

リベラははじめてキノに眼を向けた。若い男は異様に興奮していた。

「で、その娘はどうした？　消してしまったのか？」

「いや。その必要がなかったからだ」

「では、そのまま行かせてしまったんだな？」

「そうだ。それがどうした？」

「リベラ、あんたはとんでもないことをしたな。その気の狂った娘というのが、殺人犯なんだ。キャンドレスの依頼人を殺したのは、あんたの逢ったその娘だったんだ」

リベラはベッドから身を起こした。なんの感動もなく呟いた。

「そいつは、まずいな」

「どうする気だ、リベラ？　娘が警察につかまってみろ、キャンドレスはますます窮地に追いこまれるぞ。警察に一度くさいと睨まれたら、キャンドレスの地区責任者としての価値はゼロ同然になる。最近の世界警察機構のシンジケート締めあげは、すごくきつい。殺し屋サイボーグと関係ありと見こまれたら、助かりっこないんだ。――シンジケートの上の連中は、今度の一件をどう思うだろうな？」

「娘は、気が狂っていた……」

リベラは単調にいった。

「消してしまうべきだったな。警察は、娘をつかまえたら、どうせ頭脳探査にかける。あんたは尻尾をつかまれるぞ、まちがいない」

「警察は、おれをつかまえられない」

「まぬけなことをいうなよ、リベラ。谷底へ落ちた車から、無傷で這いだしたやつがいる。

生身の人間じゃない証拠だぜ。それに、あんたは肝心なことを見落したよ。車は手動（マニュアル）のままになっていた。空車じゃなかったんだ。——道路を逆にたどると、キャンドレスの山荘にたどりつく。あの道は、キャンドレスの私道なんだ。警察の疑惑を晴らすのは、容易なことじゃないぜ。シンジケートのお偉方は黙っちゃいまいね」

キノは、あきらかにリベラをいためつける立場を楽しんでいた。昨夜脅かされた仕返しを試みているのだった。機会を逃がさず私怨を晴らす気なのだ。

「娘をかたづけなければならない」

「そうだな。だが、どうする？　警察と競争しなければならないんだぜ。けどられでもしたら破滅だ」

「仕方がなかろう」

「サイボーグ特捜官が出動するかもしれないぞ。連中、殺し屋サイボーグの臭いがすれば、すぐさま繰りだしてくるからな」

リベラは、凝然と重い沈黙をまもった。

キノは勝ち誇ったように眼を光らせていた。

「ま、あんたの好きなようにするさ。あんたの手に負えなければ、お偉方が考えてくれるだろう。——ところで、リベラ、ひとつ聞いておきたいんだが、役に立たなくなった殺し屋サイボーグは、特別製の身体を召しあげられてしまうというのは、本当かい？　不要になった脳みそはどう処分するんだろう？　やっぱり、捨てちまうのかな？　ディスポーザーにでも

「……」

「そんな質問は、無意味だ」

「ほう、そうかねえ？」

若者の顔を酷薄な微笑がいろどった。

弱者をいたぶるのが愉快でたまらないのだった。クライム・シンジケートの成員には、攻撃的な性向のサディストがすくなくない。このキノという青年も明らかにそのひとりだった。

彼は残忍な歓喜の表情を剝きだしにしていた。蛇のように冷ややかな殺し屋サイボーグにも、弱みがあることを探りあてたのだ。リベラのように非情に徹した存在にも、人間共通の弱点、自己保存の本能が隠されていることを直感的に見破っていた。そして自己保存本能と、恐怖という情動とは切りはなせないことも……

「おれは、警察をだしぬいてみせる」

「確信でもあるのかい？」

「ある」

「ほう？　そいつはご立派」

「がっかりしたかね？」

リベラは冷ややかにいった。彼のはじめて口にした皮肉だった。キノはわざとらしく肩をすくめた。

「なんでまた、ぼくが？　がっかりしたりするわけがないじゃないか」

「例の娘は、クリスタル・リードと名乗った。殺られたのはだれだ?」

「新聞にくわしく出てる。読んだらどうだ?」

若者はふてくさった声でいい、親指でファクシミリ装置をさした。リベラは無言でふりむき、電送新聞(ファクシミリ・ニューズ)をひきだして、すばやく眼を走らせた。

「この遺産管理人のジョン・ドナーというのが、キャンドレスのお得意だったわけだな」

リベラは考えこみながらいった。

「ドナーは、クリスタルの伯父で後見人だった。クリスタルは成年に達するまでは、父親の遺産を自由にできない。で、伯父のドナーの干渉に腹を立てて、とうとう殺してしまった。

——警察は、クリスタルが殺人のあと、始末に困って、キャンドレスに泣きついていったのではないかと思ったわけか。キャンドレスほど実力のある弁護士なら、クリスタルをどこかに逃がしておいて、しかるべく工作するかもしれない。うまくやってのければ、キャンドレスは莫大な財産を思いのままにすることができる。警察がそう考えるのもむりはない」

「なかなか頭がきれるじゃないか。荒仕事が専門とばかり思ってた」

と、キノ。

「一億三千万ドルの財産ともなれば、だれでも危い橋を渡ってみる気になるだろう。クリスタル・リードは頭がおかしくなっていた。ドナーは、なぜクリスタルを入院させなかったんだろう?」

「そのほうが好都合だったんだろうさ。閉じこめておいて人前に出さないようにしておけば、一億三千万ドルを自由にできるからな」

「文句なしに娘は無罪だ。一週間も治療を受ければいいんだ」

「ところがそうはいかない。あんたがクリスタルを殺って、一億三千万ドルは宙ぶらりんさ。もったいない話だね。娘は美人だし、あんたの手にかけるのは惜しい。よくよく運がなかったんだな」

キノは実感をこめていった。

「百万にひとつのチャンスでもあるなら、ぼくは娘のほうに賭けてみたいね」

「チャンスはあるさ」

リベラはしずかにいった。

「遠慮なしに娘に賭けるがいい」

「サイボーグ特捜官のことか？」

「どうとも好きなように考えろ。キャンドレスの山荘の近くに、クリスタル・リードの持ち地所はあるか？」

「調べればわかるが、なぜだ？」

「では調べるんだ。山荘の附近の地図も要る。大至急だ」

鋭い声だった。

「人殺しとなると、急に元気がでてくるんだな」

キノは嘲けるようにいった。嫌悪があからさまに眼に光っていた。

「たいしたもんだ」

リベラは奇妙な情緒のうねりが襲うのを意識した。生身の肉体をまだ所有していたころの記憶が教えるところによれば、それは怒りだった。他人の思惑なぞ気にかけたこともないリベラだったが、もちろんその気になれば理解することもできた。恐れられ憎まれ、あるいは蔑(さげす)まれることから、常に超然としてきた彼が、ひさしくおぼえたことのない感情をゆすぶられたのだ。鈍い心を刺激的に浸す、怒りの感情に、リベラは束の間目覚め、とらわれていた。

「それが、おれの仕事だからだ」

単調きわまる声が、彼の動揺を押しかくすのに役だった。

「ほう、仕事かな。機能といったほうがお似合いだよ」

「どうでもいい」

怒りはすみやかに退いていった。しかし、あの無関心の気分には、どこかひび割れが入っていた。

「議論する必要はなにもない」

「あんたは、まったくロボットそのものだな。ぜんぜん歯がたたないよ。なにをいわれようと平気なのか」

キノはあきらめたように首をふった。

「感情がないんだ。腹を立てる能力もないんだ」

「その通りだ」

リベラはおだやかにいった。

翳の超国家、クライム・シンジケートは、きわめて機能の優れた調査機関を組織していた。無数の触手を全世界にはりめぐらしてあるのだ。リベラはその有効な毒針のひとつだった。もとより独自の意志を持つことは許されない。内面的な生活体験を持つことも認められない。人間らしい喜びも悲しみも彼ら殺し屋サイボーグには無縁だった。それを苦にすることもなかった。人間を形成する精神機能を奪われていたからだ。

それゆえに、彼らはおそろしく有能だった。有能であることに誇りを抱くことすら許されぬ彼らは、限りなく悲惨だったが、ただひとつの救いは、おのれの悲惨を悲惨と感じぬことだった。

それでもなお、彼らは人間なのだった。恐れを知らなくても、生存への欲求は持っていた。たとえ、生きるに値いしないみじめな生存状態でも、やはり生きつづけたいのだった。この生存への欲望こそ、辛うじて彼らとロボットの間に一線を画するものだった。

夜になるのを待って、リベラはキャンドレスの山荘の附近へ姿を現わした。警察の動静は確かめてあった。警察はキャンドレスの山荘を捜索したのだった。もちろん、得るところはなにもなかった。

リベラは用心深く、道路を避けて、夜の丘陵地帯を横断した。暗視のきく眼と強力なサイボーグ体にとって、苦にするものはなかった。

　道路には、警察の監視の眼が光っているかもしれなかった。この上なくタフでねばりのきく、巨体の持主、警察アンドロイドである。殺し屋サイボーグにとっても、容易ならぬてごわい相手なのだ。機動性はともかく、歩く武器庫のようなものだった。できれば、ファイトは願いさげにしたい敵だ。

　クリスタル・リードは、車によらず歩いてきたといった。ばかな話だが、それで警察は彼女の足どりをとらえることができなかったのだ。気の狂った少女は、そのとほうもない気まぐれさで、警察にいっぱい食わせたのだった。

　リベラの優位は、その一事にかかっていた。いずれ警察は追いついてくるだろうが、その間隙がリベラの持時間だった。

　クリスタルはリベラに、死んだ父親の山荘へ行くのだといった。だが、附近にそれに該当する地所は見当らなかった。キノに念入りに調べさせたのだ。彼女の父親ハーラン・リードは過去を通じて一度もそのあたりの不動産の売買に手を染めていない。登録局の記録ではそうなってる。

　だが、ハーラン・リードは有名な資産家だった。資産の操作の都合で、別人名義を用いたのかもしれなかった。リードは、数多くの企業に手をだしていたからだ。その点は、キャンドレス事務所（オフィス）の調査エージェントが調べているはずだった。

　なぜ、クリスタル・リードは、キャンドレスの山荘の私道を歩いていたのか。リベラの脳裡はその疑念に占められていた。たとえ気が狂っているにせよ、なにか理由があるはずだった。

あのとき、クリスタルはリベラに背を向けて、キャンドレスの山荘へと道をたどっていった。そして私道をはずれ、丘陵を越えていったのだ。自分の足で、歩いて……

それも狂気のためか？　存在もしない、妄想のつくりだした父の山荘をもとめて、クリスタルはさまよっていったのか？

彼女は必ずこの丘陵地帯のどこかにいるはずだ。餓えと疲労でまいっているだろう。迷い子の子どもと同じなのだ。どこかで動けなくなっているにちがいない。追われているという妄想にがんじがらめになり、救いをもとめることもできずに。

こうやって哀れな少女を探しているのは、彼女をみじめな孤独から救いだすことではない。殺すためなのだ。彼女の頭脳にとどめている自分の残像をかき消すためなのだ。

リベラは決して懐疑には陥らなかった。あのとき娘を殺さなかった誤りを、正しに行くだけにすぎない。ただそれだけのことだった。

リベラは、夜の闇を漂う影のように走った。みずから夜の一部分と化していた。

クリスタルと出会った場所から捜索に入った。地形はよく頭にたたきこんである。きゃしゃな造りの靴をはいたクリスタルにとっては、歩行困難の荒地だ。

彼は小型の赤外線投光器を用意していた。常人の可視域を脱した光の波長でも、彼の電子眼は効率よく働く。

またたく間に、リベラは娘の残した痕跡を見つけだした。クリスタルは北極狐のファーコートを身につけていた。くさむらに擦れて脱け落ちた小量の獣毛をリベラは見落さなかった。たしかに正気の女なら、高価な毛皮コートをまとって、荒地に分けいるようなことはしないだろう。

リベラは身をかがめて赤外線投光器をさしつけながら臭跡をたどる猟犬のように、クリスタルの残した目印を追っていた。娘はよほど足が達者のようだった。休んだ形跡もないのだ。狂気にみちびかれるまま、しゃにむに突き進んでいったにちがいなかった。

クリスタルは小さな河の岸に沿って進み、浅瀬を見つけて渡っていた。そこで、だいなしになった室内履きを捨てたのだ。

リベラは、かかとの折れた小さな靴を拾いあげ、めざす獲物に接近したと考えた。素足のクリスタルは、そう遠くまで行けない。

が、彼は突然手がかりを失っていた。

娘は、そこで宙に舞いあがり消え失せてしまったようだった。地図によれば、二〇キロ四方に街道は走っていない。荒涼たる無人の丘陵地帯のどまん中なのだった。

イオン・エンジンかそれに類似した小型の飛行能力を備えた乗物が、クリスタルを収容していったのか。が、それくらいなら苦労してわざわざここまで歩いてきたはずがない。娘は荒地を約六キロ以上歩いていた。

リベラは混乱したまま、立ちすくんでいた。前方は堅固な岩肌を露出した低い崖だった。

どう考えても納得がいかなかった。娘が追跡をくらます巧妙な方法を知っているというなら話はべつだ。だが、クリスタルにそんな知識があるとは思えない。

リベラは戸惑った眼で、周囲を見まわした。うずくまった牛の背に似た丘陵が、夜空の下に黒々と連っているのが映るばかりだった。

彼は殺し屋としてはじめて、獲物をとり逃してしまったのだった。

リベラは無為な捜索に三〇分ほど費して、ふたたび低い崖のそばにもどってきた。クリスタル・リードが消失してしまったことは、もはや動かせない事実だった。手が詰まってしまったのだ。

リベラは、赤外線投光器のスイッチを切り、もの思いに沈んだ。娘を逃がしたとなると、彼の立場はむずかしくなる。この失敗は、リベラの殺しのサイボーグとしての適性を疑われる材料になるだろう。かつて、この種の失敗がゆるされたためしはなかった。完全な殺し屋サイボーグに失敗はないはずなのだ。わずかな欠陥ですら、重大な結果を招く。たとえようもなく貴重なサイボーグ体を、不適格者にまかせておくわけにはいかないのだ。

キノの毒をふくんだ嘲罵がよみがえって、リベラの動揺を大きくした。――不要になった脳みそはどう処分するんだろう？　やっぱり捨てちまうのかな、ディスポーザーにでも。

キノの臆測は、真実からさほどはなれていなかった。シンジケートの研究スタッフは、彼の脳を生体実験に供するだろう。さんざんいじりまわし、電流を通じ超音波を照射し、薬剤を注ぎこみ、切りきざんですりつぶし、遠心分離機にかけ、分子生物学の実験材料にするのだ。しばらくは生かしておいてもらえるだろうが、そう長くではあるまい。悪魔じみたグロテスクな責め苦が終れば、死が待っているのだ。

リベラはやはり生きていたかった。死にたくなかった。自分の手にかかる犠牲者たちが、ほとんど苦痛もなく生命を断たれるのにひきくらべ、彼自身はなぶり殺しに等しい緩慢な死を与えられるのだった。これは不公平というものではないだろうか……リベラはいつしかそんな思惟に頭をゆだねているおのれに気づき、ぼんやりとした驚きの情をおぼえた。

それは半ば麻痺した四肢の動きが思うにまかせぬ感覚に似かよっていた。が、わずかであっても動くことは動く。それまでの完全な氷結状態とはたいへんな差異があった。

なお、気ままな思惟を封じる強力な抑圧がのしかかってはいたが、その重圧に抵抗しながら、リベラはゆっくり考えつづけた。

なぜ、自分だけ不公平な目にあわなければならないのだろう。同じシンジケートの人間でも、キャンドレスやキノは、自由気ままにうまいものを食い、女を抱き、ぜいたくな生活をたっぷり楽しむことが許されている。連中は温い血の通った肉体を持ち、快楽を味わうことができる。なぜおれだけ疎外されているのだろう。

そうだ。おれはサイボーグだからだ。

リベラは、自分にも存在していたはずの、生身の時代を想いおこそうとしたが、うまくいかなかった。鈍い霧に記憶がとざされていた。彼を処置した技術者たちは、注意深く不必要な記憶を消去してしまっていた。おぼえているのは、生なましさを欠いた概念にすぎなかった。むなしく白じらしい記憶の死骸だった。たとえば料理。どんなものか知っているが、味、香り、舌触りや歯応えがともなわない。記憶の実体というものがない。酒、タバコ、どれも同じだ。たとえば、女——扱い方はわかっている。だが、女のやわらかい身体が、どんな快楽をもたらしたかという記憶がないのだった。すべての細部（デテイル）が失われているのだった。罐詰の空罐と等しく、ラベルの表示だけで、内容物がないのだ。

自分がおそろしく疎外されていることに、リベラは気づいたのだった。その結論に到達するまでが容易なことではなかった。識閾下に植えつけられた抑圧が、鋭い声のように気ままな思考の停止を迫っていたからだ。それは人為的につくられた禁忌だった。考えてはならないことだった。

リベラは、それ以上の思考の追及を断念せざるを得なかった。だが、疎外感は消えずにとどまっていた。情念は発火し、にぶい炎をあげていた。それはいまにも絶えいりそうにかすかに弱よわしいものだったが、消えはしなかった。

それは、闇に立ちのぼる白い蒸気に見えた。

地表の一点から、上昇気流が立ちのぼっているのだった。外気より温度が高く、輻射線を探知できるリベラの眼にとらえられたのだ。それは地下から放出される熱量の高い空気の流れだった。

リベラは、熱気を放つ岩の割れ目を見出し、それがなにを意味するかをさとった。巧妙に偽装された換気孔だったのだ。

クリスタル・リードが突如消失した謎はとけた。彼女が父の山荘と呼んだ、隠れ家は地下にあったのだ。

リベラはかがみこむと、ズボンのすそをめくり、脛にしこんである刃の薄い、細長いナイフをとりだした。超硬度鋼でつくられたナイフ――ダイヤモンドですら容易に削ることができるのだった。ひとたびリベラのようなハイパワーのサイボーグの手にかかるとまたとない武器となるのだ。

熱も光も、音も立てない。探知機にとらえられるような、磁場や重力場の変動もひきおこさない。それでいて、破壊力は絶大だった。一振りの平凡な形状のナイフ。もっとも単純な兇器でありながら、精妙な科学兵器に匹敵する威力を有していた。

リベラが握りをつかむと、つまらないナイフに魔力が生じた。ナイフの鋭利な切先は、バターに刺しこまれたように、無造作に固い岩盤へ吸いこまれていった。

電子加速状態に没入したリベラの動きは明確な輪郭を喪い、朦朧とかすんだ。

岩肌は強固な分子の結合力を奪われたように、脆く裂けてリベラの侵入を許した。

彼はめざましい速度で、トンネルをえぐって沈んでいった。かって彼は、同じ超硬度鋼のナイフ一本を用いて、八〇〇メートルの土壌を潜行し、二〇メーターの厚みの鉄とベトンの基盤を突破して、シンジケートのＶＩＰを屠ったことがある。そいつが、シンジケートにとって危険分子と認められたからだ。

殺し屋サイボーグは、超自然の悪霊的存在だった。どれほど警戒堅固な密室の壁も浸透する化物だった。リベラは暗殺を果すまでに、およそ三か月も、建物の地下にじっと潜んでいたのである。それすら、彼にとって、とくに困難な仕事ではなかった。どうということもなかったのだ。

連邦大統領を暗殺するとか、世界警察機構の根幹のビッグ・コンピューター群を破壊するという仕事を与えられても、平然とやり遂げようとしただろう。厳重な保安設備を突破強行することは不可能に近いだろうが、ためらいはしなかったろう。

いまの作業は、リベラにとって児戯に類した。

三メーターも掘り進まぬうちに、岩盤は尽きた。あとは月並みな建築材だった。リベラは加速を停め、注意深く最小限の破孔を切り開いた。破片を落さぬように気を配りながら、最後の仕上げをした。ぽっかりと空間が口をあけた。

そろそろと逆さまに首をつきだし、気配をうかがう。得心が行くと、頭から先に身体をずりさげていった。着地にはほとんど音を立てなかった。

そこは寝室だった。さして広くはないが、設備はりっぱなものだった。ベッドは寝心地よさそうに温められていたが、使用された形跡はなかった。

リベラは寝室のドアを開け、さらにもうひとつの寝室を通りぬけて、居間へ出た。

クリスタル・リードはそこにいた。

リベラは手にナイフをつかんで、娘を凝視した。

クリスタルは、石を積んだ煖炉のそばの長椅子にすわっていた。むろん、煖炉はほんものではない。部屋の飾りなのだった。部屋の壁は、節のある松材で、床にはインド絨毯が敷きつめられていた。山荘らしい雰囲気が出ていた。

クリスタルは、いかにも初々しく可憐な娘に見えたが、もとより、リベラの心にはなんの感銘も与えなかった。

娘は膝の上に、白い握りのついた小さな拳銃を載せていた。引金に指がかかっており、銃口がリベラを向いていたが、彼は一向に平気だった。

「あなただったの？」

娘はいって、小さな拳銃を椅子の上に置いた。

「人間だったら、射ってしまおうと思っていたのよ。でも、あなたならかまわないわ。よく来てくださったわね」

先夜とおなじ、とっぴょうしもないせりふだった。

「あたし、ひとりぼっちでさびしかったの。でも、人間はだめ。だって人間は敵なんですもの。あたしを捕まえて焼こうとするんですもの。だから、殺してしまうのよ」

手間をかける必要はなかった。手の中にあるナイフで、あっさりと息の根を止めてしまえばいいとわかっていた。

だが、リベラは動かなかった。なぜかわからない。こんな奇妙な状況ははじめてだったかもしれない。

「なぜ、人殺しなんかやったんだ？」

リベラが発した言葉も、とっぴょうしもないものだった。彼はいってしまってから、ショックを受けた。自分でも思いがけぬことを口走ってしまったからだった。

「遺産管理人が、あたしをロボットだと知ってしまったからよ。あたしの身体を調べようとしたわ。だから殺したの。秘密を知られないようにしなさいとお父さまにいわれていたんですもの」

「ロボットに人殺しはできない。それに、ロボットにお父さまなんていない」

リベラはいった。自分の逸脱ぶりに驚きを感じていた。

「おまえは人間だ。ロボットじゃない。自分をロボットだと思いこんでいるだけだ」

「ちがうわ。あたしはロボットよ。お父さまがあたしをつくらせたのよ。たいへんなおかねをかけて。お父さまが亡くなったので、遺産管理人が使いみちのわからない大金の行方を調べているうちに、秘密を嗅ぎつけてしまったのよ。彼、大喜びしたわ。遺産相続人になれるんですもの。あたしを無理に裸にしたわ。あたしの身体を調べて、おまえは非合法ロボットだといったわ。そして、いやらしいことをしようとしたの。あたし、ピストルで射ってやった」

「ロボットには人を殺せないんだ」

リベラは、ぼんやりと疑念がきざすのを感じながら、くりかえしていった。ハーラン・リードは、なぜこんな秘密の隠れ家を用意しておいたのだろう？　どんな必要があって……

「あたしは非合法ロボットなんですもの。普通のロボットにはやれないこともできるのよ。人殺しだってちゃんとできたわ」

クリスタルのいうことは、ふしぎにすじが通っている、とリベラは思った。

「もし、おまえがロボットとしても……ハーラン・リードはなんのために、おまえをつくらせたんだ？」

「死んじゃったの。ロボットじゃないクリスタルはどうなったんだ？」

「自殺しちゃったのよ。だから、お父さまはあたしをつくらせたの」

「自殺した？」

彼はとどめようもなくなっていた。脇道にそれてしまっているのに、ひきかえせなくなっていたのだった。

「なぜ、自殺したんだ？」

「クリスタルはお父さまを恋していたの。年ごろの娘なのに、ほかの男の子になんの関心も持てなかったのよ。お父さまだけが欲しかったの。夢中で、お父さまに抱いてくださいとたのんだのよ。お父さまはすっかり驚いてしまって、クリスタルを叱ったの。自分の父親に、そんな感情を抱いてはいけない、遠くへやってしまうといったの。それで、クリスタルは自殺してしまったのよ」

「では、おまえは、ほんとにクリスタルのイミテーション・ロボットだというのか」

娘はあどけなくうなずいた。

「お父さまはクリスタルを愛してたのよ。なんとかして生きかえらせたかった。彼女が死んでから、痛手の大きさに気づいたのね。お父さまはすごいお金持だった。それで、クリスタルをよみがえらすために、おかねに糸目をつけなかったのよ。

　そしてあたしはクリスタルとして、お父さまを愛することを教えられた。人間そのままのロボットは、アメリカでは非合法だから、秘密をかくすように教えられたわ。もし見つかると焼却されてしまうのよ。もぐりで製造されたロボットは危険だからですって。お父さまは、万一のときあたしを隠す場所をつくったわ。それがここなの」

　これは、妄想などというものでは決してなかった。まぎれもなく、この娘は真実を語っていたのだった。数十キロという道のりを、かよわい少女の身でたやすく歩き通せるものではない。昨夜リベラと逢ったとき、クリスタルは疲労の色すら見せていなかった。疲れを知らぬ機械だからこそできたのだ。彼女は、狂った少女ではなかった。狂ったロボットなのだった。

「なんのために、人殺しまでやったのだ？　ハーラン・リードの命令だったからか？　秘密を見破った人間を殺せといわれていたのか？」

　それは、リベラにとって重大な意味をはらんだ質問だった。彼はクリスタルが首を横に振るのをめまいの感覚で見とどけた。

「いいえ、お父さまは、そんなことはいわなかったわ」

「では、なぜだ……」

リベラの声はささやくようだった。

「なぜ殺した……」

「生きていたかったからよ。焼かれるのはいやだったの。死にたくなかったんですもの」

クリスタルは平然と答えた。

「死にたくなかっただと……ロボットのおまえが……」

リベラの頭脳はくらくらと痺れた。驚愕の大波が襲いかかり、足もとを掠ったように、彼は身体のバランスを崩した。感情を表出したことのないサイボーグ体が、ぐらついた。

「死ぬのはいやだったの。あたしを焼こうとする人間なんか、いくらだって殺してやるわ。でも、ここに隠れていれば安心だわ。人間に邪魔されずに生きて行けるわ」

娘は微笑した。狂気のロボットの笑いは、おそろしく生なましかった。これは狂っているがゆえに、自我(エゴ)を所有したロボットだった。

アンドロイドのクリスタルは、リベラの禁じられたものを持っていた。自我(エゴ)——それを欠くがゆえに、リベラは狂ったロボットにすら劣る存在だった。

リベラを再びあの疎外感覚が襲った。底なしの虚しさだった。自分がすべての連帯から切りはなされ、孤絶していることを、彼は明確に自覚した。彼は無意味な存在だった。路傍の石ころよりもつまらない存在だった。

だが、任務だけは果さなければならなかった。

彼は、すばやく前へ進みでると、正確無比なナイフの一撃を、クリスタルの首すじに加えた。ナイフは抵抗感もなく、少女の首を切断した。人工筋肉と電子神経、重合物の骨の切断面をのぞかせて、頭部を失ったアンドロイドの身体はゆっくり床のインド絨毯の上に崩れていった。

黒い髪をつかんで、リベラはナイフを巧妙に用い、頭頂から断ち割った。ポリマーのフィルムに密封された電子脳をひきずりだし、床にたたきつけ、靴底で力まかせに踏みつけ、踏みにじった。電子脳は後かたもなく潰え、粉砕された。靴をどけたときは、ひき裂けた絨毯の破片といりまじって、金属質の微細なくずが光っているだけだった。

仕事は終った。

だが、孤絶感はなお鋭さを増して、とどまっていた。これまでのどの殺しの後でも感じたことのない、やりきれなさだった。

殺しではない。ただアンドロイドを破壊しただけのことだ。苦悶の悲鳴もなく、一滴の血が流れたわけでもない。

が、リベラにとっては所詮、ロボットを壊すのも人を殺すのもおなじことではなかったか。

どちらも意味がない。

無意味な存在が、無意味なことをやっているのだった。

リベラは岩盤の破孔を通り、夜の闇の中に脱けだした。

それまで気づきもしなかったが、夜空には星があった。無数の鋭いきらめきを、地上のリベラに射つけていた。

厖大な上下の区分もない空間に、宙吊りになっているのがおれだ、とリベラは思った。救けは決してやってこない。彼を救えるものはなにもない。

リベラはふいに寒気をおぼえた。

それは恐怖だった。

彼は、アンドロイドのクリスタルを破壊したとき、まごうかたなく殺人をやってのけたのだった。自分がなにをやろうとしたか、はっきり知っていたからだ。殺し屋サイボーグとしてはじめて自分の意志で、ねたみ心から、クリスタルを殺したのだった。

彼は罪を犯したのだ。

リベラは恐怖の冷たい指につかまれて、暗闇に立ちすくんだ。夜はもはや彼の味方ではなくなっていた。彼を指弾し、罪科を問うように、夜は異様な威嚇に充ちていた。

第三章　ダーク・パワー

私は幼いころ、周囲から妙な餓鬼だと思われていた。ご多分に漏れず、小悪魔のような手に負えないチビクロと目されていたのだが、それにもかかわらず、こっぴどい仕置を受けた記憶がない。仲間のいたずら小僧どもは、たいてい、尻の皮をひっぺがされるような折檻を四、五時間置きに食わされていたが、私だけはべつだった。格別に頭のまわりが早いわけではなかったが、現場でふんづかまるようなへまだけはしなかったようだ。

例の〈虫の知らせ〉の恩をこうむっていたのだ。超高層住宅ずまいの悪童たちの間に流行した〈クソ・ボール〉遊び——糞便をカプセルに封じて、高速リフトに仕かけておき、降下の加速度で破裂させるやつだ。めかしこんで遊びに出かけようとする連中に大恐慌を起こさせた悪どいいたずらである。

私だけは犯行現場をおさえられぬ〈クソ・ボール〉の名手だったものだ。また、吸着盤をしこんだ手袋と靴を身につけて、超高層ビルの垂直に切りたった壁面をハエのように這いまわる〈覗き屋〉遊びも。——これは墜死事故の多い危険きわまる遊びだった。二、三百階から落ちた人間は、文字通り破裂してこっぱ微塵になる。それこそ百メートル四方に飛散した破片を拾い集めなければならない。私の悪童時代の仲間は、五人ほどこの〈覗き屋〉遊びで生命を落としている。墜ちるときはたいてい数人まとめて死ぬ。壁面が乾燥している日、この墜死事故は起きやすい。〈覗き屋〉の最中、悪事露見し、あわてて逃げようとして落ちるケースが大半である。

私は、絶対に安心だという予感のある日だけこの種の冒険に加担した。〈虫〉がうずくときは、たとえ乱交パーティがどこそこの三九〇階で開かれているという誘惑的な情報が入っても動こうとしなかった。そんなとき、必ず事故が起きるか、警察のパトロールに捕まることを心得ていたからだ。絶対禁止の危険な遊びだから露見すれば親の制裁はものすごい。半死半生の目にあわされる。それでも、このたぐいの遊びが根絶やしにならなかったのは、子どもが本質的に危険な遊びを好むからだろう。安全な遊びほどつまらない。遊びの面白さは危険度に正比例するのである。

同様に、私は交戦中、敵方の悪童どもが私をからきめに合わせようと待ち伏せているのが、前もってちゃんとわかった。逆に奇襲を食わせて、〈クソ・ボール〉の一ダースもお見舞いし、返り討ちにしたものだ。私を闇討ちにかけようとした卑劣な敵は、いきなり背後から出現した私の拳骨の味をたっぷり思い知らされるのだった。私は神出鬼没のチビクロと恐れられた不世出のベビー・ギャングだったのである。

もっとも、この奇妙な才能は、私が成長し教育を受けるようになると、徐々に消えうすれていった。六歳ごろを最高潮に、十歳を過ぎると私はただの変哲もない黒人少年になっていた。神のごとくお見透しの〈虫〉は、私から去ったのだ。

〈闇の力〉の話をされたとき、私はただちに自分の悪童時代を思いだした。

　私は窓際にぼんやりと追憶の眼をはなっていた。その窓の外の壁面を、なんの苦労も知らぬ二十数年まえの自分が、手製の吸着靴を四肢の先につけて、そろそろと這いまわっている、そんな想いにとらわれたのだ。飽くことを知らぬ好奇心に大きなくるみ色の眼を輝かしたまっくろけな幼児の顔が、いまにもひょいと覗きそうな気がしていた。だが覗き屋のチビクロの眼に映ずるのは、摑みあいの夫婦喧嘩に熱中している男女ではなく、からみあってうごめいているホモ連中でもない。ベッドに安らかな寝顔を見せている美しい少女でもない。――殺風景な安アパートの部屋にひとりきりの、がっちりした身体つきのニグロのすがただ。その男はとりわけ若くもなく老いてもいない。危険そうには見えないが、チビクロにはわかるだろう。そいつは悪霊を心に秘めた黒い怪物だということが。

　それ自体兇器の化身のような高性能のサイボーグ。それが私だ。名はアーネスト・ライト、元サイボーグ特捜官。

〈闇の力〉がはじめて警察とかかわりあった事件は、ちょっとした交通違反だった。摘発した警官は、違反者に小言をいっただけで放免したが、後になってそれがかなりの重犯罪――駐車禁止地区の不法駐車だということがわかった。駐車違反は罰金五〇〇ドルである。情状酌量の余地はなく、警官の叱責程度ですむことではない。警察車のコンピューターが、警察電子頭脳センターに報告を送っていたので、それと発覚したわけだ。

当の警官は、なぜ自分が違反者をあっさり放免したのかわからないと釈明した。もちろん手加減をする気は毛頭なかったのだが、どういうわけかそんな結果になってしまったのである。違反者がうら若い女性であったため、警官の断乎たる決意が崩れたのだろうと噂されたが、結局、警官は上司から叱責を受け、反省をうながされた。りっぱな司直は、法の公正を尊ばなければならない。相手の人種、性別によって差別を行ってはならない、という訓戒を受けた。もっとも、この服務規定を忠実にまもっているのは警察ロボットぐらいなものなのだが。

そして、警察交通局はあらためて違反者に罰金五〇〇ドルを納入することを命じた。

それが、トラブルのはじまりだった。

オルガ・オリベッティという名の十八歳の少女が、交通局に出頭し、身に覚えがないと申し立てたのである。交通違反を犯した覚えはなく、したがって罰金を払う必要を認めないといった。彼女はかなり怒っていた。濡れ衣だと主張し、名誉を傷つけられたから、警察を相手どって訴訟を起こす決心であると述べた。

違反を摘発した警官が呼ばれ、オルガ・オリベッティと対決した。警官は以前にオルガを一度も見たことがなかった。そして彼は、例の違反者について確信を持って人相・特徴を指摘できない自分に気がついた。よく覚えていたつもりだったが、なにひとつ具体的に思いだせないのだ、彼は訓練を積んだ優秀な記憶力の持主だったのだが。オルガは、あいまいな弁解にいっそう腹を立てて帰っていった。

オルガ・オリベッティを詐称し、警察をたばかって罪を免れようとした不届者がいるのだ。首都圏警察交通局の捜査官はただちに活動を開始した。造作なく犯人を突きとめられるはずだった。違反車の車種及び登録ナンバーはわかっている。この上なく勤勉な警察車のコンピューターが、電子頭脳センターに報告ずみだったからだ。——いっそのこと、人間でなく、警察車自体が例の違反者を扱ったほうがまちがいなかったにちがいない。電子眼が犯人のすべての特徴を正確に記録していたはずだからだ。市民は、警察車に訊問されるのをいやがるだろうが……

捜査官の思惑ははずれた。違反車の持主は、当時トキオ・メガロポリスに旅行中で、留守の間に車を不法使用されたものと供述した。裏づけ調査の結果、その申し立ては事実と認められ、車の不法使用者をもとめて、捜査はさらに拡大された。犯人は、無数の手がかりを車の内外に残している。髪一すじ、残留した体臭、分泌物、それらで犯人の年齢性別がわかり、身体つきがわかり、眼の色までわかってしまう。犯人は指紋多数と明確な代謝系パターンを残していた。

捜査官は、目撃者を探しだし、容疑者を何人も訊問した。

そして突然、集めたデータを残らず廃棄し、捜査を打ち切ってしまった。例の警官と同じだった。彼は、なぜ自分がそんな行為をはたらいたのか、納得の行く説明をすることができなかったのである。なんの気なしに——捜査結果をご破算にし、ふりだしに戻してしまった。

捜査官の上司は激怒し、担当者を変えたが、二度目は更に奇怪な結末となった。捜査官のお目付役に警察アンドロイドをパートナーとし、絶対確実を期したのだが、アンドロイドの電子頭脳を破壊されてしまったのだ。犯人は相棒の刑事であった。

交通局長はふたりの刑事を精神測定にかけようと決心した。彼らの身になにが生じたのか究明しなければならない。たとえ部下をむごい〈脳みそゆすり〉にかけても、かならず事実を突きとめてみせる。

そして、局長は急遽、命令を変更してしまった。捜査活動も沙汰やみになったまま宙に浮いた。

首都圏警察の上層部が受けた衝撃は大きかった。こともあろうに警察の治安活動に対して強力な干渉が行われたことをさとったからだ。得体の知れない力が加えられ、それは職権にもとづく捜査を停止させるほどの威力を持っていた。

なにものの意志がはたらいているにせよ、容易ならぬ相手であった。

「とんでもないやつがいるもんだ……」

ブリュースター長官は、しんそこからの驚きをこめていった。「想像できるか、アーニー。そいつは、他人の心を思い通りに操ることができるんだ。まったく正体を現わさずにな……闇の中から無形の力をふるう。すると警察は手も足も出せなくなるんだ。怪獣のような力を持つメガロポリス警察の機能を麻痺させることができるんだ。――これは、治安機関の権威に対する明白な挑戦だ。しかも重大な……」

長官は連邦警察の全機能をあげて、〈闇の力〉の挑戦を粉砕することを決意したのだ。たかがつまらぬ交通違反と笑ってはいられない。遠隔心理コントロールの完璧な技術を握っている人間は、全世界をわがものに出来るかもしれない。そいつは、過去のあらゆる独裁者を餓鬼大将におとしめるような、恐るべき権力意志の怪物になれるのだ。

長官は、この事件を極秘に取り扱う必要を感じた。下手をすると、警察どころかメガロポリスの存否にもかかわってくる。もし、警察の機能が〈闇の力〉のために、破壊的な打撃をこうむるようなことがあれば、それはメガロポリス自体の崩壊にもつながる……

彼は直属の特捜官を動かした。私の以前の同僚、サイボーグ特捜官のひとりを。

「これも失敗だった。まさかと思っていたのだが……」

と長官はおそろしく苦い顔でいった。彼のめったに見せない渋面だった。

「だれを使ったのです？」

と、私。

「マロリーだ」

これは意外だった。マロリーはサイボーグ特捜官中、もっとも切れる男だ。長官はとくに困難と思われる捜査にはかならずマロリーを起用し、マロリーもその期待にそむいたことがない。彼に比べたら、アーネスト・ライトもドサまわりにすぎなかったくらいだ。

その腕ききのマロリーが捜査に奔走していると思いのほか、自宅の花壇で趣味のバラいじりをしているところを発見されたのである。マロリーは長官から六週間の休暇をもらったと信じこんでいた。

〈闇の力〉は、マロリーの記憶を操作して、命令を忘れさせてしまったのだ。

サイボーグ特捜官ですら歯の立たない相手なのだった。

「マロリーがだめだったら、私など問題にならんでしょう。私の成績不良はよくご存じのはずです」

「きみは理想をもとめすぎたのだよ、アーニー。警察だけでは飽きたらず、検事と判事の役もつとめようとした。きみの扱った事件はいつも器に盛りきれなくなった。警察官の職能には限度がある。きみは敢えてその事実を無視し、もめごとをひきおこした。きみは連邦警察きってのトラブル・メーカーだった……しかし、アーニー、きみはどんな場合にも危地を脱する妙な能力があるようだ。わしはそのおかしな能力をたいへん買っていたから、きみを手ばなしたくなかったのだよ。だから、きみに頼むのだ」

「それでわかってきましたよ、長官。しかし、なぜ超能力の専門家に協力をもとめないんですか。私の能力は〈虫の知らせ〉程度ですからね。あんまりあてにはならない」

「わしもそれを考えた。各大学の研究室に照会してみた。だが期待はずれもいいところだったよ。すでに超心理学会は事実上消滅しているし、プサイ能力研究の宗家ともいうべきデューク大学は、研究所を十年前に閉鎖してしまっていた。あとは推して知るべしだ。超心理学は半世紀も以前に行き詰まっていたらしい。結局、科学としての体系をついに持つことができなかったのだね。超心理学は、学問として見捨てられてしまったのだ」

　得体が知れないからといって、〈闇の力〉をただちに超能力に結びつけるのは、もちろんばかげている。エレクトロニクスや化学薬品の力を借りた心理制御技術は、現在かなりの水準にあり、異常性格者の矯正や治療に役立っている。やろうと思えば記憶を消すのはもちろん、ニセの記憶をさしこんだり、意識構造自体を改変することも可能だ。しかし、この技術の一切は連邦法によってきびしい制約を受け、地域国家の厳重な管理下に置かれている。

　本人に察知されず、またなんの犯跡も残さずに、しかも遠隔操作によって、心理コントロールにかけることは不可能とも思われるが、どこかのだれかが、ひそかに革命的な新技術を開発したのかもしれない。この情報文化の進んだ時代にナンセンスともいえるが、それにしたって、とてつもない強力な超能力（プサイ）を想定するよりはましである。

　ブリュースター長官の懸念は、〈闇の力〉がひょっとして犯罪組織（シンジケート）に結びつきはしないかということだった。姿を見せない相手は、すでに明白な反社会的傾向を見せているのだから、必ずしも杞憂とはいえないのだ。

　特捜官マロリーは、なぜ失敗したのだろう、と私は考えた。彼は慎重で油断のない男だ。そう簡単にしてやられるはずはない。

　サイボーグ特捜官の身体は超高精密の電子機械だから、電子工学的な攻撃の危険には極度に鋭敏である。生体の内臓を犯す薬品類は、サイボーグ体には通用しない。その点、サイボーグ特捜官に心理制御を強制的にほどこすのはきわめてむずかしい。なにしろ、相手はまぎれもなく超人なのだから……

それにしても、〈闇の力〉はどうしてマロリーの先手をとることができたのだろう。ブリュースター長官直属のサイボーグ特捜官はきまって隠密行動をとる。警察上層部にすら知らされない場合が多い。この場合はマロリーが捜査活動に入ったことを知っているのは、長官と本人だけだったはずだ。

ひょっとすると、〈闇の力〉は私が追及していることをすでに見通しているのかもしれない。そして私に対して異様な影響力をふるってくるだろう。そのときはたして〈虫の知らせ〉がうまく働いてくれるかどうか……私にはあまり自信がなかった。切迫した生命の危機以外に〈虫〉がせっせと働くことはまずないのだ。

そして〈闇の力〉はいまのところだれにも肉体的な危害を加えていなかった。

その居住エーリアは、もっぱら低所得者層に占められていた。とくにみすぼらしいわけでもなく、不潔ともいえないが、どことなく貧相さがしみついている。住人は、昔ならスラムに住みついていた連中なのだろう。彼らには妙なところがあって、ひとりひとりはまともに見えるし、実際そうなのだが、まとまって何十万世帯も住むと、たちまち独得の貧乏たらしい雰囲気をかもしだす。張りや活気がなく、長年着ふるしたシャツみたいなうらぶれた気品を持っている。理由はだれも知らない。強いていえば、メガロポリタンの一般水準よりも、住人たちの知能が低いせいかもしれない。ＩＱ八五以下といったところだろう。

だが、子どもたちはべつだ。彼らは騒々しくバイタリティーにあふれ、勇ましく未来へ踏みこんでゆく。子どもたちはまだ色分けされていないのだ。

「おじさん、だれか探してるのかい？」

うろついていた私に舌ったるく甲高い声がかけられた。七、八人の群れで、いずれも六歳から三歳までの幼児たちだった。笑い声に眼が光っている。なにごとかたくらんでいるとすぐわかった。このあたりのベビー・ギャング一味にちがいない。他所者と見ると、悪さをしかけ、大人なぶりをやらかす。なまじっかな大人よりもよほど狡猾で頭がよくまわるのだ。

「ああ。オルガ・オリベッティという若い女のひとを探してるんだが……坊やたち、知らないかね？」

子どもたちは、じわじわ私に近寄ってきた。ほとんど白人系で、ひとりだけチビクロが混っていた。炭のようにまっくろな顔に眼をぎらぎら動かしている。よだれと鼻汁でねちゃねちゃの手を、私のズボンになすりつけようという魂胆らしい。私は後ろにも眼があるのだ。

「この階じゃないよ。もっと下だよ……」

餓鬼大将が教えてくれた。片手を意味ありげにズボンのポケットにかくしていた。

「おじちゃんはあのねえちゃんのいい人かい？」

ニタニタ笑っていた。

私はひょいと身体を動かした。私のズボンの脚に突っかかってきたチビクロは、目標を失って、餓鬼大将とぶつかった。餓鬼大将は悪態をついて手荒くチビクロをつき倒した。

「ありがとうよ」

私は澄まして、リフトに向って歩きだした。チビどもはぞろぞろ尾いてきた。

「その左のリフトは調子が悪いよ。右のほうがいいよ」

大将がいかにも親切そうに教えてくれた。

「スピードがうんとのろいんだ。着くころには明日になってるよ。右のリフトに乗ったほうがいい」

「おれはのろいリフトが好きなんだよ、坊や。速いのに乗ると眼がまわるんでね」

私はニヤリと笑い返して左のリフトに乗った。失望させたようだが、右のリフトにこそ災厄が待っているにちがいなかった。手の内はわかっているのだ。

が、リフトの扉が閉る寸前、餓鬼大将はズボンに入れていた手をすばやく抜きだして、握っていたものを私に投げつけた。扉が閉まって笑い声を断ち切った。

私は悲鳴もあげなかったし、跳びあがることもしなかった。しかし、ねずみとリフトの函に閉じこめられて、恐怖のあまり気絶する人間は多いだろう。なにも女にかぎったことではない。――私自身、かつてこの手のいたずらにかけてはベテランだったから、よく知っているのだ。私は足もとの床にうずくまってビーズ玉のような眼をきょろつかせる当惑げな小動物を見おろし、大声で笑いだした。

オルガ・オリベッティは、なかなかの美少女だった。小柄だが魅力的な身体つきをしている。髪と眼が黒く、対照的に白いやわらかそうな皮膚を持っていた。果汁をたっぷりふくんだ果実のように、みずみずしく情欲的だった。ハワード大学の心理学部の学生ということだ。

「どうして私立探偵が、交通違反のことなんか調べているの？」

と、オルガはふしぎそうにいった。

「あなたの名まえを詐称した人間は、盗難車に乗っていたんです。車の持主は、車を盗まれた上に妙な嫌疑をかけられて気がおさまらない。そこへもってきて、警察は理由を明らかにせずに、捜査を打ち切ってしまった。それで私をやとって犯人を探させようとしたわけです」

私は出まかせをいった。

「ずいぶん変った人がいるものね」

「金をどっさり持っているんです。すくなくとも、私立探偵をやとうだけのかねがあるんです。私もやとわれたからには、調べないわけにはいかない」

「それまでして犯人を突きとめて、どうしようというのかしら？」

「訴訟が好きなんです。現在五三件の係争中の裁判を抱えている。もうひとつコレクションを増やそうという気かもしれません」

オルガは苦笑した。

「あたしが警察を訴えるといったのは、本気じゃないわ。警察の態度が気に入らなかったから、口にしてみたまでよ。ばかばかしい間違いがあるものね。いったいだれがあたしの名を騙ったのかしら」

「それについて、なにか心当りはありませんか？　あなたの名まえを使いそうな人間のことです。あなたを嫌っているか憎んでいる者のしわざかも知れない。あるいは、冗談かいたずらのつもりで、こんなことをしそうな者はいませんか？」

「心当りはないわ」

と、オルガはあっさりいった。

「ここへ引越してきたのは、ごく最近なの。知りあいもほとんどいないし……」

「しかし、犯人は、あなたの名まえを知っていた。この近所に住んでいる者かも知れないし、ハワード大学の関係者のひとりかも知れない。いかがです？」

「わからないわ……こんな程度の低いいたずらをやるような友だちはいないと思うわ。もっとうんと突飛なばかばかしいことならともかく……」

オルガのいう通り、学生たちは、突拍子もないいたずらが好きである。稚気満々の自己顕示欲から、世間をあっといわせるような人騒がせを企てる。その大半は、さして実害のないものだが、なにぶん知能優秀な連中のやることだから、時にはとんでもない盲点を衝くことがある。ある大学の電子工学（エレクトロニクス）を専攻する学生たちが、警察ロボットにしかけた悪さがそうだ。どうやったものか、警察本部の親コンピューターの制御系から切りはなし、河馬（かば）の散歩係に仕立てて、街の目ぬき通りを堂々とパレードさせたのだ。このときは、ロボット警察システムの制御系統の不備が明白になり、警察首脳部を狼狽させたものだ。犯罪者にも同じ方法で、警察ロボットを作動不能の状態にする機会があったからである。

私は、オルガの友人の学生たちに興味を持った。的はずれに終るかもしれない。だが試してみる値打はありそうだ。

私がオルガと話している部屋へ、小さな男の子が音もなく入ってきた。天使（エンジェル）のような優しく無邪気な顔を持った少年だった。やがて人目を惹く美青年に成長して、おおいに女たらしの名声を高めることだろう。長いまつ毛の下からつぶらな眼が瞬きもせずに、私を見つめていた。

「アンジェロ……いちばん下の弟です」

オルガが誇らしげにいった。すばらしい美貌の弟を持った姉の感情がこもっていた。

アンジェロは、一言も口をきかず、熱心に私を眺めていた。まるで私がばかでかい黒い犬かなにかのように……

「向うへ行ってらっしゃい、アンジェロ」

オルガはやさしくいった。

「おじさんといまだいじなお話をしているのよ」

少年は、そろそろ後退（あとじさ）って隣室へ消えた。しかし、その美しい眼は部屋にとどまって、依然として私を凝視しているような気がした。

「アンジェロのほかに弟が四人、妹が二人いますわ。うちは大家族なんですの。アンジェロは姉弟の中でいちばんきりょうよしなの。ライトさん、アンジェロより可愛い子、ごらんになったことあります？」

「ないようですな。年頃になったら、たいへんになりそうだ。女たちがほうっておかない」

「へんな女たちなんか近寄らせないわ。アンジェロはあたしたちの宝物なんです。アンジェロにふさわしい娘が見つかるといいんだけど……」

宝石のような弟に寄せる姉の溺愛ぶりはよくわかったが、私がオルガから聞きだした情報はあまり役に立ちそうもなかった。特捜官マロリーのことを訊いてみたが、ここには顔を出さなかったという。どこから手をつけたにせよ、マロリーは〈闇の力〉に近づきすぎて、記憶を消されてしまったにちがいない。私がどのあたりまで肉薄すれば、〈闇の力〉は襲いかかってくるのだろう。マロリーにして防ぎえなかった〈闇の力〉の攻撃を、切り抜ける自信はほとんどない。どんなに腕っぷしと足の速さに自信があっても、それが通じない相手なのだ。

私がひきあげようとしたとき、オルガは私を戸口まで送ってきた。

「ライトさん。あなた、知らない女の子とでもデートなさる？　一度しか会わない娘とでも……」

とオルガがいった。

「あまりないですね。よほど相性がよければ別だけど」

「あたしはどう？　もう一度会う気をあなたに起こさせるかしら？」

まじめな表情だった。

学生たちは、伝統的に雑婚派（ポリガミー）である。セックスは、彼らにとって人間相互関係の媒体の一種にすぎない。彼らはセックスという共有プールで泳ぐ。いっしょにお茶でも飲むような感じで、セックス・メイトをつくるのである。卒業後も、複数の夫や妻が共同生活を営むことになる。教養度の高い階層は、雑婚派（ポリガミー）が圧倒的だが、やはり単婚派（モノガミー）が社会全体の趨勢であることに変りはない。私の両親も抜きがたいモノガミーだった。旧来の道徳的立場から、ポリガミーを非難する風習は依然として残っているが、低級（イエロー）ジャーナリズムの好餌だった時代ははるか過去になっていた。

私自身はむろんどちらにも属する資格がない。

「もちろんです。そのうちに、ぜひ一度……」

「電話をくださる？」

「ええ」

私は、そそくさと立ち去った。オルガにかぎらず、私に関心を寄せる女たちの前で、私は自分が偽造小切手になったような気がする。

オルガは、女としてじゅうぶん美しく魅力的だ。セックスも巧みで情熱的であろう。彼女の相手をつとめるのは、男にとって楽しいハードワークだろう。しかし、私には関係がない。

私はオルガの存在を頭から追いだしたが、アンジェロ少年の熱心な眼は、依然として私につきまとっていた。視線を感じることができるのだ。——もちろん、私の想像にすぎなかった。私にそれとさとられず、尾行することはだれにもできない相談なのだ。

私は、しばらくの間あたりを嗅ぎまわり、収穫ゼロのまま、警察電子頭脳センターへ行って調べものをしようとした。しかし、大事なことを忘れていた。私はいまや元警官であって、特捜官の認識章を所持していなかった。

電子頭脳センターの係は、小役人の見本だった。官僚機構に住みついて数千年の歴史を持つ、父子相伝の小意地の悪さを見せてくれた。

「だめだね」

彼は、私の私立探偵の免許証をヒラヒラさせた。

「こんなものは通用しないよ。オモチャの警察バッジはないのかね？　もうちっとは効き目があるかも知れんよ」

嘲笑を浮かべて、彼は免許証を私に投げてよこした。

「さあ、帰った帰った」

「では、バッジを買ってこよう。いくつお望みかね、五つ？　六つ？」

「生意気なやつだ」

係員は声を荒げた。

「どこの馬の骨かわからんごろんぼうにそんな口はきかせんぞ。出ていけ。警備(ガード)ロボットにつまみださせてやろうか」

「わかったよ。これなら気にいるかい？」

何食わぬ顔で、私は認識章をとりだし、彼にわたした。彼は驚いて認識章をあらため、まっかになって怒りだした。

「これはわしのバッジだ。こいつ、いつの間に……」

「逃げださないように、ふんじばっといたらどうだい」

私は笑ってセンターを出た。これも私の特技のひとつだった。

私は、盗まれた車の持主に会おうとした。ジェイムズ・ワンという名の、東洋系の風貌を持った青年だった。

「私はなにも知りません」

ワン青年は迷惑そうだった。

「べつに車を汚されたり、こわされたわけじゃない。私の留守中に、だれかが勝手に車を持ちだして使った。ただそれだけのことです。べつに訴えるつもりもない。たいへん迷惑しています」

気の弱そうな瘦せた若者だ。眼が充血していて、ひっきりなしにきょろきょろ動いている。

「友だちに、車を貸したことは？」

「なんのことですか？」

「あなたは、しばしばトキオ・メガロポリスの家族に逢いに行くそうですが、留守のあいだ車を持っていない友だちに、自分の車を貸したことはあるでしょう？」

「いいえ。ぼくには友だちはいません。車を貸したこともありません。とにかく迷惑です。ぼくはとても忙しいんです。つまらないことで時間をとられるのは、たいへん困るのです」

感情が顔にあらわれやすい男だった。うそをついていると、顔が正直に告白していた。取調べの刑事だったら、大喜びでジェイムズ・ワンを絞めあげにかかるだろう、しかし、ブリュースター長官の話によると、この東洋系の若者は、事件に無関係とわかっているらしい。後めたげな顔つきをしているからには、なにごとか隠したいことがあるのだろう。金を拾って猫ばばをきめこんだ記憶でもあるのかも知れない。

「あなたは学生でしょう」

「ええ。エリントン大学で、遺伝工学を研究しています、遺伝工学って、もっともバチあたりな学問といわれるやつです。ぼくたち、他の科の学生たちから冗談にフランケンシュタインなんて呼ばれてます。怪物のほうじゃなくて博士のほうです。なにしろ、翼の生えた犬だとか、ねずみの習性を持った猫なんかをこしらえているんで……」

ワン青年はいきなり喋りだした。私はそれをさえぎった。

「ハワード大学の心理学科の学生で、オルガ・オリベッティを知ってますか?」

「いいえ……」

ワンは眼をしばたたいた。

「聞いたこともありません。ハワード大学に知りあいはいますが……寺田ユミコというんです。トキオ・メガロポリスで同じハイスクールを出たんです。頭がよくて美人です。ぼくたちルームメイトでした。いまでも、よく会います。でも、オルガ・オリベッティという学生は知りません」

うそではないというりきみかえった顔をした。無邪気な青年らしい。フランケンシュタイン博士などと呼ばれる妙な研究に凝っているだけであって、あまり人ずれしていないのだろう。俗にいう学者馬鹿のタイプだ。

「マロリーという刑事が、会いにきませんでしたか？」

私は予定した最後の質問をはなった。

「はい、来ました。あなたと同じようなことを訊かれました。寺田ユミコのことをしつこく訊いて帰りました。あの、彼女はなんにも関係ないんですから、うるさくしないでください。うるさくすると、彼女怒ります、ユミコは警察が大きらいです。まえにトキオで、ぼくたち……」

ワンは顔をあからめた。

「警察にいじめられたことあります。ユミコ、いまでも警察の人嫌いです」

なぜ警察は、みんなに毛嫌いされるのだろうと考えながら、私はフランケンシュタイン青年とわかれた。かつて警察が大衆に好かれた時代は一度もない。満面に笑みをたたえ、猫撫で声を出して、みんなに好きになってもらおうと努力してもむだなのだ。どぶさらいの人夫とおなじで、不浄な臭いが身にしみついているのだ。番犬はあらゆる人間を疑惑をもって眺める。大衆には、にこやかな顔の下にかくした牙が見えるのかも知れない。警察が権力機構の走狗だった時代は遠い過去のものではないし、いまでも走狗は生き残っている。私自身、警察の陰険で危険な性格にいや気がさしたから、跳びだしたのではないか。

制服警官ウィームズは、事件のそもそものきっかけを作った男だった。例の駐車違反を摘発した警官である。不潔な感じに油ぎった、肥った大男だった。口が小さくて薄く、それをきっちり結んでいるところは、おれの気に食わんことをしでかしたやつは、ただではすまさんといっているようだった。おれは警官だ。どしょう骨がすわっているんだ。腕っ節は強いし、拳銃の扱いにも自信がある。おれの機嫌を損ねたやつは、警察の四階から銃で吊りさげてやるから、覚悟してろというわけだ。

私はウィームズがスナックで一息入れているところを捕まえた。彼はテーブルの上に制帽を置いて、油っこい食事をとっていた。髪は褐色でネチャネチャしていた。私は彼の隣りに腰をおろした。

「なんだ？」

すこぶる横柄な声だった。これで、ウィームズという男の中身は、開かれたページを読むようなものだ。強ぶっているが、空威ばりだけの男だ。

「ブリュースター長官の命令で調べてることがある……」

と私はいった。ウィームズは食べ物を喉に詰まらせ、あわててコップを摑んだ。水を飲みほしたコップのふちには汚い指の痕がべったりついた。

私は権高なテキパキした語調で、彼を恐れ入らせた。

「駐車違反を摘発した際の情況を、できるだけ詳細に話してもらいたい……」

自分は決して、相手が若い女だからといっても手心を加えるつもりはなかったのだ、とウィームズは懸命に弁解しはじめた。法規をあやまって適用することは絶対にしたことがない。

「私はずっと監視していたんです。しかし、娘はいっこうに動く気配がない。それで私は車種とナンバーを報告し、相手をつかまえた。――なぜ勘弁してやる気になったのか、さっぱりわかりませんので。ええ、あとで気がついて驚いたようなわけでして……」

そうだろうさと私は思った。ウィームズはひとかけらの慈悲心も持ちあわせていそうもない。違反者をとっちめ、いたぶるのをなによりの楽しみにしているにちがいない。餓鬼が口にくわえこんだ餌食を吐きだすことがないように、ウィームズもまた、ひとかけらの快楽も手ばなすことはあるまい。

ウィームズは、相手の娘となにを話したかという記憶すらなかった。

「はっきりおぼえていたはずなんですがね、ぱっと頭の中身をひっこ抜かれたように、急になにひとつ思いだせなくなっちまって……」

ウィームズは、脂じみた汚い頭髪にふとい指を突っこんで、むやみに掻きまわした。まるでオイル・サーディンみたいに脂っこいでぶだ。靴底を透して床に脂じみをつけそうだった。

彼はオルガ・オリベッティを当の娘でないとはっきり断言した。

「あの娘だったら忘れっこありませんよ。わたしの好みのタイプでして……ちらっと見ただけでも忘れません。それだけはまちがいないです」

ウィームズは小さい口を曲げて笑った。当分忘れることができそうもないほど卑しい笑いだった。私は、この不潔な脂ぎったでぶがオルガを見てなにを考えたか想像できた。唾を吐けないのが残念だった。

「いや、ありがとう、ウィームズ、今後は女に気をつけるんだな。どんなに相手が美人でもだ」

私は席を立った。

「失礼ですが、あなたは長官の……特捜局の……」

でぶがあわてていった。

「アーネスト・ライト。私立探偵だよ、ウィームズ」

ウィームズの顔の変化は面白かった。

「私立探偵だと……」

「ああ。それがどうした、ウィームズ」

血相の変ったウィームズのばん広の顔に獰猛な笑いが浮かんだ。

「この野郎めが。いっぱい食わせようとしやがって……」

ウィームズは特大の豚が後脚で立つように身を起こした。

「私立探偵のくせしやがって。警官のふりをした覗き屋がどんな目に会うか、たっぷり教えてやるぜ。え、このウィームズさまをはめようとしやがってよ。いま、いいところへ連れてってやるからな」

「だからどうした、ウィームズ。おれは警官だとはいわなかった。勝手におまえがそう思ったんだ」

「おれを呼び捨てにするな、この野郎、皮をひんむかれたいのか、え、そうだろうチビクロ」

ウィームズはふとい腕を伸ばして私の肩を摑んだ。常人の大腿ほどもある腕で、さぞかし力自慢なのだろう。ぐりぐりとふとい指を筋肉の中に突っこんで痛めつけようとした。お巡りの好きな手だ。

「あいにくだが、皮を剝かれるわけにはいかないよ、ウィームズ。時間潰しだぜ」

ウィームズの顔がぎょっと硬ばった。逆に自分の指を痛めたにちがいない。私の身体には、ひよわな筋肉なんてものはない。戦車と同じだ。

「気の毒したな、ウィームズ。気がすむんならおれを殴るなり蹴るなりしてみるがいい。だが、同じことさ。指の骨が折れるか、生爪を剝がす。それでもいいなら、やってみな」

「いや……」

ウィームズは手をひっこめ、後退りして、テーブルに大きな尻をぶつけた。

「知らなかったもんで……」

「おれはレッキとした私立探偵さ。だが、ブリュースターの命令というのはうそじゃない。

さあ、ウィームズ、おれをもう一度チビクロといってみろ、オールドブラック・ジョーを唄わせてやるよ」

「知らなかったもんで……」

ウィームズはただくりかえした。眼が恐怖に輝いていた。

「あばよ、ウィームズ。おれが交通違反をやるように祈ってろ」

私は自己嫌悪にさいなまれながら、ウィームズを置き去りにした。ウィームズのような警官を見ると、私は自制がきかなくなる。私は怨憎の心が人一倍強く、侮辱に対して仕返しをせずにいられない。自分でどうにもならないのだ。憎悪と他人を傷つけたい欲望で心のねじけたブラック・モンスター。それが私だ。


このころから、私に尾行がついていた。巧妙な尾行で、直接すがたを見せないが、私は尾行を見のがすほどの間抜けではない。尾行者が何十人いようとすぐそれとわかる。

私は気にしなかった。尾行に勘づいたそぶりも見せなかった。まくのは造作もないし、尾行者を逆に尾けるこつも心得ているからだ。私はターミナルからエア・バスに乗った。ケンブリッジからは、もっぱら自分の足を使った。尾行者がいちばん困惑するのは、車を用いにくい核心エーリアで、私に歩きまわられることだ。おびただしい交通機関の出入口のすべてに見張りをつけるのは、不可能に近いからだ。

ハワード大学は、おかしな外観を持っていた。ほぼ三メートルの高さの、鉄柵つきの石垣を周囲にはりめぐらしてある。それをほとんど覆いかくして蔦がびっしり生い茂っている。ところどころに、槍の穂先のように鋭い鉄柵の先端がのぞいていた。十九世紀が生き残っている印象だった。古めかしい装飾的な大庭園と神秘めいた深い森。よほど金持の財団がバックアップしているにちがいない。

ハワード大学は、学生数四〇〇、全寮制のこじんまりした大学である。規模の大きい大学都市のような開放的な雰囲気ではなかった。鉄柵つきの石垣がしめしているように、閉鎖的な人目を避けた気風を感じさせた。

私は、三年生の寺田ユミコに面会をもとめようとした。外来者との面会にうるさい手続きでもありそうだったが、その辺を歩いていた男の学生が気軽にポケット電話(コール)で、寺田ユミコに連絡をとってくれた。

「すぐに会うそうです」

学生はポケット電話をしまいながら、くすくす笑っていった。

「ただ、いまちょっと手がはなせないので、プライベート・ルームへ来てくれといってます。形而下の問題に没頭してるんじゃないのかな……ユミコは思索部屋にとじこもっているらしいです。ぼくたちは簡明直截にトイレと呼んでますがね」

彼は私を寄宿舎の建物まで案内してくれた。南の海のように明るい眼をした青年だった。

「ハワードははじめてでしょう？　それなら用心したほうがいいですよ」

「どうして？」

「それはね……」

青年は声を落して、もっともらしくいった。

「ここが陰謀団の巣窟だからです。学生の大部分は、世界を乗っとろうと謀んでいる超人類なんです。ハワード大学とは世を忍ぶ仮の姿、あらゆるタイプの超能力者が集まっているんですよ。気をつけて！　いまこの瞬間にも、感応者（テレパス）があなたの思考を読んでいるかも知れない！　もしあなたがスパイだったら生命はないですよ。太陽神の生贄にされるんです。まっかな心臓をえぐりとられ、なまあたたかい血をまきちらして……」

青年は大仰に身体をわななかせた。

「あなたも、超人類の一員なんですか？」

「もちろんですとも。ぼくは白い魔女の血統に生れた優秀な透視者です。女性の下着の色を当てるのがとくに上手です。残念ながら、このハワード大学の女子学生は、薄着主義者ばかりで、ぼくのすばらしい能力はうずもれたままなんですが……」

愉快な学生だった。

「寺田ユミコはどうです。やはり超人類？」

「ユミコは日本の女性呪術者です。スカーレットのキュロット・スカートをはいたすごく神秘的な……うん、そうだ。鹿島神宮の巫女です」

寄宿舎の入口のそばに、ニレの巨木がそびえていた。青年はそこまで送ってくれて、手をさしだした。

「ぼくはアーネストです。アーニーと呼ばれてます。本名はアーネスト・ヘミングウェイ」

「アーネスト・ライトです」

私は彼の手を握らなかった。ヘミングウェイ青年は、べつに気にしたようすもなく、さりげなく手をひっこめた。

「ではまた、ライトさん。ぼくの警告を忘れちゃいけませんよ」

彼はウインクして立ち去った。私はしばらくの間、アーネスト・ヘミングウェイの後姿を眼で追っていた。気持のいい陽気な青年としか見えなかった。


寺田ユミコの部屋には錠がついていなかった。それどころか、この寄宿舎は、錠という代物といっさい手を切っているらしい。用心堅固な外観の印象とは正反対であった。

「どうぞ、入って……」

女の声が私のノックに応えた。私は部屋に入った。

そこは勉強部屋だった。二組のデスクと椅子があるところを見ると、寺田ユミコはルーム・メイトがいるらしい。一組のほうはきちんと整理されているが、もう一組は卓上コンピューターのパイロット・ランプが点り、マイクロ・リーダーやフィルム・マガジン、ノートのたぐいが散乱していた。私は戸口に立ったまま、マガジンのタイトルを読みとろうとした。私の電子眼にはコンタクト・スコープが仕込まれている。——すべてが超心理学（パラ・サイコロジー）関係の資料だった。

「ライトさん?」

寺田ユミコが寝室のドアを開けて出てきた。右手にバスタオルを摑んでいるほかは、生れたままのすがただった。いそいで拭いたと見えて、全裸の身体の皮膚に、水滴があちこちまばらに光っていた。きちんと衣服をつけているのと同様に、ごく自然にふるまっていた。皮膚の色は、日本人として黄色いほうだった。ほとんど黄金(きん)に近い。顔は猫を想わせた。大きい眼がややななめに切れあがっている。怒らせると恐い顔になりそうだ。しかし、いまは機嫌がよさそうだった。申しぶんなく可愛いが、一筋縄ではいきそうもない感じだった。

「ライトです。どうしてご存知なんですか?」

「ワンが教えてくれたんです。おっかないおじさまがいくぞって……でも、そうでもないわね。あなた、とてもハンサムだわ。刑事なんてもっと醜い顔してるのかと思った」

「私は刑事ではありません。私立探偵なんです。警察が嫌いのようですが……」

「大嫌いよ。警察ほどいやらしいものはないと思うわ。家父長的社会の悪いところばかり集めているのよ。無知で暴力的で偏執的でやたらに圧制的な、もっとも悪しき父親のタイプに共通するわ。優秀な人材ははじめから寄りつかない、それで残ったクズばかり集めてやっていこうとするからよ」

「それほどでもないと思うが……」

「もちろん個人的な例外は認めてよ、ライトさん。でも警察の本質はあたしのいう通りよ。警察と犯罪社会はとてもよく似ているでしょう? 力への信仰よ。暴力的志向の異なる顕われかたにすぎないのよ。根はひとつということ。お坐りにならない、ライトさん？」

　寺田ユミコは椅子のひとつに腰をおろし、脚を組んだ。

「服を着ましょうか？　もし気になるのだったら……あたし、この部屋で服を着ているってことないんだけど」

「いや、そのままでけっこうです。私はさしつかえありません」

「そう。あなたも服をお脱ぎになったら？　ここでは、みんなそうしてるのよ。セックスというのは恥しいものじゃないわ。頭の中で抑圧された性欲がキノコみたいに変形して菌糸をはびこらせている状態はまさに恥ずべきことですけどね。セックスは上手に管理すべきものであって牢獄へとじこめてしまうものではないわ。そんなことをすれば、過度に攻撃的で危険な怪物を産みだすだけだわ」

　しかし、なんといわれようと、私は服を脱ぐわけにはいかなかった。そこで私は質問を開始して、ユミコの関心をそらそうとした。

「オルガ・オリベッティをご存知ですか？　ハワード大学の学生だそうですが」

「ええ。オルガがどうかしたんですか？」

　私は、オルガの巻きこまれた事件の
あらましを話してきかせた。もちろん、話してさしつかえない部分だった。ユミコは眼を輝かせて聞いていた。

「問題は、ウィームズという警官が、どうしてそんな錯誤を犯したかということね。でも結局、ウィームズは自分の誤りを認めたのでしょう？」

「ウィームズは、よく訓練された警官なら決して犯さないミスをやったんです。他の警官ならともかく、ウィームズは弱いものいじめの機会を逃すような男じゃない」

「でも、若くて美しい女にうまく持ちかけられたら？　ウィームズは買収されて、うそをついたのかも知れないでしょ？」

「もちろん、その可能性はあります。ウィームズの捕えた女は、お偉方にコネがあったのかも知れない。ウィームズは半分事実を報告ずみだったので、ひっこみがつかなくなったのかも知れない。だが、その女はワン君の車に乗っていたんです。ワン君は留守中、車を無断使用されたといっている。うそをついているのは彼かも知れない。彼は留守の間、車を友だちに貸していたのかも知れない。ワン君は否定しているが、彼はオルガ・オリベッティを知っていたのかも知れない。寺田さん、あなたのルームメイトはなんという名前ですか？」

ユミコは平然と微笑した。

「オルガよ」

「そうだろうと思っていた。こんなことは調べればすぐわかることです。オルガの名を騙った女なぞはじめから存在しなかった。駐車違反をやった車には、オルガ・オリベッティが乗っていたんです」

「でも、こんなことは警察のすべき仕事でしょう？」

「そうです。私立探偵のやることじゃない。警察ならまばたきをする間に片づけちまう。こんなことは単純すぎて事件とも呼べやしない……だれかがことさらに複雑な大事件にしてしまわなければね。

「来なかったようね。マロリーと名乗る刑事はここまでやってきましたか？」

「刑事の顔なんか見たくないわ」

ユミコは落着きはらっていた。まったく不安を感じていないらしい。

「警官ウィームズは、買収されたわけでも、うそをついてるわけでもない。彼は記憶をいじられて、ニセの記憶を植えつけられたんだ。マロリーもそうだ。事実を明らかにしようと試みた警官は、みんな同じ目にあわされている。――人間の心を自由に操り、記憶を継ぎ剝ぎする力を持った存在のためにね。それはだれなんです、寺田さん？ あなたは知っているんじゃありませんか？」

「あたしが、どうして知ってるわけがあって？ あたしはこの通り、すっぱだかの女の子よ、ライトさん。女の威力をすこしは持っているかも知れないけど、あなたに効き目はなさそうだし……なんともお恥しいかぎりだわ」

ユミコはいたずらっぽく笑った。

「〈闇の力〉の正体を突きとめることは、たしかにむずかしい。防御不能の力でもって、心を侵略されたら、これはもうどうにもならない。警官は追跡中の犯罪者のことをけろりと忘れ、家へ帰ってバラの手入れをはじめるし、命令を下した上司は、ふいに気が変って捜査を打切らせる。これではお手挙げです。――しかし、寺田さん。ロボット警察システムが人間の管理を脱して、独自の活動を始めたらどうします？ 人間の心を操れても、電子頭脳まで力が及ぶかどうか……」

「お話しぶりに迫力があってよ、ライトさん。でも、相手をまちがえてるんじゃない？」

ユミコはいっこうに動じない。はだかで日光浴でもしているようにリラックスしていた。

「まだあるんです、寺田さん。私はここへ来るまで、ずっと尾行されていた。素人じゃありません。おそらく何千人もかかって、私を完全に包囲していたんです。それだけの大がかりな組織力を動員できるのは、警察以外にはたったひとつしか考えられない。犯罪組織（シンジケート）です。シンジケートは〈闇の力〉の存在を知っている。うまく抱きこめれば、どれだけ莫大な利用価値があるかも知っている。どんなことをしてでも、〈闇の力〉の勢力を手に入れようとかかるでしょう。連中は手段を選ばないし、利口で残忍ですよ。高性能のロボットを使うにちがいない。麻痺ガスをミサイルでぶちこんでくるかも知れない。フォノン・メーザーを使うかも知れない。あなたがたを捕えたあとは、性格改造剤を使う。あなたがたの力ほど神秘的ではないが、効果は同じです。あなたがたはシンジケートの操り人形に変えられるんだ」

「おもしろいお話ね。でも、あたしは〈闇の力〉なんておとぎ話は信じないわよ」

私は寺田ユミコの眼を凝視した。まったくたいした度胸だ。よほど自信があるにちがいない。

「おとぎ話とは思いませんね。〈闇の力〉は超能力だ。あなたがたは超能力者の集団なんだ。オルガもあなたも……」

「超能力なんて、まともな人間なら相手にしないじゃない？　テレパシー、サイコキネシス、透視、予知……迷信妄説のたぐいよ。はっきり結論がでてるわ」

「よくご存知ですね。だが私はそうは思わない。私はひとつの仮説を考えてみましたよ。そもそも、超心理学（パラ・サイコロジー）が息の根を止められたのは、超能力の存在を明らかにされることを好まない勢力があったからではないかと……正常人から疎外され、憎まれて迫害を受けることを恐れたからではないか。彼らは〈闇の力〉をふるって超心理学を潰し、地下へ潜った。みごとな手際です。――いかがです。この仮説は気に入りませんか？」

「とても興味があるわ」

ユミコはゆっくりいった。

「でも証明は不可能かも知れないわね」

「なぜです？　手間ひまをかける熱意さえあれば、どんなことでも調べあげる方法はあるもんです。ギャング連中の手荒なやり口を真似て、あなたから情報をひきだすこともできる……」

「脅してもむだよ。ライトさん、あなたはけっしてそんなことはしないから……」

「私を心理コントロールして？　これをごらんなさい」

私は立ちあがって上衣を脱ぎ、シャツの前を開いて、サイボーグ体をのぞかせた。

「私はサイボーグです。私の人間的部分は、ひとつかみの中枢神経系にすぎない。あなたが〈闇の力〉は、私の人間の部分を自由にするだろう。私はそれを見越して、中枢神経を薬剤で眠らせた。いまの私は補助電子頭脳で動くロボットです。いいですか、この私は人間じやない、アンドロイドです。私をコントロールできるものなら、やってごらんなさい。私はマロリーの轍を踏まない方法を考えたんです……」

ユミコは、はっと椅子から立ちあがった。私の言葉にショックを受けたのか……そうではなかった。乱れた足音が響き、学生たちが部屋へとびこんできた。

「ユミコ、だめだ。どうしてもコントロールの効かないやつが二人いる。サイボーグかアンドロイドらしい……」

「行動指令を変更できないの？」

「閉鎖回路にセットしてあるんだな。敵さんも抜け目がないよ」

「どうする？　警官を駆りだそうか……」

「この地区警察には、警察アンドロイドが配置されていないからな。やつらは手強いぜ。PKで回路をねじ切ろうとしたが、簡単に行きそうもない」

学生たちは、やや浮足立っていた。シンジケートの繰りだしたアンドロイドは、予想外の難敵だったらしい。学生たちの中にいたアーネスト・ヘミングウェイ青年が、私の肩に手をまわしてきた。

「この頼もしきわれらのヒーローに手を貸してもらおうじゃないか。この人は強いよ。元サイボーグ特捜官だ。ゴライアスをひねってもらおう」

「私は諸君のダビデじゃない」

と私はいった。

「私はアンドロイドだ」

「なにをいってるの」

　ユミコはははじめて声をたてて笑った。

「あなたがそう思いこんでいただけよ、ライトさん。あなたは、ずいぶん前からマークされてたのよ。何十年も前から……あなたは実際には、薬を使わなかったし、いまも電子頭脳の思考で動いてるアンドロイドなんかじゃない。あたしたちは、はじめからあなたをしっかりおさえてたのよ、遠隔催眠でね……あなたはあたしたちの闘士なのよ。すばらしいダビデだわ」

　そうだ……私はぼんやりした驚きの念をもって、ユミコの言葉の正しさを認めた。彼らの超知覚の触手は、私の心の中に忍びこみ、おそるべき巧妙さで手綱をとっていたのではなかったか……

「さあ、行って、ライトさん。あなたはあたしたちを護るのよ」

　私はうなずいた。私は彼ら〈闇の力〉の仲間なのだ。――だが、どうしてこんなことになったのだろう？　〈闇の力〉のメンバーは存在を正常人に知られてはいけないはずなのに……

「いたずらよ、ライトさん」

　ユミコは私の思考を読みとって答えた。

「ほんのいたずらだったのよ。オルガの弟のアンジェロがやったの。もちろんそんなことをしてはいけなかったんだけど……でもあなたにもおぼえがあるはずだわね。そうでしょ？──この仕事が終ったら、あなたの記憶は消しておきます。あなたは危険すぎるの。あまりにも敵意にみちすぎていて……オルガは残念でしょうね。彼女、あなたが好きなのよ」

　私はもう聞いていなかった。どうやってシンジケートのアンドロイドどもを攻略しようかと忙しく頭を働かせていた。もはや驚きも哀しみも私の裡にはなかった。あるのはただ結晶化した憎悪だけだった。

　私は戦闘機械になりきっていた。サイボーグ体に蔵された戦闘能力を極限までひきだす用意が出来ていた。

　私は夕闇に包まれたキャンパスを、闇の中の影のように走った。敵の電子探知装置は、私の接近を捕捉できない。電磁場的な閉鎖空間がサイボーグ体をすっぽり包みこんでいるからだ。私は最高度に洗練された戦闘機械だ。そして、機械には無縁の、破壊への執念を備えている。人間の心の闇の深奥から立ち現われた、暴虐な黒い怪物（ブラック・モンスター）、それが私だ。

　戦うことには、いつでも強烈な喜悦と快感があった。それゆえに、私は決して自分の所属する世界を所有することができない。私の心は変質し、腐敗しきっている。私は心が憎悪と怨恨でねじけているので、群れを追放された凶悪きわまりないローン・ウルフだ。

　私は憎悪を電子パターンに変えて、補助電子頭脳に叩きこみ、暗い森を抜けた。電子加速した私は凶暴な突風と化した。私のえぐりぬいた空間が真空状態を生み、スリップ・ストリームの軌跡を曳いて、私は突進した。突然の暴風が、森の樹々に襲いかかり荒れ狂い絶叫をあげさせた。激しく揺れる立樹の梢から金切声を放って、平穏を乱された鳥の群れが夜空に舞いあがる。

むろん、私が敵を捕捉する方がはるかに早かったのだ。たとえ敵が重力場バリヤーを張り反撃に転じたところで、もう手遅れであった。私はすぐに音速の壁(サウンド・バリヤー)を破っていた。

敵は予測した通り、アンドロイド・タイプのロボットなどではなかった。武器庫のようなロボット・カーだ。フォノン・メーザー砲やミサイルを隠し持った高速戦車だ。鋼鉄で部厚く装甲されている旧式戦車ほどごつくはないにしても、装備した重力場バリヤーにはそれ以上の装甲効果がある。強力に武装した警察アンドロイドとも対等に戦うだろう。私のような高速サイボーグにとってすら、甚しく危険なのは、走査(スキャニング)レーザー砲だ。レーザー光線を高速で振り、広域にわたって一億度に達する焦熱地獄の空間を造りだす。避けることも逃れることもできず、瞬間に蒸発してしまう。

が、私は敵に防禦の機会を与えなかった。敵に衝突進路をとって加速したまま、寸前で反転し、ぎりぎりの間隙をすりぬけた。高速転位時の接触は、私にとっても致命的だ。体当りが私の目的ではない。私は後続部隊に仕事をさせたのだ。

高速転位が音速を超えたとき生んだ衝撃波(ソニック・ブーム)は剛性をおびた気体の巨槌と化して、敵の車体に炸裂したのだ。狂気じみた激烈な猛打だった。轟音が大地を波うたせ、爆風が高速戦車を小石のようにきりきり舞いさせながら吹っとばした。とほうもない巨人がでかい斧をふるったように高速戦車は、背後の森の樹々を粉砕し、なぎ倒しながら転がって行く。衝撃波は百年以上の樹齢を経た大木を数十本もあっさりへし折り、刈りはらってしまった。

バリヤーを張るいとまもなく、ロボット戦車は無残にひしゃげた。踏まれた甲虫みたいに潰れ、ギザギザの破孔をあちこちに覗かせていた。あらかたの機能を失ったことはまちがいない。そこへ根もとから折れた巨木が倒れてのしかかった。地響きが長い尾をひき、土埃が噴きあがった。

ロボット戦車が再び動きだす気配はなかった。完全に破壊されたのだ。

私は加速を解いた。はじめから結果は明白だった。どんなに高性能の武装ロボットでも、高速サイボーグには決して勝てない。それはサイボーグ特捜官の暗黒の歴史が、すでに実証していた。

次にどんな事態が生ずるにしろ、私はじゅうぶん準備をととのえていた。

大破した高速戦車にのしかかる巨木の数トンの重量を苦もなく押しのけ、その男が這いだしてくるのを、私はなんの驚きもなしに見つめた。

超能力者たちは、敵ロボットを二体と予告したのだ。

普通車に擬装した高速ロボット戦車と、それに搭乗したアンドロイド・ロボット。

そいつは、灰色の服を着たすらっとした長身の中年男の姿をとっていた。普通の人間とまったく見分けがつかなかった。だが、私の電子眼をたばかるほどではなかった。アンドロイドの放つ赤外線のパターンは、人間のそれとは決定的に異なる。私の赤外線視覚は、夜間の暗視のためだけに役立つのではなかった。

なにかが私に警告を発した。それは私の中枢神経系を補佐する補助電子脳群から来たシグナルではなかった。

百万の蜂の大群の唸りに似た、異常な〈虫の知らせ〉――超常的な予知感覚だったのだ。それは私の脳髄の内部で幾重にも増幅され、超音波の金切声、無数の鋭い針先と化していっせいに突き刺さってきた。

その灰色の服を着たすらっとした長身の男が立ちあがり、無感動な濃い灰色の目を私に向けたとき、鋭く苛立たしい予知感覚は、頂点に達した。

その瞬間だった、私がそいつの真の正体をさとったのは。

アンドロイドではなかった！　そいつこそサイボーグ特捜官にとって唯一無二の宿敵、クライム・シンジケートの猛毒針、殺し屋サイボーグだった！

電光の加速性能を秘めた高速サイボーグの殺し屋と特捜官は二匹の蠍だ。一度顔を合せたが最後、どちらかが殪（たお）れるまで文字通りの死闘が約束されているのだ。

そいつは、すんでのところで勝利をおさめるところだった。高速サイボーグでありながら、愚鈍なアンドロイドの識別パターンを放ち、私に油断を生ませて、まんまといっぱい食わせかけたからだ。私はアンドロイドの愚鈍さを信じて安易な攻撃をかけ、恐ろしい逆襲を受けるところだったのだ。

巧妙な罠から私の生命を救ったのは、訓練でもなければ、補助電子脳の働きでもなかった。私自身の潜在超能力だった。

その瞬間の私は、まぎれもない超能力者であった。

そうだ。私は、生れながらにして超常能力を備えた〈エスパー〉だったのである。

閃光に似た思念がひらめき出た。私は三十数年の時の経過を一瞬に凝縮して透視した。私は常に有能な超能力者だった。生命の危険に曝され、窮地に追いつめられたとき、私の超能力は猛然と立ちあがり、私を救った。

それがなぜ、七年前のあの日、たった一度だけ私を裏切ったのか？　同僚の腐敗警官の手に握られた熱線銃の銃口から噴いた六〇万度の炎のシャワーが背後から襲いかかってきたとき、私を裏切ったのか？

致命的な裏切り。それは、私を鋼鉄で鎧った巨大な蠍に変えた。黒い怪物に変えた。

異様な電撃の驚愕が、私の脳髄に突き立った。〈彼ら〉は、何十年も前から私を監視していた、そうユミコはいわなかったろうか。〈彼ら〉は黒い蠍、サイボーグ特捜官を陣営に加えるため、なにかを私にしたのではないのか。その無形の力で私の意志を縛りあげ、これまで私を操ってきたのでは……

激動が私の魂を揺がせた。傷つき苦悶するライオンの咆哮にも似た絶叫が噴きあげてきた。あらんかぎりの憎悪と絶望的な憤怒の火柱に全身を貫かれ、私は咆哮した。絶叫は狂ったように超音波の音域にまで吊りあがって行く。

私は狂った。破壊と殺戮を求めて狂いたった。殺せ、殺せ、殺せ、殺せ！

私は加速した。殺し屋サイボーグもすでに加速状態に入っていた。私は高速転位時の接触を恐れなかった。私は破壊欲の化身だった。みずからを破壊することすらいとわなかった。超高速の体当りで敵を粉砕しようとした。高速サイボーグの決してとらない戦法だった。

敵は激突を避け、翻転した。それが致命的な敗北を敵にもたらした。私のバックをとり背面攻撃を試みたのが間違いだった。サイボーグ特捜官の高速性能は、殺し屋サイボーグのそれをはるかに凌駕する。バックのとりあいで私が敗れることはありえない。

敵は突進する私に、特殊鋼のナイフを投げつけるべきだったのだ。いかに私でも相乗されたスピードに乗って飛来する特殊鋼ナイフはかわせない。しかし、敵は激突を避けようとして、私を殪す唯一無二の機会を逸してしまった。

私はやすやすと敵のバックをとった。私の高速転位が優るかぎり、私をふりもぎることは不可能だ。敵がどう動こうと、私は幽霊のように背後をはなれない。敵は視野に私を捉えられないのだ。

私の手は自分の特殊鋼ナイフを摑んでいた。悠々と牙を閃かせて、相手の股から首まで、まっぷたつに引裂いた。バターにナイフを入れるより容易に、超高度鋼の刃は、高速サイボーグの超重合鋼（ハイ・ポリスチール）のボディを切断した。

敵の加速は同時に死滅した。遅速現象を起して、水中でもがくようにのろのろと動きが分解されていく。身体がゆるやかに地表へ倒れこむまでに、私はナイフを正確にふるい、電子神経系を切り刻んでいた。補助電子脳から切りはなされた高速サイボーグは、赤ん坊より無力な存在となるのだ。

私が加速を解いたとき、殺し屋サイボーグは死人のように無害な存在として草むらに横たわっていた。

目も口もぽっかりと開いたままになっていた。ガラス玉の眼球がむなしく空を睨んでいる。おそらくなにも見えず、なにも聞えまい。無限の暗闇の中に、そいつの魂は閉じこめられ、宙吊りになっているのだ。まだ脳組織は生きているはずだ。

クライム・シンジケートの殺し屋サイボーグと闘ったのは、これがはじめてではない。そう簡単に止(とど)めを刺してやるほど、私は慈悲深くなかった。苦しみに苦しみぬいてくたばってもらいたかった。外道には、それにふさわしい死に方があるのだ。

私は残忍な笑いに顔を歪めて、足許に横たわるサイボーグを見降した。暗闇の奈落をどこまでも落ちて行くがいい。きさまの腐れはてた魂にとっては、まことにふさわしい刑罰だ……とてつもない暗黒の中の孤独と恐怖。そこには二度と一すじの光も射しこむことはないのだ。苦しめ。もっともっと苦しむがいい。貴様をたすける者はだれもいない。

私は毒々しく卑劣で邪悪な歓びを感じていた。口が耳まで裂けそうなほど大きくニタニタ笑っていた。

ふと、私は聴き耳を立てた。足許のサイボーグが、ほとんど聞きとれぬほど微かな音を発していたのだ

私は膝を折り、かがみこんだ。そいつがなにごとか呟くのを聴きとろうとした。

「クリスタル……クリスタル……」

そいつは単調にくりかえしているのだった。

クリスタル。クリスタル。クリスタル……

果てしもなく反復が続いた。ほかにはなにひとつ喋らなかった。〈クリスタル〉がなにを意味するのか、私にはわからなかった。わかりようもなかった。この外道の殺し屋の魂が恐ろしい暗黒の中で、責めさいなまれていることだけはたしかであった。

「クリスタルってなんだ？」

私はむなしいと知りながら、そいつの身体を揺さぶって詰問せずにはいられなかった。

「おい、聞こえるか？　クリスタルってなんだ!?」

なぜだかわからない。だが、私の心にもまた冷たい恐怖が忍び寄っていた。執拗な反復が、冷水の感触で心を絞めつけてきたのだ。

いつしか殺し屋の苦悩にみちた心の暗闇が、どっぷり私自身を浸していた。

唐突に反復がやみ、殺し屋は死んだ。酸素欠乏が脳組織を破壊しつくしたのだった。

が、彼の心の闇は、依然として私の裡にとどまっていた。

私は立ちあがり、ひとり虚しく笑った。二匹の蠍が戦い、一匹が敗れて死んだのだ。格別、どうということはない。

まったく、どうということはない。

蠍たちを操って戦わせた冷酷な連中にとって、たかが虫けらの悲しみや悩みがなんだというのだ。虫けらに魂があろうとなかろうと、知っちゃいないだろう。

だが、これだけはいっておく。しいたげられた者の怨念は決して虚空に消え失せはしない。いつの日にか甦って報復を行わずにはおかない。たとえ私が復讐を果せなくとも、ブラック・モンスターは不滅だ。すべての人間の心の無明の闇に潜みつづけ、復讐の時を待つのだ。

第四章　シンジケート・マン

人間ほど、優秀でパーフェクトな殺し屋はまたとない。ロボットは間抜けで鈍重な上に高価(たか)くつく。機動性を持たせた小容量の電子頭脳に〈殺しの本能〉を植えつけるのは、不可能でないにしろ、おそろしく不安で危険きわまりない怪物を産みだすことにもなりかねない。ロボットは殺し屋向きではないのだ。

それにひきかえ、人間は殺しにかけては、天性のベテランである。その場の雰囲気、背景、成行というものを鋭敏に嗅ぎわけなければならないのだが、数万年の殺しの歴史がつちかった、精妙な勘がものをいうのだ。

ロボットは、兵士としてならきわめて有能かもしれないが、所詮芸術家肌とは縁遠い代物なのである。

そうだ。殺しとは、複雑微妙な要素で描きだされる〈芸術〉なのだ。

機械(マシン)と人間の強力さ鋭さを巧妙に結合させると、言語に絶した殺し屋サイボーグという化物が誕生する。それぞれの短所は相殺されて、能力は相乗的に高まり、とほうもない威力を発揮することになる。こうなれば、迷信深い無智な人間が死そのものにも増して恐怖する、まがまがしい悪霊(ゾンビー)とすこしも変るところがない。

ひとたび狙いをつけられたら最後、逃れるすべはないのだ。体温脈搏はともに正常で、呼吸をしていたにしても、犠牲に供された人間は、もはや冷凍死体に等しい存在なのだ。

私は一度、そういった悪霊じみた殺し屋サイボーグと出会わしたことがある。そいつは目立たない身なりをした平凡な中年男に化けていた。こちらがとくに注意を集めていないかぎり、路上で行き当っても、そのまま左右にわかれてしまうだろう。もの憂げな活気のないありふれた人間。

しかし、そのときの私には用意があったし、そいつが人間には決してありえない赤外線のパターンを放っていることを見抜く余裕があった。

そいつは格別にものすごい兇器を身につけているわけではなかった。レーザーガンどころか小口径の拳銃すら所持していなかった。特殊鋼のナイフだけ……しかし、どんなに警戒堅固な建物の内部にも影のように侵入できるし、数メートルの厚みを持ったベトンを切り破る芸当もできるのだ。素手で地上最強のレスラーをこっぱ微塵に引き裂くこともできる。シンジケートのからんだ迷宮入りの殺人には必ずこのたぐいの悪霊的存在が一役買っているし、科学警察といえどもいささか手に負いかねる厄介者なのだ。

しかし、そいつは気がゆるんでいた。相手にするのが、自分に優るとも劣らない怪物だと知らなかったのだ。それにひきかえ、私には猛毒蛇を殺すだけの配慮があったからである。

闘いは激しかったが、ごく短時間に終った。私は黒豹のようにだしぬけに襲いかかり、完全に虚をつかれた相手は、なすすべもなく私の足もとに潰えて横たわった。特殊鋼の牙を使ういとまもなかった。

　私は正確な打撃を加えて、特殊カプセルに封入された相手の脳組織を粉砕したのだ。毒蛇を殺すには、まず頭を潰さなければならない。これは常識である。

　そいつは補助電子頭脳の働きでしばらくの間、生をよそおっていたが、大脳皮質をパルプのように砕かれたとき、もはや悪霊ではなくなっていたのだ。反射機能だけでのろのろ動くつまらない自動人形と化していた。

　そいつの魂が暗闇の奈落をどこまでも落ちていくことを私は祈った。私が殺したのは、あくまでも一匹の危険な毒蛇にすぎなかった。なんの心の痛みも感じなかった。私は、毒蛇を狩るように仕込まれた、一匹の優秀なマングースなのだと自分にいいきかせた。

　だが、それは嘘だった。

　自分の嚙み殺した毒蛇に等しく、機械(マシン)と人間(マン)の野合が生み落した化物のような高性能サイボーグ。それが私だ。心は憎悪と怨恨でねじけ、腐臭をはなっている。私は人間ではなく、機械ですらもない。生きている死人——悪霊(ゾンビー)だ。

　私は無差別に、人間どものひとりびとりの悪を告発し、復讐する権利を持つ。私に近づかないほうがいい。私から愛や友情を受け取ることを期待するなら、それは大きな考えちがいだ。私は破壊と殺戮を好む、人間の心の無明の闇から生れてきたブラック・モンスターなのだから。

いつもと同じように、いつまでも時の移らない日だった。ことによると私は眠っていたのかも知れない。この身がサイボーグ体であっても脳皮質は睡眠を必要とするし、いまだに眠らないですむ効用を持った新薬は発明されていない。まして、私のような存在が、幸福な時間をもとめられるのは、過去の不幸を知らない子ども時代を眠りのうちに再現させることだけだ。眠りこそ、唯一の平穏なかくれ家なのだった。

心がしあわせな夢を追いもとめていたにしても、その男がオフィスのドアを開けて入ってきたとき、すでに私は準備をととのえていた。三基そなえた補助電子頭脳は決して休むことを知らない。身辺に変化が生ずれば、適切な刺激を脳皮質に送りこむのだ。

やってきた人物は、浅黒い肌をした小柄な男だった。警官に小男はめったにいない。巨漢が好まれるのは、警察の伝統というものだ。上背があってがっしりしていて、みるからに頼もしげな印象を民衆にあたえるべきなのだ。まっしろな歯と、黒い輝く眼を見、私はやりきれない過去がふいによみがえり、立ち現われたことを知った。

「やあ、メンディ」

と、私はいった。

小柄なメキシコ人、メンディ・メンドーザは低い静かな声でいった。

「しばらくだった、アーニー……また会えるとは思っていなかった」

「七年ぶりだ」

と、私はいった。私は旧友に逢えてうれしいといったふりはしなかった。

「そのへんに腰をおろして、どうやっておれを見つけたのか、わけを話してくれ。偶然のはずはないんだからな。看板も出していないし、私立探偵の組合にもまだ加入していないんだ。そんなものがあるとすればだがね。その上、私立探偵の許可証も正式にもらっていないんだ。なぜ、おれがここにいるとわかった？」

「方法があってね、わけはなかった」

「嘘だ。あんたにおれの居所をつきとめられるはずがないんだ。世界警察機構のコンピューターに訊いたって答はもらえない」

私はメンドーザの浅黒い顔をつき刺すように凝視しながらいった。

「たしかにそうだ。しかし、失せ物、人探しはぼくの商売なんでね。特別な情報を入手する手づるがあるんだ。〈協会〉を知っているかね？　連邦が発足してＣＩＡが解体したとき、エージェント連中がつくった情報機関なんだ。たいていの機密は売ってもらえる。かねだけではだめな場合もあるがね」

「〈協会〉の話は聞いている。犯罪組織の御用機関だそうだな。すると、メンディ、あんたは警察を辞めたというわけか？」

「そうだ。警官を廃業して三年になる。いまはあんたの同業だよ、アーニー。もっと早く私立探偵になればよかった」

メンドーザは水のように冷静だった。七年前もいまもすこしも変らない。決して自制心を失わない小柄なメキシコ人だ。頭が切れて沈着冷静、タフで筋金入りの小男。彼は優秀な警官だった。私は彼がほとんど倍も上背のある大男の暴れ者を鮮やかにのしてしまうのを見たことがある。私は勇猛心のある小男が好きだ。彼を尊敬してさえいた。

だが、それは七年も昔、ふたりともカリフォーニアで同じ警察署のすえた空気を吸っていたころの話だ。大きく変ったのは私のほうなのであった。七年ぶりに再会したかつての親友を冷やかな眼で見据え、迷惑そうにとげとげしい口をきいているげすなニグロ。しかも、私は心のとがさえ感じなかった。心に鎧を着せるのに忙しかったからだ。

「用件を早くいったらどうだ？　ことわっておくが思い出話はまっぴらだよ。まさかそのために、高い料金をはらって〈協会〉から、おれの居所をおそわったわけじゃあるまい」

メンドーザは、自分の出現が私を苛立たせていることをよく知っていた。それほど勘のにぶい男ではなかった。

「提案があって来たんだよ、アーニー。われわれは以前、いきの合った仲間だった。そのコンビをまた復活させたいんだ。ぼくはいま、ハリウッドに私立探偵社を持っている。働いている人間は五〇人ほどだが、芸能界が主な仕事先で、収入もピンカートン探偵局に負けない。あんたに共同経営者として来てもらいたいんだ」

「たいへんな出世ぶりじゃないか、メンディ。もっとも、あんたはそれくらいの器量があるとは思っていたがね」

彼はなんのてらいもなくうなずいた。

「どこからスカウトに来ても、ぼくほどの好条件は出せないと思う。あんたを使用人扱いする気はない。まえと同じ対等の仲間だ。もちろん、あんたはそれ以上の価値があることはわかっているが……」

「すると、あんたは知っているんだな？」

私はなんの感情もこめずに訊いた。

「もちろんだよ、アーニー。サイボーグ特捜官がブリュースター長官の手もとを離れたとなったら、これはビッグ・ニュースだ。大きな探偵社はどこでもあんたを手に入れようと躍起になる。あんたは金の卵を産む鳥だ。たとえば、サイボーグ特捜官ほど理想的な護衛はない。身をまもる必要のある金持は、金に糸目をつけないだろう。軍隊をやとうより安全なんだ。わかるだろう？　あんたを共同経営者にしても、ぼくは決して損をしない。あんたを客に高く売りこむのが、ぼくの仕事だ。われわれは大成功をおさめる。まちがいはないんだ」

すじみちは通っているようだった。頭の切れるメンドーザらしい発想だ。三年間で大きな探偵社の持主になる彼に、律気な警官生活がつとまらなかったのも無理はない。

サイボーグ特捜官という名で呼ばれる超人は、俗に恒星間宇宙船と同じくらい、とほうもない高価な代物だといわれている。連邦政府が各国の軍事機密の管理権を手中におさめたとき、どうあっても公開できない危険な〈技術（ノウ・ハウ）〉として封鎖してしまったのも、DNA・RNA関係の兵器と軍事サイボーグ、次元渦動などがある。その後、どうにもならない経緯で、連邦政府の危惧した通り、厖大な機密の大半が、クライム・シンジケートの情報網へ漏出していったが、〈ノウ・ハウ〉の部分は辛うじて、門外不出の秘密として連邦管理下にとどまった。

一種の超国家体制を有するにいたったクライム・シンジケートは最高水準の産業技術を持っていたが、〈ノウ・ハウ〉の堅固な壁を打ち破ることは困難だった。超大企業の体質をそなえてしまったクライム・シンジケートは、〈ノウ・ハウ〉の再開発に、採算を度外視した軍事科学独得の向う見ずな試行錯誤をくりかえす力がなかったのだ。そこまで無理押しすれば、シンジケート自体の存立が危うくなる。連邦政府、世界警察機構との対決が激化しはじめていたからである。

世界中を気のままにのたうちまわっていた悪竜も、〈人類の敵〉として狩り立てられる時代がようやく到来したのだった。

シンジケート側の技術陣も、なんとか恰好をつけて軍用サイボーグの模造品をでっちあげる力は持っていた。元来、軍用サイボーグは、超人的な能力をそなえた破壊工作員を製造するために、子どもマンガのスーパーマン・テーマの発想を借りたものだ。ばかばかしいような話だが、軍事科学技術の歴史を見れば、れっきとした大人の科学者たちが、俗悪な子ども雑誌を舞台にした毒々しい空想未来戦に現われる奇抜な新兵器のたぐいを、いかに忠実に現実化していったかよくわかるだろう。そして、ある一時期は、あきらかに現実が空想を追いこして、悪夢さながらの野蛮で残忍な形相を呈していたのだ。

拳銃から発射される超小型核弾頭、プラズマ・ジェットを利用した熱線銃、殺人光線を実現させたレーザー砲。太陽光を集束して地上に焦熱地獄を生じさせるプリズム衛星兵器。遺伝情報をかく乱するDNA兵器ガン・ヴィールス。同様にヴィールスを用いた人格改変を目的とするRNA兵器ボディ・スナッチャー。魔法の鎧じみた筋力増幅服。ロボット高速戦車。地殻内に蔵された厖大なエネルギーをひきだす地震兵器。音波兵器に超高速振動砲。電光のように活動する加速性能を秘めた軍用サイボーグ……

技術革新が新技術を開発する都度、兵器応用の可能性を検討された時代だった。

サイボーグ特捜官は、最高潮に達した戦争文化が残した凶悪な影のような存在だったのである。クライム・シンジケートが高性能の殺し屋として造りだした悪霊のようなサイボーグに対抗して、連邦政府は少数の軍用サイボーグ体を極秘裡に世界警察機構へ貸与することを許可した。クライム・シンジケート壊滅作戦の一環として生れたサイボーグ特捜官の素性は、純粋な凶器にほかならなかったのだ。

サイボーグ特捜官と呼ばれる超人の一群が、どんな方法でシンジケートの中枢へ攻略を加えたか、それを明らかにすることは許されていない。本来の破壊工作員としての血なまぐさい悽惨な任務が数多く果されたことはたしかである。そして私もまた、その例外ではなかった……

「考えておこう」

私は長い沈黙のすえに、さりげなく呟いた。メンドーザは黒い眼をきらめかせた。

「ありがたい。決して後悔はさせないつもりだ。いつまでに返事がもらえる？」

「明日だ」

「ではまた明日、いまごろの時間に来よう」

彼はしなやかな動作で椅子から腰をあげた。猫属だけが持っている独得のしなやかさ……七年の年月は彼の外見にいささかの変化も与えていなかった。たぶん私もそうであろう。しかし外見になぞなんの意味もありはしない。

「われわれは以前、仲のいい友だちだった。昔のようにやって行きたいんだ」

「昔のようにか？」

彼はうなずいた。彼がなにを考えているにしろ、その黒い眼になんの感情も浮んでいなかった。彼はしずかにオフィスを出て行こうとした。私は彼を呼びとめた。

「メンデイ……」

ドアに手をかけたまますばやく振り向いたメンドーザの眼は期待に光った。

「フウオングは元気かい？」

「フウオング？」

「彼女と結婚したんじゃなかったのか？」

「ああ。フウオングとは長い間逢ってない」

「なぜだ？」

メンドーザはまばたきし、そっと眼を伏せた。

「彼女は、だれとも結婚する気はなかったんだと思う。アーニー、あんた以外とはね。あい、あんたがいに墓に葬られたあと、半年ばかりして、行く先も教えずどこかへ行ってしまった。止めようとしたが、ぼくには出来なかった。それきり逢っていない」

「そうか……」

「あんたが生きているとは、だれも知らなかった。彼女も、あんたの死体を見たんだぜ。拳銃ならともかく、熱線銃で完膚なきまで痛めつけられていては、万に一つの望みもなかった。ぼくたちはあんたの葬式が終るまで、口ひとつきかなかった。人生のなにかがこわれてしまったのを感じていた。ぼくたちは繋ぎあわされた鎖のようなものだった。あんたという環がこわれると、たがいにばらばらになってしまったんだ。ぼくは、たしかにフウオングに結婚を申しこんだよ、アーニー。だが、それは儀礼のようなものだった。ぼくはあんたを介在して、フウオングを愛していたんだ。彼女にもそれがわかっていたと思う。なぜあんたはもどってこなかったんだ、アーニー？」

　彼の質問は、私をたじろがせた。彼が私の冷ややかさを破ろうとしたのだったら、これほど巧妙な一撃はなかったろう。

「こんな身体になってか？　ばかな」

「あんたはもどってくるべきだったよ。フウオングはちっとも気にしなかったろう。あんたが生きているということだけで充分だったんだ。フウオングはそれほどあんたを愛していたんだぜ。ぼくの言葉が感傷的すぎると思ったらまちがいだ。ぼくはフウオングをよく知っている。彼女にとって男はあんたしか存在しなかったんだ」

「もうよせ……」

私は低い声でいった。

「あんたは約束を破ったぜ。昔ばなしはご免だといったろう。ここにいるおれは、あんたやフウオングの知っていたアーネスト・ライトじゃない。べつものなんだ。そんな話はおれの墓石にでも聞かせてやってくれ。おれはなんにも感じやしない。おれは、あんたやフウオングの見た黒焦げ死体になって死んだんだ」

「ぼくはそうは思わない」

メンドーザはおだやかにいった。

「帰ってくれ、メンディ。あんたはくだらないむだ話をしすぎたよ。おれのような高速なサイボーグはロボットに近いんだ。まるっきり情緒に欠けているのさ。情にからんで見せたってむだだぜ。見当はずれというもんだ」

「では、また明日やって来よう」

メンドーザはしずかに立ち去った。足音も立てなかった。ものしずかなメキシコ人。彼はいつだってそうだったのだ。

私はメンドーザが私の言葉を信じたとは思っていなかった。彼は私を動揺させるのに成功したのだ。フウオングの話を持ちだすまでもなかった。私にとってメンディ・メンドーザは、過去そのものだったからだ。細心の注意をはらって、心の深奥に閉じこめておいたはずの過去が、思いがけずに部屋のドアを開けて入ってきたのだ。

メンドーザは、かつての私がもっとも愛していた友人だった。仲のいい同僚だっただけでなく、同じ部屋に住み、同じ趣味を持ち、同じ娘を愛しさえした。ふたりは精神的な双生児だった。単に親友という言葉ではいいつくせないものがあった。

それにもかかわらず、いまの私にとって、もっとも逢いたくない人間はメンディだった。私はサイボーグとして蘇生したとき、人間であることを断念しなければならなかった。おそらく私は、記憶を消去することで過去のいっさいと訣別すべきだったかもしれない。だが、私には絶え間なく怨みと憎しみの毒液をしたたらせていることが必要なのだった。さもなければ、とても生きていけそうになかったからだ。

豊饒な感覚の世界を一挙に奪い去られた私の苦しみが、暖い肉体に充足した人間にわかるとはとても思えない。とほうもない暗黒の虚空に宙吊りになって思惟だけが目覚めている孤独と恐怖にはじまり、サイボーグ体の電子神経系への接合が進むと、自分が永久に冷たい鋼鉄の独房に幽閉されていることへの自覚に達する。それは壁に塗りこめられた人間の苦悩だ。

脳皮質の新しい環境への適応はすすみ、やがて異質な知覚が生れてくる。光、音、触感、それらは気ちがいじみた異様さで襲いかかってくる。発狂しそうなほどの異和感だ。以前の肉体の知覚の記憶と、新しいパターンの刺激が猛烈に拮抗するのだ。

サイボーグ体への適応がほぼ完了すると、最後にほんものの苦悩が襲ってくる。自分がどれほど貴重なものを失ったか思い知らされるのだ。肉を喪った霊が泣き叫ぶのだ。血と肉を備えた脆い肉体が失われたというだけではない、それは魂をまっぷたつに引き裂かれた言語を絶する苦しみである。肉体とは全知覚の総和であり、精神機能と不可分のものなのだ。肉体への愛着は、潜在意識に深く根を張っている。人間はおのれの虫歯の痛みにさえ深甚な愛着を持つものだ。たとえ全世界を引きかえにもらったところで、償いようのない魂の痛み——それは愛児を失った母親の絶望に似ている。償うことはだれにもできない。

私は、自分の肉体を奪い去ったものへの憎悪を、生きるための支えとした。軟体生物がおのれの分泌する粘液で生を保持するように、私もまた憎悪の毒液にまみれて生きようとしたのだ。

メンディ・メンドーザの来訪は、私をぐらつかせた。私は自分の失われた肉体をメンディに見出したのだ。メンディは、あまりにも生なましすぎる過去の亡霊だった。

私はほとんどメンディを憎んでさえいた。彼がもうしばらく部屋にとどまっていたら、自制心を失くしていたかもしれない。メンディか自分のどちらかを殺してしまったかもしれない。私は時限爆弾のような存在で、メンディの出現はその安全装置をはずしてしまったからだ。

自分を破壊したい苦しい願望と闘いながら、私は秘密回線を使って連邦警察のブリュースター長官を呼びだした。特捜官時分のコール・サインがいまだに通用するのだった。長官は秘書コンピューター(セクレタリ)に廃棄を命じていなかったのだ。

スクリーンに現われた長官の冷たく澄んだ青い瞳が、注意深く私の様子を観察していた。

「どうしたんだね、ライト?」

いつもながらのひややかな声だった。ブリュースター長官は、警察コンピューターと同じくらい頭脳明晰だが、コンピューターほどの情味もないといわれている人物だった。彼がもっと暖みのある人間だったら、私はサイボーグ特捜官を辞職することはなかったろう。彼は一片の理想をも持たぬ、ひたすら現実的な政治家だった。彼は私のあつかい方を誤まったのだ。ブリュースター長官が情に訴えるタイプの上司であれば、彼は私を殺し屋に仕立てることさえもできたろう。——以前、シルヴァー・シティというわべは美しいが腐れきった都市(まち)で、私はこの世でもっとも美しい若者たちと知りあった。彼らはそのたぐいまれな美しい心で、私の荒(すさ)みきった〈黒い怪物(ブラック・モンスター)〉を醇化してくれた。その若者たちを、シルヴァー・シティの腐れ警官どもがよってたかって惨殺してしまったのだ。私は署長以下の腐敗警官どもを八つ裂きにすべきだった。ブリュースター長官は、市警を大掃除するに足るだけの証拠を私から受けとったにもかかわらず、握り潰して闇へ葬ってしまった。むろん、長官にもそれなりの理由があったかも知れない。例の政治的配慮というやつだ。署長以下を有罪に持ちこむには、中央政界の大立物をこぞって敵にまわすことにもなりかねなかったからだ。無理押しをしたところで、得るところはあまりにも少なく、逆にサイボーグ特捜官の危険な性格、暗い歴史をほじくりかえされる可能性を計算したからであろう。

　ブリュースター長官にとっては、個々の正義よりも優先すべきものが存在した。サイボーグ特捜官システムを護りぬくことがなによりもだいじなのだった。大の虫を生かすために、小の虫を殺す……現実主義者の政治家にとっては自明の理かも知れない。私の怒り、嘆き、悲しみがどんなに深かろうと、それは一サイボーグ特捜官の私情にすぎないかも知れない。

だが、私は我慢ならなくなっていた。わが身がサイボーグであるからこそ、道具扱いにされることにはもはや耐えられなかった。

私は憤然としてブリュースター長官とたもとをわかった。公的には私は名前も社会登録ナンバーも持たぬ幽霊にすぎない。アーネスト・ライトという黒人刑事はその死が公認されているのだ。長官は実力で私を拘束し、決心を変えさせることもできたろう。そうなれば私は屈服よりも死を選んだにちがいない。

現実主義者の長官は、やはり無理押しせずに私を解き放った。私が彼に感謝しているとすれば、その一点の譲歩に関してだった。ほんのわずかにでも、彼を好きになることはできなかった。

「私をスカウトにきた人間がいるんです」

私はスクリーンの長官に向っていった。

「メンディ・メンドーザという男です。以前ハリウッドで、私の同僚の警官でした。いまは警官を辞めて、私立探偵社を持っています。メンドーザは、私に共同経営者にならないかと持ちかけてきました。私がサイボーグ特捜官だったことを知っているのです。たいへんな好条件です。ピンカートン探偵局ほどの収入があるという話です」

「それで、どうするのだね？　その男の申し入れにのる気なのかね？」

長官はどのような感情も表出することなしに、冷淡に問い返した。

「お願いしたいことがあるんです。メンドーザが警官を辞職して三年足らずのうちに、どうやって、それだけの実績のある私立探偵社をきずきあげたのか、調査していただけませんか？」

「信用調査というわけか。調査報告に満足したら、そのけっこうな探偵社の共同経営者におさまるというんだね」

　とくに皮肉な語調ではなかった。私はその質問を無視した。

「できるだけ詳細な報告が欲しいんです。メンドーザは、私がサイボーグ特捜官であったことと、つい最近辞職したことを知っていました。〈協会〉から情報を売ってもらったんです。〈協会〉は、よほどたしかな相手でないと取引はしませんからね。ピンカートンだって加入をみとめられていないそうじゃないですか」

「シンジケートのいいきのかかっていない会員もいることはいる。いったいなにが気になるんだ？」

　と長官はいった。

「メンドーザは、きみの無二の親友だったのじゃないのかね？　彼はただ、その事実を利用しようとしているだけかも知れない」

「よくご存知ですね。この部屋にまさか盗聴器がしかけられているんじゃないでしょうな。回線の先は長官のセクレタリ・コンピューターにつながっているという……」

　長官の彫像的な端正な顔はぴりっとも動かなかった。彼は冷やかにいった。

「サイボーグ特捜官の過去の経歴は、完璧に調査されつくしている。まさかと思うようなことまでもだ。調査はひき受けよう。十二時間ほどかかるかも知れないが……」

私は礼をいった。ともかく、長官が私の頼みを聞きいれるすじあいはなかったからだ。

「それからライト。その気になったら、部屋の壁をひっぺがしてみるといい。きみの気に入るようなものが見つかるかも知れない。念のためにいっておくが、なにが見つかろうとわたしの関知したことではないよ」

スクリーンから長官の映像が消えた。私は考えにふけりながら、身じろぎもせずに坐りつづけた。

それからデスクの抽斗を開けて、特殊鋼の刃のついたナイフを取りだした。以前、私のしとめた毒蛇の記念品だった。ダイヤモンドを切断することさえ可能なのだ。もっとも、実際に試してみる機会はなかったが……

長官にいわれた通り、壁にナイフを突き刺し、えぐりとって裂け目をつくった。私の電子眼は、微弱な電流を検出することができる。壁の内装にカモフラージュされた導電物質の層が現われた。なんのことはない、部屋全体がアンテナだったのだ。隠しカメラや盗聴器など、局部的な電子流の励起作用なら、あっさりと見破ったろうが、この仕組は、さすがの私も考えつかないほど巧妙なものであった。

私はデスクにもどって、ナイフをしまい、腰をおろして、なぜ長官は知ることができたのだろうと考えた。単に推測したにすぎないのかも知れなかった。警察のビッグ・コンピューターは神技に近い正確さで蓋然性をはじきだすことができる。あるいは警察でも同じようなスパイ・システムを採用ずみなのかも知れない。

　部屋にしかけたスパイ装置を探知することは容易だが、これほど仕かけが大がかりになると盲点に入ってしまう。あっぱれというほかはなかった。

　……その考えは突如頭上から降ってきた石塊のように、私の頭をたたきのめした。――もし、この仕かけが、私の部屋だけでなく、ありとあらゆる建物のすべての室にほどこされているとしたらどうだろう。むろん、人間には不可能だが、コンピューター・ネットワークなら、その厖大な情報の海を処理できるはずだ。これほど完全な監視システムなら、それは〈神の眼〉といってもいい……

　めまいに似た感覚にとらえられて、私はそれが妄想であることを念じた。生身の肉体だったら冷たい汗が滲んでいたろう。

　しかし、全体主義体制の社会ででもないかぎり、人間ひとりびとりを網羅するほどの巨大な監視システムは無用のはずだった。だれかが試みているにしても、ブリュースター長官のような人間の眼を逃れることは不可能なはずだ。アーネスト・ライト風情の出る幕ではない。私は無益な考えごとにけりをつけて、オフィスを出、夜の街へ出かけていった。

　もとより、サイボーグである身にとって、必要なのは内蔵した超小型の酸素供給装置と一つかみの脳細胞が要求するわずかな量の栄養カプセル、それに五百年間作動をつづける強力な原子力電池ぐらいなものだ。高級料理店の特別料理のメニューも、すばらしい味わいのスエーデン・ビールも私には縁がない。

人一倍食いしんぼうだった私だが、いまではそれらがどんな味を持っていたか忘れてしまった。いわば抽象的な餓えの感覚が残っているだけだ。それでも暑い夏の夜、全身に汗をにじませ、鮮烈な黄色い肌のレモンをまる噛りにしながら、透明なジンをあおった記憶がよみがえったりすると、生なましい飢餓感の鋭い歯に（存在していない）胃の腑を噛まれたりする。わずか八百グラム足らず、常人の三分の一の大脳蛋白質に、全人格的な記憶がきざみこまれているとは、なんと奇妙なことだろう。

記憶で織り成した空想の肉体をつくりあげると、学生時分のフットボール試合でしたたか蹴られた右膝の痛み、はじめてのリングで、いきなりチャンピオンと対戦し、猛烈きわまるカウンター・パンチを胸もとに食らい、あっけなくダウンして息もつけない苦痛と嘔き気にのたうった感覚までがよみがえってくる。もちろん手強い相手とわかっていた。まともに闘って勝てるはずはない。リーチもパンチも劣る上に、テクニックときたら、向うは北米学生チャンピオンなのだ。一ラウンド三八秒しか保たなかった。――トンマな野郎だぜ、こいつは。あれだけ離れて足を使えといったのに、真正面からしゃにむに突っかかって行きやがって。まるで子どもの喧嘩だ。

起こしてくれたマネージャーは肩を貸しながらしきりにあきれかえっていた。診察を受けてみると肋骨に二本ひびが入っていた。こっちの繰りだすパンチは、仔猫が前脚でじゃれているような具合にあしらわれたし、アーネスト・ライト得意の足の速さも、相手が一枚上だった。むりもない話だ。そいつは三年後にはプロの世界チャンピオンになっていたのだから……

彼が私にプレゼントしてくれた殺人的な猛打の味は、いまとなっては私の貴重な財産だった。胸郭のなかに煮えたぎるタールが充満したようなおそろしい苦痛を与えてくれたことで、私が彼にひそかな感謝の念をささげていると知ったら、彼はひどく驚くにちがいない……

私は、華やかな明るい歓楽の街を影のように歩いた。行き交う人びとは、だれひとり私に関心をはらうことはない。目立たぬなりをした黒人の青年にすぎぬ私だ。人びとの注意を惹くなにものも備えていないのだ。私は夜の暗闇にうごめく影のようなものだ。

大きなナイトクラブの前を通りかかると、高名なブルース・シンガーが出演中だった。私はしばらく足をとめて、壁面をいっぱいに占めた偉大なニグロの立体像に見入った。私のよく知っている男だった。喉に魔笛を持っている人間なのだ。女癖が悪く、とうてい好きになれない下司野郎だが、彼の唄を聞けばなにもかもゆるしてやりたくなるのだ。私は七、八年前彼と同じ舞台でブルースを唄っていたことがある。刑事を辞めてブルース・シンガーになろうと本気で考えたこともある。むろんたいした歌手にはなれなかったろう。私はたいていのことは器用にこなして二流どころになれたが、所詮一流にはなれない気の毒な人間の宿命を背負っていた。同様にサイボーグ特捜官としても、私がつとめるのはつねに前座でしかなかった。

私は高名なブルース・シンガーから眼をそむけて歩き去った。ここは生きた人間たちの猥雑で活気に満ちた世界であった。汗くさい体臭と脂じみたげっぷと酒気と香料の匂いが充満する世界。私の加わる余地はどこにもなかった。

たまさか、私に興味をしめす連中がいないでもない。暗がりから生あたたかい手を伸ばして私の股間をまさぐろうとする同性愛者(ホモ)。私が等身大の黒い陽根でもあるかのように、ねっとりとした渇望の眼ざしをよこす白い女たち、そういった連中がおびただしく分泌した体液に濡れそぼった世界にあって、まぎれもなく私は硬質な異物なのだ。生体組織のなかに射ちこまれた一発の銃弾のように……

四季を問わず、広い花壇に無数の花々が咲き乱れる公園へと、私はやってきた。ことさらに花の美しさや香気が私に慰藉(いしゃ)をあたえるわけでもない。べつに理由はないのだった。昼間と異って人気(ひとけ)に乏しいからかも知れない。

花たちは静かでおとなしい。むやみに騒々しく他人に話しかけて邪魔するようなことはしない。つねに沈黙をまもりつづけている。

私はベンチのひとつに腰をかけて、花たちの沈黙の仲間入りをしようとする。いつからこの習慣が生じたのかおぼえていない。こうしていることにとくに理由はない。無意味な存在が、無意味な行為をくりかえしているのだ。花たちには興味あるまい。私にも興味はなかった。私ほど空虚な存在はまたとなかった。

私のすわるベンチからややはなれて、ふたりの姉弟がすわっている。いつもきまった場所に席をとるのだ。私が公園に出かける時間はまちまちだというのに、彼らのすがたを見なかったときはない。

姉は二〇前後の黒い髪と眼、対照的な白い肌を持った美少女だ。弟は六、七歳の天使のように優しい無邪気な顔立を持っていた。ラテン系の血は信じられないほどの美少年を生むことがある。両肩の服の下に翼をかくしているとしか思えないのだ。

この弟の少年はまさに地上の天使だった。

ベンチにすわる姉弟が、私に関心をしめしたことは一度もなかったが、私の方は以前どこかで彼らと逢ったことがあるような気がしてならなかった。むろん、錯覚であろう。私は訓練を受けた優秀な記憶力を持っていた。一度でも逢った人間を忘れるようでは、サイボーグ特捜官はつとまらない。一種の既視感(デジャ・ヴュ)なのだった。

今夜の私はどうかしていた。メンドーザの出現が私の傷口をふたたびひき裂いてしまったからだ。たやすく血を流す傷口へ手をつっこんでかきまわすにも等しかった。水門が崩壊したように、注意深く閉じこめておいた過去の亡霊が一挙になだれ出てしまったのだ。

その名も知らぬ姉弟のすがたが、七年まえのフウォングとトムの亡霊を呼びさました。黒ぐろとした長い髪を高くゆいあげた繊細な若い女。神秘的な東洋の小鳥を想わせるフウォング。とびきり大きな瞳をした幼い弟のトム。

フウォングは、私が永久のきずなでつながれることを願ったただひとりの娘だったし、弟のトムは〈男同士の友情〉で結ばれた小さな親友だった。

姉弟の父は暗殺された警官だった。人一倍義務感の強い誠実な警官であったがために殺されたのだ。剛直な人間にとって、警察官という職業は危険きわまりないものである。とくにシンジケート関係の重大犯罪をとりあつかう際には、いくら用心しても足りないほどだ。相手は得体の知れない政治的圧力を使い、人間の弱点を突いたありとあらゆる術策を弄してかかる。警官が意志強固でどうにも動かせないとなれば、消されてしまわないともかぎらない。フウォング姉弟の父は、まさにそういった見上げるべき人物で、そのために奇禍にあうことになったのだ。車にしかけられた爆弾が、フウォングとトムの両親を一挙に奪い去った。それ以来、フウォングの眼ざしには悲哀と憂愁の濃い翳りが住みつき、決して消え去ることはなかった。私が彼女に惹きつけられたのは、その翳りのためかもしれなかった。

一目彼女を見たときから、抱きしめたら折れてしまいそうなかぼそい身体をした東洋人の娘を保護してやらなければならぬ、と私は決心した。フウォングほど、私の裡の男性らしさをかきたてる娘はいなかった。全身全霊をゆだねて男によりそってくる古風な女らしさが愛しくてならなかった。

フウォングが私から無尽蔵の男らしさをひきだすやり方はさながら魔術だった。それはただセックスだけにかぎらない。男というものがどれほど優しくなれるものか、私はフウォングによって教えられたのだ。心の飢えをかぎりなく満たされて行くとき、私は完全な人間となるのを感じた。すべての生あるものに向けられた愛と理解とでもいおうか。それは昇華された一種霊的な感覚であった。

私はフウオングの眼の奥にひそむ、いたましい翳りを償おうとして、自分の持てるかぎりのものを与えたいと願った。私は黒人の男としてすぐれたセックス能力に恵まれてい、それを彼女の悲しみをつき崩す、有力な武器として用いようとした。あまりにも自信にみちすぎていて、万が一にもその優越が崩れ去るということなぞ、念頭にも浮ばなかった。――すばらしい精力に唸りをあげるダイナモを秘めた若者にとって、その日は夢のように遠いものなのだ。別の世界で他人に起こる悲劇なのだ。性機能が枯渇し、銃器のように凶暴な硬度と充実感を持ったそれが、こわれたドアの把手のようにぐんにゃり精気を失って老人の股間にぶらさがるなんてことは……まして、男性器の権化という強烈な優越意識にかためられた若いニグロの男にとって、その日を想像する余地もなかったのだ。

ハレムを維持できるだけの雄々しさを、私はフウオングひとりにひきしぼった。くりかえしていうが、それは決してベッドの中の問題だけではなかった。彼女に慰藉を与えるため、私は男としてできうるかぎりの努力をはらったのである。

私は際限もなくポイントをかせいだ。彼女の〈幸せ〉の指針をとめどもなく押しあげていった。その指針が最高限を示したとき、彼女と結婚するはずであった。

そして、だしぬけにすべてが一気に崩壊したのだ。同僚の刑事が背後から、六〇万度の高熱輻射線のシャワーを浴びせかけ、私の肉体がマッチよりも速かに燃えきってしまった瞬間から……

腐敗警官は大勢いる。制服巡査から世界警察機構の最高幹部に至るまで、信じられないほど沢山の警官が悪徳に心をむしばまれている。その中には心ならずも上からの命令で悪徳行為に協力している者もいるし、犯罪者に買収されているものもいれば、本人自身が積極的な犯罪者であったりする。警察には大家族主義の伝統があり、退職した高級警官はたいへん有力なコネを持っていて、外部の人間に便宜をはかってやるケースがもっとも多い。小は交通違反から、大は殺人事件のもみ消しに至るまで、法の公平を破壊するふとどきな行為が日常茶飯事のように行われているのだ。そのいずれも公けの立場を利用した犯罪にちがいないのだが、一種の慣習としていつまでも残っているのだ。大衆は盲ではない、警察が自分たちの味方でないことを知っているからこそ、信用しないのだ。

正常な道義感覚を持った警官は、しばしば苦しい立場に立たされることになる。極端な場合には生命を失くすことにもなる——フウオングの父親のように、また私のように。

私を闇討ちした刑事は、もっとも悪質な腐れ警官のひとりだった。シンジケートから警察に送りこまれた人間だったのだ。

フウオングは、さきに両親を失い、さらに私を失うことになった。そのどちらも、シンジケートが手を下したのだ……

いま、こうして呼びさまされたフウオングの〈亡霊〉は、私に耐えがたい思いを味わわせていた。七年間も彼女の〈亡霊〉は、力を減ずることなく私を責めたてぬいてきたのだ。

メンディ・メンドーザのいう通り、私はフウオングのもとへ帰って行くこともできた。〈生きている〉ことを知らせることもできた。しかし、私はもはやアーネスト・ライトではなかった。そのみじめな残骸にしかすぎなかった。卑しくみにくい化物と化した身で、彼女のもとへ帰るわけにはいかなかったのだ。フウオングが私のことを忘れ去ってしまうよう、私は心から望んだ。くだらないプライドだったかもしれない。だが、私は同情や憐愍や愛を拒絶しなければならなかった。わずかにでも許容すれば、それらはたちまち猛毒と化して私を殺してしまったろう。

私は悪霊(ゾンビー)だったからだ。

私はオフィスのデスクのうしろにすわって、メンディ・メンドーザがやってくるのを待っていた。まる二四時間がすぎ去っていた。

窓からの眺めはいつも変らない。メガロポリスに四季の変化はないのだ。火星のドーム都市と同じなのだ。いたずらに壮大で空虚な眺めだった。五億の市民が詰まっている、鰯の罐詰だ。同じ程度のメガロポリスは、地球上に一ダースある。どこでも同じような出来事が生じているだろう。メガロポリスと呼ばれる超巨大都市の性格はどれも似たり寄ったりなのだ。世界警察機構のコンピューター・ネットワークに当ってみればすぐわかる。ビッグ・コンピューター集合体の情報処理能力にかかっては、地球全土もちっぽけな田舎町のようなものだ。電話いっぽんかければ、その日朝飯がまずいからといって亭主を射ち殺した女房の人数と名前をただちに知ることができる。女房の暴力沙汰に絶望して洋服ダンスの中で首を吊った亭主の人数と名前を知ることもできる。窓から跳びおり自殺した亭主の……もちろん、そんなことを知ったってなんにもならない。悩み、恐れ、苦しみ、怯え、悲しみや怒りや憎しみに泣き叫ぶ人間が、この世から絶えたためしはない。いまこの瞬間にも、虐待され拷問され殺されていく人間たちは数えきれないほどだろう。そんなことを知ったところでいったいなんになる。不愉快な思いをするだけだ。

それより遊びに出かけたほうがいい。遊び場はいくらもあって、心配や気苦労で心をわずらわせるいとまもないほど、たっぷり時間を消費してくれるのだ。時間つぶしほどすばらしいものはない。

しかし、私は殺風景なデスクのうしろにすわりこんで、メンドーザを待っていた。

メンディ・メンドーザは昨日と寸分変らぬ物腰で音もなくオフィスへ入ってきた。昨日と異るしゃれた仕立ての高価な服を着て、いかにも上品だった。

ソファに腰をおろすと、彼は微笑した。下心のない人間が見せるうちとけた笑顔であった。メンドーザは三下奴（さんしたやっこ）ではないのだ。かなりの勢力を持った、一流レストランでも粗略な扱いを受けることのない人物なのだ。とびきり美人のワイフを金のかかったぜいたくな家に住まわせている。電話いっぽんで、火星航路の定期便に特別室がとれるのだ。四週間の休暇をとって月まで出かけ、のんびりとムーン・スポーツを楽しんできた。メンドーザ君にはほんの骨休めといったところだ。

「返事を聞かせてもらいにきたよ、アーニー」

彼は微笑をつづけながら、柔い声でいった。

「そうあわてることはないぜ。そのまえにすこしお喋りをしようじゃないか。昔ばなしなどをね」

と、私はいった。

「ほう、それは……昨日は昔のことは思いだすのもいやだというふうに見えたが」

「今日はちがう。古傷をすこしばかり拡げてみたいんだ。おれの葬式の日は、どうだった？　雨かね。雪かね。それとも風でも吹いていたか？」

私の質問は、メンドーザを当惑させたようだった。彼は笑いをひっこめて真顔になり、唇をひきしめた。

「あの日は……小雨が降っていて、すこし風が強かったようだ。葬式にはみんな参列したよ。警察署長も来ていた。あんたは殉職警官として扱われたんだ。喪服を着たフウォングはすごく美しかった。一滴の涙も見せなかったが、悲しみが深すぎて泣くことすらできなかったんだと思う。みな、彼女には親切だった。彼女の両親のことを知っていたからね……」

「おれも参列したかったたな。さぞ面白かったろう。なにしろ、おれを殺した犯人が何食わぬ顔で葬式に列席してたんだからな。白じらしい悔み文句を聞きそこなって残念なことをした」

「ロバート・アーチャーのことか……やつは、勤務についていた。葬式には来なかった……」

「殺人者が同席すると、死体の傷口がひらいて血を流すといういい伝えがある。もっとも焼けぽっくいになっていれば、血も流せまいが……おれはアーチャーのことをいってるわけじゃない」

メンドーザは沈黙した。

「アーチャーは、シーザーを殺した男のようなものさ。ただの下手人にすぎない。もっとも、おれを嫌っているようだ。熱線銃をおれの背中にぶっぱなすとき、こういったよ。くたばっちまえ、このくろんぼ野郎とな。

アーチャーは殺し屋としては慎重さに欠けていた。おれを完全に灰にしちまえばよかったんだ。ハリウッドの病院は蘇生技術（タナトロギー）にかけては超一流の医師と設備がそろっているからね。アーチャーはやりそこなったことを知らなかった。シンジケートには暗殺成功と報告した。いかにもへまな下手人だったね。くろんぼ野郎の一言でなにもかもだいなしにしてしまった。人種的偏見で身をほろぼしてしまったんだ」

彼は依然として沈黙をまもっていた。

「あんただったら、そんなへまはしなかっただろうにな、メンディ」

と、私はいった。

「アーチャーは、あんたほど頭の切れのいい、優秀な刑事じゃなかった。たぶん怯えてたのかもしれない。くろんぼに対する憎悪をかきたてて空元気をつけなければならなかった。シンジケートは、下手人にあんたを選ぶべきだったよ。あんたなら、万事手ぬかりなくやったろう、蛇のように落着きはらってな」

メンドーザは完全に無表情な貌(かお)になっていた。ページの落丁のようだった。

「あんたがシンジケートのメンバーだということはわかっているんだよ、メンデイ。それも生えぬきのな。警察大学へ入るまえからそうだった。あんたは警察に送りこまれたシンジケートの要員だったんだ。作為的に警察に植えつけられたガン細胞というわけだ。いずれ世界警察機構を乗っとろうという、シンジケートの長期計画の一翼を荷なっていた。アーチャーのような腐れ警官とはわけがちがう。レッキとした素性のシンジケート側の士官候補生さ。そうだろ、メンデイ？」

「ぼくはあんたを殺したりはできなかったよ、アーニー。シンジケートの人間だって、ロボットじゃないんだぜ。意志も感情もある。平気で親友を殺したりできるはずがない。ぼくだってただの人間なんだぜ。そんな命令がきたら即座にことわっていただろう……」

「そうとも。殺しなんて下っぱのやることだからな、あんたは下っぱじゃない。家柄のいい士官候補生だ。警察の高級幹部になるのが、あんたに与えられた任務だったんだ。だから汚らしい殺しに手を下さずにすんだんだ。しかし、くりかえしていうが、おれの葬式に参列したあんたの顔を見たかったよ。眉の毛ひとすじ動かさずにおれの柩を眺めているあんたの顔がね」

「ぼくはなにも知らされていなかったのだ。信じてくれ。知っていたらかならずアーチャーを止めていた。たとえアーチャーを殺すことになっても……」

とつぜん、メンドーザはまぎれもない真摯さをこめて叫んだ。

「どうだかね。芝居はよせよ、メンディ。あれから七年も経ったんだ。本音を吐いてもよさそうなもんじゃないか。おれはあんたに関する詳細な報告を手に入れている。あんたは生れながらにシンジケートの階梯の上位クラスにはめこまれることになっていたんだ。シンジケート系の保育施設で優等生として育てあげられたんじゃないか。

シンジケートだって、非行少年あがりの粗暴な犯罪者を組織の成員にくりこんですむような安易な時代じゃないからね。積極的に才能を開発しなきゃならない。あんたは綿密な教程（カリキュラム）を経て育てあげられた人材さ。いずれは中央警察に移って出世するはずだった。ところが世界警察機構はシンジケートの乗っ取り計画にかんづいて、全警察官の身もと再調査の実施を決定した。そこで、シンジケートは、未然にあんたを辞職させて、警察と近しい職業に配置変えをさせた。あんたの才幹がいかに抜群でも、シンジケートのバックアップなしに、三年足らずで大探偵社を持てるわけがない。今度のあんたの任務は、警察に協力的で良心的な、勢力のある探偵社をつくりあげることだったんだ。

メンディ、おれに近づこうとしたのはまちがいだったよ。おとなしくしていれば、だれも退職警官の身もとまでほじくりかえしやしない。ブリュースター長官は、またたく間にあんたの仮面をはぎとってしまったぜ。おれが調査を依頼したんだ。メンディ・メンドーザという男は、シンジケートに関係があるのではないか、とな。辞職したサイボーグ特捜官には必ずシンジケートから接触を計ってくる……おれの考えは正しかった。おれはずっと待ちかまえていたんだ」

私は冷酷な笑いを浮かべた。

「あんたのような人間がやってくるのをな。おれをなんだと思っているんだ？　おれは、シンジケートのために、化物にされちまった人間だぜ。シンジケートを憎みすぎているあまり、サイボーグ特捜官がつとまらなくなったんだぜ。危険な怪物になりすぎちまったというのでな。そのおれが、いまさらシンジケートの操り人形になって働くとでも思ったのかい？　冗談じゃない、おれはシンジケートの人間が、ベッドの中にもぐりこんだ毒蛇に見えるんだぜ。たとえ相手が毒蛇でも、みだりに殺しちゃいかんと、ブリュースター長官はいう。殺したらすぐに逮捕するという。おれがどんなにあんたを殺したがってる、わからないのかい、メンディ。おれのサイボーグ体から血が滲みでそうなほど……これを見ろ、メンデイ」

私は上衣を鞭のような音を立ててひき裂いた。露出したサイボーグ体の硬くなめらかなハイプラスティックの肌を指さした。

「よく見るがいい。おれが七年間、なにを考えてきたか教えてやろう。おれをこんな化物に変えたシンジケートのやつらというやつらを夜も眠れなくさせる悪霊(ゾンビー)になってやる。そうとも、おれはゾンビーなんだぜ。

メンデイ、あんたを殺してやる。いまじゃない。だが、いつかきっと殺してやる。毎晩、悪夢を見るがいい。おれはシンジケートの殺し屋よりはるかに高性能なんだ。一度おれに狙われたら決して逃げられない。おれを仕止める可能性を持っているのは、同じサイボーグ特捜官だけだ。うんと用心しろよ。ブリュースター長官だって、いつまでもおれをおさえておけないからな」

メンドーザの浅ぐろい顔から一面に汗がふきだした。私の言葉が、ただの威嚇でないことをさとったのだ。彼も私の裡にひそむブラック・モンスターを見たのだ。蛇のような落着きはあとかたもなく消え失せていた。

「ぼくたちは、仲のいい友だちだった……」

彼は苦しげにいった。

「アーネスト・ライトは死んだんだよ。気のいいくろんぼのアーニーはな。ここにいるのは死人の怨霊さ。一度死んだ人間を二度殺すことはできないぜ。おれはシンジケートに虐殺されたすべての人間の怨霊なんだ。科学技術が復活させたゾンビーなんだ」

「だって、ぼくはあんたが好きだったんだぜ……」

メンドーザは魂が抜けたような、うつろなやさしい声でつぶやいた。

「アーニー……あんたは、ぼくのたったひとりの友だちだった。ぼくがどんなにあんたを愛していたか、わからなかったのか……フウオングだって、あんたが愛した女だからこそ、ぼくも愛した。ぼくがこれまでほんとに好いていたのは、あんただけだった……」

「蛇が蛙に抱くような愛情だろう」

私は残酷さをこめていった。にもかかわらず、彼のショックに痺れたような様子を見るのは、さほど楽しくなかった。胸がむかつく嫌悪感がたかまるばかりだった。

「あんたが、ぼくをそれほど憎んでいるとは知らなかった……考えもしなかった。また昔のように、ふたりで組んでやれるという考えに夢中になっていたんだ。子どものように夢中になって喜んでいた……」

　メンドーザが絶望にとらわれているのを見るのは、これがはじめてだ、と私は気づいた。彼はいかなる場合にも、取り乱すことのない人間だった。

「なぜ、こんなことになってしまったんだろう。アーニー、あんたが死んだと知ったとき、ぼくは生れてはじめて泣いた。子どものころにだって泣いたことがなかったのに……たったひとりのだいじな友だちが死んで、この世のどこにも存在しなくなってしまう……それがどんなにつらいことか想像したこともなかった。ぼくはころげまわって泣いた……」

「芝居はよせといったろう、メンディ。蛇は泣かないものなんだ。自分のおふくろが死んでもな。シンジケートの毒蛇の孵化場でどんな教育方針をとっていたか、おれは知っている。

　そこで教えられる正義とは、シンジケートの正義で、忠誠はすべてシンジケートに向けられるものだ。シンジケートという特殊社会共同体だけに通用する道義をたたきこまれるんだ。正常社界の人間たちは全部敵だと教えこまれる。愛や友情なんてものは、カリキュラムのどこを探したってない。シンジケートへの義務と忠誠だけさ。シンジケートの委嘱を受けた心理学者のアドルフ・メッケナー博士がこの毒蛇孵化場をつくった。あんたはシンジケートが自家製造した毒蛇さ。人間とはいえないね。そして毒蛇には友だちなんていないんだ」

「そうかも知れない……あんたのいう通りかも知れない。ものごころついたときには、ぼくの運命はきまっていた。ぼくの道義感覚や価値観は、ふつうの人間とは違うものに置き変えられていた。ぼくは有能なシンジケート・マンになるよう育てられた。だが、アーニー、あんたが死んだとき、ぼくが悲しんだのはうそじゃない。涙を流したのもうそじゃないんだ。だとすれば、シンジケートの教育方法に誤りがあったのかも知れない。ぼくを人間以外のものに変える操作に、失敗があったのかも知れない……」

メンデイは身動きもせずにいった。声には悲痛な響きがあった。これも、私の頑なな心を動かすための芝居だろうか。私はただ黙って、聴いていた。シンジケート・マンの言葉を信用するなら、私はよほどどうかしているのだった。彼らは決して弱い人間ではない。自堕落で臆病で卑怯未練な、正常世界の失格者という悪党のイメージは彼らに通用しない。彼らは強力な精神を持ったしぶとい闘争者だ。むしろ、精強な軍隊に近いのだ。ある意味では兵士の理想像を具現しているかも知れない。軍律に服従し、上位階級者の思考を自分のものとする。彼らにとっては、戦闘こそ日常だ。正常世界が征服すべき敵地なのだ。裏切りや謀略は、悪徳ではない。身内に対して用いることだけ禁じられているにすぎない。メンドーザのようなシンジケート・マンは、精神制御技術がつくりだした新種のホモ・ゲシュタルト――〈集団人〉ともいえる。

ブリュースター長官はそういったはずだ。〈集団人〉の構想はべつにこと新しいものではない。すでに前世紀に、理想の軍隊像として各国の軍部が模索をはじめていた。兵士個々には、限定された自我だけを与え、超自我をふくめた精神抑制は、指揮官だけが保持する。パーフェクトな、精強この上もない軍隊が出来あがる――世界連邦政府の発足は、各国軍を解体して行き、〈集団人〉型兵団はついに日の目を見ることなく沙汰止みになった。この構想を拾いあげたのが、闇の超国家シンジケートなのだ。

私がメンドーザを信用するなら、それは蛇や蠍の異質な心を相手に条約を結ぶにも等しい。彼がどれほど誠実そうな言辞を弄そうとも、この世でもっとも冷血な、計算されつくした心がいわせているせりふなのだった。

「シンジケートは、成員のだれにも〈失敗する権利〉を与えていないよ」

私は無感動にいった。

「人間ならだれだって失敗することがある。が、シンジケートじゃそうはいかない。失敗があったのなら、メッケナー博士は生きていられない。博士が生きているからには、失敗はなかったんだ」

「これほど頼んでも、信じてもらえないのか……」

メンドーザは顔をゆがめた。いかにもつらそうであった。

「なぜ、こんなことをいって、あんたに信じてもらいたいのかよくわからないんだ。あんたには、どうでもいいことなんだろう。ぼくがシンジケート・マンだから、ゆるしてもらえないんだ。だが、ぼくはみずから望んでシンジケート・マンになったわけじゃないんだぜ、アーニー。それがぼくの宿命だったんだ。どうすることもできなかった。ぼくにどうしろというんだ？　自分の喉をかき切ったら、ゆるす気になってくれるのかい？」

「それが泣きごとか？　ヒマラヤのてっぺんを吹く風の音でも聞いたほうが身につまされる

だろうよ。メンデイ、おれの顔をよく見な。サイボーグってのは、涙を流すようにつくられてないんだ。そいつを忘れちゃこまるぜ」

　私は、顔をつきだし、サイボーグの表情ソレノイドになしうるかぎりのげすで残忍な嘲笑をつくった。そうでもしないと、自分がいかにも卑劣な行いをしているように思えてくるからだった。

「芝居がたね切れになったら帰んな。だが、おれの約束を忘れさせないように、毎晩夢枕に立ってやるからな」

「わかった……これが、ぼくの宿命だったらしいな。さよなら、アーニー」

　メンドーザは思いきりよくいって、ソファからあの閃くような動作で立ちあがった。虚ろな凍りついたような微笑が頰にきざみつけられているのが印象的だった。

「もう二度と使いをよこすなとおれがいっていたと上のやつに伝えろ。ただし殺し屋サイボーグなら大歓迎だとな……ちいさく切りきざんで箱に詰めて送り返してやる。それなら、ブリュースターも文句はいうまいからな」

　彼は放心したように、ゆるやかに頭をうなずかせた。すべてを諦めたように見えたが、私はわずかにでも警戒をゆるめてはいなかった。シンジケート・マンは潜在意識の領域まで支配を受けている。赤ん坊のころから特別に仕込まれて、脳細胞の接ぎ目（シナプス）がふつうの人間とちがう……ブリュースター長官にそう教えられていたのだ。平常人よりも禁忌領域がぐっと狭い——催眠暗示を与えられれば予備行動抜きに殺人でもなんでもやってのける。平常人のように道徳的な禁忌を犯す際の逡巡や抵抗がないのだ。前触れなしに、いきなり襲ってくることも考えられた。

「最後にひとつ聞いておきたいが、シンジケートはいつから、おれに監視（モニター）をつけていたんだ？」

メンドーザはあおじろい驚きの表情を私に向けた。眼がくもって光を失くしていた。

「なんのことだ……」

「この部屋にしかけた監視装置のことさ」

私は親指で、壁の破れ目をさした。

「みごとな手際だったぜ。二か月もくらしていながら、まったく気がつかなかった。おれに感づかれずにしかけられるはずがないから、おれの入居前にすでに取りつけられていたにちがいない。まったく、シンジケートの実力には感心させられるよ」

「なんのことだかわからない……あんたを監視する方法について、ぼくはなにも知らないんだ」

彼の声はぼんやりとにごっていた。なにかべつの考えに頭を占められているようだった。

「そうか。あばよ、メンディ。いずれ墓の下で逢おうぜ」

メンドーザは部屋を出ていった。ドアが閉まった。私は聴覚器官のデシベルをあげて、彼の靴音が廊下を遠ざかって行くのを聞いていた。なにか貴重なものが、私の裡で喪われて行くのを感じていた。彼は私のところへやってくるべきではなかった。そうだ、私がみすぼらしく卑しい変りはてた怪物として、フウオングのもとへ還ることを拒んだように……

メンディ・メンドーザは、私の心の裡に住みついていた、もうひとりの自分を殺していったのだ。追憶が美化した、すばらしい魂を持ったメンドーザを。その彼は二度と永久に還ってくることはないのだった。真実を知ることは不幸なことだ。

真実の素顔はつねに無残で酷薄なものなのだ。私の裡なるメンディは死んでしまった。やさしく誠実で、情愛深いメンディは。それとともに、私にわずかに残存していた柔かい部分――人間らしさがごっそりと剝落していったのだ。

なによりもだいじな友だちを失うことが、どんなにつらいことかわかるか……それは私がメンドーザに向けるべき言葉だったはずだ。友だちを喪ったのは私なのだ。彼ではない。虚ろな蛇の心を持ったシンジケート・マン、メンドーザにははじめから友だちなんていなかったはずだ。

私は身を灼きつくす烈しい怒りにとらえられていた。デスクのはしを両手で握りしめて、私は耐えようとした。それがどうしたというんだ、アーネスト・ライト、と私は自分にいい聞かせた。おまえだって、まぎれもない怪物じゃないか。怪物に友だちなんか要らないはずだ。

怪物としての眼で世間を見直せば、万事姿を変えて見えようものじゃないか。

私の両手はいつしか頑丈な鋼鉄づくりのデスクの板を大きくたわませていた。両手をはなしても、デスクは異様な形に変型してしまって、もとにもどらなかった。そうとも、このくそ力が怪物の証拠さ。おまえは百トンの水圧ハンマーなんだ。

私は立ちあがって、窓辺に寄り、いっぱいに窓を開けはなった。八九〇階に開いた窓。だれでも下を見降せば、めまいを感ずるだろう。この高さから落ちて助かるはずがない。潰れた赤い繊維のかたまりになるのだ。だが、おまえは平気なはずだな、アーニー。おまえには失うべきものはなにも残っていない。

私は電子眼を赤外線視覚へ切りかえた。するとメガロポリスの平穏なたたずまいは、一挙に異形なものへと変貌した。なんの変哲もない夕景は、熱輻射線の荒れ狂う地獄と化した。弱々しいはずの太陽はノヴァ化したように天空を燃えあがらせていた。車群は熱いエネルギーの糸を無数に曳いて、輝く巨大な蜘蛛の巣を織り成していた。それは過去と現在の同時存在だ。

私は頭をめぐらして、室内に視線を向けた。ソファには、メンドーザの亡霊が光る雲のようにわだかまっていた。彼の肉体が部屋の空気に残した熱エネルギーだ。人型をした光る雲はそれよりずっと淡い幅広い帯でドアに向って流れていた。デスクのうしろには私の亡霊がすわっていた。これは時間のアラベスクだ。私の眼は四次元の存在を透視しているのだ。

しいたげられ殺された者たちは、決して虚無に消え失せてしまったのではない、と私はふいに確信した。殺戮者どもが忘れ去ったとしても、彼ら亡霊たちは決して忘れない。辛抱づよくいつまでも待ちつづけ、いつの日にか立ち現われて、罪科とその報いのバランス・シートを突きつけ、審(さば)きを受けることを迫るのだ。いつかはわからないが、彼らは必ず現われて存在を主張する。この世界は、彼ら亡霊たちの無数の怨みで満ちみちているのだ。

この壮大なメガロポリスの地底には、人間には見えぬ血の河が流れ、真赤な海を成している。それは過去の虐殺されたすべての生命ある者の傷口から流れだした血だ。人間の耳には聞こえぬ苦痛の呻き声、断末魔の悲鳴が充満しているのだ。彼らの仲間である私のような悪霊だけが、血塗られた世界を見、尽きぬ怨みを聴くことができるのだった。

私は、メンドーザが廊下をひき返してくる足音を聞いていた。いったん立ち去った彼がもどってくるなら、その理由はたったひとつしかないはずであった。

私は開けはなった窓を背に立ったまま、彼をむかえた。

メンドーザはゆらめく瘴気(オーラ)につつまれた異様なすがたを現わした。彼は人間以外のなにか邪悪なものだった。赤外線のパターンが、その顔に奇妙な隈取りを与えていた。手には小型のレーザー・ガンが握られていた。メンドーザは、いまこそあるがままのすがたを現わしているのだった。

「なぜ、早くそれを取りださないかとふしぎに思っていたよ」

私の声すら、遠く自分のものとは思えない異質な響きをおびて聞こえた。

「そいつを使う、もっといい機会がいくらでもあったはずだ。しかし、まさかあんたが手ずから荒仕事をするほど、落ちぶれているとも思えなかった。どうやら、あんたはシンジケートに見はなされたんじゃないのかな。あんたは優秀な素質を持っているが、たかが殺し屋として使うのはもったいない人間だからな」

「シンジケートはあんたをこのままほうっておかないよ」

メンドーザは老人のようなしゃがれ声でいった。

「かならずかたをつける。ぼくはあんたを生かしておきたかった。そのためにできるかぎりの努力をはらった。それもむだな努力だったが」

「おかしなことをいうじゃないか。この期におよんでまだ芝居っ気がぬけないんだな。そんなオモチャでおれを仕止められると思っているのか？　そんなものは、おれと同じくらいの力を持ったスーパーマンの手のうちにあるときだけ役に立つんだ。メンディ、おとなしく退散すればよかったのに……あんたを殺す口実をわざわざつくりにきてくれたようなもんだぜ」

「ぼくは、もうシンジケートにとって価値を失くした人間だ。シンジケート・マンとわかってしまったからには、土地を売ってつまらない使い走りのような仕事しか与えてもらえない。ぼくは任務に失敗してしまったが、殺し屋としては、まだ役に立つんだよ、アーニー」

彼は肩で呼吸をしていた。全身をつつむ光のもやは輝きを増していた。

「とても信じられないね。あんたには万にひとつもチャンスはない。あんたがそれほどばかだとは思わなかったよ、メンディ」

「ぼくはばかじゃない。自分のやろうとしていることはよく心得てる。あんたはぼくをわけなく殺せるだろう。しかし、ぼくはそのとき、あんたを道づれにすることができるんだ」

「どうやって……？」

電光のように疑惑が私の脳裡を走りぬけた。もしや手抜かりを犯していたのではないか。

なにか重要なことを見逃していたのではないか。シンジケート・マンは並の人間とはちがう。特殊訓練を受けた潜在意識を持つ彼らは、平常人には不可能な行動をとれる……

「おわかれだ、アーニー。昔は楽しかったよ、ぼくは……ぼくは……」

彼は目に見えない重圧と闘うように背を曲げはじめた。声が乱れて聞きとれないうわずった呟きになった。私は一瞬の閃めきですべてを了解した。

レーザー光線の数億度の輝線が走ったとき、私はその場にいなかった。彼の眼には私の残像が見えていたのかも知れない。彼は存在しない私めがけてとびかかっていった。そこには、開かれた窓と厖大な空間があった。

私が楯にした鋼鉄のデスクのかげから身を起こしたとき、メンドーザは姿を消していた。彼の曳いた光の条がくっきりと空間に弧を描いて、八九〇階の高みと地表を結んでいた。やがて、強烈な光輝の花が眼下に花弁を開いた。地表を光の海に変えた。あいついでかなりの揺動が建物を走り抜けていった。爆発音は最後にやってきた。

爆撃を食った地表近い住人たちは、さぞかし仰天したことだろう。

同じ爆発がこの室内で生じていれば、たとえ、鋼鉄のデスクを楯にしていても、無事にはすまなかったにちがいない。

なぜ、メンドーザは最良の機会を選ばなかったのだろうか。彼は私の不意を突くこともできたはずだ。彼はわざわざ、自分が人間爆弾であることを私にさとらせ、回避するチャンスを与えたようなものであった。彼のような有能な人間がやりそこなうはずがなかったのだ。

死への恐怖も持たない、シンジケート・マンのメンドーザを最後に失敗させたものは、いったいなんだったのだろう。

ひとつの考えが頭に浮かんだが、私は烈しく首を振って追い払った。メンドーザは殺し屋だった。私を殺そうとしてやりそこない、自分を殺してしまったのだ。ありきたりの殺し屋の末路にすぎない。蛇は自殺などしないものだ。

しかし、メンドーザを死に導いた光の弾道は、虚空に描いた巨大な疑問符のように、依然としてとどまっていた。

第五章　ゴースト・イメージ

英雄（ヒーロー）を必要とする年ごろの少年ならいざ知らず、みずから好んで完全サイボーグになりたがる人間はいない。

サイボーグ特捜官は、この世でもっとも高性能な機械——人間複合体なのだが、そのスーパーマンぶりを誇りにするには、喪ったものがあまりにも大きすぎた。人間の精神は、傷つきやすい脆弱な肉体にこそふさわしいものなのだ。〈鉄の肉体〉におしこめられた人間の心はどうしても歪みが生じてしまう。

サイボーグ特捜官と呼ばれる超人の群れはだいたい二つのタイプに大別される。電子神経系に適応して情緒を喪失してしまうタイプと、サイボーグ体といつまでも折りあいがつかず、怨念で自己を支えようとするタイプと。

前者は大容量の電子頭脳を収めた高性能のアンドロイドに近いしろものだし、後者は大脳蛋白質の人間性にしがみついた自我の化けものとなる。——自分が人間であることを常に証明しつづけねば気がすまぬ、強迫観念にとりつかれてしまうのだ。心の傷口から絶えず血を流しだすことが必要なのだ。怨みつらみのどろどろした情念を体液にして、かろうじて有機質の生をたもとうとする。

私はあきらかに後者の典型だった。憎しみは愛よりも強く、怨念はさらに強力な存在理由になる。私の怨憎は地獄の鬼火のように脳細胞を緑色に染めているかもしれない。私の電子眼は暗闇で螢光を放つが、それが鬼火に見えてもなんのふしぎもないのだ。

サイボーグ特捜官同士が、たがいに近しい友人になりえないのはもっともである。アンドロイド型は友人なぞ欲しがらないし、怨念型は、相手に自分のいやらしさ醜悪さを見出すだけだからだ。いやな野郎は、自分ひとりでたくさんなのだ。サソリが知性を持てば、おのが醜怪さにひどい自己嫌悪に陥ってしまうだろう。サイボーグ特捜官もそれとおなじだ。

マロリーというサイボーグ特捜官は、めずらしくアンドロイド型、怨念型のいずれにも属さないユニークな存在であった。情緒理性のバランスがよくとれていて、人間的な暖みもたっぷり持ちあわせていた。狷介(けんかい)で人づきの悪いいやな野郎ぞろいのサイボーグ特捜官の宿命に陥らず、どうやってゆたかな人間味を持続できたのか、だれもその理由を知らない。とにかくマロリーは、ブリュースター長官の信任厚い最優秀のエージェントだったし、バラ栽培の名手だった。

背が高く、苦みのきいた好男子で、人好きのする容貌を持っていた。前の顔がどんなものだったにせよ、さぞかし女どもにうけそうな渋い中年男の魅力をそなえていた。サイボーグのハイプラスティック皮膚は、どのような面相でも調達できるのだが、生身のころの肉体の復現に異常なほどの執着をしめすサイボーグ特捜官の共通した心理傾向からすると、好男子すぎ垢ぬけしすぎていたかもしれない。陰気な連中の中にあって、とびぬけて男っぷりがよかったことはたしかである。

現役時分、私はマロリーに格別の興味をいだいていなかった。きわめて有能であることはわかっていたが、コンビを組んだこともなかったし、好悪の感情を持つほど接近した間柄ではなかったからだ。むろん、好きになるより嫌いになるほうがたやすかったろう。私は心のねじけたトラブル・メーカーだったのだから。

ブリュースター長官のお気に入り、サイボーグ特捜官のピカ一、腕ききマロリーなんてどうでもいい。腹を減らした野良犬が夜空の星に寄せるほどの関心もなかった。

そしていま、無免許の私立探偵であるこの身にとって、マロリー君なぞ存在しないも同然だったのだ。彼がとつぜん、私の殺風景なオフィスに現われて、否応なしに私の視野を占領するまでは……

私が一文(いちもん)にもならない日課の散歩からもどってくると、ソファからマロリーが身を起こした。もちろん彼の訪問は、廊下にいるときからわかっていた。おなじサイボーグ特捜官だけに通じるコール・サインのような認識パターンを放っていたからだ。むろん極超短波長の電磁信号で、生身の人間には知覚できない。同士討ちを避けるためのもので、この独得の認識パターンを送ってよこさないサイボーグは、もぐりであり――したがって警戒を必要とするというわけだ。宇宙(スペース)サイボーグでなければ、そいつは猛毒蛇ほどに危険な殺し屋サイボーグかもしれない。破壊欲の権化のような非行少年のサイボーグということもありうるのだ。

「やあ、どうだね。探偵商売は？」

と、マロリーは感じのいい渋い声でいった。

「一文にもならない。蚤のサーカスのスターが逃げだしたという記事が新聞に載ったら、売りこみに行こうかと思ってる。のんびりやっているよ。ともかく食うに心配だけはしないですむからな」

私はデスクのうしろにひっこんで、マロリーをじっくり眺めた。どこから見ても身だしなみのいい都会人のお手本だ。世界一の物騒な人物なのだが、ご婦人方をベッドにつれこむ名人としか見えない。のんびりとして気楽そうにふるまっていた。これでいざとなれば、超高速戦車にひけを取らない目覚ましい活躍を披露するのだ。

「本気で、この商売をつづける気なのかい？」

「もちろんさ。ねばっていればいずれ客もついてくるだろう。それまで気長に待ってる」

「それはどうかわからない。犯罪組織（シンジケート）ともめごとを起こしている私立探偵に寄りつく客はいないだろう。前払い金を取りもどせなくなるかもしれないし、ひょっとすると巻きぞえを食うかもしれないんだ。あんたは時限爆弾とおなじだよ。いつドカンとくるかわからない」

たしかに私は闇の帝国クライム・シンジケートともめている最中であった。シンジケートは私にいくつか貸しがあるというわけだ。連中は貸しを取り立てずにはいまいし、私は私で連中の帳尻を赤字にしておくために、この先ずっと危い橋を渡らなければならない。しかし、それは私にとってビジネスでもあった。

「用件をいってみろよ、マロリー。わざわざむだ話をしにきたわけでもなかろう。だが、むだ話はてっとり早くすませてくれ」

「いいとも。ぼくはあんたの護衛をしにきたのさ。あんたから眼をはなさず、だいじにお守りするのがぼくの役目だ。あんたがつまずいて、あんよをくじいたとしても、そいつはぼくの落度になるというわけだ」

　マロリーは楽しそうにいった。たしかに彼がおもしろがるだけのことはあるようだった。とびきりの冗談だ。おもしろがらないのは、アーネスト・ライトひとりだけだ。

「安心しろよ、ライト。厄介事はすべて引き受ける。骨のかたくなったおばあさんをエスコートするみたいに気を遣ってやるよ。往来で寝ころびたくなったら、いつでも声をかけてくれ。抱きとめて頭の下に枕をかってやるから……」

「さっさと帰んなよ、マロリー。くそくらえとブリュースターに伝えてもらおう。ぐずぐずしてるとほうりだすぜ。その上等なシャツを破かれたくなかったら、大急ぎで出ていったほうがいい」

「出ていかないよ。命令なんだ。だいなしになったシャツは経費で落せる。ぼくを追っぱらえるなんて虫のいいことを考えないことだね」

「あばよ……」

「カード遊びでもしようか。それともチェスは嫌いか？」

　私は立ちあがって彼をぐいと睨みつけた。

「どうやら力ずくで部屋を掃除しなければならないようだな。五秒間だけ待ってやる。あとは建物がひっくりかえっても、つけはブリュースターにまわすことにするからな」

「よしておけよ。時間つぶしだぜ」

　マロリーはのんびりと笑った。

「ぼくはあんたのボディ・ガードなんだぜ。それを忘れてもらっちゃ困る。それに、あんたをこわしてもいいという指示は受けていないんだ」

　私はいつでも火がつく状態だった。うんざりしていたし、腹も立っていた。本気でマロリーとやりあう決心はついていなかったが、このままひっこんでしまうわけにはいかなかった。彼をたたきだすと宣言したからには、私が冗談半分でないことを悟らせてやらねばならない。

「わかったよ……」

　私は気がぬけたように呟いてすわりこむふりをし、マロリーの虚を突こうとした。加速状態に入ると同時に、三〇分の一秒で彼を廊下にほうりだそうと試みたのだ。

　が、彼はもはやソファに、いなかった。残像も残さず消え失せていた。背後から手が伸びて私の肩をつかんだ。

「フェイントがあまいよ」

　彼はおだやかにいった。だしぬかれたのは私のほうだったのだ。彼の高速転位は、私の電子眼が追いつけぬ速度で行われたのである。

「もう一度試してみるかい？」

私の加速の用意はできていた。エネルギー制御系を高速転位に切り換え、補助電子頭脳（サブ・コンピューター）に一連の圧縮した行動指令をたたきこむ。私の生体神経細胞の信号伝達は、サイボーグ体の電子神経系のスピードに追いつけないから、加速時のコントロールは補助電子頭脳の助けを借りなければならない。したがって補助電子頭脳は、機械化された私の自我だ。加速中の私は、意志を持つアンドロイドになるのだ。

私はすでに一度マロリーにバックをとられた。同じ高速サイボーグに背面攻撃の機会を与えたのは、重大な失敗である。

マロリーに油断のないことはわかっていた。ふたりの高速サイボーグがせまい室内で加速をはじめると、どういう結果になるか。あっという間に壁が倒れ天井が落ちてしまう。高速戦車を部屋に閉じこめるのと同じことだ。しかも高速転位時の不用意な接触は、一瞬にして双方のサイボーグを破壊してしまう。相乗された猛スピードの激突は、超重合鋼（ハイ・ポリスチール）の骨格を持ったサイボーグ体にも耐えることが不可能なのだ。

私はためらわず戸外の闘いを選んだ。私に高所恐怖はない。体重キログラムあたり四馬力というスーパーマンの腕力にとって、超高層ビルも子どもの遊園地と大差ないのだ。むろん墜死の可能性はあるが、常人のように恐怖で判断を狂わすことはない。

電子加速と同時に私の身体は窓の外の空間にとびだしていた。窓枠を摑んで身体を建物の壁面にそって上方へ投げあげたのだ。私の足先が蹴破った窓ガラスの破片がスローモーションカメラで捉えられたように空間に四散のパターンを形成していた。サイボーグ体の加速がはじまると他の動きは相対的に遅速現象をおこしはじめる。時間の進みが泥濘に足をとられたようにのろのろと分解され、剛性を帯びはじめた大気をサイボーグ体がえぐりぬいて行く。高速物体化した私が大気をひき裂く口笛のような鋭い摩擦音も私の聴覚にはとどかない。

世界の常態と切りはなされた別の次元へと私は入りこんでしまうからだ。距離が接近している場合、百m/secの生理的限界にしばられた常人の感覚は私の動きを捉えられないのだ。

——私は窓の上方にある壁面の突起を摑むと腕の力だけで、更に上に向ってサイボーグ体を投げあげた。地球重力の百分の一ほどの低重力の惑星でなら、生身の人間でも私と同じ芸当ができる。ただし行動速度が比較になるまいが——私は人間のかたちをしたミサイルなのだ。

私は壁面を一蹴りして方向転換し、百メートルほど跳躍して超高層ビル間を結ぶ高架チューブの底面へ跳びついた。高架チューブを補強する力場（フォース・フィールド）がやんわりと身体をつつみこむ。その間、電子眼の走査で、マロリーが私を追跡していないことを確かめていた。

私の行動はマロリーの意表を衝いたにちがいない。いかにマロリーといえども、私が投身自殺に等しい無暴さで九五〇階の高所から跳びだすとは予想もしていなかったはずだし、後を追うことをためらわざるを得なかったであろう。あらかじめリハーサルを演じていないかぎり、この放れわざを私ほど鮮やかにやってのけられるはずはない。私は襲撃に対応する備えをととのえていたのだ。

私は静止して、自分の部屋の窓の下五、六メートルを緩慢な落下を続けているガラスの破片を見ることができた。破片のつくるパターンはまだ崩れていなかった。理想的とはいわないが、手際はそう悪くない。行動指令を巧みにこなしている補助電子頭脳の働きを賞めてやってもよかった。

が、室内にマロリーのすがたを見出せないことに気づいたとき、冷たいしびれるようなショックが私の心に触れた。なぜだかわからない。へまをやったはずはないのに、敗北の予感が意識の深奥から浮かびあがってきたのだった。

その言葉は、ふたたび私の背後からやってきた。ハイスピード・トーキング。超音波領域に情報を圧縮し電子頭脳だけがリアルタイムで理解できる言葉──超音波媒体を使う高速サイボーグ独得の交信形式だった。私やマロリーのような……

「なかなか鮮やかだ、ライト。だが及第点はやれないね。自動照準つきのレーザー銃なら、あんたが泳いでいるところをあっさりつかまえてしまうよ。なぜだかわかるか?」

私の右手は自動的に特殊鋼の刃のついたナイフを摑んでいた。そいつを私は右足の脛にしこんでおいたのだ。たとえ相手が拳銃を私に突きつけていても、あっさり出しぬけるように、私の投げるナイフの速度は、もっとも弾速のはやいライフルから発射される弾丸に比してもたいして劣らないのだ。

「やめておけよ、そんなまねは」

マロリーの超音波の声が私を制した。

「テストはもうおしまいだ。加速を解いてもいいよ、ライト」

私はまたもやマロリーにバックをとられていたのだった。しかも、電子加速状態に入っていながら、彼の動きを読みとることに完全に失敗したのだ。どうにも納得がいかなかった。マロリーの優秀さは認めるにしても、同じ性能のサイボーグ体でこれほどはっきり優劣があらわれるとは信じられない。彼は私を、まだサイボーグ体に適応しきっていない新米のようにやすやすとあしらったのだ。

サイボーグ特捜官としてのキャリアは、私のほうがやや長かったし、高速機動性においてはさらに優秀を意識していただけに、この無残な敗北は私を茫然自失させるにじゅうぶんだった。

「電子眼の同期微調がずれているんだね」

マロリーがいった。私たちはふたたび部屋にもどっていた。

「加速状態になるとその影響がもろに現われる。動体が等速以上になると、死角が八〇パーセントを越すだろう。あんたはあきめくら同然だぜ、ライト。あんたにぼくが見えなかったのもむりはない。加速性も三五パーセントは落ちている。シリコノイル・ユニットをはやく交換しないと、いまにぶれが出てくる。ぶれが大きくなると、もう加速は不可能だ。超高速振動と同じだからね。むりをするとあっという間に脆性破壊が生じて、あんたは粉ごなになっちまうよ」

私はなにもいわなかった。私がマロリーに遅れをとった理由はただひとつだった。サイボーグ体が超精密機械であり、精密機械ほど入念な点検調整を必要とするということ——まさに自明の理といってもよかった。

私は整備不良のレーシング・カーとおなじだったのだ。日常の動きは私のサイボーグ体に全力駆動を要求しない。体調を計るめやすが得られなかったのだ。特捜官時分は、月に一度は担当技官のチェックを受ける義務にしばられていたものの、単なる官僚好みの縟礼としか思っていなかった。異常を自覚したためしもなかったからである。

サイボーグ特捜官のいわれのない超人信仰に私自身のめりこんでいたのだった。すべての機械は老朽化をまぬがれない。サイボーグといえども例外ではないのだった。

「重要な電子神経が二、三本切れているんじゃないのか？　そのために補整回路がよく働かないんだ。〈病院〉入りして総点検してもらうべきだね。だいたいにおいてぼくの見たてにまちがいはないはずだ。ひまをさいて技官に特別講習を受けているんでね」

「ブリュースターのさしがねか？　自分がポンコツになったことを悟らせれば、おれがのこのこもどって行くとでも……」

「なぜ、もどってこないんだ？」

と、マロリーは反問してきた。

「こんな真似をしていても、あんたにはなんのとくにもならないのじゃないか？　たしかに食う心配はないかもしれない。そのうち依頼客がつくかもしれない。それにしたって、いちばん肝心なことをどうする？　傷んだ部品ユニットを交換しようにも、サイボーグ特捜官のユニットは市販されていない。まして加速に必要なユニットはこんりんざい入手不可能だ。いったいどうするつもりなんだ？」

「そんなことは、あんたの知ったことじゃない」

「強情を張るのはよせよ、ライト。おそかれはやかれ、あんたはもどってくることになるんだ。まちがいない」

「答はおなじだよ。くそくらえマロリー。くそくらえブリュースター。わかったらさっさと消えてくれ。いうことをきかないと、あんたのだいじにしているバラを食っちまうぜ」

　マロリーはびくともしなかった。

「わかってないな。長官がなぜおとなしくあんたを手ばなしたと思うんだ。シンジケートのやつらに、サイボーグ特捜官のすてきな標本を進呈するためじゃないんだぞ。力ずくで、あんたをつれもどさなかったのにもわけがある。むりをして、その身体をこわさせたくなかったからだよ。ブリュースターにとって、サイボーグ特捜官のボディはだいじな宝物なんだ。無傷で取りかえしたいから、荒っぽい手段をとらないだけだ。その世にも大切なサイボーグ体をあんたが、乱暴に扱ってこわしゃしないかと冷汗を流してる。そこで、ぼくがあんたのお守りをしなくちゃならんというわけだ」

「よく喋るな」

「そうとも。退屈してるからね。どうだ、チェスをやらないか？」

マロリーは憎めない男だったが、四六時中身辺にへばりつかれていてはたまったものではない。簡単に行くはずはないが、私はどうあっても、マロリー君を追いはらわなければならなかった。

アーネスト・ライトは抜け目がなく、はしっこいので有名なのだが、マロリーときた日にはさらに上手(うわて)を行くというのだ。これ以上の強敵はいないし、私にはまったく勝ち目がなかった。

それだけでなく、チェスもカードも滅法強かった。サイボーグになる前は、さだめし酒や女にも強かったにちがいない。男の中の男だったにちがいない。生身の人間だった時分につきあえば、私も彼が好きになっていたかも知れない。親友同士になっていたかも知れない。

しかし、いまの私にはどうでもいいことだった。私も彼も、同じ鋼鉄づくりの凶暴なサソリなのだ。そして一部屋にサソリ二匹は狭すぎるのだ。

そいつは、痩せこけたひどく弱よわしい男だった。肩がまるくなっていて、貧相な猫背だった。しょぼしょぼした眼が涙ぐんでいるようにうるんでおり、八の字なりにだらしなくさがった、おそろしくながい眉のはしが口のすみにくっつきそうだった。湿ったマッチほどにも危険そうには見えなかった。

だが、そいつは私を尾行していた。

背中にも眼を持っている私が尾行に気づかないわけはなかったが、そのあまりにも無器用な尾行ぶりが、逆に私を緊張させた。そいつは私の注意をひきつけるだけの役目を持ったおとりかも知れなかった。

尾行にはいろいろ高等テクニックが考案されているが、サイボーグ特捜官相手に通用するほど巧妙なものは、まだお目にかかったことがない。もし、そいつが私の素性を心得た上での尾行なら、目的は別にあって、えらく危険なのかもしれないのだ。

〈気をつけろ〉

マロリーが超音波を使って私に警告した。超音波には指向性があるので傍受することはむずかしい。これもサイボーグ特捜官の特技だった。

〈やつはおれがひきうける。やつが妙なまねをはじめたら、かまわずつっ走れ。安全とわかるまで足をとめるな〉

〈おれを餓鬼あつかいする気か？〉

〈シンジケートから送ってきた人間爆弾のプレゼントを忘れたのか？　あんたは運がよかっただけなんだぜ。シンジケートが、あんたの始末をどうつける気かわからないが、ほっとけないと思ってることはたしかだ。やつらは、サイボーグ特捜官には手をださない。だが、いまのあんたはそうじゃない。サイボーグ特捜官システムを敵にまわす心配をしないですむと思ってる。レーザー砲かミサイルをお見舞いされないともかぎらない。あの貧相な野郎は殺し屋じゃないかも知れないが、この一区画を吹っとばすことができるのかもしれない。やつだって生命が惜しかろうなぞと考えるなよ。やつ自身知らされていないのかもしれないから

な〉

〈そこまでは気がつかなかったな〉

私は皮肉をいった。

〈通りのどまん中で花火大会をやるというのか。ここはカポネ時代のシカゴじゃないんだぜ。いまのシンジケートの親分衆は、もうすこし洗練されてるよ。たぶん、あんたよりもな。マロリー〉

犬がけたたましく吠えたてはじめた。通りをふとった女に連れられて散歩していた、きれいなマルチーズ犬が狂ったように吠えていた。人間の聴覚ではとらえられない超音波の会話に勘づいたようだった。

〈あの黒い髪の娘は、あんたに関心を持ってるぞ、ライト。知っているのか？〉

マロリーに注意をうながされるまでもなく、私はその髪と眼の黒い美しい娘に気づいていた。通りの前方にたたずんで、吠え狂って飼主を当惑させているマルチーズを眺めている娘だ。

〈知りあいじゃないが、公園でよく出逢う娘だ。心配はいらない。べつに怪しいふしはないよ〉

〈あまいぞ、ライト。あの娘はずっとあんたを監視しているんだ。ことによると、曲者はあの娘かもしれないぞ。呑気なことをいうもんじゃない。ここ二か月間のあんたの行動は、細大もらさず記録されている。それによると、あんたはほとんど毎日、あの女の子と逢ってい

るんだ。たとえ一度も言葉を交わさなくても……〉
　娘がいつも連れてきている幼い美しい弟のすがたがいまは見えなかった。マロリーのいう通り、私は日課にしている散歩で、かならず美しい姉弟に行きあっていた。たしかに偶然とはいいきれないほど頻繁だったかもしれないが、マロリーが指摘するほど重大な意味を持っているとは思えなかった。それでともかく、ブリュースター長官が、どんなに私の身を案じ気遣ってくれているかわかった。教育マニアの母親にも劣らぬ執拗な愛情を私に注いでくれているのだ、この私がひとりではトイレにも行けない幼児かなにかのように。
〈あの娘が、シンジケートの手先だとでもいうつもりか？　おれをつけ狙ってる殺し屋だとでも……〉
〈証拠はない。身許は洗いあげてある。オルガ・オリベッティといってハワード大学の学生だ。寄宿舎に部屋を持っているのに、いまは家族といっしょに住んでいる。べつに怪しいふしがあるわけじゃないが、シンジケートのエージェントは滅多なことでは尻尾を出さない。警察のおとり捜査員と同じなんだ。まさかと思うような人間まで、シンジケートの触手の役割を果している。シンジケートは、この地球に世界連邦と重なりあって存在するもうひとつの超国家組織だ。独自の法律、独自の階級制、独自の社会秩序を持っている。ファシズムの暴力的な一形態だが、人間には常に暴力的闘争的な志向が精神の深奥にひそんでいるという証左だね。シンジケートが勢力を爆発的に伸ばしはじめたのは、各国軍が解体された直後だった。平穏無事な世界には適応できないタイプの人間は、意外に数多いんだ。シンジケートは、軍隊のような暴力団からあぶれちまった連中を吸収して急速な成長を遂げた。いまでは、うっかりシンジケートの悪口もいえやしない。二〇人に一人はシンジケートに関係を持っているそうだ。ひょっとすると、この通りにいる人間全員がシンジケートのエージェントかもしれないんだぜ〉

〈この世は闇だな〉

と、私はいった。

〈だが、別の考え方もある。あの娘は、おれに気があるのかもしれない。おれは好男子のニグロだからね。あんただけが女どもにチヤホヤされるわけじゃないよ、マロリー。シンジケートの話はもうたくさんだ。あんたは警官のお手本なんだ。ありとあらゆる人間を、うさんくさそうな眼つきでながめる。機会があれば、訊問を浴びせて汗を絞ってやろうと思ってる。身にしみついている癖なんだ。大衆を敵視していながら、大衆の保護者気取りでいる。おれも一度は警官だったからな。あんたはめくらも同じだぜ、マロリー。スーパーマンのサイボーグ特捜官でも、どめくらだ。権力をかさに着ているやつはみんなそうだ〉

〈あんたは、警官嫌いなんだな〉

〈警官を好きなやつはいないよ。警官をやってると、それすらもわからなくなる。昔は拳銃きちがいやサディストの警官が大勢いた。凶暴な変質者どもが警察官という公職をかくれみのにしていた。死刑執行人ほど聞こえが悪くないからな。いまだってたいして変りゃしない。警察の本質は暴力装置だから、血に餓えたごろんぼうを閉めだすわけにはいかないんだ〉

〈警察にいい面はないのか？〉

〈まだお目にかかったことはないね。そのうちにロボット警官が増えて、警察署も清潔になるだろう。無実の人間がひっぱたかれて、血の涙を流すこともなくなる〉

〈それでわかったよ、ライト。あんたは警察が嫌いなんじゃない。人間が嫌いなんだ。人間という生物を憎んでいるんだろう。ただそれだけのことなんだ。だが、それはあんたがセンチメントな人間だという証拠だぜ。弱みを見せまいと虚勢をはっているんだ。強がっているだけさ〉

〈その通りだよ。あんたのくだらない講釈を聞くまでもない。なぜおれをうっちゃっといてくれないんだ？〉

〈あんたという人間に興味がある。どこまで意地をはり通せるのか知りたいのさ。あんたのサイボーグ体は遠からず使いものにならなくなる。そのとき、あんたがどうするか、これは興味を持たずにはいられない〉

　私はもう返事をしなかった。マロリーは自分のサイボーグ体を誇らしく思っている。自分がスーパーマンであることを享楽している。大男が絶えず意識して、おのれの巨軀を他人に誇示したがるように。彼が有能なサイボーグ特捜官でいられるのはそのためだ。悩みを持たずに任務に専念できるからだ。彼は自分が戦う機械であり、凶器の化身であることに、一片の疑いもいだいていないばかりか、むしろ生き甲斐を見出している。

　マロリーは微笑を浮かべながら、楽しげに闘い、敵を屠るだろう。彼が暴力集団のシンジケートに属さなかったのは、単なる偶然ではなかったか、と私は思った。彼は快活で陽気な兵士なのだ。感じのいい人間にはちがいないが、良心の痛みを感じることなく、平然と殺人者になれるのだ。心に翳りの部分を持っていないからだ。

私はもうマロリーに我慢ならなくなっていた。

このとき、私をつけまわしていた貧相な男が行動をおこした。

男はようやく決心がついたように、私に近づいてきた。手にはなにも持っていなかった。私から百メートルほどはなれた場所にいるマロリーが待機の姿勢に入っているのがわかった。電光の変化を秘めた完全な静止。私の前方にいる黒い髪の娘は、いぶかしげに私を見ていた。ふとった女とマルチーズ犬はいなくなっていた。他の通行人はこの光景になんの関心もはらっていなかった。マロリーの警告が正しく、男が物騒な人物なら、加速能力を持った私とマロリーしか生き伸びる機会はないわけだ。

貧相な男は、神経質な咳ばらいで私の注意を惹こうとした。

「ああ……ライトさんで？」

私はうなずいた。どう値踏みしても、危険人物という柄ではなかった。

「なぜ、おれの名前を知ってる？　さっきからつけまわしてたな」

男は涙がたまっている赤い眼をぱちぱちさせた。

「オフィスへ行こうと思ったんですが……ふたりだけで話せるチャンスがなかなかなくって

……」

「用件は？」

「人を探してもらいたいんで。引き受けてもらえますか」

「あんたの名前は？」

「エディ・キンケイド……」

　こいつはアル中だった。すじばった手がひっきりなしに動いて、ありもしない酒のたっぷり満たされたグラスを探しもとめていた。

「ところでキンケイドさん。どこでおれの商売のことを聞いてきたのか、教えてくれないかね？　おれの名前は、職業別電話帳には載っていないんだよ。どうしておれの名前とオフィスがわかった？」

「それが、ちょいと妙な話なんで……」

　エディはいそがしく瞬きして涙がこぼれるのを食い止め、鼻をすすった。

「実をいいますとね、あたしが酒場で飲んでるところへ、声をかけてきた男がいましてね、あんたの写真を見せて、名前と住所をあたしに教えて、会いに行けというんで……酒代をくれて、いう通りにしたら、またかねをくれるというんでさ。人探しをあんたに頼みたいってわけで……なぜ自分で直接頼まないのかと訊いてやったんですが返事をしないんです。酒代さえもらえりゃ文句はなかろうってつらでね……すじが通らないし、ひょっとすると剣呑な話じゃないかと思って、いやだといったんだが、どうもかねを見せつけられると手がいうことをきかなくなっちゃって……なにしろ、ここんとこずっとシケつづきで、すっかり人間が卑しくなっちまってて、我慢できなくなってやりましょうてなわけで」

エディ・キンケイドはとめどもなくだらだら喋った。文なしのアル中で、酒場をうろついては振舞い酒にありつこうという手合なのだった。何十度となく矯正病院に送りこまれても、しぶとく脱走して酒場へ舞いもどってくる。こういうずぶろくは酒を浴びている間は不死身と同じで飯も食わず眠りもせず、殴られようが蹴られようがびくともしない。そのかわり、酒の気が切れようなものなら、朝の陽光を浴びた吸血鬼さながら、悲鳴をあげてたちまち死んでしまうという代物だった。

犯罪者になるほどの才覚もなく、アルコール漬けになった脳みそをかかえて、一日中酒の海で泳ぐ幻想に浸っているのだ。不潔にはちがいないが、きわめて無害な連中だった。

「それで酒場で会ったその男はなんといった？」

「それが変なことなんで……旦那のいちばん大事な人間を探せというんで」

「おれの？　おれのいちばん大事な人間を、おれに探させろといったのか？」

「そうなんです。すじが通らねえでしょうが。なぞなぞ遊びかときいてやったら、探偵の旦那にはそれでわかるはずだというんで……まさか荒っぽいことにはならねえでしょうね？　あたしは酒にさえありつけりゃ、それでいいんで。よけいなことに首をつっこむ気はさらさらないんでさ」

私の不穏な気勢が通じたのか、アル中患者は怯えたように身を退いた。てのひらのつけ根で眼を拭いた。

「そいつがいったのは、それだけか？」

「そうなんです。それから、あとの駄賃は探偵の旦那がくれるって……」

「そいつは、どんな男だった？」

聞くだけむだだった。酒場で会った男がダチョウの羽根を飾った婦人帽でもかぶっていないかぎり、なにも覚えていないのと同じことを喋った。

このずぶろくをやとった男は、古くさいが安全な手段を用いたのだった。

エディは抜け目なく私に酒代をねだった。私はいくばくかの小銭を彼のふるえる手につかませてやった。しかし、彼は恩知らずにも、くろんぼ野郎がしみったれだといった悪態を口の中で吐きながら立ち去って行った。

私はずぶろくエディの伝えた言葉の意味を詮索するのに気をとられていたのだ。

黒い髪の娘がなにごとか叫んだようだった。私はずぶろくがふところに手を突っこむのを見た。

突風が吹いたようだった。エディの身体はパシャッと水音のような響きとともに吹っとび、まりのように転がった。

高速サイボーグが大気にうがった真空のトンネルに空気のなだれこむ音が、とてつもなく巨大な鞭を振ったように鋭く鳴りわたった。

ずぶろくエディを襲った突風には鋭い刃がついていた。路上に動かなくなった彼の死体は大きく裂けていた。腹部に開いた裂孔から内臓がうごめきながらはみだしてきた。彼の血はアルコールではなく、ちゃんと赤い色をしていた。死体の右手が酒瓶の口をしっかり握りしめてい、路上に粉砕されたガラスの破片が散っているのを見て、私はなにが生じたのかを了解した。

マロリーは、ずぶろくエディがふところに手をつっこんだ瞬間、襲いかかったのである。むろん、マロリーの誤認だったのだ。あわれなエディは、切れかかっているアルコールを補給しようと、ふところの酒瓶に手をかけただけだったのに……

マロリーには先入感があった。彼は殺し屋の先手を打とうとして、無意味な殺人を犯してしまったのだった。

死体の周囲には、みる間に人垣が築かれていった。マロリーのすがたはどこにも見えなかった。

制服警官が到着し、野次馬を追いはらいにかかるまで、私は石のようにその場を動かなかった。だれかが私を指さして告げたと見え、制服警官のひとりが気負いたったきびしい顔つきで私めがけてやってきた。右手が腰の制式麻痺銃にかけられていた。

「あんたは目撃者だね？」

制服警官は硬い声でいった。私は無言でうなずいた。

「では、証人として話を聞かせてもらおう」

警官は若い白人だった。冷たい灰色の眼が警戒の色をたたえて私を凝視した。彼は私の右腕に手をかけ、警官の作法通り逃走を防ぐ身がまえに入った。群衆がざわめいた。

「証人なもんか。そのくろがやったんだ。そいつは人殺し野郎だ」

罵声が浴びせられた。敵意のこもった興奮した視線が四方八方から私にむかってつき刺さってきた。

「いっしょに来るんだ」

警官は鋭い声で立ちふさがる野次馬を追いはらいながら、私を連行していった。なかなか権威あるみごとな態度だった。寸分のすきもなかった。だが、私の腕の異様な硬さに気づいていないところを見ると、やはり多少はあがっていたようだった。

「事故だったのだ」

ブリュースター長官がいった。常に変らぬ平静な声音だった。非情な青い眼は澄みきっていた。

「不運な事故だった」

「エディ・キンケイドという酔いどれにとってですか？　それともマロリーにとってですか」

「なにも皮肉をいうことはなかろう」

青光りする鋼鉄の像に爪を立てようとするみたいなものだった。ブリュースター長官の不動心をゆるがすことはだれにもできない。

警察に連行された私は、調べ室のこわもての刑事たちにこってり絞られる寸前、危うく虎口を脱したのだった。連邦警察の長官じきじきに餌食を攫(さら)われて、殺人課の旦那がたはさだめしあっけにとられたにちがいない。

私にとっては半年ぶりにお目にかかる長官室のたたずまいだった。

「私はマロリーに、手をひくようにくりかえしたんですよ。よけいなお世話だ、とね。私はおしめを当ててる赤ん坊じゃない。自分の始末ぐらい自分でつけられる。だいたい、サイボーグ特捜官なんてものは、ひとりだけでも充分不吉な存在なんです。それが、ふたりもそろったらなにがおっぱじまるかわかったものじゃない。その結果、どうです、気の毒な年寄りが生命を落してしまった……」

「マロリーはわたしの命令を忠実にまもっただけだ。きわめて錯誤を起こしやすい状況だったのだ。シンジケートはすでに一度、きみを襲っている。ボディ・ガードとしては、不可避の行動だった。いちがいにマロリーを責めるわけにはいかないのだ。アーニー、きみだってマロリーの立場に立てば同じ行動をとっていたはずだ」

「そう結論を急ぐことはないですよ。野良犬のような浮浪者がひとりくたばっただけだといいたいのでしょうが……私だっていささか責任を感じていないわけじゃない。もう少し注意していれば、マロリーを制止できたはずなんでね。危険はないと教えるべきでしたね」

そうはいっても、マロリーはどうせ自分の判断しか信じなかったろう、と私にはわかっていた。

かつて私の親友だったメンデイという男が私を訪ねてきて以来、ブリュースター長官はにわかにシンジケートに対する警戒を強めだしたのだった。メンデイはシンジケート・マンと呼ばれるはえぬきの幹部候補生で、その目的は私をシンジケート側にひきこむことだった。結局、説得工作が失敗すると、メンデイは殺し屋に変じたが、これもやりそこなって、私の九五〇階の部屋の窓から落ちて死んだ。そのとき彼が人間爆弾だという事実がわかったのだ。シンジケートが私に抱いている愛情の深さが知れるというものだった。シンジケート・マンは組織の重要な中枢細胞で、使い捨てにすべき性質の下層成員ではない。この一事からして、私の受けている評価はたいしたものだった。

ずぶろくエディを使った奇妙な通告も、その評価と無関係ではないだろう。

「きみのいちばんだいじな人間を探せ、とエディは伝言してきたのだったね？」

たしかにブリュースターは、エディ・キンケイド老人にふりかかった悲運など気にもとめていなかった。彼にはもっとはるかに重大な問題が山積していたのだ。

「そうです。まさに謎の言葉ですな」

「きみに、なにか心当りはあるかね？」

「ありませんな」

私は冷淡にいった。「私にとって大事な人間などひとりもいませんからね。私はシンジケートにかなりの損害を与えているから、復讐したい気持ちはわかるが……身寄りの者はひとりもいないし、友だちもいない。私がくたばってもだれひとり悲しがってくれないでしょう。

ともかく私は一度死んだ人間ですからな」

　ブリュースターは白皙(はくせき)の額をややうつむけて考えこんでいた。

「なにか意味があるにはちがいない……シンジケートの連中は、無意味な冗談などいわないからね」

「たぶん、私の愛している人間を殺してやるというのでしょう。だが、この手の脅迫は、私には効きめがない。見当はずれもいいところです」

「それはたしかなのか、アーニー？　見当ちがいといいきれるのかな」

「ご心配には及びません。それより、長官。私になにかかくしていることがあるんじゃないでしょうね？」

　私はいきなりいって、長官の端麗な顔をうかがった。彼は瞬きもせず、澄みきった冷やかな眼で私を見かえした。

「それは、どういう意味だ？」

「カンです。ただのヤマカンですよ。しかし、シンジケートのやり口は、どこか歯に衣着(きぬき)せたとこがある。本気で私を襲う気なら、もっとまともなことをやるでしょう。あなたにしたってそうです。システムから逃げだしたサイボーグ特捜官のボディをぶじに回収するために、私が折れてもとのさやにおさまるのを、のんびり待っているような人じゃないんだ、あなたは。マロリーたちに命じて、私を力ずくでつれもどすことだってできたはずです。敢えてそうしなかったのは、なにかほかに目的があるからだ……ちがいますか、長官？　なにかもくろみがあって、私を泳がせているんじゃないんですか？　シンジケートも、あなたも……」

「なんのことかわからん。ただ、きみがわたしを冷酷な人間だと非難していることは汲みとれるが」

「ま、いいです。いずれ、そのうちにわかってくるでしょう。帰ってもかまわないのでしょうね？」

「もちろん、きみは自由の身だ」

「どうですかね。私の腰ギンチャクはどうしました、腕ききマロリーは……」

「彼には別の任務をあたえた」

「では、新顔のボディ・ガードがもらえるわけですな。ひとつお願いがあるんですが、なるたけ無口なやつをよこしてください。マロリーは喋りすぎる。今度は死人みたいに口数のすくないのを頼みます。なんなら、ほんとの死人でもいいです」

長官はなにもいわず、デスクの上に組みあわせた手に眼を落していた。ピアニストのように指の長い美しい手だった。私はドアに向って歩き、長官をふりかえった。

「ところで、ずぶろくエディの件は闇に葬ってしまうつもりでしょうね？」

長官は眼もあげず、口もきかなかった。

「そうだと思ってた」

私はしずかに長官室を出た。

私は重要なことを、ブリュースター長官に話し忘れた。もちろん、故意にだった。

長官が隠しだてする気なら、こちらにも考えがある。私の頭脳はそれほど出来のいいほうではない。なにしろ常人の三分の一の容量しかないのだ。しかし、脳みその切れっぱしでも、カンだけはよく働いてくれる。

そのカンが教えてくれるところによると、シンジケートの狙いは、この私自身ではない。もっと大きなものを狙っているのだ。ブリュースター長官もそれを知っている。賞品はもっと巨大なものなのだ。

私は連邦警察の建物を出ると、ロボット・タクシーをつかまえた。だれも私のあとを尾けてこなかった。

日課にしている散歩の時間ではなかったが、私は行きつけの公園へ出かけた。もう明けがたに近い公園地区には、さすがに人影は見えなかった。

私はベンチに腰をおろし、長いあいだ自分のなすべきことを考えていた。私の手出しすべきことではないのかもしれない。私は不吉な悪霊で、すべてやることなすこと、災いをまきちらしているのとおなじなのだ。私が動けば、その後には死体がころがっているという寸法だ。

私はどうにも心をきめかねていた。考えをまとめることができなかった。

「よし、望み通りにしてやるぞ」

私は叫んだ。その声はひと気のない公園にひびきわたった。

なにをしようとしているのか、ほんとにわかっているのか、と私は自分に問いかけた。ばかなまねだぜ。おまえはブリュースターに向って大見栄を切ったじゃないか。自分には愛する者などひとりもいないと……かつてはいたかもしれない。フウオングという娘と幼い弟トム。メンディという名の友だち。メンディは死んでしまったし、フウオングとトムの行方はわからない。おまえが彼らを愛していたのは昔の話だ。

なぜ、そっとしておかないのだ。おまえはアーネスト・ライトの亡霊じゃないか。亡霊のくせに、なぜでしゃばって彼らの平穏を乱そうとするのだ。

だが、シンジケートのやつらは、そうは思っていないぜ、と私は自分自身にむかっていい返した。おまえにとって、いちばんだいじな人間はフウオングとトムだと思っている。やつらはばかじゃない。とことん利口なんだ。このおどしがおまえにとってもっとも効き目があることを知っている。おまえが動きださずにはいられないスイッチを押したんだ。

だったら、動きだしてみせてやろうじゃないか。よくできたロボットのおもちゃのようにな。そしてやつらを喜ばせてやろう。ただし、ほんのすこしの間だけ……

フウオング姉弟の行方をつきとめることは、さしてむずかしい仕事ではなかった。フウオングの社会保険の番号をおぼえていたからだ。地球上どこへ行こうと、この番号だけは死ぬまで本人についてまわる。フウオングとトムは、死んだ父親の年金を支給されているはずだから、管轄官庁へ問いあわせてみるのが早道だった。犯罪者やとくに身分をかくす必要のある人間以外は、コンピューター・ネットワークが、五分以内に答をはじきだしてくれるのだった。

フウォング姉弟は、旧ニューヨークに住んでいた。あれから七年も経つのに、フウォングが独身のままと知って、私はショックを受けた。とうの昔に結婚しているものと信じていたからである。

エアバスが旧ニューヨークに到着した瞬間、私はつよいためらいの念にとらえられた。やはり来るべきではなかったのかもしれない。死者はむやみに墓の下から這い出て行ってはいけないのだ。

私は乗客がひとり残らず降り立ったあともシートに身を埋めつづけ、ついに係員に追いだされた。

旧ニューヨークは美しい静かな都市だった。歴史と伝統の都市であって、メガロポリスの核部ではなかった。旧都市形態があまりにも強固すぎたため、時勢の流れにとり残されてしまったのだ。

旧い都市はみなそうだった。都市としての効率が悪すぎて人間が住みにくくなり、潮が退くように人口が減少してしまう。再開発を行うよりも、一種の名所史跡として原型を留めておかれることになる。

旧ニューヨーク市は、まさにそういった伝統美をそなえていた。活気にこそ乏しいが、郷愁を呼びさます、どことなくなつかしい街だった。

私はたちまち郷愁の触手がしっかりと心にからみつき、どうにもならないほど、がんじがらめにしばりあげられて行くのを感じた。ここはフウオングたちと逢うべき場所ではなかった。ここに保存された過去は、あまりにも甘美であった。化石した人の心をもろく、やさしく融かしてしまう魔力を持っていた。

どんな冷淡な強い人間でも、心のくじける雰囲気があるとすれば、この都市にはそれが色濃く充満していた。過去の日心をふるわせた倖せな想いが甘くやるせない感傷がよみがえってくるのだった。すると心の糸が微妙にふるえはじめ、魂の深奥からなにかがあふれだしてくる。そして、いつか人は、なつかしく慕わしくすばらしいものの幻影を追いもとめて、強固な心の鎧を脱ぎすててしまっているのだ。臆病な小動物が冬眠からめざめて、巣の外に顔を出し、外気にこもった春の香気を、鼻面をぴくつかせて嗅ぎ、やがてそろそろと這い出してくるように……

私は旧ニューヨーク市の魔力に、自分が無抵抗に捉われて行くのを知り、はげしく狼狽した。みずからに禁じていた追憶があふれだしてしまったのだ。

それは、七年ぶりにあった旧友のメンデイがもたらした過去とは性質の異なるものだった。古傷をかきひろげられる痛みの欠如した、悩ましい感傷の甘さだった。頬を愛撫する微風のやさしさだった。

古い街並に、私はフウオングの幻影を見た。少年の夢想する美しい少女の面影を見た。澄みきった瞳、なめらかな頬、微笑する唇、ほっそりした首すじ。神秘的な月光、青い透明な闇。これは幻想だった。気が狂ったのではないかと思うほど、心がとめどもなく美化された回想をつむぎだすのを、私は茫然と見まもった。

こんな状態で、フウオングと再会することはできなかった。自分が若々しいしなやかな肉体を持つ黒人青年ではなく、硬いハイプラスティックの外皮に超重合鋼の骨格、きちがいじみたメカニズムの数々を詰めこんだ、化物だということを思いださなければならなかった。自制心をとりもどさなければならなかった。

私は、熱病じみた興奮がさめるまで、むやみに市街を歩きまわった。観光客の人波に呑まれて、ワシントン・パークやタイムズ・スクエアに足を向けた。夕方まで時間をつぶしたが、一度しっかりととりついた熱っぽさは、いつまでも余熱をたもっていた。

私はとうとうダウン・タウンにやってきた。そのアパートは古めかしい茶色の砂岩で造られた背の低い建物だった。かつての高級アパートメントの重々しい威厳が感じとられた。高級料理店のピンと背を伸ばした老齢のドア・マンを想わせた。

私は建物の通りをはさんだ歩道に立ち、心を鎮めようとはかない努力をくりかえしていた。

そこにフウオングが住んでいた。

それなのに、この期におよんで私は彼女に逢う勇気が欠けている自分を知った。

その少年は、口笛を吹きながら夕闇の歩道をあるいてきた。四肢のすらっとした、東洋人の血を持つ顔立ちの少年だった。年齢は十三歳だった。とてつもなく大きな眼を持っていた。

少年は何気なく、通りをへだてた反対側の歩道に立っている私に眼を向けた。白眼の部分がきらっと光った。彼は微動もせずに突っ立っている黒人を認めたが、格別の関心は持たなかったようだった。眼をそらすとアパートの前の石の階段を登りはじめた。

「トム……」

私はそっと声をかけた。

少年は足を止めて、肩ごしに私をふり向いた。警戒心で眼が光った。

「だれ？」甲高い声だった。

「トム。おれだ。おぼえてるかい？」

私は動きだして、ゆっくり通りを横切り、石の階段の下へ身体を運んでいった。

「だれさ？」

少年――フウオングの弟トムは、私を思いだすことができなかった。むりもない。子どもにとって七年間の歳月はとてつもなく長い。かつての親友の記憶を消し去るに充分なほど。いま十三歳のトムにとって、私は見知らぬニグロにすぎないのだった。

「おれだよ。アーニーおじさんを忘れたのかい、トム？」

「アーニー？」

トムは眉をひそめ、眼をほそくして私の顔を観察した。ちらりと表情が動いて、おぼろげな記憶がよみがえりつつあることを知らせた。

「アーニーおじさん？　フウオングの……でも、アーニーは……」

どうやら記憶が混乱してしまったようだった。

「フウオングはいるかい？　アーニーが逢いに来たと伝えてくれないか」

少年は頭をうなずかせて、階段を駆けのぼって行った。私はゆっくり後に続いた。すばしこい少年
私がアパートのロビーに足を踏みこんだとき、トムのすがたはなかった。

だった。エレベーターのサインが四階で停まった。

私は隣のエレベーターに乗り、四階へ昇った。

四階で降りると、私は耳を澄ました。人声が聞こえるほうへ廊下を歩いて行った。

ドアが開き、私は間近にフウオングの凍てついた真青な顔を見おろした。彼女は眼を裂け
んばかりに見ひらき、虹彩のまわりに白いすき間が見えた。

「アーニー……」

フウオングはよろめいた。悲鳴をあげるか気を失うかしてもふしぎはなかったが、ただよ
ろめいただけだった。彼女は幽霊を見たのだった。フウオングはいつも気丈な娘だったのだ。

「でも、どうして……」

「髪のかたちを変えたね。前のほうがよかったのに……」

私は愚かなことをいった。ほかに言葉を思いつけなかったのだ。

「ちっとも変らないね、フウオング。おれのほうはひどかった……それでとうとう夕飯に間
にあわなかった」

「アーニー……あなたにさわらせて」

フウオングは憑かれたような眼を私に当てながら、そろそろと手を持ちあげた。ひゅうひ

ゅう呼吸が烈しい音を立てた。

「やめたほうがいい。おれがどんなに変っちまったか、きみが知ったら……」

しかし、フウオングは両手でそっと私の顔に触れた。その手が首すじを伝わり、肩のほうに降りて行った。ぎくりと停まった。サイボーグ体の異様な硬さを感じとったのだった。ギプスをはめているような感触だったろう。

「これでわかったろう？　おれが帰れなかったわけが」

と、私はいった。

フウオングの身体は私の足もとへずりさがって行き、両手がしっかりと私の膝を抱いた。かぼそい肩が慄え、慟哭が漏れた。

「こんな身体になって、おれはきみのところへもどるわけにはいかなかったんだ」

私は痺れるような悔恨に支配されて、フウオングの泣き声を聞いていた。七年ののち、帰ってきた恋人が異様な怪物に変っていたとしたらどうだろう。私はやはり彼女の記憶のうちに若く美しい恋人としてのイメージをとどめておくべきではなかったか。つまらない感傷かもしれない。だが、フウオングにとっては、貴重なものだったにちがいないのだ。

私は胸郭を締めつける心の痛みに耐えた。やらなければならなかったのだ。フウオングの心に美化された私のイメージをうちこわすことが必要だった。見も知らぬ怪物と化したアーネスト・ライトを彼女にはっきりと見せつけることで過去を清算してしまわねばならなかった。彼女にとっても、私にとっても、それがいちばんいいことだったのだ。

「もう、よせ。起きろよ、フウオング。おれの話を聞いてくれ。おれは、はっきりけりをつけるために来たんだ」

私は語調を変えてひややかにいった。驚きの眼をみはって私たちを凝視しているトムに、私は声をかけた。

「ねえさんに手を貸して、そこの椅子にすわらせてやれよ、トム。これでは話ができない」

私はフウオングに話してきかせた。腐敗警官のアーチャーに熱線銃で背後から射たれ、黒焦げになった私が、サイボーグ特捜官として転生するまでの経緯を話した。わずかに生存を許された八百グラムの大脳皮質が、高速サイボーグ体に移植され、秘密訓練を受けて人間でもなく機械でもない妖怪じみた存在に生れ変ったことを話した。もちろん、話してさしつかえのない部分だけだった。私がどれほど熱烈に彼女のもとへ帰ることを願ったか、どれほど狂おしい願望と闘わねばならなかったか、そんなことは話さなかった。

私はなんの感情もまじえなかった。生理の大半を喪失したサイボーグというものが、感情の枯渇したロボットに近いしろものだという印象を与えたかったからである。フウオングが私にもとめるものはなにも残っていないと強調したかったのだ。

その間、フウオングは身じろぎもせずに椅子にすわっていた。涙のかわいた顔は蒼白かったが、美しかった。七年の歳月は、彼女になんの痕跡も残していなかった。もちろん、フウオングはもはや少女ではなかったが、ほっそりと繊細で、あいかわらず可憐な小鳥のようなフウオングのままだった。東洋人の娘はあまり急激に変化しないものなのだった。

　私はクライム・シンジケートとのからみを話し、私がここへやってきた理由を説明した。私がもはや人間ではなくなっており、人間だった時分の過去と完全に縁を断ち切っていること。シンジケートの連中が私の弱点を握ろうとしてもむだだということを、はっきりさせるためだといった。話しながら、自分の残酷さ無慈悲さにたまらない憎悪をおぼえた。

　だが、シンジケートとのもめごとにフウオングをまきこまずにおくために、私はどうしてもやりとげなければならないのだった。

　しかし、フウオングの言葉は、とっぴょうしもないものだった。

「やっと帰ってきてくださったのね……」

　フウオングはしずかな優しい声でいった。

「アーニー……あたし、待っていたのよ」

　私はフウオングの黒ぐろとした瞳のなかをのぞきこみ、いままで自分はなにを喋っていたのだろうと思った。彼女は私のいうことをなにひとつ聞いていなかったのだ。

「おれのいってることの意味がわからないのかい？　おれは昔のアーニーじゃないんだよ。アーニーの記憶は持ってるが、正体はなにか別のいまわしいものなんだ。機械じかけの怪物なんだ。これだけ話したのに、それがわからないのか」

「なぜ、そんなことを気にしなければならないの？　あなたはこうして帰ってきてくださった……それで充分だわ。たとえどんなに変ってしまっても、あたしはあなたをやっと取りもどしたのよ、アーニー」

私は絶望的に頭をふった。

「きみにはわかってないんだ……」

「あたしはあなたを愛しているのよ。あなたがどう変ってしまおうと、そんなことは無関係なのよ。あなたにはそれがわからなかったのね。あたし、幽霊でもいいからあなたが帰ってくることを願っていたの」

「きみは、肝心なことを忘れている。おれはもうきみを愛してたアーニーじゃない。おれには愛なんてものは無関係なんだ。おれの身体に巣食ってるメカニズムがそうさせてしまったんだよ。ロボットが人を愛せるか？　愛なんてしろものは、暖い血とやわらかい肉体の属性のひとつにすぎない。なんだったらコンピューターに質問してみるがいい。おれと同じように答えるだろう。もちろん、おれはきみを愛していないし、きみの愛に対しても、なにも感じない」

「それなら、なぜ、わざわざあたしに会いにいらしたの？　あたしの身を心配してくださったからでしょ？」

フウオングは、たとえようもない無邪気さで訊いた。

「もちろん、ちがう。シンジケートのやつらに、おれがきみに対してなんの関心も持っていないと知らせたいんだ。ただそれだけだ」

「でも、それはおかしいわ。あたしのことなんかどうでもいいといってらっしゃるなら、ここへ来ることもないわけでしょ。どうなろうとほうっておくのじゃなくて……」

「おれはただけりをつけたかったんだ。きみにさよならをいうことで、過去ときっぱり手を切ることができるからだ……」

　私は自分の愚かさに腹を立てながら、投げだすようにいった。これではなにもかもだいなしだ。

　フウオングは音もなく椅子から立ちあがり、私に近づいてきた。私の腕にそっと手をかけた。

「自分をごまかすのはおよしなさいな、アーニー。あたしたちの間はちっとも変らないのよ。あなたが自分でそう思っているだけなのよ。あなたがもどっていらして嬉しいわ。お帰りなさい、アーニー……」

　フウオングは私の胸に寄りそって立ち、やわらかく身体の重みをあずけてきた。私はただ茫然と声を呑んだ。

　そうだ、これがフウオングなのだ。激することもなく、取り乱しもせず、従容と自分の運命を迎え容れる。彼女の愛は激しくも荒々しくもないが、やさしさとやすらぎにみちていた。なにかかたく凍てついたものが、私の裡で溶けはじめていた。フウオングは、私の硬直した冷たいサイボーグ体すらも、柔かく融かしてしまうようだった。

　ドアが開いて、弟のトムが大きな瞳をのぞかせた。フウオングは身体をひいて私からはなれた。ほんのすこしだった。

「トム。アーニーおじさんにお帰りなさいをいうのよ。とうとうお帰りになったのよ」

トムはきまじめな顔つきで歩いて来ると、手をさしだした。私はこの七年来はじめてのことをした。トムの手を握ったのだ。少年は眼を輝かせていた。

「ぼく、思いだしたよ。あんたはアーニーおじさんだ。ぼくがまだうんと小さいころ、死んだと思ってたんで、すぐにわかんなかったんだ。おじさんはサイボーグ特捜官なんだね。手が硬いや、鉄みたいだ」

英雄を見る眼つきだった。この年ごろの少年にとって、サイボーグ特捜官はロマンチックな光輝につつまれたヒーローなのだ。トムは興奮しきって顔をほてらせていた。

「ね、サイボーグ特捜官がロケットみたいに空を飛べるって本当」

フウオングにたしなめられなかったら、彼は私を質問攻めにしたことだろう。

「アーニーは、これからずっとあたしたちといっしょにくらすのよ」と、フウオングはいった。「だから、あまりうるさくしてはだめ」

私はほんとうにその気になっていたのだろうか。フウオングの愛は私をがんじがらめにした。私は正気を失くしていたのかもしれない。ニューヨークの魔力にとらえられていたのかもしれない。

私は故郷にもどってきた旅人だった。母親の胸に抱かれた赤ん坊だった。たしかに、私はどうかしていた。このままフウオング姉弟とくらすことが、ごく自然に思えてきたのだった。

その夜更け、私にあてがわれた部屋のドアをあけて、フウオングがしずかに入ってきた。昔のままに黒い髪を高くゆいあげ、薄い夜着をまとっていた。背後のドアからの光が、彼女を裸身同様に見せた。

時が逆流し、ふたたび七年前にもどったような気がした。

フウオングはふしぎな眼の色で私を見、微笑した。半身を起こしかける私を制して、ナイトガウンが落ちると、フウオングは完全な裸身をベッドに滑りこませてきた。

「おい、おれは……」

「いいの」

と、フウオングは私の口をふさいだ。

「なにもしなくていいの。ただ、わたしを抱いていてちょうだい。眠ってしまうまで……」

フウオングのやさしい肉体が私に寄りそい、押しつけられた。やわらかい乳房が、脇腹が、太腿のまるみが感じられた。私が永久に失ってしまった、愛しい女がふたたび私の腕の中にあった。

「眠るのよ……」

フウオングがささやいた。

「きっとあたしたち、幸せになれるわ……」

眠れ、ねむれ……安息は眠りのうちにだけある……私はこの数日間眠っていなかった。私はフウォングのささやきにうながされて、眠りの深みへ沈みこんでいった。私は長い間もとめつづけたやすらぎをついに探しあてたのだった。

暗い脳髄の奥で、光がしきりに明滅していた。危険信号を思わせる切迫感があった。意識の片隅で、なにものかの声が私に話しかけていた。それは声ならぬ声で、私を呼びさまそうと努めている気配だった。だれの声だかわからない。
私の脳髄の奥で記録映画の映写がはじめられた。明滅する光はその合図だったのかもしれない。

メンデイという名のシンジケート・マンで、かつての私の親友がこぎれいな顔に微笑を浮かべながら、オフィスに入ってきた。金の指輪を指にはめ、その手に小型のレーザーガンを握っていた。彼は危険な殺し屋なのだった。私はその映画を見たくなかった。もう結末を知っているのだ。私が制作した映画なのだ。

メンデイは人間爆弾だ、と私は思った。だが私を仕止めることはできなかった。シンジケートの連中は、本気で私を暗殺するつもりじゃない。なにかべつのことをもくろんでいるのだ。メンディ、ばかなやつだ、と私はいった。なにも自殺することはなかったのに。気の毒なメンデイ。彼はとつぜん、まいってしまったのだ。どんな冷酷な人間でも心がくじけるときは必ずあるものだ。たとえ鉄の心を持ったシンジケート・マンでも。まして怨みがましく心弱いアーネスト・ライトならなおのことだ。

シンジケートは、きみの弱みを知っているよ、とメンデイは眼を輝かせていった。きみはフウオングに逢わずにはいられない。連中はちゃんと先を読んでいる。フウオングと逢って、気が弱くなったところに襲いかかってくる。やつらはすばやくて巧妙だ。きみは逃げられない。きみは罠にはまったんだ。サイボーグ特捜官でも逃げられない罠だ。

待て、と私は思った。これは事実とちがう。メンデイはこんなことはいわなかった。これは夢なのだ、と私は気づいた。メンデイは人なつっこい微笑を浮かべながら消失した。映写が停められた。

目をさましなさい、と声ならぬ声が命令した。どうやら女の声のようだった。私は心の中を探しまわって、女の正体をつきとめようとした。どうやらいそうもないので、あきらめて外へ出た。

現実が立ちかえった。私の腕の中にフウオングはいなかった。ベッドの中にもいなかった。フウオングはベッドの枕もとに立って、私を見おろしていた。私は起きあがろうとして、身体の自由がきかないことを知った。私のサイボーグ体は、死んだ馬のように動かなくなっていた。——そうではなかった。私の心がサイボーグ体に命令をくだすことを怠っていたのである。

自由を奪われていたのは、私の心だったのだ。それでも声を出すことぐらいは許された。

「フウオング、きみが……」

と、私はいった。

「きみがやったのか」

フウオングはうなずいた。彼女はとくべつな表情を浮かべているわけではなかった。平静な顔をしていた。

「ベッドにしかけてあったんだな？　超音波を使うやつか……精神制御装置？」

「ええ。ずっと前から用意してあったの」

フウオングは当りまえのことを話すようにいった。さっきと別人になったわけではなかった。私が七年ぶりに再会したフウオングは、シンジケートの意のままに動くマリオネットに変えられていたのだ。意識構造自体を改変されて、自分ではそれに気づいていない。なんの罪悪感もなく、命じられた通り私を罠にかけたのだった。私と再会した喜びはほんものだったろう。さもなければ、私があざむかれるはずがなかった。

私は怒りも憎悪もなく、客観的に事態を検討した。ベッドにしかけられた精神制御装置が、私の情動の発動を抑止しているにちがいなかった。これは心の侵略だった。精神機能を抑えられた私は、なにひとつ自発的に行動することができない。腹を立てることすらできないのだ。

私はサイボーグ特捜官として致命的な失敗を犯した。まんまと心理コントロールにひっかかるなんて、特捜官の資格がなかった。精神制御装置は大がかりなものだから、うっかり見逃したと弁解はできない。私はのうのうと装置の上に寝そべって、疑うことすらしなかった。

「おれはこれからどうなるんだろう？」

私はフウオングに訊いた。

「いま、電話をかけたの。技師がきて診てくれるわ。なにも心配はいらないのよ。あなたを傷つけたりしないわ……あたしたち、いっしょにくらせるのよ、いつまでも」

シンジケートの連中はこれで完全なサイボーグ体のボディの見本を手に入れるわけだ。しかし連中の狙いはほんとうにそれだけだったのだろうか？　狙う獲物はもっと大きいのではなかったか？

「心配することはないのよ、アーニー」

フウオングは手を伸ばして、私の顔をやさしく愛撫した。

ふたりの人物が部屋へ入ってきた。ひとりはあきらかに技術者だった。私を料理しにきたのだ。ふたりともシンジケートのスタッフにちがいなかったが、悪党には見えなかった。もっとも悪相の犯罪者づらでは、要職はつとまらない。私の知るかぎり、シンジケート関係者は紳士ぞろいだ。

フウオングは退いて、男たちに場所をゆずり、自分はドアを背にして立っていた。

「さて、ミスタ・ライト」

技術者でないほうの人物が、ベッドのふちに腰をかけ、私に話しかけた。ひとりはベッドのシーツを剝いで、装置類を点検にかかったようすだった。

「これからしばらく、われわれのやることを気にしないでいただく。べつに手荒な意図はない。あなたのすばらしいサイボーグ体には、もちろん深い興味を持っているが、いますぐ興味を満足させる必要はないのでね。さしあたっては、あなたの心をすこしばかり調整したいのだ。あなたが自発的に、われわれに対して協力するように……苦痛はまったくない。気分も悪くならない。その結果、あなたはわれわれに対して非常に友好的な気分になる。ミス・フウォングのように……」

「狙いはなんだ？」

と、私は質問した。

「ほんとうの狙いをいってみろ。おれの人格改造をやったあと、おれを何に使う気だ？」

「その質問に答える義務はないのだが……」

男は教養のありそうな老人だった。表向きはさぞかし立派な職業を持っているのにちがいない。

「われわれはある組織を調べている。その組織の目的や、構成員の性質を知りたいのだ。実にみごとな秘密組織で、探りを入れれば入れるほど、ますます態様がつかめなくなってくる……」

「それで、おれに調べさせようというのか？」

私はなんとかして補助電子頭脳を働かせられないかと考えたが、見こみはなかった。

「それもあるが、実のところはあなたがその秘密組織に接触を持っているのではないかと、疑うに足る根拠があるのだよ、ライト君。六か月ばかり前、マサチュセッツで、われわれの高速戦車とサイボーグが破壊された。あなたの仕業じゃなかったのかね？」

「マサチュセッツ？　知らない。そんなおぼえはない。ずっと前にサイボーグの殺し屋を殺ったことはあるがね。それにしてもたいした戦果だ。さぞ荒仕事だったろう」

「おぼえていないだけかも知れないよ、ライト君。この秘密組織には妙な特徴があってね。こいつにかかわりあうと、むやみに健忘症患者が増えるのだ。われわれは手を尽して、記憶の木ッ端を拾い集めた。下意識を丹念にサルベージしてね……そいつをあなたにも試してみようというわけだ」

「その秘密組織が、おれの記憶を消してしまったというんだね？　おかしな話だ」

「そうとも。だが、冗談事ではないのだよ。われわれは真剣なのだ。その秘密組織は、シンジケートの存立にかかわってくる可能性もあるのでな。対抗策を講じておかねばならないのだ」

　老人の眼は真剣に光った。

「われわれは、その秘密組織が、強力な超能力者の集団だと推測している。彼らは、人類文明にとって、まことに異質な存在だ。まさしく『別の人類』と呼ぶべきだ。彼らの存在は、人類が営々ときずきあげた科学技術文明を否定し、壮大な科学体系そのものを、根底から覆えしてしまう……わたしの言葉の意味がわかるかね、ライト君。彼らは、宇宙の秩序そのものを破壊する。人類文化は再び先史時代の暗黒に逆戻りだ。魔法使や自然の精霊や怪しげな神々が幅をきかす混沌の中にもう一度投げこまれることになるのだ……」

「それは大げさすぎるのじゃないか？　あんたたちはギャングだ。人類社会の破壊者はあんたたちクライム・シンジケートじゃないか」私は無感動にいいかえした。

「いや、それはちがうね、ライト君。われわれは決して破壊者ではない。かつて一度も破壊者だったことはない。それどころか、われわれは、人類社会を積極的に構成してさえいるのだ。犯罪組織（クライム・シンジケート）という通俗的なふるくさい呼称によって誤解を受けているだけだ。非行少年あがりの無知で野卑な暴力やくざ、血も涙もない冷血性格のギャング、そんな認識は、あまりにも時代遅れだよ。いまや、われわれは人類社会を成立させるために、もっとも重要な役割を果しているのだ……種としての生物を持続させるには、猛烈なエネルギーを必要とする。そして生物エネルギーとは必然的に攻撃的で破壊的傾向を備えているものだ。それが生物の……生きとし生けるものの〝業〟なのだよ。攻撃性にかける生物は、美しく平和な社会を持つだろうが、適応能力を持たぬがゆえに、急速に滅亡してしまうだろう。人類を生物社会の成功者たらしめたのは、その猛烈な生物エネルギーだ。その攻撃性や破壊傾向を悪と呼ぶなら、まさに人類は、悪の集団そのものといえる。その悪徳を否定し、完全に消去すれば、人類は滅びざるを得ないのだ……

　今世紀の初頭、世界連邦制の発足が、地域国軍を解体にかかったときこそ、人類は真の危機を迎えたといえる。〝羊の平和〟を歓迎しない人間はすくなくなかったからだ。反抗的で狂信的な、人類の存続を危うくする秘密結社がおびただしく生まれた。無数の核兵器、生物化学兵器が盗みだされ、闇へ流れた。少数の狂信的性格者が、全世界を滅ぼすことができたのだ。その際の経緯をおそらく君はご存知あるまい……当時の世界連邦の最高幹部たちは、みずからわれわれシンジケートに取引を申し入れた。危険な秘密結社群をシンジケートに組みこみ、吸収させ、無害にしてしまうのが目的だった。そして彼らの意図は正しかった。毒をもって毒を制す……むろんこれは極秘の歴史的事実だ。それ以来、シンジケートは、〝悪のアナーキズム〟を弾圧する役割を請負ってきたのだ。世界は、昼と夜の政府を二つ持つことになった。表面的には、連邦警察とシンジケートは激しく対立しあっている。が、深い根元的なところでは、たがいの役割を了解しあい、合意に達しているのだ。単なる慣れあいではなく、人類社会の重要な構成者としての相互理解だ。シンジケートは、〝悪のシンボル〟としての悪名をまったく気にしない。むしろ、人類を破滅に導く生物エネルギーのコントローラーとして誇りさえいだいている。シンジケートが人類社会の破壊者たりえることは不可能なのだ……世界征服の野望に燃えた大陰謀団なんて、おとぎ話にすぎんのだよ。すでに、われわれは世界を支えている。世界を支える巨人アトラスが、世界を投げだして踏みにじるはずがない……そうじゃないかね？　したがって、シンジケートは、人類社会の破壊者とは徹底的に抗争し、闘う。未知の超能力者集団は、人類社会にとって超絶的な悪しき敵だ。彼らを根絶しにし、脅威をとりのぞくのは、われわれの義務なのだ。人間の種を防衛するためには、もとより善も悪もありはしない。その証拠に、連邦警察のブリュースター長官は、ライト君、あなたをわれわれの手にゆだねることを黙認したのだよ」

「そんなことじゃないかと思っていた……」

私は虚ろな声でいった。

「おれは、ブリュースターによってシンジケートに払いさげられたんだな……スクラップとして……」

「気にすることはない。ライト君、あなたが依然として重要人物であることに変りはないのだから」

と、老人は慰め顔にいった。

「笑いたいが笑えない。いまのおれには感情というものがなくなっちまってるんでね……しかし、おれを完全に心理コントロールできるかな？　おれはブラック・モンスターなんだぜ……そうとも。おれは不滅の存在だ。おれは怨霊なんだ」

と、私はいった。

そのとき、技師が老人に、心理コントロールの用意が整ったことを告げた。老人はうなずいた。

「では、ライト君。また後ほど話しあうことにしよう。そのときは、ずんとお互いに理解が深まることだろう」

老人は私に笑顔を向けて後へ退いた。

装置が作動した。

無数の青い糸で編まれた電気の網が脳に食いこんできた。無限に湧き出る光のパターンが視覚を奪いつくした。記憶が粉々に砕け散ってカレイド・スコープと化した。もはや私は私ではなくなった。自我のない無意味な存在だった。全世界が混沌（カオス）に呑まれた。原始の宇宙に還った。

　私はもうそこにいなかった。

　私はとめどもなく拡散して行き、宇宙の涯で拡散しながら凝集した。

　私はおそろしく巨大なものの一部であった。渦状星雲を構成する一個の恒星であった。私は光り輝く大瀑布にひっかかった水の一分子であった。

　再び、サイボーグ体に舞い戻った意識は、私自身のものではなかった。はるかに宏大な〈私〉だった。

〈私〉は、高圧電流のように、サイボーグ体の電子神経系の隅ずみまで突っ走った。干渉を加えてくる執拗な青い電気の網がずたずたに裂け、ちぎれとんだ。蜘蛛の巣よりも他愛なく破れた。

〈私〉はむっくり身を起こすと、強大な拳の一撃で、精神制御装置を粉砕した。私は解放されたのだ。

〈私〉はアーネスト・ライトであり、そしてそれ以上のものなのだ。

〈私〉は、電子装置の残骸の中に立ち、仰天してなすところもしらぬ老人と技師を冷やかに凝視した。彼らは恐怖に捉われ、みじめに狼狽した、とるに足らぬ卑小な人間たちであった。

〈私〉は彼らを無視して部屋を立ち去った。

「アーニー……」

　フウオングという名の娘が、拳を口に当てて立ちすくみ、〈私〉を見つめた。

「アーニー！　行かないで……」

　声がすがりついてきた。悲嘆と絶望の眼を炎のようにいろどっていた。

「アーニー！　お願い！」

〈私〉の裡でなにかが疼いた。娘の悲しみに呼応して、〈私〉の裡に励起されもがきながら立ちあがろうとするものがあった。〈私〉はそれを冷淡に圧殺した。

「アーニー」

〈私〉はゆっくり首を振って、娘を残し、歩き去った。いまこそ過去の一切が無限に遠のいて行きつつあった。

〈私〉は、アパートの建物の前の石段をゆっくり降りて行った。

　黒い髪の美しい娘がそこに待っていた。

　娘の名前は、オルガ・オリベッティ。超能力者集団〈ダーク・パワー〉のメンバーのひとりである。

　彼女の意識もまた、〈私〉のそれを構成する一部分であった。

〈ダーク・パワー〉は、今後、世界連邦警察機構やクライム・シンジケートなど、強大な暴力装置の圧迫を受け、困難な闘いを続けなければならない。

〈ダーク・パワー〉は、私を必要としていた。そのため集団テレパシーの思念圧をかけて、精神制御装置の干渉を断ち切ったのだ。

　オルガは、私の傍らに寄り添ってきた。〈ダーク・パワー〉は、私を受け容れることを決定したのである。

ついに私は、おのれの属する世界を見出したのだ。が、――本当にそうだったろうか。

私は依然としてまがまがしいブラック・モンスターであり、悪霊でしかないのだ。

デスハンター　エピローグ

暗黒の宇宙空間に、支えもなく宙吊りになっている、直径わずか一万三千四百キロの小さな球体——それが地球だ。秒速三〇万キロの光がよぎるのに二十三分の一秒しかかからない。直径五十億光年の宇宙には、馭者座εのように、その星の直径だけの距離を光が走るのに二時間もかかるような巨大な星が存在する。そんな星にくらべると、地球は埃に等しい。

この宇宙が生れたのは、二百五十億年ほど前だといわれる。

太陽系をふくむ銀河系星雲は、五、六十億年ほど前に生まれた。銀河系星雲は、一兆の一千億倍もある星雲群の中のひとつだ。

その銀河系星雲は一千億個の恒星で構成されている。そして、その一千億個の恒星の中で、比較的小さく若いオレンジ色の恒星——われわれの太陽だ——のまわりをまわっている九つの小さな冷えた星のかけらのうち、小さい方から四番目のちっぽけな岩のかけら、それが地球なのだ。

そのちっぽけな岩のかけらが、母星のまわりをくるくるまわりだしてから、三十億回ほど回転したとき、変化が生じた。

岩のまるいかけらをうすくおおう水の中に、偶然奇妙な有機化合物ができた。ふりそそぐ光と熱、宇宙線のシャワー、静電気の大気中放電などがつくりだしたのだ。

その奇妙な有機化合物は、水の中で化学反応をくりかえしながら、どんどん増えはじめ、より複雑化していった。

生命が発生したのだ。

それからさらに十七億回ほど岩のかけらが母星のまわりを回転してから、巨大化した生物はついに水中をはなれて、陸に這いあがっていった。

そのころには、生物の種類もものすごく増えていた。

たくさんの種類の生物たちは、岩のかけらの温度があがったりさがったりするたびに、それぞれ減ったり増えたりした。

そんなことが何億回もくりかえされたあげく、前にはネズミみたいにちっぽけでなさけない生物だった連中が、身体が大きくなり、脳と呼ばれる中枢神経系がひどく発達し、立って口をきくようになった。

その連中はどんどん増えはじめ、地表にひろがりだした。

わずか一万年ほど前のことである。

立って歩き口をきく連中は、他の生物をむやみに殺しはじめた。むろん仲間同士でも派手に殺しあいをやった。

彼らは、かって岩のかけらが表面に生みだした生物の中で、きわだって凶暴で、気の狂ったような連中だった。

彼らはその発達した脳によって、さまざまな殺し道具を作りだし、他の生物を殺して殺しまくった。銃や毒薬を使って動物たちを殺した。農薬を空中散布し、昆虫たちを全滅させた。だから虫を食べていた小動物や小鳥たちも死んでいった。河の魚たちも死んだ。

工場や道路を作るたびに、野生動物たちは滅びていった。毒ガスを大気中にまき散らし、毒液を河川に流しこんだ。彼らは自然のすべてを殺しにかかっていた。緑の山野を殺し、河や海をころした。

彼らは、すべての生命体を滅そうとしていた。

はたして、彼らにそんな権利があったか？

彼らはいった。

強い者が弱い者を食って生き残るのは当然だ。それが自然の法則だ。

おれたちは強い種族だから、どんなことをしてもかまわないのだ。邪魔立てする奴は、みな殺しにして滅してやるのだ。

おれたちは、万物に君臨する帝王だ。地球の支配者なのだ。他の全生物を生かすも殺すも、おれたちの勝手だ。

それが新生代第四期世末に生まれた高等猿類の一派であるホモ・サピエンスの固い信念だ

った……

だが……もし、人類より頭もよく、強い生物が現われて、人類に向い、おまえたちの時代は終った、と宣告したらどうだろう？

闘ってもまったく勝ち目のない、はるかに優れた敵に、慈悲を乞う資格が人類にあるだろうか？

「ほら、たまみちゃん。パパのお出かけよ」

と、若い妻がいった。

「バイバイ」

と、妻に抱かれた幼児がまわらぬ舌でいう。彼は手を伸ばして娘の頭を撫でた。

「じゃ、行ってくる」

「行ってらっしゃい。車に気をつけてね」

彼はちょっと手を振ってみせて、家の玄関を出た。ガレージから愛車をひっぱりだす。

車に気をつけてね……それは妻の恵子が彼を送りだすときの決まり文句だった。

交通死者八千人を超す——朝刊の見出しが頭の片隅によみがえった。まさに戦争だ。年々死傷者の数はうなぎ登りに増えて行く。そのうちに、出勤時には家族と水さかずきでも交わして家を出るようなことになるかもしれない。——そんな冗談がいつの間にか現実化しているのだ。

　まったくたいへんな時代だ。

　新聞社は全世界に向けられたアンテナだ。絶え間なく情報の奔流が流れこんでくる。灰色のテレタイプがカタカタ鳴りながら、うす青いシートを吐きだし続けている。目に見えないタイピストが、機関銃のスピードで紫色の文字を叩き出している。

　その日は、すべてのテレタイプ、テレファクスが狂ったように情報の激流を吐きだしていた。

「中共で政変か？」

「ソ連首脳陣に変動」

「アメリカ国防総省に大異動か？」

「中南米諸国にクーデター続発」

　世界中で、時を接して、なにかしら無気味な異変が生じていた。

「世界中でなにかが一どきにおっぱじまったらしいぜ。外信部は火事場みたいな騒ぎだ」

「さては、いよいよ戦争でも起きるのか」

「アメリカでもソ連でも、狂ったように国家や軍の要職にある連中の首をすげかえてるらしい」

「中共じゃ、また武闘を再開したらしいな。文化大革命のむしかえしか……」

「政変ブームだ」

「こういちどきに起きると、なんか空恐ろしいな」

記者たちは色めきたっていた。

「宇宙人の侵略だとよ」

「人間に化けた宇宙人が、地球をのっとろうとしてる陰謀がバレたんだとさ」

冗談混りの噂がとび交っていた。

「まるでＳＦだ」

外信関係の騒々しさにくらべて、国内ニュースの方は平静そのものだった。異変が飛火してくる気配もなかった。相も変わらぬインフレ、公害、交通事故のニュースばかりだ。

取り残されたように、日本ではまだなにも起きていなかった。

そんな時だった。その奇妙な交通事故が発生したのは……。


その事故は、高速道路で起きた。夜の十時ごろだった。

新聞記者の彼は愛車のハンドルを握っているとき、事故発生をたまたま目撃したのだ。

二台の大型トラックに乗用車が押し潰されるという事故であった。

先行するトラックが、なぜかだしぬけに急ブレーキをかけ、後続車の乗用車の行手をふさいだ。トラックの巨体がななめに道路を閉鎖した形で停まる。乗用車はいったん全制動をかけて追突を切りぬけたかに見えたが、後から来たトラックに激突された。重戦車のような大型トラックの間に押し潰されてグシャグシャにされてしまう。

乗用車のドライバーは即死を免れない。そんな状況であった。火が大破した車体に走って、ガソリンの青い炎に包まれた。

彼はすぐさま車を路肩に停め、外へとびだした。新聞記者の本能だ。この事故になにか妙なところがあると直感していた。

ただの事故じゃない。

二台の大型トラックはたいした被害を受けていなかった。炎上する乗用車の残骸を残して一目散に逃げはじめた。車体に書いた番号もナンバーも泥で塗り潰されていた。おそろしく悪質な奴等だった。

これはとても助からない……なかのドライバーは黒焦げになる。彼は当然そう考えた。それほど乗用車はあとかたもなく潰れていたし、火勢は烈しかった。

ところが、彼の目を疑うような事態があいついだのだ。炎に包まれた車の残骸の中から人影が現れたのである。

ドライバーが自力で脱出してきたのだ。奇跡としか思えぬ光景であった。

人影は、棒立ちになっている彼の方に走り寄ってきた。

「たのむ、あのトラックを追いかけてくれ」

まだ若い、鋭い顔立ちの男だった。

「あんた、怪我はないのか？」

と、彼は口ごもりながらいった。

「そんなことより、早く追跡してくれ。奴等に逃げられちまう」

若者は強引に彼の手を摑んでせきたてた。

「しかし、事故現場をはなれると警察が……」

「警察より、トラックを追う方が先だ」

抗議する間もなく、彼はすごい力で車に押しこまれていた。若者がハンドルを握り、彼は助手席に座らされた。いやおうなしの、あっという間の出来事だったのだ。

見知らぬ若者に操られた車は、異様な変貌を示した。日頃彼になじんでいた車とは思えない、猛々しい野生を発揮しだしたのである。

全力駆動を楽しむようにエンジンは咆哮し、目覚めた野獣のように活きいきと夜のハイウェイを疾駆した。

まるで若者に魔法をかけられ、一五〇〇ccのややくたびれたファミリーカーは大排気量のGTに生まれかわったようだった。

彼は啞然として、運転席の若者を眺めた。着ている背広はあちこち破れ、焼け焦げて、顔はすすけているが、かすり傷ひとつ負った気配もなかった。

たとえようもない異和感が彼を捉えた。あのすさまじい事故を、五体満足で平然と切り抜ける人間がいるとはとても信じられない。この若者は不死身なのだろうか？　おまけにこのハンドルさばきは、どう見てもプロ・レーシング・ドライバーのそれだ……

　五キロほど先のハイウェイに、二台のトラックは乗り捨てられていた。運転席はもぬけのカラであった。

「うまく逃げられたな。ここで別の車に乗りかえたんだろう」

　と、若者はいった。そのまま車を動かした。

「おい、どこへ行くつもりなんだ、あんた？　事故現場へ戻らないつもりか？」

　彼はたまりかねていった。

「戻る気はないね」

「あんたも逃げるのか？　あんたは事故の被害者じゃないか……」

「そんなことはどうでもいいんだ」

「おい、車を停めてくれ……」

「そのうちに停めるから心配するな」

「停めろったら。ばかなマネはよせ。おれを誘拐する気か？」恐怖におそわれて彼は叫んだ。

この若者のやることは無法だ。得体の知れぬ恐ろしさが湧いてきた。

「停めないととび降りるぞ」

「女の子みたいなことをいうなよ。あんたに危害を加える気はないから安心しろ。ただ、事故の後始末で警察とゴタゴタしたくないだけさ」若者は落着きはらっていった。

「なぜだ？　あんた、警察に追われているのか？」

「そういうわけじゃない」

「だったら、なぜ……」

「理由はいえない」

「そんなバカな……」かれは言葉をとぎれさせた。なにかが脳裡をよぎったのだ。

「あんたは……レーサーの田村じゃないのか？　東和自動車の工場チームにいた……」

「……」

「どうも見た顔だと思ってた。あんたが日本グランプリで大ケガをしたとき、取材したことがある……」

「取材？　すると、あんたは新聞記者か？」

「やっぱり田村俊夫か。道理で運転ぶりが鮮やかだと思った。あんたは不死身のレーサーといわれてたっけな」

「昔のことさ。しかし、まだおれの顔をおぼえてる人間がいて、それが新聞記者だったとは、皮肉な話だ」俊夫は呟いた。

「事情を聞かせてもらえるだろうな、田村君。なぜ事故現場から逃げだしたのか、その理由をさ」

「質問したい気持はわかるが、やめといた方がいい。あんたの身のためだよ。今夜のことは忘れろよ」

「そうはいかない。ぼくの商売を忘れてもらっちゃこまるね」彼は興奮に熱くなりながらいった。

「あんたの忠告に従ったら、ぼくはブンヤさん失格だ。あっという間にクビになる」

「クビになるより、もっとひどい目にあうかも知れないぜ」

「なんだって……？」

　そのときだった。背後から凄い速さでヘッドライトが接近してきた。ライトの間隔からすると、大馬力の大型外車だ。時速二百六〇キロは出しているだろう。中古国産車とでは勝負にならない。まるで、こちらが停止しているかのようなスピードで抜き去って行った。同時に、外車の窓から放りだされた数個のボール状のものが、ゴムマリのように跳ねながら迫ってくるのが見えた。

　俊夫は車に全力をふりしぼらせ加速するとともにハンドルを鋭く切って、ボールを避けすり抜けた。まるで曲芸だった。

　ボール状のものは次々に爆発した。手榴弾だったのだ。

「伏せてろ！」

　左手を伸ばして新聞記者の頭をグイと押しつける。

　先行車の外車が鋭い銃火をまき散らした。フロントグラスが一瞬にしてまっ白にくもった。強化ガラスだから、銃弾にぶち抜かれても飛散することはない。そのかわり視界がまったくきかなくなってしまう。俊夫は右肘で運転席のガラスを一撃し、微塵に吹きとばすと、上体を外に突きだした。左手はハンドルを摑んでいる。右手はマグナム拳銃を握りしめていた。

瞬く間にマグナム弾を外車の後輪に叩きこんでいた。

タイヤがバーストし、外車は左側のガードウォールに向かって吸い寄せられて行った。急激にスピンしてガードウォールに激突した。

俊夫は車の中に身体をひっこめると、拳銃で白くなったフロントグラスを叩き破る。猛烈な風が流れこんでくるが、盲よりはましだ。

警察の非常検問を避けてハイウェイをはなれ、俊夫が車を停めたのは、それから三〇分後のことだった。

新聞記者は蒼白になり、ガタガタ震えていた。

「ぼくは見た……」と、彼は歯を鳴らしながらいった。「あんたは機関銃で射ちまくられても平気でいた……あんたは化物だ」

「あんたは運が悪かったよ、ブンヤさん」

俊夫はおだやかにいった。

「あ、あんたはいったい、何物なんだ……」

記者の眼は恐怖に輝いた。

「たしかに、おれはあんたが見た通り、特殊な人間だ。そのためにつけ狙われている。おれの秘密を知ってしまったからには、あんたもただではすまなくなる」俊夫はいった。

「口をふさがれることになるだろう」

「ぼくを殺すというのか」

「おれを狙っている連中にね。そいつらはプロの殺し屋だ」

「バカな……」

「あんたが助かる道はたったひとつだ。ここまで深入りしてしまった以上、おれたちの仲間になることだ……」

「なにをいってるんだ」記者は喚くような声を出した。「ぼくにはなんのことだか、さっぱりわからん。あんたの仲間とはいったいなんだ？　あんたを狙ってる連中が、なぜぼくを殺すというんだ？」

冷汗を満面に光らせていた。

「混乱するのもむりはない。だが、あんたはその眼で見たはずだ。おれがただの人間ではなく、決して死なない不死身の存在だということをな……ブンヤさん、あんたは、デスハンターという名前を聞いたことがあるか？」

「デスハンター？　なんのことだ？」

そのときから、新聞記者は悪夢の世界へ踏みこむことになった。


気違いじみた話だった。

宇宙からの訪問者——異星生命体デス。

宇宙生命体を狩りたて殺すためにつくられた国際秘密機関デスハンター。

う。

デス化の容疑をかけられた人間は、デスハンターにより、容赦なく暗殺される。

そして、いま各国を揺れ動かしている政変が、デス狩りの嵐の前触れにほかならないとい
う。

現実的な思考に慣らされた新聞記者にとっては、とうていついて行けない飛躍があった。

「証拠はあるのか、たしかな証拠は……」

彼は乾いた声でいった。目の前の若者の正気を疑っていた。

「おれは、つい最近まで、デスハンターの一員だった」

俊夫はいった。

「殺し屋として訓練され、何人も暗殺させられたんだ。だから、デスハンターについては、よく知っている。デスハンター機関は、シャドウという男によって作られた。シャドウは、アメリカ中央情報局——CIAの設立者ダレス長官のふところ刀だった人物だ。それ以外生まれも育ちも、経歴のいっさいが謎につつまれた人間だ。アメリカ大統領、国防総省を動かすほどのすごい影響力を持っている。

シャドウは、米大統領を通じて、ソ連首脳部を抱きこみ、国際秘密機関デスハンターをつくりあげたんだ。地球を、外宇宙からの侵略勢力から防衛するという名分で……国際的に孤立している中共勢力圏を除いた東西諜報組織がすべてデスハンターに協力した。

数百人のとびきり優秀なデスハンターの殺し屋が、シャドウの命令ひとつで全世界にとび、デス化容疑者をこっそりと消してきたんだ」

「しかし……、あんたがデスハンターだとしたら、なぜさっきのように、襲撃されることになった？　奴等はいったい何物なんだ？」

「おれはデスハンターから脱出した。おれの口をふさぐために、シャドウは執念深くおれを追いかけている。そのためには、どんな乱暴なことでもやってのけるだろう。おそらくシャドウはあんたの生命も狙うはずだ。デスハンターの秘密を知った人間は消してしまわなければならない。秘密を嗅ぎつけたために消された新聞記者ジャーナリストは何十人もいる。事故に見せかけて片づけてしまうんだ。蒸発した者もいる。多分このままだとあんたも同じような目にあうだろう」

　新聞記者はおびただしい汗を流していた。俊夫の言葉には、恐ろしい真実がこめられていた。

「ぼ、ぼくが助かる方法はたったひとつ、あんたの仲間になることだとさっきいったな……もしかすると、あんたは不死身のデスじゃないのか？」

「その通りだ」と、俊夫はおだやかにいった。

「おれはデス化している。デスと呼ばれる宇宙生命体は、おれの肉体に対して、死への免疫を与えた。デスは一種のワクチンだったんだ。デスと接触することによって、おれの肉体は不死の再生力を得た。手足を切断されても、すぐに再生する。おれは決して死なない。あんたもデス化することによって、おれのように不死身になれる」

「デス化……あんたのような化物になれというのか？」

記者は、恐怖と嫌悪をこめていった。

「得体の知れない宇宙人に身体も心ものっとられて操り人形になれというのか？　いやだ、まっぴらごめんだ」

「大ケガして死にかけているとき、輸血をこばむ者はいない。デスは超生命体だ。生命のエネルギーそのものだ。あんたは生命をこばむのか？」

「宇宙人の奴隷になるのはいやだ。化物にはなりたくない。ぼくはいまのままの自分でけっこうだ……」

「それはあんたの自由だ。強制するつもりはない」俊夫はあっさりいった。「だが、いまにきっと気が変わる。そのときは、おれを訪ねてくるといい」

俊夫は、メモに電話番号を走り書きして、記者の手に押しつけ、車の外に脱けだした。すばやく夜の闇に姿を消してしまう。

彼は呆然とメモを握りしめていた。狐にでもたぶらかされた気分だった。あまりにも非現実的だった……

一夜の悪夢として忘れることができなかったのは、彼にとって不幸であった。

彼は新聞記者だったからだ。

フロント・グラスの消しとんだ愛車を修理屋に置いて、彼は都心にある本社にとってかえした。

ハイウェイで生じた事故について、夜勤デスクに報告する。

「ちょっと待て」

デスクは、話の半ばで手をあげて報告を中断させた。

「おまえの話は、おれの手には負えん。社会部長に電話を入れるから、ちょっと待て」

形相が変っていた。

社の近くの飲み屋にいた社会部長がアタフタと戻ってきて、社会部はにわかに緊迫した空気がみなぎった。

「例の各国政変ブームのことで、奇妙な外電が入ってる」と、部長はいった。

「こっそりと宇宙人が地球侵略を始めているというんだ。今度の政変は、宇宙人の息のかかった国家的重要人物を追放するためだという……どうせヨタ記事と思ってたが、どうやら考え直さなければならんな」

「しかし、まるでSFだ」

「政変といえば、日本ではどうなんでしょう」

「それだ、問題は。いずれ、日本でもかならず起こる。その原因が、宇宙人侵略だとなりゃ、確証をつかんでおくことだ。木村のあった不死身人間をつかまえるんだ。特別班を組んで、田村俊夫という元レーサーを探し出せ」

社会部長は即断を下した。

「でも、もしガセネタだったら、えらい赤っ恥を掻きますぜ」

「他社にはぜったいかんづかれるな。木村、おまえは、その電話番号にかけて、田村を呼び出せ。気が変わった、仲間になるというんだ。とにかく、なにがなんでも、田村俊夫ともう一度会え」

「しかし、ぼくは……」

「ぐずぐずいうな。仲間になるというのはウソでもかまわん」部長みずから、ダイヤルをまわした。が、空しく呼びだし音がくりかえされるだけだった。

「相手が出るまで、何度でもかけろ。十分おきにかけるんだ」木村に電話がかかってきたのはそのときだった。

「奥さんから電話だ。急用らしい……」

木村は受話口を耳にあてた。

「どうしたんだ？　いまこっちも忙しくて……」

「木村だな？」

聞きなれぬ声がいった。

「いまからいうことを落ちついてしずかに聞け。声を立てるな。さもないと、あんたの女房と子どもを殺す。わかったな？」

「わかった……」

木村は血の気のひいた声でいった。

「ふたりの身は、こっちでおさえている。いま、女房の声を聞かせてやる」

「あなた……」と、妻の恵子の脅えた声がした。

「いまのことは本当なのか？」木村は必死にあわただしい声をだすまいと努めながらいった。

「ええ、いきなりピストルを突きつけられて……」ふたたび男の声で
「これでわかったろう？　いまから五分以内に社の外に出ろ。五分だ。五分以上たったらふたりは死ぬ。外に出る口実はなんとでも考えろ」

「わかった。よくわかった……」

木村は受話器を置くと席を立った。

「ちょっとトイレへ……」

冷汗が流れた。俊夫のいったことは正しかった。

デスハンター機関は実在したのだ！


新聞記者木村は、コンクリートで固められた窓のない室で意識を回復した。

床に固定された鉄椅子に縛りつけられ、自由を奪われていた。

頭が割れるように痛む。全身ズブ濡れだった。木村は犬のように舌を出して顔にしたたる水滴をなめた。

記憶が蘇ってきた。脅迫電話の命令に従って、大急ぎで社の外に出たところを、待ちかまえていた数人の男たちによって、大型の外車にひきずりこまれたのだ。そのとたん、革棍棒の一撃を首筋に食って気絶した。あとはなにもおぼえていない。

眼前に空のバケツを手に提げた巨漢が突っ立っていた。バケツの水を彼に浴びせて正気づかせたらしい。

日本人ではなかった。冷酷な青い眼が彼を凝視していた。

「なぜ、こんなことを……妻や子どもをどうしたんだ」

木村は呻き声を絞りだした。全身に鳥肌が立っていた。

「教えてくれ。お願いだ。ふたりは無事なのか？」

「無事だ。いまのところはな……」

と、大男の外人は巧みな日本語でいった。

「いったい、どうしようというんだ」

「あんたにぜひともお喋りしてもらいたいことがある。そのためには、手荒なマネも辞さない」

「な、なにを喋れというんだ？」

大男は顎をしゃくった。地下室の扉が開いて、荷物のように投げこまれたのは、若い女と幼児だった。縛りあげられ、サルグツワまで咬まされている。木村の妻子だった。

「畜生っ、なんてことをしやがるんだ」

木村は身をもがいた。怒りで息が詰まった。

やはり外人の部下が、アセチレン・バーナーに点火するのを見て、木村は凍りついた。

「正直になにもかも喋らないと、おまえの女房と子どもを丸焼きにする」

恐ろしく冷酷な表情で、大男の外人はいった。部下が炎を妻の顔に近づけた。チリチリと髪が焦げた。木村は絶叫した。

「やめろ、やめてくれっ、なんでも正直にいう。たのむ、やめてくれ」

「よし。われわれが本気だということがわかったろう？　では、今夜起きたことを、残らず話せ。貴様がハイウェイで出食わした事故のことから始めろ」

　木村は涙をこぼし、歯を鳴らしながら喋った。隠しだてする気は毛頭なかった。デスをはじめ、デスハンター機関のことなど、田村俊夫から聞かされたいっさいを喋った。

「田村俊夫は、貴様に仲間になれといったんだな？」

「そうだ。秘密を知ったからには、デスハンターに消されて口をふさがれる、と田村はいった……あんたたちはやっぱりデスハンターなんだな」

「よけいなことをいうな」大男は鋭くいった。「それで貴様は、そのことを全部新聞社に帰って喋ったのか？」

「むろん報告した。社ではいま全力をあげて田村俊夫の行方を捜している。だから、ぼくを殺しても無意味だ。デスとデスハンターのことはみんな知っている……もう手遅れだ。ぼくを殺したら、たいへんな騒ぎになるんだぞ。それがわからないのか？」

「手遅れじゃないさ。報道をとめる方法はいくらもある。秘密を知っている者をまとめて始末する方法がな……」

「新聞社を襲う気か？　きちがい沙汰だ！」

木村は喚いた。

「新聞社だけを目標にしなければよかろう。新聞社を含む東京の一画を消しちまえばいい。事故に見せかけてな……」

外人は無表情にいった。とても人間とは思えなかった。

「ほ、本気なのか」

木村は吐き気をもよおした。頭の中が真空化した。こいつは本気でいっているのだ。

「貴様ら、それでも人間か」

「必要とあれば、日本全部を消す。核ミサイルを叩きこめば、デスの秘密もヘッタクレもあるまい。うす汚いジャップどもを掃除するにはいいチャンスさ」

外人は凄まじい邪悪な笑顔を見せた。

「教えてやろう。おれたちは、宇宙人デスの侵略をいい機会に、貴様ら有色人種のブタどもを、ひとり残らず退治してやるんだ。日本、中共、アジアアフリカ全部をブッ潰す。デスもついでにやっつけて、選ばれた優秀な白人だけを地球に残すんだ。いずれ、デス騒ぎをきっかけにして、核戦争が始まる……」

木村はなにかいおうとしたが、言葉にならなかった。

狂っている。なにもかも狂っている。

宇宙人の侵略から、人類が団結して地球を防衛するどころか、それをもっけの幸いに、有色人種根絶しを計る白人勢力の陰謀があろうとは。

あまりにも狂った発想であった。

それが本当なら、人類はもうおしまいだ。

「このジャップどもを殺せ」

と、外人は部下たちに命じた。

部下どもは銃口を三人に向け、ガチャリと遊底を動かした。

そのとき——

「待て」

声とともに、地下室に姿を現したのは、黒いサングラスをかけた初老の男だった。

それは、シャドウだったのである。


「殺してはならん」

と、シャドウはいった。「この新聞記者には、まだ利用価値がある……彼を利用して田村俊夫を捕えるのだ」

妻子の生命とひきかえに、新聞記者木村を走狗に仕立てる。シャドウにふさわしい冷徹な発想だった。

シャドウの命令で、木村は鉄椅子から解放された。

この男がシャドウなのか。なんという冷血な顔だ。血が通っている人間とはとても思えない……木村は痺れるような恐怖を感じた。

「この男のいったことは本当か？　宇宙人の侵略にかこつけて、日本に水爆を叩きこむというのは……有色人種を皆殺しにして、白人だけが生き残る。そんな陰謀をたくらんでいるのか？」

木村は声を慄わせた。鉛色の顔でシャドウに詰め寄った。

「それは、彼だけの考えだ。私の考えをいっておこう。地球を宇宙人デスにのっとられるくらいなら、人類は滅びたほうがましだ。デスか死か……デスを選ぶことは絶対できない。デスに侵略され、すべての人間が、人間以外のおぞましい怪物に変わるくらいなら、死滅したほうがいいのだ」

シャドウは無感動にいった。

「人類が卑しい外道の怪物になりさがることは許せない」

「三十四億の人類を皆殺しにしてでも、人類の純潔をまもるというのか」

「その通りだ。田村俊夫はデスハンターでありながら、デス化することによって、デスハンター機関を裏切り、人類を裏切った。きみはわれわれに協力して、田村を捕えねばならん。それが、きみにとって日本及び同胞を破滅から救う唯一の道だ」

「あんたたちに協力すれば、日本に手出しはしないというのだな……だが、田村ひとりのために、日本に水爆を叩きこむなんて、あまりにも気違いじみてるじゃないか」木村はいった。

「どう考えても筋が通らない。狂人の考えだ」

「田村はデスという恐るべき伝染病の、危険な保菌者なのだ。彼はペストやコレラに優る死病の病原体をまき散らしている。放置しておけば、日本だけでなく、全世界がデス化して行く。だからこそ、一刻も早く田村を取りおさえ、デス化を食い止めねばならん。田村は人類に生じたガン細胞なのだ」シャドウは、ガン細胞という言葉を用いた——ある意味で、それは正しかったのだ。

それは、シャドウが意識したような比喩ではなかったのである。真実に肉薄していたのだ。寄生体デスは、俊夫の肉体に侵入することによって、本来の性質を変化させた。突然変異を起こしたのだ。

本来、デスの本性はウィルスに酷似した生物であった。地球上のウィルスと異る点は、デスが知性を備えていたことである。宿主の生体に寄生し、宿主の核酸と入れかわることによって細胞に変化を生じさせる——デス化した生物が血を持たなくなったのは、代謝機構が変わってしまうからであった。

その結果、生体細胞の再生力はものすごい強大なものに変わる。デス化人間の不死身性はそのためだ。

つまり、ガン細胞が身体組織に対して破壊的に働くのと、ちょうど正反対の細胞変異をおこすのだ。

ただ、この場合のデス化は、デスが脳細胞に入りこむことによって、宿主がデスのロボットになりさがってしまう。また、デス寄生体が離脱した場合、宿主は生命エネルギーを失うのと同様、代謝機構を失って死滅する。

が、俊夫の場合、生体に入りこんだデスは突然変異をおこした。元来の代謝機構を変えずに、細胞再生能力だけを飛躍的に増大させたのだった。

つまり、俊夫の身体組織は、デスの不死身性を獲得し、しかもデスのロボットとなることを免れた。

それは最初リュシールに寄生したデスが、すでに突然変異の条件を得ていたためかもしれない。リュシールや俊夫は平常人に比べてすでに不死身に近い肉体の持主だった。

そして突然変異を生じたデスは、本来の性質である知性を失い——不死身性だけを感染させる〝おとなしい〟ウィルスに変貌した。

つまり、俊夫は、デス寄生体によって自我を変えられることなく、不死身の超人と化したのである！

さらに、突然変異したデスの新型ウィルスは、その不死身性を感染させる能力を持ちだしたのだ。

シャドウは偶然に、俊夫を保菌者にたとえたが、それは核心を射抜いていた。

いまや、俊夫は完全な不死身だった。デスハンターキャンプで爆発した中性子爆弾の、恐るべき高速中性子の照射にも平然と耐えて生き伸びたのだ。すべての生命体を破壊し尽くす地獄にも耐えたのである。

そして、新型のデス・ウィルスは、死に対するワヽクヽチヽンヽと変じたのだった。

むろん、シャドウは、俊夫の身に生じた変化をなにも知らなかった。彼にあるのは、ただ地球を冒す侵入者デスへの激しい憎悪だけであった……

シャドウは、妻子を人質に、新聞記者木村を釈放した。

「われわれはきみを監視している。裏切ったときは、きみの妻子はただちに死ぬ。それだけではない。日本という国が地球上から消えることになるかもしれない……」

単なる脅かしではなかった。木村はたとえようもない脱力感とともに、シャドウの鉄の意志を感じとった。

再び車で運ばれ、新聞社の社屋近くで釈放された木村は、へたへたと路上にしゃがみこんでしまった。

どうしたらいいんだ……いったいどうしたら……

木村は絶望に目がくらんだ。

やりそこなえば、妻と子が殺される。それだけでなく、日本全土が死滅させられる……

夜通しかけつづけていた電話が通じたのは翌日になってからだった。

「こちらは宇宙救済協会です……」

女の声が応えた。

「そちらに、田村俊夫さん、おいでですか？」

傍聴している記者たちは顔を見あわせ、木村は緊張した声を送話口に吹きこんだ。

「どちらさまでしょうか？」女の声が反問する。

「昨夜お目にかかった、毎読新聞の木村ですが……」

田村俊夫はいまいないという返事だった。連絡がついたら伝言しておくようにする。

ただし、いつ連絡がつくかはわからないとのことだった。

「宇宙救済協会ってなんだ？」

電話が切れると、社会部は騒然とした。

「よくわからんが、新興宗教団体らしい。噂を聞いたことがある」

「なんでも、世界滅亡は間近しと呼びかけて宇宙救済協会に入っている人間だけ生き残れるらしいですよ」

と、若い記者がいった。

「へえ、なんで？」

「世界滅亡のとき、いい宇宙人が救けにくるんだそうです。空飛ぶ円盤で……」

「なんだ、円盤キチガイの団体か。あほらしい」

「宇宙人に空飛ぶ円盤とくると、だいぶマユツバになってきたな」

「まるでＳＦだ」

「ＳＦ作家に意見をきいてみたらどうだ」

気抜けした雰囲気になった。記者たちは、徹夜の赤く充血した眼をこすって、口々にわめきだした。せっかくの意気ごみをはずされて、ガックリしていた。

「木村はん、あんたSFの読みすぎで夢でも見たのとちがうか？」

「そうだ、車の事故で頭でもうったんじゃないのか」

同僚たちはうっぷん晴しのホコ先を木村に向けた。

「だいたい、元レーサーの田村ってのは、不死身で有名だったそうじゃないか。あんたいっぱい食ったんだろう」

「宇宙人の侵略がどうのこうのって、おれははじめから臭いと思ってたよ」

「こんなことなら徹マンでもやってりゃよかった」

聞こえよがしのあてつけを聞きながら、木村は土気色の額をうつむけて、デスクの電話機を凝視していた。宇宙人は実在する。そして宇宙人狩りの秘密機関も実在する。だが、いま、すべての真相を明らかにすることはできない。彼の妻子の生命がかかっているのだ。

それどころか、シャドウは日本全国民を抹殺することも辞さぬといった……木村はシャドウの言葉を信じた。シャドウという怪人物には底知れぬ恐しさがあった。

木村は一言の弁解もしなかった。

社会部長は、とりあえず木村ひとりで田村に接触しろと命じた。

「とにかく、田村という男をここに連れてくるんだ。田村が正札通りの不死身人間で、たしかに人間でないとわかったら、どう扱うか考えよう」

「空飛ぶ円盤に乗って、社の屋上に着陸しろといえよ。この眼で見たら信用するよ」

記者のひとりがいってげらげら笑った。木村はそっと唇を咬みしめた。彼らの気持はわからぬでもない。——空飛ぶ円盤と宇宙人。お古いヨタ話だ。まともなジャーナリズムでは本気になって取りあげぬ類いのものだ。しかも怪しげなキ印の狂信団体がからんでいると聞いて、一時にシラけるのも無理はなかった。

いかに外電という裏づけがあろうと、大新聞社の体面が傷つく。


宇宙救済協会の本部は、世田谷にあった。農地や遊休地の多い一角にある、みすぼらしいビルだ。大げさな名称には似合わない。

宗教法人とあるからには、巷にありふれたちっぽけな新興宗教団体のひとつなのであろう。本部の受付で、木村は名刺を出して名乗り、田村俊夫に会わせてほしいと頼んだ。

受付の若い女は、ローマ時代の寛衣のような奇妙なローブに身を包んでいた。異様な雰囲気であった。

田村俊夫は外出中だ、と女はいった。

「帰るまで、待たせてもらえますか？　どうしても会わなければならないので」

と、木村はいった。

「では、お待ちになる間、奇跡の荒行をごらんください」

不死身の実演のことだった。

「本日は、各界名士の方々が参会しておられますので、特別に行われます」

寛衣を身にまとった別の娘が現われて、木村の案内に立った。

広間は、参会者で満員であった。経済、政界など木村の知っている名士の顔も見えた。芸能スターも混っていた。だれもが固唾を呑み、沈黙をまもって待ちかまえていた。

ホールの中央には円形の舞台が設けられていた。座席がぐるりと舞台をとりかこんでいる。奇跡の荒行は、見せ物まがいに舞台上で行われるのであろう。

と、どよめきがあがった。

ホール横手のドアが開き、寛衣姿の巨漢に伴って、若い女が入ってきたのだ。これもガウンを着てフードをかぶっているが、すごいほどの美人であった。日本人ではない。アラブ系の彫りの深い美貌だった。

巨漢と美女は中央の舞台の上に昇った。

美女がフードをはね、顔をあらわした。

同時にホールの照明が消え、スポットライトが美女をとらえた。場内に嘆声の波がひろがった。

巨漢がガウンの内部から、凄まじい半月刀をとりだすと、嘆声は恐怖の呻きに変わった。

それから展開された奇跡の荒行は、悪夢さながらだった。

巨漢は半月刀をふるって、美女のガウンを切り裂きはじめたのだ。めまぐるしい刃の動きにつれて、布地は寸断され飛び散った。全裸に近い女体が露わになってきた。女神のような肉体は美の極致だった。かすり傷ひとつない。

巨漢は、いきなり半月刀を美女の左胸部に深々と突きたてた。刃先が背中から突きだした。これは断じて奇術などではなかった。周囲を眼にとり巻かれて、こんな凄まじい奇術などできるものではない。

場内から悲鳴があがり、失神者が続出した。

巨漢はゆっくりと半月刀をひき抜いた。美しい皮膚には傷口ひとつ残らなかった。美女は平然と、巨漢に手渡された新しいガウンを身につけ、静かに退場した。

スポットライトが消え、暗い場内はにわかに騒然と湧きたった。

「すごい……こんなすごいものを見たのははじめてだ……」

「あれが真の不死身なのか。心臓を貫かれても死なないとは」「会員になれば、だれでもあんな不死の身体を持てるのか」

棒を呑んだように坐っている木村の背後から声がささやいた。

「こちらへどうぞ……」

木村は手をとられて、暗闇の中を導かれて行った。

不意に灯りがつくと、そこは小部屋だった。デスクを隔てて、昨夜逢った若者、田村俊夫が坐っていた。

「ゆうべのブン屋さんだな」と、俊夫はいった。「取材かね？ それとも、さっそく気が変って、宇宙救済協会に入会しに来たのかね？」

「宇宙救済協会というのは、あんたたちデスの隠れミノだったのか……」木村はしゃがれ声でいった。「こうやって、こっそりとデス化人間を増やしていたのか」

「仲間は急速に増加しつつある。いまでは、日本の指導的立場にある人々も続々協会の秘密会員になっているよ。日本だけではなく、世界各国でも同じことだが」

「やっぱり、地球をのっとる気なんだな」

木村は身体を震わせはじめた。恐怖がこみあげてきたのだ。ここは、地球をのっとろうとしている化物の巣なのだ。

「地球を破滅から救うためだ。このままだと人類は間もなく滅亡する。地球全生物を道づれにしてね。宇宙救済協会の任務は、それを防ぐことにあるんだ」

「人間であることをやめ、化物になってまで生き伸びる……それは人類の尊厳への冒瀆じゃないのか」

木村はかすれ声でいった。どうしても嫌悪をおさえることができない。

「不死身をエサにつって、なにも知らない人々を、得体の知れない宇宙怪物の奴隷に変えているんじゃないのか」

「人類の尊厳とはなんだ？」俊夫はいった。「憎悪のままに殺しあうことか？ 万物の霊長と思いあがり、他の生物を奴隷化し、殺し、食うことか？ 肌の色が違うというだけの理由で、蔑み、動物扱いにして殺すことか？　全人類を何十回も殺せる量の水爆ミサイルを持つことか？　とも食いをやって全滅することが、人類の尊厳というものなのか？」

「それでも、人間は人間だ。誇りというものがある。宇宙人の奴隷になるくらいなら死んだほうがましだ……」

木村はいつしかシャドウの言葉を口にしていた。「宇宙人の手先になるのは、人類への裏切行為だ」

「人類は、しんから凶悪で邪悪な生物だ。それは歴史が証明している。人類こそ真の意味の化物なんだ」俊夫は静かにいった。

「ばかな……」木村は唇を咬んだ。

「いや、議論をしてもはじまらない。それより用件をいおう。社では、あんたたちのことを取材して報道する意志がある。もし言葉通りやましい点がないのなら、宇宙救済協会なんていう隠れミノは脱いで、正々堂々と世界にアッピールしたらどうなんだ？」

「むろん、その意志はある」

「あんた自身で不死の再生力を証明してくれるだろうな？　こちらの指定通り、医師の検査にも応じるだろうな？」

「いいだろう」俊夫は無表情に応じた。

「どこへでも行って検査を受けよう」

「よし、話はきまった。今夜十時にこの病院へ来てくれ。医師団があんたの身体を徹底的にしらべあげる……」

木村はオコリのように身体を震わせながら部屋を出て行った。

しばらくして、ガウンに身を包んだ美女――リュシールが部屋に入ってきた。

「話は聞いたわ」と、リュシールはいった。

「行くの？」

「ああ。結着をつけにね」俊夫はいった。

「あたしも行くわ」

彼らはたがいの眼の奥にあるものを確かめるようにみつめあっていた……


「ぼくは、あんたたちのいう通りにした」

と、木村がいった。

「田村俊夫の居所を突きとめ、田村と会った。毎読新聞の名を使って、田村をここにおびきよせることまでやったんだ。約束通り、ぼくの妻と子どもを返してくれるだろうね？」

木村は手をもみ絞るようにしていた。

「よかろう」

シャドウは冷やかにいった。

「彼を連れて行け」と、部下に命じた。木村は膝がしらが萎えるような、たとえようもない安堵に包まれた。

「来い」と、部下はいった。「地下室だ」

シャドウは、連れ去られる木村に見向きもしなかった。石像のように超然としていた。

木村は妻子を取り戻せる喜びで頭がいっぱいになっていた。シャドウの仮面に似た顔の奥で、どんなに冷酷残忍な思考がなされているか、想像する余地もなかったのだ。

木村を地下室の扉のまえまで連れて行った部下は、苛酷なうす笑いを浮かべた。

「きさまの女房と子どもは、この中だ……さあ、喜びのご対面というやつをやったらどうだ」

木村は脱兎のように鉄の扉をつき開け、なかへ跳びこんで行った。

絞殺される者の呻きを漏らして、木村は凍りついた。それはあり得ぬ光景だった。脳髄が不信できしむようだった。

床に折り重なって転がっていたのは、彼の妻と子のものいわぬむくろだったのだ。

「恵子っ　たまみ！」

絶叫を放って、木村はふたりをかきいだいた。ふたりの身体はかたく冷えきっていた。氷ですら、その半分も冷たくなかったろう。

ふたりは昨夜のうちに殺されていたのだ。シャドウは、木村との約束を守る気ははじめから持ちあわせていなかったのだ。

「だましたんだな……はじめから殺してしまう気だったんだ」

ふり向いた木村の顔は幽鬼を思わせた。

部下はすでに拳銃を構えていた。

「きさまが間抜けだったのさ。おめでたい野郎だな」と、嘲笑を浴びせる。「きさまも女房子どもと同じ所に送ってやるよ」

木村は狂気のようにとび起き、襲いかかろうとした。拳銃が立てつづけに火を噴いて彼をぶちのめした。

弾丸が無慈悲に胸をぶちぬいて行く衝撃の中で、木村ははじめて俊夫の言葉の正しさを理解した。——人類は、しんから凶悪で邪悪な生物だ……人類の敵は決して宇宙人なんかじゃない。人類の真の敵は、ほかならぬ人類自身だ。

罠は仕掛けられていた。

あとは、獲物が入りこむのを待つだけだ。

田村俊夫が、病院の鉄門を通り抜けると同時に罠は完成する。

病院玄関に至るまでの正方形の空間は、ボタン操作ひとつで、火炎地獄と化す。八基の火炎放射機が、遠隔操作で、二千度の火流を注ぎこむのだ。

これは田村俊夫のために、入念につくられた罠だった。絶対に逃す気遣いはない。

　シャドウの指は、操作ボタンの傍らに軽く添えられていた。

　刻限の午後十時は、間近に迫っていた。

　シャドウは待った。氷山の冷静さで待ちかまえた。

　監視TVのスクリーンを睨んでいた部下が興奮をおさえきれぬ声をあげた。

「来ました！」

　一台の車が大きく開かれた鉄門の間を通って進入してきた。

「門を閉めます！」

　リモコン操作で鉄門が車の退路を絶った。

　車が停まり、ドアが開く。

「出てきました。田村俊夫です。間違いありません……リュシールもいっしょです！」

　部下が興奮しきって叫ぶ。

　シャドウは左手でマイクを探り、口許にひき寄せた。

「停まれ」シャドウはいった。「きみたちの逃れるすべは、もはやない。きみたちを滅ぼす用意は完全にととのっている」

　俊夫とリュシールは立ちどまったが、驚きの色はなかった。

「そうか。シャドウ、あんたのことだから、万にひとつも手落ちはないというんだろう」

　と、俊夫はいった。

「驚いてはいないようだな、俊夫？　しかし、このことを予期していたはずはあるまい」

「いずれ、逢えると思っていたよ、シャドウ。だからべつに驚きはしない」

　俊夫は平然と答えた。

「いかに、きみたちが不死身のデスであっても、生き伸びる望みはないぞ。一片の原形質も残さずに焼きつくし、灰に変えてやる。デスの細胞組織再生力も役に立たなくなる」

「むだなことだよ、シャドウ。おれたちを殺したところで無意味だ……」

「なぜだ？　デスハンターでありながら、デスに寝返った裏切者は処刑しなければならぬ。決して無意味ではない」

「あんたは、ちっぽけで哀れな人間だな、シャドウ。すでに世界は、あんたをとり残して大きく変りつつあるんだ。これからの新しい世界は、あんたの武器のすべてだった、暴力と死は通用しない。人間同士争い、殺しあい、憎みあう時代は終った……暴力で同胞を支配したがる権力欲の亡者、つまり、シャドウ、あんたのような人間は、無意味になったということさ」

　俊夫は微笑した。

「これまでの人類は、弱々しく脆い哀れな生物だった。たやすく傷つき、血を流して死んだ……だからこそ、人間社会を動かす根本原理は、暴力と死だった。しかし宇宙生命体デスによって不死を得た新しい人類は、もっとましな社会をつくりだすだろう」

「だまれ」シャドウは叫んだ。不動の冷淡さが、ついに破れはじめたのだ。

「新しい人類だと？　けがらわしいデスの操り人形になりさがって、生ける死人と化すことが、新しい人類だと……なにをいうか」

「ちがう。ひょっとすると、デスこそ全宇宙の生命の母体なのかもしれない……何十億年も昔、デスは地球をおとずれたことがあるのかもしれない。デスはすべての地球生物の祖先であって、われわれ人類はなにかのまちがいで、退化したデスなのかもしれない……われわれは、もう一度出直す機会を与えられたのかも……」

シャドウは怒りに目がくらんだ。すさまじく震える指先で、ボタンをかき探った。

「くたばれ、デス！」

俊夫とリュシールの姿はものすごい火炎のルツボに巻きこまれた。

「気違いめ……気違いめ」

シャドウは口走りつづけ、満面を濡らした汗がしたたり落ちるのにまかせていた。

「灰になってしまえ！　なにが不死身のデスだ。なにが超生命だ！」

シャドウは大声で狂ったように笑いだした。

すべてを焼きつくす炎が消えたあと——そこにすでにふたりの影はなかった。

「生き返ってみろ、さあ、生き返れ、デス」

シャドウは笑いつづけた。その笑いを、部下のたまぎるような悲鳴がたちきった。

ドアをおしあけて、木村が部屋に足を踏み入れた。

シャドウは、死から蘇った男の眼に、俊夫の眼の光りを見た。

付録
『悪夢のかたち』ハヤカワ文庫版あとがき
わが青春のモニュメント

最初の短編集〝虎は目覚める〟を、ハヤカワSFシリーズで出したのは一九六七年のこと。当時の私は〈エイトマンの平井和正〉で、マンガ原作者としてはすこし名が売れていましたが、SF作家としては駆けだしもいいところ、この短編集は出版部数も少く、さっぱり売れてくれませんでした。

察するに、SFマガジンに発表した作品中心にまとめたのが祟り、SFマガジンの読者は、もう読んじゃったというわけで、食指を動かさなかったようです。ま、そんなものかもしれませんな。

ハヤカワSF文庫やJA文庫は読んでいるのに、SFマガジンの存在すらご存知ない読者がずいぶんいる現状とは、まったく大ちがいであります。私はいまだに、SFマガジンってどんな雑誌で、どこから出ているのでしょう、という問い合わせに悩まされているのです。困っちゃうのですよ、森さん、なんとかしてくだされ。PRが足りないよ。

〈虎は目覚める〉を、JA文庫に収めるにあたり、〈悪夢のかたち〉と改題した理由を申し述べます。最近の凄まじいほどの本のコストの上昇が災いし、SFシリーズ版の内容をそっくり文庫に移しかえると、たいへん分厚い代物となり、安価な文庫本という特長が損われてしまうのです。かといって適当に間引きすれば、必ず少からぬ読者から問い合わせと非難が殺到するでしょう。わかってるんですよね。月に三百通を超すおたよりを頂戴し、その応対に仕事時間を50%とられている現状ですから、余計な火種をまいたら冷汗もの。

で、タイトルを変更したのは、同一内容でないという表示と解釈してください。〈虎は目覚める〉を、わざわざ早川書房本社まで買いに行き、それでも入手できなかったとお怒りの読者氏も多々おいでのようですし、ここはくどいのを承知で、念を押しておきます。

収録作品選択にあたり、初期作品集という性格をはっきり打ち出すため、敢えて未発表作品を三編収めました。以下、ちょっとだけ解説を加えましょう。

「殺人地帯」――SFマガジン第一回SFコンテストに応募し、〃奨励賞〃なるお情け点を頂戴した、私にとってははなはだ感銘深き作品。SFでは処女作ということになります。多少、文章に手は入れましたが、ほとんど原型のまま。私の作品世界の〃原点〃だそうであります。どうです、これからSF作家たらんと志している人たちも希望がわいてきましたか？大学三年のときに一晩で書きあげました。昔は、半村良に劣らぬ馬力があったらしい。初心とは、こわいもんです。

「死を蒔く女」――「殺人地帯」につづき一気に書きあげた小品。これは、〃別冊少年マガジン〃掲載〃スパイダーマン〃（画・池上遼一）のストーリーとして用いました。好評でしたから、ご記憶の読者も多数にのぼるのではないかと思います。池上遼一、冴えてたね。（念のため、書きそえておきますが、〝スパイダーマン〟における私の提供したストーリーはすべて自前です。マーベル・コミックとはまったく無関係ですから、誤解なきよう）
「人狩り」――同じく大学在学中のSF第三作。さしてSF味はありません。つい最近、終刊沈没号を出した横田順弥君主宰の綜合SF誌〝SF倶楽部〟5号に掲載しました。（ヨコジュン――横田順弥君は、私のハチャハチャSF〝超革命的中学生集団〟に主人公兼女主人公として登場したヨコジュンと同姓同名の美男子で、もちろん実在人物）

この〝悪夢のかたち〟に収めた作品群は、すべて二〇代前半に書かれたもので、いま読みかえすと赤面を禁じ得ず、「ウキャー！」とか「キピー！」とか叫びたくなります。臆面もなく作品を染めているメロメロの感傷性が、身も世もなくこっ恥しい。ミスプリがあったら、それは著者校正に身を入れられなかったせいでもありますから、ご教示ください。

文学味とか平井節などといわれ、まんざらでもなかった若気の至り。人生とは恥を掻くことです。これらの作品をかなり激賞してくれる読者も多いので、複雑な心境になっちまう。やっぱり二〇代にしか書けない作品群なんでしょうね。そう思うしか、赤い顔で大照れの自分をなだめようがない。ともあれ、初心と情熱にあふれているのだけが、これらの作品の取り柄とお考えください。ピキー。

なお「革命のとき」は、矢野徹長老を中心とした日本SF人の尽力で、アメリカで出版される模様の「日本作家作品集」の一編として収められ、デヴィッド・エルワード氏のすばらしい英訳が完成しています。マカロニ・ウェスタンならぬスキヤキSFだそうで。おそらく原作より傑作になってるんでしょうが、悲しむべきことには私、英語は全然だめ。いずれ伊藤典夫が格調高い日本語に訳してくれるでしょう。

さて、ここに編みました初期作品集、はたしてお気に召しますかどうか。再編集のため余儀なくはずした作品もいくつかあるわけですが、ご要望があれば、そのうちに再登場させようかとも思っているわけです。ご意見など聞かせてください。

どうも、やたらに照れくさくて筆が進みません。恥多き当時の記憶がぞろぞろ目を覚まして、身も世もない。なにしろ貧乏学生で、コーヒーを飲めば昼飯抜きになり、右せんか左せんかと毎日悩んでいたわけで、小説を書くことしか情熱の遣り場がない有様でした。おのれの若さと持てあましていた情念のすべてを小説に投入したからこそ、いまの私には正視に耐えず、三〇面さげてへどもどすることになるのでしょう。しかし、この道程をたどらなければ、現在の私は存在しなかったわけですから、私にとってはモニュメントと割りきることにします。

いざ往け、わが青春の分身たちよ。年若き読者たちと格闘してこい。トッゲキーというわけで、あとがきに幕を引きます。

恥をかくのは、青春の特権だからさ。

（昭和四十八年十二月）

付録
『悪徳学園』ハヤカワ文庫版あとがき

この〝悪徳学園〟は、一九七一年にハヤカワSFシリーズで刊行した〝エスパーお蘭〟を再編集したものです。〝エスパー……〟の中から五編をセレクトしました。再編集の理由は、すでにハヤカワJA文庫に収めた〝悪夢のかたち〟の場合と同じく、出来るだけ低廉にするため。改題したのは〝悪徳学園〟というタイトルの本が実在すると思いこんで、しきりに問い合わせてくる読者たちへのお答えでもあります。そんな本はないのですと説明するのにくたびれてしまったのです。よかったよかった。

窮すれば通ず、とはこのことでしょうか。

そこで、表題作の「悪徳学園」について、ちょっぴり解説をほどこしておきましょう。

作中の主人公、狼人間の犬神明は、SF文庫版のウルフガイ・シリーズの少年犬神明、別巻シリーズのアダルト犬神明とも異る存在です。性格的にはアダルト・ウルフガイに近似値を持つものの、べつにあの脳天気をもって有名なルポライターの犬神明の少年時代というわけではありません。

はじめは、この「悪徳学園」を皮切りとして連作シリーズに発展させる下心があったのですけれども〝狼の紋章〟の下敷きに使用したため、これは解消とあいなりました。ウルフガイ・シリーズの原型（プロトタイプ）というわけです。

こぼれ話をひとつ。

この作品は、最初中学生を対象とした某学習雑誌の注文を受けて書きました。原稿を渡した翌日には、編集者が青い顔で返しに来たものです。ありありとショックを受けている気配でした。

お読みになれば理由はおわかりでしょう。これは私が悪い。〈良い子〉のための学習誌に載せられる作品ではありません。もっと〈まともな〉作品を渡すことを約し、編集者氏が安堵して帰ったあと、没にされた不快感どころか笑い転げてしまいました。

どうも私には、PTAを怒らせて快しとするような、けしからぬ不逞な精神があるようです。これはやはり損な性分で、その後、その学習雑誌から二度と仕事が来なくなってしまいました。当然？

一方では、ポルノ全盛のオトナ向きの小説を書けば、意識的にエロティック・サーヴィスを拒みたくなるし、これはやっぱり単なるヘソ曲りなのかもしれない。こんなことでは世間が狭くなる一方です。かといって、全然反省なんかしないのであります。

（昭和四十九年二月）

付録
『サイボーグ・ブルース』早川書房版あとがき
エイトマンへの鎮魂歌

エイトマンのことを書きたいと思う。エイトマンといえば、かつて一世を風靡しながら、ある関係者の拳銃不法所持などというスキャンダラスな事件によって、マンガ史から消去された作品である。なにしろ天下の大新聞に〈エイトマン逮捕さる！〉とばかり、かなり凶悪な煽情主義の好餌にされてしまったのだからたまらない。事件にはまったく無関係の原作者の僕まで巻添えをくって謹慎を強制される破目に陥ってしまった。カフカの主人公ならずとも、「不条理だ！」と、叫びたくなったものである。

しかし、いまさらその怨みごとをならべようという気はない。作家にとって怨恨はよき肥料となるし、いずれもとをとるつもりだからである。

では、なぜエイトマンのことなぞ書こうとするのか？　いささか屈折した感慨を持ちつつ、ＳＦマガジン一九六九年二月号覆面座談会から引用することを、諸関係者の方々にお許し願いたい。

C　平井和正のSFは自己燃焼する情念のドラマだと、いつか石川喬司が書いていたけれど、長編になると、自己燃焼だけじゃだめだ。対立する他者がいる。対立する他者との間に極端な限界状況ができて主人公が追いつめられ、そこにドラマが出来ていくんだけどこの作品（メガロポリスの虎）では、そういう他者の設定がない。

　中略

A　その意味で「ブラック・モンスター」なんかは、サイボーグ問題を黒人問題に置き換えて、そこに対立する他者を見出して、ある程度まで優れた作品になってると思う。残念なことに後半でエイトマン・ドタバタになっちゃった。（傍点筆者）

　なんという慧眼であろう、眼光紙背を徹するとはまさにこのことである、などという大仰なせりふはやめることにしても、たしかにこの指摘はあたっているように思う。

　なぜならば、僕はこの連作長編において、マンガのフレームと商業主義的センセーショナリズムから解放されたエイトマンの実像をえがきたかったからである。（誤解を恐れずに書いたが、かなり不逞な発言であるし、気を悪くされると同時に失笑される向きもあろうと思う。しかしながら、通俗きわまりないセンセーショナリズムに首までつかったマンガ原作者の切ない願望と解されたい）

　あまりカッコよくない、孤独な、超人だけの知る底知れぬ疲労にむしばまれた、スーパー・ヒーローの恐怖や悲苦というネガティヴな魂の暗部を書きしるしておきたかったのである。

恥のかきついでに、エイトマンが派手に活躍していた当時の、僕のメモを公開してしまおう。

目をさますと、すでに色濃く暮色がただよっている。いくらか鬱病気味で歯をみがく。夜なべ仕事をすると、いつも起床時間が夕方になってしまう。人類の埒外にはみだしたような気分だ。（中略）それでも遅まきながらルーティンな一日がはじまる。007と同じことなのだ。強力かつ凶悪なる敵と美女と愛用のベレッタ拳銃がボンド氏の定食だが、ぼくの定食はファンレターと編集者の原稿はまだかという電話と、使いふるしの万年筆だ。（中略）冷えきった牛乳は前歯の虫歯によくしみた。おかげで、エイトマンの苦境を切りぬける方法を思いついた。恐るべき超能力を持つ怪人物にやりこめられて、手も足もでないところだったのだ。愛読者の子どもたちも胸を痛めるだろうが、作者のぼくにはさらに切実な問題だ。くそくらえセンセーショナリズム！　むりやりにヒキを（註・次回へつなげるための派手なクライマックス）でっちあげるから、こんなことになるのだ。作者自身思いがけぬとほうもない窮地に追いこまれたヒーローをどうしたらいいのだ？　どうあがいても救済不能、作者にとってすらも戦慄的な事態なのだ。いっそのこと人事を尽したから、あとは天命を待つだけだと編集者にいおうか。

だいたいマンガの主人公ぐらいいい加減なものはないよ。

あの平和愛好者ぶった鉄腕アトムをみるがいい。口先では、争いはやめてくださいと訴えるふりをしながら、とどのつまりは、よし、ぼくが相手だと大暴力をふるう。毎回、破壊と暴力沙汰の連続だ。ドカンバカンと大暴れしないアトムを見たことがあるか？　あの部分だけ抜きだしてみれば、可愛らしい顔をした悪鬼外道ではないか。

マンガの主人公ですら、ルーティンとマンネリズムの泥沼に埋って脱出不能なのだ。

哀れなスーパー・ヒーロー、エイトマン。彼がごほうびにありつくことは決してない。美女にも美食にも、タイトロープを続ける男のスリリングな快感にもまったく縁がないときている。ただ一方的に痛めつけられ、くりかえしぶちこわされる。そしてその都度、ご都合主義の作者によってあっさり修理されてしまう。眠ることはもちろん、唯一の平穏――死すらも彼には与えられない。

なぜ彼は立ちあがって、もうご免だと叫ばないのだろうか？　とてつもないシリメツレツの筋立てに抗議しないのか。もともとエイトマンは、人類への奉仕を目的につくられた（アシモフ流の、あるいは鉄腕アトム流の）いわゆるロボットではない。犯罪者にブチ殺された警官の意識構造を超高性能の電子脳に複写したモト人間なのだ。精神活動を持続してはいるが、歴（れっき）とした死者なのだ。

人類愛のために、世界平和のために――こんな感動の磨滅したお題目のために酷使されねばならぬイワレはない。どこにもない。

むしろ、糞くらえと関りあいを峻拒する権利をこそ持っているのではないか。それが死者の権利なのだ。

彼は疲れきっている。その底知れぬ疲労は超人の巨大なエネルギーをもってしても療しえないのだ。だからエイトマンは優しい。彼の暗い優しさは、死に通じるものだ。死はすべてを許容する。善も悪も、死にあっては、闇にうごめく影にすぎない。仮の生を持つ死者エイトマンの目には、それらは実体を持たぬ影なのだ。

にもかかわらず、エイトマンは、悪と闘い続ける。大仰なアクションと思い入れを要求され、虚しい光と影に挑む彼は、苦行僧の面影を忍ばせる。（註・キャンプだなあ。エイトマンが、こんなにキャンプ・ヒーローとは思わなかった……なにしろ僕は、まるっきり本気で、むきになって、しんそこ熱中して、ＴＶと雑誌のエイトマンをつくっていたのである。どうせジャリものとタカをくったそこらの連中といっしょにしないでいただきたい）

しかしながら、なんといってもエイトマンが住むのは、子どもたちの頭の裡なる世界だ。善人と悪人しか住まぬ世界、敵でなければ味方の世界である。そこは白と黒の世界だ。敢えて灰色の思索にふけるのならば、市民権を放棄して出て行かなければならないのだ。くよくよと思い悩んでいるスーパー・ヒーローの存在は許されないのだ。だが、彼はしんぼうづよくぼくに問いかける。

人間の性とはいったいなにか？

人間を人間たらしめる条件は？

むろん、ぼくには答えることができない。マンガの主人公には、いささか不適当な質

問ではないだろうか？　だれだって、おいそれと答えられもしないだろう。（以下略）

そんなわけで、僕はサイボーグを主人公とする、この連作長編を書こうと決心したのである。自分の原点を確かめるためにも書こうと思った。TVのフレーム、雑誌マンガのコマからは注意深く払拭されていた、その暗い情念を燃焼させるべく努めた。エイトマン・ドタバタ、まさにしかりである。僕は、高級な芸術的SFを書こうと思ったわけではない。（書きたくもないし、また書けもしないだろうが）

この小説を書かせたのは、僕の裡なるエイトマンなのである。それでいいのだ。

著　者

（昭和四十六年十二月）

編者解説

日下三蔵

　平井和正の作品を読んでおらず、名前だけ知っているという人は、『幻魔大戦』に代表される長い長いシリーズものを書く作家として、著者のことを認識しているのではないだろうか。実際、著者自身の計算でも、『幻魔大戦』一万八千枚。『ウルフガイ・シリーズ』六千枚。『アダルト・ウルフガイ・シリーズ』五千枚。『地球樹の女神』六千枚。（ふしぎ文学館『月光学園』後記より）とカウントされている。この『幻魔大戦』は、角川文庫の『幻魔大戦』全二十巻と徳間ノベルズの『真幻魔大戦』全十五巻を合わせた枚数だろう。

　一九七九年に角川文庫で小説版『幻魔大戦』がスタートしてからは、作品のほぼすべてが大河シリーズとなり、短篇小説はほとんど書かれていないため、本書は六〇年代から七〇年代にかけての、『幻魔大戦』以前の時代に発表されたものを対象としている。この時期にもウルフガイ・シリーズとアダルト・ウルフガイ・シリーズはスタートしていたから、刊行されたノン・シリーズ作品はすべてを合計しても、角川文庫版『幻魔大戦』の総枚数より少ないのだ。
巻末の著作リストから、初期のノン・シリーズ作品だけを抜粋すると、こうなる。

1　虎は目覚める　早川書房（ハヤカワ・ＳＦ・シリーズ３１３５）　67年２月15日
2　メガロポリスの虎　早川書房（日本ＳＦシリーズ14）　68年９月30日
3　アンドロイドお雪　立風書房（立風ＳＦシリーズ）　69年４月20日
4　美女の青い影　毎日新聞社（毎日新聞ＳＦシリーズジュニアー版８）　70年５月20日
5　エスパーお蘭　早川書房（ハヤカワ・ＳＦ・シリーズ３２６７）　71年４月15日
6　超革命的中学生集団　朝日ソノラマ（サンヤングシリーズ33）　71年９月６日
7　サイボーグ・ブルース　早川書房（日本ＳＦノヴェルズ）　71年12月15日
8　死霊狩り《ゾンビー・ハンター》　早川書房（ハヤカワＳＦ文庫77）　72年12月31日
9　悪夢のかたち　早川書房（ハヤカワＪＡ文庫21）　73年12月15日
10　悪徳学園　早川書房（ハヤカワＪＡ文庫24）　74年２月15日
11　虎は暗闇より　角川書店（角川文庫）　74年９月10日
12　魔女の標的　角川書店（角川文庫）　74年10月30日
13　怪物はだれだ　角川書店（角川文庫）　75年１月10日
14　悪霊の女王　徳間書店（徳間ノベルズ）　76年２月10日
15　死霊狩り《ゾンビー・ハンター》２　角川書店（角川文庫）　76年10月30日

16　死霊狩り（ゾンビー・ハンター）3　角川書店（角川文庫）　78年1月30日

このうち長篇作品は2、3、7、8、14、15、16、ジュブナイルが4と6、残りが短篇集だが、9、10、11は文庫化にあたって1と5を再編集したものなので、実質的には十四冊しかない。

最初の著書である『虎は目覚める』の表4に書かれた作者の経歴が面白いので、ご紹介しておこう。

1938（昭和13年）神奈川県に生まれる。1962年中央大学法学部を卒業。在学中から法律よりSFに興味をもつ文学青年で、『SFマガジン』の第一回SFコンテストに応募、奨励賞を得たこともある。卒業後、アニメーションの版権代理店に勤務していたが、やがて少年誌にSFマンガの原作を書き始め、独立。その後、テレビの『エイトマン』『宇宙人ピピ』など、テレビ作家として活躍すると同時に、人間くさいアンドロイドの苦悩や、潜在意識のSF的具象化を好んでテーマにしつつ、ユニークなSFを書きつづけている。目下処女長篇を執筆中。同じSF作家の筒井康隆氏、豊田有恒氏とは、〈SFの三兄弟〉といわれる仲であるが、ボーリングの腕は一番だと自負している。

大学時代はレイモンド・チャンドラーやウィリアム・P・マッギヴァーンを愛読し、ペンクラブの同人誌に発表した作品もハードボイルドがメインであった（後に『虎はねむらない』として単行本化）。

六〇（昭和三十五）年、ＳＦの処女作「殺人地帯」を〈ＳＦマガジン〉の第一回ＳＦコンテストに投じ、翌年、奨励賞を受賞。この時は佳作に眉村卓、豊田有恒、努力賞に小松左京、奨励賞に小隅黎（柴野拓美）、小野耕世、光瀬龍、加納一朗、宮崎惇らがおり、既にデビューしていた星新一、矢野徹らを追って、ＳＦ界を担う才能が一気に集結した観がある。

六二年、〈宇宙塵〉に発表した「レオノーラ」が〈ＳＦマガジン〉に転載されてデビュー。大学卒業後、アルバイトをしながらSFを書き続ける。六三年、〈宇宙塵〉代表の柴野拓美の紹介で〈週刊少年マガジン〉が新たにスタートするＳＦマンガのストーリー担当者コンペに参加し採用される。やはりコンペで選ばれた作画の桑田次郎は『月光仮面』『まぼろし探偵』などのヒットを持つマンガ家であった。こうして始まった『８マン』は大人気となり、「鉄腕アトム」「鉄人28号」に続いて「エイトマン」としてテレビアニメ化もされた。

『８マン』の大ヒットにより、シナリオやマンガ原作の仕事が増え、第一世代作家の中ではいち早く成功した反面、小説を書く時間が取れずに困ったという。本来、小説として発表するはずだったアイデアの多くを、マンガに提供してしまっているが、それだけに平井和正原作のマンガは読みごたえのある傑作揃いである。そのうちの主なものを、まとめておこう。

８マン　〈週刊少年マガジン〉63～66年　画・桑田次郎

エリート　〈週刊少年キング〉65～66年　画・桑田次郎
超犬リープ　〈まんが王〉65～67年　画・桑田次郎
エリート第二部　〈週刊少年キング〉67年　画・桑田次郎
幻魔大戦　〈週刊少年マガジン〉67年　画・石森章太郎
デスハンター　〈週刊ぼくらマガジン〉69～70年　画・桑田次郎
ウルフガイ　〈週刊ぼくらマガジン〉70～71年　画・坂口尚
スパイダーマン　〈別冊少年マガジン〉70～71年　画・池上遼一
新幻魔大戦　〈SFマガジン〉71～74年　画・石森章太郎

六五年、人気絶頂だった『8マン』に事件が起こる。桑田次郎が拳銃不法所持のために逮捕されてしまったのだ。それまでも違法ではあったが、ある程度は黙認されていた拳銃の所持を摘発することとなり、有名人を狙い撃ちした見せしめ的な逮捕であった。

この事件のために連載は打ち切り。「魔人コズマ」篇の最終回は急遽、アシスタントだった楠高治が作画することになり、長らく単行本化もされなかった。

マンガの原作と並行しながら、〈SFマガジン〉〈鉄腕アトムクラブ〉〈少年〉〈高3コース〉などに作品を発表、六七年二月にようやく初の短篇集『虎は目覚める』を刊行した。

先ほど紹介した著者の経歴は、こうした紆余曲折を経て書かれたものなのだ。「執筆中」とされていた第一長篇『メガロポリスの虎』は福島正実編集長から何度も書き直しを命じられ、六八年九月に刊行されている。

六九年四月に第二長篇『アンドロイドお雪』、十一月にアダルト・ウルフガイ・シリーズ第一作『狼男だよ』を、立風書房からそれぞれ刊行。しかし『狼男だよ』が編集者によって改竄されていたことが発覚し、裁判に発展してしまう。七〇年、勝訴して正本を刊行させたものの、トラブルメーカーとして敬遠され、大手出版社からの注文は途絶えた。

この時、〈少年マガジン〉の編集者だった内田勝氏が、編集長を務める雑誌に新たなマンガ原作を依頼してくれて助かったという。それが後に小説化されて代表作の一つとなる『ウルフガイ』であった。さらにアメコミの「スパイダーマン」の舞台を日本に移した池上遼一の連載にもストーリーを提供。読者から高い支持を得る。

マンガから小説に改作された作品を一覧にしてみよう。(S)は「スパイダーマン」、(W)は「アダルト・ウルフガイ」である。本書にも収めた初期短篇「死を蒔く女」を「スパイダーマン」で使用している以外は、すべてマンガが先であり、先ほど「小説として発表するはずだったアイデアの多くを、マンガに提供してしまっている」と述べた理由も、ここにある。

「サイボーグPV1号」(8マン)→「狼は泣かず」(W)
「死を蒔く女」→「冬の女」(S)
『幻魔大戦』→角川文庫版『幻魔大戦』

『デスハンター』→『死霊狩り』
『ウルフガイ』→『狼の紋章』『狼の怨歌』
「金色の目の魔女」（S）→「魔女の標的」
「スパイダーマンの影」（S）→「人狼、暁に死す」（W）
「虎を飼う女」（S）→「虎よ！　虎よ！」（W）
『新幻魔大戦』→『新幻魔大戦』

七一年四月に第二短篇集『エスパーお蘭』、十一月に『狼の紋章』、翌年一月に『狼の怨歌』を、それぞれ刊行。特にウルフガイ・シリーズは口コミで若者の評判を呼び、ベストセラーとなる。文庫書下しで出た二冊が、七三年には松田優作のデビュー作として映画化され、合本でハードカバーの愛蔵版として再刊されたのだから、その人気ぶりがよく分かる。

七四年、〈ＳＦマガジン〉にウルフガイ・シリーズ第三部『狼のレクイエム』の連載を開始するも森優編集長の退陣に伴って中絶。ハヤカワ文庫の作品を他社へと移籍する。義理堅い平井さんらしいエピソードである。

こうして作品刊行の場を祥伝社ノン・ノベル、徳間ノベルズ、角川文庫などに移し、平井和正は大河シリーズの時代へと入っていくことになるのである。

本書に収めた作品の初出は、以下のとおり。

第一部

レオノーラ　〈ＳＦマガジン〉62年6月号　↑〈宇宙塵〉53号（62年2月）
死を蒔(ま)く女　〈宇宙塵〉56号（62年6月）
虎は目覚める　〈ＳＦマガジン〉63年2月号（「虎は目覚める…」改題）
背後の虎　〈ＳＦマガジン〉63年9月号
次元モンタージュ　〈ＮＵＬＬ〉10号（64年1月）
虎は暗闇より　〈ＳＦマガジン〉66年2月号（「虎は暗闇より…」改題）
エスパーお蘭　〈ＳＦマガジン〉68年2月号
悪徳学園　〈ＳＦマガジン〉69年10月増刊号
星新一の内的宇宙(インナースペース)　〈ＳＦマガジン〉70年5月号
転生　〈ＳＦマガジン〉70年11月増刊号

第二部

サイボーグ・ブルース
ブラック・モンスター　〈ＳＦマガジン〉68年5月号
サイボーグ・ブルース　〈ＳＦマガジン〉68年10月号
暗闇への間奏曲　サイボーグ特捜官　エクストラ　〈ＳＦマガジン〉69年6月号

ダーク・パワー　〈SFマガジン〉68年11月号
シンジケート・マン　〈SFマガジン〉69年2月号
ゴースト・イメージ　〈SFマガジン〉69年3月号
『デスハンター』エピローグ　〈狼火〉6号（85年1月）

第一部の初収録単行本は、それぞれ、「レオノーラ」「虎は目覚める」「背後の虎」「次元モンタージュ」「虎は暗闇より」が『虎は目覚める』（67年／ハヤカワ・SF・シリーズ）、「エスパーお蘭」「悪徳学園」「星新一の内的宇宙」「転生」が『エスパーお蘭』（71年／ハヤカワ・SF・シリーズ）、「死を蒔く女」が『悪夢のかたち』（73年／ハヤカワJA文庫）である。

平井和正の初期短篇は、ロボットもの、超能力もの、多元宇宙ものと、比較的オーソドックスなテーマのものが多いのだが、どの作品も暗い情念を叩きつけたような緊張感と閉塞感に彩られており、極めて作家性が高い。特に人間の持つ残虐性、暴力性を描いた作品を、著者自ら「人類ダメ小説」と命名している。この路線の集大成というべき傑作が長篇『死霊狩（ゾンビー・ハンター）り』だ。

他にもウルフガイ・シリーズの原型となった「悪徳学園」、SF作家のバカ話を抱腹絶倒のショート・ショートに仕立てた「星新一の内的宇宙（インナースペース）」など、シリアスなものからハチャハチャSFまで変幻自在。特に第一部の最後に置いた「転生」は神がかり的な一作。学習研究社の学年誌〈高2コース〉に「仮面の逃走」（68年10～12月号）として発表された短篇を改稿したものである。以前、筆者は、この作品について、「グロテスクと詩情、純愛とサスペンスが奇跡的な比率で配分された傑作中の傑作」と書いたことがあるが、今回、読み返してみても、この評価にまったく変化はなかった。

第二部に収めた長篇『サイボーグ・ブルース』は、〈SFマガジン〉に連作「サイボーグ特捜官」シリーズとして不定期に掲載されたもの。七一年十二月に早川書房から単行本化され、七四年九月に角川文庫に収められた。九一年九月にはリム出版の『平井和正全集』第九巻としても刊行されており、紙の本としては本書が二十七年ぶり四度目の刊行ということになる。

本書にも付録として収めた初刊本あとがきにあるように、不完全燃焼に終わったマンガ『8マン』の主題を昇華するために書かれた作品であり、SFとしても、ハードボイルドとしても、一級品といえるだろう。

平井和正は前述のように正統派のハードボイルド作家レイモンド・チャンドラーを愛読していたが、一方で大藪春彦の愛読者でもあり、暴力描写や性描写にも容赦がない。国産ハードボイルドの系譜は、大藪春彦、生島治郎、河野典生から北方謙三の登場までしばらく間が空いたように見えるが、実はその期間に平井和正、田中光二、山田正紀らSF作家が、本格的なハードボイルドを書いているのである。

平井和正のエンターテインメントに特化した作風は、夢枕獏や菊地秀行らによる八〇年代の伝奇小説ブームにも多大な影響を与えており、ひいては現在のライトノベルの源流ともなっている。

本書には、さらに付録としてマンガ『デスハンター』エピローグの原稿を、特に収録させていただいた。小説『死霊狩り（ゾンビー・ハンター）』はゾンビーハンターの基地が爆発するシーンで終わっているが、『デスハンター』ではその後に俊夫とシャドウが対決するシーンまでが描かれていた。つまり、これは小説版でカットされた部分の原作なのである。ファンクラブの会誌に発掘・掲載された後、『死霊狩り』電子書籍版に特典として収録されていたが、紙の本になるのは今回が初めてである。

『デスハンター』も『死霊狩り』も読んでいない人には、意味のない付録で恐縮だが、マンガ版、小説版ともに異様な迫力の傑作なので、この機会にぜひ手にとっていただきたい。現在、『デスハンター』は紙の本でマンガショップ版、電子書籍で朝日新聞出版のサンワイドコミックス版（いずれも全二巻）が入手可能である。

本書の編集および著作リストの作成にあたっては、ウルフガイ・ドットコムの本城剛史、ヒライストライブラリーの岡本真貴両氏に全面的なご協力をいただきました。ここに記して感謝いたします。

平井和正 著作リスト　日下三蔵編

■長篇　●短篇集　★少年もの　○再編集本　◆ノンフィクション

●1　虎は目覚める
早川書房（ハヤカワ・ＳＦ・シリーズ 3135）　1967 年 2 月 15 日

■2　メガロポリスの虎
早川書房（日本ＳＦシリーズ 14）　1968 年 9 月 30 日
早川書房（ハヤカワＪＡ文庫 13）　1973 年 7 月 15 日
角川書店（角川文庫）　1975 年 4 月 10 日
リム出版（平井和正全集 6）　1991 年 8 月 25 日

■3　アンドロイドお雪
立風書房（立風ＳＦシリーズ）　1969 年 4 月 20 日
早川書房（ハヤカワＳＦ文庫 99）　1973 年 8 月 31 日
角川書店（角川文庫）　1975 年 3 月 1 日

■4　狼男だよ
立風書房（立風ネオＳＦシリーズ）　1969 年 11 月 10 日
立風書房（立風ネオＳＦシリーズ）　1970 年 8 月 1 日
早川書房（ハヤカワＳＦ文庫 63）　1972 年 7 月 31 日
祥伝社（ノン・ノベル）　1974 年 8 月 1 日
角川書店（角川文庫）　1983 年 8 月 25 日
角川春樹事務所（ハルキ文庫）　1999 年 11 月 18 日
※アダルト・ウルフガイ・シリーズ

★5　美女の青い影
毎日新聞社（毎日新聞ＳＦシリーズジュニアー版 8）　1970 年 5 月 20 日
角川書店（角川文庫）　1976 年 11 月 10 日
※角川文庫版は「人の心はタイムマシン」「月の恋」「消去命令」「その名はタミー」を増補

●6　エスパーお蘭
早川書房（ハヤカワ・ＳＦ・シリーズ 3267）　1971 年 4 月 15 日

★7　超革命的中学生集団　→　超人騎士団リーパーズ
朝日ソノラマ（サンヤングシリーズ 33）　1971 年 9 月 6 日

早川書房（ハヤカワ文庫ＳＦ 144）　1974年6月30日
角川書店（角川文庫）　1976年9月20日
講談社（青い鳥文庫 f シリーズ）　2003年11月15日
※ 青い鳥文庫 f シリーズ版は内容を改訂し『超人騎士団リーパーズ』と改題

■8　狼の紋章

早川書房（ハヤカワＳＦ文庫 41）　1971年11月30日
祥伝社（ノン・ノベル）　1975年7月1日
角川書店（角川文庫）　1982年1月30日
徳間書店　1985年9月30日
徳間書店（徳間ノベルズ）　1992年9月30日
早川書房（ハヤカワ文庫ＪＡ 1311）　2018年1月15日
※ ウルフガイ・シリーズ、ハヤカワ文庫版のみ「紋章」に「エンブレム」のルビ

■9　サイボーグ・ブルース

早川書房（日本ＳＦノヴェルズ）　1971年12月15日
角川書店（角川文庫）　1974年9月20日
リム出版（平井和正全集9）　1991年9月25日

■10　狼の怨歌

早川書房（ハヤカワＳＦ文庫 47）　1972年1月31日
祥伝社（ノン・ノベル）　1975年7月1日
角川書店（角川文庫）　1982年7月20日
徳間書店　1985年10月31日
徳間書店（徳間ノベルズ）　1992年9月30日
早川書房（ハヤカワ文庫ＪＡ 1312）　2018年1月15日
※ ウルフガイ・シリーズ、ハヤカワ文庫 2018年版のみ「怨歌」に「レクイエム」のルビ

■11　死霊狩り（ゾンビー・ハンター）

早川書房（ハヤカワＳＦ文庫 77）　1972年12月31日
角川書店（角川文庫）　1975年5月15日
リム出版（平井和正全集 10）　1991年6月25日
アスキー（アスペクトノベルス）　1997年12月22日
角川春樹事務所（ハルキ文庫）　2001年2月18日
※ 角川文庫の重版分以降、巻数表示1あり

●12　狼よ、故郷を見よ

早川書房（ハヤカワＳＦ文庫 84）　1973年3月31日

角川書店（角川文庫） 1984年5月10日
角川春樹事務所（ハルキ文庫） 2000年1月18日
※アダルト・ウルフガイ・シリーズ、「地底の狼男」「狼よ、故郷を見よ」収録

●13 リオの狼男

早川書房（ハヤカワＳＦ文庫127） 1973年9月30日
※アダルト・ウルフガイ・シリーズ、「人狼、暁に死す」「リオの狼男」収録

○14 狼の紋章／狼の怨歌

早川書房（日本ＳＦノヴェルズ） 1973年10月15日
※８と10の合本

○15 悪夢のかたち

早川書房（ハヤカワＪＡ文庫21） 1973年12月15日
角川書店（角川文庫） 1975年10月25日
リム出版（平井和正全集１） 1991年7月25日
※１から６篇を収め「殺人地帯」「死を蒔く女」「人狩り」を初収録

○16 悪徳学園

早川書房（ハヤカワＪＡ文庫24） 1974年2月15日
角川書店（角川文庫） 1975年10月30日
リム出版（平井和正全集３） 1991年11月25日
※６から５篇を収録

■17 人狼地獄篇

早川書房（ハヤカワ文庫ＳＦ138） 1974年3月31日
※アダルト・ウルフガイ・シリーズ

○18 狼のバラード

祥伝社（ノン・ノベル） 1974年8月1日
※アダルト・ウルフガイ・シリーズ、「地底の狼男」「狼よ、故郷を見よ」「人狼、暁に死す」収録

■19 人狼戦線

祥伝社（ノン・ノベル） 1974年8月1日
角川書店（角川文庫） 1982年1月30日
角川春樹事務所（ハルキ文庫） 2000年3月18日
※アダルト・ウルフガイ・シリーズ

○20 虎は暗闇より

角川書店（角川文庫） 1974年9月10日

リム出版（平井和正全集２）　1991年10月25日
※１から５篇、６から６篇を収録

○21　魔境の狼男　→　人狼地獄
祥伝社（ノン・ノベル）　1974年９月25日
角川書店（角川文庫）　1984年６月10日
角川春樹事務所（ハルキ文庫）　2000年２月18日
※アダルト・ウルフガイ・シリーズ、「リオの狼男」「人狼地獄篇」収録、角川文庫版以降、『人狼地獄』と改題

●22　狼は泣かず
祥伝社（ノン・ノベル）　1974年10月25日
※アダルト・ウルフガイ・シリーズ、「虎よ！　虎よ！」「狼は泣かず」収録

●23　魔女の標的
角川書店（角川文庫）　1974年10月30日

●24　怪物はだれだ
角川書店（角川文庫）　1975年１月10日

■25　狼のレクイエム　第１部　→　虎の里　→　虎精の里
祥伝社（ノン・ノベル）　1975年７月１日
角川書店（角川文庫）　1982年７月30日
徳間書店　1985年11月30日
徳間書店（徳間ノベルズ）　1992年10月31日
※ウルフガイ・シリーズ、徳間書店版で『虎の里』、徳間ノベルズ版で『虎精の里』と改題

■26　狼のレクイエム　第２部　→　ブーステッドマン
祥伝社（ノン・ノベル）　1975年７月１日
角川書店（角川文庫）　1982年８月15日
徳間書店　1985年12月31日
徳間書店（徳間ノベルズ）　1992年10月31日
※ウルフガイ・シリーズ、徳間書店版以降、『ブーステッドマン』と改題

■27　悪霊の女王
徳間書店（徳間ノベルズ）　1976年２月10日
角川書店（角川文庫）　1979年10月10日

●28　狼の世界　→　ウルフランド
祥伝社（ノン・ノベル）　1976年９月30日
角川書店（角川文庫）　1983年５月25日
※ウルフガイ・シリーズ番外篇

■29　死霊狩り（ゾンビー・ハンター）2
角川書店（角川文庫）　1976年10月30日
リム出版（平井和正全集11）　1991年6月25日
アスキー（アスペクトノベルス）　1998年4月13日
角川春樹事務所（ハルキ文庫）　2001年3月18日

◆30　狼より若き友への手紙　→　ウルフレター
徳間書店（徳間ブックス）　1976年11月10日
徳間書店（徳間文庫）　1984年9月15日
※書簡集

■31　人狼白書
祥伝社（ノン・ノベル）　1976年12月15日
※アダルト・ウルフガイ・シリーズ

■32　死霊狩り（ゾンビー・ハンター）3
角川書店（角川文庫）　1978年1月30日
リム出版（平井和正全集12）　1991年6月25日
アスキー（アスペクトノベルス）　1998年7月14日
角川春樹事務所（ハルキ文庫）　2001年5月18日

■33　新・幻魔大戦
徳間書店（徳間ノベルズ）　1978年7月10日
徳間書店（徳間文庫）　1980年10月31日
角川書店（角川文庫）　1987年3月10日
リム出版（平井和正全集37）　1991年7月25日

■34　人狼天使（ウルフ・エンジェル）　第1部
→ウルフガイイン・ソドム
祥伝社（ノン・ノベル）　1978年9月1日
角川書店（角川文庫）　1986年2月25日
角川春樹事務所（ハルキ文庫）　2000年9月18日
※アダルト・ウルフガイ・シリーズ、角川文庫版以降、『ウルフガイイン・ソドム』と改題

■35　人狼天使（ウルフ・エンジェル）　第2部　→　ウルフガイ魔天楼
祥伝社（ノン・ノベル）　1978年9月1日
角川書店（角川文庫）　1986年3月25日
角川春樹事務所（ハルキ文庫）　2000年10月18日
※アダルト・ウルフガイ・シリーズ、角川文庫版以降、『ウルフガイ魔天楼』と改題

■36　若き狼の肖像　→　ウルフガイ若き狼の肖像
祥伝社（ノン・ノベル）　1979年5月11日
角川書店（角川文庫）　1986年6月25日
角川春樹事務所（ハルキ文庫）　2001年1月18日
※アダルト・ウルフガイ・スペシャル、角川文庫版以降、『ウルフガイ若き狼の肖像』と改題

■37　幻魔大戦1
角川書店（角川文庫）　1979年11月30日
リム出版（平井和正全集38）　1991年8月25日
アスキー（アスペクトノベルス）　1997年11月10日

■38　人狼天使（ウルフ・エンジェル）第3部　→　ウルフガイ魔界天使
祥伝社（ノン・ノベル）　1980年1月15日
角川書店（角川文庫）　1986年4月10日
角川春樹事務所（ハルキ文庫）　2000年11月18日
※アダルト・ウルフガイ・シリーズ、角川文庫版以降、『ウルフガイ魔界天使』と改題

■39　幻魔大戦2
角川書店（角川文庫）　1980年3月31日
リム出版（平井和正全集39）　1991年9月25日
アスキー（アスペクトノベルス）　1997年11月10日

■40　真・幻魔大戦1
徳間書店（徳間ノベルズ）　1980年4月30日

■41　真・幻魔大戦2
徳間書店（徳間ノベルズ）　1980年4月30日

■42　幻魔大戦3
角川書店（角川文庫）　1980年6月30日
リム出版（平井和正全集40）　1991年10月25日
アスキー（アスペクトノベルス）　1997年12月10日

■43　幻魔大戦4
角川書店（角川文庫）　1980年8月31日
リム出版（平井和正全集41）　1991年11月25日
アスキー（アスペクトノベルス）　1998年1月10日

■44　幻魔大戦5
角川書店（角川文庫）　1980年9月20日
リム出版（平井和正全集42）　1991年12月25日

アスキー（アスペクトノベルス） 1998年2月12日

■ 45　**真・幻魔大戦3**

徳間書店（徳間ノベルズ） 1980年9月30日

■ 46　**幻魔大戦6**

角川書店（角川文庫） 1980年10月20日

リム出版（平井和正全集43） 1992年1月25日

アスキー（アスペクトノベルス） 1998年3月12日

■ 47　**幻魔大戦7**

角川書店（角川文庫） 1980年11月20日

リム出版（平井和正全集44） 1992年2月25日

アスキー（アスペクトノベルス） 1998年4月10日

■ 48　**幻魔大戦8**

角川書店（角川文庫） 1980年12月20日

リム出版（平井和正全集45） 1992年3月25日

アスキー（アスペクトノベルス） 1998年5月14日

■ 49　**幻魔大戦9**

角川書店（角川文庫） 1981年1月30日

リム出版（平井和正全集46） 1992年4月25日

アスキー（アスペクトノベルス） 1998年6月13日

■ 50　**真幻魔大戦4**

徳間書店（徳間ノベルズ） 1981年1月31日

■ 51　**幻魔大戦10**

角川書店（角川文庫） 1981年3月20日

リム出版（平井和正全集47） 1992年5月25日

アスキー（アスペクトノベルス） 1998年7月14日

■ 52　**真幻魔大戦5**

徳間書店（徳間ノベルズ） 1981年3月31日

■ 53　**幻魔大戦11**

角川書店（角川文庫） 1981年5月20日

リム出版（平井和正全集48） 1992年6月25日

■ 54　**幻魔大戦12**

角川書店（角川文庫） 1981年7月31日

■ 55　**真幻魔大戦6**

徳間書店（徳間ノベルズ） 1981年9月30日

■ 56　**幻魔大戦13**

角川書店（角川文庫）　1981年10月10日

■57　幻魔大戦14

角川書店（角川文庫）　1981年11月30日

■58　真幻魔大戦7

徳間書店（徳間ノベルズ）　1981年11月30日

■59　幻魔大戦15

角川書店（角川文庫）　1982年1月30日

■60　真幻魔大戦8

徳間書店（徳間ノベルズ）　1982年2月28日

■61　幻魔大戦16

角川書店（角川文庫）　1982年3月25日

■62　幻魔大戦17

角川書店（角川文庫）　1982年5月20日

■63　幻魔大戦18

角川書店（角川文庫）　1982年8月31日

■64　真幻魔大戦9

徳間書店（徳間ノベルズ）　1982年9月30日

○65　真幻魔大戦1

徳間書店（徳間文庫）　1982年10月15日
角川書店（角川文庫）　1987年11月25日
※徳間ノベルズ版全15巻を全18巻に再編集

○66　真幻魔大戦2

徳間書店（徳間文庫）　1982年10月15日
角川書店（角川文庫）　1988年2月25日
※徳間ノベルズ版全15巻を全18巻に再編集

○67　真幻魔大戦3

徳間書店（徳間文庫）　1982年11月15日
角川書店（角川文庫）　1988年4月25日
※徳間ノベルズ版全15巻を全18巻に再編集

○68　真幻魔大戦4

徳間書店（徳間文庫）　1982年12月15日
角川書店（角川文庫）　1988年7月25日
※徳間ノベルズ版全15巻を全18巻に再編集

■69　幻魔大戦19

角川書店（角川文庫）　1982年12月20日

○70　**真幻魔大戦5**
徳間書店（徳間文庫）　1983年1月15日
角川書店（角川文庫）　1988年9月25日
※徳間ノベルズ版全15巻を全18巻に再編集

■71　**真幻魔大戦10**
徳間書店（徳間ノベルズ）　1983年1月31日

○72　**真幻魔大戦6**
徳間書店（徳間文庫）　1983年2月15日
角川書店（角川文庫）　1988年11月30日
※徳間ノベルズ版全15巻を全18巻に再編集

■73　**幻魔大戦20**
角川書店（角川文庫）　1983年2月25日

○74　**真幻魔大戦7**
徳間書店（徳間文庫）　1983年3月15日
※徳間ノベルズ版全15巻を全18巻に再編集

○75　**真幻魔大戦8**
徳間書店（徳間文庫）　1983年7月15日
※徳間ノベルズ版全15巻を全18巻に再編集

■76　**真幻魔大戦11**
徳間書店（徳間ノベルズ）　1983年9月30日

○77　**真幻魔大戦9**
徳間書店（徳間文庫）　1983年11月15日
※徳間ノベルズ版全15巻を全18巻に再編集

■78　**真幻魔大戦12**
徳間書店（徳間ノベルズ）　1984年2月29日

○79　**真幻魔大戦10**
徳間書店（徳間文庫）　1984年6月15日
※徳間ノベルズ版全15巻を全18巻に再編集

○80　**人狼、暁に死す**
角川書店（角川文庫）　1984年9月25日
角川春樹事務所（ハルキ文庫）　2000年4月18日
※アダルト・ウルフガイ・シリーズ、「人狼、暁に死す」「虎よ！　虎よ！」収録

■81　**真幻魔大戦13**
徳間書店（徳間ノベルズ）　1984年9月30日

◆82　語り尽せ熱愛時代
徳間書店　1984年11月30日
※高橋留美子との長篇対談

○83　真幻魔大戦11
徳間書店（徳間文庫）　1984年12月15日
※徳間ノベルズ版全15巻を全18巻に再編集

◆84　高橋留美子の優しい世界
徳間書店　1985年2月28日
徳間書店（徳間ノベルズ）　1988年7月31日
※長篇評論

■85　真幻魔大戦14
徳間書店（徳間ノベルズ）　1985年3月31日

○86　真幻魔大戦12
徳間書店（徳間文庫）　1985年5月15日
※徳間ノベルズ版全15巻を全18巻に再編集

○87　ウルフガイ不死の血脈
角川書店（角川文庫）　1985年6月10日
角川春樹事務所（ハルキ文庫）　2000年5月18日
※アダルト・ウルフガイ・シリーズ、「狼は泣かず」「闇のストレンジャー（『人狼白書』の前半部分）」収録

○88　ウルフガイ凶霊の罠
角川書店（角川文庫）　1985年6月10日
角川春樹事務所（ハルキ文庫）　2000年6月18日
※アダルト・ウルフガイ・シリーズ、『人狼白書』の後半部分収録

■89　真幻魔大戦15
徳間書店（徳間ノベルズ）　1985年6月30日

◆90　ウルフ対談　荒野に呼ばわる声を聞け！
徳間書店（徳間文庫）　1985年7月15日
※対談集

■91　黄金の少女　狼のレクイエム　第3部1
徳間書店　1985年9月30日
徳間書店（徳間ノベルズ）　1992年8月31日
※ウルフガイ・シリーズ

■92　キンケイド署長　狼のレクイエム　第3部2　→　黄金の少女2
徳間書店　1985年10月31日

徳間書店（徳間ノベルズ）　1992年12月31日
※ウルフガイ・シリーズ

○93　**真幻魔大戦13**
徳間書店（徳間文庫）　1985年11月15日
※徳間ノベルズ版全15巻を全18巻に再編集

■94　**“パットン将軍”　狼のレクイエム　第3部3　→　黄金の少女3**
徳間書店　1985年11月30日
徳間書店（徳間ノベルズ）　1993年3月31日
※ウルフガイ・シリーズ

○95　**真幻魔大戦14**
徳間書店（徳間文庫）　1986年2月15日
※徳間ノベルズ版全15巻を全18巻に再編集

■96　**タイガーウーマン　狼のレクイエム　第3部4　→　黄金の少女4**
徳間書店　1986年4月30日
徳間書店（徳間ノベルズ）　1993年5月31日
※ウルフガイ・シリーズ

◆97　**ウルフの神話**
徳間書店　1986年4月30日
※エッセイ集

●98　**虎はねむらない**
ウルフ会（私家版）　1986年5月6日
リム出版　1990年12月20日
※デビュー以前の作品集

○99　**真幻魔大戦15**
徳間書店（徳間文庫）　1986年5月15日
※徳間ノベルズ版全15巻を全18巻に再編集

○100　**真幻魔大戦16**
徳間書店（徳間文庫）　1986年10月15日
※徳間ノベルズ版全15巻を全18巻に再編集

■101　**ハルマゲドンの少女　上・下**
　→ハルマゲドンの少女　ファイナル幻魔大戦1・2・3
徳間書店　1986年12月31日
徳間書店（徳間ノベルズ）　1988年12月31日、89年1月31日
※徳間ノベルズ版は3分冊で1、2巻を同時発売

○102　**幻魔大戦　第1集**

徳間書店（平井和正ライブラリー１）　1987年１月31日
※37、39、42の合本

○ 103 幻魔大戦　第２集
徳間書店（平井和正ライブラリー２）　1987年２月28日
※43、44、46の合本

○ 104 幻魔大戦　第３集
徳間書店（平井和正ライブラリー３）　1987年３月31日
※47、48、49の合本

○ 105 真幻魔大戦 17
徳間書店（徳間文庫）　1987年４月15日
※ 徳間ノベルズ版全15巻を全18巻に再編集

○ 106 幻魔大戦　第４集
徳間書店（平井和正ライブラリー４）　1987年４月30日
※51、53、54の合本

○ 107 幻魔大戦　第５集
徳間書店（平井和正ライブラリー５）　1987年５月31日
※56、57、59の合本

○ 108 真幻魔大戦 18
徳間書店（徳間文庫）　1987年６月15日
※ 徳間ノベルズ版全15巻を全18巻に再編集

○ 109 幻魔大戦　第６集
徳間書店（平井和正ライブラリー６）　1987年６月30日
※61、62、63の合本

○ 110 幻魔大戦　第７集
徳間書店（平井和正ライブラリー７）　1987年７月31日
※69、73の合本、マンガ原作版を初収録

■ 111 ハルマゲドン　第二次幻魔大戦
徳間書店（平井和正ライブラリー８）　1987年８月31日
徳間書店（徳間ノベルズ）　1989年３月31日、４月30日
※ 徳間ノベルズ版は３分冊で１、２巻を同時発売

◆ 112 HIRAIST　→　夜にかかる虹　上・下
コトダマ社（私家版）　1988年２月29日
コトダマ社（私家版）　1988年４月９日
リム出版　1990年７月25日
※ エッセイ集、リム出版版は『夜にかかる虹』と改題して２分冊

■113 女神變生
徳間書店（徳間ノベルズ） 1988年3月31日
■114 地球樹の女神　1　真昼の魔女
角川書店（カドカワノベルズ） 1988年6月25日
アスキー（アスペクトノベルス） 1997年5月12日
■115 地球樹の女神　2　鷹は自由に
角川書店（カドカワノベルズ） 1988年9月25日
アスキー（アスペクトノベルス） 1997年7月11日
■116 地球樹の女神　3　火の騎士　→　地球樹の女神　PART2
角川書店（カドカワノベルズ） 1988年11月20日
徳間書店　1990年5月31日
アスキー（アスペクトノベルス） 1997年9月12日
※徳間書店版のみ『地球樹の女神　PART2　火の騎士』と改題
■117 地球樹の女神　4　わが母の教えたまいし歌　→　地球樹の女神　PART3
角川書店（カドカワノベルズ） 1989年4月25日
徳間書店　1990年6月30日
アスキー（アスペクトノベルス） 1997年11月13日
※徳間書店版のみ『地球樹の女神　PART3　わが母の教えたまいし歌』と改題
■118 地球樹の女神　5　聖母の宝石　→　地球樹の女神　PART4
角川書店（カドカワノベルズ） 1989年6月25日
徳間書店　1990年7月31日
アスキー（アスペクトノベルス） 1998年2月14日
※徳間書店版のみ『地球樹の女神　PART4　聖母の宝石』と改題
■119 地球樹の女神　6　亡き王女のためのパヴァーヌ　→　地球樹の女神　PART5
角川書店（カドカワノベルズ） 1989年8月25日
徳間書店　1990年8月31日
※徳間書店版は『地球樹の女神　PART5　亡き王女のためのパヴァーヌ』と改題
○120 地球樹の女神　PART1　真昼の魔女 鷹は自由に
徳間書店　1990年5月31日
※114と115の合本
■121 地球樹の女神　PART6　狼の足跡

徳間書店　1990年9月30日

■ 122 **地球樹の女神　PART7　影のない女**
徳間書店　1990年11月30日

■ 123 **地球樹の女神　PART8　死と乙女**
徳間書店　1991年2月28日

■ 124 **地球樹の女神　PART9　トワイライト・ゾーン**
徳間書店　1991年5月31日

■ 125 **地球樹の女神　PART10　荒野の少年のバラード**
徳間書店　1991年8月31日

■ 126 **地球樹の女神　PART11　イマジン**
徳間書店　1991年10月31日

■ 127 **地球樹の女神　PART12　本に挟んだ古い手紙**
徳間書店　1991年12月31日

■ 128 **地球樹の女神　PART13　別れの「ファンシー」**
徳間書店　1992年3月31日

○ 129 **月光学園**
出版芸術社（ふしぎ文学館）　1994年3月20日

■ 130 **黄金の少女5**
徳間書店（徳間ノベルズ）　1994年12月31日
※ウルフガイ・シリーズ

■ 131 **犬神明1**
徳間書店（徳間ノベルズ）　1994年12月31日
※ウルフガイ・シリーズ

■ 132 **犬神明2**
徳間書店（徳間ノベルズ）　1995年2月28日
※ウルフガイ・シリーズ

■ 133 **ボヘミアンガラス・ストリート　第1部**
アスキー　1995年3月4日

■ 134 **犬神明3**
徳間書店（徳間ノベルズ）　1995年3月31日
※ウルフガイ・シリーズ

■ 135 **ボヘミアンガラス・ストリート　第2部**
アスキー　1995年4月8日

■ 136 **犬神明4**
徳間書店（徳間ノベルズ）　1995年4月30日

※ウルフガイ・シリーズ

■ **137 ボヘミアンガラス・ストリート　第3部**

アスキー　1995年5月1日

■ **138 ボヘミアンガラス・ストリート　第4部**

アスキー　1995年5月29日

■ **139 犬神明5**

徳間書店（徳間ノベルズ）　1995年5月31日

※ウルフガイ・シリーズ

■ **140 犬神明6**

徳間書店（徳間ノベルズ）　1995年6月30日

※ウルフガイ・シリーズ

■ **141 ボヘミアンガラス・ストリート　第5部**

アスキー　1995年7月3日

■ **142 犬神明7**

徳間書店（徳間ノベルズ）　1995年7月31日

※ウルフガイ・シリーズ

■ **143 ボヘミアンガラス・ストリート　第6部**

アスキー　1995年8月1日

■ **144 犬神明8**

徳間書店（徳間ノベルズ）　1995年8月31日

※ウルフガイ・シリーズ

■ **145 ボヘミアンガラス・ストリート　第7部**

アスキー　1995年9月4日

■ **146 犬神明9**

徳間書店（徳間ノベルズ）　1995年9月30日

※ウルフガイ・シリーズ

■ **147 ボヘミアンガラス・ストリート　第8部**

アスキー　1995年10月4日

■ **148 犬神明10**

徳間書店（徳間ノベルズ）　1995年10月31日

※ウルフガイ・シリーズ

■ **149 ボヘミアンガラス・ストリート　第9部**

アスキー　1995年11月1日

■ **150 月光魔術團　1**

アスキー（アスペクトノベルス）　1996年6月24日

メディアワークス（電撃文庫）　1999年5月25日

■151 月光魔術團　2

アスキー（アスペクトノベルス）　1996年7月30日
メディアワークス（電撃文庫）　1999年6月25日

■152 月光魔術團　3

アスキー（アスペクトノベルス）　1996年9月10日
メディアワークス（電撃文庫）　1999年7月25日

■153 月光魔術團　4

アスキー（アスペクトノベルス）　1996年10月14日
メディアワークス（電撃文庫）　1999年8月25日

■154 月光魔術團　5

アスキー（アスペクトノベルス）　1996年11月14日
メディアワークス（電撃文庫）　1999年9月25日

■155 月光魔術團　6

アスキー（アスペクトノベルス）　1996年12月25日
メディアワークス（電撃文庫）　1999年9月25日

■156 月光魔術團　7

アスキー（アスペクトノベルス）　1997年3月31日
メディアワークス（電撃文庫）　1999年9月25日

■157 クリスタル・チャイルド　“地球樹の女神”コア・ストーリー

アスキー　1997年4月～6月
ルナテック（e文庫）　1999年5月10日
※電子書籍のみの刊行

■158 月光魔術團　8

アスキー（アスペクトノベルス）　1997年6月14日
メディアワークス（電撃文庫）　1999年10月25日

■159 月光魔術團　9

アスキー（アスペクトノベルス）　1997年8月14日
メディアワークス（電撃文庫）　1999年10月25日

■160 月光魔術團　10

アスキー（アスペクトノベルス）　1997年10月13日
メディアワークス（電撃文庫）　1999年10月25日

■161 月光魔術團　11

アスキー（アスペクトノベルス）　1997年12月31日
メディアワークス（電撃文庫）　1999年11月25日

■ 162 月光魔術團　12
アスキー（アスペクトノベルス）　1998年3月14日
メディアワークス（電撃文庫）　1999年11月25日

○ 163 地球樹の女神　6　狼の足跡
アスキー（アスペクトノベルス）　1998年6月13日
※ カドカワノベルズ版6巻と徳間書店版5、6巻を再編集したもの

○ 164 幻魔大戦　決定版　1
集英社（集英社文庫）　1999年7月25日
※37、39の合本

○ 165 幻魔大戦　決定版　2
集英社（集英社文庫）　1999年7月25日
※42、43の合本

■ 166 ウルフガイDNA　月光魔術團II　1
メディアワークス　1999年8月5日

■ 167 ウルフガイDNA　月光魔術團II　2
メディアワークス　1999年9月10日

○ 168 幻魔大戦　決定版　3
集英社（集英社文庫）　1999年9月25日
※44、46の合本

○ 169 幻魔大戦　決定版　4
集英社（集英社文庫）　1999年9月25日
※47、48の合本

■ 170 ウルフガイDNA　月光魔術團II　3
メディアワークス　1999年10月5日

○ 171 幻魔大戦　決定版　5
集英社（集英社文庫）　1999年10月25日
※49、51の合本

○ 172 幻魔大戦　決定版　6
集英社（集英社文庫）　1999年10月25日
※53、54の合本

■ 173 ウルフガイDNA　月光魔術團II　4
メディアワークス　1999年11月5日

○ 174 幻魔大戦　決定版　7
集英社（集英社文庫）　1999年11月25日
※56、57の合本

○ 175 幻魔大戦　決定版　8
集英社（集英社文庫）　1999年11月25日
※59、61の合本
■ 176 ウルフガイDNA　月光魔術團II　5
メディアワークス　1999年12月5日
○ 177 幻魔大戦　決定版　9
集英社（集英社文庫）　1999年12月20日
※62、63の合本
○ 178 幻魔大戦　決定版　10
集英社（集英社文庫）　1999年12月20日
※69、73の合本
■ 179 ウルフガイDNA　月光魔術團II　6
メディアワークス　2000年1月5日
■ 180 ウルフガイDNA　月光魔術團II　7
メディアワークス　2000年2月5日
■ 181 ウルフガイDNA　月光魔術團II　8
メディアワークス　2000年3月5日
■ 182 ウルフガイDNA　月光魔術團II　9
メディアワークス　2000年4月5日
■ 183 ウルフガイDNA　月光魔術團II　10
メディアワークス　2000年5月5日
■ 184 ウルフガイDNA　月光魔術團II　11
メディアワークス　2000年6月5日
■ 185 ウルフガイDNA　月光魔術團II　12
メディアワークス　2000年7月5日
◆ 186 メガビタミン・ショック
駿台曜曜社　2000年12月14日
■ 187 時空暴走気まぐれバス
集英社（集英社文庫）　2001年1月25日
● 188 ストレンジ・ランデヴー
集英社（集英社文庫）　2001年10月25日
■ 189 幻魔大戦DNA　月光魔術團III　第1集
駿台曜曜社　2002年2月16日
■ 190 BLUE HIGHWAYS
駿台曜曜社　2002年2月16日

※190の同梱書籍として刊行、単体での販売なし

■191 幻魔大戦DNA　月光魔術團III　第2集

駿台曜曜社　2002年3月17日

■192 幻魔大戦DNA　月光魔術團III　第3集

駿台曜曜社　2002年3月17日

■193 幻魔大戦DNA　月光魔術團III　第4集

駿台曜曜社　2002年4月27日

■194 幻魔大戦DNA　月光魔術團III　第5集

駿台曜曜社　2002年4月27日

■195 幻魔大戦DNA　月光魔術團III　第6集

駿台曜曜社　2002年4月27日

■196 ∞BLUE　1　→　インフィニティー・ブルー　上

駿台曜曜社　2002年8月31日

集英社（集英社文庫）　2002年12月20日

※集英社文庫版は『インフィニティー・ブルー』と改題、196と197、198と199を合本にして上・下2分冊

■197 ∞BLUE　2　→　インフィニティー・ブルー　上

駿台曜曜社　2002年8月31日

集英社（集英社文庫）　2002年12月20日

■198 ∞BLUE　3　→　インフィニティー・ブルー　下

駿台曜曜社　2002年8月31日

集英社（集英社文庫）　2003年1月25日

■199 ∞BLUE　4　→　インフィニティー・ブルー　下

駿台曜曜社　2002年8月31日

集英社（集英社文庫）　2003年1月25日

■200 BACHI♥GAMI

SALTISH.COM　2002年10月10日～2003年11月27日

※同題コミックの原作小説、電子書籍のみの刊行

■201 クリスタル・チャイルド

SALTISH.COM　2002年12月12日～2004年2月6日

※同題コミックの原作小説、電子書籍のみの刊行

■202 ABDUCTION　拉致　WAYWARD BUS　気まぐれバス

ルナテック（e文庫）　2003年7月1日

※187の改訂版、電子書籍のみの刊行

■203 ABDUCTION　拉致　STRAY SHEEP　迷い子

ルナテック（e 文庫） 2003 年 7 月 1 日
※ 電子書籍のみの刊行

■ 204 ABDUCTION　拉致　ABDUCTION　拉致
ルナテック（e 文庫） 2003 年 7 月 1 日
※ 電子書籍のみの刊行

■ 205 ABDUCTION　拉致　SILENCE　沈黙
ルナテック（e 文庫） 2003 年 7 月 1 日
※ 電子書籍のみの刊行

■ 206 ABDUCTION　拉致　SHADE　翳
ルナテック（e 文庫） 2003 年 7 月 1 日
※ 電子書籍のみの刊行

■ 207 ABDUCTION　拉致　CAPRICIOUS　移り気
ルナテック（e 文庫） 2003 年 7 月 1 日
※ 電子書籍のみの刊行

■ 208 その日の午後、砲台山で
ルナテック（e 文庫） 2004 年 12 月 1 日
※ 電子書籍のみの刊行

■ 209 幻魔大戦 deep　1
ルナテック（e 文庫） 2005 年 4 月 1 日
※ 電子書籍のみの刊行

■ 210 幻魔大戦 deep　2
ルナテック（e 文庫） 2005 年 4 月 8 日
※ 電子書籍のみの刊行

■ 211 幻魔大戦 deep　3
ルナテック（e 文庫） 2005 年 4 月 15 日
※ 電子書籍のみの刊行

■ 212 幻魔大戦 deep　4
ルナテック（e 文庫） 2005 年 4 月 22 日
※ 電子書籍のみの刊行

■ 213 幻魔大戦 deep　5
ルナテック（e 文庫） 2005 年 4 月 29 日
※ 電子書籍のみの刊行

■ 214 幻魔大戦 deep　6
ルナテック（e 文庫） 2005 年 5 月 6 日
※ 電子書籍のみの刊行

■215 幻魔大戦 deep　7
ルナテック（e文庫）　2005年5月13日
※電子書籍のみの刊行

■216 幻魔大戦 deep　8
ルナテック（e文庫）　2005年5月20日
※電子書籍のみの刊行

■217 BLUE LADY
ルナテック（e文庫）　2005年10月7日
※電子書籍のみの刊行

■218 幻魔大戦 deep トルテック　1
e文庫　2008年5月13日

■219 幻魔大戦 deep トルテック　2
e文庫　2008年5月13日

■220 幻魔大戦 deep トルテック　3
e文庫　2008年5月13日

○221 日本ＳＦ傑作選４　平井和正　虎は目覚める／サイボーグ・ブルース
早川書房（ハヤカワ文庫ＪＡ1317）　2018年2月15日
※本書

本書には、今日では差別表現として好ましくない用語が使用されています。

しかし作品が書かれた時代背景、著者が差別助長を意図していないことを考慮し、当時の表現のまま収録いたしました。その点をご理解いただけますよう、お願い申し上げます。

（編集部）

編者略歴　ミステリ・ＳＦ評論家，フリー編集者　著書『日本ＳＦ全集・総解説』『ミステリ交差点』，編著『天城一の密室犯罪学教程』《山田風太郎ミステリー傑作選》《都筑道夫少年小説コレクション》《大坪砂男全集》《筒井康隆コレクション》など

HM=Hayakawa Mystery
SF=Science Fiction
JA=Japanese Author
NV=Novel
NF=Nonfiction
FT=Fantasy

日本ＳＦ傑作選４　平井和正
虎は目覚める／サイボーグ・ブルース

〈JA1317〉

二〇一八年二月十日　印刷
二〇一八年二月十五日　発行

著者　平井和正
編者　日下三蔵
発行者　早川浩
発行所　株式会社早川書房
郵便番号　一〇一 - 〇〇四六
東京都千代田区神田多町二ノ二
電話　〇三 - 三二五二 - 三一一一（大代表）
振替　〇〇一六〇 - 三 - 四七七九九
http://www.hayakawa-online.co.jp

定価はカバーに表示してあります

乱丁・落丁本は小社制作部宛お送り下さい。
送料小社負担にてお取りかえいたします。

印刷・三松堂株式会社　製本・株式会社川島製本所
©2018 Kazumasa Hirai ／ Sanzo Kusaka　Printed and bound in Japan
ISBN978-4-15-031317-3 C0193

本書のコピー、スキャン、デジタル化等の無断複製は著作権法上の例外を除き禁じられています。

本書は活字が大きく読みやすい〈トールサイズ〉です。